On a enlevé Christina

La vengeance en embuscade

Les menaces de l'ombre

LARA LACOMBE

On a enlevé Christina

Traduction française de
ISABEL WOLFF-PERRY

BLACK ROSE

HARLEQUIN

Collection : BLACK ROSE

Titre original :
RANGER'S BABY RESCUE

HARPERCOLLINS FRANCE
83-85, boulevard Vincent-Auriol, 75646 PARIS CEDEX 13
Service Lectrices — Tél. : 01 45 82 47 47

www.harlequin.fr

ISBN 978-2-2804-4341-8 — ISSN 1950-2753

1

Emma Foster se réveilla en pleine nuit, dans un état d'angoisse inexplicable. Elle tendit l'oreille, sans rien percevoir d'alarmant : le réfrigérateur ronronnait dans la cuisine et le ventilateur tournait inlassablement au-dessus de son lit. Tout semblait normal, et pourtant elle sentait que quelque chose n'allait pas.

Elle se leva aussi silencieusement que possible : Christina avait eu un mal fou à s'endormir, ce soir. Âgée de dix mois, et plutôt facile en temps normal, elle faisait ses dents, ce qui la rendait grognon. Quand sa fille avait enfin été vaincue par la fatigue, Emma s'était couchée à son tour. Et si, à ce moment-là encore, tout allait pour le mieux, Emma ne parvenait pas à se débarrasser de son malaise. Elle se dirigea donc vers la porte d'entrée qu'elle avait fermée elle-même, et, là non plus, elle ne trouva rien de suspect – en tout cas rien qui puisse expliquer son appréhension.

Dans des moments comme celui-ci, Chris lui manquait encore plus que d'habitude. Il n'aurait pas hésité une seconde à l'assister dans ses recherches et serait allé jusqu'à jeter un coup d'œil sous les lits dans le seul but de la rassurer. Il avait été le fiancé parfait, et serait sans doute devenu un mari et un père idéal.

Pour la énième fois, elle maudit le chauffeur qui avait jugé bon de répondre au SMS qu'il venait de recevoir plutôt que de regarder ce qui se passait devant lui. Chris était arrêté à un feu lorsque l'autre voiture lui était rentrée dedans, le propulsant au milieu du carrefour où il avait été percuté une deuxième fois par un autobus. Ce nouveau choc avait dû le tuer sur le coup, car les pompiers n'étaient parvenus à extraire que son corps sans vie du véhicule endommagé.

À l'époque, Emma ignorait qu'elle était enceinte. Elle avait eu tellement à faire, entre son travail et les préparatifs du mariage, qu'elle avait attribué sa fatigue chronique et ses nausées au stress. Et, après l'accident, elle avait trop de chagrin pour remarquer qu'elle présentait tous les symptômes d'une grossesse. Voyant son état, Maria, sa mère, avait fini par lui suggérer d'acheter un test, dont le résultat avait constitué un véritable choc. Bien que Chris et elle aient prévu de fonder une famille au plus vite, Emma avait, pour ainsi dire, enterré ce rêve en même temps que son fiancé. Elle ne regrettait rien, cependant : en plus de l'aider à surmonter l'épreuve de la disparition de Chris, cette grossesse inattendue lui avait apporté un semblant de joie.

Et s'il avait disparu depuis un an et demi à présent, Emma voyait ses traits chaque jour dans le visage de leur fille. Christina avait les yeux bleus de son père et son sourire espiègle. Aussi, à défaut d'avoir vraiment fait son deuil, Emma se consolait à la pensée qu'une petite partie de son fiancé continuait à vivre à travers le merveilleux petit être qu'ils avaient conçu ensemble.

Elle s'arrêta devant la porte de la chambre où dormait l'enfant et hésita quelques secondes. Devait-elle entrer au risque de réveiller sa fille ou retourner se coucher ?

Oui, décida-t-elle finalement. Christina avait eu suffisamment de mal à s'endormir sans qu'elle la dérange au milieu de la nuit parce qu'elle faisait une crise de paranoïa.

Forte de cette conviction, elle fit demi-tour dans l'intention de regagner sa chambre. Mais presque aussitôt, elle s'arrêta.

Quelque chose la dérangeait, et la sensation était si forte qu'elle ne serait pas en paix avant d'avoir serré son bébé dans ses bras.

Elle revint donc sur ses pas, toujours sur la pointe des pieds.

Elle était au bord de la panique lorsqu'elle poussa la porte. La lune éclairait juste assez la chambre pour qu'elle distingue le berceau et la forme immobile reposant sur le matelas.

Tout va bien, songea-t-elle, ce qui ne l'empêcha pas de s'avancer silencieusement pour contempler le visage angélique de sa fille et l'entendre respirer.

Avançant encore de quelques pas, elle se pencha sur le petit lit et, horrifiée, n'y trouva qu'une couverture abandonnée en un tas informe.

Elle s'agrippa au montant du berceau, incapable d'assimiler ce qu'elle voyait.

— Non, murmura-t-elle, hébétée. Ce… Ce n'est pas possible !

Le sang se mit à battre si fort dans ses tempes qu'elle n'entendit même pas ses propres cris.

Son bébé, la prunelle de ses yeux, avait disparu.

Trois jours plus tard

Dès qu'il la vit dans l'enceinte du poste, le ranger Matthew Tompson comprit que la visiteuse avait un grave problème.

Elle se tenait en bordure de la salle d'accueil, son sac serré sous un bras, les épaules rentrées comme pour se protéger d'une attaque. Elle regardait autour d'elle avec incertitude, son regard passant distraitement des posters accrochés au mur aux écrans disposés çà et là. Devant son air égaré et songeant qu'elle n'avait pas sa place en ces lieux, Matt s'avança vers elle. Aussitôt, elle leva les yeux vers lui – et il y lut une détermination qui le fit revenir sur sa première impression : cette femme n'était pas aussi vulnérable qu'il l'avait d'abord pensé. En outre, elle semblait investie d'une mission.

— Puis-je vous aider ? demanda-t-il avant d'aller à sa rencontre.

Elle s'immobilisa et le jaugea d'un air inquisiteur. Comme il y avait longtemps que personne ne l'avait toisé ainsi, Matt résista à l'envie absurde de se mettre au garde-à-vous – un vieux réflexe acquis à l'armée.

Apparemment satisfaite de son examen, l'inconnue hocha imperceptiblement la tête avant de relever les yeux vers lui. Elle était plus jeune qu'il ne l'avait cru a priori malgré ses traits durcis par la tension. Ses yeux noisette luisaient d'un feu intérieur, ses cheveux sombres étaient ramenés en une queue-de-cheval approximative, et à en juger par ses vêtements froissés, son apparence était le cadet de ses soucis.

— Je cherche mon bébé, annonça-t-elle.

— Hum… Je vois, dit Matt, réfléchissant à toute vitesse.

De toute évidence, son interlocutrice était en détresse. Restait à savoir si elle avait besoin de l'aide d'un psychiatre ou s'il devait la renvoyer chez elle avant qu'elle ne s'énerve.

— Mon frère me l'a enlevée, poursuivit-elle avec force. Je pense qu'il l'a amenée ici, à Big Bend, et qu'il se terre quelque part dans le parc national.

Matt haussa un sourcil dubitatif, puis il jeta un coup d'œil autour de lui dans l'espoir de voir entrer un collègue susceptible de se charger de l'affaire ou de l'épauler au cas où l'inconnue perdrait son calme. On ne sait jamais, avec une femme en proie à une vive émotion.

D'ailleurs, sa réaction la crispa visiblement.

— C'est la vérité, insista-t-elle, une pointe de courroux dans la voix. Ça s'est passé il y a trois nuits. Je suis allée m'assurer que ma fille dormait bien, et son berceau était vide. C'est mon frère qui la détient – il me l'a avoué lui-même quand je l'ai appelé pour lui dire que Christina avait disparu. La police les recherche tous les deux à El Paso, mais je suis sûre qu'il s'est réfugié dans le parc.

— Enfin, pourquoi aurait-il amené un bébé ici ? s'enquit Matt, de plus en plus sceptique.

— Parce qu'il nous arrivait souvent de planter notre tente dans le parc, avec mon père, quand nous étions enfants. Joseph a dû y venir parce que les lieux lui sont familiers et qu'il peut s'y cacher facilement.

L'argument était plausible, du moins en surface. Matt étudia le visage de l'inconnue qui semblait sincère. Elle croyait vraiment à son histoire.

Matt, pour sa part, n'était pas convaincu : l'enlèvement d'un enfant aurait fait du bruit, or il n'avait entendu parler de rien.

— Et vous m'avez dit que vous venez de… ?

— El Paso, répéta-t-elle dissimulant mal son impatience.

El Paso… Soit à des heures de voiture du parc, ce qui expliquait peut-être que la nouvelle du rapt ne soit pas encore parvenue jusqu'à Big Bend.

— Vous m'avez donné votre nom ?

— Emma Foster, dit-elle, sortant de son sac une carte qu'elle lui tendit.

Matt s'en empara et la lut rapidement. C'était la carte de visite d'un inspecteur de la police d'El Paso – du moins s'il ne s'agissait pas d'un faux fabriqué par la plaignante elle-même pour qu'on croie à son histoire.

En même temps, pourquoi mentirait-elle ? Matt savait que certains parents maltraitaient leurs enfants dans le simple but d'attirer l'attention. La jolie brune qui se tenait devant lui était-elle femme à inventer un kidnapping de toutes pièces pour les mêmes raisons ?

Soudain, il sentit son estomac se nouer. Avait-elle molesté son bébé ?

— C'est la carte de l'inspecteur chargé de l'enquête, expliqua-t-elle. Appelez-le, il vous confirmera ce que je viens de vous raconter.

Matt hocha vaguement la tête. Tout cela était captivant, digne d'un scénario de cinéma. Néanmoins, et bien que son interlocutrice n'ait pas l'air de plaisanter, il n'était toujours pas prêt à se rendre. On lui avait assez menti par le passé pour qu'il ne se laisse pas attendrir par Emma Foster.

— C'est ce que j'ai l'intention de faire, répondit-il. En attendant, vous pouvez m'expliquer ce qui vous a amenée jusqu'à nous ?

Elle déglutit à plusieurs reprises avant de répondre :

— La police d'El Paso ne dispose pas du personnel suffisant pour passer Big Bend au crible. De ce fait, elle travaille sur d'autres pistes. Alors je suis venue chercher Christina moi-même, et il me faut un accompagnateur – un ranger, si possible.

— Ce n'est pas vraiment dans nos fonctions, commença Matt. Nous sommes plutôt habilités à…

— S'il vous plaît, l'interrompit-elle. Je sais que je vous en demande beaucoup, seulement il faut que j'agisse. Je ne peux pas rester chez moi, les bras croisés alors que ma petite fille a disparu. Je dois absolument participer aux recherches.

Devant le désespoir qui assombrissait son joli visage, Matt sentit sa réticence laisser place à une certaine curiosité. Après tout, il ne perdrait rien à vérifier les dires de l'inconnue…

Quelques coups de fil rapides lui apporteraient sans aucun doute les réponses dont il avait besoin.

— Attendez-moi ici, dit-il.

Voyant la jeune femme se détendre, il leva une main.

— Je ne vous promets rien, cependant je vais appeler quelques contacts, et si vous dites vrai, je verrai ce que nous pouvons faire pour vous.

Elle hocha vigoureusement la tête.

— Merci, dit-elle, ses joues reprenant un peu de couleur, merci infiniment !

Matt regagna son bureau, chercha sur Internet le numéro de la police d'El Paso et demanda à parler au propriétaire de la carte de visite que lui avait remise Emma. En attendant qu'on lui passe son interlocuteur, il se détendit quelque peu : l'inspecteur Randall existait vraiment. Il ne restait plus qu'à lui demander s'il connaissait Emma Foster et à s'assurer qu'elle n'était pas en plein délire.

— Inspecteur Randall ? Ranger Matt Tompson, du parc national de Big Bend, à l'appareil.

Après avoir résumé la situation, il expliqua qu'il cherchait à démêler le vrai du faux, dans l'histoire que sa visiteuse venait de lui raconter.

— Mme Foster ne vous a pas menti, hélas, déclara Randall sans hésiter. Son bébé – une petite fille – a été enlevé il y a trois nuits, et son frère, un dénommé Joseph Foster a reconnu qu'il était l'auteur du méfait. Nous sommes à sa recherche, d'ailleurs.

— C'est plutôt le FBI qui s'occupe de ce genre d'affaires, en temps normal, non ?

— Tout à fait, confirma Randall. Cependant, dans le cas présent, nous concentrons nos efforts sur El Paso et ses environs immédiats. Foster n'a pas pu aller bien loin, contrairement à ce que pense sa sœur.

— Je vois, murmura Matt, songeur.

Emma ne lui avait pas menti, même si ni la police ni le FBI ne croyaient un seul instant que son frère se terre quelque part dans le parc avec le bébé.

— Je ne voudrais pas vous gêner dans votre enquête, et je ne sais trop quoi faire, à part renvoyer Mme Foster chez elle.

— Ce serait l'idéal, seulement elle ne voudra rien entendre. Elle est convaincue que son frère est quelque part dans votre parc. Je lui ai expliqué que nous n'étions pas assez nombreux pour organiser une battue, et je m'apprêtais à contacter vos services pour vous demander d'être attentifs à toute activité suspecte. Ça ne servira probablement pas à grand-chose, dans la mesure où tout semble indiquer que Foster est toujours à El Paso. Un de nos indicateurs nous a juré l'avoir vu avec la petite, pas plus tard qu'avant-hier. De plus, je ne vois pas pourquoi Foster s'enfoncerait dans une nature aussi hostile, à l'écart de tout.

— En effet, ça semble peu réaliste, lui concéda Matt, comprenant que tenter de retrouver un homme et un bébé dans une grande ville comme El Paso revenait à chercher une aiguille dans une botte de foin.

— J'ai expressément demandé à Mme Foster de rester dans les parages, reprit l'inspecteur, exaspéré. Il faut croire que nous n'avons pas la même définition du mot « parages ».

— Entendu, soupira Matt. Je vais lui dire que nous ne pouvons rien faire et que le mieux serait encore qu'elle rentre chez elle.

Maintenant qu'il savait qu'elle lui avait dit la vérité, Matt compatissait avec la jeune femme, bien sûr. D'un autre côté, il n'avait aucune idée de la manière de s'attaquer au problème, et il lui paraissait essentiel qu'Emma Foster collabore avec la police de sa ville.

— À la réflexion, reprit Randall, vous pouvez peut-être quelque chose pour nous.

— Quoi donc ?

— Restez auprès de la plaignante, de manière à pouvoir la surveiller. Bien que nous ne la soupçonnions pas d'avoir enlevé son bébé elle-même, je préfère être tenu au courant de ses activités, au cas où elle découvrirait quelque chose d'intéressant ou dans l'éventualité où son frère essayerait de la joindre.

— Vous y croyez vraiment ? demanda Matt, peu disposé à jouer les nounous d'une entêtée.

— Ça vaut la peine d'essayer, puisqu'elle est déjà à Big Bend. Vous pensez pouvoir faire cela pour nous ?

— Ça doit être possible, oui. Il faut que je voie cela avec ma hiérarchie.

S'il arrivait que les rangers assistent la police, ils traitaient généralement avec les inspecteurs directement concernés par une affaire. Dans le cas présent, Matt serait amené à collaborer avec la victime, sans bien savoir où il allait. Et puis, combien de temps était-il censé rester auprès d'Emma Foster ? Elle lui avait semblé déterminée à passer le parc au crible et refuserait sans doute de repartir tant qu'elle n'aurait pas retrouvé sa fille. Une chose était certaine, en tout cas : Matt ne pourrait pas l'assister indéfiniment.

— Passez-moi votre supérieur, que je lui fasse une demande officielle, dit Randall. Et, merci pour votre aide !

Matt réprima un soupir. Comment avait-il fait pour se mettre dans cette situation ?

— Entendu, dit-il. Je vous rappellerai, mais n'espérez pas de miracle.

Randall étouffa un petit rire.

— Ce n'est pas le cas. Je veux simplement m'assurer que nous n'avons négligé aucune piste. L'un d'entre nous va bien avoir de la chance, sur ce coup-là, non ?

Ce ne sera pas moi, songea amèrement Matt, les bébés n'étant pas son fort.

L'espace d'un instant, le visage de Jennifer lui apparut, et avec lui son cortège de regrets et de ressentiments. Trois ans auparavant, au retour d'une mission à l'étranger, il avait retrouvé sa fiancée, un nouveau-né entre les bras. Et, bien qu'elle lui ait juré qu'il en était le père et que ce soit mathématiquement possible, Matt n'avait eu qu'à regarder le bambin pour savoir qu'il n'était pas de lui. L'enfant – un petit garçon – était tellement craquant que Matt s'était senti fondre. Il lui aurait été facile de l'aimer, malgré les circonstances. Pourtant, il n'avait pas pu pardonner à Jennifer sa duplicité. Une fois que le test de paternité l'avait conforté dans ses convictions, il avait donc fait ses valises et était parti. Et s'il s'était inquiété pour le devenir de Fisher, Jennifer, de son côté, n'avait pas perdu de temps : la porte s'était à peine refermée sur lui qu'elle avait repris contact avec le père biologique de son fils. Aux dernières nouvelles, tous trois vivaient le rêve américain dans une banlieue confortable, et Matt éprouvait un pincement d'envie à chaque fois qu'il pensait à eux. C'était cette existence-là qu'il avait voulue, celle qu'il aurait dû avoir : une épouse, un enfant, un chien et une maison. Il s'était même imaginé au volant d'un monospace, c'est dire ! Ce rêve l'avait porté tout le temps qu'il avait passé dans l'armée, et la trahison de Jennifer lui avait coupé l'herbe sous le pied.

D'ailleurs il n'en était pas encore remis.

Il se passa une main dans les cheveux et, en soupirant, tenta de se débarrasser de ces sombres souvenirs. La voix de son supérieur résonnait dans la pièce voisine et, à en juger par les bribes de conversation qui lui parvenaient, Paul Anderson, le ranger en chef, était emballé par l'idée que Matt collabore avec la police. Bref, il était temps pour lui de porter la bonne nouvelle à Emma Foster.

2

Emma s'avança jusqu'aux posters exposés sur le mur et s'immobilisa pour regarder sans les voir les photos de la faune de Big Bend.

Il faut que cet homme m'aide, se répétait-elle en boucle, comme pour conjurer le sort.

Il n'y avait pas d'autre possibilité : elle ne pouvait pas fouiller le parc à elle seule et n'avait pas les moyens d'engager un guide. Sans l'assistance de ce ranger, il n'y avait pas d'issue.

Il ne l'avait pas crue ; il l'avait même prise pour une folle, elle l'avait lu dans ses yeux bleus. Cela dit, l'inspecteur Randall corroborerait ses dires, et le ranger devrait bien se rendre à l'évidence. Une fois qu'on lui aurait confirmé que Christina lui avait été enlevée, il ne pourrait pas refuser de l'accompagner.

Emma avait toujours peine à croire que son frère ait pu tomber si bas. Il l'avait appelée une semaine plus tôt pour lui demander de l'argent afin de rembourser ses dettes de jeu. Elle lui avait répondu qu'elle ne pouvait pas l'aider, il s'était incliné, et elle avait pensé que les choses s'arrêteraient là.

Lorsqu'elle avait trouvé le berceau de Christina vide, elle avait prévenu la police, puis Joseph. En revanche, elle n'avait pas eu l'énergie de contacter leur mère pour lui annoncer la mauvaise nouvelle.

Joseph ne s'était pas ému outre mesure de la disparition de sa nièce.

— Ta fille va bien, Emma, avait-il affirmé.

— Qu'est-ce que tu en sais ? s'était-elle récriée.

— Je le sais puisqu'elle est avec moi, lui avait-il répondu sans se démonter.

À ces mots, elle avait senti son sang se glacer dans ses veines. Pire, elle avait eu beau implorer son frère de lui rendre sa fille, il était resté de marbre.

— Je t'ai dit que j'avais besoin d'argent, non ? avait-il finalement lancé, sur un ton indiquant qu'il était las de se répéter.

— Et moi, je t'ai expliqué que je n'en avais pas.

— Allons, allons, Em. Tu me racontes des histoires. Tu voudrais me faire croire que tu es fauchée, malgré les indemnités que tu as touchées après la mort de Chris ?

— Je te répète que je suis à sec. Le responsable de l'accident n'est pas solvable. Les indemnités me sont versées au compte-gouttes.

— Peu importe. L'essentiel est que Christina ne risque rien avec moi. Tu la reverras quand tu m'auras donné ce que je te demande.

Là-dessus, il avait raccroché, la laissant dans le désarroi le plus total. La police avait tenté de retrouver la trace de son téléphone, en vain : sans doute s'en était-il débarrassé aussitôt leur communication terminée.

Les autorités pensaient que Joseph resterait là où il vivait, afin de ne pas s'éloigner trop de son environnement habituel. Pour sa part, Emma en doutait fort.

Enfants, Joseph et elle avaient souvent campé à Big Bend avec leur père. En outre, Joseph s'était déjà réfugié dans le parc, soit pour y faire une pause, soit pour échapper à un problème quelconque.

La pensée de sa fille au milieu de cette nature inhospitalière lui donnait la chair de poule. Le parc était immense, et Dieu seul savait où Joseph avait pu emmener Christina – car sa fille était bel et bien là, Emma l'aurait juré. Sa conviction était si forte qu'elle avait déjà décidé de ne pas repartir sans elle.

Fort heureusement, l'hôpital lui avait accordé un congé. Le personnel ne manquant pas, certaines de ses collègues avaient accepté de se charger de son service aux urgences pendant qu'elle s'occupait de son problème. Et comme on lui avait dit de prendre tout le temps dont elle aurait besoin, elle était libre de se concentrer sur sa quête.

Si le ranger qui l'avait accueillie lui paraissait compétent et de taille à gérer une situation périlleuse, la réserve qu'elle percevait en lui l'inquiétait vaguement : serait-il sensible aux innombrables dangers qui guettaient Christina ou profiterait-il de la première occasion pour tenter de renvoyer Emma chez elle avec ses problèmes ?

Il comprendrait bien vite que c'était peine perdue, cela dit. S'il lui refusait son aide, Emma se tournerait vers un de ses collègues et s'acharnerait jusqu'à avoir eu gain de cause.

Sans relâche.

Elle était prête à remuer ciel et terre pour obtenir ce dont elle avait si cruellement besoin. Prête à s'humilier, même, au besoin. À ce stade, elle n'avait plus aucun amour-propre. La seule chose qui lui importait était de retrouver sa fille.

Son impatience croissait à chaque minute. Que fabriquait donc ce ranger ? Un coup de fil à l'inspecteur Randall ne prenait pas une demi-heure…

— Je sais que tu es dans le parc, Joseph, murmura-t-elle pour ses propres oreilles. Et je te retrouverai.

Entendant un claquement de talons retentir sur le carrelage, elle fit volte-face. Le ranger resurgissait enfin des bureaux, le visage fermé. Lorsqu'il fut à proximité, Emma lut dans son regard que le doute avait laissé place à une franche inquiétude.

Parfait. Il la croyait enfin.

— Madame Foster, dit-il gravement. Je me suis entretenu avec l'inspecteur Randall, et croyez bien que je suis navré de ce qui vous arrive.

— Alors vous allez m'aider ? demanda-t-elle, spontanément.

Le voyant hésiter, elle sentit son moral baisser d'un cran. Cela dut se lire sur son visage, car il lui posa une main sur le bras.

— Ne vous inquiétez pas, reprit-il d'un ton rassurant. Je vais faire mon possible. Mais je ne vous promets rien.

Emma fut si soulagée par ces paroles que la tête lui en tourna.

— Je sais, mais je dois essayer, vous comprenez ?

Il acquiesça avant de demander :

— Et si on commençait par le commencement ? Bien que Randall m'ait fourni un certain nombre de détails, j'aimerais entendre votre version de l'incident.

— Pas de problème, monsieur… Je ne suis pas sûre que

nous nous soyons vraiment présentés, même si vous connaissez mon nom. Donc, vous êtes… ?

Le beau visage du ranger s'empourpra légèrement.

— Matt Tompson, balbutia-t-il. Désolé, j'aurais dû vous le dire tout de suite.

— Y a-t-il un endroit où nous pourrions discuter tranquillement ? enchaîna Emma, balayant d'un haussement d'épaules les excuses du ranger.

Il la guida jusqu'à la salle du fond, équipée de bureaux et de chaises, avant de l'orienter vers un comptoir sur lequel trônait une machine à café flambant neuve.

— Vous en voulez un ? lui proposa-t-il.

— Volontiers ! répondit-elle, bien que ce ne soit pas sa boisson de prédilection.

Matt remplit leurs deux tasses, consulta Emma du regard avant d'ajouter un sucre dans la sienne, puis désigna un bureau inoccupé et lui fit signe de s'asseoir face à lui.

Elle referma ses mains sur la tasse, se délectant de la chaleur qui en émanait. Un poids désormais familier lui tomba sur les épaules tandis qu'elle réfléchissait à ce qu'elle allait dire : il lui était toujours difficile de parler de cette nuit funeste. Elle avait perdu le compte du nombre de fois où elle avait dû relater l'histoire à la police ou au FBI, et la répétition n'atténuait en rien sa douleur. Son cœur continuait à s'emballer comme à l'instant où elle avait trouvé le berceau vide et, à chaque fois, elle revivait sa découverte dans toute son horreur.

Pressentant sans doute qu'elle risquait d'en avoir besoin, le ranger poussa vers elle une boîte de mouchoirs en papier. Elle le remercia d'un sourire crispé et prit une profonde inspiration.

— Cette nuit-là, je me suis réveillée en sursaut sans raison apparente.

Elle lui expliqua ensuite qu'elle avait fait le tour de l'appartement sans rien trouver d'anormal et précisa qu'elle avait failli retourner se coucher.

— Seulement il fallait que je voie ma petite fille, sans quoi je n'aurais jamais pu me rendormir. Vous comprenez ?

Le ranger acquiesça avec bienveillance, et Emma apprécia le fait qu'il l'écoute sans la bombarder de questions comme l'avaient fait les autres enquêteurs avant lui. Encouragée par son silence, elle se détendit légèrement.

— C'est alors que j'ai découvert que Christina n'était plus là, conclut-elle, réprimant un sanglot. J'ai immédiatement appelé la police, et comme il n'y avait aucune trace d'effraction dans l'appartement, nous en sommes venus à la conclusion que la personne qui m'avait enlevé ma fille disposait d'une clé. Cela dit, bien que mon frère Joseph ait été le seul à avoir un double de mon trousseau, je ne le croyais pas capable d'un tel acte.

Elle sentit sa colère et son amertume remonter en flèche. Comment avait-elle pu être aussi naïve ?

— Malgré tout, j'ai appelé Joseph ; le fait qu'il me réponde m'a rassurée, jusqu'à ce qu'il m'avoue tout.

— Il n'a même pas tenté de nier ? s'enquit le ranger, haussant un sourcil.

— Non. Je pense qu'il s'apprêtait à me téléphoner pour me dire que la petite était en sécurité avec lui.

— Puis-je vous demander pourquoi il l'a emmenée ?

— Pour que je lui donne de l'argent, lui répondit Emma. Joseph est un joueur. C'est un véritable problème, pour lui, depuis quelques années. Je l'ai aidé une fois à rembourser une petite dette en précisant bien que c'était la dernière. Il n'a rien trouvé à redire à cela, et pendant quelque temps, j'ai cru qu'il avait cessé de jouer alors qu'il continuait en secret. À présent, il doit des sommes faramineuses à la pègre, et il s'est tourné vers moi, il y a environ une semaine, pour me demander mon aide. J'ai eu beau lui expliquer que je n'avais pas les moyens de lui rendre ce service, il n'a rien voulu savoir.

Le ranger pencha la tête sur le côté, et elle vit ses yeux s'étrécir.

— Il ne vous a pas crue, vous voulez dire ? Pourquoi ça ?

Emma s'agita sur sa chaise. Elle n'avait aucune envie d'entrer dans les détails de la mort de Chris et du procès qui avait suivi.

— J'ai poursuivi quelqu'un en justice, il y a un an et demi, et j'ai obtenu réparation. Mon frère est convaincu que je roule sur l'or, et il refuse d'entendre que je n'ai pas un sou.

— En résumé, il vous a enlevé votre fille pour faire pression sur vous, commenta Matt Tompson, une note de mépris dans la voix.

— Exactement, et cela ne change rien au problème : je ne dispose pas de la somme qu'il me réclame, et je n'ose même pas imaginer sa réaction quand il se rendra à l'évidence.

Si Joseph n'était pas d'un naturel violent, Emma ne reconnaissait plus son propre frère et craignait le pire. Il était piégé, et elle espérait que son désespoir ne prendrait pas le dessus sur les principes humains les plus élémentaires.

— Il vous a donné une date butoir ? demanda le ranger, avec un tel calme que, l'espace d'un instant, elle s'autorisa à croire qu'il retrouverait Christina avant qu'il ne lui arrive malheur.

Peut-être serait-ce le cas, d'ailleurs : les rangers n'étaient-ils pas formés pour la traque ?

— Il me reste trois jours, murmura-t-elle, la gorge nouée. Trois jours pour trouver le demi-million de dollars qui lui permettra de s'acquitter de ses dettes.

— Et vous ne l'avez pas, devina-t-il.

— Non ! s'insurgea-t-elle, sans quoi je ne serais pas là ! Je me fiche de l'argent, figurez-vous. Je donnerais à Joseph dix fois cette somme, si ça me permettait de récupérer ma fille.

Matt Tompson leva les mains en signe d'apaisement.

— Désolé. Je ne voulais pas insinuer le contraire.

Le courroux d'Emma retomba presque aussitôt, laissant place au désespoir.

— Je ne dispose pas de cette somme, et je ne vois pas comment la trouver – sauf à attaquer une banque, en admettant qu'elles conservent autant d'argent liquide dans leurs coffres.

— C'est peu probable en effet, convint le ranger.

De nouveau, Emma sentit ses épaules s'affaisser. Depuis quelques jours, elle oscillait entre le besoin vital d'agir et l'abattement le plus total. Et s'il lui était de plus en plus difficile de lutter contre l'obscurité qui menaçait de l'engloutir, elle se devait d'essayer, sans se décourager. Les autorités faisaient leur possible pour retrouver l'enfant, bien sûr. Seulement pour eux, il s'agissait d'une affaire parmi d'autres. Christina était l'univers d'Emma, tout ce qui lui restait, et elle n'aurait pas de repos tant qu'elle ne l'aurait pas retrouvée.

— Si on n'y arrive pas…

Emma n'acheva pas sa phrase. Et si Joseph s'était terré ailleurs que dans le parc, finalement ? Si elle perdait bêtement un temps qu'elle aurait mieux fait de passer à chercher ailleurs ?

Malheureusement, elle n'avait pas le choix. L'inspecteur Randall et ses hommes faisaient de leur mieux à El Paso, et comme ils doutaient que Joseph soit dans le parc, ce n'était pas là qu'ils chercheraient sa fille. Malgré leur conviction – et peut-être contre toute logique – Emma était décidée à s'acharner, même si elle devait passer le restant de ses jours à errer sans résultat.

— On n'en est pas là, murmura Matt, posant une de ses larges mains sur les siennes.

Sa paume était tiède et, bien qu'ils ne se connaissent qu'à peine, Emma tira un certain réconfort de son contact. Elle n'avait eu aucune relation depuis la mort de Chris, et comprit soudain que la compagnie d'un homme lui manquait terriblement. Pas sur le plan sexuel, néanmoins – l'étreinte d'une personne plus robuste qu'elle aurait suffi à la rassurer. Ce ranger, par exemple : si seulement elle avait pu se blottir contre lui et oublier craintes et soucis ! Oui, en ces temps troublés, elle avait envie qu'on s'occupe d'elle, qu'on règle ses problèmes et qu'on l'aide à retrouver le sommeil.

Elle se ressaisit bien vite. Si l'idée était plaisante, elle restait du domaine du fantasme. Dans la réalité, il n'existait pas de chevalier en armure, prêt à la tirer de son cauchemar. Et bien que se targuant d'être une mère célibataire accomplie, elle n'avait pas honte de reconnaître qu'il lui manquait quelqu'un avec qui partager les joies et les peines du quotidien, une épaule sur laquelle pleurer.

Chris lui avait apporté tout cela, autrefois. Revivrait-elle jamais une telle félicité ?

Ça n'avait aucune importance, au fond, surtout en ce moment. Emma ne pouvait pas se permettre de s'apitoyer sur son sort, cela risquait de la distraire de son entreprise.

— Je m'efforce de positiver, affirma-t-elle, revenant à regret à la conversation en cours. Et ce n'est pas facile, croyez-moi. J'ai l'impression que les minutes tirent en longueur, et je ne vous parle pas des heures.

— J'imagine, oui, dit Matt, comme s'il savait exactement par quelles affres elle passait.

— Vous avez des enfants ? s'enquit-elle, presque certaine qu'il faisait un père formidable.

À sa grande surprise, le regard du ranger se ternit, et elle eut l'impression qu'un mur venait de s'ériger entre eux.

— Non, répondit-il sèchement.

— Pardonnez-moi, je ne voulais pas être indiscrète ! balbutia-t-elle, comprenant qu'elle avait touché une corde sensible.

Il s'empressa de changer de sujet.

— Donc, votre frère et vous-même veniez souvent camper dans notre parc quand vous étiez enfants… Bien, je vais aller chercher une carte, et vous m'indiquerez les endroits où Joseph aurait pu se réfugier.

Sur ces mots, il se leva et sortit, laissant Emma face à son café désormais froid.

Elle s'empara de la tasse pour se plonger dans la contemplation du liquide noir.

Elle respirait enfin. Et quand elle vit Matt Tompson revenir, avec sa démarche assurée, elle sentit une sensation étrange grandir dans sa poitrine.

Elle mit quelques secondes à comprendre que c'était de l'espoir, tout simplement.

Les choses étaient bien plus compliquées que Joseph ne l'avait imaginé. Il se renfrogna en regardant sa nièce jouer avec la balle en tissu qu'elle faisait rouler sur le sac de couchage. Et si pour l'instant, elle était tout sourire, il avait vite appris que la fillette était d'humeur changeante. Dix minutes auparavant, elle avait fait une colère parce qu'il lui avait retiré un caillou de la bouche, et il se demandait comment faisait sa sœur pour élever seule son bébé. Il ne s'en occupait que depuis trois jours et déjà, il était prêt à jeter l'éponge.

— Allez, c'est bientôt fini, dit-il à mi-voix pour ne pas déranger l'enfant dans son jeu.

Il avait donné à sa sœur un délai plus que généreux pour rassembler les fonds dont il avait besoin, et l'amertume ne le quittait pas. Les choses auraient dû être différentes : c'était en toute bonne foi qu'il avait sollicité Emma. Il aurait réglé la question autrement – il avait sa fierté, après tout – s'il avait entrevu une autre solution. Hélas, Karnov n'était pas patient ; la rumeur disait qu'il était en cheville avec la mafia russe – une rumeur que Joseph avait choisi d'ignorer en son temps, ce qui avait constitué une erreur.

Monumentale.

Il eut une sueur froide au souvenir de la manière dont Karnov l'avait « prévenu » : Joseph avait été enlevé en pleine rue, puis jeté à l'arrière d'une camionnette, un sac de toile sur la tête. Quand le véhicule s'était arrêté, on l'avait conduit *manu militari* dans un entrepôt où on l'avait débarrassé du sac de toile, et il avait vu le visage fermé de Karnov.

— On n'était pas forcés d'en arriver là, avait susurré le Russe.

— Par pitié… Je ferai tout ce que vous voulez, avait imploré Joseph, à deux doigts de mouiller son pantalon, et ne tenant debout que grâce aux deux colosses qui le maintenaient fermement. Laissez-moi le temps de réunir la somme que je vous dois. Un mois suffira.

— Deux semaines, avait rétorqué l'autre en armant son revolver avant de laisser son bras retomber le long de sa jambe. Et puis, il y a les intérêts, ce qui porte ta dette à cinq cent mille dollars.

Joseph avait blêmi à cette annonce, mais il n'était pas en position de protester.

— Merci, avait-il marmonné, la gorge sèche.

Ensuite, et pour la énième fois, il avait maudit le sort qui lui jouait des tours : il avait commencé par parier sur la mauvaise équipe de football, avant de se tourner vers les courses, ce qui n'avait fait qu'aggraver les choses.

Voilà pourquoi, faute de mieux, il s'était tourné vers sa sœur. Il avait promis de la rembourser et il avait été sincère ! À ce moment-là, il n'avait encore pas l'intention de blesser Emma, seulement de lui demander un prêt.

Malheureusement, elle ne l'avait pas entendu de cette oreille.

— Joseph, avait-elle dit sur ce ton de reproche mêlé de déception que sa mère utilisait pour s'adresser à lui, ces dernières années. Comment as-tu fait pour te remettre dans le pétrin ? Tu es plus intelligent que ça, tout de même !

Intelligent, il l'était, certes. Seulement ni les équipes de football ni les chevaux ne respectaient ce trait de caractère. C'était une question de chance, et elle ne lui avait pas souri depuis trop longtemps. Sa mauvaise fortune le contrariait presque autant que l'attitude de sa sœur. Il voyait dans son refus une trahison, rien d'autre. Emma avait touché des indemnités après la mort de son fiancé, il le savait. Et elle lui mentait ouvertement en prétendant qu'elle n'avait rien à lui offrir.

— Je n'ai pas d'argent, avait-elle répété à plusieurs reprises, comme pour l'en convaincre. Le responsable de la mort de Chris est presque aussi pauvre que moi, de sorte que je n'ai encore rien touché ou presque.

Et elle s'imaginait que Joseph allait la croire ? Si le chauffeur du véhicule incriminé n'avait pas encore soldé leurs comptes, il devait verser à Emma des sommes mensuelles qui s'ajoutaient les unes aux autres. Et comme une année entière s'était écoulée depuis le procès, d'après les calculs de Joseph, en plus de ne manquer de rien, Emma possédait certainement de quoi lui laisser le temps de se retourner.

Karnov avait la réputation d'être brutal, on disait qu'il était allé jusqu'à mutiler certains de ses débiteurs. Hélas, Joseph avait eu beau lui expliquer tout cela, Emma était restée sur ses positions, en plus de continuer à lui mentir.

— Je vois, tu préfères garder ton magot pour payer les études de Christina, lui avait-il lancé en désespoir de cause. Et ça t'arrange bien d'oublier qu'elle est encore toute petite, et que d'ici à ce qu'elle soit en âge d'entrer à l'université, j'aurai eu tout le temps de te rembourser.

— Inutile d'insister, Joseph, avait été la seule réponse de sa sœur. Je ne peux rien pour toi.

Ou plutôt, elle ne *voulait* rien faire pour lui… S'il en avait eu le temps, il serait probablement parvenu à la convaincre de lui prêter la somme dont il avait tant besoin. Malheureusement pour lui, quelques heures après cette conversation stérile, les sbires de Karnov l'avaient retrouvé pour lui administrer une correction dont il se souviendrait longtemps. C'est pourquoi, et même s'il n'était pas fier de lui, il se disait que sa sœur avait cherché ce qui lui arrivait : si elle lui avait donné ce qu'il lui demandait, au lieu de s'accrocher à son bas de laine, il n'aurait pas été contraint de lui arracher sa fille.

Il jeta un coup d'œil à la petite et vit qu'elle s'était lassée de sa balle et s'était mise à ramper vers le sac à dos ouvert devant elle.

— Sûrement pas, ma puce, gronda-t-il, mettant le sac hors de la portée du bébé.

Aussitôt, elle poussa un cri perçant, de grosses larmes se mirent à rouler sur ses joues rebondies.

— Allons, allons, poupée, reprit Joseph dans l'espoir de la calmer.

— Tu as faim, c'est ça ?

En désespoir de cause, il ouvrit un tube de compote et le lui mit dans la bouche. Surprise, la fillette cligna des yeux. Elle mordilla l'embout du tube pendant un bon moment, puis, trouvant le compromis acceptable, se mit à téter goulûment – et surtout en silence.

Joseph soupira d'aise.

La trêve serait de courte durée, néanmoins. Il le savait déjà.

Amener le bébé à Big Bend n'avait pas été bien malin, en fin de compte, mais dans sa panique, il n'avait pas vu d'autre possibilité. Il était souvent venu camper ici, les lieux lui étaient familiers, mais maintenant qu'il avait la responsabilité d'un enfant, il s'apercevait des difficultés auxquelles son père avait dû être confronté à l'époque. Il n'y avait aucun confort, dans ce désert – ce dont, heureusement, Christina était trop petite pour se rendre compte. Il s'était muni de couches, de petits pots et de quelques tubes de compote en pensant que cela suffirait, et il commençait à trouver que camper avec un bébé n'était pas de tout repos. Le seul avantage de la chose était qu'ils se trouvaient suffisamment à l'écart pour que les pleurs de Christina ne dérangent personne.

Enfin, encore quelques jours à souffrir, et le problème serait réglé.

La police devait être à sa recherche et le considérait sûrement comme un danger pour sa nièce. Il n'avait pourtant pas l'intention de lui faire du mal : dès qu'il aurait l'argent, il ferait en sorte qu'Emma récupère sa fille. Il n'assisterait pas aux retrouvailles, cependant. Il demanderait à Emma de laisser la mallette dans un lieu public avant d'appeler Karnov pour lui dire où la trouver. Et tant mieux si ses sbires tombaient sur la police en allant la récupérer. Karnov serait furieux de constater qu'il avait été dupé, mais le temps qu'il réagisse, Joseph serait loin, et cette affaire ne serait plus qu'un mauvais souvenir.

Il ressortit la balle du sac et la posa devant Christina qui la regarda avec intérêt, lâchant le tube de compote qu'elle venait de vider.

— Ba... ba... ba, gazouilla-t-elle, s'avançant vers la balle pour s'en emparer.

Joseph fronça les sourcils. Sa couche sentait terriblement mauvais.

— Dis donc, toi, grommela-t-il. Je ne viens pas de te changer ?

Il tira du sac une couche et des lingettes, se mit au travail de mauvaise grâce, puis tenta de se raisonner.

— On n'en parlera plus d'ici quelques jours, marmonna-t-il entre ses dents.

Quelques jours... Autant dire une éternité.

3

— Vous en avez encore pour longtemps ?

Matt leva les yeux de l'ordinateur, le temps de rassurer Emma d'un sourire. Elle faisait les cent pas devant son bureau depuis une vingtaine de minutes sans chercher à dissimuler son impatience, mais l'expédition en vue exigeait un minimum de préparatifs – dont cet avis de recherche à dispatcher dans le parc, pour que rangers et visiteurs soient au courant de l'enlèvement.

— J'ai presque terminé, répondit-il. Il ne me reste plus qu'à ajouter une photo.

— Une photo de Christina ou de Joseph ?

— Les deux, si vous avez cela sur vous. Autant montrer aussi à quoi ressemble votre frère, vous ne croyez pas ?

Emma sortit son téléphone de sa poche et en fit défiler l'écran. Au bout d'un moment, elle se posta derrière Matt pour qu'il puisse regarder avec elle.

— La voilà, ma merveille, murmura-t-elle d'une voix brisée.

C'était effectivement un beau bébé qui tenait de sa mère son visage en forme de cœur et ses boucles sombres. Ses yeux étaient d'un bleu éblouissant, et son sourire était si communicatif que Matt ne put s'empêcher de le lui retourner.

C'était toujours un crève-cœur, pour lui, de voir un nourrisson, même sur un écran. Il s'était attaché au petit Fisher, et s'il était resté avec Jennifer, il l'aurait aimé comme son propre fils.

— Quel âge a-t-elle, déjà ?

— Dix mois, tout juste.

Dix mois… Soit presque l'âge de Fisher quand les résultats du test ADN lui avaient prouvé qu'il n'en était pas le géniteur.

Matt se demandait souvent si le petit garçon, à présent âgé

de trois ans, se souviendrait de lui ou si, ayant vécu son départ comme un abandon, il avait préféré l'oublier.

Il s'éclaircit la voix et tenta de revenir à son problème du moment.

— C'est-à-dire bien trop jeune pour être séparée de sa maman, commenta-t-il.

Emma hocha la tête.

— Elle a commencé à manger des aliments solides, alors comme Joseph a pensé à se munir de nourriture pour bébé, elle ne mourra pas de faim. Elle reste tout de même attachée à son biberon, ce que mon frère ignore en revanche.

— Nous la retrouverons, affirma Matt, révolté par la pensée du bébé réclamant désespérément son lait.

Il avait mis l'angoisse d'Emma sur le compte de l'instinct maternel, sans réfléchir aux aspects pratiques du rapt. À présent, néanmoins, il prenait toute la mesure des problèmes d'organisation : les couches à changer, l'alimentation, l'habillement, et même les câlins. Et si tout cela était, en théorie, à la portée du premier demeuré venu, du point de vue de Christina, il devait en aller autrement. Elle était habituée à la seule présence de sa mère, et se trouver ainsi entre les mains d'un étranger devait être une source de stress terrible.

Raison de plus pour se mettre en route au plus vite.

— Allez, envoyez-moi cette photo-ci, ainsi qu'une de Joseph, si possible.

Emma s'exécuta aussitôt ; Matt inséra les clichés dans le prospectus et lança l'impression. Lorsque les pages furent ressorties de la machine, Emma s'empara de l'une d'entre elles et la lut attentivement.

Le document était simple : Christina et Joseph y apparaissaient, et toute personne qui les apercevrait était priée de contacter les rangers ou la police.

— Ça me paraît bien, murmura Emma, s'essuyant les yeux du revers de la main.

Devant son désarroi, il sentit l'émotion le gagner.

— Je peux faire quelques modifications, si vous voulez, proposa-t-il, faute de mieux.

Elle secoua vigoureusement la tête.

— Non, c'est parfait. Simplement, je ne pensais jamais voir le visage de ma fille sur ce genre d'affiches. On s'imagine toujours que ça n'arrive qu'aux autres.

— Je sais, Emma. Et vous avez toute ma sympathie.

Quitter Fisher avait été une des décisions les plus difficiles qu'il ait jamais prise – et il n'avait été en contact avec le petit bonhomme que l'espace de quelques mois. Emma Foster réagissait plutôt bien à la situation, en fin de compte – son courage forçait même l'admiration.

— Christina est mon univers, répéta-t-elle dans un sanglot. Jamais je n'abandonnerai mes recherches.

Pourquoi faisait-elle face à l'adversité toute seule ? se demanda Matt. Comment se faisait-il que le père du bébé ne soit pas de la partie, lui aussi ? Son interlocutrice lui semblait pourtant du genre à rechercher la stabilité, la vie tranquille dont lui-même avait rêvé, et qu'il aurait eue si Jennifer ne lui avait pas menti. Emma et le père de son bébé avaient-ils vécu une histoire semblable à la leur ?

Ça ne le regardait pas bien sûr, pourtant la curiosité l'emporta :

— Où est le père de Christina ? s'enquit-il.

Emma se crispa visiblement et, l'espace d'un instant, il crut qu'elle allait esquiver la question. Pour finir, elle murmura d'une voix sombre :

— Il est mort.

— Oh ! s'exclama-t-il, penaud. Désolé, je n'aurais pas dû…

Elle balaya ses excuses d'un haussement d'épaules.

— Vous ne pouviez pas le savoir.

Gêné malgré tout, Matt s'empressa de changer de sujet.

— Je vais laisser une pile d'affiches à l'accueil du parc. Ensuite, il ne me restera plus qu'à rassembler quelques affaires, et je pourrai me mettre en route.

— *Nous* pourrons nous mettre en route, rectifia Emma.

Matt fit la moue.

— Je me demande si c'est une bonne idée, finalement…, commença-t-il.

— Je viens avec vous, Matt, coupa Emma. J'y tiens. Encore une fois, je ne peux pas attendre les bras croisés.

Il prit une longue inspiration et essaya autre chose.

— Je comprends votre frustration de ne pas pouvoir agir, cependant je reste convaincu qu'il vaudrait mieux que vous m'attendiez ici. Supposez que votre frère essaie de vous contacter. Le réseau n'est pas très fiable à l'intérieur du parc, et vous risquez de ne pas recevoir son coup de fil.

Voyant Emma grimacer comme si elle n'avait pas pensé à cela, il crut avoir gagné la partie.

Il se trompait : elle secoua énergiquement la tête avant d'annoncer, le mentor haut :

— Je suis prête à prendre ce risque.

Bien. Matt allait devoir la secouer un peu pour la forcer à entendre raison.

— Écoutez, Emma. Je ne *peux* pas vous emmener. Vous ne feriez que me ralentir, ce qui m'obligerait à réduire mon champ de manœuvre.

— Ce ne sera pas le cas, rétorqua-t-elle avec assurance.

Matt fit courir son regard sur son corps pour évaluer sa condition physique. Malheureusement, ses vêtements amples ne révélaient pas grand-chose.

Oh ! et puis quelle importance au fond ? Elle était déterminée à le suivre, alors autant s'incliner. Si jamais elle n'allait pas assez vite pour lui, il serait toujours temps de la renvoyer à l'accueil du parc.

— Puisque vous insistez…, grommela-t-il pensant qu'elle comprendrait vite que l'exercice était trop ardu pour elle et qu'elle ne serait que trop heureuse de rebrousser chemin.

— Vous êtes équipée ? demanda-t-il, dans l'espoir qu'elle lui réponde par la négative.

— Oui ! Parée pour l'aventure, affirma-t-elle sans sourciller.

— Si ça ne vous fait rien, j'aimerais tout de même inspecter votre sac, histoire de m'assurer que vous n'avez pas oublié l'essentiel.

— Pas de problème. Je vais le chercher.

Elle revint quelques minutes plus tard, chargée d'un sac à dos qui avait vu des jours meilleurs, ce qui rassura vaguement Matt : ce n'était pas l'équipement d'une novice, elle avait donc l'habitude du camping.

Elle posa son sac sur le bureau et l'ouvrit de manière un peu théâtrale avant de lancer, sur un ton de défi :

— Allez-y, inspectez, jugez par vous-même.

Manifestement, elle avait vu clair dans son jeu. Pour autant, Matt n'était pas disposé à s'excuser.

Après tout, on l'avait mêlé à cette enquête sans lui demander son avis, et il devait s'assurer qu'Emma Foster était à même de le suivre.

Il fouilla ses affaires, un peu gêné tout de même de sentir son regard sur lui. Et puis le doute fit place à l'admiration. Elle avait pensé à tout ; elle était fin prête – du moins sur le plan matériel.

— OK, dit-il. Donnez-moi le temps d'aller prendre mes affaires, et nous pourrons y aller.

Elle hocha la tête avec un soulagement évident.

— Super. Vous avez déjà fait ce genre de travail ?

— Pas vraiment, non, dit-il.

S'il n'avait jamais été amené à faire de recherches de ce type en sa qualité de ranger, l'expédition lui rappelait une de ses missions en tant que soldat. Son équipe et lui-même avaient été chargés de passer un pan du désert africain au peigne fin, à la recherche d'un terroriste, et étaient rentrés bredouilles, ce qu'il s'abstint toutefois de préciser.

Le soleil était si éblouissant qu'Emma en avait mal aux yeux. Elle se félicita d'avoir emporté un chapeau et pria silencieusement pour que Joseph pense à protéger Christina des UV.

Elle continuait à se demander ce qui était passé par la tête de son frère. D'un naturel fougueux, il avait toujours obéi à ses impulsions plutôt que de prendre le temps de réfléchir, et ça ne s'était pas arrangé après la mort de leur père – à l'issue de laquelle son goût pour le jeu s'était transformé en franche addiction.

De là à kidnapper un bébé cependant, il y avait une marge. Surtout une nièce qu'il avait bercée dans ses bras et avec qui il lui était arrivé de jouer. Du coup, Emma s'interrogeait : Joseph lui avait-il donné des indices qu'elle avait négligés, ou s'agissait-il d'une autre facette, bien plus inquiétante, de sa personnalité profonde ? Bref, il lui était devenu étranger, et elle savait déjà qu'une fois cette affaire terminée, elle pleurerait le frère qu'elle avait perdu, quelle que soit l'issue de ce malheureux épisode.

Elle jeta un coup d'œil à Matt qui marchait à ses côtés. Bien qu'il n'ait pas caché sa réticence à l'emmener, il était bon joueur : il aurait facilement pu accélérer la cadence pour la décourager, au lieu de quoi il avançait d'un pas régulier, ce dont elle lui sut gré.

— Il y a longtemps que vous êtes ranger ? demanda-t-elle, pour se changer les idées.

— Un peu plus d'un an, répondit-il.

— Et avant ? Vous faisiez quoi ?

— J'étais dans l'armée.

De toute évidence, Matt Tompson n'était pas beaucoup plus bavard qu'elle, ce qui n'avait pas grande importance.

— Tiens ! Joseph aussi, commenta-t-elle. Il s'est engagé dans la marine en sortant du lycée.

— Vraiment ? dit Matt en se tournant vers elle avec intérêt. Et il y est resté combien de temps ?

— Seulement quelques années. Il a été renvoyé de façon déshonorante.

— Je vois, marmonna Matt, comme si cela expliquait tout.

Manifestement, il avait une mauvaise opinion de Joseph. Normal : un être humain digne de ce nom n'enlevait pas un nourrisson.

— Joseph est très impulsif, expliqua Emma. Et il adore parier. Pendant un moment, il a réussi à se contrôler, mais après la mort de notre père, il est parti en vrille. Et comme il était célibataire et qu'il n'avait personne à charge, il n'a rien trouvé de mieux à faire que de créer un cercle de parieurs. Il a fini par se faire pincer, évidemment. Ses supérieurs n'ont pas apprécié, et ils se sont débarrassés de lui.

— C'est bien l'armée ça, s'exclama Matt. Bien que l'institution ne soit pas parfaite, elle exige l'exemplarité de la part de ses membres.

Emma, qui ne se souvenait que trop bien de la détresse de sa mère lorsqu'elle avait appris la nouvelle, hocha la tête.

— Oui. Joseph est rentré, tout piteux. Au début, maman et moi avons espéré qu'il avait tiré une leçon de ce qui lui était arrivé. Nous l'avons supplié de se faire aider pour se débarrasser de son addiction, en vain.

— Vous avez dû traverser une période difficile…

— Je ne vous le fais pas dire. Ça a été terrible, surtout pour ma mère. Joseph a d'abord prétendu qu'il « gérait », comme il le disait. Il s'est tenu à carreau pendant quelque temps, et puis l'attrait du jeu a été plus fort que lui et il a recommencé.

— À quoi joue-t-il ?

— Aux courses, répondit Emma, posant le pied sur un tronc qui leur barrait le chemin.

Malheureusement, le bois étant recouvert de mousse, elle se sentit glisser en avant. Elle sentit les bras de Matt se refermer sur sa taille, l'arrêtant dans sa chute, tandis que son visage venait heurter l'épaule du ranger. La douleur lui arracha un petit cri. Aussitôt, Matt relâcha son emprise.

— Ça va ? Désolé, je ne voulais pas…

— Vous n'y êtes pour rien. Merci de m'avoir rattrapée.

— C'était le moins que je puisse faire, dit-il.

Il tendit un bras vers elle pour retirer la main qu'elle avait portée à son nez endolori.

— Vous saignez, Emma. Asseyez-vous, lui ordonna-t-il.

Il fouilla dans son sac et en tira une petite boîte en plastique dont il sortit des compresses. Puis il lui déposa délicatement un carré de gaze sur l'arête du nez.

— Tenez, voici un peu de glace, ajouta-t-il en lui tendant une petite poche froide qu'elle appliqua sur la bosse.

— Je peux jeter un coup d'œil ? demanda Matt, soulevant doucement la poche.

Le voyant se rembrunir, Emma demanda :

— C'est si moche que ça ?

— Disons que ce n'est pas joli joli, mais je ne crois pas que ce soit cassé.

— Dans ce cas, tout va bien !

— Mouais, répondit-il d'un ton sceptique.

— C'est gentil, de me remonter le moral, rétorqua-t-elle d'un ton railleur.

— Pardonnez-moi, seulement il ne m'était encore jamais arrivé faire saigner une femme, alors je ne suis pas très fier de moi.

— Ce n'est pas votre faute, voyons ! J'irais même jusqu'à dire que vous m'avez épargné le pire : sans vous, je serais tombée la tête la première, et je ne m'en serais pas tirée à si bon compte.

— Vous avez peut-être raison, convint-il.

— Et puis j'en ai vu d'autres et de plus sévères, je peux vous l'assurer.

— Ah ? fit-il, la dévisageant, les sourcils froncés. On vous a déjà fait du mal ?

— Par accident, précisa-t-elle, soucieuse d'établir la vérité. Je déplaçais un canapé avec mon fiancé ; il a cru que j'allais dans un sens, j'ai pensé le contraire, et nous avons fini par tout lâcher... sur mon pied. Je me suis affalée sur le coin d'une table. Résultat pour moi : un pied cassé et les deux yeux au beurre noir.

— Quelle histoire !

— Je ne vous le fais pas dire.

Matt sortit deux bouteilles d'eau de son sac et en tendit une à Emma.

— Je peux savoir ce qui est arrivé à votre fiancé ? s'enquit-il d'une voix douce. Si ça n'est pas indiscret, bien sûr.

Emma but une gorgée d'eau pour gagner un peu de temps. Elle n'évoquait Chris que très rarement, et jamais devant des étrangers. Matt n'était plus vraiment un inconnu, cependant : il l'assistait dans ses recherches et, bien qu'ils n'aient encore fait que commencer, elle avait le sentiment qu'ils formaient une bonne équipe, tous les deux.

— Il a été tué dans un accident de voiture, répondit-elle avant de préciser : Une semaine avant notre mariage.

— C'est terrible, commenta Matt, lorsqu'elle lui eut raconté les circonstances de l'accident.

Elle refoula les larmes qui lui étaient montées aux yeux.

— Je suis navré pour vous, Emma. Vraiment ! déclara-t-il, refermant sur les siennes une de ses mains puissantes.

— Merci, murmura-t-elle, avant de préciser : Quelques semaines plus tard, je me suis aperçue que j'étais enceinte. Une fois le choc passé, j'ai considéré cette grossesse comme le dernier cadeau de Chris.

— De sorte que votre fiancé n'a jamais su qu'il allait devenir papa ?

— Non, dit tristement Emma.

À ses yeux, c'était l'un des aspects les plus affligeants de ce décès – le fait que Chris soit parti avant d'avoir appris la nouvelle. Il aurait été tellement heureux !

— Bon sang, grommela Matt. C'est encore plus déplorable. Et l'autre conducteur ?

— Physiquement, il n'a pas eu grand-chose. Pour le reste, la défense s'est servie d'un vide juridique pour lui éviter la prison. Quand j'ai vu cela, je l'ai poursuivi pour homicide involontaire.

— Ça me paraît normal. Je suis même étonné qu'il s'en soit tiré aussi facilement.

— Il avait un bon avocat, que voulez-vous ?

Emma se souvenait avec amertume du ténor du barreau tiré à quatre épingles qui était entré dans le tribunal comme s'il en était le propriétaire, pour y faire un discours incompréhensible à l'issue duquel son client avait été libéré. Et comme personne n'avait été en mesure de lui fournir d'explications satisfaisantes, elle avait dû se résigner à passer à l'étape supérieure.

— Vous avez tout de même remporté le procès en appel, non ?

— Oh que oui ! Même son super avocat n'a pas pu lui épargner ça. Le tribunal l'a condamné à me verser des indemnités importantes. C'est d'ailleurs pour ça que Joseph s'imagine que je suis en mesure de l'aider.

— Et ce n'est pas le cas ?

— Non. Ces indemnités sont échelonnées, de sorte que j'en touche une petite partie de temps à autre et que je n'ai toujours pas de quoi assister mon frère.

— Il le sait ?

— J'ai essayé de le lui expliquer, en vain. Il s'est tourné vers moi, avant de m'enlever Christina. Je lui ai exposé la situation, et il ne m'a pas crue. Quelques jours après cette conversation… ma fille s'est volatilisée.

Matt l'étudia attentivement, en silence. Ses yeux bleus brillaient d'intelligence, et Emma se demanda à quoi il pensait. Décidément, cet homme l'intriguait. Dans d'autres circonstances, elle aurait cherché à mieux le connaître, à savoir ce qu'il cachait derrière son beau visage.

Ce n'était pas le moment, cependant. Rien ne devait la distraire de sa quête.

Elle retira la compresse de son nez, l'inspecta puis, constatant qu'elle ne saignait plus, ramassa son sac.

— Allons-y. Nous avons perdu suffisamment de temps comme ça.

Aussitôt, Matt se leva et passa les bras dans les lanières de son sac à dos.

— Passez devant, je vous suis.

Emma partit d'un pas décidé. Le ranger savait écouter, et il était facile de se confier à lui. Toutefois, elle ne devait pas laisser sa solitude et son besoin de réconfort prendre le dessus. Une seule chose comptait, dans l'immédiat : retrouver Christina.

Matt devait bien reconnaître qu'Emma Foster avait de l'endurance.

Elle avançait d'un bon pas, sans montrer que son nez se rappelait à son bon souvenir à chaque battement de cœur. À croire que l'incident l'avait encore aiguillonnée davantage.

Il avait affaire à une battante : peu de gens auraient réussi à fonctionner ainsi après l'enlèvement de leur enfant.

Il se reprocha la manière dont il l'avait d'abord accueillie. Il avait été bien avisé de garder ses doutes pour lui, car mieux il la connaissait, plus il voyait en elle un être d'exception.

Il fut un peu étonné de s'apercevoir qu'il avait envie d'en apprendre davantage sur son compte. Elle ne l'attirait pas uniquement sur le plan sexuel, même s'il la trouvait plutôt jolie. Mû par cette pensée, il laissa courir son regard sur son corps et s'arrêta sur le bas de ses reins, le temps de se demander ce qu'il ressentirait s'il y posait une main. Son corps lui avait paru accueillant, quand il l'avait rattrapée au vol, mais son esprit n'avait pas enregistré ce détail avant qu'elle se soit détachée de lui. Quel dommage que l'instant ait été si fugitif !

Il se fit des reproches en silence. Cette femme était en difficulté, elle avait un but, et il doutait fort qu'elle soit intéressée par une approche de sa part, tant qu'elle ne serait pas parvenue à ses fins.

Il n'aurait même pas dû y penser, d'ailleurs. Malheureusement pour lui, il avait toujours eu une imagination débordante.

Soucieux de museler ses fantasmes, il reprit la parole :

— Au fait, je ne vous ai même pas demandé ce que vous faisiez, dans la vie.

Elle s'immobilisa et se tourna vers lui avec étonnement.

— Moi ? Je suis infirmière.

Matt hocha la tête.

Cela n'avait rien de surprenant : elle avait le bon sens et le côté terre à terre indispensables à sa profession, et derrière son air aguerri, elle dissimulait, il le pressentait, une empathie sans limites.

— Dans quel service ?

— Aux urgences.

Oui, ça tombait sous le sens, et il aurait dû s'en douter au lieu de s'étonner de son calme, dans ces circonstances particulièrement éprouvantes.

— Eh bien, vous devez en voir de belles ! commenta Matt.

Elle lui sourit brièvement.

— Effectivement. Et je vous avoue que ce sont les cas les plus incongrus qui m'aident à tenir le coup, face à la tragédie.

— Je comprends, renchérit Matt. J'ai été confronté à des horreurs, quand j'étais dans l'armée, parfois causées par des erreurs si grossières qu'il valait mieux en rire.

Emma le considéra d'un air entendu, et il sentit une véritable complicité s'installer entre eux. Pour la première fois depuis des années, il avait l'impression d'être parfaitement compris. Il n'avait eu ce genre d'affinités qu'avec de rares camarades, à l'armée ; même la communauté pourtant soudée des rangers n'avait pas cette qualité.

Restait à savoir si Emma percevait ce lien invisible.

Il lui aurait posé la question, s'il avait su comment la formuler sans lui donner l'impression qu'il la courtisait.

Il n'eut pas le temps d'y réfléchir davantage car elle se remit soudain en route, au pas de course. Il s'empressa de la suivre et d'aller la retrouver dans la petite clairière toute proche où elle s'était arrêtée.

Elle se tenait droite, en plein milieu de la trouée, et inspectait le sol sans que Matt voie ce qui l'avait attirée là.

— Emma ?

Au lieu de pivoter vers lui, elle se mit à tourner en rond, le regard rivé sur l'herbe et la terre qu'elle foulait. Que pouvait-elle bien chercher ?

Au bout d'un moment, elle haussa les épaules, une moue déçue aux lèvres.

Matt s'avança vers elle.

— Nous avons atteint l'un des endroits où vous campiez avec votre famille, c'est cela ?

— Il nous est arrivé de planter notre tente dans les parages, et ce n'était pas notre lieu de prédilection, mais j'ai vraiment cru voir quelque chose briller dans ce coin. C'est pour ça que je suis sortie du sentier.

— On peut continuer à chercher, si vous voulez, lui proposa Matt, bien qu'il se fasse tard.

— C'est inutile, dit-elle sans conviction.

— Pourquoi ? Vous n'avez pas eu d'hallucination, que je sache. Les gens laissent leurs détritus un peu partout, malheureusement.

— Il s'agissait sans doute d'un emballage quelconque, répondit-elle dans un soupir. Ce qui ne nous avance guère.

— Certes, rétorqua-t-il avant d'arpenter l'espace comme Emma l'avait fait quelques instants plus tôt. Enfin, autant nous en assurer tant que nous sommes là, vous ne croyez pas ?

Ils fouillèrent la clairière des yeux en silence, partant dans des directions opposées afin de ne pas se marcher sur les pieds.

— Matt ! s'écria soudain Emma, d'une voix étranglée. Regardez ça.

Elle tenait en main un tube vide dont émergeait une pipette en plastique. Lorsqu'il s'approcha, Matt vit qu'il s'agissait d'une compote pour bébé.

Les beaux yeux noisette d'Emma se mirent à briller d'excitation.

— C'est *ça*, que j'ai vu ! Le soleil s'est reflété sur l'emballage et…

— Sans doute, convint-il, avant d'ajouter : On dirait que cet emballage vous rappelle quelque chose…

— Pour le moins, oui, rétorqua Emma avec un entrain qu'il ne lui avait pas encore vu. Christina adore ces compotes, si je l'écoutais, elle ne mangerait que ça. Joseph est venu ici !

Matt se rembrunit. Emma semblait convaincue que l'emballage avait été oublié là par son frère, ce qui n'était qu'une éventualité : il pouvait tout aussi bien avoir été laissé là par un visiteur négligent, des semaines plus tôt. Et quand bien même, comment savoir où Joseph avait emmené l'enfant après avoir quitté la clairière ? Car, toujours en admettant qu'il se soit effectivement arrêté ici, il devait être loin à présent. Après tout, la frontière mexicaine bordait le parc et le frère d'Emma pouvait très bien s'être réfugié dans une des villes limitrophes du pays voisin, auquel cas…

— Ne vous emballez pas, Emma, rien n'est certain, dit-il d'un ton qu'il espérait neutre, plutôt que de lui confier ses craintes.

— Si ! insista-t-elle. C'est une des compotes de ma fille !

— Comment le savez-vous ? demanda-t-il, curieux de voir si elle ne faisait que se bercer d'illusions ou si sa conviction était basée sur un fait précis.

— Parce que c'est son parfum préféré.

— Et Joseph l'aurait deviné ? rétorqua-t-il à contrecœur.

Elle grimaça, puis secoua la tête.

— Il a emporté des provisions pour la petite, le soir où il l'a enlevée. Je ne m'en suis rendu compte qu'une fois la police repartie, mais il manquait plusieurs petits pots et des compotes en tube, dont celle-ci, conclut-elle, agitant l'emballage pour appuyer son propos.

— Si vous le dites…, marmonna Matt, comprenant qu'elle n'entendrait pas ses arguments. Bien ! En attendant, Joseph est toujours dans la nature… Vous avez une idée de l'endroit où il aurait pu se rendre ?

Une lueur soucieuse chassa l'excitation qui avait illuminé le visage d'Emma.

— Non, et ça ne m'empêche pas de penser que nous nous rapprochons du but.

Matt ne fit aucun commentaire.

Il n'y avait plus qu'à espérer qu'elle ait raison.

4

— Il va falloir qu'on pense à faire demi-tour, annonça le ranger au grand désarroi d'Emma.

— Déjà ?

— Oui, il se fait tard. D'ici deux heures au plus, la nuit sera tombée, ce qui nous donne juste le temps de regagner le poste.

Emma leva la tête vers le ciel. Si le soleil déclinait, il ne paraissait pas près de se coucher, et elle continuait à penser que Joseph et Christina n'étaient plus très loin. En outre, en retournant à l'accueil du parc, ils donneraient à Joseph tout le loisir de s'enfoncer plus avant dans la nature.

Avec Christina.

— On ne peut pas plutôt camper ici ? Ça nous éviterait d'avoir à revenir sur nos pas demain matin.

La suggestion n'eut pas l'air d'enchanter Matt.

— En théorie, ça pourrait se faire, seulement ma tente n'est pas bien grande, et ça risque d'être très inconfortable.

— Ça m'est égal.

Elle était sincère : ça ne la dérangeait pas de partager un espace confiné avec un quasi-inconnu ; elle aurait même passé la nuit auprès du diable en personne si ça avait pu lui rendre sa petite fille.

— C'est bien ce que je craignais, marmonna Matt.

— Si ça vous contrarie tant que ça, vous n'avez qu'à me laisser votre tente et revenir me chercher demain ! ajouta-t-elle, d'un ton de défi.

Emma n'avait pas peur de rester seule. Elle se voyait déjà continuer à chercher jusqu'à ce qu'il fasse noir, puis se préparer à ce qui, de toute façon, ne pourrait être qu'une nuit sans sommeil.

— Pas question, se récria Matt. Je me suis engagé à chercher Christina avec vous, mon rôle est donc de vous protéger. Sans compter que, telle que je vous connais, vous êtes capable de passer la nuit à fouiller les environs au risque de marcher sur un serpent et de vous faire mordre.

Emma ne put réprimer un sourire. Quelle imagination !

— C'est une possibilité, en effet, admit-elle.

— Voilà qui règle la question, enchaîna Matt. Du moins pour ce soir, parce que demain il nous faudra aller au ravitaillement, de toute façon.

— Une fois que nous aurons passé la matinée à chercher, s'empressa d'ajouter Emma.

— Une fois que nous aurons ratissé ces environs, oui.

Le compromis semblait d'autant plus acceptable que Matt avait raison : la prudence était de mise.

— Il y a un genre de plateau, derrière cette colline, reprit-il. On peut s'y installer, si vous voulez.

— D'accord.

Il la guida en silence jusqu'à l'endroit en question.

— On sera bien, là, non ?

— Oui, fit-elle sans enthousiasme, tant cette gymnastique mentale lui pesait.

La disparition de Christina, les aspects pratiques de l'excursion dans le parc national... Tout cela commençait à l'épuiser.

Matt posa son sac, l'ouvrit et fouilla à l'intérieur. Elle le regarda faire, vaguement désœuvrée.

— Je vais chercher du petit bois pour faire un feu, ça m'occupera, annonça-t-elle.

— Inutile, c'est interdit.

— Ah, fit-elle, se sentant de plus en plus inutile.

Matt la dévisagea un instant, puis lui lança un objet qu'elle rattrapa par réflexe, avant de s'apercevoir qu'il s'agissait d'un pot de beurre de cacahouète.

— Et qu'est-ce que je suis censée faire avec ça ?

Il brandit un paquet de pain tranché et un flacon de miel.

— Préparer le repas, par exemple. À moins que vous ne préfériez monter la tente ?

— Non, non. Je me charge des sandwichs.

Ils travaillèrent en silence, se concentrant sur leurs tâches respectives.

Emma, pour sa part, continuait à cogiter.

Christina était là, quelque part dans ce désert hostile, et…

Une rafale de vent s'engouffra dans les buissons et, l'espace d'un instant, Emma crut entendre les cris étouffés d'un bébé.

— C'est elle ! s'écria-t-elle, se précipitant vers le sentier.

Elle n'avait pas fait dix mètres que Matt refermait ses bras sur elle, l'arrêtant dans sa course.

— Lâchez-moi ! cria-t-elle en se débattant.

— Ce n'est pas Christina, lui objecta-t-il fermement et sans relâcher son emprise.

— Je vous dis que si ! s'obstina-t-elle, prise de panique.

Sa petite fille pleurait non loin de là ; elle devait aller la rassurer !

— Ce n'était pas un bébé, répéta calmement Matt. Croyez-moi.

Comme le son se répétait, elle banda ses muscles et tenta de se dégager.

— Écoutez bien, reprit Matt d'une voix pressante. Ce n'est qu'un puma.

Emma se figea sur place, le cri lui parvint de nouveau, et cette fois elle lui trouva une consonance étrange, plus animale qu'humaine. Du coup, son corps cessa de lui obéir, à tel point que si le ranger ne l'avait pas soutenue, elle se serait effondrée.

Il la serra un peu plus fort contre lui, et elle se mit à sangloter sans retenue.

Elle n'aurait su dire combien dura la crise. Matt la soutint patiemment, son large torse étouffant ses hoquets et l'étoffe de son T-shirt absorbant ses larmes. Au bout de ce qui lui parut une éternité, elle s'aperçut qu'il lui caressait doucement le dos en un geste de réconfort. Trouvant son contact agréable, elle se raccrocha à la sensation pour ne pas être submergée par le chagrin.

— J'aurais dû vous prévenir, lui chuchota-t-il à l'oreille. J'avais oublié à quel point le feulement des pumas ressemble aux pleurs d'un nourrisson.

— Vous n'y pouvez rien, balbutia-t-elle avant de se dégager et de reculer d'un pas pour l'observer.

— C'est moi qui vous ai fait ça ? demanda-t-elle, désignant les deux traces violacées qui lui barraient l'avant-bras.

Il baissa les yeux, puis haussa les sourcils, l'air surpris.

— Ce n'est rien. Je n'avais même pas remarqué.

— Je suis navrée, Matt. Je n'aurais pas dû me débattre ainsi.

— Votre réaction me paraît plutôt normale, lui fit-il remarquer.

Bien que touchée par sa mansuétude, Emma continuait à culpabiliser.

— Permettez-moi au moins de m'en occuper. Je ne voudrais pas que ça s'infecte, vous comprenez ?

— N'exagérons rien.

— J'insiste. Les ongles sont de redoutables porteurs de microbes. Vous seriez surpris de voir le nombre de personnes qui se retrouvent aux urgences parce qu'elles ont négligé de nettoyer une écorchure.

— Dans ce cas, je m'en remets à votre expertise. Après vous, ajouta-t-il, avant de lui montrer le chemin.

Emma s'engagea sur le sentier, soulagée de pouvoir enfin se rendre utile.

Dès qu'ils furent revenus à leur point de départ, elle sortit de ses affaires sa trousse de premiers secours.

Elle nettoya rapidement les écorchures, qui, à son grand soulagement, se révélèrent superficielles.

Matt la regardait faire, elle le sentait, mais elle hésitait à lever les yeux vers lui. La dernière fois qu'elle avait succombé au désespoir remontait au jour où elle avait appris le décès de Chris. Et même si cela lui avait fait du bien de se laisser aller, elle se reprochait d'avoir craqué ainsi devant le beau ranger.

Au bout d'un moment, elle se résigna à rassembler les emballages vides et à les glisser dans sa poche.

— Et voilà ! dit-elle, se décidant enfin à regarder son compagnon d'infortune.

— Merci, répondit-il avec un large sourire.

— De rien. Je vous ai tout de même griffé jusqu'au sang !

— Il n'y a vraiment pas de quoi en faire un drame, réitéra-t-il. Cela dit, si vous culpabilisez tant que ça, vous pouvez toujours m'aider à monter la tente, d'accord ?

Le soleil se couchait lorsque Emma retourna à ses sandwichs.

Dans sa précipitation, elle avait fait tomber des tranches de pain déjà tartinées que Matt prit soin de ramasser avant de redescendre le sentier.

— Ça risquait d'attirer les prédateurs, expliqua-t-il au retour.

— On dirait que j'ai oublié les bases les plus élémentaires du camping, commenta Emma, penaude.

— Avec un peu de chance, vous n'en aurez bientôt plus besoin.

Elle lui tendit une assiette, et ils mangèrent en silence. Emma regarda le soleil disparaître à l'horizon en se disant que le spectacle aurait été splendide si elle avait été en mesure de l'apprécier.

— Nous avons bien avancé, même si ce n'est pas votre impression, déclara soudain Matt. Je serais même tenté de dire que nous ne sommes plus très loin de notre but.

Malgré l'obscurité naissante, Emma tira un certain réconfort de la lueur qui brillait dans ses yeux. Pourvu qu'il n'essaie pas simplement de la rassurer !

— Qu'est-ce qui vous a poussé à devenir ranger ? demanda-t-elle, sur une impulsion.

— L'amour du grand air, répondit-il. Tout petit déjà, je passais mon temps à l'extérieur.

— D'où votre engagement dans l'armée, je suppose.

— Oui, du moins en partie. Et comme j'avais toujours rêvé de devenir ranger, j'ai tenté ma chance, après ma première carrière.

— Pourquoi Big Bend, plutôt que Yellowstone ou Yosemite, par exemple ?

— Je suis originaire de Houston, de sorte que ma famille et moi venions camper ici, une fois par an. Quand on m'a demandé mes préférences, je n'ai pas hésité une seconde à mettre ce parc en haut de ma liste.

— Si ça se trouve, nos chemins se sont croisés, à un moment donné, lui fit remarquer Emma d'un ton léger. Comme je vous l'ai dit, mon père nous amenait souvent ici, Joseph et moi, quand nous étions enfants.

— C'est possible en effet.

— En fait, non. Je me serais souvenue de vous, si ça avait été le cas.

— Tiens, et pourquoi donc ?

— À cause de vos yeux, répondit-elle sans réfléchir. Je n'en avais encore jamais vu d'aussi bleus, avant de vous rencontrer.

Devant le silence gêné qui suivit sa réaction, elle s'empressa de s'excuser.

— Je vous en prie, dit-il ! C'est plutôt flatteur, non ?

Emma fronça le nez. Matt et elle allaient passer la nuit dans une tente trop exiguë pour deux personnes, et elle ne voulait pas qu'il se méprenne sur ses intentions.

Ils se réfugièrent dans le silence – tout relatif, car la faune commençait à se réveiller et à émettre cette musique délicieuse qu'elle avait tant aimée autrefois.

— Il est l'heure d'aller dormir, non ? demanda Matt. J'ai mis quelques couvertures dans la tente. Prenez-en autant que vous voudrez.

— Merci, dit-elle. Je m'absente quelques minutes, et je vous rejoins. Vous avez sommeil ?

— Pas encore, non. Allez vous coucher et dormez tranquillement, je me charge du premier quart.

— Le *premier quart* ? Pourquoi ? L'un de nous deux doit faire le guet ?

Il eut un sourire amusé.

— Pas vraiment, non. Un vieux réflexe, rien d'autre.

— Les habitudes ont la vie dure, dit-elle avant de s'éloigner, rassurée malgré elle de savoir que Matt n'avait pas l'intention de se coucher tout de suite.

À présent qu'il s'agissait de partager sa tente avec lui, elle n'était plus si sûre que camper là soit une bonne idée.

Surtout après sa crise de larmes inopinée, car en dépit de l'intensité du moment, Emma avait apprécié la sollicitude avec laquelle le ranger l'avait consolée. Au point, d'ailleurs, que sa proximité menaçait de la distraire de son but.

La lune ne formait plus qu'un croissant pâle, et Emma se tortura : Christina parvenait-elle à s'endormir sans les comptines qu'elle lui chantait avant de la coucher ? Joseph n'aurait sûrement pas la patience de la bercer, en outre il ignorait qu'elle dormait sur le flanc, les mains sous le menton.

Emma prit le temps de se ressaisir avant de regagner la tente. Elle avait fait preuve d'une terrible faiblesse, aujourd'hui.

Encore une journée comme celle-là, et Matt renoncerait à battre le parc, de peur qu'elle en soit incapable.

Elle ne mit pas bien longtemps à regagner la tente. Matt était assis devant l'entrée, en une posture qui lui évoquait celle d'une panthère assoupie.

— Bonne nuit !

— À vous aussi.

Et Emma se tint là, sachant qu'il était temps pour elle d'aller se coucher, mais encore indécise. Le silence s'étira, tandis qu'elle cherchait un moyen d'exprimer sa gratitude.

— Autre chose ? s'enquit Matt, la faisant sursauter.

— Non... Ou plutôt...

— Il est inutile de me remercier, si c'est ce que vous essayez de faire, Emma, dit-il d'un ton aussi velouté qu'une caresse. Allez vous reposer, nous retrouverons Christina demain.

— Si seulement, lui répondit-elle, passant devant lui pour se glisser à l'intérieur de la tente.

Un puma feula au loin, et cette fois, elle reconnut son cri. Le cœur serré, elle se roula en boule et se remit à sangloter.

Matt se fit violence pour rester où il était, plutôt que de s'engouffrer dans la tente pour prendre Emma dans ses bras. Elle avait beau s'efforcer d'être discrète, il l'entendait pleurer ; son désespoir le rendait malade, et il aurait fait n'importe quoi pour la réconforter.

Le moment n'était pas propice, cependant : Emma avait son amour-propre, et elle était déjà mortifiée par sa crise de larmes de tout à l'heure. Au bout d'un moment, n'y tenant plus, il se leva en silence.

Il y avait un gros rocher plat, un peu plus bas sur le sentier. Il s'en rapprocha à pas de loup, en inspecta rapidement la surface, puis s'assit pour contempler la voûte étoilée.

Ses pensées se bousculaient dans son esprit. Se pouvait-il qu'il ne se soit écoulé qu'une journée depuis qu'Emma Foster avait commencé à chambouler sa vie ? Il s'était passé tant de choses qu'il avait l'impression de la connaître depuis des années.

Jamais il ne s'était senti aussi proche d'une quasi-inconnue.

Cette femme l'attirait, et pas seulement à cause de la délicatesse de sa situation. Certes, il voulait l'aider à retrouver sa fille, mais il n'était pas en train d'alimenter un quelconque complexe chevaleresque.

Non, c'était bien plus compliqué que cela – tellement qu'il avait du mal à se comprendre lui-même.

Le problème venait, du moins en partie, de ce qu'il avait pris l'habitude de museler ses émotions.

Après avoir quitté Jennifer et Fisher, il s'était juré de rester seul aussi longtemps qu'il le pourrait. Par la suite, lorsque la douleur avait été moins vive, il n'avait pas eu le cœur à se lancer dans une nouvelle relation. Il s'était forcé pendant quelque temps, en vain. Aucune des femmes qu'il avait rencontrées n'ayant éveillé en lui le moindre intérêt, il était resté seul.

La solitude ne lui avait pas pesé cependant, du moins jusqu'à sa rencontre avec Emma Foster.

Quatorze heures en sa compagnie, et il se remettait en question ? Incroyable…

Et, plus important encore, que faire ?

La réponse lui vint presque immédiatement : *rien*.

Il n'allait rien faire du tout. Emma était à la recherche de sa fille, et la dernière chose dont elle avait besoin, en ce moment, était de l'entendre se lamenter sur son triste vécu sentimental.

Non, le mieux était encore de considérer son attirance pour Emma Foster comme une anomalie.

Peut-être pourraient-ils en discuter plus tard, quand ils auraient retrouvé le bébé disparu.

En attendant, Matt ne devait ni se disperser ni s'interroger sur ce qui lui manquait dans la vie. Il avait mis de côté pendant des années tout ce qui n'était pas directement lié à son travail, et il ne s'en était pas plus mal porté, finalement. Le fait qu'Emma l'amène à reconsidérer son statut de célibataire ne l'obligeait en rien à changer sa trajectoire.

Une étoile filante traversa le ciel en un arc lumineux qui déchira l'obscurité.

Émerveillé, Matt envisagea un instant d'aller chercher Emma pour qu'elle voie les suivantes, car il y en aurait d'autres, il le savait d'expérience. Il préféra néanmoins laisser la jeune femme se reposer ; elle en avait grand besoin.

Le feulement d'un autre puma se fit entendre et, bien qu'il sache que l'animal était trop loin pour lui faire du mal, son cri lui donna la chair de poule.

S'il était dans son élément lorsqu'il faisait visiter le parc aux touristes, le grondement du félin venait de lui rappeler que l'endroit était des plus inhospitaliers.

Il faisait nuit noire, Matt était assis seul sur une pierre, et les environs pullulaient de prédateurs en tout genre. Il frissonna malgré lui, puis secoua la tête. Ses vieux copains d'armée auraient bien ri, s'ils l'avaient vu.

Il avait affronté toutes sortes de dangers avec eux, notamment dans le désert, et il n'avait jamais perdu son sang-froid, sauf la fois où il avait failli se tirer une balle dans le pied après avoir vu une araignée chameau. Sa réaction avait provoqué l'hilarité de toute la troupe, et il s'était défendu en rappelant à chacun qu'il y avait des limites à l'amour de la nature.

Un bruissement se fit entendre dans les buissons voisins – sans doute un animal nocturne en quête de nourriture.

Bref, il était temps pour Matt de laisser les créatures locales vaquer à leurs occupations.

Emma était plus calme quand il alla la rejoindre. Il n'aurait su dire si elle dormait, mais elle avait cessé de pleurer. Il espéra qu'elle trouverait le sommeil, car elle devait être exténuée.

Il se roula en boule sur le flanc, lui tournant le dos, ce qui lui parut vaguement impoli, même si elle ne le voyait pas. Leur position était révélatrice, en fait : malgré leur complicité grandissante, ils restaient des étrangers l'un pour l'autre.

Et s'il se pouvait que cela change, pour l'instant, Matt ne devait pas oublier qu'il n'avait encore rien fait d'autre pour elle que la soutenir tandis qu'elle épanchait ses larmes. Il était vain de voir dans cet épisode un signe quelconque. Vu sa situation, il était tout à fait normal qu'elle ait craqué, et Matt s'était trouvé là, rien d'autre.

Cette mise au point lui ayant éclairci les idées, il s'installa au mieux puis, utilisant une technique acquise à l'armée, ferma résolument les yeux et s'enfonça dans un sommeil sans rêves.

Ils avaient survécu à la nuit.

Enfin... Façon de parler !

Joseph passa la tête à l'extérieur de la tente et cligna des yeux. Il bâilla longuement en regrettant de ne pas pouvoir se rendormir, ce qui lui serait impossible, maintenant qu'il faisait jour.

La petite Christina n'avait pas ce problème-là, apparemment : elle gisait ratatinée sur le sac de couchage comme un tas de chiffon, ses lèvres roses s'ouvrant et se refermant en cadence avec sa respiration. Elle s'était réveillée à plusieurs reprises, et à chaque fois, il lui avait fallu une éternité pour reprendre le cours de sa nuit. Et si elle était calme pour le moment, il y avait peu de chances pour que cela dure, il le savait déjà.

Il était épuisé, avait mal partout, et la perspective d'endurer cette torture deux jours supplémentaires aurait presque suffi à lui faire revoir son plan.

Rendre Christina à sa mère et trouver un autre moyen d'obtenir l'argent dont il avait si cruellement besoin, par exemple... Avec un peu de chance, Emma serait tellement heureuse de récupérer sa fille qu'elle accepterait peut-être de lui donner ce qu'il réclamait.

Entendant sa nièce geindre doucement, Joseph retint son souffle et pria pour qu'elle ne se réveille pas. Dix minutes de tranquillité avant d'affronter la journée, c'était donc trop demander ?

La fatigue le minait. Et bien qu'il ait fait sa part de veilles dans la marine, la présence du bébé l'épuisait à tous les niveaux : physiquement, moralement et émotionnellement.

Si petite et déjà si accaparante, comment était-ce possible ?

Oh ! et puis, au point où il en était, autant prendre le risque de se frotter à Karnov et à ses sbires.

À la réflexion, une jambe cassée valait mieux qu'une nouvelle journée à supporter les colères du bébé et à changer ses couches.

À propos de couches... Joseph se pencha sur le sac pour en vérifier le contenu, et grinça des dents.

Il ne lui restait plus grand-chose – de quoi tenir quelques heures tout au plus. Sa nièce semblait saisir la première occasion pour se salir, et elle était constamment affamée. En clair, ils devaient aller au ravitaillement, sans quoi ils ne tiendraient plus très longtemps.

Bon sang ! Cela allait l'obliger à se rendre en ville, où il serait vu avec la petite. Et si Alpine était à des heures de route d'El Paso, la disparition d'un bébé faisant généralement la une des journaux, la nouvelle avait dû arriver jusque là-bas, et il y avait fort à parier que sa photo et celle de Christina avaient été publiées sur les réseaux sociaux.

Tant pis. Il allait se rendre à Alpine ou dans l'une des bourgades environnantes où – sauf erreur de sa part – les gens se tenaient moins au fait de ce qui se passait dans le reste du monde.

Sa décision prise, Joseph n'eut plus qu'à lever le camp, exercice auquel il commençait à être rompu, vu qu'il changeait d'emplacement tous les jours.

Christina ne tarda pas à se manifester. Une fois qu'elle fut changée et qu'il lui eut mis un pochon de compote dans la bouche, Joseph l'installa dans son kangourou et se mit en route.

Une heure plus tard, il pénétrait dans une supérette de Terlingua. Il répondit au « bonjour » du caissier d'un hochement de tête distrait, et fonça jusqu'au rayon bébé qu'il passa rapidement en revue. Bien que le choix soit limité, il put se munir d'un paquet de couches et de lingettes. Puis, se ravisant, il jeta un deuxième paquet de couches dans son chariot. La petite n'en viendrait sûrement pas à bout, mais mieux valait prévenir que guérir. Son chariot rempli de petits pots et de compotes, il se dirigea ensuite vers le fond du magasin pour y faire le plein de bouteilles d'eau et de boissons énergisantes.

Deux hommes dont la tenue et le visage hâlé indiquaient qu'ils passaient leur vie au grand air, le regardèrent approcher. Le plus grand arborait un badge de guide.

— Beau bébé ! commenta-t-il en se tournant vers Joseph, le sourire aux lèvres.

— Merci, marmonna Joseph avant de se remettre à étudier les rayonnages, soudain douloureusement conscient que ni lui ni la petite ne s'étaient véritablement lavés depuis des jours.

Il se pencha pour renifler le crâne du bébé, et ses craintes lui furent confirmées. Ils sentaient mauvais, l'un comme l'autre.

Un bébé négligé en compagnie d'un homme tout aussi sale… Il était grand temps de sortir de la supérette.

Il attrapa quelques bouteilles au hasard en s'efforçant d'ignorer les deux hommes qui conversaient à voix basse à quelques pas de lui. Du coin de l'œil, il les vit ensuite se pencher sur une feuille de papier fripée. L'un d'entre eux le surprit à les épier et rangea en toute hâte le document dans sa poche.

Bizarre, pensa Joseph.

Il n'eut pas le temps de s'interroger davantage sur le comportement des deux hommes, car Christina choisit cet instant précis pour lâcher un énorme pet dont l'odeur ne laissa aucun doute sur ce qui était en train de se produire.

Pestant intérieurement, il se dirigea vers les toilettes de la supérette.

Il venait d'allonger sa nièce sur la table à langer quand la porte s'ouvrit bruyamment sur les deux individus qu'il avait remarqués.

— Oui ? leur demanda-t-il, s'efforçant de conserver son sang-froid.

Le plus imposant des deux hommes se posta derrière lui, tandis que son binôme se glissait subrepticement à sa droite. Pire, ils ne semblaient pas décidés à bouger d'un millimètre.

— Vous vous appelez comment ? aboya le guide.

Joseph n'était pas distrait au point d'en oublier que sa nièce risquait de rouler sur elle-même et d'atterrir sur le carrelage.

Il la changea rapidement et la maintint en place en posant une main sur son ventre avant de répondre :

— Qu'est-ce que ça peut vous faire ?

— Répondez simplement à la question, lui ordonna le deuxième homme.

— Chris.

— Ah ouais ? fit le guide, d'un ton de doute. Et la petite, elle s'appelle comment ?

— Cr… Euh, Emma, murmura Joseph, avant de pivoter sur lui-même pour faire face aux deux curieux. Je peux savoir en quoi ça vous regarde ?

— Eh bien, nous aimerions savoir ce que ce bébé fait avec vous.

Joseph fut parcouru d'un frisson.

— C'est une plaisanterie ? demanda-t-il d'une voix étranglée.

— Certainement pas, rétorqua le guide.

Il ressortit de sa poche le document qu'il avait étudié avec son collègue, quelques minutes plus tôt, et le lui tendit.

Il s'agissait d'un avis de recherche, agrémenté de quelques photos qui ne laissaient aucune place au doute.

Joseph le parcourut du regard en réfléchissant à toute allure, puis il décida d'y aller au bluff.

— Vous trouvez que je ressemble à ce type ?

— Oui, justement. Quant à la petite, c'est le portrait craché de la petite Christina Foster. Sacrée coïncidence, non ?

— Tous les bébés se ressemblent à cet âge-là, vous le savez bien !

Les deux hommes prirent un air étonné, et Joseph tenta de se faufiler entre eux.

— Je comprends que vous vous sentiez concernés, les gars, seulement vous faites fausse route. À présent, si vous voulez bien m'excuser…

Le guide se posta devant lui pour lui barrer le chemin.

— Hé ! Qu'est-ce qui vous prend ? protesta-t-il.

— Nous ne pouvons pas vous laisser seul ici avec le bébé.

Joseph déglutit pour faire passer le nœud d'angoisse qui s'était formé dans sa gorge, mais ne se démonta pas.

— Je vous dis que tout va bien, laissez-moi passer, répéta-t-il, tentant de contourner ses adversaires.

— On verra ça quand on aura tiré cette affaire au clair. Avec la police qui ne va pas tarder à arriver.

Joseph en eut des sueurs froides. Karnov avait des sbires, en prison. Des détenus qui lui obéissaient au doigt et à l'œil. Dehors, il avait une petite chance de s'en sortir. Si on l'enfermait, c'en serait fait de lui.

Il prit le temps de réfléchir à ses options. En admettant qu'il parvienne à gagner la sortie, Christina ne ferait que le retarder.

D'un autre côté, elle était devenue sa monnaie d'échange – monnaie qu'il n'était pas prêt à remettre aux autorités.

Entendant l'un des guides bouger derrière lui, il se dit que c'était le moment ou jamais, du moins s'il voulait se tirer de cette situation épineuse.

Il ne lui restait donc qu'une chose à faire.

— Tenez, dit-il, tendant sa nièce au moins costaud des deux hommes, avant de prendre ses jambes à son cou.

Les deux redresseurs de torts lui emboîtèrent le pas, mais il ne se retourna pas. Fort heureusement, car il avait à peine refermé la portière de sa voiture que le plus grand des deux hommes cognait à sa vitre.

Il appuya sur l'accélérateur et sortit du parking en faisant crisser ses pneus, au moment précis où une voiture de police y pénétrait, gyrophare allumé et sirène hurlante.

Il poussa un ouf de soulagement.

La grand-rue, à présent… Les mains moites et le souffle court, il jeta un coup d'œil dans son rétroviseur, vit que la route était déserte et, un peu rassuré, ralentit l'allure.

Il était sauvé, du moins pour l'instant. En même temps, où aller à présent ? Pas à l'intérieur du parc c'était certain, et pas non plus dans le confort de son appartement d'El Paso, probablement surveillé.

— La garce, grommela-t-il, fou de rage.

Pourquoi Emma avait-elle fait diffuser un avis de recherche alors qu'il lui avait assuré que Christina ne risquait rien et qu'elle la reverrait sous peu ? Joseph comprenait qu'elle ait prévenu la police dès qu'elle s'était aperçue de la disparition de sa fille, cependant il lui avait expliqué la situation depuis lors. Et au lieu de le croire sur parole, elle avait fait publier ces avis qui le faisaient passer pour un individu dangereux et prêt à tout.

Quelle trahison ! D'ailleurs comment ces maudites affiches étaient-elles arrivées dans un trou perdu comme Terlingua ?

Il jura à voix basse. Il n'était peut-être pas aussi futé qu'il l'avait cru, si sa sœur avait deviné que c'était dans ces parages, qu'il fallait le chercher.

Enfin… Peu importait, finalement. Emma ne l'avait pas retrouvé, et quand elle aurait récupéré sa fille, elle n'aurait plus de raisons de s'acharner sur lui.

Joseph, en revanche, pouvait toujours chercher une planque, ce qu'il avait la ferme intention de faire.

Quant à sa dette…

Il trouverait un moyen de s'en acquitter. Et si Emma refusait de l'aider, il saurait quoi lui répondre.

Elle l'avait traité comme un criminel ? Eh bien, il allait lui montrer de quoi il était capable.

5

Assise à même le sol devant la tente, Emma considérait sans appétit le sandwich qu'elle tenait en main. Elle avait les membres engourdis et l'humeur particulièrement morose, ce matin.

Si la découverte du tube de compote vide lui avait d'abord donné à penser que le dénouement était proche, son enthousiasme était vite retombé. Elle avait passé la quasi-totalité de la nuit à réfléchir, sa raison lui criant que le détritus n'avait rien à voir avec Christina. À présent qu'il faisait jour, il lui semblait évident qu'il ne s'était agi que d'une coïncidence.

Son coup de fil quotidien à l'inspecteur Randall ne lui avait pas remonté le moral non plus : il n'en savait pas davantage que la veille, et, bien qu'il ait encore insisté pour qu'elle rentre à El Paso, il lui avait parlé avec ménagement, lui donnant le sentiment qu'il la préparait à une mauvaise nouvelle. Or elle savait que sans un rebondissement rapide et en l'absence d'indices, c'était à la recherche du petit corps sans vie de Christina que se lanceraient bientôt les autorités.

L'espace d'un moment atroce, elle se demanda ce qui serait le pire : ne jamais retrouver sa fille ou la savoir morte ? La pensée d'un monde sans Christina lui étant insupportable, elle en vint à la conclusion qu'elle préférerait rester dans l'ignorance.

Elle se frotta les yeux afin de se rafraîchir les idées. Le manque de sommeil ne la dérangeait pas outre mesure ; son métier et sa condition de mère célibataire l'y avaient habituée. C'était toute cette tension qui lui pesait. Elle n'avait pas une minute de répit, était constamment à cran, et son corps commençait à s'en ressentir. Elle allait sûrement craquer ou, pire encore, s'effondrer complètement. Pourvu que Christina soit retrouvée saine et sauve avant que l'organisme de sa mère ne cesse de fonctionner !

En soupirant, elle chaussa précautionneusement ses lunettes de soleil : son nez la faisait moins souffrir mais il restait sensible.

Elle eut un petit sourire au souvenir de la réaction du ranger quand il s'était aperçu de ce qui s'était produit. Un tel mélange de contrition et d'inquiétude, chez ce costaud si réservé, l'avait surprise et touchée.

Quel dommage que les circonstances les obligent à garder leurs distances ! Enfin… peut-être en irait-il autrement lorsque ce cauchemar serait terminé ?

Elle musela ses pensées avant qu'elles ne s'installent dans son esprit perturbé.

Quand le cauchemar serait terminé, elle retournerait à El Paso et à son travail, avec sa petite fille. Matt vivait à proximité du parc, soit à des heures de voiture de chez elle et, bien qu'il soit tentant d'envisager une idylle avec lui, elle savait que c'était impossible. Elle était trop occupée pour entretenir une relation, surtout une relation à distance, aussi le mystérieux ranger devrait-il rester une énigme.

Ce point établi, elle mordit dans son sandwich et réfléchit à la journée à venir.

Matt ne tarda pas à apparaître au détour du sentier, le teint scandaleusement frais pour un homme qui n'avait dormi que quelques heures.

— Bonjour, lui lança-t-il avec entrain. Comment allez-vous, ce matin ?

Comme par enchantement, Emma sentit sa morosité s'évanouir et l'esquisse d'un sourire étirer ses lèvres.

— Disons que ça pourrait être pire.

Il hocha la tête et regarda son nez.

— Ça vous fait toujours mal ?

— Un peu. Je n'en mourrai pas, cela dit.

— C'est sûr, répliqua-t-il avant de sortir un émetteur radio de son sac. Bien, je vais faire un tour et appeler mes collègues pour leur demander si personne n'a rien vu ou entendu qui puisse nous aider à localiser votre frère.

Emma sentit un semblant d'espoir renaître en elle. Dans

son désarroi, elle avait oublié que Matt et elle n'étaient pas les seuls à chercher Christina.

— Vous pensez que l'un d'entre eux a des nouvelles ?

Il hésita un instant, puis secoua la tête de gauche à droite.

— Je serais déjà au courant. Cela dit, ça ne coûte rien de vérifier. J'en profiterai pour rappeler tout le monde à la vigilance.

— Ah, fit Emma, déçue. Je vous prépare un sandwich ?

— Non, merci. À tout de suite !

Lorsqu'il revint, elle devina à son expression qu'il n'avait rien de nouveau à lui annoncer.

— Ce n'est pas grave, murmura-t-elle. L'essentiel est que vos collègues rangers n'abandonnent pas la partie.

— Ne vous en faites pas pour ça, dit-il. Ils forment une bonne équipe. Et puis, eux aussi s'inquiètent pour la petite.

— On s'y remet ?

— Dès que nous aurons replié la tente. Vous préférez qu'on poursuive notre route ou qu'on parte dans une autre direction ?

— Continuons sur ce sentier, répondit-elle. S'ils se sont arrêtés dans la clairière où j'ai trouvé cet emballage de compote, hier, ils ne sont sans doute pas allés beaucoup plus loin.

Ils n'avaient parcouru qu'une petite centaine de mètres quand Emma sentit son téléphone vibrer dans sa poche. Elle s'en empara, vit le nom de l'inspecteur Randall s'afficher sur l'écran et crut que ses jambes allaient la lâcher.

— Emma ? Ça va ? s'enquit Matt, la voyant vaciller.

Elle hocha la tête, appuya sur le haut-parleur d'un doigt tremblant et prit l'appel.

— Allô ?

— Emma ? Où êtes-vous ?

— À l'intérieur du parc de Big Bend, répondit-elle calmement, au lieu de bombarder l'inspecteur de questions comme elle aurait voulu le faire.

— Parfait. Il faudrait que vous vous rendiez au dispensaire régional.

— Pourquoi ? balbutia-t-elle, consultant Matt du regard.

Le ranger lui faisait signe qu'il n'en savait rien, lorsque Randall lui donna la réponse tant attendue.

— Parce que Christina a été retrouvée.

— Vous ne pouvez pas rouler plus vite ? redemanda Emma d'une voix étranglée.

Matt la regarda. Elle était tendue et n'avait visiblement qu'une hâte : arriver à destination et serrer sa fille contre son cœur. Randall lui avait assuré que Christina était indemne mais, de toute évidence, elle ne le croirait que lorsqu'elle l'aurait vue de ses propres yeux.

Matt fronça les sourcils. Il lui était difficile de se concentrer sur sa conduite alors que les questions se bousculaient dans sa tête. Qui avait retrouvé la petite ? Où était Joseph et comment avait-il été séparé de son petit otage ? Randall avait été avare de détails, ce qui ne faisait qu'aiguillonner encore sa curiosité, même s'il n'était pas directement concerné.

Le dispensaire étant situé à Alpine, là où il vivait, il n'eut aucun mal à s'orienter : après être sorti de l'autoroute, il s'engagea dans des rues parallèles pour éviter le plus gros de la circulation.

Emma avait déjà la main sur la poignée de sa portière lorsqu'il s'arrêta devant l'entrée des urgences. Elle se précipita hors du véhicule et partit sans un regard pour Matt.

— Je vous retrouve à l'intérieur, lui lança-t-il, pour le cas peu probable où elle l'entendrait.

Car de toute évidence, il avait cessé d'exister, à ses yeux. Le reste du monde aussi, d'ailleurs. Dorénavant, Emma ne pensait plus qu'à sa fille, ce qui était parfaitement normal.

Il s'engouffra dans le dispensaire juste à temps pour voir Emma suivre une infirmière derrière la salle des urgences, et les rattrapa toutes les deux en quelques enjambées. L'infirmière l'interrogea du regard. Mais avant qu'il ait le temps d'expliquer sa présence, Emma se retourna et parut soulagée de le voir là. Elle lui prit la main sans mot dire et s'y agrippa comme à une bouée de sauvetage.

Il fut aussi surpris par cette marque de confiance que par l'émotion que le geste avait provoquée en lui. Emma ne faisait pourtant que lui tenir la main…

— Ma fille, murmura-t-elle d'une voix étranglée. Elle n'a rien ?

L'infirmière la considéra avec sympathie avant de répondre :

— Le médecin vous verra dans quelques minutes. En théorie, je devrais attendre son arrivée, mais…

Elle laissa sa phrase en suspens, avant de reprendre, d'une voix plus douce :

— Votre bébé se porte comme un charme, madame. Ne vous inquiétez pas.

Emma laissa échapper un sanglot de soulagement.

— Merci, murmura-t-elle. Merci infiniment.

Le sourire aux lèvres, Matt suivit les deux femmes dans un dédale de couloirs. L'infirmière finit par s'arrêter devant une porte à laquelle elle frappa discrètement.

Dès que le passage fut libre, Emma se précipita à l'intérieur de la pièce, entraînant Matt dans son sillage. Il eut le temps d'apercevoir deux policiers en uniforme et une minuscule silhouette aux cheveux sombres avant que le corps d'Emma ne lui bouche la vue.

— Christina ! s'écria-t-elle, les yeux rivés sur le berceau.

La petite fille se retourna, reconnut sa mère et son visage s'illumina d'un sourire radieux.

— Ma, ma, ma ! gazouilla-t-elle joyeusement, agitant ses bras potelés.

Emma se précipita vers elle pour la serrer dans ses bras et s'enfouir le visage dans les replis de son cou. Elle inspira profondément, comme pour s'imprégner de son odeur. Devant ce spectacle, Matt dut déglutir pour ne pas céder à l'émotion.

Emma était vraiment belle, une fois débarrassée des rides soucieuses qui avaient marqué ses traits.

Les policiers échangèrent un regard.

— Inutile de creuser davantage, dit le premier.

— Tout à fait d'accord avec toi.

Emma ne réagit pas. De toute évidence, elle n'avait pas conscience de la présence des deux hommes. Elle étreignait simplement sa fille, la berçant et lui chuchotant ce qui ne pouvait être que des mots doux à l'oreille. Matt entendait Christina babiller contre le sein maternel.

La scène était si touchante que l'infirmière essuya une larme tandis que Matt sentait ses yeux s'embuer. Emma irradiait le bonheur, tout simplement.

— Madame ? fit l'un des policiers, s'avançant vers elle. Madame ?

Comme elle ne répondait pas, Matt lui tapota l'épaule. Elle tressaillit et l'interrogea du regard.

— Ces messieurs voudraient vous parler, lui dit-il.

— Oh ! souffla-t-elle distraitement. Oui, oui, bien sûr.

L'infirmière s'éclipsa, et l'un des policiers fit signe à Emma de s'asseoir, tandis que son coéquipier se tournait vers Matt avec curiosité.

— Qui êtes-vous ?

— Matt Tompson est ranger à Big Bend, répondit Emma, prenant le relais. Il m'a assistée dans mes recherches, à l'intérieur du parc. C'est là que je cherchais Christina.

Elle avait encore resserré son emprise sur sa fille en prononçant son nom, et Matt eut le sentiment qu'elle n'était pas près de la lâcher.

— Ça ne vous dérange pas qu'il assiste à notre entretien ? demanda le policier.

La question mit Matt légèrement mal à l'aise. Bien qu'il n'ait plus de raison de s'attarder, il n'avait aucune envie de dire adieu à Emma et Christina.

Pas tout de suite.

En même temps, ce n'était pas vraiment à lui d'en décider…

— Au contraire, dit simplement Emma. Matt est mon ami !

Cette déclaration lui mit du baume au cœur, en plus de l'émouvoir au plus haut point, il n'aurait su dire pourquoi.

— Bien ! dit le policier. Nous avons quelques détails à régler avant de vous remettre le bébé. Tout d'abord, avez-vous une pièce d'identité sur vous ?

— Heu… Je crois, oui, répondit-elle, jetant un coup d'œil au sac qu'elle avait laissé tomber dans sa précipitation.

Matt s'empressa de le ramasser et fut remercié d'un sourire lumineux.

Emma sortit son portefeuille et le lui tendit.

— Mon permis de conduire doit être à l'intérieur. Ça vous suffira ? demanda-t-elle au policier.

— Dans un premier temps, oui.

Matt eut tôt fait de trouver le document sous lequel était

glissée une photo ou apparaissait Emma, en compagnie d'un homme qui ne pouvait être que Chris. Tous deux affichaient le sourire béat des amoureux, et Emma semblait si épanouie que Matt eut du mal à en détacher les yeux.

Il finit par jeter un coup d'œil à Christina, pour revenir aussitôt au cliché et se concentrer sur Chris. Le bébé ressemblait beaucoup à son père, et il eut un pincement de cœur en repensant à Fisher.

Aurait-il le bonheur d'être papa un jour, lui aussi, ou avait-il gâché sa chance en quittant Jennifer ? Elle lui avait menti, certes, mais peut-être qu'avec l'aide d'un conseiller conjugal ils seraient parvenus à former une vraie famille…

— C'est bon, lui dit le policier, le tirant de sa rêverie. Vous pouvez ranger le permis de madame.

Il s'exécuta machinalement. Emma regardait-elle souvent le cliché glissé sous le document ou l'avait-elle oublié ?

— Où avez-vous retrouvé Christina ? s'enquit-elle, son regard passant d'un policier à l'autre. Et où est mon…

Elle hésita avant de terminer sa phrase avec une grimace de dégoût :

— Où est Joseph ?

— Deux hommes l'ont repéré avec la petite dans une supérette de Terlingua. Deux guides qui travaillent à Big Bend, et qui ont reconnu Foster et la petite grâce à un prospectus trouvé dans le parc.

Emma jeta à Matt un regard plein de gratitude. Cela lui fit d'autant plus plaisir qu'il comprit que sans son initiative, le dénouement aurait pu être très différent.

— Votre frère a dû aller changer la petite, les guides ont profité de son absence pour prévenir la police et l'ont suivi jusque dans les sanitaires pour lui demander des comptes. Il a paniqué, a mis le bébé dans les bras de l'un d'entre eux avant de s'enfuir en courant.

— On l'a rattrapé ? s'enquit Emma.

À son intonation, il était clair qu'elle en voulait toujours à Joseph, et Matt se surprit à espérer pour lui qu'il n'ait jamais à subir les foudres de sa sœur.

— Non, hélas. Cela dit, nous n'avons pas dit notre dernier mot.

— Tel que je le connais, il est loin, à l'heure qu'il est, répliqua-t-elle dédaigneusement. Il n'a plus aucune raison de s'attarder dans les parages, maintenant.

— Vous avez sans doute raison. À tout hasard, nous avons quand même fait diffuser son signalement dans tout l'État.

Emma chatouilla le front de sa fille du bout du nez en haussant les épaules. Matt en déduisit que le sort de son frère lui importait peu.

— Bien, nous allons vous laisser, mais ne partez pas tout de suite. Nous avons quelques documents à vous faire signer avant de vous rendre officiellement votre fille.

— Je comprends parfaitement, murmura Emma. Du moment que je peux rester avec elle dans l'intervalle, j'ai tout mon temps.

Les deux policiers lui sourirent, puis tournèrent les talons. Une fois qu'ils furent sortis, Emma poussa un énorme soupir.

Matt, pour sa part, hésitait : devait-il rester là ou laisser la mère et la fille à leurs retrouvailles ? Difficile à dire, dans la mesure où il ne voulait ni rompre le charme ni s'attarder, au cas où Emma souhaiterait rester seule avec Christina.

Pour finir, il décida de leur donner le temps de se remettre de leurs émotions. Elles avaient beaucoup souffert, ces derniers jours, et Emma avait bien droit à quelques minutes de tranquillité.

Il s'avançait vers la porte lorsque, du coin de l'œil, il vit ses épaules s'affaisser. Elle se replia ensuite sur elle-même pour étouffer un sanglot.

Le son de ses pleurs le bouleversa tellement que, sans réfléchir plus avant, il s'approcha du fauteuil dans lequel elle avait pris place et lui posa une main sur l'épaule.

— Emma, souffla-t-il.

En guise de réponse, elle s'appuya contre lui, tandis qu'il essayait de trouver en quels termes lui faire savoir qu'il était toujours là pour elle.

Elle pleura si longuement qu'il finit par s'agenouiller devant elle pour la réconforter.

— J'avais peur de ne plus jamais la revoir, lui avoua-t-elle entre deux sanglots. Plus le temps passait, et moins…

— C'est fini, Emma, lui fit-il remarquer.

— Pour combien de temps ? rétorqua-t-elle dans un souffle.

— Que voulez-vous dire ? demanda Matt, cessant de lui caresser le bras.

— Joseph court toujours, et il n'a pas obtenu ce qu'il voulait, lui répondit-elle d'une voix saccadée.

— Vous craignez qu'il s'en reprenne à vous et à la petite, si tôt après avoir échappé à la police ? Et l'instinct de préservation dont vous avez parlé tout à l'heure ?

— Oh ! il l'a, ne vous en faites pas pour ça ! Seulement, il est très impulsif, et nous a déjà prouvé qu'il était capable de tout. Je n'ose pas imaginer jusqu'où il pourrait aller s'il se retrouvait vraiment au pied du mur.

Sa peur était trop prégnante pour que Matt tente de la rassurer par de bonnes paroles, même s'il doutait que Joseph Foster fasse la sottise de s'en prendre à sa sœur et à sa nièce pour la deuxième fois.

— Il y a toujours la police, dit-il sans conviction.

Car à moins qu'Emma soit en mesure de prouver qu'elle était réellement en danger, les autorités risquaient de ne lui être d'aucun secours… Sauf si elles décidaient de se servir d'elle pour appâter le fugitif – une éventualité que Matt se refusait à envisager.

De la même manière, tout en lui se révoltait à la pensée de la jeune femme seule dans son appartement d'El Paso. Après ce qu'elle avait vécu, elle serait sûrement sur ses gardes et tressaillirait au moindre bruit suspect. Malheureusement, Matt ne pouvait pas grand-chose pour elle. Sa vie était ici, à Alpine, et il ne pouvait envisager de tout laisser tomber pour aller protéger Emma à l'autre bout de l'État. En outre, elle ne voudrait sans doute pas de lui… Bien que la recherche de Christina les ait rapprochés, leur relation restait superficielle, et au fond, ils se connaissaient à peine.

Enfin, comme il l'avait constaté, Emma avait de la ressource. Si elle craignait vraiment que son frère s'acharne sur elle, elle agirait en conséquence. Elle n'avait pas besoin de sa protection, elle était assez combative pour se défendre toute seule.

Malgré cette conviction, Matt continuait à éprouver un certain malaise à l'idée d'une rencontre entre elle et son frère. Si Joseph ne s'était pas montré violent jusqu'à présent, qui sait dans quel état d'esprit il se trouverait, lorsqu'il devrait répondre de ses actes ? D'après ce que Matt avait compris, il était du style à se venger sur sa sœur, voire sur Christina.

Tout à son inquiétude, Matt tenta de se raisonner : puisqu'il ne s'était rien passé entre eux, d'où lui venait ce besoin viscéral de la protéger ?

La petite fille commençant à s'agiter, Matt se pencha sur le fauteuil, et Emma en profita pour changer de position elle aussi.

— Maman est là, ma chérie, roucoula-t-elle à l'oreille du bébé. Elle ne te quittera plus.

Christina se tourna vers Matt. Il la trouva adorable, avec ses boucles noires, ses yeux bleus et ses joues rebondies. Sans doute rassurée par la voix maternelle, elle se mit à babiller joyeusement, exhibant les quelques quenottes blanches qui commençaient à sortir de ses gencives. Elle ressemblait davantage à Chris qu'à Emma, dont elle tenait tout de même le sourire et les yeux en amande.

L'attachement que le bébé et sa mère éprouvaient l'une pour l'autre était si flagrant que Matt en eut mal au cœur. C'était de cet amour inconditionnel, de cette dévotion totale qu'il rêvait. Il voulait une famille unie et un enfant pour s'émerveiller avec lui de ses découvertes. Oui, un petit être qui le regarderait en toute confiance parce qu'il se saurait aimé.

Était-ce trop demander ? Mais peut-être avait-on raison de dire qu'on ne pouvait pas tout avoir, dans la vie. Emma avait sa fille, mais plus de partenaire, et Matt connaissait plus d'un couple dont le mariage périclitait ou auquel les enfants posaient de sérieux problèmes. Aussi, peut-être serait-il mieux avisé de renoncer à une partie de son idéal et de se contenter de son existence telle qu'elle était.

Christina tendit la main vers le rebord de son chapeau et s'y agrippa. Il le retira pour le lui poser sur la tête, éclata de rire en le voyant glisser sur son petit visage, et attendit une seconde avant de le lui retirer.

— Bouh ! fit-il d'un ton espiègle.

Comme la petite semblait ravie, il lui remit le chapeau sur la tête, s'amusant, lui aussi, de ce petit jeu. Le rire du bébé était un véritable enchantement, et bientôt, Matt put se concentrer sur le moment présent.

Au bout de quelques minutes, sentant Emma le fixer du regard, il se tourna vers elle. Elle l'observait effectivement, un sourire sans chaleur au coin des lèvres et une lueur indéfinissable dans les yeux. À quoi pensait-elle ? Était-elle contrariée de le voir jouer avec sa fille ? Elle savait pourtant qu'il ne constituait pas une menace, non ?

Il se leva et recula d'un pas pour mettre un peu de distance entre eux trois.

— Bien…, commença-t-il sans trop savoir ce qu'il allait dire ensuite. Je vais vous laisser, le temps d'aller me chercher à boire. Je vous remonte quelque chose, Emma ?

— Une bouteille d'eau, s'il vous plaît, lui répondit-elle.

Si son ton n'indiquait aucune contrariété, elle continuait à le jauger. Matt eut le sentiment qu'elle l'évaluait, d'une certaine manière, et il se demanda s'il avait réussi ce test silencieux.

— Entendu. J'y vais, fit-il avant de reprendre son chapeau. Je reviens tout de suite.

— Nous ne bougerons pas d'ici, murmura Emma en déposant un nouveau baiser sur le front de sa fille.

Matt les regarda une dernière fois. Décidément, il ne se lassait pas du spectacle de cette femme et de son enfant.

Ce ne sont ni ta femme ni ta fille, se répéta-t-il en parcourant les couloirs, à la recherche d'un distributeur de boissons.

À cette pensée, il sentit un vide s'installer en lui. La nostalgie, déjà ! Non, Emma et Christina n'étaient pas sa famille, mais peut-être le deviendraient-elles un jour, qui sait ?

Matt se trouvait plutôt réaliste, en temps normal, pas du genre à se bercer d'illusions. Dans le cas présent néanmoins, les chimères semblaient prendre le dessus.

Or la chute risquait d'être sévère. Il la voyait venir, et sa raison lui disait qu'il devait se protéger.

Sa raison.

Pas son cœur malheureusement.

Joseph pénétra dans le restaurant routier, baissant au passage son chapeau sur ses yeux. Il était venu pour le rendez-vous de la dernière chance – sa seule porte de sortie s'il voulait échapper aux sbires de Karnov.

Son copain Jimmy lui avait parlé d'un individu qui achetait des enfants à bon prix pour le compte d'un avocat qui les faisait adopter par de riches couples en mal de progéniture. Les bébés étaient ceux qu'il payait le plus cher.

C'est pourquoi il avait passé un coup de fil, la veille, après avoir dû renoncer à Christina. L'homme à qui il avait parlé était censé porter une chemise verte et un chapeau de cow-boy.

Comme prévu, un client répondant à cette description était assis dans un box, à proximité des toilettes.

Joseph se dirigea vers lui et se glissa sur la banquette en souriant nerveusement, avant de se présenter.

L'homme l'étudia un moment sans aménité, puis demanda :

— Vous êtes flic ?

— N… Non ! se récria Joseph, affolé. Et vous ?

Les lèvres de son interlocuteur s'étirèrent en ce qu'il prenait sûrement pour un sourire.

— Non plus.

Il regarda au-dessus de l'épaule de Joseph et hocha la tête. Une seconde plus tard, deux colosses se postaient devant le box.

— Allons-y.

— Où ça ? demanda Joseph, paniqué.

Ce n'était pas ce qui avait été convenu : il était venu ici pour parler affaires avec l'homme à la chemise verte, pas pour le suivre où que ce soit.

Il leva les yeux vers les deux costauds dans l'espoir de lire une lueur d'humanité dans leur regard. Rien. Aucune expression, ni chez l'un ni chez l'autre. En désespoir de cause, il se tourna vers son contact qui souriait franchement, à présent. De toute évidence, son inquiétude l'amusait beaucoup.

— On va faire un petit tour, daigna-t-il expliquer.

Ça ne sentait pas bon du tout ! En même temps, Joseph n'avait pas le choix. S'il ne suivait pas le trio de son plein gré, on l'y forcerait, c'était évident.

À contrecœur, il glissa latéralement sur la banquette en faux cuir. Son contact se leva en même temps que lui.

— Après vous, lui dit-il d'un ton moqueur.

La peur au ventre, Joseph s'avança vers la porte. Sa nouvelle idée n'était peut-être pas si géniale que ça après tout, mais il avait toujours besoin d'argent, et Emma l'avait trahi…

Les deux colosses l'escortèrent jusqu'au parking, l'homme à la chemise verte marchant devant, en direction d'un semi-remorque garé au loin.

Pour le coup, Joseph prit vraiment peur. On l'emmenait à l'écart, qu'allait-il lui arriver ? Ces types avaient-ils l'intention de l'abattre sans autre forme de procès ?

Sa gorge se serrait davantage au fur et à mesure qu'il avançait. Pour finir, l'homme en vert grimpa sur le marchepied, ouvrit la porte de la cabine et dit quelques mots à mi-voix à la personne qui se trouvait à l'intérieur.

— Fouillez-le, ordonna-t-il ensuite à ses comparses.

Aussitôt, les hommes s'exécutèrent.

— Retire ta chemise, lui ordonna l'un d'eux.

Bien que perplexe, Joseph comprit qu'on ne lui demandait pas son avis.

L'individu tira de sa poche un petit appareil noir, le mit en marche, puis le fit courir le long du corps de Joseph.

— C'est bon, il n'a rien.

— Rhabille-toi, lui ordonna son contact. Et passe-moi ton portable.

Lorsque ce fut fait, il ouvrit l'autre portière et fit signe à Joseph de monter.

Celui-ci obéit précautionneusement pour éviter de tomber. Ses escortes lui rappelaient une meute de loups tournant autour de leur proie en attendant qu'elle s'écroule.

Il finit par s'affaler sur le siège du passager dont il referma vivement la portière.

— Alors comme ça, susurra une voix derrière lui, vous avez une proposition à me faire ?

Joseph se retourna et s'aperçut que l'arrière de la cabine était équipé d'un matelas recouvert de ce qui ressemblait à un drap de satin blanc.

Un homme énorme était affalé contre une multitude de coussins, son pyjama de soie chatoyant sous la lumière tamisée. Une assiette de fromage et de biscuits était posée à sa gauche ;

un petit chien bâtard singulièrement nerveux battait de la queue sur sa droite.

L'homme et le chien dévisagèrent Joseph d'un œil torve. Le chien se lécha les babines, ce qui devait être un signal car son maître prit un morceau de fromage et le lui mit devant le museau. L'animal l'avala avec voracité.

Comment un type de cette carrure avait-il fait pour grimper les marches et s'installer là ? Joseph aurait éclaté de rire à la pensée de ses comparses, l'un poussant et l'autre tirant, s'il n'avait pas croisé le regard de son « hôte ».

Ce n'était pas un homme, qu'il avait face à lui, mais un monstre.

Il se racla la gorge avant de répondre :

— J'ai entendu dire que vous achetiez des bébés.

— Ça se pourrait. Pourquoi ? Vous en avez un à me proposer ?

— Oui, répondit Joseph en tirant de sa poche une photo de Christina. Cette petite fille. Elle a dix mois.

Le monstre se pencha en avant pour mieux voir, et dit :

— Hum… Elle est mignonne.

Ces mots étaient de mauvais augure, pour ne pas dire franchement terrifiants, et bien que Joseph commence à regretter d'être venu, il ne pouvait plus faire machine arrière.

— Combien ?

Lorsqu'il lui eut donné son prix, le monstre se renversa sur son canapé de fortune et le considéra longuement en silence.

Si longuement que Joseph craignit d'avoir commis un impair. Il n'avait encore jamais traité avec ce genre d'individu, et n'avait aucune idée de la procédure.

Le monstre se décida enfin à reprendre la parole :

— Ça fait cher, pour un débutant.

Là-dessus, il donna un autre chiffre, qui, à défaut d'être ce que Joseph demandait, lui permettrait au moins de couvrir sa dette. Et, de toute façon, il avait bien trop peur pour refuser.

— Marché conclu, alors, dit le monstre. Donnez l'adresse à mon associé, et on verra ensuite.

— Comment et quand est-ce que je serai payé ?

— Mon associé vous expliquera tout ça. Si les choses se passent bien, on pourra continuer à collaborer, dans le cas contraire…

Il n'acheva pas sa phrase. C'était tout à fait inutile, car Joseph avait parfaitement compris le message. Il frissonna à l'idée d'avoir à traiter avec ce type, à côté de qui Karnov serait passé pour un enfant de chœur.

— Hum. D'ac… D'accord, balbutia-t-il. Et merci, ajouta-t-il par mesure de précaution.

Il poussa la portière, si fort qu'il faillit tomber au-dehors.

Se redressant, il lissa les pans de sa chemise dans le simple but de se donner une contenance. Les deux colosses lui accordèrent à peine un regard, tandis que « l'associé » du monstre le considérait avec un sourire suffisant.

— Tu as des informations à me fournir, je crois ?

— Je… Heu oui.

Il donna l'adresse d'Emma à El Paso, et alla jusqu'à proposer de la noter sur un morceau de papier.

— Inutile, fit l'homme en se tapotant une tempe du bout de l'index. C'est enregistré.

— Et mon argent ?

— Après.

Joseph envisagea d'insister pour obtenir la moitié du paiement tout de suite, pour renoncer presque aussitôt.

— Hum. Et maintenant, qu'est-ce que je fais ?

— Maintenant, tu te casses et tu files te planquer dans ton terrier, mon gars. Je t'appellerai.

Joseph ne se le fit pas répéter. Tournant les talons, il regagna le restaurant d'un pas rapide. Là-bas au moins, il ne risquait rien – du moins il l'espérait.

— Qu'est-ce que je vous sers ? lui demanda une serveuse revêche, une fois qu'il eut repris place dans le box.

— Un café.

Elle hocha la tête et revint quelques secondes après avec un mug ébréché autour duquel Joseph referma ses mains. De sa place, il voyait le parking sur lequel il se concentra : pas question pour lui de repartir avant la bande de truands à qui il venait de vendre sa nièce.

Bien qu'ils aient son adresse et sachent probablement tout de lui, il ne voulait pas qu'ils le suivent jusqu'à son domicile.

Entendant le grondement sourd d'un moteur, il se rapprocha

de la vitre pour avoir meilleure vue de l'autre extrémité du parking. Le camion sortit lentement de son emplacement, fit un détour pour se rapprocher du restaurant, et poursuivit son chemin. L'homme à la chemise verte qui était au volant s'offrit le luxe d'agiter une main en direction de Joseph, en signe d'adieu.

S'il avait été plus courageux, Joseph lui aurait retourné son salut. Il préféra néanmoins détourner la tête et faire comme s'il ne s'était aperçu de rien.

Il avait commis une erreur – une de plus.

Mais que faire ? S'il était sorti indemne de sa première entrevue avec l'odieux acheteur, son instinct lui disait qu'il ne survivrait pas à une deuxième rencontre. En outre, maintenant qu'ils avaient l'adresse d'Emma, ces types ne lui permettraient sûrement pas de revenir sur sa parole.

Il devait bien y avoir une solution, malgré tout ! S'il ne voulait pas mourir, Joseph n'avait pas non plus envie que sa nièce soit vendue à des inconnus.

Peut-être trouverait-il un moyen de lui épargner cela, sans que les malfrats comprennent qu'il les avait doublés, mais il en doutait : ce gang ne semblait pas du genre à exécuter ses victimes sans les faire souffrir.

Son téléphone vibra dans sa poche, et bien qu'il ne reconnaisse pas le numéro qui s'affichait sur l'écran, il prit l'appel.

— Allô !

— Deux jours, lui dit simplement son interlocuteur.

— P… Pardon ?

— Tu as deux jours, ensuite on te tombe dessus et on règle nos comptes.

— Comment avez-vous eu ce numéro ?

Son téléphone était tout neuf, et la seule personne qu'il avait contactée avec était son ami Jimmy.

Son « ami » Jimmy qui, de toute évidence, l'avait vendu à Karnov…

Son interlocuteur partit d'un rire menaçant.

— Tu n'es pas aussi futé que tu le penses, mon gars. Bref, il te reste deux jours.

— Je… Je suis en train de réunir l'argent. Dites à Karnov que ça vient.

— On me l'a déjà faite, celle-là, ricana l'autre.

— Je vous jure que c'est la vérité.

— Ça vaudrait mieux pour toi.

Là-dessus, la communication fut interrompue.

Joseph rangea son téléphone d'une main tremblante, reprit son souffle et, soudain oppressé, tira sur le col de sa chemise.

Pardon, Christina. Je suis désolé. Vraiment !

Malheureusement, il ne pouvait rien pour elle dans l'immédiat. Il était coincé, et ne pouvait pas faire machine arrière. Il allait donc reprendre le cours de sa vie, puis, une fois Karpov remboursé, il trouverait un moyen de récupérer la petite.

Comme ça, la question serait réglée.

6

Étendue sur le côté, Emma regardait le dos de sa fille se soulever et retomber au rythme de sa respiration. En temps normal, Christina ne dormait pas dans son lit, mais elle ne parvenait pas à s'en séparer très longtemps : c'était leur deuxième nuit dans leur petit appartement d'El Paso, et le souvenir du moment où elle avait trouvé le berceau vide était encore trop frais.

Enfin… avec un peu de chance, d'ici quelques jours, elle trouverait le courage de coucher la petite dans sa propre chambre, même si cela l'obligeait à la rénover complètement pour que plus rien, dans la pièce, ne lui rappelle cette nuit funeste.

Elle se rallongea, pour être aussitôt assaillie par d'autres souvenirs déprimants : le moment où elle avait appelé la police, son entrevue avec Randall, et surtout l'interminable trajet jusqu'au poste d'accueil du parc de Big Bend.

Heureusement que Matt avait été là ! Sans lui, il n'y aurait pas eu d'avis de recherche, et Christina serait restée entre les mains du malade qu'était devenu son oncle.

Cette pensée la fit frémir d'horreur. Elle se ressaisit tout aussitôt, néanmoins.

Le pire ne s'étant pas produit, il lui semblait inutile de l'envisager. Sa fille était là, paisiblement endormie à ses côtés, en sécurité.

Bien que pressée de rentrer chez elle et d'oublier ces quelques jours cauchemardesques, Emma n'avait quitté Matt qu'à contrecœur. Le peu de temps qu'ils avaient passé ensemble lui avait suffi à s'habituer à sa présence et à compter sur lui. Il l'avait soutenue avec un tact et une bienveillance infaillibles, comprenant sans doute qu'elle n'avait qu'une chose en tête : retrouver sa fille. Et c'était ce genre d'assistance dont elle avait besoin. Ce soir, cependant, elle regrettait de ne pas avoir pris le temps de remercier correctement le beau ranger.

Leurs adieux, bien que brefs, avaient été émouvants.

Matt avait installé Christina dans son siège-auto avant de l'embrasser sur le front et de poser sur Emma son regard intense.

— Je ne sais comment vous exprimer ma gratitude, avait-elle alors murmuré, la voix déformée par l'émotion.

— C'est inutile, avait-il répondu sur le même ton.

À la fois touchée et surprise par sa réaction, Emma aurait ajouté quelques mots, si sa fille n'avait pas choisi ce moment pour manifester son impatience.

— Bien, avait alors dit Matt. On dirait que Christina en a assez d'être attachée, et qu'elle a hâte de voir le paysage défiler.

— Vous avez raison. Il est temps qu'on y aille.

Puis, sur une impulsion, Emma avait tendu un bras pour attirer le ranger à elle et, se hissant sur la pointe des pieds, avait délicatement posé ses lèvres sur les siennes.

Presque aussitôt, elle était montée en voiture et avait démarré.

En trombe.

Elle se lissa la bouche du bout de l'index en souriant à ce souvenir.

Elle n'avait embrassé aucun homme depuis Chris – si on pouvait qualifier son geste de baiser. Quelle hardiesse, subitement ! Sans doute avait-elle été aiguillonnée par la certitude qu'elle ne reverrait pas le beau ranger, ce qui était fort dommage, maintenant qu'elle pouvait réfléchir sereinement à la question.

Matt était l'homme idéal, en quelque sorte : en plus de lui avoir été d'un grand secours, il s'était montré attentionné et avait fait preuve d'une indulgence intarissable. En outre, il savait s'y prendre avec les enfants, surtout avec Christina qui semblait s'être attachée à lui et adorait le « jeu du chapeau ».

Le spectacle de ce costaud jouant avec son bébé le lui avait rendu encore plus cher.

L'avait-il deviné ? C'était peu probable. Elle l'avait attentivement observé, lorsqu'il s'amusait avec Christina, sans percevoir le moindre calcul de sa part. Il n'agissait pas ainsi dans le simple but de marquer des points. Non, Matt Tompson aimait vraiment les enfants, et une fois de plus, Emma se demanda pourquoi il était encore célibataire.

Peut-être n'avait-il pas rencontré l'âme sœur, tout simplement : il s'était crispé lorsqu'elle lui avait demandé s'il avait des enfants, et sa réaction continuait à l'intriguer. S'estimait-il inapte à fonder une famille ? Avait-il renoncé définitivement à trouver la femme de sa vie ?

L'espace d'un instant, Emma s'autorisa à rêver que c'était *elle* que Matt attendait. Après tout, comme elle le connaissait à peine, il lui était facile d'imaginer qu'il était parfait, et elle se représenta avec extase une vie heureuse en sa compagnie, Matt aimant Christina comme sa propre fille.

Oui… Une maison dans un quartier agréable avec, bien entendu, un chien et des chats. Un jardinet aussi et, pour Matt, un atelier où bricoler, le week-end venu. Le rêve américain dans toute sa splendeur, en quelque sorte.

Christina, s'agita légèrement, poussa un petit soupir et se rendormit aussitôt. Emma la contempla un instant avec émerveillement. Elle était si belle, si parfaite !

— Un jour, murmura-t-elle. Un jour, je t'apporterai tout cela. La maison, les animaux domestiques… Tu auras tout, ma chérie !

Car si Chris était irremplaçable, Emma souhaitait que sa fille soit aimée par un homme qui la protégerait, qui rirait avec elle de ses joies et qui la consolerait dans les moments difficiles. Son propre père ayant été son idole, Emma savait à quel point il était important, pour une petite fille, d'avoir un papa. À une époque, elle avait vaguement compté sur Joseph pour être son modèle, ce dont, bien sûr, il n'était plus question.

À la seule pensée de son frère, elle sentit sa colère remonter en flèche. Il avait intérêt à se faire oublier, car si jamais elle le retrouvait, et bien qu'elle ne soit pas d'un naturel violent, elle ne répondrait pas de ses actes.

Entendant son téléphone vibrer sur la table de nuit, elle s'en empara, consulta l'écran, puis fronça les sourcils : le numéro lui était inconnu et le message qui l'accompagnait lui donna la chair de poule :

Sors de chez toi. Tout de suite.

Pensant d'abord qu'il s'agissait d'une erreur – c'était la seule explication possible – elle reposa l'appareil et tenta de penser à autre chose, en vain : les mots de son mystérieux correspondant la tracassaient, malgré tout.

D'accord.

Si elle voulait dormir en paix, il ne lui restait plus qu'à faire le tour de l'appartement. Aussi, après s'être glissée tout doucement hors de son lit, commença-t-elle sa petite tournée en vérifiant que les fenêtres étaient bien fermées et les rideaux tirés.

Emma était dans la chambre de sa fille lorsqu'elle entendit le premier bruit, un grattement furtif, qui la tétanisa. Comme le son semblait provenir de la salle de séjour, elle regagna le couloir à pas de loup, en tendant l'oreille.

Nouveau grattement, suivi cette fois de quelques coups discrets frappés à la porte dont la poignée bougeait.

Quelqu'un essayait de crocheter la serrure !

Affolée, Emma retourna dans sa chambre où elle s'enferma à clé. Après avoir enfilé une paire de tennis, elle réfléchit à toute vitesse.

Ce maudit message lui était bien destiné. On allait s'en prendre à elle, le temps pressait.

Elle rangea son téléphone dans sa poche. Elle appellerait la police plus tard, car si on voulait vraiment s'introduire chez elle, on y parviendrait sous peu, et elle n'avait pas le temps d'attendre l'arrivée des autorités.

Elle prit Christina dans ses bras en priant silencieusement pour qu'elle ne se réveille pas. À son grand soulagement, sa fille se laissa glisser dans le châle dont elle se servait pour la porter, sans broncher.

Ça y est. Ils étaient là, et ils étaient plusieurs. Emma les entendit courir vers la chambre de Christina et, à sa grande horreur, comprit que c'était à sa fille qu'on en voulait, pas à elle.

Non, ça n'allait pas recommencer ! Quel que soit le pétrin dans lequel s'était encore mis Joseph, elle refusait de le laisser se servir de sa fille comme d'un pion sur son minable échiquier.

Elle fit glisser la baie vitrée pour se réfugier sur le balcon d'où, à défaut de sauter puisqu'elle vivait au deuxième étage, elle pourrait tenter une sortie grâce au rebord relativement large qui bordait la vitre. Si elle parvenait à enjamber la balustrade, elle pourrait longer le rebord jusqu'au balcon voisin.

En théorie, du moins, car un coup d'œil lui suffit à constater que l'opération était terriblement risquée, surtout avec Christina dans les bras.

Ne valait-il pas mieux se barricader dans la chambre et attendre la police ?

Convaincue que c'était la meilleure solution, elle composa immédiatement le numéro d'urgence.

— Des inconnus se sont introduits chez moi, chuchota-t-elle lorsqu'elle eut la standardiste. Je crois qu'ils veulent enlever ma fille. Faites vite, s'il vous plaît, conclut-elle après avoir donné son adresse.

— Je vous envoie du secours, répondit la femme après un moment d'hésitation. Restez en ligne, madame, je…

Un bruit lourd ébranla subitement l'appartement.

— Je ne peux pas… Il faut que je raccroche.

— Madame…, protesta l'opératrice.

Emma n'entendit pas la suite. Après avoir remis son téléphone dans sa poche, elle agrippa fermement la balustrade et passa une jambe par-dessus. Sentant le rebord en ciment sous son pied, elle recommença l'opération avec l'autre jambe.

Elle n'était pas encore tirée d'affaire pour autant : tenir Christina ainsi serrée contre sa poitrine allait l'obliger à pivoter sur elle-même pour continuer à avancer sur le rebord qui lui semblait très étroit, brusquement.

Ne baisse pas la tête, s'intima-t-elle, sachant que le moindre coup d'œil en direction du trottoir la paralyserait totalement, alors qu'elle devait avancer coûte que coûte.

Elle finit par lâcher la balustrade d'une main, le temps de se retourner. Lorsqu'elle sentit la façade de l'immeuble derrière son dos, elle se raccrocha à la rampe de métal et, à l'aveuglette, avança jusqu'à l'endroit où le balcon rencontrait l'arête du bâtiment.

Il faisait si sombre qu'elle envisageait de rester là en attendant la police, quand un bruit fort lui indiqua que les intrus venaient d'enfoncer la porte de sa chambre. Elle s'était à peine remise du choc lorsque des voix exaspérées lui parvinrent :

— Elle ne peut pas être bien loin ! gronda l'une d'entre elles.

— J'aimerais bien savoir ce qui l'a poussée à filer, lui répondit son comparse sur le même ton.

— Si tu veux mon avis, c'est encore un coup de son frangin.

— Tu crois ?

Emma retint son souffle, l'esprit en ébullition.

Joseph serait donc à l'origine de ce mystérieux SMS ? Dans quel but le lui avait-il fait parvenir ? Pour la protéger ? De qui, au juste ?

Christina devait commencer à se ressentir de toute cette agitation, car elle s'agita contre Emma et se mit à geindre.

— T'as entendu ? demanda l'un des malfrats à son comparse.

Emma tapota doucement le dos de sa fille.

Pas maintenant, ma chérie. Pas maintenant, la suppliat-elle silencieusement.

À son grand désarroi, Christina choisit cet instant pour se mettre à gigoter et, à en juger par la crispation de son petit visage, elle n'allait pas tarder à se réveiller.

Emma profita du silence momentané de leurs visiteurs pour s'éloigner encore de l'endroit où elle se tenait. Le balcon de sa voisine Josie n'était plus très loin, et si elle parvenait à l'atteindre, celle-ci la cacherait au moins jusqu'au départ des malfrats, en attendant les secours.

Encore fallait-il qu'Emma arrive jusque chez elle.

— On ne va pas passer la nuit ici, grommela l'un des intrus.

— Compte pas sur moi pour raconter ça au boss, rétorqua l'autre.

Ils bougonnèrent pendant un bon moment avant qu'Emma se rende compte qu'ils s'étaient éloignés. Elle se reprit à espérer qu'ils s'en iraient, lui permettant ainsi de se réfugier chez elle.

Malheureusement, ce beau plan n'était pas du goût de Christina qui se mit soudain à hurler.

Emma retint un juron : ses visiteurs l'avaient forcément entendue.

— Elle est là, tout près, constata l'un des hommes.

Faute de mieux, Emma essaya de bluffer.

— Qu'est-ce qu'il y a, ma puce ? Tu veux qu'on retourne voir ton papa, c'est ça ? demanda-t-elle avant de lui donner son index replié à mordiller.

Fort heureusement, ses dents la tourmentant toujours, Christina se fit allègrement les gencives sur son doigt.

— Mais non, abruti, ça vient de chez les voisins ! répliqua l'autre au grand soulagement d'Emma, presque convaincue que sa ruse avait fonctionné.

Elle cessa de se réjouir dès qu'elle entendit le deuxième homme répondre :

— Hum… J'en jurerais pas.

Emma estima que l'instant était crucial : si sa fille restait silencieuse, elles avaient une petite chance de s'en sortir sans trop de heurts. En revanche, si elle recommençait à geindre, les intrus risquaient de ne pas repartir avant d'avoir trouvé ce qu'ils cherchaient.

Voyant sa fille s'agiter et comprenant qu'elle n'allait pas tarder à donner de la voix à nouveau, Emma fut prise de panique : elle ne pouvait laisser son index dans la bouche de Christina et continuer à avancer. Elle avait besoin de ses deux mains pour conserver l'équilibre, tout en avançant sur le rebord. Elle hésitait sur la conduite à adopter quand le bébé émit un nouveau cri, encore plus sonore que le précédent.

— Cette fois, tu ne me feras pas croire que c'est chez les voisins que ça piaille ! Elle est là, tout près.

Sur ces mots, il s'avança jusqu'à la balustrade et se pencha pour regarder vers le bas. Emma en profita pour progresser d'un pas, tout en gardant les yeux rivés sur l'homme qui, par chance, partait vers la gauche de son balcon, tendant le cou dans l'espoir d'y apercevoir ses proies. En toute logique, il n'allait pas tarder à faire demi-tour et à se tourner vers le chemin qu'Emma avait pris pour s'enfuir.

Elle se figea sur place et cessa presque de respirer en le voyant se pencher vers le bas pour passer l'aile gauche du bâtiment en revue.

— C'est bien ce que je disais : il n'y a pas de lumière chez les voisins. Tout le monde dort.

— Il venait d'où, alors, ce cri ? demanda son comparse.

Le plus sceptique des deux continua à scruter les lieux. Son visage était éclairé par la lampe qui brillait dans la chambre d'Emma.

Une vilaine cicatrice lui barrait la mâchoire, et ses yeux noirs semblaient percer l'obscurité. Soudain, il tordit sa bouche en un mauvais rictus.

— Et voilà ! dit-il avec suffisance. J'ai trouvé !

Emma crut que son cœur avait cessé de battre. Le balafré l'avait repérée et déjà, il passait une jambe par-dessus la balustrade pour lui arracher sa fille.

Il allait passer la deuxième lorsqu'une voiture de police, gyrophare allumé, pénétra dans le parking.

— Les flics ! s'exclama le deuxième larron. Faut qu'on se tire d'ici, tout de suite.

— Pas sans la gamine, rétorqua le balafré, faisant mine de continuer son chemin.

Au grand soulagement d'Emma, son comparse le retint d'une main sur l'épaule.

— On reviendra. Tu sais ce qui nous attend si on se fait épingler ?

Le balafré hésita un instant avant de finir d'enjamber la balustrade et de crier :

— Vous avez eu du bol, cette fois, mais vous ne vous en tirerez pas toujours comme ça, je peux vous l'assurer !

Sur cette menace, il pivota sur lui-même et les deux hommes s'engouffrèrent dans l'appartement.

Emma prit appui contre le mur, le temps de se remettre de ses émotions, ce qui lui prit une bonne minute.

Les questions se bousculaient dans son esprit, plus perturbantes les unes que les autres.

Qui étaient ces hommes ? Pourquoi l'avaient-ils prise comme cible ? De toute évidence, c'était Christina qu'ils voulaient… Mais pourquoi ? Qui était derrière cette nouvelle agression ? L'auraient-ils emmenée ou bien se seraient-ils contentés de sa fille ?

Une seule chose lui paraissait certaine, dans tout cela. Elle s'en était bien sortie ce soir – grâce au mystérieux message qu'elle avait reçu juste avant l'intrusion des deux hommes chez elle. Des malfrats qui n'abandonneraient pas la partie, et qui le lui avaient fait savoir. En même temps, maintenant qu'elle était prévenue, il n'était pas question pour elle d'attendre gentiment leur retour. On ne la prendrait plus par surprise, c'était décidé !

Aiguillonnée par cette belle décision, Emma se redressa.

Si, dans l'instant, elle avait plus de questions que de réponses, il était évident que Christina et elle étaient en danger, ce qui signifiait que sa mission, dorénavant, était de protéger sa fille.

Envers et contre tout.

Au péril de sa propre vie.

Matt fut réveillé par un son étrange. Son premier réflexe fut de tendre le bras vers sa carabine. *Attention, danger !* lui cria son instinct.

Le bourdonnement ne cessant pas, il allait se lever lorsqu'il se souvint qu'il n'était plus à l'armée. *Crotale*, pensa-t-il alors en se figeant, le cœur battant.

Il finit par ouvrir les yeux, puis fronça les sourcils. Le ventilateur de plafond tournait au-dessus de lui, il était dans son lit, chez lui. Comment un serpent avait-il pu…

Quand il eut l'esprit plus clair, il comprit que le bourdonnement n'était dû ni à un ennemi ni à un reptile, mais à son téléphone qui vibrait sur la table de chevet.

Un peu désorienté, il s'empara de l'appareil et prit l'appel sans lire le numéro qui s'affichait sur l'écran.

— Matt ? dit une voix de femme manifestement affolée.

— Euh… Emma ?

Non, ça ne pouvait pas être elle – il s'était simplement endormi avec le doux souvenir de son baiser d'adieu.

Le geste de la jeune femme l'avait tellement surpris que, sur le moment, il n'avait pas réagi. Sinon, bien sûr, il lui aurait rendu son baiser avec toute la fougue qui l'habitait.

Au lieu de quoi il l'avait laissée partir…

Et, bien qu'il se le soit reproché toute la journée, il n'en était tout de même pas au point d'imaginer qu'Emma Foster l'appelait en pleine nuit.

D'un autre côté, peu de gens avaient son numéro, et ce n'était pas la voix de sa mère. Donc…

— Attendez. Qui est à l'appareil ?

— C'est moi, Emma, et je… J'ai encore besoin de vous.

Matt se leva d'un bond et passa en revue ses vêtements éparpillés sur le sol.

— Vous pouvez être un peu plus précise ?

— Il y a un restaurant routier, juste après la jonction entre la I-10 et l'autoroute. J'aimerais que vous m'y rejoigniez.

— Euh… Oui, bien sûr. Seulement il va me falloir un petit bout de temps pour arriver jusqu'à vous. Au moins deux heures…

— Je sais, répondit-elle nerveusement. J'attendrai.

— Tout va bien ? s'enquit-il, bien que conscient de l'ineptie de sa question. Si Emma n'avait pas eu un sérieux problème, elle ne lui aurait pas téléphoné à une heure aussi tardive.

— Non, mais ça ira, déclara-t-elle d'un ton ferme.

La détermination qu'il perçut dans sa voix le fit sourire. Cette femme avait décidément un cran fou, et le fait qu'elle l'appelle à l'aide était plutôt flatteur.

— J'arrive dès que possible, lui promit-il. Restez à l'abri et appelez-moi s'il y a du nouveau.

— Je n'y manquerai pas.

Matt raccrocha, s'habilla à toute vitesse et se précipita au-dehors.

— C'est parti, marmonna-t-il en s'installant derrière le volant de son pick-up.

Le tout était d'arriver à temps.

Les flics restèrent si longtemps chez Emma que Joseph crut qu'ils n'en ressortiraient jamais. Sa vessie était prête à exploser, et il n'osait pas sortir de sa voiture. Il l'avait garée dans un coin du parking, d'où il avait vu les trafiquants d'enfants s'introduire chez sa sœur pour en ressortir un moment plus tard, furieux et bredouilles.

Bien qu'Emma ne soit pas sortie de chez elle comme il le lui avait recommandé dans son SMS, il semblait que son message ait suffi à lui sauver la mise.

Christina était toujours avec sa mère, et à cette pensée, Joseph se sentait un peu moins fautif, même s'il savait déjà qu'après ce nouvel épisode, il mettrait un certain temps à déculpabiliser.

D'accord, il avait fait un pacte avec le diable, mais il trouverait un moyen de réparer ses torts.

La porte principale du bâtiment s'ouvrit sur quatre flics en uniforme qui se dirigèrent aussitôt vers leurs véhicules respectifs.

Joseph en fut tout déconfit.

Déjà ?

L'appartement d'Emma venait d'être « visité » par des malfrats qui voulaient lui enlever sa fille, et la police les laissait seules, toutes les deux ?

Son indignation était telle qu'il se mit à transpirer.

Ces crétins n'avaient donc pas compris que les truands en question reviendraient chercher leur jeune proie ? Ce genre de types ne s'avouaient jamais vaincus, les flics le savaient bien, non ? Malgré cela, ils étaient repartis, laissant une femme et son bébé sans protection, et…

Joseph était presque descendu de voiture pour aller rejoindre sa sœur quand il se souvint que cette dernière lui tirerait probablement dessus plutôt que d'accepter son aide. En outre, il était probablement plus sage, pour lui, de s'éloigner d'El Paso tant qu'il le pouvait encore.

Dès le lendemain, les sbires de Karnov se lanceraient à sa poursuite, et les trafiquants d'enfants ne s'étaient pas encore aperçus que Joseph les avait doublés. Il était donc temps pour lui de s'enfuir : d'ici à ce qu'on se souvienne de lui, il serait loin.

En même temps, il lui paraissait important de protéger sa sœur. Après tout, il était responsable de ce qui était en train de se produire. S'il ne s'était pas mis en tête de lui faire payer son attitude envers lui, l'affaire aurait été close. Et puis, il y avait ces maudits avis de recherche…

— Tout ça à cause d'un foutu bourrin, marmonna-t-il entre ses dents, c'est lui qui m'a mis dans le pétrin !

Joseph avait misé sur Lucky Penny qui, malgré ses promesses, n'avait pas remporté la course. La faute au jockey, aussi : s'il avait fait son boulot, le cheval – que tout le monde donnait gagnant – lui aurait rapporté gros, et Joseph serait plein aux as, à présent.

Le sort en avait décidé autrement, puisque, au lieu de fêter cela dignement, il était coincé dans sa voiture, en pleine nuit, avec une telle envie d'uriner qu'il essaya de se souvenir s'il n'y avait pas une bouteille vide à portée de main.

La porte principale du bâtiment se rouvrit, sur une femme, cette fois. Lorsqu'il reconnut sa sœur et la vit installer Christina dans le siège-auto de sa voiture, il oublia son problème du moment et se redressa sur son siège en retenant son souffle.

Emma ne perdit pas de temps : cinq minutes plus tard, elle sortait du parking en trombe.

Joseph la regarda s'éloigner en se demandant s'il devait la suivre pour s'assurer qu'elle arrive à bon port, ou fuir, tout simplement puisqu'il tenait sans doute sa dernière chance d'échapper aux hommes de Karnov. D'un autre côté, pouvait-il abandonner Emma et Christina en ce moment crucial ?

Non. Pas maintenant. Aussi, après s'être soulagé dans la bouteille d'eau vide qu'il avait trouvée au fond de son coffre, décida-t-il de suivre Emma dans sa course éperdue.

7

Matt poussa la porte du restaurant, passa la salle en revue, puis se fraya un chemin parmi les tables en luttant contre l'envie de se boucher les oreilles pour se protéger de la musique agressive qui s'échappait du juke-box.

Au bout d'un moment, il s'aperçut qu'Emma lui faisait signe d'un box situé un peu à l'écart. Son soulagement fut tel qu'il sentit la tête lui tourner.

Sans réfléchir, il s'avança, se pencha vers la jeune femme et l'embrassa sur la bouche. Un baiser qui n'avait rien à voir avec celui qu'elle lui avait volé avant de partir. Cette fois, Matt encadra son joli visage entre ses mains pour prendre le temps de savourer le moment et l'exquise sensation de ses lèvres sur les siennes.

De son côté, elle s'agrippa au col de sa chemise, comme si elle craignait qu'il tente de lui échapper – ce qui n'était pas dans ses intentions, bien au contraire.

Lorsque, à regret, il se redressa pour reprendre son souffle, il fut frappé par la beauté d'Emma, même sous l'éclairage brutal du restaurant. Ses joues d'ordinaire si pâles avaient pris une jolie teinte rose, ses lèvres entrouvertes semblaient légèrement enflées. Et puis il y avait cette lueur, ce mélange d'aménité et de surprise qui brillait dans ses yeux noisette…

Matt passa d'un pied sur l'autre, un peu gêné par sa propre spontanéité. Cela avait été plus fort que lui : quand il avait vu Emma, il avait été submergé par le besoin de la serrer contre lui. Combien de temps mettrait-il à oublier ce baiser grisant ?

Il toussota puis se glissa sur la banquette, face à elle, avant de se pencher au-dessus de la table pour jeter un coup d'œil à l'intérieur du siège-auto posé à côté d'elle.

— Comment va la petite ? s'enquit-il,

Emma secoua la tête comme pour revenir à la réalité du moment, avant de lui décocher un regard plein de gratitude.

— Bien, répondit-elle simplement. Elle a réussi à se rendormir.

— Que s'est-il passé ?

Elle lui relata alors toute l'histoire, ne s'interrompant que lorsqu'une serveuse peu aimable vint prendre leur commande. Matt demanda un café, plus pour éviter de la contrarier que par véritable envie. Elle revint quelques minutes plus tard et posa avec humeur une tasse ébréchée sur la table.

Matt s'en empara, effaré par le récit d'Emma, qui en était à sa tentative de gagner le balcon de sa voisine.

— Vous auriez pu vous tuer, lui fit-il remarquer, avec un flegme qui l'étonna lui-même.

— Je sais, admit-elle dans un soupir, seulement c'était ça ou laisser ces types emmener ma fille, alors je n'avais pas le choix.

— Et moi qui n'étais pas là, se lamenta Matt, songeant néanmoins qu'il n'aurait sans doute pas pu faire grand-chose, seul contre deux individus vraisemblablement armés.

— Ce n'est pas grave, lui assura Emma, refermant une main fine autour d'un de ses poignets. Vous êtes venu nous rejoindre, c'est la seule chose qui m'importe.

— J'ignore ce que vous comptez faire, mais je voudrais que Christina et vous restiez avec moi jusqu'à ce que cette histoire soit terminée. On pourrait se cacher chez moi ou dans n'importe quel motel un peu isolé, comme vous préférez. L'essentiel est que vous ne vous trouviez plus seules, toutes les deux, dit posément Matt.

Car les ravisseurs malchanceux reviendraient, ça ne faisait aucun doute dans son esprit. Et, bien qu'Emma lui ait prouvé qu'elle avait de la ressource, il n'était pas question pour lui de la laisser braver un tel danger sans son aide.

— J'espérais bien que vous alliez me proposer une solution de ce genre, avoua-t-elle, un adorable sourire aux lèvres. Et si je ne sais pas encore quelle est la meilleure option, vous ne pouvez pas vous imaginer à quel point je suis soulagée de pouvoir m'en remettre à vous.

Devant une telle reconnaissance, Matt, flatté, se retint de gonfler le torse.

— Tout de même, j'aimerais bien savoir qui sont ces hommes et pourquoi ils s'en sont pris à nous, ajouta Emma en soupirant.

Matt se rembrunit.

— Hum. Malheureusement, j'ai bien l'impression que nous avons affaire à des trafiquants d'enfants. De toute évidence, ils ont été renseignés sur le lieu où ils pourraient trouver Christina.

Emma écarquilla les yeux.

— Quoi ? s'exclama-t-elle, horrifiée Vous voulez dire qu'ils voulaient ma fille pour la vendre ? Qui peut avoir des desseins aussi abjects ?

Un nom vint aussitôt à l'esprit de Matt qui se refusa néanmoins à remuer le couteau dans la plaie en annonçant à la jeune femme que son frère était sans doute à l'origine de cette tentative d'enlèvement.

Il n'en eut pas besoin, d'ailleurs, car l'expression d'Emma changea soudain du tout au tout.

— Quel salaud ! dit-elle avec amertume. Vous croyez que Joseph est mêlé à cette histoire ?

Matt hocha la tête avant de commenter :

— Oui, et il a dû avoir des remords, d'où son message vous conseillant de fuir.

— Pff ! S'il avait vraiment voulu m'arracher aux griffes de ces types, il m'aurait prévenue plus tôt, non ?

Elle avait raison : le SMS lui avait été envoyé trop tard pour qu'elle puisse s'échapper avant l'arrivée des intrus. Dans ce cas, pourquoi le lui avoir fait parvenir ?

— Il ignorait peut-être que le danger était si proche, lui répondit Matt, à défaut de mieux.

Sa remarque lui valut un ricanement de mépris.

— Non. Je pense plutôt qu'il a fini par culpabiliser et qu'il a voulu se dédouaner. Si les hommes étaient repartis avec ma fille, ça m'aurait appris à prendre ses messages au sérieux.

Matt haussa un sourcil.

— C'est vraiment la manière dont il fonctionne ?

— Oui, répondit Emma en levant les yeux au plafond. Dans son esprit, tout est toujours la faute des autres. Il ne se sent responsable de rien, sauf les rares fois où il y trouve son compte.

— Charmant ! grommela Matt. Bien ! Ne perdons pas de temps à discuter de lui. Il faut que nous prenions une décision.

— Si nous sommes vraiment confrontés à des trafiquants d'êtres humains, c'est encore plus grave que je ne le soupçonnais, murmura Emma, songeuse. J'ai lu quelques articles récents sur ce genre d'individus, et d'après ce que j'ai compris, ils ne renoncent pas facilement.

— Très juste. À mon avis, la première chose à faire est de trouver un endroit où nous reposer quelques heures. On va prendre mon pick-up. Comme ces types ne savent pas quel véhicule je conduis, ça nous donnera une chance supplémentaire de les semer. Et une fois que nous serons en route, vous appellerez la police d'El Paso pour lui faire part de nos soupçons. Nous ne serons peut-être pas pris au sérieux, mais il se peut que Randall ou un autre inspecteur ait entendu parler d'un réseau de trafiquants de ce genre dans la région.

— J'ai tout expliqué aux policiers qui sont venus à ma rescousse, et j'ai laissé un message à Randall. J'attends qu'il me rappelle, répliqua Emma.

— Parfait, fit Matt. Il sera peut-être en mesure de vous mettre sous protection, toutes les deux – du moins pendant un certain temps.

Une ombre furtive obscurcit son joli visage.

— Ce serait plus sûr, en effet.

Elle baissa les yeux vers ses mains croisées sur la table avant d'ajouter d'une toute petite voix :

— J'espérais que la vie reprendrait son cours normal, une fois que nous aurions retrouvé Christina. Mais je me faisais des illusions ! acheva-t-elle dans un soupir.

Cette fois, ce fut au tour de Matt de refermer une main sur les siennes.

— Ça va s'arranger, promit-il. Ce n'est qu'une embûche de plus, nous allons régler le problème, et vous pourrez retourner à votre routine.

Elle lui sourit timidement.

— Vous avez dit « nous » ? Vous êtes sérieux ?

Un peu tardivement, Matt prit la mesure de ce à quoi il venait de s'engager. D'un autre côté, il lui suffisait de regarder Emma pour constater qu'il était devenu sa bouée de sauvetage. Dans sa solitude, et bien qu'habituée à tout faire par elle-même, il devait lui arriver de se sentir démunie. Son intention première avait été de lui insuffler un peu de courage, et à présent, il se demandait s'il n'avait pas mieux à lui offrir.

Si, lui murmura sa petite voix intérieure. *Bien sûr que si.*

Matt ravala son angoisse et hocha vigoureusement la tête.

— J'ai dit « nous », et je suis parfaitement sérieux.

Bien que sa promesse lui pèse déjà, il ne se sentait pas piégé, au contraire. Il avait plutôt la sensation de remettre un vieux vêtement oublié au fond d'un placard depuis longtemps. Après avoir quitté Jennifer et Fisher, il s'était renfermé sur lui-même, et il commençait enfin à retrouver sa place dans le monde.

Cette découverte le conforta dans sa décision de se consacrer pleinement à la protection de Christina et d'Emma.

— Merci, murmura cette dernière, merci infiniment. Il faut que j'aille aux toilettes avant que nous partions. Je vous confie ma fille deux minutes ?

— Bien sûr !

Matt contourna le box pour aller s'installer à côté du bébé qu'il contempla, soudain submergé par une vague de tendresse. La petite fille dormait toujours, un minuscule poing refermé sous le menton. Elle était si fragile, si innocente… Avait-elle la moindre idée de la convoitise dont elle faisait l'objet ?

Non, bien sûr que non, même si on ne pouvait que fondre devant le spectacle de cette poupée qui sommeillait paisiblement sous ses yeux.

Attention ! Encore cette voix intérieure, venue lui rappeler qu'il avait éprouvé ce même trouble devant Jennifer devenue maman, et qu'il risquait fort de s'éprendre à la fois de Christina et de sa mère, avec tous les risques émotionnels que cela comportait.

Christina s'agitant légèrement, Matt sentit une partie de sa résistance le déserter. Il *pouvait* – et devait – protéger Emma et sa fille sans souffrir pour autant.

Et il y parviendrait, d'une manière ou d'une autre.

— Si j'ignore ce que l'avenir nous réserve, princesse, je peux te jurer que je ferai tout mon possible pour qu'il ne vous arrive rien, ni à toi ni à ta délicieuse maman, murmura-t-il à l'oreille du bébé.

Joseph tenta de se dissimuler derrière le volant de sa voiture, sans pour autant cesser de surveiller le parking du restaurant.

Il maudit sa sœur une fois de plus : parmi tous les endroits où elle aurait pu chercher refuge, elle avait justement choisi celui-ci ? À croire qu'elle l'avait fait exprès.

Il avait senti son estomac se nouer en la voyant sortir de l'autoroute pour s'engager sur la bretelle qui menait au fichu routier où avait eu lieu son entrevue avec les trafiquants, quelques jours plus tôt. Son seul réconfort, pour l'instant, venait de ce que le camion de leur immonde patron n'apparaissait nulle part. L'homme à la chemise verte n'était pas à l'intérieur du restaurant non plus, a priori. Pour l'instant, tout allait donc bien.

Cela durerait-il, néanmoins ?

Rien n'était moins sûr.

Il perçut un déplacement à l'intérieur du restaurant et, se retournant, vit Emma quitter sa table pour se diriger vers les toilettes… laissant sa fille sous la surveillance du grand type blond qui l'avait rejointe une dizaine de minutes plus tôt. Il était penché sur le siège-auto de la petite, de sorte que Joseph ne distinguait pas ses traits.

Qui était-il et pourquoi Emma l'avait-elle appelé ?

Quoi qu'il en soit, elle lui faisait confiance, sinon elle ne l'aurait pas laissé seul avec sa fille. Et si quelque chose, dans sa posture, donnait à penser qu'il travaillait dans la police, pourquoi un flic serait-il venu retrouver Emma dans ce restaurant miteux ? S'il avait voulu lui parler, il serait allé chez elle ou l'aurait convoquée au commissariat…

Joseph continua à observer l'inconnu, qui lui tournait le dos, à présent. Il avait de larges épaules et semblait tout en muscles. Un détective privé, peut-être ? Ou alors…

L'homme se redressa subitement, laissant voir une tache de couleur sur le haut de son biceps. Un tatouage…

Ce type était un militaire, voilà. Oui ! C'était logique : la coupe en brosse, le dos droit et surtout, surtout, l'hyper-vigilance : il scannait la salle à manger de son regard aiguisé comme pour y déceler un danger potentiel.

Cela rassura un tant soit peu Joseph : qu'il soit flic ou soldat, cet homme devait être capable de protéger sa sœur et sa nièce.

Du moins, il l'espérait.

Entendant soudain rugir un moteur puissant, il fit volte-face et jura entre ses dents. Le semi-remorque cherchait une place sur le parking, et bien qu'il n'en distingue pas le conducteur, Joseph sentit son sang se glacer dans ses veines.

Les trafiquants d'enfants étaient de retour.

Non, non, pas ça, par pitié !

Affolé, il se dévissa le cou pour surveiller l'entrée du restaurant. Si sa sœur en sortait maintenant avec Christina, les trafiquants ne s'apercevraient peut-être pas de leur présence. Malheureusement, les portes de l'établissement restaient désespérément closes. Que fabriquait donc Emma ?

Joseph tourna la tête vers le camion, garé à présent, et dont le conducteur éteignit les phares.

Ça y est, les truands préparaient leur entrée…

Non. Ils ne devaient pas voir Emma et la petite. Elles avaient réussi à leur échapper quelques heures auparavant ; elles n'auraient sans doute pas cette chance deux fois dans la même soirée.

En désespoir de cause, Joseph descendit de voiture et se dirigea vers l'entrée du restaurant. L'idée était de donner quelques secondes d'avance à Emma et à son mystérieux compagnon, pour que la partie soit un peu plus équitable. Il traversa donc le parking au pas de course, en s'efforçant de ne pas attirer l'attention sur lui. Il envisagea d'envoyer un nouveau SMS à Emma, puis renonça de crainte qu'elle ne le lise pas à temps. Il eut un moment la sensation d'être surveillé, se rendit compte que personne ne faisait attention à lui, et se prit à espérer – sans trop y croire – que le monstre avait choisi une autre équipe pour l'accompagner, ce soir. Un simple coup d'œil lui permit de constater que ce n'était malheureusement pas le cas et il dut se résigner à pénétrer dans le restaurant pour avertir sa sœur.

Allez, se dit-il en pénétrant dans la salle aux murs graisseux. *Tu entres, tu préviens Em, et tu ressors. C'est simple, non ?*

Simple et en même temps tellement compliqué.

Emma se rinça les mains, puis se passa un peu d'eau fraîche sur le visage, dans l'espoir de se remettre les idées en place.

— Qu'est-ce que tu es en train de faire, ma fille ? demanda-t-elle à son propre reflet.

La réponse était pourtant évidente : son attirance pour Matt ne faisait que croître, et si elle n'y prenait pas garde, elle allait s'éprendre de lui.

Et quoi de plus naturel, au fond ? Malgré l'heure tardive, le ranger n'avait pas hésité à voler à son secours, et lorsqu'il était arrivé, sa première pensée avait été pour Christina. Quelle mère n'aurait pas été touchée par son intérêt ?

Elle frissonna légèrement au souvenir de la façon dont il l'avait saluée. Il y avait eu quelque chose de délicieusement sensuel dans la manière dont il s'était avancé vers elle et l'avait embrassée sans mot dire. Son étreinte l'avait littéralement électrisée, et elle se rappelait avoir été surprise par le contraste entre sa carrure et la douceur de son geste. Plus encore, pour la première fois depuis le décès de Chris, elle avait eu l'impression d'être désirée – une sensation grisante et à laquelle elle prendrait vite goût, elle le savait.

Malheureusement, ce n'était pas le bon moment pour se laisser aller à rêver.

Un peu honteuse, elle refoula ces fantasmes égoïstes. Dans l'immédiat, c'était sur sa fille qu'elle devait se concentrer, et non sur le beau ranger qui avait volé à leur secours.

Elle était très soulagée d'avoir Matt auprès d'elle : en sa présence, elle parvenait presque à croire que tout finirait par s'arranger. Et puis, elle n'était plus seule dorénavant, c'était là le plus important.

Malgré tout, elle ne devait pas se méprendre sur le sens de la bienveillance et de la disponibilité de Matt. La protection qu'il lui offrait ne signifiait pas nécessairement qu'il éprouvait des sentiments envers elle. Certes, il l'avait embrassée avec fougue, mais il pouvait très bien n'être à la recherche que d'une aventure passagère, une fois leur problème résolu. Emma devait garder cette réalité à l'esprit, sinon elle risquait de mal interpréter la moindre de ses attentions, ce qui ne pouvait la mener qu'à un désastre sentimental.

— Il a un sens développé des responsabilités, voilà tout, murmura-t-elle. C'est l'armée qui l'a formaté ainsi.

Soudain, elle fut assaillie par un nouveau doute. Et si elle était en train de profiter de lui, tout simplement ?

Non. Il avait répondu à son appel parce qu'il l'avait bien voulu ; Emma ne le forçait à rien, il agissait de son plein gré.

La fatigue commençant à se faire sentir, elle consulta sa montre. Presque 5 heures du matin ; il n'allait pas être facile de trouver un hôtel avant le lever du jour !

De retour dans la salle de restaurant, elle fut attendrie par la vision du ranger berçant Christina dans ses bras puissants. À en juger par le mouvement de ses lèvres, il lui parlait à mi-voix. À le voir ainsi, Emma se demanda une fois de plus pourquoi il n'avait pas encore fondé une famille.

Elle continuait à avancer vers eux lorsqu'elle vit un homme remonter l'allée menant vers le box où ils se tenaient. Elle commença par se figer sur place, puis s'aperçut qu'il s'agissait… de Joseph.

Le moment de soulagement passé, elle fut prise d'une telle rage que, oubliant tout le reste, elle fonça vers son frère tête baissée.

Elle passa devant le box où Matt était installé avec sa fille sans leur accorder un regard, puis poursuivit son chemin. Joseph n'essaya pas de lui échapper. Au contraire, il semblait presque heureux de la voir là. Emma n'aurait pas pu en dire autant : toute l'affection qu'elle avait pu éprouver pour lui jadis avait fait place à une déception sans pareille… et à une colère comme elle en avait rarement éprouvé.

— Bon sang ! Qu'est-ce que tu as encore fichu ? lui lança-t-elle, levant une main dans l'intention de le gifler.

Il eut le temps de l'attraper par le poignet avant que le coup ne tombe.

— Emma, je… je te demande pardon. Je…

Elle ne le laissa pas terminer.

— Tu peux garder tes excuses, je n'en veux pas.

— Emma ? Que se passe-t-il ? demanda Matt derrière elle.

— Va-t'en, Joseph, poursuivit-elle sans se retourner, peu disposée à quitter des yeux le traître qui lui servait de frère.

— Emma…, commença Matt au moment où Joseph, retrouvant l'usage de la parole, lança d'un ton pressant :

— Sors d'ici avec la petite, tout de suite !

— C'est cela, répliqua-t-elle d'un ton cinglant. Et tu t'imagines que je vais t'obéir ?

— Vous devez être Joseph, dit calmement Matt en se postant à côté d'Emma et en lui tendant le bébé.

Elle prit instinctivement sa fille et comprit aussitôt son erreur : une fois les mains libres, Matt semblait redoutable. Avant peu, il allait s'en prendre physiquement à son frère et, bien que l'idée que le ranger soit prêt à en venir aux mains pour sa défense ne lui déplaise pas, l'endroit lui paraissait mal choisi. Peu lui importait ce qui arriverait à Joseph, mais elle ne voulait pas que Matt ait maille à partir avec la police, ni qu'il soit blessé car Joseph n'avait jamais reculé devant une « bonne bagarre entre hommes ».

À sa grande surprise, son frère accorda à peine un regard à son adversaire potentiel.

— Emma, il faut que tu m'écoutes, même si tu ne me fais plus confiance. Sors d'ici, c'est urgent !

Devant son état de tension manifeste, Emma sentit sa colère baisser d'un cran.

— Tu peux m'expliquer pourquoi je t'écouterais ?

— Parce que les hommes qui sont entrés chez toi cette nuit… travaillent pour un trafiquant d'enfants.

— Et comment…

Au lieu de finir sa phrase, Emma secoua la tête avec tristesse.

Le fait que Joseph soit au courant de cette tentative d'enlèvement ne faisait que la conforter dans ses soupçons.

Son petit frère était en cheville avec des trafiquants d'êtres humains. Comment était-ce possible ?

Il jeta un coup d'œil nerveux derrière lui et reprit d'un ton suppliant :

— Par pitié, Emma, dépêche-toi. Ils sont là, ils viennent

de se garer sur le parking ; c'est à l'intérieur de ce camion que leur chef reçoit ses clients.

— Vous voulez dire que c'est là que vous avez négocié avec lui, glissa calmement Matt.

— Oui, et je te le répète, Emma, il faut que tu sortes d'ici avec la petite avant qu'ils ne te repèrent, débita Joseph d'une seule traite.

Bien que son frère lui semble sincère, Emma continuait à douter. Essayait-il de la manipuler ou, au contraire, s'efforçait-il de lui sauver la mise ?

Elle leva la tête vers Matt. Il fixait Joseph d'un regard soupçonneux, la mâchoire crispée et les sourcils froncés.

Joseph jeta un nouveau coup d'œil vers l'extérieur et blêmit.

— Emma, c'est maintenant ou jamais. *Ils… Ils* sont là !

Elle perçut des trémolos dans sa voix, et en déduisit qu'il était terrorisé.

— Emma, murmura Matt, lui posant une main sur le bras sans quitter le parking des yeux. On n'a pas le temps de discuter. Allons-y.

Elle suivit le regard bleu du ranger et vit trois hommes descendre de la cabine d'un semi-remorque. D'un pas décidé, ils se dirigeaient en ligne droite vers l'entrée du restaurant. Et si leurs faciès ne lui disaient rien, leur expression, en revanche, lui donna la chair de poule.

— D'accord, murmura-t-elle, vaincue.

Au moment où Matt s'emparait du siège-auto, elle vit Joseph foncer vers les toilettes.

C'est ça, va te cacher et essaie de sauver ta peau, minable ! songea-t-elle avec amertume.

Matt la guida délicatement jusqu'à la porte qu'elle poussa après un dernier coup d'œil derrière elle.

Elle n'aurait pas dû faire cela car le sinistre trio avait eu le temps de s'installer dans un box. L'un des truands la vit se retourner et la reconnut. C'était le balafré qui l'avait poursuivie sur le balcon. Il poussa un cri et referma sa main sur le biceps d'un de ses acolytes.

Emma entendit Matt jurer, puis sentit l'air frais de l'extérieur sur ses joues.

— Vite ! Ils nous ont vus, dit-il d'un ton pressant.

— C'est... C'est ma faute, c'est ma faute, ne cessait-elle de répéter tandis qu'il la menait vers son pick-up.

En guise de réponse, le ranger déverrouilla les portes du véhicule, déposa précipitamment le siège-auto sur le siège du milieu, et poussa Emma sur la banquette, côté passager. Quelques secondes plus tard, elle vit son frère traverser le parking en courant.

— Joseph, cria-t-elle dans la nuit. Pourquoi m'as-tu fait ça ?

Sur cette question destinée à rester sans réponse, les événements s'enchaînèrent.

La porte du restaurant vola en éclats, les malfaiteurs se précipitèrent vers le pick-up, et Emma eut juste le temps de refermer sa portière avant que Matt ne se glisse derrière le volant. Il démarra aussitôt, tandis qu'elle finissait d'attacher Christina à son siège-auto.

Au moment où ils sortaient du parking, elle s'aperçut que Joseph courait vers les trafiquants en agitant les mains.

— Je rêve ! s'exclama-t-elle. Il essaie de les détourner de leur but... C'est-à-dire de nous.

— Ah ? Il se réveille enfin ? Ce n'est pas trop tôt ! commenta aigrement Matt, sans ralentir.

Quelques secondes plus tard, ils étaient sur la bretelle menant à l'autoroute.

Emma ne put s'empêcher de se retourner dans l'espoir de voir où en était Joseph. Il restait son frère, malgré tout, et elle ne souhaitait pas sa mort, loin de là. Malheureusement pour elle, les autres camions garés devant le restaurant lui bloquaient la vue et, Matt accélérant encore l'allure, le parking ne fut bientôt plus qu'une enseigne clignotant dans la nuit noire.

— Qu'est-ce qu'elle a, la petite ? s'enquit Matt.

Emma se rendit compte que sa fille pleurait. Dans son émoi, elle n'avait entendu que le sang qui battait à ses tempes.

— Rien. Toute cette agitation l'a beaucoup perturbée, je suppose, murmura-t-elle, avant de se pencher vers Christina pour lui caresser le front.

Voyant Matt resserrer son emprise sur le volant et surveiller à la fois le rétroviseur et la route, elle attacha sa ceinture et se retourna.

— Vous pensez qu'ils nous ont suivis ?

— Je n'en sais rien. Le problème, c'est que dorénavant, ils reconnaîtront mon pick-up.

Emma ne sut que répondre. Elle n'avait pas bien compris si les hommes qui les poursuivaient ne disposaient que du camion ou s'ils avaient d'autres véhicules, susceptibles de les courser.

— J'appelle la police ? suggéra-t-elle, à défaut de mieux.

Matt réfléchit à la question avant d'acquiescer.

— Si vous voulez, mais je ne veux pas m'arrêter, et nous n'avons pas grand-chose à leur dire, si ce n'est que nos assaillants conduisaient un semi-remorque et qu'ils nous ont pour ainsi dire chassés du restaurant.

— N'empêche que les policiers pourraient les arrêter pour un contrôle de routine et, éventuellement, les emmener au poste pour les interroger, lui fit remarquer Emma.

— Dans ce cas, c'est peut-être une bonne idée, lui concéda Matt.

Emma composa le 911 et commença à expliquer la situation à un standardiste pour le moins sceptique.

— J'ai vu une partie de leur plaque d'immatriculation, précisa Matt avant de débiter les chiffres qu'il avait pu lire.

— Entendu, dit l'interlocuteur d'Emma. Je vous envoie des secours. Cela dit, ne vous réjouissez pas trop vite : ils mettront sans doute du temps à arriver.

Emma le remercia, puis raccrocha, presque certaine que son appel n'avait servi à rien.

— Vous auriez dû prétendre qu'il y avait une bagarre dans le restaurant, commenta Matt. Ça les aurait fait bouger.

— Vous avez sûrement raison, je…

Subitement, Matt ralentit pour prendre la sortie suivante, où clignotait un feu orange.

— Que se passe-t-il ? demanda Emma.

— On fait demi-tour.

— *Quoi ?* s'écria Emma, effarée.

Christina geignit dans son sommeil, elle lui caressa la joue et demanda, d'un ton plus bas :

— Pourquoi reviendrions-nous sur nos pas ?

Matt ne se départit pas de son calme.

— Parce qu'ils nous ont vus partir, et que s'ils nous suivent, ils se dirigent vers l'est. En revenant sur nos pas, nous parviendrons peut-être à les semer sans qu'ils s'en aperçoivent.

— Je vois, murmura-t-elle.

Bien que ça lui paraisse effectivement la meilleure chose à faire, la réponse de Matt ne l'avait pas totalement tranquillisée : les camions devaient s'arrêter pour un contrôle de tonnage avant d'emprunter l'autoroute, et ce fut avec anxiété qu'elle attendit que le pick-up s'approche du feu clignotant.

Ils passèrent le barrage sans apercevoir ni le semi-remorque, ni les malfrats, ni Joseph.

— Leur camion n'est pas là, commenta Matt à mi-voix.

Emma referma un poing sur le haut de son T-shirt et se concentra sur sa respiration.

— On les a croisés depuis qu'on a fait demi-tour ?

— Je n'en sais rien. J'ai vu passer quelques poids lourds semblables au leur, mais ils roulaient trop vite pour que je puisse dire s'il s'agissait de celui qui nous poursuit.

— Touchons du bois, alors, dit-elle, espérant que leurs agresseurs continueraient à avancer vers l'est et, du même coup, à s'éloigner du pick-up.

Et Joseph, dans tout cela ?

Emma n'était plus sûre de rien. D'un côté, elle lui souhaitait de se tirer d'affaire, et de l'autre, elle avait déjà décidé de ne plus jamais le voir. Ses actes lui apparaissaient comme une double trahison dans la mesure où il s'était conduit d'une manière indigne vis-à-vis d'elle et de Christina. Ce qui ne l'empêchait pas de nourrir quelques inquiétudes à son sujet.

Sans doute rassuré par leur progression, Matt finit par se détendre un peu. Bien qu'il continue à surveiller le rétroviseur, ses mains étaient moins crispées sur le volant, et ses épaules paraissaient plus souples.

— Qu'est-ce qu'on fait ? s'enquit Emma, s'apercevant que le jour se levait derrière eux et que l'ombre formée par le pick-up s'allongeait.

— On trouve un endroit où se reposer, lui répondit-il avant de se tourner vers elle avec un demi-sourire et d'ajouter :

— Parce que je ne sais pas ce qu'il en est pour vous, mais personnellement, toutes ces émotions m'ont fatigué.

Emma laissa échapper un petit rire nerveux. Elle était épuisée. La nuit avait été longue, et Matt et elle n'étaient probablement pas au bout de leurs peines. Elle avait besoin de dormir quelques heures pour récupérer physiquement et digérer les événements de ces dernières heures.

Matt posa le bras sur le haut du siège de Christina, et le laissa là, la paume de la main tournée vers le plafond. Aussitôt, Emma glissa sa main dans celle du ranger et tira un certain réconfort de son contact : elle n'était plus seule. Mieux encore, la vision de leurs deux mains jointes au-dessus de sa fille endormie, acheva de la débarrasser de la panique de la nuit.

Et si elle ignorait toujours ce qui allait se passer, une chose lui paraissait sûre, dorénavant : Matt et elle affronteraient le danger ensemble.

8

— Tu as essayé de me doubler.

Joseph déglutit péniblement pour se débarrasser du goût métallique du sang qui lui obstruait la gorge.

— Non, pas du tout… Je…

Le coup suivant fut si violent que ses yeux se brouillèrent de larmes et qu'il dut cligner des paupières pour mieux distinguer l'homme assis en face de lui.

Le monstre était enfoncé dans un fauteuil, à l'extrémité de la remorque du camion. Joseph, lui, était à genoux, les mains ligotées derrière le dos. Son corps vibrait du ronronnement du moteur, et s'il ignorait où on l'emmenait, il sentait que le poids lourd roulait sur une autoroute. Il pensait que sa sœur avait réussi à s'échapper, car il avait vu le pick-up du type qui l'accompagnait sortir du parking pour gagner la voie rapide. À son grand désespoir, après que les trois hommes l'avaient capturé, il avait entendu le monstre téléphoner à d'autres de ses hommes de main pour leur ordonner de pourchasser le pick-up. Et comme l'opération impliquait un deuxième véhicule, il se pouvait qu'Emma et son mystérieux protecteur soient suivis sans le savoir.

— Tu sais ce que je leur fais, moi, aux traîtres ?

La question du monstre ramena Joseph à sa condition présente, peu enviable : il était flanqué des deux costauds de service, et à en juger par les taches de sang qui maculaient le plancher, cette remorque avait été le théâtre de scènes pour le moins violentes. Bref, il se trouvait dans une salle de torture ambulante, et d'ici peu, le monstre s'occuperait de son cas.

Personnellement.

Il se mordit la lèvre, presque certain que le silence était sa meilleure option. Il se trompait, apparemment, car un nouveau coup suivit.

— Réponds quand je te parle.

Joseph se décida enfin à regarder le monstre en face, ne vit qu'un vide dans ses prunelles, et tenta d'ignorer le frisson glacial qui lui parcourut l'échine.

— V... vous faites erreur. Je ne vous ai pas menti, balbutia-t-il. Ce n'est pas ma faute si vos hommes ont échoué.

— On va voir ça tout de suite, ricana le chef du gang, faisant signe à l'un des malabars qui fouilla aussitôt les poches de Joseph pour en tirer son téléphone jetable.

Le chef s'empara de l'appareil et le lui agita devant le nez.

— Donc, si je jette un coup d'œil à tes messages, je n'y trouverai pas une mise en garde à ta sœur, on est bien d'accord ?

— On est bien d'accord, renchérit Joseph avec assurance.

Il ne craignait rien de ce côté-là : le téléphone dont il s'était servi pour prévenir Emma gisait quelque part sur le bas-côté de la route, probablement brisé en mille morceaux.

Si le monstre fut surpris par sa réaction, il n'en laissa rien transparaître. Il fit dérouler l'écran du portable et marmonna en caressant de sa main libre le petit chien – toujours aussi excité – qu'il avait sur les genoux :

— On va voir ça tout de suite, mon gars.

Puis :

— Tu es plus futé que je ne le pensais. Ce qui ne change rien. Tu m'as doublé, ton petit numéro de tout à l'heure, sur le parking, en est la preuve.

Joseph ne se donna même pas la peine de nier.

— Vous ne m'avez pas payé, rappela-t-il à son adversaire. Donc, vous n'avez rien perdu, dans l'histoire. On pourrait s'en tenir là et faire comme s'il ne s'était jamais rien passé.

Le monstre partit d'un rire gras.

— Oh ! mais ce n'est pas comme ça que ça marche, mon petit bonhomme ! J'aurais peut-être consenti à oublier ce fâcheux incident si, en prime, tu n'avais pas humilié mes hommes. À présent, j'en fais une affaire personnelle. C'est devenu une question d'honneur, tu comprends ce que ça veut dire ou tu ne connais pas ce mot ?

— Je ne voulais pas vous vexer, tenta Joseph à tout hasard.

— C'est pourtant ce que tu as fait, rétorqua l'autre, se penchant vers lui autant que son ventre le lui permettait. Or, je ne voudrais pas qu'on sache que tu m'as manqué de respect et que ton crime est resté impuni.

Impuni, pensa Joseph, reprenant espoir. Peut-être son adversaire n'avait-il pas l'intention de le tuer, finalement. De le torturer peut-être, mais il se savait dur au mal.

— Qu'est-ce que vous allez me faire ?

La question était d'importance, et Joseph aurait sans doute dû s'abstenir de la poser. En même temps, il préférait être fixé plutôt que rester dans l'ignorance.

— À ta place, je ne serais pas pressé de le savoir, ricana l'homme. Avant de te régler ton sort cependant, il faut qu'on retrouve ta frangine. Tu me dois toujours un bébé, je te rappelle.

— Emma a fui et je n'ai aucune idée de l'endroit où elle a pu se réfugier.

— N'empêche que tu vas nous aider à la retrouver.

— Je ne vois pas comment, balbutia Joseph, alarmé par l'assurance de son interlocuteur.

— Tu vas me servir d'appât.

S'il avait été en moins mauvaise posture, Joseph se serait esclaffé.

— Au risque de vous décevoir, vous pouvez menacer Emma de m'arracher les yeux, ça ne lui fera ni chaud ni froid. Elle me déteste, vu ce que je lui ai fait.

— Tu as sûrement raison, lui concéda le chef d'une voix mielleuse. Aussi, ce n'est pas à toi que je vais la menacer de m'en prendre.

Joseph écarquilla les yeux sans comprendre.

— Ah bon ?

Le monstre secoua la tête de gauche à droite.

— Non. Quel intérêt cela aurait-il ? Le lien qui unit un frère à sa sœur n'est rien, comparé à l'amour d'une fille pour sa mère. Je me trompe ?

Lorsqu'il eut assimilé ce qu'il venait d'entendre, Joseph sentit son sang se glacer dans ses veines.

— Non… Non, bredouilla-t-il. Pas ça, par pitié. Laissez ma mère en dehors de cette histoire.

Il était sincère : à ses yeux, on n'avait pas le droit d'utiliser sa mère – une femme courageuse et droite – à des fins aussi horribles.

Le monstre repartit d'un rire aussi sonore que lugubre.

— Tu ne m'as pas laissé le choix, malheureusement. Je suppose que tu as « oublié » de parler de moi à ta chère petite maman ?

Il n'attendit pas la réponse pour conclure, un sourire cruel aux lèvres :

— Aucune importance. Tu te chargeras de faire les présentations, hein ? Un peu de patience, elle ne devrait pas tarder à arriver.

L'hôtel semblait à peu près correct, pour une petite bourgade comme celle-ci.

Matt en examina la façade en garant son pick-up. Il n'y vit ni fissures ni marques de délabrement. Les quelques bacs de fleurs disposés çà et là donnaient même une touche de couleur au parking sur lequel n'étaient garés que quelques véhicules familiaux. Rien d'exceptionnel ou de très voyant ; le pick-up se fondait parfaitement dans le paysage.

— Ça me semble bien, dit Emma, comme si elle avait lu dans ses pensées.

— À moi aussi, répondit-il avant d'ajouter : Restez là avec Christina, le temps que j'aille réserver une chambre.

— Vous ne préférez pas qu'on vous accompagne ?

— Non. Les trafiquants s'arrêtent souvent dans des hôtels, lors de leurs déplacements, et ils pourraient avoir soudoyé une partie du personnel. Il vaut donc mieux que personne ne vous voie ensemble.

— Je n'avais pas pensé à cela, répondit Emma. Heureusement que vous êtes là !

— Disons plutôt que vous ne devriez pas avoir à vous soucier de ce genre de détails, commenta Matt en descendant du pick-up. Ni vous ni personne, d'ailleurs.

— Bonjour monsieur, que puis-je faire pour vous ? lui demanda un jeune réceptionniste avec bonne humeur.

— Une chambre pour la nuit ou ce qu'il en reste, répondit Matt, pensant que cela suffirait dans un premier temps.

Avec un peu de chance, Randall ne tarderait pas à rappeler Emma, et à la placer sous protection policière avec sa fille. Matt était toujours décidé à les assister, bien sûr, mais il n'en perdait pas le sens de la réalité pour autant : il était seul contre un gang impitoyable qui retrouverait ses proies tôt ou tard.

— Très bien. Vous préférez un lit double ou des lits jumeaux ?

Matt eut un moment d'hésitation. Comme il était censé voyager seul, le choix du lit double paraissait logique. D'un autre côté, il ne voulait pas qu'Emma se méprenne sur ses intentions.

— Des lits jumeaux, répondit-il. Ça me permettra de déposer mes affaires sur celui que je n'occuperai pas.

— C'est ce que font la plupart de nos clients, dit le réceptionniste avant de s'installer devant son ordinateur.

— Ravi d'apprendre que je ne suis pas le seul, grommela Matt, déposant sa carte de crédit et son permis de conduire sur le comptoir.

— Chambre 536, lui annonça l'employé en lui tendant une carte magnétique. Vous trouverez l'ascenseur au bout du couloir, derrière ce comptoir.

— Parfait, merci. Une dernière chose, néanmoins. Je dois ressortir et je voudrais garer mon pick-up derrière l'hôtel, tout à l'heure. Je pourrai revenir par là ?

— Bien sûr, monsieur. Il y a une porte menant au parking de l'autre côté du bâtiment. Elle s'ouvre avec la même carte que celle de votre chambre.

Satisfait et un peu rassuré, Matt tourna les talons avec l'intention d'aller chercher Emma et Christina pour les installer avant d'aller au ravitaillement. Il serait plus tranquille une fois que la mère et la fille seraient à l'abri, et il était à peu près certain que sa présence en ville passerait inaperçue.

Il regagna son pick-up et ouvrit la portière d'Emma, un sourire confiant aux lèvres.

— Ça y est, on est parés, lui annonça-t-il. Suivez-moi, on va passer par-derrière, afin qu'on ne vous voie pas.

Lorsqu'elle fut descendue de voiture, Matt tendit une main pour attraper le siège-auto. Christina battit des paupières en le voyant, puis le gratifia d'un sourire qui fit ressortir le bleu de ses yeux. Elle paraissait si contente de le voir qu'il sentit son cœur se gonfler de joie.

Il rendit son sourire au bébé qui se mit à gigoter et à gazouiller joyeusement.

— Elle vous apprécie vraiment, fit remarquer Emma.

Matt se tourna vers elle et vit qu'elle l'observait, une pointe de mélancolie dans le regard.

— C'est réciproque, dit Matt d'une voix rendue rauque par l'émotion. Allez, ajouta-t-il, se ressaisissant, venez, on va vous installer dans la chambre.

Il prit soin de baisser le capot du siège-auto au maximum, afin de dissimuler le visage du bébé.

— Essayez d'entrer sans lever la tête, recommanda-t-il ensuite à Emma.

— Pourquoi ? s'enquit-elle, manifestement surprise.

— À cause des caméras. Je préférerais qu'on ne puisse pas distinguer vos traits.

Et tant pis, s'il semblait un peu paranoïaque. Vu les circonstances, la prudence était de mise.

— Vous avez raison, dit-elle, baissant aussitôt la tête. Encore une chose à laquelle je n'avais pas pensé.

Ils s'engouffrèrent dans l'ascenseur vide et trouvèrent le couloir du cinquième étage tout aussi désert.

Emma se ressaisit du siège-auto, le temps que Matt ouvre la chambre et les fasse entrer.

Elle poussa un énorme soupir lorsque la porte fut refermée.

— Ouf ! dit-elle dans un souffle, avant de se baisser pour libérer sa fille de son harnais. Je vais enfin pouvoir me détendre un peu.

Comme si elle avait compris les paroles maternelles et se sentait soulagée, elle aussi, Christina se mit à babiller allègrement tandis qu'Emma la déposait sur un des lits pour la changer.

C'était une tâche simple, effectuée par des millions de mères chaque jour dans le monde. Pourtant, Matt voyait l'amour qu'Emma portait à sa fille dans la manière dont elle lui souriait et lui parlait. Lorsqu'elle eut terminé, elle se pencha sur Christina et frotta son nez sur celui de l'enfant en chantonnant :

— Bisous esquimaux, maintenant, d'accord ?

La petite connaissait manifestement la ritournelle car elle éclata de son délicieux rire de bébé.

Pas de doute, le lien qui les unissait était fort, et c'était un véritable plaisir de les regarder échanger, toutes les deux. Un privilège, même, de pouvoir assister à cette tranche de vie à la fois banale et touchante.

Emma se retourna, vit qu'il les observait et lui sourit un peu timidement.

— Venez vous asseoir avec nous, Matt.

— Tout à l'heure, répondit-il, alors qu'il aurait adoré les rejoindre ne serait-ce que pour avoir l'impression de faire partie de leur univers.

Non.

Il ne devait pas se laisser aveugler par son désir de cocon familial. Emma et sa fille étaient encore très vulnérables. Et si Emma l'avait appelé à la rescousse, c'était pour qu'il l'aide et la protège, pas parce qu'elle voulait de lui dans sa vie. Aussi, bien que toutes les deux commencent à lui apparaître comme la réponse évidente à toutes ses espérances, s'interdit-il de se bercer d'illusions.

— Je vais aller faire quelques courses, expliqua-t-il, tentant d'ignorer la lueur de déception qu'il vit passer sur le visage d'Emma.

— Excellente idée, dit-elle avec un manque d'enthousiasme qui le choqua légèrement. Je n'ai plus de couches et…

— Faites-moi donc une petite liste. En plus des couches, je pourrais nous acheter de quoi manger, qu'en dites-vous ?

— Super ! s'exclama-t-elle. J'étais tellement perturbée quand j'ai préparé nos affaires que j'en ai oublié l'essentiel, c'est-à-dire les couches, et des petits pots pour Christina. Par contre, j'ai empaqueté un tas de choses dont nous n'aurons aucune utilité.

Elle brandit en grimaçant un camion miniature et ajouta :

— Comme ceci, par exemple. Ça devait traîner sur la table, et j'ai tout fourré dans un sac avant de fuir.

— Je vous comprends, dit Matt, impressionné qu'elle ait pensé à rassembler quelques affaires, malgré sa frayeur.

Cela aussi, en disait long sur son courage et son sang-froid.

— Allez, reprit-il en lui tendant un bloc-notes et un stylo. Notez ce dont vous avez besoin, mis à part les compotes dont Christina semble si friande.

Emma lui décocha un sourire en coin et secoua la tête.

— Qu'est-ce qu'il y a ? s'enquit Matt, supposant qu'elle essayait de lui dire quelque chose.

Quand une lueur de gratitude se mit à briller dans ses yeux noisette, néanmoins, il ne fut plus certain de vouloir entendre la réponse.

— Disons que je suis épatée par les attentions que vous avez pour ma fille. Vous avez joué avec elle à l'hôpital, vous n'avez pas hésité à vous en occuper au restaurant, et vous vous souvenez qu'elle aime la compote, alors que je ne vous en ai montré qu'un emballage vide, il y a plusieurs jours.

— Ce n'est pas grand-chose, fit Matt, sentant ses joues s'empourprer.

— À mes yeux, si, insista Emma. Il est rare qu'un homme s'intéresse à un bébé qui n'est pas le sien. Alors croyez-moi, votre manière d'agir avec Christina me va droit au cœur.

— C'est le moins que je puisse faire, murmura Matt, peu disposé à avouer à Emma qu'il éprouvait des sentiments pour elle – ce qui aurait rendu la chose encore plus réelle et aurait été trop pour lui, dans l'instant.

Dans le même temps néanmoins, il parvenait à s'avouer qu'Emma prenait une importance folle pour lui, et comme Christina était ce qu'Emma avait de plus cher au monde, il s'en occupait davantage qu'il ne l'aurait fait avec un autre nourrisson.

Ce n'était pas tout, cependant, il en avait conscience. S'il était tant attaché à Christina, c'était aussi parce que, bien qu'il la connaisse à peine, il avait eu quelques aperçus de sa personnalité. Craquante comme elle l'était, elle se faisait rapidement une place dans son cœur. Et bien qu'il soit résolu à tenir ses distances pour se protéger, comment résister à ses grands sourires et à ses interminables babillages ?

— Si vous le dites, murmura Emma, d'un ton indiquant clairement qu'elle n'était pas d'accord avec lui.

— Je ne suis pas un héros, dit-il afin d'être sûr d'être bien compris.

Car son attirance pour Emma allait bien au-delà d'une simple affinité.

Il avait envie d'elle, envie de se perdre dans ses bras et de jouir de son corps. Et s'il en jugeait par la ferveur avec laquelle elle avait répondu à son baiser, elle le désirait, elle aussi. Néanmoins, la manière dont elle le regardait, par instants, ne lui avait pas échappé : elle l'idéalisait, et son jugement s'en trouvait altéré. Or, s'ils passaient à l'étape suivante, tous les deux, Matt voulait que ce soit parce qu'elle avait vraiment envie de se réveiller à ses côtés, et non parce qu'elle se sentait redevable envers lui ou parce qu'elle lui était reconnaissante de ses attentions envers Christina.

Emma fronça les sourcils d'un air perplexe.

— Pas un héros ? répéta-t-elle. Je…

Matt leva une main pour l'arrêter.

— Allez, rédigez cette liste, que je puisse me mettre en route.

Sur ces mots, et sans lui laisser le temps de réagir, il pénétra dans la salle de bains, referma la porte derrière lui et, prenant appui sur le comptoir, inspira profondément.

Qu'est-ce que tu es en train de faire ? se demanda-t-il à mi-voix avant de dresser la liste de toutes les raisons pour lesquelles il ne devait en aucun cas céder à son attirance croissante pour Emma. Vu sa situation, le moment était particulièrement mal choisi. Confrontée au célibat, elle s'était battue avec courage pour elle-même et pour sa fille.

Matt avait-il le droit de s'insérer dans leur relation au risque de bouleverser un équilibre encore fragile ? Plus encore, elle vivait à El Paso, lui à Alpine, et il était bien placé pour savoir que les relations à distance étaient vouées à l'échec. Enfin, il se pouvait que son intérêt pour Emma soit dû au fait qu'elle avait éveillé ses instincts protecteurs, tout simplement : une fois les trafiquants arrêtés, chacun partirait de son côté, pour reprendre le cours de sa vie.

Non.

Il se mentait, là ; c'en était même risible. Ses sentiments envers Emma allaient bien au-delà d'un simple besoin de la protéger. Elle le fascinait et, sans qu'il s'en aperçoive, elle avait mis ses barrières à mal pour se frayer un chemin jusqu'à son cœur.

En allait-il de même de son côté ?

Matt sentait bien qu'il lui plaisait, mais il était possible que son attachement n'aille pas au-delà d'une simple reconnaissance. Tout comme il se pouvait qu'elle ne soit pas encore remise de la mort du père de Christina, et qu'elle ne soit pas prête à accueillir un autre homme dans sa vie. Ou encore qu'elle voie en Matt un papa potentiel pour sa fille – la dernière pièce d'un puzzle, destinée à compléter le cercle familial. Et si Matt n'avait rien contre l'idée d'élever l'enfant d'un autre, tout en lui se révoltait à l'idée d'être utilisé ainsi pour la deuxième fois.

L'image de Jennifer lui apparut en pensée, lui laissant un goût amer dans la bouche.

Elles ne sont pas toutes comme ça, lui souffla la voix de la logique. Et c'était vrai : les tentatives de rapprochement d'Emma n'étaient pas forcément calculées, malheureusement il ne parvenait pas à se débarrasser de ce soupçon.

Dans ce cas, ne te laisse pas faire.

Elle était là, la solution, dans toute sa simplicité : Matt allait garder ses distances jusqu'à ce qu'il soit sûr des sentiments d'Emma envers lui. Après tout, rien ne l'obligeait à se laisser dominer par la curiosité. Il mettait ses émotions de côté depuis des années, il pouvait bien continuer ainsi pendant quelque temps…

9

La chambre paraissait immense maintenant que Matt en était sorti.

Alors qu'en temps normal, Emma se serait réjouie d'avoir davantage d'espace et un peu de temps à elle, aujourd'hui cela la mettait à cran.

Elle s'était habituée à la présence rassurante du ranger, à sa force placide. Et, bien qu'ils n'aient passé que quelques heures ensemble, le temps semblait s'être étiré, les rapprochant l'un de l'autre en une sorte d'intimité comme elle n'en avait connu qu'avec son défunt fiancé.

Elle s'étonnait de cette complicité et s'interrogeait : Matt la ressentait-il, lui aussi, ou bien faisait-elle une sorte de transfert, à cause de la situation ? L'homme étant difficile à cerner, il était possible qu'elle se berce d'illusions et se trompe du tout au tout sur ses intentions.

L'épisode qu'ils venaient de vivre avait encore ajouté à son trouble.

Sentant son regard sur Christina et elle-même, Emma s'était tournée vers lui et avait lu une telle mélancolie dans son expression qu'elle en avait eu le souffle coupé. Il était si rare qu'il laisse transparaître ainsi ses émotions ! Pourtant, dès qu'elle l'avait invité à se joindre à elles, il s'était renfermé sur lui-même.

Elle sentait qu'il était en mal de liens, à la recherche d'une famille, et qu'il se laissait freiner par la peur, pour une raison ou pour une autre. C'était frustrant : il aurait suffi qu'il baisse un peu sa garde pour qu'Emma et lui se rapprochent enfin. En même temps, bien que la solitude commence à lui peser, elle ne pouvait ni ne voulait s'imposer à lui.

Elle fut tirée de sa réflexion par le rire cristallin de sa fille.

Christina était un élément important de l'équation, et elle devait rester prudente. Les attentions de Matt pour le bébé ne signifiaient pas forcément grand-chose, et elle ne pouvait pas se permettre de s'éprendre d'un homme qui refuserait d'être un père pour sa fille.

C'était beaucoup demander, elle en avait conscience. Peu d'hommes étaient prêts à s'engager de la sorte. Il y avait une marge entre élever son propre enfant, et se consacrer à celui d'un autre.

Emma eut une petite moue désabusée. Elle allait un peu vite en besogne, et il était sans doute préférable, pour eux, d'avancer par étapes ; après tout, ils n'étaient pas obligés de se jeter tête baissée dans une véritable relation, et malgré son attirance pour le beau ranger, il lui semblait important qu'ils apprennent d'abord à se connaître.

À condition, bien sûr, que Matt ait envie d'aller plus loin.

Elle laissa échapper un soupir. Elle ne s'était pas interrogée ainsi sur un homme depuis sa rencontre avec Chris, et avait oublié à quel point il était épuisant d'essayer de deviner les pensées et les intentions de l'être convoité. Elle se laissait dominer par la curiosité, cela devait cesser. Lorsqu'elle serait certaine que Christina et elle-même ne couraient plus aucun danger, il serait temps pour elle de faire le point.

Son téléphone vibra, la ramenant à la réalité du moment. Lorsqu'elle reconnut le numéro de l'inspecteur Randall, elle sentit l'impatience la gagner. Il l'appelait pour lui proposer une protection policière, c'était certain.

— Allô !

— Emma ? Doug Randall à l'appareil. J'ai eu votre message d'hier soir. Tout va bien ?

— Oui, murmura-t-elle, sentant une partie de sa tension la déserter. Christina et moi sommes en sécurité, du moins pour l'instant.

— Parfait. Je me suis entretenu avec les policiers qui ont répondu à votre appel au secours, cette nuit.

Percevant une note étrange dans son intonation, Emma commença à déchanter.

— Et ?

— Et je ne vois pas ce que nous pouvons faire de plus pour vous et la petite.

Bien qu'il ait eu la décence d'adopter un ton confus, Emma ne put lui cacher sa colère.

— Comment ça ? se récria-t-elle.

Christina poussa un petit cri de détresse. Elle la rassura d'un sourire, puis reprit, une octave plus bas :

— Ces hommes en voulaient clairement à ma fille. Et lorsqu'ils m'ont vue, ils m'ont annoncé leur retour prochain. Je continue ou ça vous suffit ?

— Je vous crois, Emma, fit le policier dans un soupir. Malheureusement, nous n'avons pas suffisamment de personnel, en ce moment, pour vous placer sous notre protection. Les patrouilles envoyées autour de votre appartement n'ont rien donné : aucun suspect répondant au signalement que vous avez donné n'a été vu dans les parages.

— Alors, c'est tout ? demanda-t-elle sans chercher à dissimuler sa déception. Je vais devoir me débrouiller toute seule avec ma fille alors que nos adversaires sont au moins deux ?

— Ne dramatisons pas, Emma. Vous avez peut-être mal compris leurs propos, et vous avez pu vous méprendre sur leurs intentions. Si ça se trouve, ce n'est pas du tout à Christ…

Elle ne le laissa pas terminer.

— Je les ai très bien compris, trancha-t-elle, avant de lui rapporter les dires de Joseph, au restaurant, et de lui relater ce qui avait suivi.

— Et ces hommes dont le gagne-pain est d'enlever des enfants pour les revendre au plus offrant ne s'arrêteront pas là, je peux vous l'assurer, dit-elle en conclusion.

— Tout cela change légèrement la donne, admit Randall dans un nouveau soupir.

— Ah ? fit-elle, n'osant se reprendre à espérer.

Après tout, peut-être ses révélations serviraient-elles à remonter d'un niveau dans la liste des priorités de la police d'El Paso.

— Oui, parce que ce gang n'est apparu que récemment

sur la scène du trafic d'êtres humains, et qu'on n'en sait pas grand-chose. La seule chose dont nous sommes sûrs est que son « cerveau », si je puis dire, se déplace constamment grâce à une sorte de bureau ambulant, afin de ne pas se faire repérer. Si c'est avec lui que votre frère s'est acoquiné, nos services, et probablement ceux du FBI, seront très intéressés par les informations qu'il pourra nous fournir.

Entendant la porte s'ouvrir derrière elle, Emma se retourna. Matt venait de rentrer, les bras chargés de sacs en papier. Elle le salua d'un hochement de tête, puis mit le haut-parleur de son téléphone en marche.

— Du coup, vous envisageriez de me venir en aide ?

Après une seconde d'hésitation, Randall répondit :

— C'est ce que je tente de faire depuis le début et, encore une fois, si je disposais de ressources humaines illimitées – ou moins limitées –, je ne serais pas contraint de faire ce genre de choix.

Randall s'interrompit avant de conclure :

— Bref, je ne peux pas sauver tout le monde, et croyez-moi, ce n'est pas faute d'avoir essayé.

Bien qu'il semble sincère, Emma n'était toujours pas satisfaite. Il n'était pas normal que les populations en détresse ne puissent compter sur la protection des autorités pour de basses raisons budgétaires. Combien de criminels tiraient ainsi leur épingle du jeu parce que la police ne pouvait pas faire son travail ?

— Et maintenant ? demanda-t-elle.

— Maintenant ? Je vais joindre des collègues mieux renseignés que moi sur les agissements de ce gang. Je vous rappellerai quand j'en saurai davantage. En attendant… Où êtes-vous au juste ?

Elle consulta Matt du regard et attendit son assentiment pour répondre :

— Dans une agglomération dont j'ignore le nom, à la sortie de l'I-10. Nous avons pris une chambre pour nous reposer un peu.

— « Nous », c'est-à-dire ? s'enquit Randall.

— Matt Tompson, Christina et moi-même.

— Parfait, fit Randall, manifestement soulagé. J'aime autant ne pas vous savoir seule. Vous n'avez pas été suivis ?

— Je ne pense pas. Les hommes dont je vous ai parlé ont essayé, seulement le temps qu'ils manœuvrent, avec leur semi-remorque, nous avions filé.

— Bien, reprit Randall. Restez où vous êtes, et si vous remarquez quoi que ce soit de suspect, tournez-vous vers la police locale. De mon côté, je vous préviens dès que j'ai du nouveau.

Emma raccrocha, un peu plus confiante qu'avant leur conversation. L'inspecteur Randall, qui semblait prendre la situation au sérieux, ferait son possible pour l'aider, c'était mieux que rien.

— Pourquoi ne vous a-t-il pas mis sous protection ? lui demanda Matt, apparemment aussi indigné qu'elle.

Elle posa son téléphone sur le lit, et ne comprit son erreur qu'en voyant Christina se précipiter dessus. Elle le lui reprit prestement et lui tendit sa voiturette préférée pour s'épargner une crise de larmes.

— Parce qu'il manque de personnel, répondit-elle à Matt, et que nous ne sommes pas au sommet de la liste des priorités.

Matt se crispa visiblement.

— C'est de la con…

Il s'interrompit juste à temps, pour reprendre, les joues en feu :

— C'est inacceptable.

Emma sourit malgré elle.

— Je suis tout à fait d'accord avec vous, Matt. Malheureusement, je ne peux pas obliger Randall à nous prêter main-forte.

— C'est regrettable, marmonna le ranger avant de commencer à vider un des sacs dont il tira les fameuses compotes, des paquets de couches et des lingettes. Une fois qu'il eut disposé le tout sur le bureau, il tendit à Emma un autre sac.

— Tenez, dit-il. J'en ai profité pour vous acheter quelques vêtements, à toutes les deux. J'espère que je ne me suis pas trompé sur les tailles.

Touchée par cette attention, Emma jeta un coup d'œil à l'intérieur du sac qui contenait deux ensembles pour Christina, ainsi qu'un pantalon de yoga noir et quelques T-shirts pour femme.

— Ça me semble parfait, dit-elle en renversant le sac dont s'échappa un nouvel emballage. Voyant qu'il s'agissait de sous-vêtements féminins, elle se sentit rougir. L'idée de Matt choisissant ses petites culottes la troublait au plus haut point.

Du coup, son imagination s'emballa et elle se représenta le ranger devant le rayon lingerie du magasin. S'était-il emparé du premier article venu ou, au contraire, avait-il pris le temps de choisir ? Plus important encore, était-il curieux de voir à quoi elle ressemblerait, dans ces sous-vêtements ?

Et où en était-il, d'ailleurs, au niveau de son petit linge personnel ?

Paré, lui aussi, puisque lorsqu'elle se tourna vers lui, il avait jeté deux boxers sur le coin du bureau.

Il pivota sur lui-même et, la surprenant à l'observer, haussa un sourcil. Elle vit le coin de sa bouche s'étirer en un demi-sourire, puis ses yeux bleus pétiller de malice. Et soudain, elle s'aperçut qu'elle serrait toujours contre elle le sachet de plastique contenant ses culottes neuves. Elle le laissa tomber comme s'il lui brûlait les doigts.

— J'espère que ça vous conviendra, dit Matt. Je me suis dit que vous n'étiez pas du style à porter des strings.

— Vous avez eu raison, rétorqua-t-elle, trouvant qu'il s'amusait un peu trop à ses dépens. Même si, en temps normal, je n'opte pas non plus pour les culottes.

— Ah ?

Emma secoua la tête et se pencha vers Matt comme si elle s'apprêtait à lui confier un secret d'importance.

— Non, en fait, je suis plutôt pour les bikinis – maillot échancré, si vous voyez ce que je veux dire.

Il se rembrunit, et son regard se fit distant.

— Je vois, grommela-t-il d'une voix un peu rauque qui fit sourire Emma à son tour.

— Je n'en doute pas, minauda-t-elle, commençant l'inventaire de ses achats.

Cela l'amusait, de le titiller ainsi, même l'espace de quelques instants. Et puis, sait-on jamais ? Une fois leurs problèmes résolus, peut-être pourraient-ils avancer d'au moins un pas…

— Heu… une petite douche, ça vous dirait ? lui proposa-t-il timidement, avant de lui tendre un troisième sac, lourd, celui-là, et contenant sans doute des affaires de toilette. Je peux m'occuper de Christina pendant ce temps-là, si vous voulez.

— C'est vrai ? Vous feriez ça ? demanda-t-elle, emballée

par l'idée de se débarrasser enfin de la sueur accumulée pendant ces dernières vingt-quatre heures. Vous êtes sûr que ça ne vous ennuie pas, Matt ? insista-t-elle, alors qu'elle se dirigeait déjà vers la salle de bains.

— Certain, confirma-t-il, prenant place à côté de Christina. On va bien s'amuser, tous les deux, comme ça, regardez !

Il s'empara d'une balle molle et la fit rouler vers le bébé qui le remercia d'un sourire enchanté.

Emma pénétra dans la salle de bains dont elle laissa la porte entrebâillée, car il n'était pas rare que Christina proteste lorsqu'elle la voyait s'éloigner. Le petit stratagème de Matt avait dû fonctionner néanmoins car la chambre demeura silencieuse.

Soulagée et ravie d'avoir un peu de temps pour elle-même, elle se déshabilla, puis se glissa dans la cabine de douche. Le jet d'eau chaude fit un tel bien à ses muscles meurtris qu'elle dut étouffer un râle de volupté. Le stress de ces derniers jours lui pesait, et elle avait mal partout, en plus d'être mentalement épuisée. Malgré cela, le fait de savoir sa fille en sécurité lui apportait un semblant de sérénité. Tant que Christina se portait bien, elle pouvait faire face aux difficultés, dans une certaine mesure.

Percevant un cri impatient en provenance de la chambre, elle comprit que Matt était à court d'idées et s'empressa de se rincer et de s'enrouler dans une serviette.

Le calme ne tarda pas à revenir, mais Emma savait d'expérience que ça ne durerait pas. Aussi, après s'être rapidement séchée et habillée, retourna-t-elle vers la chambre.

Elle s'arrêta net sur le seuil de la pièce.

Matt, tourné vers la fenêtre, se balançait doucement d'un pied sur l'autre. Il berçait Christina en lui parlant d'une voix douce.

— Je t'ai déjà parlé de Fisher, le petit garçon que j'ai connu naguère ? demanda-t-il à sa fille.

Et Emma, bien qu'un peu penaude d'écouter ainsi un monologue qui ne lui était manifestement pas destiné, ne put se résigner à tourner les talons.

Qui était Fisher, et que lui était-il arrivé ?

— Et si tu es un peu plus âgée qu'il ne l'était la dernière

fois que je l'ai vu, tu me fais penser à lui, à la différence qu'il avait les yeux noirs et non bleus, comme toi.

Emma se sentit fondre. De toute évidence, Matt avait été très attaché à ce petit Fisher, quel qu'ait été son lien avec lui. Elle s'étonnait moins qu'il sache si bien s'y prendre avec Christina, maintenant – il avait l'habitude des bébés.

— Vous vous seriez probablement bien entendus, tous les deux, poursuivit-il. Il adorait que je le berce comme je le fais en ce moment avec toi.

Christina se remit à gazouiller gaiement.

— Je sais, lui répondit Matt. On ne m'a pas appris à m'occuper des enfants, à l'armée. J'ai dû me former tout seul – ou presque puisque Fisher m'a aidé.

Christina continuant à babiller, Matt poursuivit, avec une émotion presque palpable :

— Il me manque… terriblement.

Emma en eut le cœur serré. Ce petit Fisher était-il son fils ? Si c'était le cas, elle voulait savoir ce qui lui était arrivé, mais comment interroger Matt à ce sujet sans risquer de raviver une plaie non cicatrisée ?

De toute évidence, Fisher ne faisait plus partie de sa vie, et Emma comprenait mieux sa réserve, à présent. Si Christina lui avait été définitivement arrachée, elle aurait été incapable d'approcher un autre nourrisson.

Bien que Matt semble prêt à poursuivre son monologue, elle estima en avoir assez entendu, pour ne pas dire trop : Matt ne s'était pas aperçu de sa présence, et elle se faisait l'effet d'une espionne. Elle devait donc signaler sa présence avant qu'il ne confie d'autres secrets à sa fille.

Elle referma tout doucement la porte de la salle de bains pour la rouvrir aussitôt, à grand bruit.

— Christina, ça y est, maman est de retour, chantonna-t-elle.

Matt se tourna vers elle, les joues légèrement empourprées.

— Elle commençait à s'impatienter, alors je l'ai prise dans mes bras, expliqua-t-il.

— Apparemment, vous aviez la situation en main, lui fit remarquer Emma, tendant les bras vers Christina qui se penchait vers elle.

— Ça n'aurait peut-être pas duré, répondit Matt.

Il se passa une main dans les cheveux en regardant Christina se blottir contre elle. Son expression s'était refaite nostalgique, et à présent Emma savait pourquoi.

— Vous voulez peut-être prendre une douche à votre tour, lui proposa-t-elle.

Il secoua la tête comme pour s'éclaircir les idées.

— Volontiers, oui, merci.

Dès qu'il fut sorti, Emma se remit à ruminer. Elle n'était pas la seule à avoir perdu un être cher, semblait-il. Et encore, elle avait une certaine chance, dans son malheur : il lui restait sa fille et la conviction que Chris continuait à vivre à travers elle. S'il avait perdu son fils, Matt, lui, n'avait plus que des souvenirs, le pauvre.

Oui, décidément, elle devait en apprendre davantage sur son compte, sur ce que la vie lui avait donné ou repris. Parviendrait-elle à le convaincre de lui raconter son histoire ? Après tout, il se pouvait qu'il éprouve le besoin de se confier un peu. La proximité de Christina réveillait manifestement en lui de cruels souvenirs, et le fait de parler l'aiderait peut-être à surmonter sa peine.

Pour cela, il fallait qu'il soit prêt, et elle se promit d'essayer.

Matt émergea de la salle de bains en se frottant les cheveux avec une serviette. Sa douche lui avait fait le plus grand bien, physiquement et moralement. Bercer Christina lui avait rappelé des moments similaires avec Fisher qui lui manquait plus que jamais. Pour la énième fois, il se prit à regretter que les choses ne se soient pas passées différemment. Malgré son attachement au petit garçon cependant, il restait convaincu d'avoir pris la bonne décision. Il aurait été incapable de construire un couple solide avec Jennifer en sachant ce qu'il savait. De manière moins rationnelle, il trouvait fondamentalement injuste que la duplicité de sa fiancée lui ait tant coûté.

Emma leva les yeux vers lui et porta un index à ses lèvres. Il suivit son regard et vit la petite forme de Christina endormie sur un des lits.

Il hocha la tête et s'approcha du lit vacant. Emma le consulta du regard en agitant la télécommande et, comme il acquiesçait, alluma la télévision en sourdine.

Matt redressa les oreillers et s'étendit sur le matelas. Emma ne tarda pas à venir s'installer à côté de lui. Elle fit défiler les programmes télévisés et s'arrêta sur la rediffusion d'une sitcom récente.

— Ça vous convient ? demanda-t-elle à mi-voix.

— Très bien, répondit-il sur le même ton.

Ils restèrent ainsi, côte à côte, à regarder les images défiler dans un silence complice. C'était une activité banale, le genre de choses que faisaient des millions de couples chaque jour dans le monde. Pourtant, aux yeux de Matt, l'instant était précieux. Quel bonheur, que d'être ainsi installé auprès d'Emma !

S'il faisait face à l'écran, son esprit et ses sens, eux, étaient tournés vers la jeune femme. Il écoutait sa respiration, sentait vibrer la tête du lit lorsqu'un rire étouffé lui secouait les épaules. Elle sentait bon, et il supposait que sa peau était encore chaude et souple, après sa douche.

— Christina va dormir longtemps ?

— Ça dépend. En général, elle fait une sieste de deux heures. Mais vu la nuit qu'elle a passée, je ne saurais vous le dire.

— Vous devriez en faire autant, lui suggéra-t-il.

— Ce n'est pas une mauvaise idée, tiens ! Et vous, ça ne vous tente pas ?

Était-ce une invitation ? Matt aurait donné cher pour se blottir contre Emma et dormir un peu. En même temps… Non. Bien qu'il soit exténué, il connaissait d'autres moyens, beaucoup plus plaisants, de passer le temps.

Il n'en restait pas moins vrai qu'il s'était promis de garder ses distances et que somnoler dans le même lit qu'Emma ne l'aiderait guère dans ce domaine.

— Non, je vais veiller. Je me reposerai plus tard.

— Vous êtes sûr ?

— Certain.

Elle lui sourit puis, se faisant glisser vers le pied du lit, s'allongea sur le flanc.

— Merci, murmura-t-elle en étouffant un bâillement.

Quelques instants plus tard, et bien qu'elle lui tourne le dos, Matt comprit au rythme de sa respiration qu'elle s'était assoupie.

Il se concentra sur la télévision, bien décidé à suivre la sitcom sans se laisser distraire par la proximité d'Emma. L'exercice s'avéra difficile, pour ne pas dire impossible, son regard étant constamment attiré par la belle endormie.

Ressaisis-toi, s'intima-t-il, exaspéré. Emma lui faisait confiance et n'apprécierait certainement pas qu'il l'épie ainsi dans son sommeil. En même temps, que pouvait-il faire d'autre ? Il y avait si longtemps qu'il n'avait pas partagé son lit avec une femme…

Il finit par croiser les bras et fermer les yeux, dans la ferme intention de mettre un frein à ses fantasmes. Il ne devait pas être bien compliqué de faire comme si Emma n'était pas là, après tout, elle dormait si paisiblement !

Hélas, si… Il eut beau se morigéner, rien n'y fit. En désespoir de cause, il s'obligea à penser à autre chose, de plus terre à terre. Et, comme il le faisait lorsqu'il souffrait d'insomnie, commença à dresser la liste mentale de la population aviaire de Big Bend.

Grand héron bleu… Faucon à queue rouge… Crécerelle américaine…

Il se réveilla, le nez enfoui dans les cheveux d'Emma et un bras refermé autour de sa taille.

Qu'est-ce que…

Si son premier réflexe fut de s'éloigner de la jeune femme, il revint vite sur cette impulsion. Le corps tiède d'Emma était blotti contre le sien, ses jambes repliées semblaient soudées aux siennes, pourtant elle dormait toujours.

Christina aussi, d'ailleurs, à en juger par sa respiration. On n'entendait que ce son, dans la chambre où régnait une atmosphère paisible. Une véritable bénédiction, après la tension des jours précédents, car si Matt avait tenté de rassurer Emma de son mieux, il avait conduit jusqu'à cet hôtel la peur au ventre. Les heures passant sans que les trafiquants se manifestent, néanmoins, il sentait son appréhension diminuer, et à présent qu'il était dans ce lit, Emma dans les bras, il parvenait presque à se convaincre qu'il n'y avait plus de danger immédiat.

Combien de temps avait-il dormi, au juste ? Il ne voyait pas l'heure sur le réveil et ne voulait pas bouger.

Tu t'es ramolli, depuis ton départ de l'armée, songea-t-il avec amertume. *Autrefois, tu ne te serais jamais endormi pendant une garde, or c'est ce que tu viens de faire. N'avais-tu pas promis de veiller sur tes protégées ?*

Sentant Emma s'agiter dans son sommeil, il se figea sur place. Si elle était en phase de réveil, il devait s'éloigner, pour qu'elle ne se méprenne pas sur ses intentions.

Aussi relâcha-t-il son emprise aussi doucement qu'il le put, avant de reculer sur le matelas, pour mettre un minimum de distance entre leurs corps enlacés.

Se détacher d'elle lui fut si pénible qu'il fut parcouru d'un frisson glacial.

Il était presque debout lorsqu'elle se tourna vers lui, le regard alerte.

Pourquoi n'avait-elle pas réagi plus tôt ?

Il chercha vainement la réponse, et surtout ce qu'elle impliquait.

Emma l'observa pendant quelques secondes au cours desquelles il eut le sentiment qu'elle se livrait à une sorte de calcul.

— Où vas-tu comme ça ? chuchota-t-elle.

Les joues en feu, il lui répondit à mi-voix :

— Nulle part. Je ne voulais pas vous… te déranger, c'est tout.

— Je ne dormais plus, de toute façon, dit-elle en se rapprochant de lui.

Elle était si près de lui qu'il pouvait voir les petites taches mordorées qui mouchetaient ses yeux noisette.

— Qu'est-ce… Qu'est-ce que tu fais ? demanda-t-il, interloqué car c'était une chose de l'avoir serrée contre lui dans son sommeil et une autre, très différente, que de la voir si proche de lui.

— J'ai froid, et j'aimerais me réchauffer dans tes bras, déclara-t-elle.

— Il y a la couverture, si tu veux, lui proposa-t-il, pressé de s'éloigner d'elle, sous peine de ne plus pouvoir se contenir plus longtemps, ce qui les mènerait tous deux à un acte qu'ils pourraient bien regretter, l'un comme l'autre.

D'un air vaguement déçu, elle le regarda déplier le plaid pour l'en recouvrir.

— Pardon, Matt. Je n'aurais pas dû te demander cela.

— Il n'y a pas de mal. Il n'y a rien de tel que la chaleur humaine pour se réchauffer, crois-en mon expérience.

Bien que Matt ait conscience qu'il devait se lever au plus vite, il rechignait à rompre la magie du moment : en cet instant, entre la brillance diffuse de l'écran de télévision et le doux bruit de la respiration du bébé couché sur le lit voisin, il se sentait serein. Il lui aurait suffi de refermer les yeux pour se croire en vacances avec les siens. Comprenant néanmoins que ça aurait constitué une forme de torture proche du masochisme, il repoussa cette idée.

— Tu crois que l'inspecteur Randall va bientôt nous rappeler ?

Emma avait parlé d'une voix à peine audible, mais ils étaient suffisamment proches l'un de l'autre pour qu'il l'entende distinctement.

— Espérons-le, oui, chuchota Matt, toujours convaincu que lorsque la police aurait pris le relais et qu'il serait rassuré sur le sort d'Emma et de Christina, sa vie reprendrait son cours normal.

Son cours normal avec des plateaux-repas devant la télévision le soir, et la sacro-sainte lessive du week-end. Rien de folichon, en somme.

— Je me demande…, commença Emma avant de s'interrompre et de détourner le regard.

— Oui ?

— S'ils ont rattrapé Joseph.

Elle releva les yeux vers lui et le considéra d'un air contrit.

— Je ne lui pardonnerai jamais ce qu'il nous a fait, à Christina et à moi, bien sûr, mais il reste mon frère, alors je…

— Je sais, l'interrompit Matt. Et tu n'as aucun compte à me rendre.

Oubliant toute prudence, il se mit à lui caresser le bras du bout du pouce.

— Les liens familiaux sont trop forts pour qu'on puisse y mettre fin d'un simple claquement de doigts, même quand ce n'est pas l'envie qui nous en manque.

Emma ferma brièvement les yeux, avant de conclure :

— C'est tout à fait cela. J'en veux terriblement à Joseph, mais je ne voudrais pas qu'il soit tué par ces monstres.

— À ta place, je ne m'en ferais pas trop pour lui, reprit Matt.

— Ah non ?

Voyant une lueur d'espoir s'allumer dans ses yeux noisette, il secoua lentement la tête. Il n'avait pas dit cela pour lui faire plaisir, mais parce qu'il savait que les Joseph Foster de ce monde se tiraient généralement à bon compte des situations les plus périlleuses.

— Il a de la ressource, ajouta-t-il, plutôt que de formuler sa pensée profonde.

— Tu as sans doute raison, murmura Emma, d'une voix si morne qu'il s'empressa de changer de sujet.

— Alors, dis-moi un peu ce que fait une infirmière pendant ses loisirs.

Emma laissa échapper un petit rire désabusé.

— Rien de bien excitant, en ce qui me concerne. Entre mon travail et Christina, j'ai rarement l'occasion de m'amuser. Et quand j'en aurais le temps, c'est l'énergie qui me manque.

Aussitôt, Matt regretta sa question. Son but avait été de distraire Emma de ses pensées moroses et d'en apprendre davantage sur son compte, pas de lui rappeler l'isolement dans lequel elle vivait.

— Pardon, bredouilla-t-il, j'aurais dû me douter que tu travaillais tout le temps, en fait.

— C'est plus ou moins ça, oui. J'ai perdu mes amis faute de pouvoir leur consacrer du temps. Au début, ils comprenaient ma situation, et puis au bout d'un moment, ils se sont lassés et ont cessé de m'inviter.

— Ce n'étaient pas de vrais amis, alors, lui fit-il observer, outré qu'on puisse abandonner un être cher ou même simplement proche, au moment où il avait le plus besoin de soutien.

— Je les comprends, dans une certaine mesure. Tous étaient mariés – ou sur le point de l'être, et aucun d'entre eux n'avait d'enfants. Après la mort de Chris, ils n'ont plus osé m'approcher, faute de savoir quoi me dire. Et lorsque Christina est née, nous n'avions plus rien en commun. Remarque, de mon côté, j'étais tellement mal que je ne savais pas quoi leur dire non plus.

— N'empêche que je trouve ça en dessous de tout, répéta Matt d'un ton ferme.

Emma étouffa un petit rire.

— C'est gentil, Matt, mais il faut que tu saches que je me suis habituée à être seule, avec le temps.

Il détourna la tête pour ne pas croiser son regard. Il ne connaissait que trop bien la solitude dont elle lui parlait : la routine hebdomadaire, le sommeil agité… Rien de tout cela ne laissait de place aux loisirs. Étrangement néanmoins, jusqu'à sa rencontre avec Emma, l'isolement ne lui avait jamais vraiment pesé alors que maintenant, il rêvait d'être entouré.

— Je te comprends d'autant mieux que je ne suis pas très porté sur les soirées entre amis, moi non plus.

Emma hocha la tête et se mura dans un silence songeur. Lorsqu'elle reprit la parole, ce fut d'une voix presque inaudible :

— Je dois t'avouer quelque chose.

Surpris par la vulnérabilité qu'il lut dans son expression, Matt lui posa machinalement une main sur l'épaule.

— Je t'écoute.

Elle hésita une seconde, lui donnant le sentiment que ce qu'elle avait à lui dire était délicat.

— Je t'apprécie énormément, et pas uniquement pour l'aide que tu m'apportes. J'ai envie de mieux te connaître, et il y a bien longtemps que je n'ai pas éprouvé ce genre de curiosité.

Électrisé par cette annonce qui ressemblait fort à une déclaration, il se pencha vers Emma, un sourire radieux aux lèvres.

— J'en suis au même point que toi.

— C'est vrai ? demanda-t-elle dans un souffle.

— J'ai essayé de me raisonner, en pure perte.

— Te raisonner ? Pourquoi donc ?

Derrière son intonation charmeuse, il perçut une réelle curiosité.

— Parce que ça ne me semblait pas correct de ma part, vu les circonstances, Emma. Tu as suffisamment de préoccupations sans que j'en rajoute, tu comprends ?

— Hum. Il se peut que tu aies raison, dit-elle en posant une main sur son torse, juste au-dessus du cœur.

Sa paume était chaude, et son contact – bien que discret – impossible à ignorer.

— À moins que tu sois justement le genre de « préoccupation » dont j'ai besoin en ce moment… Qu'en penses-tu ?

Matt ne prit pas le temps de réfléchir à la question : se penchant vers elle, il réduisit la distance qui les séparait encore. Emma fit de même, puis posa ses lèvres sur sa bouche avide.

Refermant ensuite ses deux mains sur le haut de son T-shirt, elle l'attira à elle avec fougue.

Leurs corps se rencontrèrent, Matt sentit ses rondeurs contre son torse, ses genoux repliés contre ses cuisses.

Il était comme électrisé, dans un état d'hypersensibilité qui donnait au moindre mouvement d'Emma une qualité toute particulière.

Leur baiser ne tarda pas à prendre un tour passionné : Emma tira d'un coup sec sur le bas de son T-shirt tandis qu'il enfonçait ses mains dans la masse de ses cheveux. Il voulait davantage… de tout – les lèvres d'Emma, son souffle, sa peau. Sa bonne odeur de shampoing et de gel douche lui chatouillait les narines et, mêlée à celle du sommeil, le bouleversait. Comment cette femme parvenait-elle à rendre les choses les plus ordinaires si enivrantes, si sensuelles ? Pourquoi lui faisait-elle un tel effet ?

Elle lui effleura le ventre, déclenchant une décharge d'électricité statique qui les fit sursauter tous les deux.

— Pardon, murmura-t-elle, à bout de souffle.

— Ce n'est rien, dit-il avant de se pencher vers elle dans l'intention de reprendre sa bouche.

Soudain gagné par le doute, il se figea sur place.

Ce n'était peut-être pas une bonne idée, finalement. Bien qu'il la désire ardemment, il serait sans doute mieux avisé de garder ses distances au moins jusqu'à ce que le gang de trafiquants ne soit plus une menace. Il était trop facile de céder à la tentation, quand on était confronté au danger. Et il ne voulait pas qu'Emma ait des regrets, une fois qu'ils auraient retrouvé leurs esprits et devraient faire face au quotidien, à tous les petits détails susceptibles de tuer une relation dans l'œuf.

— Qu'y a-t-il ? demanda-t-elle, avec un mélange d'inquiétude et d'exaltation dans ses yeux en amande.

— Rien, répondit-il, lui posant une main sur la joue. Je pense simplement que nous allons un peu trop vite. Je ne veux pas te mettre la pression, je ne peux te faire aucune promesse et…

— Je sais, l'interrompit-elle, avant de lui déposer un baiser furtif sur la joue et de demander : À moins que tu veuilles qu'on en reste là. Je ne vais pas m'imposer à toi, si tu ne te sens pas prêt.

— Le problème n'est pas là…, commença Matt, cherchant comment s'expliquer.

Cela lui fut d'autant plus difficile qu'Emma continuait à dessiner des cercles sur son torse, du bout des doigts, l'empêchant de réfléchir rationnellement et torturant sa libido.

— Matt ? insista-t-elle.

Le son de sa voix le tira de sa confusion mentale, et il se concentra sur son visage dans lequel il lut une détermination sans mélange.

— Je sais ce que je fais. J'ai conscience de ce qui existe et n'existe pas encore entre nous. Je n'en peux plus d'être seule, et pour une fois, je veux penser à moi.

Matt acquiesça, puis, prenant la mesure de ce qu'elle venait de lui dire, sentit son angoisse s'évanouir. Emma avait compris ce qu'il avait si maladroitement essayé de lui faire entendre. En d'autres termes, ils en étaient au même point, en ce qui concernait leur relation.

— Et Christina ?

Emma jeta un coup d'œil au lit voisin.

— Elle dort profondément. Telle que je la connais, elle ne se réveillera pas de sitôt, à condition que nous ne fassions pas de bruit. Et si jamais je me trompe, elle ne comprendra pas ce qu'il se passe.

— C'est vrai, convint-il, suffisamment rassuré pour ouvrir ses bras à Emma et céder à la tentation.

Comme elle se blottissait contre lui, il lui chuchota à l'oreille :

— Dans ce cas, tenons-nous compagnie, ma belle.

Et il se remit à l'embrasser.

10

C'est vrai ? Je ne suis pas en train de rêver ?

La question passait en boucle dans l'esprit d'Emma. Alors même que les mains de Matt couraient sur son corps, elle avait du mal à croire qu'elle était dans ses bras et partageait son lit.

Elle avait fantasmé sur ce moment, imaginé ce qu'elle ressentirait, sans oser espérer néanmoins que ses désirs deviendraient une réalité. Matt était tellement réservé qu'elle avait fini par se convaincre que son attirance pour lui n'était pas réciproque. Pourtant, à présent que ses lèvres brûlantes montaient et descendaient le long de sa gorge, elle devait bien admettre qu'elle s'était trompée.

Elle se crispa un petit peu lorsqu'il releva doucement le bas de son T-shirt. De sa grossesse, en plus de quelques kilos superflus, elle avait gardé un bon nombre de vergetures qui lui rappelaient la période la plus perturbée de son existence.

L'enfer et le paradis dans le même temps… La joie devant le miracle de la vie qui croissait en elle, et la douleur d'avoir perdu son fiancé.

Au fil du temps, elle s'était habituée à son nouveau corps et ne voyait plus les stries qui barraient son ventre, ses cuisses et ses seins, ce qui ne serait sans doute pas le cas de Matt.

Ses yeux bleus se mirent à briller d'une lueur enthousiaste tandis qu'il considérait sa peau dénudée.

— Magnifique, murmura-t-il, avant de lui déposer un baiser juste au-dessus du nombril.

Faisant ensuite courir un index léger sur l'une des stries, il gratifia Emma d'un sourire émerveillé.

— Tu trouves ?

Elle partit d'un petit rire nerveux et s'efforça de repousser son malaise. Ce ne fut pas aisé, cependant : aucun homme ne l'ayant vue nue depuis son accouchement, elle se faisait presque l'effet d'être vierge.

Il releva la tête et la regarda droit dans les yeux avant de lui répondre, le plus sérieusement du monde :

— Oui. Tu es une femme superbe, et les traces que t'a laissées ta grossesse te rendent encore plus belle à mes yeux.

— Merci, murmura Emma, émue aux larmes.

— Sois fière de tes cicatrices, reprit-il. Pour ma part, je suis fier des miennes.

— Tu en as aussi ?

— Oh que oui ! s'exclama-t-il, se redressant pour retirer son T-shirt et exposer son torse.

Il se rallongea presque aussitôt et, dans la foulée, se débarrassa de son pantalon.

Le cœur d'Emma s'emballa. Il était tout en muscles, sa peau bronzée était parsemée d'une fine couche de poils clairs, et ainsi, à la lumière tamisée de la chambre, il ressemblait à un dieu grec.

— Regarde, celle-là par exemple, dit-il, attirant son attention sur une cicatrice en forme d'étoile, à la hauteur de son épaule droite. Je suis resté accroché à un fil barbelé, lors d'un entraînement tout bête, à l'armée.

— Aïe ! fit-elle, consternée. Ça a dû te faire sacrément mal.

— Et celle-ci, poursuivit-il en tapotant une balafre, à la hauteur de son genou gauche. Je suis tombé d'un arbre quand j'étais gamin, j'ai atterri dans un buisson et l'une des branches s'est enfoncée dans ma chair.

— Je plains ta mère, murmura-t-elle.

Matt eut un sourire malicieux, dans lequel elle crut voir le petit garçon turbulent qu'il avait dû être.

— Je dois avouer qu'elle n'était pas très contente de moi, ce jour-là.

— Et ici ? s'enquit Emma, posant un doigt sur une autre blessure en forme de rectangle, à gauche de son nombril.

Elle vit ses joues s'empourprer.

— Ça ? Oh ! euh… Un accident domestique, si je puis dire. Je me préparais des macaronis au fromage et…

Emma partit d'un rire franc.

— Comme quoi ça peut être dangereux, de faire la cuisine.

— Tu ne peux pas savoir à quel point. L'eau bouillante a débordé de la casserole et m'a giclé dessus.

— Mon pauvre…

— J'ai dégusté, admit-il sobrement, ce qui ne m'a pas empêché de persévérer – en matière de cuisine, j'entends.

— Quel courage ! commenta-t-elle facétieusement.

Matt haussa un sourcil.

— J'ai l'impression que tu te moques de moi, là.

— Je n'oserais jamais ! se récria-t-elle d'un ton faussement sérieux.

— La vie n'est pas simple pour un célibataire qui n'aime pas cuisiner, dit-il en grimaçant. Les options sont limitées, et après l'agression de cette casserole d'eau bouillante, j'ai dû me faire violence pour me remonter les manches et réessayer.

— J'imagine que ça n'a pas été facile, commenta Emma, s'obligeant à conserver son sérieux, cette fois.

L'idée de ce solide gaillard rompu aux duretés de l'armée hésitant à se préparer à manger l'amusait prodigieusement, même si cela prouvait que Matt n'était qu'un être humain, après tout.

Il recouvrit la brûlure ancienne d'une main, puis déclara gravement :

— Tes cicatrices sont beaucoup plus belles que les miennes. J'irais même jusqu'à dire qu'elles sont jolies.

— Tu le penses vraiment ?

— Oui. Avec cet éclairage, on dirait de petites veines argentées. C'est plutôt mignon, je trouve.

Emma jeta un coup d'œil à son ventre et tenta de voir les séquelles de sa grossesse sous le même angle que Matt, en vain. Cela dit, sa description était poétique, et elle lui en fut reconnaissante.

— Si tu le dis, je veux bien te croire.

— Tant mieux, murmura-t-il, l'attirant de nouveau à lui. Parce que je suis sincère.

Elle sentit d'abord son souffle brûlant contre son oreille, puis ses lèvres se poser doucement au creux de sa gorge.

Doucement, avec moult précautions, il fit encore remonter son T-shirt, la dénudant un peu plus. Au lieu d'accélérer la cadence comme elle s'y attendait, il prit le temps de caresser et de passer sa langue sur chacune des vergetures, jusqu'à ce qu'elle se liquéfie, sur le matelas.

Le désir montant en elle, elle s'enhardit jusqu'à faire courir ses doigts sur le corps de Matt, savourant le contact de sa peau.

Ils s'explorèrent mutuellement avec leurs mains, leurs lèvres et leurs langues, l'un découvrant le corps et les points sensibles de l'autre.

Petit à petit, Emma sentit ses craintes s'évanouir et put enfin céder au plaisir de toucher et d'être touchée, d'embrasser et d'être embrassée en retour – d'aimer et d'être aimée.

Matt roula sur le dos, elle passa une jambe par-dessus ses hanches et s'apprêtait à s'asseoir à califourchon sur lui lorsqu'il la saisit par la taille, la maintenant en suspens au-dessus de son corps.

— Attends, dit-il d'un ton si chagrin qu'elle baissa les yeux pour voir ce qui lui arrivait.

— Que se passe-t-il ? s'enquit-elle, alarmée par son air angoissé.

— Je... Je n'ai pas de préservatifs.

— Ah ! s'exclama-t-elle, rassurée. Aucune importance, je porte un stérilet.

— Donc, rien à craindre côté grossesse ? Pour le reste, mon dernier check-up a montré que je n'étais porteur d'aucune maladie.

— Le mien aussi, répliqua-t-elle.

Une lueur égrillarde éclaira les yeux bleus de Matt.

— Je suis prête à continuer, si tu l'es aussi, murmura-t-elle, retrouvant le sourire.

— Et comment ! rétorqua-t-il, l'attrapant par les jambes pour la renverser sur le dos en un geste si soudain qu'elle dut réprimer un petit cri de surprise.

La tête lui tournait toujours lorsque Matt s'étendit sur elle, et tandis qu'ils s'unissaient, elle sentit son cœur s'envoler.

Combien de temps restèrent-ils ensuite, enlacés l'un contre l'autre, à reprendre leur souffle ? Emma n'aurait su le dire : elle flottait dans un brouillard agréable, mais dès que le ventilateur se remit en marche, elle recommença à cogiter.

Elle s'était promis de parler à Matt de ce qu'elle l'avait entendu raconter à Christina, au lieu de quoi elle avait profité de la première occasion pour assouvir son désir.

— Toi, tu es en train de ressasser des trucs, lui dit-il sur le ton de la plaisanterie.

— Comment le sais-tu ? Je n'ai rien dit !

— Non, en revanche tu t'es légèrement crispée.

Il roula sur le flanc pour pouvoir lui faire face.

— Tout va bien, Emma ?

Elle le dévisagea longuement, confondue par sa perspicacité.

— Tu as des regrets ? demanda-t-il un peu timidement, mais en soutenant son regard.

— Aucun, affirma-t-elle, avant de lui caresser la joue pour qu'il n'ait pas de doute sur la question.

Si elle se reprochait d'avoir agi sur une impulsion, elle ne regrettait pas leur étreinte qui l'avait fait revivre, et dont elle savait déjà qu'elle chérirait toujours le souvenir.

— Pourtant, je sens que quelque chose te tracasse. Tu peux m'en parler, si tu penses que ça te fera du bien.

— Eh bien… Il se trouve que…

Emma était tellement gênée que les joues lui en brûlaient. Elle n'avait encore jamais eu à avouer qu'elle avait écouté aux portes. Cela lui paraissait si puéril que, pour un peu, elle aurait renoncé.

Non. Elle se devait d'être honnête avec Matt. Aussi, après avoir pris une longue inspiration, se jeta-t-elle à l'eau.

— En fait j'ai entendu ce que tu disais à ma fille, tout à l'heure. Quand je suis sortie de la salle de bains, tu lui parlais d'un petit garçon nommé Fisher, et comme tu ne t'es pas aperçu de ma présence, je me suis laissé emporter par la curiosité. Voilà, tu sais tout. Ce n'est pas glorieux, d'ailleurs j'ai franchement honte.

L'expression de Matt se figea, et elle le sentit se refermer sur lui-même. Elle l'aurait laissé se réfugier dans le silence, s'il ne s'était rien passé de charnel entre eux. En l'occurrence, elle estima qu'il était temps pour lui de partager son secret avec elle.

— S'il te plaît, murmura-t-elle. Sans vouloir te rappeler de mauvais souvenirs, j'aimerais vraiment savoir qui est – ou était – Fisher.

Matt soupira bruyamment, se rallongea sur le dos et s'absorba dans la contemplation du plafond.

Craignant que leur conversation s'arrête là, Emma retint son souffle.

Et puis, sans prévenir, il se mit à parler, d'un ton si bas qu'elle dut tendre l'oreille.

— Quand j'étais à l'armée, j'avais une fiancée. Elle s'appelait Jennifer, nous nous sommes fréquentés jusqu'à la fin de nos études respectives. Comme j'étais réserviste, elle savait qu'après la remise des diplômes, j'intégrerais l'armée. Nous nous sommes fiancés juste avant ma première mission à l'étranger. Je tenais à ce que nous nous mariions au plus vite, afin qu'elle soit couverte au cas où il m'arriverait malheur, mais elle a préféré attendre mon retour, sous prétexte qu'elle ne voulait pas d'un mariage à la va-vite. Il lui fallait la totale : la marche nuptiale, les grains de riz, les flonflons et les invités.

Il eut un sourire amer, puis reprit :

— Ça aurait dû me mettre la puce à l'oreille, seulement comme chacun sait, l'amour rend aveugle.

Emma se rapprocha de lui en prenant soin de laisser quelques centimètres entre eux, néanmoins. Il était perdu dans ses réminiscences, et elle ne voulait pas l'en distraire.

— Ma mission s'est prolongée au-delà de ce qui avait initialement été prévu, et Jennifer ne cessait de m'écrire qu'elle m'attendait avec une surprise. J'ai pensé qu'elle avait trouvé la maison de nos rêves, un nouvel emploi, quelque chose dans ce genre-là… Je n'ai pas réussi à en savoir plus, la seule chose qu'elle disait étant que je serais ravi.

De nouveau, il s'interrompit et eut un ricanement désillusionné.

— J'ai failli avoir une attaque quand je suis descendu de l'avion et que je l'ai vue devant moi, un nourrisson dans les bras.

— Tu parles d'une surprise ! murmura Emma, indignée. Ce bébé était le petit garçon dont tu as parlé à Christina, je suppose.

— Oui. Et, bien que Jennifer m'ait juré ses grands dieux qu'il s'agissait de mon fils, je… je savais bien, au fond de moi, qu'elle mentait, que je n'étais pas le père de ce bébé.

— Que s'est-il passé ensuite ? demanda Emma, la gorge nouée.

— Ensuite ? Nous avons vécu ensemble pendant quelques mois, et je me suis attaché à Fisher sans parvenir à me débarrasser de la conviction qu'il n'était pas mon fils. Pour finir, j'ai demandé à passer un test de paternité qui n'a fait que confirmer ce que je savais déjà.

— Comment Jennifer a-t-elle réagi ?

— Elle a craqué et m'a tout avoué. Elle me trompait depuis un bon moment et, bien sûr, je n'en savais rien. Quand elle s'est retrouvée enceinte, elle a pris peur parce qu'elle ignorait qui était le géniteur. Ne te méprends pas, cependant. C'était moi ou le père de Fisher. Elle a fini par rompre avec lui et a tenté de me reconquérir, malheureusement pour elle et peut-être pour nous trois, une fois la vérité rétablie, j'ai préféré partir.

Emma sentit un frisson lui parcourir le dos et demanda :

— Tu les as quittés tous les deux ?

— Ce serait plutôt l'inverse. Jennifer s'est remise avec le père de Fisher. Aux dernières nouvelles, ils se sont mariés et coulent des jours tranquilles dans une banlieue quelconque.

— C'est une bonne chose, d'une certaine manière, fit remarquer Emma, pensant à la difficulté d'élever un enfant toute seule.

Matt laissa échapper un soupir accablé.

— Fisher était adorable, et même s'il continue à me manquer, je ne pouvais pas rester. Je n'ai jamais eu le sentiment d'être son père. C'était intenable, tu comprends ?

— Oui, murmura-t-elle, l'esprit en ébullition.

Matt avait refusé d'élever l'enfant d'un autre, et elle s'était imaginé qu'il voudrait faire partie de la vie de sa fille ?

Elle se remémora avec embarras ses fantasmes des heures précédentes. Matt lui était apparu comme le compagnon idéal pour elle, et la manière dont il se conduisait avec Christina lui avait donné à penser qu'il lui servirait volontiers de père.

Après ce qu'elle venait d'entendre, néanmoins, cela devenait plus qu'improbable.

Elle avait laissé sa solitude l'emporter sur la logique la plus élémentaire et s'était bercée d'illusions. Christina était tellement mignonne que la plupart des gens fondaient devant elle. Le ranger réagissait comme eux, rien de plus. De là à espérer qu'il voudrait s'impliquer dans son éducation, toutefois, il y avait une marge.

Quelle idiote je fais ! songea-t-elle, descendant du lit et entreprenant de rassembler ses vêtements emmêlés entre les draps. Elle avait du mal à respirer, subitement, mais elle tenait à garder la tête haute.

Matt se redressa pour la dévisager avec curiosité.

— Tout va bien ?

— Oui. Je commençais à avoir froid, lui répondit-elle sans le regarder, de peur d'éclater en sanglots.

Il n'était pas responsable de sa déception, après tout : il n'avait pas demandé à figurer en si bonne place dans ses rêves chimériques, dans ses aspirations domestiques. Et puis, comment lui en vouloir, vu ce que son ex-fiancée lui avait fait subir ?

— J'ai l'impression de t'avoir contrariée, sans le vouloir, insista-t-il.

Agacée par sa clairvoyance, elle referma l'agrafe de son soutien-gorge en toute hâte. Il lui tardait d'être habillée à présent, car elle se sentait encore plus vulnérable, ainsi nue devant lui.

Il se leva à son tour tandis qu'elle finissait d'enfiler ses vêtements. Une fois que ce fut fait, elle prit une profonde inspiration et tenta de se raisonner.

Le récit de Matt l'avait bouleversée, et elle ne voulait pas qu'il le sache. S'il apprenait qu'elle avait eu des vues sur lui, il aurait pitié d'elle ou s'éloignerait.

Elle pivota donc vers lui, en se forçant à sourire.

— Tu ne m'as pas contrariée, non. Je commençais vraiment à avoir froid, et je voulais être prête pour le cas où nous devrions repartir au plus vite. Randall ne devrait plus tarder à nous rappeler.

— Espérons qu'il aura de bonnes nouvelles, répondit Matt avant de s'avancer vers la table pour s'emparer d'un dernier sac en papier dont il tira une miche de pain, un pot de beurre de cacahouète et un autre de miel.

— En attendant, je peux te préparer un sandwich, si tu veux. Tout cela m'a ouvert l'appétit, pas à toi ?

Il ponctua sa question d'un clin d'œil et, malgré sa détresse, Emma ne put s'empêcher de sourire.

— Si, et je veux bien grignoter quelque chose, merci.

Elle s'approcha du deuxième lit et se pencha sur sa fille. Christina s'était retournée dans son sommeil, pour adopter sa position favorite : à plat ventre, les jambes repliées, le derrière en l'air.

Rassurée, de la voir aussi paisible, Emma s'assit sur le rebord du lit et s'efforça de digérer ce qu'elle venait de comprendre sur sa relation avec Matt. Bien que consciente qu'elle n'avait pas le droit de lui reprocher sa conduite, elle était mère, et tout en elle se révoltait à l'idée qu'il ait déserté Fisher, avec qui il avait vécu pendant plusieurs mois. Pourquoi ne s'était-il pas laissé guider par son amour manifeste pour le petit garçon ? N'aurait-il pas pu pardonner son mensonge à Jennifer, pour le bien d'un bébé qui n'avait rien demandé à personne ? Enfin, pensait-il vraiment que sans lien génétique, il n'y avait pas de famille possible ?

Il s'approcha d'elle et lui tendit un sandwich sur une assiette en carton.

— Merci, murmura-t-elle, toujours plongée dans ses pensées.

— Il n'y a pas de quoi, répondit Matt, s'asseyant à côté d'elle.

Ils mangèrent en silence, Emma ressassant toutes les questions qu'elle aurait voulu lui poser. Par où commencer et en quels termes s'exprimer ? En outre, devait-elle vraiment chercher à comprendre son choix ou valait-il mieux qu'elle oublie son penchant pour lui ?

Sentant son regard sur elle, Emma se retourna pour lui faire face.

— Je ne sais toujours pas ce que j'ai fait, dit-il à mi-voix, mais je tiens à réparer.

Les larmes lui montant aux yeux, elle cligna des paupières pour s'en débarrasser. Matt était un chic type, un homme droit et même si elle ne comprenait pas sa décision, elle devait lui accorder le bénéfice du doute. Il lui appartenait de revenir à la réalité au plus vite, de tuer ses sentiments naissants, sous peine d'avoir le cœur brisé.

— Tu ne m'as rien fait, je…

Entendant son téléphone vibrer sur la table de nuit voisine, elle se précipita dessus, sans quitter Christina des yeux. La fillette poussa un petit soupir, sans plus.

Emma consulta l'écran du portable et, ne reconnaissant pas le numéro, se leva prestement pour gagner la salle de bains dont elle laissa la porte entrebâillée.

— Allô ? fit-elle, espérant néanmoins qu'il s'agissait de l'inspecteur Randall.

— Emma ? Ne raccroche pas, je t'en supplie.

Elle se crispa en reconnaissant la voix de son frère.

— Qu'est-ce que tu me veux encore ? demanda-t-elle, soulagée malgré elle de le savoir encore en vie.

— J'ai besoin de toi.

— Besoin de moi ? ricana-t-elle. Tu plaisantes ?

— Pas pour moi, dit-il d'un ton presque suppliant. Pour maman. Elle est… Elle a un problème.

Emma fronça les sourcils et s'interrogea en silence. Joseph lui disait-il la vérité ou bien se servait-il de leur mère pour la manipuler, une fois encore ?

Elle trancha rapidement : s'il était possible que son frère lui mente, il se pouvait aussi qu'il dise la vérité, et elle ne pouvait pas prendre le risque de ne pas l'écouter. En revanche, à la moindre incohérence, elle raccrocherait.

— Que se passe-t-il ? s'enquit-elle sans chercher à dissimuler son scepticisme.

— Les trafiquants, encore une fois. Ils ont enlevé maman.

Son annonce atteignit Emma de plein fouet. L'idée de leur mère entre les mains de ces monstres lui était insupportable. Elle avait vu dans leurs yeux de quoi ils étaient capables, et Maria, une femme droite et aimante, ne méritait vraiment pas d'être mêlée à une affaire aussi sordide que celle-là.

— Ils l'ont enlevée, répéta Joseph, d'un ton légèrement impatient qui la fit sortir de ses gonds.

— Et tu es où, au juste ? demanda-t-elle sèchement. À

distance respectable, pour tirer ton épingle du jeu, comme d'habitude ? Tu as essayé de les empêcher de s'en prendre à maman ou tu étais trop occupé à sauver ta peau ?

Elle avait dû hausser le ton car Matt passa la tête à l'intérieur de la pièce. Elle lui fit signe d'entrer et mit le haut-parleur du portable en marche pour éviter d'avoir à rapporter la conversation à son compagnon d'infortune.

Un rire sinistre retentit à l'autre bout de la ligne. Emma entendit une voix étouffée et crut comprendre : « Elle a du cran, la frangine ! » Elle pesta intérieurement : apparemment, Joseph n'était pas seul.

— Enfin, Emma, tu ne crois tout de même pas que je les aurais regardés l'emmener sans réagir ! De toute manière, je suis avec elle.

Il semblait vexé, ce qui était le dernier souci d'Emma.

— Débrouille-toi pour qu'ils ne lui fassent pas de mal, sinon…

— J'essaie, seulement je ne peux pas grand-chose pour elle. Ils sont plusieurs et je suis tout seul.

— Je ne veux pas le savoir, rétorqua-t-elle impitoyablement. S'il lui arrive quelque chose, je t'en tiendrai pour responsable.

— Emma…

— Tais-toi. Ou plutôt, non. Dis-moi ce qu'ils veulent, ajouta-t-elle, comprenant soudain que Joseph ne l'aurait pas appelée si les trafiquants n'avaient pas exigé quelque chose en échange de leur mère – il ne fallait pas être grand devin pour deviner quoi.

Une autre voix se fit entendre, glaciale et parfaitement posée.

— Voyons, Emma. Vous êtes une femme intelligente, vous savez très bien ce que nous voulons.

Christina.

Ces monstres voulaient Christina, et ils avaient décidé d'utiliser sa grand-mère comme monnaie d'échange. Ils étaient suffisamment intelligents, eux aussi, pour avoir deviné qu'Emma ne lèverait pas le petit doigt pour sauver son frère, après ce qu'il lui avait fait.

— Et vous croyez que je vais vous donner ma fille pour que vous me rendiez ma mère ? rétorqua-t-elle, le cœur serré car elle connaissait déjà la réponse.

Emma adorait sa mère et aurait fait n'importe quoi ou presque pour lui venir en aide, mais Christina était la prunelle de ses yeux, et elle préférait mourir plutôt que de la donner en pâture aux trafiquants.

— À votre place, je réfléchirais à la question, rétorqua son interlocuteur d'un ton encore plus froid. Parce que si vous refusez de coopérer, nous allons la tuer à petit feu. Et Maria – c'est bien son petit nom, hein ? – souffrira plus que vous ne pouvez l'imaginer. Parce que nous ferons durer le plaisir, je peux vous l'assurer.

— Pourquoi faites-vous ça ? demanda Emma, en désespoir de cause. Vous ne pouvez pas nous laisser tranquilles, ma famille et moi ?

— Votre frère a humilié notre chef. C'est inadmissible, et à présent, il en fait une affaire personnelle.

Emma entendit un coup sourd, aussitôt suivi d'un cri de femme. Les tentatives de protestation de Joseph furent accueillies par des rires gras.

— Arrêtez, cria Emma, horrifiée. Et passez-moi ma mère.

Elle tenait à lui parler, car elle n'était toujours pas prête à croire qu'elle était vraiment prisonnière des trafiquants. Joseph était un incorrigible menteur, et les hommes avec lesquels il s'était acoquiné ne devaient pas être très francs du collier non plus.

Quelques bruits étouffés retentirent – sans doute le téléphone faisait-il le tour du gang –, puis une voix brisée murmura :

— Emma ?

Elle reconnut la voix maternelle et sentit ses jambes la lâcher. Matt la rattrapa au vol, avant de l'attirer à lui pour la soutenir.

— Ma… man ? balbutia-t-elle, la voix brisée, le cœur battant si vite qu'elle pouvait à peine respirer. C'est toi ? Tu es vraiment là-bas, avec ces… ces malades mentaux ?

— Oui, ma chérie. Et surtout, ne les écoute pas. Oublie-moi. Pense à Christina. C'est elle qui compte, pas moi.

Là-dessus, Maria poussa un cri de douleur. Un de ses tortionnaires venait de lui asséner un nouveau coup.

Emma se mit à sangloter en silence, le visage pressé contre l'épaule de Matt.

— Je te retrouverai, maman, promit-elle d'une voix forte,

et sans savoir si Maria l'entendait ou non. Je ne les laisserai pas te faire du mal.

À en juger par le cri que poussa Joseph à ce moment-là, son tour était arrivé. Cette fois, les hommes s'en prenaient à lui.

— Vous feriez bien de vous décider, reprit l'individu qui s'était adressé à elle quelques minutes plus tôt. Maria a l'air en bonne condition physique, pour son âge, seulement à ce rythme-là, ça ne va pas durer.

— Où êtes-vous ? tenta Emma.

— Chaque chose en son temps. Je vous rappellerai dans vingt-quatre heures pour vous donner un lieu et une heure de rencontre. Gardez votre téléphone à portée de main.

Emma déglutit péniblement. Cette fois, elle était vraiment coincée.

— Par pitié, ne faites pas de mal à ma mère, murmura-t-elle.

— Nous verrons ça, rétorqua son persécuteur sans visage. Ah, une dernière précision, Emma.

— Laquelle ?

— Ne prévenez pas la police, sinon, la prochaine fois que nous vous appellerons, vous entendrez en direct l'exécution de votre maman chérie. C'est clair ?

— C'est clair.

Elle raccrocha, s'enfouit le visage dans les mains et laissa tomber le téléphone sur le sol.

Ce n'est pas possible, se répéta-t-elle en boucle, tandis qu'une multitude de souvenirs l'assaillaient de toutes parts.

Sa mère l'embrassant avant qu'elle parte pour l'école, sa fierté lorsque Emma avait reçu son diplôme d'infirmière, ses larmes aux funérailles de Chris, et son ravissement le jour où elle avait vu sa petite-fille pour la première fois.

Maria avait toujours été là pour Emma, quelles que soient les circonstances. Que deviendrait-elle, sans elle, si le pire se produisait ?

La réponse était simple : elle ne s'en remettrait pas.

D'un autre côté, tout son être se révoltait à l'idée d'exposer Christina au danger. Jamais elle ne pourrait céder au chantage des trafiquants, quel que soit l'enjeu.

Pour autant, elle ne pouvait pas attendre l'épilogue de ce

navrant rebondissement, les bras croisés. Elle était donc devant un choix impossible : sacrifier sa fille ou abandonner sa mère à son triste sort.

Petit à petit, elle se rendit compte que Matt lui frottait doucement le dos. Il l'attira à lui et murmura quelque chose qu'elle ne comprit pas tout de suite. Quand elle parvint enfin à se concentrer sur ce qu'il lui disait, elle reprit un semblant d'espoir : elle n'était pas seule, dans cette odieuse bataille.

— Ça va s'arranger, répétait Matt.

Mais bien qu'il paraisse confiant, Emma l'était beaucoup moins que lui.

— Qu'est-ce que je vais faire ? demanda-t-elle dans un murmure.

— Qu'est-ce que *nous* allons faire, rectifia-t-il avec force. Je n'en sais encore rien, mais nous trouverons la solution *ensemble*.

11

Hagarde, il n'y avait pas d'autre mot.

Emma était en état de choc.

Certes elle jouait avec Christina, mais à en juger par son regard vide et son sourire figé, elle n'était pas concentrée sur ce qu'elle faisait. De toute évidence, ses pensées étaient entièrement tournées vers sa mère et son imagination devait galoper à l'idée de ce que les trafiquants faisaient endurer à cette pauvre femme.

Matt aurait tenté de la réconforter s'il avait su quoi dire, s'il avait lui-même été capable d'analyser avec lucidité les conséquences de ce nouvel enlèvement.

Ils n'avaient pas eu le temps de discuter, après l'appel des trafiquants : Christina ayant fini par se réveiller, Emma était immédiatement allée s'occuper d'elle.

Elles étaient toutes les deux sur le lit, à présent : la petite fille babillant gaiement, tandis que sa mère s'efforçait de faire bonne figure.

Une fois encore, Matt admira son courage et son calme, dans ces terribles circonstances. Il lui apparaissait encore plus clairement qu'elle avait l'habitude de faire face aux pires situations en solo, et il savait d'ores et déjà qu'il ne la laisserait pas faire, cette fois.

Il n'aurait su dire avec précision à quel moment elle avait pris une telle importance à ses yeux. Ce qu'il éprouvait pour elle allait bien au-delà de l'admiration et du respect ; il désirait sincèrement entrer dans sa vie pour s'occuper d'elle comme seul un amant pouvait le faire. Quant à Christina… Malgré son jeune âge, elle l'avait séduit, il aurait escaladé des montagnes pour lui faire plaisir, et s'imaginait déjà lui apprenant d'abord à marcher, puis à conduire sur un parking désert, et enfin la conduisant à l'autel, le jour venu.

Emma le suivrait-elle, sur ce chemin imaginaire ?

Rien n'était moins sûr. Peut-être préférerait-elle rester seule avec sa fille, de crainte que l'arrivée d'un autre homme dans leurs vies ne supplante son défunt fiancé. Ce n'était pas du tout dans ses intentions, bien entendu, mais Emma verrait-elle les choses de la même manière que lui ?

Et puis, pourquoi se posait-il la question maintenant, alors qu'il était encore bouleversé par leur étreinte et par les dernières répercussions de cette abominable aventure ?

Non, le moment n'était vraiment pas opportun. L'essentiel, dans l'immédiat, était de trouver le moyen de sauver Maria *et* de protéger Christina.

À défaut de mieux, il décida de mettre tous ses problèmes de côté, et d'essayer de se détendre un peu.

— Qu'est-ce que tu comptes faire ? demanda-t-il, à peu près convaincu qu'elle avait déjà un plan d'action, sans vouloir pour autant anticiper sur ses projets.

Ses yeux noisette passèrent de Christina à lui, le choquant par sa mine défaite. Elle n'était pas femme à s'avouer vaincue, pourtant !

Elle secoua tristement la tête avant de répondre :

— Que veux-tu que je fasse ? Il est hors de question que je leur livre ma fille, et cela revient à signer l'arrêt de mort de ma mère, ni plus ni moins.

— Non, se récria Matt, atterré de la voir culpabiliser ainsi alors qu'elle n'était nullement responsable des actes ignobles du gang.

Sa colère envers Joseph s'accrut encore : une fois de plus, c'était Emma qui payait l'irresponsabilité de son frère.

Elle le considéra un instant, l'air accablé, avant de reprendre :

— Tu crois que je prendrais un gros risque en prévenant l'inspecteur Randall ? Ça me rassurerait, si j'étais sûre que ces malfrats n'ont pas corrompu certains membres de la police. Il ne faudrait pas qu'ils s'en prennent à ma mère sous prétexte que je leur ai désobéi.

— Je ne sais pas quoi te répondre, avoua Matt. Si on peut

effectivement supposer qu'ils ont des relations avec les forces de l'ordre, il est impossible de savoir jusqu'où cela va. Et bien qu'a priori Randall soit honnête, il m'est arrivé de faire des erreurs de jugement.

— Il vaut mieux éviter de s'en remettre à lui, alors, conclut Emma dans un soupir.

— À moins que nous y soyons obligés, tint à préciser Matt. J'ai l'ébauche d'un plan qui nécessiterait du renfort. Parce qu'à nous deux, nous n'y arriverons pas.

— Qu'est-ce que tu as en tête ? s'enquit aussitôt Emma.

La note d'intérêt qu'il perçut dans sa voix le rassura quelque peu, car il venait de comprendre une chose essentielle.

Emma devait passer à l'offensive, plutôt que de tenter de se défendre. Sa seule chance de se tirer de cette situation était de reprendre les commandes. Ce serait délicat, bien sûr, toutefois il avait déjà sa petite idée.

— J'ai encore quelques copains d'armée, je pourrais les contacter. Ils seront certainement d'accord pour nous aider à faire tomber ce gang.

— Et comment ? En admettant que tes amis répondent à l'appel, nous ignorons où et quand les trafiquants comptent nous donner rendez-vous, et à mon avis, ils ne nous laisseront pas le temps d'appeler du renfort.

— Très juste, c'est d'ailleurs la raison pour laquelle nous n'allons pas nous soumettre à leurs desiderata. C'est *nous* qui allons décider du lieu et de la date de cette rencontre. Pas eux.

Emma fit des yeux ronds.

— J'admire ton assurance, cependant je ne vois pas bien comment ça pourrait fonctionner. Pourquoi accepteraient-ils nos conditions, alors qu'ils ont toutes les clés en main ?

— Tu te trompes, Emma ! C'est *toi* qui as le pouvoir, en réalité.

Comme elle n'avait pas l'air de comprendre, il se baissa vers Christina et la prit dans ses bras.

— Ils veulent un bébé – *ton* bébé, rien de moins. Et s'ils refusent d'abandonner la partie, c'est tout simplement parce que leur chef a perdu la face. Or, je le répète, c'est *toi* qui détiens les atouts, dans ce sinistre jeu. Ils le savent bien, d'ailleurs, puisqu'ils essaient de t'aveugler sur ce point en s'en prenant à ta mère.

Cette fois, Emma saisit parfaitement le message : il le vit à son expression qui changea du tout au tout.

— Oh ! murmura-t-elle. Je n'avais pas envisagé les choses sous cet angle.

Matt pressa un doigt contre la paume de Christina qui l'attrapa machinalement. Il la chatouilla, ce qui lui valut un grand sourire.

— C'est là-dessus qu'ils comptent, justement. Ils t'ont appelée pour te faire peur, pour que tu sois sur la défensive. Ce qu'ils veulent, c'est que tu réagisses, pas que tu planifies. Ils savent très bien qu'en menaçant de faire du mal à ta mère, ils jouent avec tes nerfs et t'empêchent de réfléchir rationnellement.

— Ils ont raison, commenta Emma, songeuse. Parce que ça fonctionne parfaitement.

— Bien sûr, renchérit Matt. Comment veux-tu qu'il en aille autrement ? La plupart des gens seraient horrifiés de savoir un de leurs parents en danger et feraient n'importe quoi pour le sauver.

Emma descendit du lit et se planta devant Matt.

Christina sourit à sa mère sans pour autant lui tendre les bras. Et lorsqu'elle posa son petit crâne contre son torse, il sentit son cœur se gonfler de joie. Cette petite venait de passer quelques jours pour le moins agités ; elle le connaissait à peine et pourtant, elle semblait lui accorder sa confiance. Quel bonheur, pour lui, de constater qu'il ne lui faisait pas peur, bien au contraire ! Il se pouvait même qu'elle l'aime, pour autant qu'un bébé de dix mois soit capable d'un tel attachement. Pour sa part, Matt était subjugué et, tandis qu'elle se blottissait contre lui, il se promit, une fois de plus, de tout faire pour assurer sa protection.

— Je ne sais pas trop comment ils vont réagir, quand nous leur annoncerons que nous avons décidé d'inverser les rôles, dit Emma d'une voix mal assurée.

Elle caressa doucement les cheveux de sa fille, sans tenter de la reprendre à Matt qui se mit à se balancer d'un pied sur l'autre, tandis qu'Emma se joignait à eux.

Tous trois se tinrent enlacés en un cocon douillet, jusqu'à ce que Christina prenne son pouce et s'endorme.

Avec moult précautions, Matt reposa le bébé sur le lit. Il la regarda s'installer dans sa position favorite, puis se tourna vers Emma qui l'observait, les larmes aux yeux.

— Qu'est-ce qui ne va pas ? s'enquit-il, s'avançant vers elle.

À sa grande surprise, elle se déroba en secouant la tête avec un sourire timide.

— Rien, dit-elle en se frottant les yeux. Je m'inquiète pour maman, que veux-tu ?

— Ça me paraît tout à fait naturel, répondit Matt et, pour répondre à ta première question, tu as raison : nos ennemis ne vont pas apprécier le fait que tu changes les règles du jeu. En même temps, ils n'ont pas le choix : s'ils sont vraiment motivés par l'ego de leur chef, ils ne peuvent pas se retourner contre lui. Ce qui signifie qu'ils seront forcés de coopérer, ne serait-ce que pour sauver la face de cet abominable bonhomme.

— Et s'ils faisaient du mal à maman en représailles ? Je ne me le pardonnerais jamais, murmura Emma avec une angoisse non dissimulée.

Matt prit une longue inspiration. C'était là que la situation devenait réellement épineuse : avant qu'Emma prenne sa décision, il devait s'assurer qu'elle avait conscience de ce qu'elle pouvait déclencher.

— Ça se pourrait…, commença-t-il avant de se sermonner. *Sois honnête.*

— Non, oublie ce que je viens de dire. Il est probable qu'ils lui feront du mal.

Prenant la main d'Emma, il la guida jusqu'au deuxième lit et la fit asseoir.

— Écoute, c'est bien simple : s'ils n'arrivent pas à leurs fins – c'est-à-dire si tu ne leur remets pas la petite, ils exécuteront ta mère. Pour tout t'avouer, je suis à peu près certain qu'ils la tueront dans tous les cas de figure, ne serait-ce que parce qu'elle en sait trop. Alors voici ce que je te propose : nous allons essayer de la tirer de là, même si je ne peux pas te garantir que nous y arriverons. C'est ça ou la fuite pure et simple.

Emma mit quelques minutes à digérer l'information. Et si, de son côté, Matt savait ce qu'il voulait faire, il était parfaitement conscient que la décision ne lui appartenait pas. C'était d'Emma et des siens qu'il s'agissait, pas de la famille Tompson.

À elle de faire le choix, donc.

— Le plus sûr serait de fuir, convint-elle d'une voix à peine audible. Seulement je ne peux pas laisser tomber ma mère comme ça. Je préfère qu'on tente de la sauver, parce que je ne pourrais pas continuer à vivre en sachant que je l'ai abandonnée à son triste sort, et…

Elle s'interrompit, le temps de regarder Matt droit dans les yeux, avant de reprendre d'une voix ferme :

— À la seule condition que tu me promettes que Christina ne risquera rien.

Matt jeta un coup d'œil à la fillette endormie et se sentit fondre lorsqu'il vit son pouce tomber de sa petite bouche complètement détendue.

— Rien n'est jamais certain, dans la vie, rappela-t-il à Emma, la gorge serrée. Cela dit, je peux te jurer une chose : avant de mettre la main sur ta fille, ils devront me tuer.

Emma l'observa longuement, sans doute pour s'assurer qu'il disait vrai. Il soutint son regard sans flancher, car il était déterminé à lui montrer qu'il ferait l'impossible pour la sauvegarde de Christina.

Il dut être convaincant car Emma finit par hocher la tête.

— Entendu. Alors, je t'écoute. Quel est ton plan d'action ?

— Je vais passer quelques coups de fil, répondit-il, s'emparant de son portable. Ensuite, je te soumets mon idée et on attend.

Les heures s'égrenèrent lentement, chaque minute lui semblant plus longue que la précédente. Du coup, la tension d'Emma ne fit qu'augmenter au fil de la journée. Elle ne pensait qu'à sa mère, et son imagination lui jouait des tours. Dès qu'elle fermait les yeux, elle se représentait Maria ligotée et bâillonnée, le visage contusionné, seule face à des inconnus prodigieusement amusés par sa frayeur.

Elle tenta de s'occuper, de penser à autre chose, en vain. Pour finir, elle profita de ce que Matt était au téléphone pour aller prendre une douche. L'eau chaude lui fit du bien et le savon de l'hôtel acheva de la débarrasser de l'odeur de son étreinte avec Matt, sur sa peau encore moite.

Elle avait toujours le cœur serré au souvenir du moment qu'ils avaient passé dans les bras l'un de l'autre, et surtout des espoirs qu'elle avait nourris en secret.

Un avenir avec le beau ranger ? Il n'en était plus question, dorénavant. D'après ce qu'il lui avait raconté, en aucun cas il ne pourrait être un père pour Christina. Et bien qu'il l'ait blessée, Emma ne lui en voulait pas : mieux valait qu'elle redescende sur terre maintenant que plus tard, lorsqu'elle serait véritablement amoureuse.

La flamme n'étant pas entièrement éteinte cependant, elle continuait à espérer qu'il changerait d'avis. Pourquoi ? Parce qu'elle peinait à croire, lorsqu'elle le voyait agir avec Christina, qu'il refuserait de l'élever avec elle. Malgré tout ce qu'il lui avait dit sur les raisons qui l'avaient amené à quitter Jennifer *et* Fisher, il continuait à jouer avec sa fille, à la bercer jusqu'à ce qu'elle s'endorme. Bref, tout indiquait qu'il avait la fibre paternelle.

Sa promesse d'assurer la sauvegarde de Christina avait été sincère – Emma l'avait vu à son émotion, de plus elle le connaissait suffisamment maintenant, pour savoir qu'il n'était pas homme à s'engager à la légère. Sans compter qu'il était toujours là, auprès d'elle et de sa fille, alors qu'il aurait pu les déposer au commissariat le plus proche et se désintéresser complètement de leur sort. Mieux encore, en ce moment même, il s'appliquait à élaborer un plan destiné à tirer sa mère des griffes de ses ravisseurs. Et puisqu'il ne faisait pas cela par simple sens du devoir, sa dévotion était sans aucun doute le signe d'un attachement certain à Emma et à Christina…

Malheureusement, ça ne suffirait pas.

Bien qu'elle l'apprécie beaucoup et que cela semble réciproque, ce qu'ils éprouvaient l'un pour l'autre n'avait aucune importance : Matt devait être prêt à assumer le rôle du père de sa fille, car en aucun cas elle ne ferait passer son propre bonheur avant celui de Christina. Elle aurait pu accepter la réticence du ranger, voire former un couple avec lui ; pas au risque cependant que la fillette se sente déconnectée de lui à jamais. Les enfants étaient bien souvent plus perspicaces que ne le pensaient leurs aînés, et Christina s'apercevrait vite que Matt ne la considérait pas comme sienne ; qu'il la tenait à distance respectable. Et puis, en supposant que Matt et Emma aient un autre bébé, comment être sûre qu'il ne privilégierait pas systématiquement son enfant biologique, au détriment de Christina ?

Non, elle ne pouvait pas faire une chose pareille. Mieux valait que sa fille reste à moitié orpheline, plutôt que d'être élevée par un homme distant ou – pire encore – un homme qui la considérerait comme une charge et, avec le temps, finirait par lui en vouloir d'exister.

Elle s'habilla rapidement avant de regagner la chambre, déterminée à penser à autre chose. Après tout, il ne servait à rien de s'inquiéter à l'avance pour un scénario totalement improbable. Autant se concentrer sur le plan de Matt, en espérant qu'ils parviendraient à sauver la situation.

Elle s'assit sur le lit et attendit que sa communication soit terminée. Christina dormait toujours, probablement plus pour longtemps.

Matt la salua d'un petit signe de tête. Devinant à sa posture qu'il n'était pas près d'en avoir fini, Emma empila quelques oreillers contre la tête du lit et s'allongea pour faire passer le temps. Bientôt, ses paupières se firent lourdes, et elle succomba au sommeil.

Elle se réveilla en sursaut et regarda autour d'elle, le cœur battant. Une seconde plus tard, tout lui revint à l'esprit, en bloc : le routier, les trafiquants, l'hôtel.

Christina.

Elle roula sur le côté, cherchant sa fille sur le lit voisin. En vain : le bébé n'y était plus. Affolée, elle repoussa les draps et se leva en toute hâte.

— Christina ! croassa-t-elle d'une voix brisée et luttant déjà contre les larmes.

— Du calme, Emma. Tout va bien.

Reconnaissant la voix de Matt, elle fit volte-face et le vit là, installé dans un coin de la chambre, sa fille sur les genoux.

— Ne t'inquiète pas, reprit-il d'un ton calme. Je t'ai promis qu'il ne lui arriverait rien, non ?

Elle se laissa retomber sur le lit, si soulagée que la tête lui en tournait.

— Depuis combien de temps est-elle réveillée ?

— Environ trois quarts d'heure.

— Et moi, j'ai dormi longtemps ?

— Pas loin d'une heure et demie.

— Quoi ? s'exclama-t-elle, agacée d'avoir succombé au sommeil et se reprochant de ne pas avoir entendu sa fille pleurer.

— Pourquoi ne m'as-tu pas réveillée ?

— Tu avais besoin de repos, répondit-il avec indulgence.

— Il faut le croire, oui, mais une fois que la petite a eu terminé sa sieste…

— J'ai géré, voilà tout. C'est toujours un plaisir, pour moi, de m'occuper de ce petit bout de chou.

Les sourcils froncés, Emma s'efforça de comprendre.

Cet homme avait tourné le dos à un petit garçon qu'il chérissait, et pourtant il choyait Christina comme s'il en était le père.

— Merci, murmura-t-elle, plutôt que de continuer à cogiter.

Christina tendit les bras vers elle, avec un grand sourire qui montra ses quenottes naissantes.

— Ma, ma, ma, gazouilla-t-elle joyeusement.

Emma la prit aussitôt dans ses bras et enfouit son nez dans les replis de son petit cou dodu.

— Coucou, ma chérie, lui chuchota-t-elle à l'oreille. Tu as bien dormi ?

— Bah-bah, confirma Christina.

— Elle en a des choses à raconter, dit Matt en riant.

— Je ne te le fais pas dire, lui répondit Emma. J'ai hâte de pouvoir comprendre ce qu'elle me dit.

— Ça viendra plus vite que tu ne le penses. Elle a oublié d'être bête, cette petite.

Bien que cette remarque lui ait fait plaisir, Emma jugea préférable de changer de sujet.

— C'est vrai. Tu as réussi à passer tes coups de fil avant qu'elle émerge ?

— Oui.

Elle recula d'un pas en le voyant se lever, puis s'étirer, ce qui fit remonter son T-shirt de quelques centimètres, et dévoila le bas de son ventre.

Elle détourna le regard, tentant de repousser le souvenir de ses propres mains effleurant ce rectangle de chair hâlée.

S'il s'aperçut de sa réaction, Matt n'en laissa rien transparaître.

— À ce propos, reprit-il avant de s'enfermer dans la salle de bains, je vais bientôt devoir vous laisser, toutes les deux. J'ai des gens à voir.

Emma attendit qu'il ait regagné la chambre avant de lui demander :

— Quels gens ?

— D'anciens camarades de l'armée, dit-il en glissant son portefeuille dans la poche arrière de son jean. Ils ont pris leur retraite de bonne heure pour monter leur propre société de sécurité privée, et sont d'accord pour nous donner un coup de main.

Cela semblait si prometteur qu'Emma reprit espoir. Elle prit soin de garder la tête froide, néanmoins.

— Ils vivent dans la région ?

— Non. Ils séjournent dans les parages, et ils ont accepté de venir me retrouver ici. Et comme ils se sont mis en route tout de suite après notre entretien, ils ne doivent plus être bien loin.

— Je t'accompagne, dit-elle, se préparant d'emblée à un refus catégorique.

— Si tu veux, lui répondit simplement Matt, à sa grande surprise.

— Ah oui ? Tu ne discutes pas ?

Il haussa un sourcil et eut un sourire en coin.

— Ce n'est pas ce que tu voulais entendre ?

— Euh… Si. Simplement, je m'attendais à ce que tu refuses de m'emmener.

— Et ça aurait servi à quoi ?

— Probablement à rien, lui avoua-t-elle piteusement.

— Tu es adulte, Emma. Il ne m'appartient pas de te dicter ta conduite, surtout quand il s'agit de ta famille. Il me paraît normal que tu souhaites rencontrer les gens qui vont se porter au secours de ta mère.

Elle acquiesça, vaguement honteuse d'avoir douté de lui, alors que son soutien avait été infaillible, jusque-là.

Après s'être chaussé, il pivota sur lui-même et traversa la chambre, les bras ouverts. Christina le gratifia d'un de ses plus beaux sourires et se pencha en avant en gigotant jusqu'à ce qu'Emma se rende à l'évidence et la tende au ranger.

— Allez, lui dit-il. Va te préparer. Pendant que je la change et que je lui donne un biscuit.

Cette proposition – une sorte de partage des tâches comme tous les parents en font au quotidien – toucha Emma au plus profond. Elle s'était tellement habituée à sa condition de mère célibataire qu'en aucun cas il ne lui serait venu à l'idée de demander l'assistance de Matt, dans ce domaine.

Elle se dirigea vers la salle de bains, non sans avoir pris le temps de regarder Matt s'emparer d'une couche propre, puis déposer Christina sur le lit.

Et si cela lui faisait un drôle d'effet, de regarder une tierce personne s'occuper de sa fille, elle devait avouer que les observer, tous les deux, l'apaisait, d'une certaine manière, en cette période troublée.

Matt leva les yeux vers elle, lui décocha un sourire et la chassa d'un geste de la main. Du coup, ce fut presque le cœur léger qu'elle s'enferma dans la salle de bains.

Sa mère était en danger de mort, sa propre sécurité n'était pas garantie, mais l'homme auquel elle s'était attachée s'occupait de sa petite fille, et ses problèmes attendraient.

12

La réceptionniste du restaurant les accueillit avec affabilité.

— Bonsoir. Une table pour deux et une chaise haute ? leur demanda-t-elle.

— En fait, nous sommes avec deux autres personnes qui nous ont précédés apparemment, répondit Matt après avoir passé la salle en revue.

Sur ces mots, il posa une main sur les reins d'Emma et la guida vers le box où les attendaient ses amis. Il les salua d'un geste du menton, et s'efforça d'ignorer le sourire entendu de Dave.

— Merci d'être venus, lança-t-il, poussant doucement Emma vers la banquette, avant de tirer une chaise sur laquelle il déposa précautionneusement le siège-auto de Christina.

— Content de te voir, LT, répondit Dave.

— LT ? s'enquit Emma.

— Lieutenant, lui expliqua Matt.

Il attendit que Dave ait salué Emma pour faire les présentations :

— Emma, voici Dave Lowden et Skip Hardy.

— Ravi de faire votre connaissance, dit Dave, tandis que Skip se contentait de hocher la tête en direction d'Emma.

— Et qui avons-nous là ? demanda Dave, se penchant sur le siège-auto.

— Ma fille, Christina, répondit Emma.

— Zut, et moi qui espérais que tu t'étais casé et que tu avais fondé une famille !

Il donna un petit coup de coude à Skip avant de reprendre :

— Tu ne crois pas que ça lui ferait du bien, à LT ? Une

présence féminine, je veux dire. C'est contre nature, pour un homme, de rester célibataire aussi longtemps.

Matt serra les dents et endura en silence. Il s'était attendu à être taquiné de la sorte. Tant et si bien qu'il avait cru bon de prévenir Emma, afin qu'elle ne soit pas froissée par les railleries de Dave, qui avait tendance à provoquer son monde, contrairement à Skip, plus réservé.

Emma posa doucement sa main sur sa cuisse, comme si elle voulait l'assurer de sa solidarité. Il la recouvrit de la sienne et la pressa légèrement pour la remercier.

Skip observa longuement la jeune femme avant de se concentrer sur Matt.

— Ça se peut, répondit-il à son ami.

— Alors, c'est comment, la vie de ranger ? demanda Dave, un sourire malicieux aux lèvres. Tu n'en as pas encore assez de dormir à la belle étoile et de côtoyer la faune du désert ? Pourquoi tu ne viens pas travailler avec nous, ça payerait mieux, je peux te l'assurer.

— Pour jouer les nounous d'hommes d'affaires américains en poste à Juarez ? Merci bien, rétorqua Matt, peut-être un peu plus sèchement que nécessaire.

— C'est un boulot stable, lui objecta Dave.

— Et puis, il y a les pourboires, ajouta Skip.

— Sauf que vous vous ennuyez ferme, l'un comme l'autre.

— Qu'est-ce qui te fait dire ça ?

— Oh ! le simple fait que je vous ai sentis trépigner d'impatience, quand je vous ai dit que j'avais besoin de vous. J'en déduis que vous n'êtes pas si contents de votre sort que vous le prétendez. Sinon, vous m'auriez envoyé sur les roses, pas vrai ?

— Là, tu me fais de la peine, LT. Tu ne crois tout de même pas que nous t'aurions laissé te débrouiller tout seul, si ? Bref. Explique-nous ce que nous pouvons faire pour toi – ou pour vous, Emma, si vous êtes en détresse et à la recherche de vaillants chevaliers.

Au lieu de rabrouer Dave pour son sexisme comme Matt s'y attendait, elle étouffa un petit rire.

— Pas vraiment, non.

— Dommage, grommela Dave. Il y a longtemps que je n'ai pas volé au secours d'une belle femme.

— Longtemps ? Tu veux dire jamais ? commenta Skip d'un ton railleur.

— Bon, les gars, vous êtes prêts ? demanda Matt.

— Oui, on t'écoute, dit Dave, en plantant fermement ses deux coudes sur la table et en reprenant son sérieux. Tu ne nous as pas donné assez de détails pour qu'on sache exactement quel matos apporter.

— Et du coup, vous êtes venus avec… ? demanda Matt par curiosité.

— Tout, glissa Skip.

— Vraiment ?

Les deux hommes hochèrent la tête à l'unisson.

— J'ai la panoplie complète, dans le coffre de ma bagnole, ajouta Dave. Tu n'as qu'un mot à dire, et on passe à l'offensive.

Matt sentit sa poitrine se gonfler de gratitude. C'était ce qui lui manquait le plus, depuis qu'il avait quitté l'armée : cette solidarité à toute épreuve, l'absence totale de questions, l'amitié, en quelque sorte. En outre, dans ces circonstances où il n'était pas certain de pouvoir se fier à la police, la présence de Skip et Dave changeait radicalement la donne.

Il leur résuma la situation, et ils l'écoutèrent attentivement, leurs regards se posant de temps à autre sur Emma, qui le laissa raconter toute l'histoire en silence.

— Que sais-tu de ces types, au juste ? s'enquit Dave.

— Pas grand-chose, admit Matt, si ce n'est qu'ils étaient trois, au restaurant, plus les deux que j'ai aperçus dans la cabine du camion, quand nous nous sommes enfuis. Il y en avait peut-être d'autres au fond de la remorque, cela dit.

— Ils étaient armés ?

— Oui. Celui qui nous a pourchassés avait des revolvers, et il est fort probable que ses comparses avaient du matériel plus conséquent à l'intérieur du camion.

— Tu as réussi à lire leur plaque d'immatriculation ?

— Seulement en partie, malheureusement.

Dave claqua de la langue d'un air désapprobateur.

— Ouh là, tu faiblis, LT !

— Ne m'en parle pas, rétorqua Matt, songeant avec amertume qu'il n'aurait jamais laissé échapper ce genre de détail par le passé, et que son existence de civil l'avait effectivement ramolli.

— Et la police ?

— J'ai eu un inspecteur d'El Paso au téléphone après notre mésaventure au restaurant, répondit Emma. Il m'a promis de me rappeler dès qu'il en saurait davantage, mais je n'ai pas de nouvelles depuis. J'ajoute que je n'ai aucune envie de le rappeler, vu les menaces qui pèsent sur ma mère.

— Vous pensez que ces trafiquants ont des complices parmi les autorités ? s'enquit Dave.

— Disons que jusqu'à preuve du contraire, nous préférons nous méfier, lui répondit Matt.

— Vous faites bien, commenta Skip avant de conclure : De sorte que nous sommes seuls face à ces brigands.

— Je le crains fort, oui. Ça change la donne pour vous, les gars ?

Sa question fit sourire Skip.

— Ce serait plutôt l'inverse. Je n'ai pas particulièrement envie d'être confronté aux flics, figure-toi.

Voyant une serveuse s'approcher de leur table, Skip se tut.

Une fois leur commande prise, Matt se pencha en avant pour préciser, à mi-voix :

— Par ailleurs, je préférerais que vous vous appliquiez à blesser plutôt qu'à exécuter, si vous voyez ce que je veux dire, les gars.

Emma se crispa et étouffa un petit cri. Matt aurait préféré lui épargner ce genre de détails, mais elle devait savoir à quoi ils s'exposaient, tous, en l'occurrence. Leur entreprise ferait des blessés, voire des morts, et s'il ne s'inquiétait pas outre mesure de ce qu'il adviendrait des trafiquants, il tenait à ce que ceux-ci soient traduits en justice.

— Pigé, marmonna Dave. On va faire de notre mieux.

— C'est-à-dire ? Vous pouvez me donner des détails ? demanda nerveusement Emma.

Dave consulta Matt du regard, comme pour s'assurer que sa compagne ne craquerait pas au dernier moment.

Matt le rassura d'un hochement de tête confiant. Si, à

première vue, Emma semblait vulnérable, il savait, lui, qu'elle avait des nerfs d'acier, et que ses deux amis ne tarderaient pas à s'en apercevoir.

— Il est encore un peu tôt pour cela, répondit Dave. On tirera des plans sur la comète plus tard, quand on aura décidé du lieu du rendez-vous.

— Moi, je sais où nous allons les rencontrer, annonça Matt.

— Ah oui ? fit Emma en se tournant vers lui, un éclair de surprise dans les yeux.

— Au routier.

— Celui où ils nous ont repérés hier ? murmura-t-elle, d'un ton de doute.

— Celui-là même.

Dave hocha la tête d'un air approbateur ; Emma, elle, insista :

— Pourquoi veux-tu retourner là-bas ?

— Pour ma part, je trouve ça logique, glissa Skip.

— Eh bien moi, je ne comprends pas, lui renvoya Emma, le foudroyant du regard. Alors si l'un d'entre vous veut bien m'expliquer…

Matt recouvrit ses mains d'une des siennes pour la calmer.

— Les trafiquants ne vont pas apprécier que tu prennes les commandes, et que ce soit toi qui décides du lieu de votre rencontre. Si tu leur suggères un endroit isolé, ils se douteront qu'il s'agit d'un traquenard, alors que si tu leur proposes un lieu public où tu es déjà allée, ils ne s'attendront pas à ce qu'il y ait un problème.

— Oui, dit-elle sans conviction, et les autres clients ? Je ne voudrais pas que l'un d'entre eux soit blessé parce qu'il était au mauvais endroit au mauvais moment.

— Moi non plus, renchérit Matt.

— Et c'est là que nous entrons en scène, intervint Dave. Il se trouve que nous avons des renforts, nous aussi, chère madame. Toute une équipe, même ! Quand vous nous aurez dit où se trouve ce restaurant, nous mettrons la machine en marche et nous occuperons du reste.

— Je vois, dit-elle d'un ton toujours aussi sceptique. Et si nos ennemis s'aperçoivent que quelque chose cloche dès leur arrivée au routier ? Sans vouloir vous froisser, et au cas où vos renforts auraient tous la même apparence que vous – elle désigna la coupe en brosse de Skip et les biceps musclés de Dave –, vous aurez du mal à vous faire passer pour des clients anonymes.

Dave considéra son associé d'un air outré.

— Elle ne croit pas que nous puissions nous fondre dans la masse.

— Apparemment, non, marmonna Skip.

— Enfin, LT, tu ne lui as pas expliqué ce que nous faisions dans l'armée ?

— L'occasion ne s'est pas présentée, répondit Matt, visiblement gêné.

Emma examina tour à tour les trois hommes avant de demander :

— Je sens que quelque chose m'échappe. Encore une fois, vous pouvez m'expliquer ?

Dave lui décocha un sourire finaud.

— En fait, nous ne serons pas à l'intérieur du restaurant. Nous veillerons sur vous, soit du toit, soit d'un bâtiment voisin.

— Dave et Skip sont d'anciens snipers, expliqua Matt à Emma. Des as du camouflage.

— Ah, fit-elle.

Pourtant son soulagement manifeste fit vite place à une lueur d'inquiétude.

— Ça signifie que je vais devoir affronter seule les trafiquants ?

Skip s'empressa de la rassurer.

— Pas du tout ! Nos renforts seront là. Vous aurez *l'air* d'être seule, c'est le but de la manœuvre.

La serveuse revenant avec leurs boissons, ils commandèrent à dîner, et Christina commença à se manifester.

Aussitôt, Matt souleva le capot du siège-auto pour la prendre dans ses bras.

— Bonjour, princesse, lui dit-il d'une voix douce.

Christina battit des paupières et regarda autour d'elle avec étonnement. Elle paraissait si désorientée que Matt la plaignit de tout son cœur. Ça ne devait pas être facile, d'être bébé, de s'endormir en un endroit et de se réveiller ailleurs sans savoir comment on était arrivé là. Voyant enfin sa mère, elle laissa échapper un petit cri plaintif. Matt la rendit à Emma et se sentit fondre lorsque l'enfant enfouit son petit visage dans le cou maternel.

— Je vais la changer, annonça Emma.

— Tu as besoin d'un coup de main ?

— Non, répondit-elle. Ça ira, merci.

Là-dessus, elle glissa la lanière de son sac sur son épaule et se dirigea vers les toilettes en frottant doucement le dos de sa fille.

Matt ne les quitta pas du regard tant que la porte ne fut pas refermée sur elles.

— Jolie femme, commenta Skip. Et sa gamine est à croquer !

— Ça, je ne peux pas prétendre le contraire ! renchérit Matt, se dérobant.

— Elle est au courant ? demanda Dave.

— De quoi ?

— Elle sait que tu en pinces pour elle ?

Matt s'empara de son verre d'eau en soupirant.

— Je le crois, oui.

— C'est tout ? reprit Skip, fixant Matt avec insistance.

— Disons que nous n'avons pas vraiment abordé la question.

— Vous devriez, s'acharna Dave.

— Attendez, les gars, qu'est-ce que vous me faites, là ? Depuis quand jouez-vous les entremetteurs, tous les deux ?

Sa question fut suivie d'un silence, auquel Dave mit fin.

— La vie est trop courte, LT.

— Pour une fois, je suis d'accord avec lui, ajouta Skip.

Matt détourna le regard.

— Ce n'est pas comme si Emma et moi avions eu le temps de nous poser pour discuter tranquillement, expliqua-t-il tout en repensant à la manière dont ils avaient occupé un de leurs rares moments de répit, un peu plus tôt dans l'après-midi.

Les sens en éveil, il se remémora la texture soyeuse de la peau d'Emma sous ses doigts, l'odeur de ses cheveux, la façon dont elle s'était unie à lui, épousant à la perfection le moindre de ses gestes. Pendant cette étreinte, leurs cœurs avaient battu à l'unisson, Emma avait bien dû sentir son émotion et comprendre l'intensité de ses sentiments…

— Eh bien, prenez-le, le temps, insista Dave. Il faut profiter des bonnes choses qui se présentent, dans la vie.

— C'est quoi, ce discours New Age, Dave ? Tu as une nouvelle à m'annoncer ?

Dave garda le silence, mais ne parvint pas à dissimuler son embarras.

— Je vois, fit Matt, facétieux.

— Il est amoureux, confirma Skip.

— Super ! s'exclama Matt, sincèrement ravi que son ami ait trouvé le bonheur, même s'il plaignait d'avance la femme qui devrait le supporter.

Le regard de Dave se radoucit visiblement, et il répondit avec un large sourire :

— Merci, LT. Je suis le premier surpris d'avoir enfin trouvé chaussure à mon pied. Je commençais à me demander si Skip et moi ne finirions pas nos jours ensemble.

— Moi aussi, ajouta Skip avec son accent traînant. C'est d'ailleurs pour cela que je la soudoie.

Ignorant la pique, Dave revint à son propos du moment :

— Crois-moi, LT. Si tu penses qu'Emma est la femme que tu attends, ne la laisse pas filer entre tes doigts.

— Ce n'est pas si simple…

Dave ne le laissa pas terminer.

— Si, fit-il d'un ton catégorique. C'est beaucoup plus simple que tu ne sembles le croire.

Matt réprima un soupir. Dave avait raison, et il le savait. Avec un peu de chance, Emma serait bientôt hors de la portée des trafiquants, et s'il envisageait vraiment un avenir avec elle, il devait se déclarer au plus vite.

Malheureusement, alors que sa raison lui disait qu'il perdait un temps précieux, son cœur, lui, l'empêchait d'aborder un sujet aussi délicat au moment où Emma craignait pour la vie de sa mère. Elle lui était manifestement reconnaissante de son aide, et il tenait à ce qu'elle soit tirée d'affaire, avant de lui soumettre la possibilité d'une relation plus profonde, de peur qu'elle prenne sa proposition pour une condition à son assistance.

— Je lui parlerai, déclara-t-il, fermement, afin de faire taire

Dave qui passait par une phase amoureuse et semblait tenir à ce que son entourage le suive sur cette voie.

Matt lui en aurait tenu rigueur si, au fond, il n'avait pas rêvé d'une relation durable avec Emma. Que n'aurait-il donné pour éprouver à nouveau cette excitation enivrante qui vous fait tourner la tête et n'est tempérée que par la certitude que vous n'êtes plus seul au monde ?

— Tu m'en vois ravi, LT, conclut Dave. Bien, à présent, et avant qu'Emma ne revienne, passons aux choses sérieuses.

Matt acquiesça, trop heureux de changer de sujet.

À son grand soulagement, son assurance naturelle lui revint dès que ses amis et lui entrèrent dans les détails pratiques de l'opération à venir.

À défaut de savoir comment il déclarerait sa flamme à Emma, il était toujours résolu à assurer sa sauvegarde, ainsi que celle de Christina.

Au lieu de regagner immédiatement la table où Matt et ses amis l'attendaient, Emma prit sa fille dans ses bras et la berça, se délectant de son contact solide et de la douce chaleur qui émanait d'elle. Avec tout ce qui se passait, c'était un véritable plaisir de pouvoir lui consacrer un peu de temps en tête à tête.

Dave et Skip semblaient savoir ce qu'ils faisaient. Tous deux avaient le regard soupçonneux et le sourire dur des vétérans, et bien qu'elle ignore ce qu'ils avaient vécu, Emma avait vu assez de documentaires sur la guerre et l'armée pour savoir que ce genre d'expériences changeait un homme à jamais.

De surcroît, Matt leur faisait confiance, sans quoi il n'aurait pas fait appel à eux. Emma ne criait pas victoire pour autant, néanmoins : ils n'étaient – pour l'instant – que deux contre tout un gang, et elle ignorait combien de temps leurs renforts mettraient à arriver. En outre, seraient-ils vraiment capables de mettre leur plan à exécution sans que les trafiquants se doutent de quelque chose ? Enfin, si Matt avait qualifié Dave et Skip d'« as du camouflage », en irait-il de même pour les hommes qui viendraient les assister ?

Emma imagina soudain un scénario selon lequel les trafiquants, se rendant compte qu'ils avaient été dupés, exécutaient sa mère sans l'ombre d'une hésitation, et frissonna d'effroi.

Malgré tout cela, au-delà de ses craintes pour sa mère et même pour Joseph, ce qu'elle redoutait le plus était d'exposer Christina au danger. Matt et ses amis partaient du principe que les trafiquants suivaient une logique ; Emma en était beaucoup moins sûre. Leurs ennemis lui semblant imprévisibles, qu'est-ce qui les empêcherait de l'abattre dès qu'ils la verraient pour lui prendre son bébé ensuite ? Une fois qu'elle serait dans leur ligne de mire, ils n'auraient plus à feindre d'être là pour procéder à un échange. Il leur serait donc facile de la tuer et de s'enfuir avec leur jeune proie avant même que Dave, Skip et compagnie n'aient le temps de passer à l'action.

Et Matt, où serait-il, pendant ce temps-là ? Les trois hommes ne le lui avaient pas dit, et Emma aurait été beaucoup plus rassurée s'il avait été auprès d'elle. Elle s'était habituée à sa présence qu'elle commençait à considérer comme normale, tout en sachant que cela constituait une erreur. Une erreur, car lorsque tout cela serait terminé, elle rentrerait à El Paso avec sa fille, et que, d'après ce qu'elle avait compris, Matt ne serait pas disposé à les y accompagner.

Elle pressa sa joue contre celle de Christina et lui murmura à l'oreille :

— Désolée, ma chérie. Ces derniers jours ont été mouvementés, mais bientôt, tout redeviendra comme avant. Je te le promets.

Presque aussitôt, elle se demanda si elle parviendrait à confier la petite à une nourrice pendant ses heures de travail, comme elle l'avait fait jusque-là.

— On trouvera une solution, ajouta-t-elle, sachant qu'elle n'aurait pas le choix puisque Matt ne serait plus là pour l'épauler.

Lorsqu'elle regagna leur table, Matt se leva pour lui permettre de se glisser sur la banquette, puis partit demander de quoi installer Christina à leur table.

Il revint rapidement avec une chaise haute qui, bien qu'ayant vu des jours meilleurs, paraissait solide.

— Nous allons changer de place, dit-il, comme ça, tu pourras t'asseoir à côté de la petite.

Elle se releva et, l'espace étant limité, sentit Matt lui effleurer le bas des reins au passage. Bien qu'innocent, ce contact furtif la mit en émoi, et elle se rassit prestement en espérant que personne ne l'avait vue rougir. Un peu oppressée, elle entreprit d'écraser des légumes pour sa fille et attendit que son malaise se dissipe.

— Votre plan est au point ? demanda-t-elle au bout de quelques minutes.

— Plus ou moins, oui, répondit évasivement Dave.

— Et ? dit-elle, agacée.

Elle n'allait tout de même pas les supplier de la renseigner ! Quoi qu'ils aient décidé, elle devrait les suivre, alors pourquoi ne pas lui dire carrément à quoi elle devait s'attendre ?

— Je t'expliquerai tout cela plus tard, dit enfin Matt. Tu n'as aucun souci à te faire.

Son flegme ne la rassura pas pour autant. D'un autre côté, il l'avait guidée jusque-là, et il était trop tard pour lui retirer sa confiance.

De toute façon, elle n'avait guère le choix.

13

Il était tard lorsqu'ils regagnèrent l'hôtel. Matt profita du trajet du retour pour expliquer à Emma ce qui allait se passer. Et si elle continuait à nourrir quelques doutes – cela se voyait à sa posture –, elle s'efforça de faire bonne figure et l'écouta attentivement.

L'idée était la suivante : Skip conduirait Emma jusqu'au restaurant, et il resterait dans la voiture pendant qu'elle irait à la rencontre des trafiquants. Dave se chargerait de la couvrir, du terrain vague couvert de mauvaises herbes, situé en bordure du parking.

Dave et Skip étaient deux des meilleurs hommes avec lesquels il lui avait été donné de travailler, à l'armée. Tous trois étaient restés en contact et il suivait les progrès de leur entreprise de sécurité avec intérêt. Pourtant, il commençait à se demander s'il avait bien fait de s'en remettre à eux.

— Tu es surexcité, lui fit remarquer Emma.

Il se tourna pour lui faire face. Occupée à mettre sa fille en pyjama sur un des lits, elle ne semblait pas lui en vouloir de son agitation, au contraire : à son expression, Matt sentit qu'elle avait accepté quelque chose et était parvenue à une sorte de paix avec elle-même.

— Je le suis, confirma-t-il. Pas au sens où tu l'entends, néanmoins.

— Ah ?

Il se passa une main dans les cheveux, le temps de chercher ses mots.

— Si mon taux d'adrénaline est élevé, ce n'est pas à l'idée de ce que nous allons faire demain. Dans un monde idéal, nous n'aurions pas à affronter ces malfrats, et ta mère ne serait pas en train de souffrir entre leurs mains.

— Dans un monde idéal, oui, murmura-t-elle en frissonnant.

— Cela dit, nous avons un plan en béton, reprit Matt avec assurance. Je suis sûr que nous allons tirer Maria de là.

— Tu as hâte de passer à l'action, je suppose. Cela va te changer de ta nouvelle routine…

— Certes, et encore une fois, ce n'est pas de gaieté de cœur, même s'il n'est pas question pour moi de reculer maintenant.

Au lieu de répondre, Emma entreprit d'aligner les oreillers sur le lit, sans doute pour passer ses nerfs.

— On y arrivera, promit Matt, sans trop s'approcher d'elle, de crainte d'envahir son espace personnel.

Elle leva vers lui des yeux remplis de larmes refoulées. Cette vision le bouleversa au point de lui donner envie de la prendre dans ses bras pour la consoler.

— J'ai peur, avoua-t-elle d'une toute petite voix. Je te fais confiance, j'espère que Dave et Skip seront à la hauteur, seulement je ne peux pas m'empêcher d'imaginer le pire.

— C'est tout naturel. Je crois en mes amis parce que je les ai vus à l'œuvre et que je sais comment ils réagissent quand les choses tournent mal. Toi, tu viens de faire leur connaissance, alors il me paraît logique que tu aies des doutes.

— C'est exactement ça, reprit-elle, l'air vaguement soulagé. J'ai beau m'efforcer de rester positive, j'ai du mal à ne pas me laisser dominer par ma peur.

— Si ça peut te consoler, moi aussi, j'ai peur, avoua Matt.

— Ça ne me console pas du tout, répliqua-t-elle un peu sèchement.

Matt s'esclaffa, puis s'avança jusqu'au lit, les bras tendus vers Christina.

— Donne-la-moi quelques minutes. Les trafiquants ne devraient pas tarder à appeler.

Emma lui tendit sa fille.

— Tu penses vraiment qu'ils vont accepter notre marché ?

— Ils n'ont pas le choix. S'ils veulent ta fille, ils feront ce que tu leur demandes de faire.

— Espérons-le, marmonna-t-elle.

À ce moment précis, son portable se mit à vibrer.

— Allô ?

— Emma Foster ?

— Elle-même.

— Bien. Apparemment, vous savez respecter les consignes, commenta l'homme avec suffisance.

— Vous m'avez dit que vous déteniez ma mère, enchaîna-t-elle, pressée d'en venir au fait. C'est toujours le cas ?

— Ça se pourrait, oui.

Elle se mordit la lèvre inférieure et consulta Matt du regard. Il hocha la tête pour l'encourager – il l'avait prévenue que leurs ennemis essaieraient de lui faire peur pour qu'elle reste sur la défensive. Au bout d'une ou deux secondes, elle prit une profonde inspiration et se jeta à l'eau.

— Il va me falloir quelque chose de plus probant, dit-elle avec une fermeté qui forçait l'admiration.

— Tiens donc !

— Parfaitement. Si vous ne détenez plus ma mère, je n'ai aucune raison de poursuivre cette conversation.

— Bon, bon ! grommela le truand. Oui, elle est avec nous.

— Prouvez-le-moi.

L'homme proféra un juron, mais au bout de quelques secondes, une voix féminine retentit dans l'appareil.

— Emma ?

Matt comprit à son expression qu'il s'agissait bien de Maria.

— Maman, j'arrive. Je vais te sortir de là, dit-elle sans parvenir à dissimuler son émotion.

Devant son désarroi et l'angoisse qui se lisait sur son beau visage, Matt lui prit la main et la serra doucement pour lui rappeler qu'elle n'était pas seule.

— Non, Emma. Ne t'occupe pas de moi. C'est Christina qu'il faut protéger et…

Elle s'interrompit et, au son étouffé qu'elle émit alors, Matt devina qu'on venait de lui remettre son bâillon.

— Alors ? Satisfaite ? ricana le trafiquant.

— Ce n'est pas le terme que j'emploierais, rétorqua Emma. Enfin… Au moins, à présent, je sais que ma mère est encore en vie.

— Pour l'instant, et uniquement si vous obéissez à nos ordres, lui renvoya l'individu d'une voix menaçante.

— Je veux qu'on se voie demain.

— Ce n'est pas à vous d'en décider, protesta l'inconnu.

— Je serai au routier, au croisement de l'I-10 et de l'autoroute 90 à 11 h 30. Si vous ne m'y rejoignez pas, j'en conclurai que vous avez renoncé à ma fille.

— Attendez une minute. Je…

Emma raccrocha sans ajouter mot.

— Tu as été formidable, lui dit Matt, ébloui par son cran.

Christina devait être d'accord avec lui car elle se mit à gazouiller joyeusement, puis à lui tapoter la joue de sa main grassouillette. Sentant son menton râpeux sous ses doigts, elle éclata de rire ; un son qui alla droit au cœur de Matt et renforça encore son attachement à la petite fille.

Emma les considéra tous les deux avec un sourire sans joie.

— Si vous le dites…

Elle semblait démoralisée, et Matt compatit sincèrement. C'était terrible, pour elle, de savoir sa mère en si mauvaise posture, même si elle avait l'assurance qu'elle était encore en vie.

— Bon, et maintenant ? s'enquit-elle.

— J'ai quelques détails à mettre au point, quant à toi, j'aimerais que tu te reposes.

— Parce que tu t'imagines que je vais arriver à dormir, cette nuit ?

— Tu devrais tout de même essayer. Allonge-toi et ferme les yeux pendant quelques minutes, ça te fera le plus grand bien.

— Et Christina ?

Matt resserra son emprise sur l'enfant et la fit sauter sur ses genoux.

— Nous sommes bons amis, à présent, tous les deux. Je vais m'occuper d'elle jusqu'à ce qu'elle s'endorme.

Emma l'étudia longuement, lui donnant l'impression qu'elle s'apprêtait à protester. Et Matt se surprit à la supplier intérieurement de lui confier l'enfant. Il n'aurait su dire à quel moment ou comment cela s'était produit, mais le doute n'était plus permis : il était fou de cette petite fille et comme l'heure de la séparation approchait, il entendait en profiter au maximum.

— D'accord, dit finalement Emma. Si ça ne te dérange pas, je vais aller prendre un bain. J'ai l'impression d'avoir été salie par la voix de ce type.

Matt la suivit du regard jusqu'à ce qu'elle s'enferme dans la salle de bains et regretta, une fois encore, de ne rien pouvoir faire pour soulager son angoisse. D'un autre côté, il l'aidait peut-être en lui donnant l'occasion de s'occuper un peu d'elle, pour changer. Encore fallait-il qu'elle sache en profiter.

— Allez, petit bout, dit-il à Christina. On a du travail, toi et moi.

Après l'avoir reposée sur le lit, il forma une barrière de coussins autour d'elle. Sachant qu'elle viendrait vite à bout de ce rempart de fortune, il s'était mis en tête de lui montrer qu'il lui serait difficile de descendre du lit sans l'aide d'un adulte. Au bout de quelques secondes, il vida un sac rempli de jouets autour d'elle sur le plaid.

Christina s'amusa gentiment pendant qu'il s'affairait auprès d'elle. Et comme elle semblait apprécier le son de sa voix, il recommença à lui parler :

— Je ne sais pas trop comment te dire ça, mais je me suis attaché à toi et à ta maman.

Christina babilla quelque chose qui ressemblait à une réponse. Encouragé par sa réaction, il poursuivit :

— Et si j'ignore encore ce qui se passera une fois cette malencontreuse aventure terminée, une chose est certaine : je tiens à rester dans ta vie… À condition, bien sûr, que vous le souhaitiez, toutes les deux.

C'était si facile, d'avouer tout cela à un bébé… Christina leva vers lui ses immenses yeux bleus dans lesquels il crut lire une lueur de sagesse rare chez une enfant en bas âge. Aussi continua-t-il à se livrer à elle, lui confiant ses espoirs et lui avouant qu'il avait ses chaînes, lui aussi.

— J'avais envie d'un foyer, conclut-il. Et tu es arrivée. Ça ressemble à un signe du destin, non ?

Christina poussa un petit soupir qu'il choisit de prendre pour une approbation.

— Bien ! Ça règle la question, du moins en partie. Il ne me reste plus qu'à répéter tout cela à ton adorable maman.

La question était : par où commencer ?

Matt prit grand plaisir à aider Christina à trouver le sommeil. Son innocence et sa confiance lui allaient droit au cœur : de toute évidence, elle se sentait suffisamment à l'aise en sa compagnie pour accepter que ce soit lui qui la couche.

— Nous allons veiller sur toi, ta maman et moi. Nous ferons en sorte que tu n'aies pas à surmonter d'autres épreuves, lui promit-il à mi-voix.

Emma ressortit de la salle de bains, sa peau soyeuse rendue rose par la chaleur de l'eau.

— Elle s'est endormie ? demanda-t-elle dans un souffle.

— À l'instant, oui.

Elle s'avança vers le lit, baissa les yeux vers sa fille puis se tourna vers Matt avec gratitude.

— Merci.

— De rien, ça a été un plaisir.

— Matt, demanda-t-elle timidement. Ça t'ennuierait qu'on partage le deuxième lit, cette nuit ? Pour dormir, j'entends. Nous en avons grand besoin et…

Au lieu de terminer sa phrase, elle se détourna et fit passer une mèche de ses cheveux derrière son oreille.

— Pas de problème, répondit-il, hochant le menton en direction de Christina, étendue en travers du matelas. De toute façon, ta fille ne t'a pas laissé beaucoup de place.

— C'est vrai, murmura Emma en souriant. De quel côté veux-tu t'installer ?

— Ça m'est égal, répondit-il. Installe-toi, je te rejoindrai plus tard. Il me reste quelques détails à régler.

— Tu veux un coup de main ?

— Non merci, je préfère que tu te reposes.

— Je vais essayer, lui dit-elle, sans conviction.

Matt s'empara des clés posées sur la commode et sortit. Il referma soigneusement la porte derrière lui, les yeux rivés sur la forme fine d'Emma sous les draps. Elle lui parut terriblement vulnérable.

Pourtant, tu ne l'es pas, lui dit-il en pensée. *Je suis là, auprès de toi, et je ne te laisserai pas tomber.*

Elle n'aurait su dire quelle heure il était lorsqu'il vint se coucher. Tard, pour sûr – ou alors très tôt, au petit matin.

Il se glissa précautionneusement entre les draps, sans doute pour ne pas la réveiller – une précaution bien inutile car elle avait passé son temps à regarder le plafond et à compter les battements de son cœur, dans l'espoir vain de s'assoupir.

Sans réfléchir, elle roula sur le flanc et tendit les mains vers Matt qui sursauta, mais ne se déroba pas. Encouragée par sa réaction, elle se rapprocha encore pour se lover contre lui et sentir sa chaleur dans tout son corps.

— Emma ?

Comprenant sa question tacite, elle chuchota :

— Serre-moi dans tes bras, c'est tout ce que je te demande.

Si elle n'avait rien contre une étreinte, qui l'aurait peut-être aidée à trouver le sommeil, elle lui avait offert une partie de son cœur, la première fois qu'ils avaient fait l'amour, et ne jugeait pas sage de lui faire don de l'autre : elle aurait trop de mal à continuer à vivre, une fois qu'ils seraient séparés. Christina avait besoin d'une maman capable de s'occuper d'elle, pas d'une âme en peine, constamment en larmes.

Matt ayant docilement refermé ses bras autour d'elle, elle posa la tête sur son torse. Le rythme régulier de son cœur lui résonna aux oreilles, lui rappelant que, quoi que l'avenir leur réserve, dans l'instant, ils étaient ensemble.

Cela ne suffisait pas, malheureusement. Si elle en avait eu le pouvoir, elle aurait arrêté le monde dans sa course folle pour lui permettre de passer davantage de temps avec Matt.

Elle n'avait pas eu l'occasion de sonder la profondeur de leur attirance l'un pour l'autre, et continuait à espérer – sans doute bêtement – que, changeant d'avis, il accepterait de servir de père à Christina. Il s'occupait si bien d'elle, pourquoi ne s'autorisait-il pas à l'aimer vraiment ?

Elle envisagea de lui poser la question, pour renoncer presque aussitôt. Elle ne pouvait pas le forcer à aimer sa fille, et se demandait comment elle avait fait pour s'éprendre d'un homme qui refuserait de l'assister dans son rôle de mère. En désespoir de cause, elle songea que ça n'avait aucune importance, puisque Matt ne serait bientôt plus, pour elle, qu'un merveilleux souvenir.

Emma se ressentait déjà de la séparation à venir : juste à côté du trou laissé par Chris dans son cœur, de nouvelles fissures commençaient à se former. Elle n'en connaissait pas encore l'étendue, mais elle savait que cette expérience – cet homme – l'avait changée à jamais.

Et Christina ? Se souviendrait-elle de lui ? Bien que très éveillée pour son âge, elle n'en garderait peut-être qu'un vague sentiment de confort et de sécurité. Avec un peu de chance, leur rencontre lui permettrait même de surmonter les angoisses et autres séquelles éventuelles de son enlèvement.

Matt s'étant mis à lui caresser le dos, elle se concentra sur les cercles qu'il formait avec la paume de sa main et se servit de cette sensation répétitive pour museler ses pensées.

— Ça va bien se passer, lui chuchota-t-il à l'oreille.

Espérons-le, pensa-t-elle, se raccrochant de toutes ses forces à sa phrase, tant elle avait hâte de se réveiller de ce cauchemar.

14

À contrecœur, parce qu'il lui en coûtait de la réveiller, Matt secoua doucement Emma.

— C'est l'heure, ma belle.

Elle laissa échapper un petit soupir, puis roula sur le dos en clignant des paupières.

— Déjà ?

— J'en ai bien peur.

Elle se redressa, ramena ses jambes sous elle et posa les coudes sur ses genoux. Manifestement, elle était épuisée. Cela n'avait rien de surprenant, puisqu'elle n'avait cédé à un sommeil agité qu'à l'aube.

— Je t'aurais laissée dormir plus longtemps, mais il faut que tu te prépares. Skip vient de m'envoyer un message. Il t'attend en bas, sur le parking.

Skip était chargé de conduire Emma et le faux bébé confectionné par Matt jusqu'au restaurant. Si tout se passait comme prévu, les trafiquants seraient momentanément bernés par le mannequin, ce qui donnerait à Skip et à Dave le temps de les neutraliser et de libérer Maria Foster. Ils ne seraient pas seuls dans leur entreprise : les renforts, qui se feraient passer pour des clients, les attendraient à l'intérieur. Ils avaient donc toutes les chances de réussir… À condition qu'aucun des trafiquants n'ait la gâchette trop facile.

Quant à Matt, il était censé rester à l'hôtel avec Christina, à l'écart de l'action.

— Ce n'est pas grave, dit Emma en bâillant. La fatigue est une seconde nature, chez moi.

Le moment des adieux approchant dangereusement, Matt

entendait passer le plus de temps possible auprès d'elle. C'est pourquoi il renonça à descendre lui chercher un café.

Même sans caféine, elle ne tarda pas à se lever pour aller se pencher sur sa fille, toujours endormie sur le lit voisin. Christina s'était réveillée plusieurs fois dans la matinée, mais il avait réussi à l'apaiser avant qu'elle ne dérange sa mère.

Une fois qu'elle se fut assurée que tout allait bien, Emma s'enferma dans la salle de bains dont elle ressortit quelques minutes plus tard, habillée et coiffée.

— Tu es prête ? lui demanda Matt.

— Si on veut, oui, répondit-elle avant d'aller s'asseoir devant le bureau.

Elle prit une feuille de papier sur laquelle elle griffonna quelques mots avant de la replier et de la lui tendre.

— Tiens, dit-elle.

— Qu'est-ce que c'est ? s'enquit-il, alarmé par la gravité de son expression.

— Chris avait une sœur, répondit-elle sans le regarder. Ce sont ses coordonnées. Si jamais il m'arrive malheur, promets-moi de lui demander de veiller sur Christina.

— Ne t'inquiète pas pour ça, je…

— Promets-le, insista-t-elle.

Devant sa détermination, Matt comprit qu'elle avait besoin de l'entendre prononcer ces mots – une façon comme une autre de conjurer le sort. Et bien qu'il n'aime pas envisager le pire, il comprenait sans peine qu'Emma veuille s'assurer qu'on s'occuperait de sa fille, si elle n'était plus là pour le faire.

— Je suis à peu près certain qu'il ne t'arrivera rien, Emma. Cela dit, si ça peut te rassurer, oui. Je te promets de contacter la tante de Christina en cas de besoin.

— Même si elle ne sait encore rien de cette terrible affaire, je suis sûre qu'elle agira au mieux.

— Elle n'aura rien à faire, répéta-t-il, dans l'espoir de booster sa confiance.

L'enjeu était de taille : si Emma n'affichait pas un minimum d'assurance au moment de pénétrer dans la fosse aux lions, elle risquait de ne pas en ressortir.

On n'en arrivera pas là, se dit-il fermement.

Dave, Skip et leurs renforts étaient fiables ; ils défendraient Emma au péril de leurs vies.

Sinon, ils auraient affaire à lui.

— Bien ! lança-t-elle, apparemment prête à se mettre en route.

Elle n'en retourna pas moins vers le lit pour contempler sa fille avec une tendresse infinie.

— Il faut que je l'embrasse avant de partir, chuchota-t-elle. Je vais le faire tout doucement, pour ne pas la réveiller.

Sur ces mots, elle se pencha et déposa ses lèvres sur les joues rebondies de l'enfant. Matt l'entendit prendre une profonde inspiration, puis la vit se diriger vers la porte, ne s'arrêtant que pour s'emparer du porte-bébé.

Il avait profité de ce qu'Emma prenait son bain, la veille, pour fabriquer ce qui ressemblait vaguement à un bébé. Il ne faudrait pas qu'un des truands s'en approche de trop près, mais avec un peu de chance, Emma et sa mère auraient le temps de leur échapper avant l'assaut.

Emma allait refermer la porte lorsqu'il la rattrapa.

— Et moi alors ? Tu ne me dis pas au revoir ?

— Bien sûr que si, dit-elle avec un sourire crispé.

Reposant le porte-bébé à ses pieds, elle s'avança vers Matt, les bras tendus.

Il la serra fort contre lui, dans l'espoir de lui faire comprendre sans le lui dire ce qu'il éprouvait pour elle. Au bout d'un moment, il la sentit se détendre et considéra son abandon comme une marque de confiance.

Reculant d'un pas, il prit son visage entre ses mains pour lui déposer un baiser sur les lèvres. Le contact, bien que bref, l'électrisa tout entier. Emma souffrait le martyre, et il ne trouvait pas les mots qui auraient pu l'apaiser. Faute de mieux, il lui offrit son soutien en l'embrassant vraiment.

Ses lèvres semblaient figées, et elle lui résista quelques secondes avant de s'abandonner à son étreinte.

L'entendant soupirer contre sa bouche, Matt desserra son emprise et posa son front contre le sien.

— Je t'attends, Emma. Nous aurons des choses à nous dire à ton retour.

— Je sais, convint-elle en hochant la tête.

Elle s'écarta légèrement de lui et prit ses mains qu'elle serra désespérément.

— Occupe-toi bien de Christina, tu sais combien elle m'est précieuse.

Matt porta une de ses mains à sa bouche et y déposa un dernier baiser.

— Tu as ma parole, Emma.

Elle se dégagea alors, reprit le porte-bébé, longea le couloir et s'engouffra dans l'ascenseur, emportant avec elle le cœur de Matt.

Il resta longtemps sur le seuil de leur chambre, à se demander si Emma avait conscience du lien qui les unissait.

Elle le saurait bientôt, de toute façon. Dans l'immédiat, il avait à faire.

Ses yeux bleus grands ouverts, Christina contemplait le plafond d'un air endormi, lorsqu'il retourna se pencher sur elle.

— Parfait, ma jolie, juste au bon moment ! s'exclama-t-il, ravi de ne pas avoir à la réveiller, ce qui aurait pu la mettre de mauvaise humeur.

Après l'avoir changée, il l'emmena jusqu'à la porte sans oublier de prendre son sac kangourou au passage. Il avait profité de ce qu'Emma était couchée, la veille, pour faire un saut au supermarché du coin où il s'était procuré un deuxième siège-auto qu'il avait aussitôt installé dans son pick-up.

Car bien sûr, il n'avait pas l'intention d'attendre sagement le retour d'Emma dans la chambre d'hôtel. Il en aurait été incapable, sachant à quoi elle allait s'exposer, et il lui en avait déjà coûté de laisser à Skip le soin de la conduire jusqu'au lieu du rendez-vous. Il n'avait pas l'habitude de rester en marge de l'action, tout simplement. Et comme il ne voulait pas mettre la vie de Christina en danger, il avait eu l'idée d'aller se cacher dans la guinguette qui servait de la nourriture rapide, juste à côté du routier. Si les choses tournaient mal, il serait suffisamment proche pour intervenir tout en assurant la sécurité de son petit fardeau.

Il installa Christina dans le siège, puis appela Dave.

— Changement de plan, annonça-t-il succinctement. Envoie un homme armé à la guinguette qui est à côté du restaurant.

— Je peux savoir pourquoi ?

— Parce que j'y serai avec la petite, et que si ça barde, il faudra que je la confie à quelqu'un pendant que je vais au secours d'Emma. Et demande à ton émissaire de m'apporter une arme.

— J'aurais dû me douter que tu chamboulerais tout au dernier moment, commenta Dave en soupirant.

Matt démarra le pick-up et se mit en route.

— Bon, alors, c'est d'accord ou pas ? demanda-t-il sans chercher à dissimuler son impatience.

— Je devrais te laisser te débrouiller avec ce bébé dans les pattes, seulement je ne peux pas faire ça à Emma. Alors ça marche, je t'envoie quelqu'un.

— Merci, vieux, marmonna Matt en s'engageant sur l'autoroute.

— Il n'y a pas de quoi. Je vois que la confiance règne…, lui fit remarquer Dave avec amertume.

— Ne prends pas ça pour toi, lui dit Matt, s'apercevant qu'il avait froissé son ami. Mets-toi plutôt à ma place. Si la femme que tu aimes devait affronter ces dangers publics, tu ferais la même chose, non ?

— Gagné, lui concéda Dave.

— Tout le monde est en place ?

— Presque. Nos renforts entrent par petits groupes pour ne pas attirer l'attention.

— Vous savez si les trafiquants ont des éclaireurs ? Ils ont beau être sûrs de leur fait, ils ne sont pas complètement idiots. À mon avis, ils enverront l'un des leurs s'assurer que tout est en ordre, avant d'amener la mère et le frère d'Emma sur place.

— On a repéré deux voitures. Leurs chauffeurs sont passés plusieurs fois devant le restaurant, sans trop faire attention aux gens qui se trouvaient à l'intérieur.

C'était rassurant : si les éclaireurs avaient été à même de reconnaître les clients, ils auraient pu s'inquiéter de les voir s'attarder jusqu'à l'heure du rendez-vous.

— Allez, LT. Ne t'en fais pas. On gère.

— Je sais, vieux. Tu veux que je te prenne quelque chose, en chemin ?

— Je vendrais mon âme au diable pour boire un bon café bien noir.

— Je t'en apporterais un moi-même si je ne craignais pas de dévoiler ta position, rétorqua Matt, sachant son ami posté dans le terrain vague voisin du routier, en tenue de camouflage.

— Je comprends. N'empêche que la première chose que je ferai, quand tout ça sera fini, sera de me payer un bon petit expresso.

— Quand ce sera terminé, vieux, c'est moi qui paierai la tournée.

— Un whisky ? lui suggéra Dave. Et du bon, hein ? Pas un de ces breuvages infâmes que boit Skip.

— Ce que tu veux, lui promit Matt.

— Tu as intérêt à tenir parole, parce que je ne risque pas d'oublier. Allez, assez discuté. Il ne faudrait pas que Skip essaie de me joindre et qu'il trouve la ligne occupée.

— Tu as raison. Je te vois tout à l'heure.

— Non, ricana Dave. Ou alors je n'aurais plus droit au titre d'as du camouflage.

Matt étouffa un petit rire.

— Je ne m'en fais pas pour ça, vieux. Allez, soyez prudents, tous autant que vous êtes.

— Hoaah ! s'écria Dave avant de couper la communication.

Matt ne put réprimer un sourire. « Hoaah » était leur cri de guerre, à l'armée.

— Hoaah, répondit-il machinalement.

Christina gazouilla une réponse bien à elle en agitant ses petites jambes. Et, bien qu'elle ne puisse pas le voir, Matt lui sourit.

— Je ne te le fais pas dire, princesse.

Elle continua à babiller, apportant à Matt un semblant de paix. Malgré son inquiétude, la voix cristalline du bébé lui donnait une raison de sourire à la vie.

— Nous formons une bonne équipe, tous les deux, déclara-t-il avec force.

— Pa, pa, pa, répondit-elle.

Il sentit son cœur s'emballer, et comprit presque aussitôt qu'elle s'essayait simplement à prononcer de nouvelles syllabes.

Cela ne l'empêcha pas d'en concevoir une certaine émotion ; un mélange de fierté, de gratitude… et d'amour.

Bref, il était grand temps qu'il cesse de se mentir. Il était amoureux d'Emma et très attaché à sa fille. Et s'il ignorait encore comment ils s'y prendraient en pratique, vu la distance qui les séparait, il ne doutait pas un instant qu'ils trouveraient une solution. Il le faudrait, car en aucun cas Matt ne pourrait se résigner à les quitter, après ce qu'ils avaient vécu ensemble.

Ces derniers jours avaient été suffisamment mouvementés pour qu'il rêve d'une vie banale auprès d'Emma et de Christina. Faire la lessive et la vaisselle, préparer un petit déjeuner copieux le samedi matin… Le paradis, en quelque sorte.

Et puis, une fois qu'ils formeraient une famille, peut-être Christina l'appellerait-elle vraiment papa ?

Matt se raccrocha à cette pensée qu'il rangea soigneusement au fond de son cœur.

Il fantasmerait plus tard. Dans l'immédiat, il ne pouvait se permettre de laisser ses projets d'avenir prendre le pas sur le présent.

Il jeta un coup d'œil au bébé qui gigotait toujours dans son siège, et songea qu'il ne serait pas tranquille tant que sa mère et elle ne seraient pas en sécurité, dans ses bras.

— On y est presque, marmonna-t-il.

Oui, ils y étaient presque.

Dans tous les sens du terme.

Skip coupa le contact et se tourna vers Emma.

— Ça va ? Vous tenez le coup ?

Elle passa le parking en revue, reconnut le camion à semi-remorque des trafiquants, et sentit sa gorge se nouer.

— À peu près, répondit-elle avant d'ajouter en désignant le véhicule des trafiquants d'un geste du menton : Ils sont déjà là.

— Ne vous en faites pas. Nos hommes sont entrés avant leur arrivée, ils vous protégeront. Et puis… vous avez ça, ajouta Skip en passant le revers de sa main sur le pan avant du gilet pare-balles qu'elle portait sous son blouson.

Emma hocha vaguement la tête. Ce gilet ne lui serait

d'aucune utilité si leurs ennemis la visaient à la tête, elle en avait parfaitement conscience.

Skip reprit la parole, la tirant de sa sombre réflexion :

— Jetons tout de même un dernier coup d'œil à cette chose, avant d'y aller.

La chose en question était le faux bébé fabriqué par Matt, la veille au soir.

Il s'agissait d'un dinosaure en plastique, qui marchait sur commande. Matt en avait rembourré les pattes et lui avait enfilé un des pantalons de Christina pour plus de vraisemblance. Il avait également pris soin d'en arracher la queue et d'en désactiver le haut-parleur, avant de recouvrir le siège d'une couverture qui ne laissait voir que la partie inférieure du jouet.

Skip appuya sur la télécommande scotchée au siège. Les pattes du dinosaure s'agitèrent, donnant l'impression que le « bébé » bougeait.

Emma l'interrogea du regard.

— Ça devrait faire l'affaire pendant quelques minutes, dit-il en haussant les épaules.

— Si vous le dites…

— Vous avez le plan bien en tête ?

Elle acquiesça avec un curieux détachement. Elle ne croyait pas que les trafiquants seraient dupes, et si elle faisait tout cela, c'était dans l'unique espoir de tirer sa mère de leurs griffes. Sa seule consolation était de savoir Christina en sécurité avec Matt, dans leur chambre d'hôtel.

— Parfait, dit Skip, apparemment satisfait de sa réaction. Nous sommes là, Emma. Tout se passera bien.

Ces paroles rassurantes ne lui firent pas le même effet que lorsqu'elles sortaient de la bouche de Matt. Ah, si seulement il avait pu être auprès d'elle ! En même temps, qui d'autre aurait pu s'occuper de Christina ? Personne. Lui seul avait sa confiance, dans ce domaine.

Rentrant la tête dans le col de son sweat-shirt où était dissimulé un micro, Skip donna à ses renforts le signal du départ, puis se tourna vers Emma.

— À vous de jouer, chère madame.

Elle descendit aussitôt de voiture et se dirigea vers l'entrée du restaurant, sentant un certain nombre de regards posés sur elle.

Un rayon de soleil se refléta sur un pare-brise, lui faisant relever la tête. Un pick-up se garait sur le petit parking de la guinguette voisine du routier. Croyant reconnaître celui de Matt, Emma se réprimanda : elle regrettait tellement qu'il ne soit pas là qu'elle en avait des hallucinations. Que ferait-elle, quand ils seraient vraiment séparés ?

La clochette accrochée au-dessus de l'entrée tinta lorsqu'elle pénétra à l'intérieur du routier. Presque aussitôt, un homme attablé seul dans un coin de la salle lui fit signe. Elle le reconnut à sa cicatrice, et s'approcha de lui.

— Où est ma mère ? demanda-t-elle sans faire mine de prendre place à la table.

— Et la petite ? Elle n'est pas avec vous ? lui renvoya l'homme.

Comme elle restait muette, il se crispa visiblement.

— J'espère pour vous et pour votre mère que vous n'avez pas changé d'avis !

Quel odieux personnage, pensa-t-elle en serrant les dents.

— Ma fille est dans la voiture. Vous ne vous imaginiez tout de même pas que j'allais vous la remettre sans m'être assurée au préalable que ma mère est toujours vivante, si ?

— Non, lui concéda le trafiquant en se levant.

— Et le type qui vous accompagnait l'autre jour ? Qu'est-ce qu'il est devenu ?

— Il attend dans la voiture avec la petite.

L'homme la dévisagea, les yeux plissés.

— Vous étiez censée venir seule, grommela-t-il.

Elle ne se laissa pas démonter pour autant.

— Je peux repartir, si vous voulez. Vous vous expliquerez avec votre patron. Je suis certaine qu'il comprendra.

Le regard noir qu'il lui décocha lui donna la chair de poule.

— Allez chercher la gamine. Et dites à votre ami de rester où il est.

— Quand j'aurai vu ma mère, pas avant, rétorqua-t-elle fermement.

— Pour cela, il va falloir que vous veniez jusqu'au camion.

— Parfait, allons-y alors, se surprit-elle à répondre, de plus en plus décidée à compliquer la tâche de ses ennemis autant qu'elle le pourrait.

Elle vit qu'elle avait désarçonné son interlocuteur. Matt lui avait dit à maintes reprises qu'elle était suffisamment forte pour affronter le gang, et maintenant qu'elle était là, elle se sentait prête à tout pour sauver sa mère.

Peut-être avait-il eu raison de croire en elle, après tout…

Ils se dirigèrent vers l'endroit où était garé le camion. Emma résista tant bien que mal à l'envie de jeter un coup d'œil en direction du terrain vague où, à en croire Matt et Skip, de toute manière, il lui serait impossible de voir Dave – l'as du camouflage. Il était là, dissimulé dans les herbes folles ; elle ne devait pas en douter.

Son escorte tira une radio de sa poche et la porta à sa bouche.

— On arrive, dit-il avant de guider Emma vers la cabine du camion.

L'engin était garé de manière à ce que le volet arrière soit face au terrain vague. Si Emma passait par là, aucun des occupants du restaurant ne la verrait, et le trafiquant aurait beau jeu de l'abattre, puis de jeter son cadavre dans la remorque sans que personne d'autre que Dave ne s'aperçoive de rien.

L'homme l'interrogea du regard, mais au lieu de l'entraîner dans sa course, il continua seul son chemin et frappa à trois reprises sur le volet blindé.

Un bruit métallique se fit entendre, puis le volet s'ouvrit, créant un rayon de lumière sur l'ombre du véhicule.

— Va falloir vous rapprocher un peu, si vous voulez voir votre mère, dit l'homme.

Elle s'exécuta en prenant soin de se tenir à bonne distance et de rester face au malfaiteur. Après s'être penchée pour regarder à l'intérieur de la remorque, elle se figea sur place.

La remorque était tapissée de ce qui ressemblait à un revêtement insonorisant. Cela seul aurait suffi à lui donner la chair de poule si elle ne s'était pas aperçue, au même moment, que tout était bâché d'un plastique épais. Et, bien qu'il n'y ait aucun couteau ou autre objet contondant en vue, il lui devint évident que l'endroit n'était autre qu'une salle de torture ambulante.

Au milieu de ce lieu sinistre, une silhouette féminine prostrée était ligotée sur une chaise.

— Maman ?

Reconnaissant sa voix, la malheureuse leva péniblement la tête. Il s'agissait bien de Maria, dont le visage était contusionné.

— Ne t'inquiète plus, maman. C'est fini. Je suis venue te chercher.

— *Quoi ?* Non, ma chérie. Tu ne peux pas leur livrer Christina ! Va-t'en, laisse-moi ici, cria sa mère d'une voix proche de l'hystérie, et s'agitant sur sa chaise dans une tentative désespérée pour se libérer de ses liens.

Un homme sortit de l'ombre et lui enfonça un chiffon dans la bouche.

— Arrêtez ! s'écria Emma. Laissez-la tranquille !

Toute à sa préoccupation, elle ne remarqua pas que l'homme qui l'avait amenée jusque-là s'était approché d'elle.

Il saisit son bras d'une poigne de fer.

— La ferme, gronda-t-il. Bouclez-la ou vous allez le regretter, et elle aussi !

Emma s'exécuta, de peur que sa mère fasse les frais de sa rébellion.

L'homme la tira en arrière et dit :

— Bon, ça y est, vous l'avez vue. Maintenant, on va chercher le bébé.

Elle tenta de se dégager et, faute d'y parvenir, se résigna à diriger l'individu vers la voiture de Skip.

— Ce n'est pas la même voiture qu'hier, remarqua le trafiquant.

Emma le força à la lâcher, puis se tourna vers lui pour le foudroyer du regard.

— Effectivement, non. Nous en avons changé pour éviter que vous nous repériez.

— Pas bête, commenta-t-il, une nuance de respect dans la voix.

— C'est valorisant, hein, d'avoir des victimes à la hauteur ! lui renvoya-t-elle sèchement. Bon, allons-y.

Il la rattrapa avant même qu'elle ait avancé d'un pas, et lui colla un objet froid contre le flanc.

Une arme, songea-t-elle, effarée.

— Écoutez-moi bien, poupée, dit-il d'un ton menaçant. Tout ce qu'on veut, c'est le bébé. Si votre ami fait mine de descendre de voiture, je vous tue, et ensuite je lui colle une balle entre les deux yeux. Alors faites-lui comprendre que ce n'est pas le moment de jouer les héros.

Comme elle ne réagissait pas, il réitéra :

— Allez, j'attends !

Emma chercha le regard de Skip, penché sur le volant, puis secoua ostensiblement la tête de droite à gauche. Skip acquiesça et se renversa sur son siège.

— Parfait, dit l'homme qui la tenait en joue. On continue.

Ils s'avancèrent jusqu'à la voiture dont Emma ouvrit la portière pour en sortir le porte-bébé en prenant soin de garder la télécommande à portée de main.

Le trafiquant fit signe à Skip de baisser sa vitre. Skip ne l'entrouvrit que d'un ou deux centimètres, obligeant l'homme à se pencher vers lui.

— Fiche le camp, ordonna ce dernier.

Comme Skip semblait hésiter, il brandit son arme et ajouta :

— Fiche-moi le camp d'ici tout de suite, si tu ne veux pas que je t'abatte.

Skip considéra Emma d'un air déconcerté, avant de démarrer. L'homme la maintint à ses côtés jusqu'à ce que Skip soit sorti du parking et ait pris la bretelle menant à l'autoroute.

Emma le regarda s'éloigner avec stupeur : elle ne parvenait pas à croire que l'ami de Matt l'ait abandonnée ainsi à la première anicroche. Et bien qu'elle ne soit pas seule, elle se mit à douter. Si les fameux renforts étaient tous du même acabit, elle ne s'en tirerait pas vivante. Et Dave, dans tout cela ? S'était-il tout simplement endormi dans le terrain vague ?

Elle réfléchit à toute allure tandis qu'ils retournaient vers le camion. Il lui semblait bien éloigné, maintenant qu'elle était seule avec le truand. Elle pensa au faux bébé qu'elle portait, et se dit que son adversaire allait les tuer, sa mère et elle, quand il se rendrait compte de la supercherie. Y avait-il un moyen de remettre quelques chances de son côté ?

— Où est mon frère ? demanda-t-elle afin de gagner un peu de temps.

— Je croyais que vous vous fichiez de ce qui pouvait lui arriver, ricana l'homme.

— C'est le cas, seulement je ne veux pas qu'il souffre pour autant.

— Ne vous en faites pas pour lui. Là où il est, il ne souffre plus.

Sa remarque lui fit l'effet d'une gifle.

Joseph était mort.

Elle fut assaillie par une multitude de souvenirs, tandis que son cœur se serrait à lui en faire mal. Le son de la voix de son frère enfant lui résonna aux oreilles.

L'homme se tourna vers elle et, devant son désarroi évident, haussa un sourcil.

— Vous ne vous en fichez pas tant que ça, on dirait ! dit-il d'un ton railleur.

En guise de réponse, elle se redressa et se remit à avancer. Malgré son chagrin, elle ne pouvait se permettre de pleurer Joseph dans l'immédiat.

Elle en aurait tout le loisir plus tard.

À condition qu'elle survive, bien entendu.

Elle ralentit la cadence à quelques mètres du camion. Aussitôt, son persécuteur lui ordonna de presser le pas.

— Non, dit-elle, s'immobilisant. Je reste ici. Vous m'amenez ma mère et je vous remets la petite.

Il examina le porte-bébé d'un œil soupçonneux. Emma en profita pour activer subrepticement la télécommande, ce qui fit bouger les jambes du jouet.

— Bon, fit l'homme, apparemment résigné. Si vous y tenez…

Ressortant sa radio de sa poche, il grommela quelques mots qu'Emma ne comprit pas. Quelques minutes plus tard, sa mère émergeait de la remorque en clignant des yeux pour se protéger du soleil.

Le moteur du camion rugit, et le véhicule se mit en position de départ.

— Elle est au courant, pour Joseph ? s'enquit Emma.

— Vu qu'il a été tué devant elle, oui, lui répondit l'homme avec nonchalance.

Emma serra les poings.

— Vous êtes un monstre, lança-t-elle d'une voix suffisamment forte pour couvrir le bruit du camion qui s'était rapproché de l'endroit où ils se tenaient.

— Non, lui dit-il, lui jetant un regard dur. Juste un survivant, rescapé de l'enfer.

Là-dessus, il leva le bras et pointa son arme en direction de Maria. C'est alors qu'Emma se rendit compte que le semi-remorque bloquait dorénavant la vue des gens installés à l'intérieur du restaurant.

Ces fumiers allaient tuer sa mère, abattre Emma, et s'enfuir avec le porte-bébé, à l'insu de tout le monde.

Sans réfléchir, Emma rassembla ses forces et projeta le porte-bébé sur l'homme. Elle l'atteignit à l'épaule, au moment où il appuyait sur la gâchette.

L'un des colosses qui accompagnaient sa mère s'effondra aux pieds de Maria, sans doute touché par la balle perdue. Plutôt que de se soucier du deuxième, Emma se concentra sur l'homme toujours debout devant elle.

— Salope ! cria-t-il, une lueur meurtrière dans le regard.

Il releva la main pour lui tirer dessus. Emma propulsa de nouveau le porte-bébé et, cette fois, le truand la reçut en pleine poitrine.

Sans attendre sa réaction, elle pivota sur elle-même puis se jeta sur sa mère pour la plaquer au sol. Un « boum » assourdissant déchira l'air, et Emma remarqua avec étonnement que le deuxième colosse gisait sur le ciment, inerte.

La troisième détonation fut suivie par un cri de douleur. Emma jeta un coup d'œil derrière elle. À genoux sur le bitume, l'homme qui l'avait escortée jusque-là se tenait le ventre, le visage crispé par la douleur.

Le camion démarra en trombe, et une multitude d'hommes sortirent du restaurant, l'arme au poing. Le camion était presque sorti du parking quand une rafale de bruits sourds se fit entendre. Les renforts avaient visé les pneus qui explosèrent ; l'engin fit une embardée, et Emma vit avec stupéfaction la voiture de Skip foncer sur le camion pour le faire sortir de la route.

Elle se baissa vers sa mère qui, recroquevillée sur le sol, tremblait de tous ses membres.

— C'est bon, maman. Ça va aller, lui dit-elle.

Trois hommes s'approchèrent d'elles et allongèrent Maria sur le dos.

— Nous sommes infirmiers militaires, lui dit l'un d'entre eux. Nous allons nous occuper de vous jusqu'à l'arrivée de l'ambulance.

Le cercle se refermant sur sa mère, Emma s'écarta et vit qu'un autre groupe s'occupait de son « escorte ». Elle s'avança pour leur prêter main-forte, ce qui lui permit de constater qu'il n'en avait plus pour longtemps.

S'agenouillant près de lui, elle lui secoua doucement l'épaule. Il devait savoir qu'il allait mourir, cela lui délierait peut-être la langue.

— Parlez-moi un peu de votre chef, dit-elle.

Il lui jeta un regard haineux.

— Et puis quoi encore ?

Puis il fut pris d'une quinte de toux, grimaça et referma les paupières.

— C'est votre dernière chance de vous racheter, insista-t-elle.

Il rouvrit les yeux et dit :

— Vous avez peut-être raison.

Il parlait si bas qu'elle dut se pencher encore davantage pour l'entendre. Il se redressa pour se rapprocher d'elle, et soudain, sa bouche s'étira en un sourire sinistre.

— Rendez-vous en enfer, chienne !

— Attention !

Emma entendit le cri au moment même où l'homme lui enfonçait son arme dans le ventre, juste en dessous de son gilet pare-balles. Sous le coup de la douleur, elle retomba en arrière.

Puis elle regarda le ciel, trop sonnée pour bouger. Des visages atterrés entrèrent dans son champ de vision. On la palpa et lui souleva les bras, mais elle sentait son corps s'engourdir rapidement. Bientôt tout devint flou, puis ce fut le noir.

Au dernier moment, néanmoins, elle crut voir Matt.

Elle tendit la main vers lui sans parvenir à l'atteindre, et perdit connaissance.

15

La salle d'attente de l'hôpital sentait le désinfectant. Christina était très malheureuse et le faisait savoir. Matt tenta de la calmer en lui tendant un tube de compote qu'elle refusa.

— Ma, ma, ma, hurlait-elle sans discontinuer.

Ému par son désarroi, il la reprit dans ses bras, et se mit à arpenter la pièce déserte.

Dave, Skip et leur équipe étaient restés sur les lieux de l'altercation pour répondre aux questions de la police. Matt, lui, avait refusé de quitter Emma et, malgré les protestations des infirmiers, s'était installé à l'arrière de l'ambulance, avec Christina dans son siège-auto.

À présent, Emma était en salle d'opération, et il attendait des nouvelles dans ce purgatoire hospitalier.

Il avait l'esprit en ébullition, passant d'une pensée à l'autre, s'éparpillant.

Emma survivrait-elle ? Si, par malheur, elle succombait à sa blessure, que ferait-il ? Elle lui avait demandé d'amener sa fille à la sœur de Chris, mais il savait déjà qu'il lui serait difficile – voire impossible – de tenir sa promesse. En aucun cas il ne pourrait supporter de perdre à la fois Emma et la fillette à laquelle il s'était tant attaché.

Il s'immobilisa devant l'écran accroché au mur pour lire le message qui y était affiché. Emma étant seule dans le bloc opératoire, il avait espéré avoir du nouveau, mais son statut semblait bloqué sur « en cours ».

Peut-être qu'ils en ont terminé avec elle et qu'ils ont simplement oublié de mettre l'écran à jour, pensa-t-il. Si c'était le cas, il se pouvait qu'elle soit en chemin pour le service de réanimation, encore sous le coup de l'anesthésie.

À moins que sa blessure n'ait été plus grave qu'elle n'en avait l'air, bien sûr. D'après ce que Matt avait vu, dans l'ambulance, la balle l'avait atteinte juste en dessous des côtes, sur le côté droit. Quels organes avait-on, dans ce coin-là ?

L'estomac ? Non. Plutôt le foie.

La gorge nouée, il jura en silence. Le foie jouait un rôle important dans le corps humain, pourvu que celui d'Emma ne soit pas endommagé !

Inconsciemment, il avait resserré son emprise sur Christina qui se remit à crier, l'obligeant à la bercer pour la calmer.

— Elle est comme vous, elle a peur, dit une voix féminine, derrière lui.

Matt se retourna. Un infirmier poussait vers lui une femme dans un fauteuil roulant. Il ne pouvait s'agir que de Maria.

— Vous avez besoin de quelque chose, avant que je vous laisse ? demanda-t-il à la mère d'Emma.

— Non, merci, répondit-elle doucement sans quitter sa petite-fille des yeux.

Une fois que l'infirmier fut ressorti, Matt s'avança vers elle.

— Permettez-moi de me présenter, dit-il. Matt Tompson. J'ai aidé votre fille à retrouver Christina.

— Maria Foster, répondit-elle avant de se pencher pour tapoter la jambe du bébé. Ça va, ma chérie ?

Christina enfouit son visage dans le cou de Matt qui fut à la fois ravi et vaguement embarrassé par sa réaction.

— Navré, dit-il. Elle est très contrariée et…

— Ne vous en faites pas pour ça, l'interrompit Maria. J'ai une tête à faire peur, et cette pauvre petite a été extrêmement perturbée, ces derniers temps.

Elle étudia Matt pendant une longue minute et son expression rappela au ranger celle d'Emma, lors de leur première rencontre.

— Comme nous tous, ajouta-t-elle, les larmes aux yeux.

Matt la plaignit de tout son cœur. Pauvre femme ! En plus d'avoir été brutalisée par les trafiquants, elle avait été forcée d'assister à l'exécution de son fils.

— Toutes mes condoléances, murmura Matt, à défaut de mieux.

Elle hocha la tête pour le remercier, un sourire triste aux lèvres.

— Je suis heureuse que Christina soit si à l'aise avec vous, dit-elle, dans un effort manifeste pour changer de sujet.

— Moi aussi, lui répondit-il simplement.

Ils gardèrent le silence pendant un moment. Cela dut intriguer Christina car elle se mit à observer sa grand-mère à la dérobée. Pour finir, elle posa une petite main potelée sur le bras de Maria.

— Vous voulez la porter un peu ou vous avez encore trop mal ?

— Mal ou pas mal, j'aimerais serrer ma petite-fille dans mes bras.

Matt déposa précautionneusement l'enfant sur les genoux de sa grand-mère, puis leva le nez vers l'écran de l'ordinateur.

— Vous l'aimez ?

Il hésita un instant avant de répondre. Il brûlait d'envie d'avouer à Maria ses sentiments pour sa fille, mais en réalité il n'avait toujours rien dit à Emma.

Un simple coup d'œil à Christina l'aida à prendre sa décision. Si le pire se produisait, si Emma mourait sur la table d'opération… Oui, Maria devait savoir qu'il aimait sa fille et sa petite-fille et qu'il souhaitait partager leur vie.

— Oui, dit-il enfin.

Elle hocha la tête, comme s'il venait de confirmer ce qu'elle soupçonnait déjà.

Au bout d'un moment, Christina se mit à babiller « pa, pa, pa » en lui tendant les bras avec insistance.

Il s'empressa de la reprendre à sa grand-mère et la tint serrée contre lui. Son moral remonta légèrement quand elle se mit à lui tapoter le torse. Comment s'y prenait-elle pour illuminer même ses moments les plus sombres ?

— Ma fille, murmura-t-il, la gorge nouée par l'émotion.

— Oui, murmura Maria, c'est votre fille, de bien des manières.

Matt n'eut pas le temps de réagir : la porte de la salle d'attente s'ouvrit sur la chirurgienne, une femme d'âge moyen, qui s'avança vers eux.

Il tenta vainement de déchiffrer son expression.

Pour finir, elle prit une chaise et s'installa face à Maria et à Matt, les coudes sur les genoux.

— Ça y est, l'opération est terminée. Ça a été délicat, mais Emma s'en est très bien sortie. Et si nous avons été obligés de lui retirer une partie de son foie, le reste est suffisamment intact pour que son quotidien n'en soit pas affecté.

Matt sentit un peu de sa tension le déserter.

— Ça veut dire qu'elle est tirée d'affaire ?

— Oui, s'il n'y a pas de complications dans les jours à venir, elle se remettra relativement vite.

— Des complications ? demanda-t-il, inquiet.

— Il y a toujours un risque, après ce type d'intervention, lui répondit la chirurgienne en haussant les épaules. Toutefois, ne vous inquiétez pas. Nous allons la surveiller attentivement, et son état général est satisfaisant. Concentrez-vous sur votre fille et laissez-nous le soin de nous occuper de votre femme.

Matt ne se donna pas la peine de rétablir la vérité.

Une fois le médecin sorti, il se tourna vers Maria. Des larmes de soulagement lui brouillaient la vue.

— Ça va aller, dit-il, prenant la main de Maria qui pleurait, elle aussi.

Elle hocha la tête, vaincue par l'émotion.

Sans réfléchir, Matt se pencha vers elle et la serra contre lui tout en berçant Christina.

Alors, c'est ça qui t'a tellement manqué ?

Maria recula légèrement.

— Qu'est-ce que vous dites ?

Matt rougit. Il ne s'était pas rendu compte qu'il avait formulé sa question à voix haute.

— Je me disais qu'il est bon d'avoir une famille, avoua-t-il.

— Il suffit de s'aimer, répondit-elle simplement.

Et soudain, toutes les inquiétudes de Matt quant à l'avenir s'évaporèrent. La distance entre El Paso et Alpine, leurs emplois différents, leurs deux appartements... Rien de tout cela n'avait d'importance.

Il aimait Emma et il aimait Christina, c'était tout ce qui comptait. Ils régleraient les questions pratiques au fur et à mesure et ils démarreraient sur les bases de l'amour. Que leur fallait-il de plus ?

— Vous lui avez dit que vous l'aimiez ? reprit Maria.

— Euh… Non, pas encore.

La voyant hausser un sourcil, il ajouta, un peu gêné :

— Je sais, j'aurais dû. Seulement je n'ai jamais trouvé le moment propice.

— Et maintenant ?

— Et maintenant, il n'est plus question pour moi d'attendre. Emma saura bientôt que je l'aime.

— Tant mieux, murmura Maria en se tamponnant les yeux. Parce qu'une bonne nouvelle sera la bienvenue. Pour ma fille aussi, d'ailleurs. Dieu sait qu'elle mérite un peu de répit.

Certes, pensa Matt. Et si elle le voulait bien, il se chargerait de la rendre heureuse.

Trois jours plus tard

Emma régla la position de son matelas, et grimaça légèrement. Bien qu'elle se ressente encore des suites de son opération, son état s'améliorait rapidement. Et si elle savait qu'on la laisserait sortir d'ici un jour ou deux, le temps lui paraissait long.

Elle ne se sentait pas trop seule : sa mère lui rendait de fréquentes visites, et Matt lui amenait Christina dès qu'il le pouvait. Il avait pris une chambre dans un hôtel voisin où, à en croire Maria, il s'occupait bien du bébé.

Cela ne constituait pas une surprise, bien sûr, cependant Emma supportait mal d'être éloignée de sa fille. Au point qu'elle devait refouler ses larmes à chaque fois que Matt donnait le signal du départ.

Tout en appréciant ce qu'il faisait pour elle – il avait mis sa propre vie entre parenthèses pour l'aider à résoudre ses problèmes et ceux de son entourage –, elle commençait à se demander quand il se déciderait à rentrer chez lui. Leurs adieux traînaient en longueur, et elle savait déjà que la séparation n'en serait que plus difficile. Aussi aurait-elle préféré en finir une bonne fois pour toutes, un peu comme on arrachait un pansement : cela ne l'empêcherait pas d'avoir mal, mais le plus gros de la douleur s'évanouirait plus rapidement qu'en y allant par petites étapes comme ils le faisaient.

Seule consolation, dans tout cela : les trafiquants comparaîtraient en justice. L'inspecteur Randall l'avait appelée pour lui énumérer les charges qui pesaient sur eux.

Dave, Skip et leurs pairs avaient été à la hauteur des attentes de leur ex-lieutenant. Après avoir neutralisé le gang, sur le parking du routier, ils avaient appelé la police qui avait procédé aux arrestations. Le FBI et les autorités d'El Paso interrogeaient tout ce beau monde avec l'aide, apparemment, du gérant du restaurant qui espérait obtenir leur protection. En revanche, à la grande colère d'Emma, l'homme qui avait supervisé l'exécution de son frère et torturé sa mère était si bien protégé qu'il risquait d'échapper à la prison. Avec un peu de chance néanmoins, les informations qu'il serait forcé de fournir aux autorités serviraient à sauver des vies.

Le visage de Joseph lui apparut en pensée. Elle peinait à croire qu'il n'était plus de ce monde. Ils n'avaient pas eu l'occasion de se dire adieu, ce qui était peut-être aussi bien, au fond : Emma aurait-elle trouvé les mots ? L'attitude de Joseph avait altéré ses sentiments envers lui, et si elle se savait incapable de jeter aux orties une vie entière de souvenirs, elle avait du mal à accepter sa mort. L'exercice était compliqué, et il lui faudrait du temps et sans doute du travail sur elle-même pour y parvenir.

Elle fut tirée de ses pensées par un petit coup frappé à la porte. L'instant d'après, Matt passait la tête à l'intérieur de la chambre.

— Bonjour, lança-t-il joyeusement.

Bien que ravie de voir sa fille, Emma lui rendit distraitement son sourire.

À peine entré, il lui tendit son bébé, et elle s'enfouit le nez dans ses cheveux fins. Après avoir déposé un baiser sur sa joue veloutée, elle se lança dans le jeu du « bisou esquimau », frottant son nez contre celui de la petite fille hilare.

Matt les regarda faire, les yeux brillants.

— Ta fille a appris un nouveau truc, annonça-t-il fièrement.

— Ah ? Lequel ?

— Elle se sert des meubles à sa portée pour se lever, et elle arrive à tenir debout toute seule pendant quelques secondes.

— Super ! s'exclama Emma, à la fois enchantée d'apprendre que sa fille avait franchi une nouvelle étape et triste de ne pas avoir été là pour assister à la performance.

Matt dut sentir son dilemme car il lui serra doucement l'épaule.

— Ne t'inquiète pas, je ne la laisserai pas faire ses premiers pas avant ton retour.

Emma hocha vaguement la tête, à court de mots. Christina tendit les bras vers Matt qui la souleva dans les airs en lui demandant :

— On fait le tour de la chambre de maman ?

Et il se mit à arpenter la pièce, désignant et nommant tous les objets qui s'y trouvaient, de la potence supportant sa perfusion au téléphone. Christina l'écoutait attentivement et semblait prendre un plaisir fou à entendre le son de sa voix.

Emma les regarda évoluer devant elle avec une certaine angoisse. Matt savait y faire avec sa fille qui, manifestement, l'adorait. Plus il s'attarderait, plus Christina s'attacherait à lui.

Soudain révoltée, elle se renfrogna. La petite n'avait que dix mois, et le départ de sa nouvelle idole allait lui causer un choc supplémentaire particulièrement malvenu, après les bouleversements de ces derniers jours.

Matt la surprit en train de les observer. Il dut lire sa contrariété sur son visage car il s'interrompit au milieu d'une phrase pour lui demander si tout allait bien.

— Qu'est-ce que tu fais ici ? lui lança-t-elle sans préambule.

Il la considéra un instant, l'air de se demander si elle avait perdu la raison.

— Je fais faire un petit tour à Christina pour qu'elle ne s'ennuie pas. Pourquoi ? Tu as besoin de te reposer ? Nous reviendrons plus tard, si tu veux.

— Ce n'est pas ce que je voulais dire.

— Ah, et on peut savoir… ?

— Pourquoi restes-tu là, Matt ? lui demanda Emma, se jetant à l'eau. Ma fille t'adore et chaque moment que tu passes avec elle lui rendra celui de la séparation plus pénible. J'apprécie ce que tu fais pour elle, seulement il faut que ça cesse, tu comprends ?

Il prit place dans le fauteuil, près du lit, et fit sauter Christina sur ses genoux pour éviter qu'elle ne proteste.

— Et si je ne veux pas que ça cesse ?

— Je… Que veux-tu dire par là ? balbutia Emma, interloquée.

— Tu t'inquiètes de la réaction de ta fille quand le moment sera venu, pour moi, de lui dire au revoir. Et si je ne repartais pas ?

— Si tu ne repartais pas ? répéta-t-elle, de plus en plus perplexe. Si… Si tu restais avec nous, tu veux dire ?

Matt prit une profonde inspiration avant de répondre :

— C'est exactement ce que je veux dire.

Emma tenta d'assimiler ce qu'elle venait d'entendre, en vain. Les médicaments lui avaient donc embrouillé l'esprit à ce point ?

Et puis, Matt se pencha vers elle, son beau visage exprimant toute la sincérité du monde.

— Je te l'aurais avoué plus tôt, si j'en avais eu l'occasion. Et s'il est possible que le moment ne soit toujours pas propice, je n'ai que trop attendu. Alors voilà : je t'aime, Emma. Je veux faire partie de ta vie et de celle de Christina.

La joie d'Emma fut de courte durée.

— Tu n'es pas sérieux, murmura-t-elle, le cœur en berne.

— Pourquoi dis-tu cela ? s'enquit Matt, l'air perdu.

— À cause de Fisher.

Il se figea en entendant le nom du petit garçon.

— Qu'est-ce que Fisher vient faire là-dedans ?

— D'après ce que j'ai compris, tu as quitté ta fiancée parce que Fisher n'était pas ton fils. Or, Christina n'est pas ta fille, que je sache !

Il se mura momentanément dans le silence. Lorsqu'il reprit la parole, ce fut d'un ton neutre :

— Tu crois que j'ai quitté Jennifer sous prétexte que je ne voulais pas élever l'enfant d'un autre ?

— Je me trompe ? lui renvoya Emma, agacée.

Après tout, elle ne faisait que lui répéter ce qu'il lui avait dit lui-même…

— Oui, répondit-il avec assurance. Tu fais complètement fausse route. Si je suis parti, c'est parce que Jennifer m'avait menti, et que je ne pouvais pas vivre avec une femme capable d'une telle duplicité.

Cette révélation atteignit Emma de plein fouet. Elle se tut, le temps de digérer ce qu'elle venait d'entendre et de se demander pourquoi elle n'avait pas envisagé cette possibilité toute seule.

Parce qu'elle s'était aveuglée, tout simplement. Il était normal que Matt ait préféré partir – son couple était basé sur un mensonge, ce que personne n'aurait accepté à sa place.

Elle repensa au jour où il lui avait parlé du petit Fisher. Son amour pour l'enfant était manifeste, tout comme son regret de l'avoir quitté. En clair, il avait été tellement tiraillé entre Jennifer et son fils qu'il avait fini par leur tourner le dos à tous les deux.

À cette pensée, Emma rougit de honte. En plus de mal avoir jugé Matt, elle s'était méprise sur le sens de ses propos. Pire encore, elle avait laissé le malentendu s'installer au risque de ternir ses sentiments envers lui.

— Oh ! Matt, murmura-t-elle, incapable de le regarder dans les yeux. Pardon. J'aurais dû le comprendre dès le départ.

— Tu avais d'autres préoccupations, lui fit-il remarquer, désignant Christina d'un geste du menton.

Emma se recroquevilla sur elle-même. Il tentait de la disculper ; elle n'en méritait pas tant.

— Ce n'est pas une raison, s'acharna-t-elle. Tu as été formidable, du début à la fin de cette mésaventure, et je n'aurais pas dû douter de toi.

— Nous ne nous sommes pas compris, Emma, c'est tout ! lui dit-il avec bienveillance.

Elle en eut les larmes aux yeux, et lorsqu'elle se remit à parler, ce fut d'une voix tremblante.

— Le problème, c'est que moi aussi, je suis tombée amoureuse de toi. Et que j'ai tout fait pour refouler mes sentiments, parce que je craignais que tu ne veuilles pas élever ma fille avec moi. J'aurais dû écouter mon cœur, plutôt que ma raison.

Matt lui rendit Christina et alla s'installer sur le bord de son lit.

— Attends, tu es en train de me dire que tu voulais te dissuader de m'aimer ?

— Oui. Et ça n'a pas marché, avoua-t-elle dans un sanglot.

— Dans ce cas, pourquoi pleures-tu ?

Emma réfléchit à la question, pour s'apercevoir presque

aussitôt qu'elle n'en savait rien. C'était le trop-plein d'émotions qui débordait, tout simplement.

Faute de mieux, elle secoua la tête de droite à gauche.

Matt étouffa un petit rire, puis se pencha vers elle pour déposer un baiser sur ses lèvres.

— Pleure tout ton content, ma belle. Je serai là pour éponger tes larmes, murmura-t-il contre sa bouche.

Elle renifla légèrement avant d'acquiescer.

Et ils restèrent là, tous les trois, Emma caressant doucement le crâne duveté de sa fille, et Matt faisant courir sa main sur son bras.

L'amour.

Ce mot magique la réchauffait intérieurement.

Matt l'aimait, et il aimait Christina.

Elle les considéra tous les deux, une tête blonde et une tête brune, en tout point dissemblables.

Cela n'avait aucune importance, car les yeux de sa fille pétillaient d'un amour sans égal.

— Et comment allons-nous faire ? demanda-t-elle, rattrapée malgré elle par son sens pratique. Il va falloir qu'on s'organise, vu la distance qui nous sépare.

— On trouvera une solution, répondit Matt, radieux. Plus tard. L'essentiel, dans l'immédiat, c'est que tu te remettes de ton opération et que tu sortes d'ici. Ensuite, on verra bien.

— D'accord, fit Emma.

— Parfait, murmura Matt, lui volant un nouveau baiser. Parce que nous avons un certain nombre de décisions à prendre, effectivement. Ensemble.

— Ensemble, oui, murmura rêveusement Emma, avant de lui retourner son baiser.

Que pouvait-on demander de plus à la vie ?

B. J. DANIELS

La vengeance en embuscade

Traduction française de
CHRISTINE BOYER

BLACK ROSE

HARLEQUIN

Titre original :
STEEL RESOLVE

1

À l'instant où Fiona découvrit la lettre au fond du tiroir à chaussettes de Chase, elle comprit qu'elle devait s'attendre à un cataclysme. Saisie de peur, elle sentit le sang se retirer de son visage et son cœur cesser de battre dans sa poitrine. Au bord du malaise, elle s'agrippa au bureau pour ne pas s'effondrer. Elle tenta de se raisonner. Cette missive ne signifiait peut-être rien.

Mais l'enveloppe rose pâle comme l'écriture manifestement féminine n'étaient pas de bon augure. Pire, Chase l'avait cachée. Si cette lettre avait été anodine, il l'aurait laissée en évidence. Il avait veillé à la dissimuler parce qu'elle émanait de l'autre, de cette femme dont il lui avait parlé…

À présent, Fiona regrettait d'avoir fouillé dans ses affaires. Elle était entrée chez lui grâce au double de sa clé qu'elle avait fait faire. Ces derniers temps, elle le sentait s'éloigner. Ce n'était pas la première fois qu'un amoureux prenait ses distances et lui brisait le cœur mais cette fois, elle refusait de se laisser faire. Personne ne lui volerait cet homme qui lui était destiné. Elle était déterminée à se battre pour cet amour.

Voilà pourquoi elle avait voulu comprendre pourquoi Chase ne la rappelait jamais, pourquoi il ne répondait plus à ses textos, pourquoi il l'évitait.

La nuit qu'ils avaient passée ensemble avait été merveilleuse. Elle avait eu l'impression de partager avec lui quelque chose de spécial, d'unique, une véritable alchimie. Leurs corps s'étaient accordés sans effort, naturellement, dans une totale harmonie. Tous deux s'étaient rejoints, trouvés.

Malheureusement, dès le lendemain matin, Chase s'était mis à culpabiliser. Il lui avait dit qu'il ne voulait pas lui donner de faux espoirs, qu'elle ne devait pas se faire des idées. Il lui avait expliqué qu'il en aimait une autre, une cow-girl qui vivait toujours dans son Montana natal et qu'il n'avait jamais oubliée. Il regrettait leur folle nuit, estimant qu'il s'agissait d'une erreur. Mais il avait tort et Fiona était prête à tout pour l'en convaincre.

Chase était vraiment adorable, voilà pourquoi il était exclu de le laisser s'en aller. Contrairement à l'autre femme, Fiona ne commettrait pas cette erreur.

Certes, depuis cette fameuse nuit, il s'efforçait de la repousser. Mais il ne mesurait pas à quel point Fiona était déterminée. Leur histoire n'était pas finie, loin de là. Qu'importe qu'il ne l'ait pas encore compris. Elle saurait lui ouvrir les yeux.

Quelques jours plus tôt, elle avait déjà profité de l'absence de Chase pour s'introduire chez lui. Malheureusement, il était revenu plus tôt que prévu de son travail et il l'avait surprise. Pour justifier sa présence, elle avait dû inventer toute une histoire, lui raconter que le gérant de l'immeuble lui avait ouvert pour lui permettre de récupérer une boucle d'oreille oubliée.

En réalité, elle avait fureté dans ses placards dès la nuit de leur rencontre. Elle avait alors trouvé un double de la clé de son appartement et l'avait emprunté pour en faire fabriquer un autre. Et avoir ainsi la possibilité de revenir, même quand Chase n'était pas là.

Cette nuit-là, aucune lettre n'était dissimulée dans son tiroir à chaussettes…

Chase l'avait donc reçue depuis. Il lui cachait quelque chose. Si cette missive ne signifiait rien pour lui, il l'aurait laissée traîner avec les factures sur le guéridon de l'entrée.

Cette lettre était importante pour lui et voilà pourquoi elle devait la lire. Elle n'avait pas le choix.

La gorge serrée, elle s'empara de l'enveloppe. À la vue de l'écriture, féminine et soignée, son sang ne fit qu'un tour. L'adresse de l'expéditeur lui confirma qu'elle venait du Montana, qu'elle avait bien été envoyée par cette fille dont il lui avait parlé.

Mary Cardwell Savage, la femme qui avait brisé le cœur de Chase et qui l'avait poussé à partir s'installer en Arizona… Patty, la grande amie de Fiona, le lui avait raconté car Chase travaillait pour Rick, son mari. Fiona avait d'ailleurs fait sa connaissance chez eux, lors d'une soirée barbecue.

Comme ses yeux se posaient sur le cachet de la poste, elle eut soudain du mal à respirer. Un instant, sa vision se brouilla. Cette lettre avait été postée, *deux semaines plus tôt*, le lendemain de leur nuit d'amour, songea-t-elle avec colère. Et depuis lors, comme par hasard, Chase n'avait jamais le temps de la voir ni même de lui parler au téléphone.

Que lui avait donc écrit cette femme ? Quel que soit le contenu de cette missive, Fiona devinait qu'il était la cause du problème entre Chase et elle.

D'une main tremblante, elle souleva avec précaution le rabat de l'enveloppe et sortit le feuillet plié en deux. À elle seule, la couleur rose pâle du papier lui donnait la nausée. Elle le renifla, s'attendant presque à y sentir le parfum de l'expéditrice, de sa rivale.

Bien que discrètes, les fragrances florales l'écœurèrent. Elle tendit soudain l'oreille, craignant de voir surgir Chase. L'autre jour, la découvrir chez lui l'avait mis en colère. Il serait encore plus furieux s'il la surprenait en train de lire son courrier.

Fausse alerte, se dit-elle, un petit moment plus tard, avec un soupir de soulagement.

Tout en dépliant la feuille de papier, elle s'efforça de se blinder intérieurement. Elle pressentait que tout son avenir dépendait de la teneur de cette lettre.

Le cœur serré, elle la parcourut des yeux mais très vite, elle se rendit directement à la fin. Quand elle tomba sur la dernière ligne, elle faillit s'écrouler, anéantie :

Je t'aime et t'aimerai toujours.

Mary.

Mary Savage de Big Sky, dans le Montana. La cow-girl dont Chase croyait être toujours amoureux. Après l'avoir plaqué, cette garce espérait-elle donc le récupérer, à présent ? Pour qui se prenait-elle ?

Fiona lut la lettre en entier. Les mots lui brisèrent le cœur avant de la plonger dans une profonde colère.

Mary Savage commençait par expliquer qu'une amie de la

mère de Chase lui avait confié un paquet pour lui. S'il habitait toujours à cette adresse, elle se ferait un plaisir de le lui faire suivre.

Mais ensuite, la missive devenait plus personnelle. Déchirée entre une indicible douleur et une fureur sans nom, Fiona devina que cette histoire de colis n'était qu'un prétexte, une ruse de cette femme pour tenter de faire revenir Chase. Visiblement, elle était toujours amoureuse de lui.

Ravagée, Fiona comprit que cette Mary Savage avait vécu une belle histoire avec Chase. Elle multipliait les allusions à leur amour d'autrefois, qui avait été leur premier amour. Elle lui rappelait à quel point ce qu'ils avaient partagé était fort, beau, heureux. Elle lui avouait qu'il lui manquait et qu'elle regrettait la façon dont les choses s'étaient terminées entre eux. Elle lui laissait même son numéro de téléphone ! Au cas où il l'aurait oublié ?

L'a-t-il appelée ? se demanda brusquement Fiona.

Cette éventualité la mit vite dans une rage folle. Ce n'était pas possible ! Elle refusait de le croire.

Cette garce ne m'enlèvera pas Chase !

Fiona n'avait pas l'intention de se laisser faire. Certes, ils se connaissaient depuis peu et leur histoire commençait à peine. Mais ils étaient faits l'un pour l'autre, elle le savait au plus profond de son cœur. Il ne s'agissait pas d'une toquade ni d'une aventure. Mais d'un véritable amour. Chase était sa moitié, l'homme qui lui était destiné de toute éternité. Et elle était bien décidée à se battre pour le garder. Elle mettrait tout en œuvre pour l'aider à oublier cette Mary. Désormais, il était à elle. Il fallait simplement qu'il en prenne conscience.

La fureur dont elle était la proie l'empêchait de réfléchir et elle s'efforça de recouvrer son sang-froid. Pour commencer, elle ne devait surtout pas attaquer Chase de front, exhiber cette lettre en exigeant des explications. Si elle s'y risquait, il lui rappellerait évidemment qu'il n'avait aucun compte à lui rendre, qu'il n'était pas amoureux d'elle et le lui avait toujours dit. Sans parler des tensions entre eux qui iraient alors crescendo. Ces derniers temps, elle le sentait lui échapper. Par crainte de le perdre, elle ne cessait de l'appeler, de passer chez lui.

En vain, malheureusement.

Et maintenant, elle savait pourquoi. Si cette Mary avait été en Arizona, Fiona serait allée la voir et elle…

Calme-toi, s'ordonna-t-elle. *Respire à fond et souviens-toi de ce qui s'est passé la dernière fois.*

Elle avait failli finir en prison.

Cette péquenaude n'était pas une menace. Mary Cardwell Savage ne vivait pas dans la région mais au fin fond du Montana, à des centaines de kilomètres d'ici.

Pourtant, cette distance géographique ne parvenait pas à atténuer sa colère ni son angoisse. Chase ne s'était pas contenté de conserver cette lettre. Il l'avait *cachée*. Il en avait fait son petit *secret*. Et pire encore, depuis qu'il l'avait reçue, il s'efforçait d'éviter Fiona, il l'envoyait poliment paître. Elle se sentait au plus mal.

Ressaisis-toi, s'ordonna-t-elle.

Pour reprendre espoir, elle se remémora leur rencontre et leur première nuit ensemble. En arrivant à cette soirée barbecue, elle avait tout de suite repéré le beau cow-boy, sexy en diable qui sirotait une bière dans son coin, un peu à l'écart des autres. Et lui l'avait manifestement trouvée ravissante, avec son tailleur noir et ses talons aiguilles. Plus tard, dans la chambre, lorsqu'il avait défait son chignon et laissé ses longs cheveux blonds cascader sur ses épaules, il l'avait complimentée sur sa beauté. Quand il avait plongé les yeux dans les siens, il n'avait pas eu besoin de lui dire qu'il l'aimait. Elle l'avait lu dans son regard.

Ce souvenir la fit sourire. Ce qu'il avait découvert sous sa tenue chic ne lui avait pas déplu non plus. Tous deux avaient un peu abusé de l'alcool, ce soir-là. De ce fait, elle avait dû prendre l'initiative au lit mais dans le domaine sensuel, mener la danse ne l'ennuyait pas.

Jamais elle ne le lui avouerait mais Chase l'avait ensorcelée dès le premier regard. Pendant une grande partie de la soirée, elle l'avait observé de loin. Quelque chose chez lui l'attirait irrésistiblement. Une vulnérabilité qu'elle reconnaissait, qui faisait écho à la sienne. Il avait souffert, lui aussi. La vie n'avait pas toujours été tendre avec lui. Ni avec elle.

Fiona avait tout de suite compris que Chase était son alter

ego, qu'il était parfait, parfait pour elle. Il était l'homme qu'elle attendait.

Fine mouche, elle ne lui avait évidemment pas déclaré sa flamme dès le premier soir. Mais elle avait la ferme intention de lui faire oublier la garce qui lui avait brisé le cœur. Pour y parvenir, elle avait décidé de se rendre indispensable. Dès le lendemain de leur nuit d'amour, elle l'avait invité à dîner. Comme elle l'avait espéré, il était trop bien élevé pour refuser. Par la suite, elle lui avait proposé un pique-nique dans la montagne, une séance de cinéma, et même un match de football. Mais plus elle multipliait les invitations, les occasions de le revoir, plus il inventait des excuses pour justifier ses refus de sortir avec elle.

Accablée, elle considéra la lettre qu'elle avait encore entre les mains. Elle avait envie de la déchirer en mille morceaux, de crever les yeux de cette Mary, de la réduire en…

Soudain, la porte de l'appartement claqua et Fiona se figea. Catastrophe ! Une fois de plus, Chase rentrait plus tôt que d'habitude.

À la hâte, elle replia la lettre, la glissa dans l'enveloppe et l'enfouit au fond du tiroir, sous les chaussettes. Mais à présent, elle était coincée. Elle n'avait aucun moyen de sortir de l'appartement sans que Chase la voie. Il allait être furieux, elle n'échapperait pas à une scène. Le plus important était qu'il ne se doute pas qu'elle avait trouvé et lu les mots d'amour de son ex. Depuis deux semaines, il ne savait plus quoi inventer pour ne plus voir Fiona. Il n'était pas question qu'elle lui serve sur un plateau une bonne raison de mettre un point final à leur relation.

Sur le point de sortir de la chambre, elle hésita. Et si elle se déshabillait en vitesse pour qu'il la trouve allongée sur son lit, offerte ? Elle n'était pas sûre de réussir à se dénuder si rapidement ni à jouer les femmes lascives alors qu'elle était ravagée de chagrin. Le cœur battant, elle s'efforça de réprimer sa colère, sa peine, sa peur. Chase ne devait à aucun prix deviner les tourments dont elle était la proie – et encore moins, son désespoir. Mais en l'entendant monter l'escalier, elle eut soudain une pensée terrifiante.

Avait-elle remis la lettre dans le bon tiroir ? Tout à coup, elle en doutait. Et l'avait-elle posée dans le sens où elle l'avait découverte ? Avait-elle tout de suite vu l'adresse, l'écriture féminine sur l'enveloppe ? Était-ce la raison pour laquelle elle avait voulu la lire ? Ou se pouvait-il que seule sa couleur rose pâle lui ait mis la puce à l'oreille ?

Elle n'arrivait pas à s'en souvenir.

Cela dit, ce n'était peut-être pas très important. Chase avait sans doute oublié la position exacte dans laquelle il avait laissé la lettre. Et même dans le cas contraire, se rendrait-il compte qu'elle l'avait trouvée ? Comprendrait-il qu'elle l'avait lue ? Pas forcément.

Comme elle jetait un dernier coup d'œil derrière elle, elle s'aperçut qu'elle n'avait pas bien refermé le tiroir de la commode. Elle se dépêcha de le faire, le plus silencieusement possible.

Mais avant qu'elle n'ait eu le temps de se retourner, elle entendit Chase s'exclamer de la porte :

— Fiona ? Que fais-tu ici ?

Très vite, sa surprise se mua en colère.

Sans doute lui avait-elle fait peur. Lui aussi l'avait effrayée. Elle sentait son cœur battre à tout rompre dans sa poitrine, elle tremblait de tous ses membres. D'un regard, il allait comprendre que quelque chose n'allait pas.

Mais rien n'allait ! Comment aurait-elle pu ne pas être bouleversée ? L'homme de sa vie lui avait caché qu'il avait reçu une lettre de son ex. Pire, cette fille qui lui avait brisé le cœur autrefois était toujours amoureuse de lui – et maintenant il le savait. Le fait d'avoir dissimulé ce courrier prouvait qu'il n'avait pas été insensible à cette déclaration, aux mots d'amour de cette Mary Cardwell Savage.

— Que fais-tu ici ? répéta Chase, promenant les yeux autour de lui comme si la réponse était dans la pièce. Et pour commencer, comment es-tu entrée chez moi, cette fois ?

Fiona laissa échapper un petit rire pour dissimuler sa gêne.

— Tu m'as fait peur. J'étais passée chercher mon rouge à lèvres préféré. Je ne le retrouve pas chez moi, j'ai dû l'oublier ici.

— Tu dois arrêter de venir chez moi en mon absence, Fiona. Je te l'ai déjà dit…

L'angoisse qui assombrit son regard lorsqu'il le posa le tiroir dans lequel il avait dissimulé la lettre ne laissait guère de place au doute. Il était toujours amoureux de son premier amour, de cette garce qui lui avait pourtant brisé le cœur autrefois, comprit-elle, dévastée.

Son propre cœur se brisa à son tour, comme un verre jeté contre un mur. Elle eut soudain envie de tuer cette Mary Cardwell Savage, de l'étrangler de ses propres mains.

Chase secoua la tête. Visiblement, il ne la croyait pas.

— Ton rouge à lèvres ? répéta-t-il. Encore une fois, comment es-tu entrée ici ?

— Tu avais oublié de verrouiller ta porte en partant. J'étais venue dans l'espoir de croiser ton gérant pour qu'il me laisse entrer comme l'autre fois mais…

— Cesse de mentir, Fiona. Je lui ai parlé, l'autre jour. Il ne t'a jamais laissée entrer. Donne-la-moi, ajouta-t-il en tendant la main.

Elle battit des paupières, feignant de ne pas comprendre de quoi il parlait. D'un air innocent, elle posa sur lui ses grands yeux verts. Elle ne pouvait pas perdre cet homme. Ce n'était pas une option.

Elle n'avait pas le choix et elle fouilla dans sa poche pour en sortir la clé.

— Laisse-moi t'expliquer…

— Inutile, répondit-il en la lui prenant des mains.

Des larmes de remords brûlèrent ses paupières mais elle se rendit compte qu'il s'en moquait. Changeant aussitôt de tactique, elle s'approcha de lui, noua les bras autour de son cou pour l'embrasser.

Si elle parvenait à l'attirer vers le lit, peut-être que…

Mais il la saisit par les poignets et l'écarta.

— Arrête, Fiona ! Arrête !

Elle le dévisagea. Son regard furieux, son expression sévère ne présageaient rien de bon. La vie heureuse qu'elle avait imaginée avec lui s'écroulait.

Il gémit et secoua la tête.

— Va-t'en, maintenant.

Elle s'efforça de reprendre la maîtrise de ses émotions.

— Bien sûr, répondit-elle d'un ton léger. Laisse-moi simplement jeter un dernier coup d'œil sous le lit. Mon tube de rouge à lèvres ne doit pas être loin. Je…

— Non, dit-il en lui bloquant le passage. Ton rouge à lèvres n'est pas là et tu le sais aussi bien que moi. Tout comme ta boucle d'oreille n'y était pas non plus, la dernière fois. Cela suffit, maintenant. Je ne veux plus jamais te revoir.

— Ce n'est pas possible, Chase ! Tu ne penses pas ce que tu dis. C'est à cause de la lettre de cette garce qui t'a largué ? ajouta-t-elle d'une voix brisée.

De nouveau, Chase se tourna vers le tiroir de sa commode. Elle vit une lueur de rage briller dans ses yeux.

— De quel droit as-tu fouillé dans mes affaires ?

— Je te l'ai dit, je cherchais mon rouge à lèvres. Je suis désolée d'être tombée sur cette lettre. Mais tu ne me rappelais pas et j'ai pensé que c'était peut-être à cause de ce que cette fille t'avait écrit…

Il poussa un gros soupir et quand il reprit la parole, il s'exprima sur le ton d'un adulte s'adressant à une enfant indisciplinée.

— Fiona, je t'avais dit dès le soir de notre rencontre que je ne cherchais pas à nouer une relation amoureuse. Nous avions trop bu. Si j'avais eu les idées claires, rien ne se serait passé entre nous. Mais j'étais ivre et la femme de mon patron ne voulait pas que je prenne le volant. Voilà pourquoi elle t'avait demandé de me ramener et…

Il gémit.

— Je ne me cherche pas d'excuses pour ce qui est arrivé, ajouta-t-il. Après tout, nous étions tous les deux majeurs et vaccinés. Tu étais consentante et j'ai été honnête avec toi.

Il avait l'air peiné, ses yeux bleus étaient sombres.

— Je suis désolé que tu aies donné à cette nuit un sens qu'elle n'avait pas. Mais maintenant, tu dois partir et ne plus revenir.

Chase n'était pas le premier à la jeter ainsi comme un Kleenex mais cette fois, elle ne parvenait pas à l'accepter.

— Ce n'est pas possible ! Tu dois me donner une autre chance. Je suis désolée. J'ai eu tort de venir chez toi en ton absence. Je ne le ferai plus. Je le promets.

— Tais-toi ! Tu ne m'écoutes pas, Fiona. De toute façon, je pars à la fin de la semaine. Mon travail ici est terminé.

— Tu pars ? répéta-t-elle, abasourdie. Mais pour aller où ? cria-t-elle, les yeux remplis d'effroi. Dans le Montana ? Tu vas la retrouver, c'est ça ? Cette Mary Cardwell Savage.

Elle cracha son nom comme s'il s'agissait d'une insulte.

Il secoua la tête.

— Je t'avais dit le soir où nous nous sommes rencontrés que j'étais toujours amoureux d'une autre.

— Cette fille t'a brisé le cœur ! Et elle recommencera, sois-en certain. Elle n'est rien, personne. Alors que moi, je te rendrai heureux. Parce que je t'aime. Donne-moi la possibilité de te le prouver, Chase. Donne-nous une chance.

— Fiona, je t'en prie, va-t'en avant que l'un de nous ne dise quelque chose qu'il regrettera, asséna Chase sur un ton qu'il n'avait jamais employé auparavant.

Il la rejetait. Pour de bon.

Si seulement elle arrivait à l'embrasser…

Elle tendit la main vers lui pour lui caresser la joue, pensant pouvoir lui rappeler ce qu'ils avaient partagé.

Mais il la repoussa.

— Non.

Il la dévisageait comme si elle l'horrifiait, à présent. Il y avait de l'angoisse dans son regard. Mais aussi de la pitié et du dégoût. Cela aussi, elle l'avait déjà vu dans d'autres yeux.

Elle sentit la haine s'emparer de son cœur.

— Tu me le paieras, siffla-t-elle en proie à une fureur meurtrière.

— Je n'aurais jamais dû coucher avec toi, dit Chase. Tout est ma faute. Je regrette ce moment d'égarement.

Oh ! il ne mesurait pas encore à quel point il regretterait de l'avoir traitée ainsi. Sa vie entière, il s'en mordrait les doigts. Il en verserait des larmes de sang, se jura-t-elle. Et s'il croyait en avoir fini avec elle, il allait être surpris.

Quant à cette Mary du Montana, qu'elle n'imagine pas réussir à lui voler Chase.

Pour le garder, elle était prête à tout, vraiment à tout.

2

— Je suis vraiment désolé de ne pas t'avoir prévenu à propos de Fiona, lui dit son patron.

Pour fêter le dernier jour de travail de Chase, Rick avait insisté pour lui offrir une bière au bar du coin.

Chase l'observa un moment.

— Si je comprends bien, elle ne s'est pas comportée ainsi uniquement avec moi ?

Rick soupira.

— Dès qu'un gars lui prête un peu d'attention, elle se persuade qu'il est l'homme de sa vie et elle ne le lâche plus. Mais ne t'inquiète pas. Bientôt, elle va croiser quelqu'un d'autre et tomber raide amoureuse de lui. Elle fonctionne toujours comme ça. Elle et ma femme se sont connues au lycée. Patty espère que Fiona finira par rencontrer le bon et par se marier.

Chase se remémora l'impression que lui avait donnée Fiona lorsqu'il avait fait sa connaissance. Au premier abord, elle lui avait semblé tout à fait équilibrée, normale. Négociatrice dans l'immobilier, elle était vêtue avec élégance et elle se comportait avec une aisance toute professionnelle. Elle l'avait abordé lors d'une soirée chez Rick. Au départ, Chase ne se sentait pas en forme et n'avait aucune envie de sortir. Mais son patron avait insisté, lui soutenant qu'il avait besoin de s'amuser un peu.

Chase venait de perdre sa mère, Muriel. Elle était malade depuis plusieurs années et voilà, entre autres, pourquoi il avait voulu quitter le Montana pour la rejoindre en Arizona. De plus, étant menuisier, il n'avait aucun mal à trouver du travail, où qu'il soit.

Muriel lui avait fait promettre qu'à sa mort, il rapporterait ses cendres dans le Montana. Chase lui avait tenu la main, jusqu'à la fin. Il avait espéré qu'avant de pousser son dernier soupir, elle lui révélerait ce qu'elle lui cachait depuis sa naissance : le nom de son père. Mais elle n'avait rien dit. Elle avait emporté son secret avec elle, ne laissant à son fils qu'une urne funéraire.

Le jour où Chase était allé chercher cette urne à la morgue après sa journée de travail, Rick l'avait invité à un barbecue chez lui.

« Tu ne fais que travailler avant de rentrer te terrer chez toi pour recommencer le lendemain, Chase. Ce n'est pas une vie ! Viens donc prendre un peu de bon temps chez moi. Je réunis quelques amis pour un barbecue, ce soir. Cela te fera du bien de voir des gens. Et je cuisine la viande comme un chef. »

Chase n'avait aucune envie de sortir mais pour faire plaisir à Rick, il avait promis de passer. Il ne comptait pas rester longtemps. Il boirait quelques bières et se régalerait de côtelettes grillées avant de filer à l'anglaise. Il finissait sa deuxième canette quand il l'avait vue. Fiona lui avait paru particulièrement élégante, raffinée, au milieu des autres invités, artisans ou ouvriers, pour la plupart. Toute la journée, elle avait travaillé à l'agence immobilière et n'avait pas eu le temps de se changer avant de venir.

Ses talons aiguilles allongeaient encore ses jambes fuselées. Son corps tout en courbes était moulé dans un tailleur sombre avec un corsage blanc. Ses bijoux en or, mis en valeur par sa peau bronzée et ses longs cheveux blonds relevés en chignon, lui donnaient indéniablement une certaine classe.

En la regardant, il avait pris conscience qu'entre sa rupture avec Mary et la maladie de sa mère, il ne s'amusait plus beaucoup depuis des mois.

La jolie blonde lui avait décoché un sourire radieux.

— Fiona Barkley, avait-elle dit en lui tendant la main.

— Chase Steele.

Elle avait ri, les yeux pétillants de malice.

— Un cow-boy nommé Chase Steele, c'est incroyable !

— Mon père était figurant dans les westerns, avait-il répondu.

C'était un mensonge. Chase n'avait jamais su qui était son père. Et encore moins le métier qu'il exerçait.

Elle avait levé un sourcil surpris.

— Vraiment ?

Il avait secoué la tête.

— J'ai grandi dans un ranch du Montana. J'ai l'âme d'un cow-boy, avait-il ajouté avec un haussement d'épaules.

Fiona lui avait pris sa canette vide et lui en avait tendu une pleine.

— Buvez ça. J'ai l'impression que vous en avez besoin.

La bière était forte et lui était rapidement montée à la tête.

En temps normal, Fiona n'était pas son genre. Il préférait les brunes plutôt minces. Cela dit, voilà si longtemps qu'il ne pensait qu'à Mary qu'il n'avait plus une idée précise de ses goûts en matière de femmes.

L'ambiance festive, l'urne funéraire rangée sous le siège de son pick-up et surtout, l'alcool dont Fiona ne cessait de l'abreuver avaient fait le reste…

— Pendant combien de temps êtes-vous sortis ensemble, Fiona et toi ? reprit Rick, ramenant Chase au présent.

— Nous ne sommes jamais « sortis » ensemble. Dès le premier soir, je l'avais prévenue que j'étais amoureux d'une autre. Mais j'ai commis l'erreur de coucher une fois avec elle. J'ai eu tort.

— Tu as donc dit à Fiona qu'il y avait déjà une femme dans ta vie… Je comprends tout, poursuivit Rick avec un soupir. Fiona s'estime maintenant en compétition avec une autre. Elle n'est pas près de lâcher l'affaire. Au contraire, elle va se battre, à présent. Et elle déteste perdre. C'est d'ailleurs la raison pour laquelle est une négociatrice en immobilier hors pair.

— Comme je pars pour le Montana, elle va être obligée de renoncer, non ?

Rick n'avait pas l'air convaincu.

— Sait-elle que tu t'en vas ?

— Bien sûr.

— Eh bien, j'espère que tu parviendras à quitter la ville sans trop de problèmes.

— Vous n'êtes pas très rassurant.

— Désolé mais d'après Patty, quand Fiona sent que l'homme

sur qui elle avait jeté son dévolu s'échappe, elle devient un peu… folle.

Chase secoua la tête.

— C'est réjouissant !

Il prit sa chope de bière, la vida et se leva.

— Je rentre chez moi faire mes bagages. Plus vite je m'en irai, mieux cela vaudra.

— J'aurais aimé que tu restes, dit Rick. Tu es l'un des meilleurs menuisiers que je connaisse. J'espère que tu ne pars pas à cause de Fiona. Il ne faut pas qu'elle t'inquiète. Tôt ou tard, elle va s'amouracher de quelqu'un d'autre, je la connais par cœur. Mais peut-être t'en vas-tu pour retrouver cette femme dont tu es amoureux ?

Chase se mit à rire.

— Ce n'est malheureusement pas aussi simple. Elle avait rompu et je ne suis pas certain qu'elle acceptera de renouer avec moi.

Chase aimait bien Rick. Mais il regrettait que son patron ne l'ait pas mis en garde à propos de Fiona. Et surtout, il se reprochait de lui avoir dit qu'il retournait chez lui, dans le Montana. Si Rick en parlait à Patty, qui le répéterait à Fiona…

Tu deviens paranoïaque, se dit-il.

En réalité, il n'imaginait pas Fiona le suivre jusque dans le Montana. Elle avait un travail, un appartement, des amis, une vie, en Arizona. Mais il se surprit à répondre :

— Je ne sais pas encore très bien ce que je vais faire. Peut-être rester quelque temps dans le Colorado.

— Eh bien, bonne chance. Et encore désolé pour Fiona.

En quittant le bar, Chase pensait à Mary et à la lettre qu'il avait cachée dans son tiroir à chaussettes. Elle lui avait laissé son numéro de téléphone et il s'était promis de l'appeler pour la prévenir de son retour. Il était également curieux de découvrir le contenu du paquet qu'une amie de sa mère avait déposé pour lui.

Depuis qu'il avait reçu cette missive, il avait failli lui passer un coup de fil des dizaines de fois. Mais ce qu'il avait à lui dire ne pouvait se dire au téléphone. Il devait la voir. Et maintenant, il avait hâte de prendre la route pour la rejoindre.

Mary Cardwell Savage tira sur les rênes de son cheval pour admirer le canyon qui s'étendait sous ses yeux. Au cours des siècles, la rivière Gallatin l'avait creusé entre les falaises escarpées recouvertes de forêts de sapins. Mary huma avec délice l'air frais, mêlé à l'odeur de la terre et des aiguilles de pins. Au-delà des pinèdes, elle apercevait au loin la station de sports d'hiver.

Située à une cinquantaine de kilomètres de Bozeman, dans le Montana, la petite ville de Big Sky était très différente quand Mary était petite et plus encore, du temps de sa mère. Pour Dana Cardwell Savage, la véritable métamorphose avait débuté avec la construction de la station de ski au pied du mont Lone. Petit à petit, Big Sky avait cessé d'être une communauté d'éleveurs pour devenir un lieu de villégiature. Depuis qu'elle avait fusionné avec sa voisine Moonlight Bassin, Big Sky était considérée comme le plus grand domaine skiable d'Amérique du Nord avec ses deux mille hectares de glisse, ses trois cents pistes et sa trentaine de remontées mécaniques. L'arrivée massive des skieurs et des touristes avait poussé de nombreuses entreprises à s'implanter dans les environs et il avait fallu bâtir des lotissements pour loger cet afflux de populations.

L'essor économique de la région avait compliqué le travail du père de Mary, le shérif Hud Savage. Au début de sa carrière, il connaissait le nom de tous habitants de sa ville. Mais depuis que les propriétaires de ranchs et leurs cow-boys étaient devenus minoritaires, il n'y parvenait plus. Voilà pourquoi son métier l'intéressait moins. Il parlait de plus en plus souvent de prendre sa retraite. Par ailleurs, le taux de criminalité ne cessait d'augmenter, le contraignant à embaucher chaque année de nouveaux adjoints.

Le simple fait de penser au dernier adjoint que son père avait recruté fit sourire Mary. Dillon Ramsey était le genre d'homme qu'une femme remarquait d'emblée. Y compris Mary qui avait pourtant offert son cœur à un beau cow-boy quand elle avait quinze ans et qui, depuis lors, n'avait jamais réussi à le récupérer.

Avec ses cheveux bruns et ses yeux noirs comme la nuit, Dillon avait un côté rebelle, un peu voyou, qui lui plaisait beaucoup.

Quelques jours plus tôt, il lui avait proposé de sortir avec lui et elle avait promis d'y réfléchir. Si Kara, sa meilleure amie, avait été là, elle lui aurait dit qu'elle perdait la tête. Il n'était pas difficile de deviner que Dillon était très beau, très séduisant, mais que les femmes avaient intérêt à se méfier de lui.

Mary n'avait jamais reculé devant le danger. Et elle se demandait si elle avait vraiment envie d'attendre, sa vie durant, que Chase daigne se souvenir de son existence. Voilà des mois qu'il était parti. Lorsqu'elle avait rompu et l'avait envoyé promener, elle n'avait pas imaginé qu'elle se morfondrait ainsi en espérant son retour. Elle avait vraiment mieux à faire. Experte-comptable, elle venait de se mettre à son compte, de démarrer une carrière, de prendre son indépendance. Alors, pourquoi lui avait-elle écrit cette stupide lettre ? Pourquoi avait-elle été s'épancher comme une idiote en lui déclarant son amour éternel ? Manifestement, il s'en moquait comme de l'an quarante…

S'il avait été touché par ses mots d'amour, il lui aurait déjà passé un coup de fil… Comme la missive ne lui était pas revenue, Mary devait se rendre à l'évidence. Chase l'avait reçue, l'avait lue et n'avait pas voulu y répondre. Parce qu'il ne l'aimait plus. Mary ne l'intéressait plus. Le colis que l'amie de sa mère lui avait laissé non plus.

Il était grand temps de tourner la page, d'oublier ce cow-boy. Et pour y arriver, sortir avec Dillon Ramsey semblait la solution.

Elle devait bien se rendre à l'évidence : elle ne cessait de penser à Chase. Depuis qu'elle l'avait vu pour la toute première fois – ils avaient alors quinze ans –, elle n'avait jamais réussi à s'intéresser à un autre. Au collège puis au lycée, tous deux étaient inséparables. Mais quatre ans plus tôt, Chase avait voulu partir, quitter Big Sky et le Montana. Mary et lui avaient alors vingt-quatre ans. Ils étaient trop jeunes pour se marier, estimait-il alors. Il avait besoin de partir, de se trouver. Et ne pas savoir qui était son père le minait.

Il lui avait brisé le cœur en s'en allant. Et depuis lors, elle ne s'était liée avec aucun autre. Principalement parce qu'elle ne pouvait s'empêcher de comparer à Chase tous les hommes qui lui tournaient autour. Avec Dillon, il en serait sans doute autrement. Elle devinait chez lui un côté sauvage et aventureux, à des années-lumière de la personnalité de Chase. Et à présent, elle avait envie de s'amuser.

Son père, le shérif, n'avait pas été content d'apprendre que Dillon l'avait invitée à sortir avec lui.

— J'aimerais que tu réfléchisses avant de donner une suite à sa proposition, avait-il dit le jour où elle était montée au Cardwell Ranch, où elle avait grandi, et où elle en avait parlé à ses parents.

Mary avait acheté un petit immeuble de deux étages à Meadow Village, non loin du centre-ville. Elle avait aménagé le rez-de-chaussée pour en faire son bureau, transformé le premier étage en deux petits appartements qu'elle louait pour arrondir ses fins de mois, et elle vivait au second.

Mais elle passait toujours beaucoup de temps au ranch familial, l'endroit qu'elle aimait le plus au monde, l'endroit où étaient réunis sa famille, ses chevaux et sa terre, ses trois passions. Lorsqu'elle avait décidé de faire des études, après le lycée, elle n'était pas allée loin. Elle s'était inscrite à la Montana State University, située à Bozeman, à quelques dizaines de kilomètres de Big Sky. S'éloigner de Cardwell Ranch était inconcevable pour elle. En cela, elle était bien la fille de sa mère. Cardwell Ranch était la terre de ses ancêtres, son héritage.

Bien des années auparavant, bien avant la naissance de Mary, Dana Cardwell s'était battue pour ce domaine, lorsque ses frères et sa sœur avaient voulu le vendre après le décès de leur mère. L'idée de céder la propriété familiale lui avait toujours semblé inconcevable. Heureusement, sa grand-mère, Mary Cardwell, avait rédigé un testament dans lequel elle léguait le ranch à Dana, sachant qu'avec elle, il resterait dans la famille pour toujours.

Chase n'avait pas compris pourquoi Mary refusait de vivre loin de cette terre pour laquelle toutes les femmes de sa famille s'étaient farouchement battues.

En revanche, si sa mère adorait la vie quotidienne du ranch, s'occuper des troupeaux et des chevaux, Mary préférait, elle, travailler dans les coulisses. Elle avait pris en charge la comptabilité de l'exploitation pour que sa mère puisse se consacrer à sa passion : chevaucher à travers le domaine.

Quand Mary leur avait annoncé que l'adjoint l'avait invitée à sortir avec lui, Dana Cardwell Savage s'était tournée vers son mari.

— Quel est le problème avec Dillon Ramsey ? avait-elle demandé.

— Il est nouveau dans la région, je ne le connais pas bien mais intuitivement, je sens qu'il a quelque chose de pas net, avait répondu Hud.

Mary avait éclaté de rire. Elle savait très bien ce qui dérangeait son père chez le jeune adjoint : ce côté rebelle, un peu voyou, qui justement l'attirait, elle. Puisque Chase l'avait manifestement oubliée, pourquoi ne pas s'aventurer sur les chemins de traverse avec ce Dillon ?

Elle venait de desseller son cheval et elle se dirigeait vers la maison principale de ses parents lorsque la sonnerie de son smartphone retentit, la faisant sursauter. Son pouls s'accéléra. Elle s'empara de l'appareil et regarda l'écran, le cœur battant. Le numéro lui était inconnu mais il émanait d'un autre État. L'indicatif n'était pas celui du Montana.

Qui cherchait donc à la joindre ? Chase ?

Il lui en aura fallu du temps ! pensa-t-elle. Mais très vite, elle lui trouva des excuses. Peut-être travaillait-il dans une région où il y avait peu de réseau, où la couverture de téléphone portable était mauvaise. Cela avait été longtemps le cas dans le Montana. Pourquoi pas en Arizona ? À moins que sa lettre n'ait mis du temps à lui parvenir. La poste avait peut-être dû la lui faire suivre à plusieurs adresses différentes. Peut-être venait-il de la recevoir et l'appelait-il dès qu'il avait eu fini de la lire.

Comme son téléphone se remettait à sonner, elle réprima la boule qui emprisonnait sa gorge. Elle n'en revenait pas d'être aussi nerveuse.

Idiote, pensa-t-elle. *Si ça se trouve, ce n'est même pas Chase mais quelqu'un qui cherche à te vendre une cuisine ou une encyclopédie universelle.*

Elle répondit à la troisième sonnerie.

— Allô !

Après un long silence, une voix féminine lança :

— Mary Cardwell Savage ?

La voix était dure et acide comme une pomme d'automne.

— Oui ? dit-elle, déçue.

Elle avait espéré entendre Chase lui expliquer pourquoi il n'avait pu la contacter plus tôt. Elle lui aurait bien sûr pardonné son retard. L'important était qu'il l'appelle pour lui dire qu'il était dans le même état d'esprit qu'elle. Pour lui jurer qu'il l'aimait et l'aimerait sa vie durant.

Ce n'était pas Chase. Mais une télévendeuse.

— Je suis désolée mais quoi que vous vendiez, je ne suis pas intéress…

— J'ai lu la lettre que vous avez envoyée à Chase.

Le souffle coupé, Mary sentit son cœur cesser de battre. Elle avait mal entendu. Forcément.

— Pardon ?

— Laissez mon fiancé tranquille. Ne lui écrivez plus, ne l'appelez plus. Cessez de le harceler, c'est insupportable. Laissez-le tranquille, c'est compris ?

Mary tenta de réprimer le sentiment d'amertume qui l'envahissait.

— Qui est à l'appareil ? lança-t-elle.

— Celle qui va épouser Chase Steele. Et je vous préviens que si vous essayez de reprendre contact avec lui, je…

Sans lui laisser le temps de finir sa phrase, Mary termina l'appel et glissa d'une main tremblante le smartphone dans sa poche. La voix furieuse et menaçante résonnait toujours à ses oreilles. Qui que soit cette inconnue, elle avait lu sa lettre. S'il était fiancé, il n'était pas étonnant que Chase ne lui ait pas répondu. Mais pourquoi ne lui avait-il pas dit qu'il avait rencontré la femme de sa vie ? Lui avait-il montré cette lettre ? À moins qu'il ne l'ait gardée et qu'elle ne l'ait trouvée ? Cela avait-il de l'importance ? En tout cas, sa fiancée l'avait lue. Les mots d'amour d'une autre l'avaient rendue furieuse et, à sa place, Mary le serait tout autant.

Accablée, elle enfouit son visage dans ses mains. Quatre ans, Chase avait voulu partir pour « se trouver ». Apparemment, au cours de son périple, il avait également trouvé une fiancée. Des larmes amères brûlaient ses paupières. Chase était amoureux d'une autre, il allait se marier. Et elle, elle était vraiment la dernière des idiotes. Sans se l'avouer, voilà des mois qu'elle l'attendait, qu'elle espérait qu'il reviendrait, qu'ils se retrouveraient. Et pendant ce temps-là, Chase, lui, avait tourné la page. Il avait rencontré la femme de sa vie. Et il n'avait même pas eu le courage de lui passer un coup de fil pour le lui dire…

Mary essuya ses larmes d'un geste rageur en se remémorant la colère de l'inconnue qui l'avait appelée. Jamais elle n'aurait dû écrire cette déclaration à Chase. Humiliée, mortifiée, elle se maudissait de lui avoir ouvert son cœur. Pourquoi ne s'était-elle pas contentée de lui parler du paquet ? Pourquoi s'était-elle crue obligée de s'épancher ? Il avait dû la trouver pathétique…

Malheureusement, la nuit où elle avait rédigé cette lettre, elle se sentait d'humeur nostalgique. Sa jument étant sur le point de mettre bas, elle avait passé la nuit au ranch dans son ancienne chambre. Lorsqu'elle l'avait regagnée, tard ce soir-là, elle avait vu le paquet qu'elle avait promis de faire suivre à Chase. Elle avait commencé à écrire un petit mot à ce sujet mais très vite, des souvenirs de leurs années d'adolescence au ranch étaient remontés à sa mémoire. Une profonde tristesse s'était emparée d'elle en songeant aux jours heureux avec Chase, à leur amour d'autrefois. Du coup, elle avait voulu lui téléphoner mais elle s'était aperçue que son numéro de portable n'était plus en service. Elle avait alors essayé de le trouver sur les médias sociaux. Sans plus de succès. À croire qu'il avait disparu de la surface de la terre.

Lui était-il arrivé quelque chose ? s'était-elle soudain demandé avec angoisse.

Inquiète, elle avait lancé une recherche en ligne et avait fini par dénicher une adresse postale mais pas de numéro de téléphone. Rétrospectivement, elle comprenait qu'elle n'aurait jamais dû lui écrire – pas dans l'état d'esprit dans lequel elle se trouvait alors. Elle s'en voulait de lui avoir dit qu'il lui manquait terriblement, qu'elle regrettait leur rupture, qu'elle l'aimait encore et l'aimerait toujours… Quelle sombre idiote !

Le plus bête était qu'elle avait ensuite laissé l'enveloppe sur son bureau et elle s'était couchée dans son lit d'autrefois. Le lendemain matin, sa mère avait surgi à l'aube dans sa chambre pour lui annoncer la naissance du poulain. Folle de joie, Mary avait couru à l'écurie… et oublié la lettre. Une heure plus tard, lorsqu'elle avait quitté le ranch familial pour aller travailler, elle ne pensait plus à cette déclaration ridicule. Malheureusement, sa tante Stacy avait vu l'enveloppe, y avait mis un timbre et l'avait postée, croyant bien faire.

Au début, Mary avait paniqué. Elle avait imaginé que Chase l'appellerait dès qu'il recevrait ses mots d'amour. Elle avait réfléchi à ce qu'elle lui dirait pour ne pas se ridiculiser davantage. Au fil des jours, l'espoir d'un coup de fil s'était dissipé. Et maintenant, après plus de deux semaines de silence et surtout, après cet horrible appel téléphonique, il lui fallait se rendre à l'évidence : tout était fini, et elle devait l'accepter.

Son cœur lui faisait mal. Chase avait été son premier amoureux. Était-il possible de faire le deuil de son premier amour ? En tout cas, Chase, lui, était visiblement passé à autre chose. Mary prit une autre profonde inspiration.

Elle aussi y parviendrait, se promit-elle.

L'été était sa saison préférée. La température était parfaite – ni trop froide ni trop chaude. Une brise légère balançait les branches de pin et jouait dans les hautes herbes des pâturages. Dans le corral, un cheval soufflait par les naseaux tandis que dans le ciel bleu, un faucon volait en rond, s'apprêtant à fondre sur une proie.

Mary était si heureuse dans ce canyon, au ranch, qu'elle n'avait jamais imaginé vivre ailleurs. Elle inspira de nouveau. Elle devait retourner à son bureau. Elle avait du travail. En plus de s'occuper de la comptabilité du Cardwell Ranch, elle se chargeait de celle d'autres ranchs du canyon. Les affaires marchaient bien pour elle.

Elle finirait par oublier Chase ou elle mourrait en essayant, se dit-elle.

Elle se redressa, sécha ses larmes et elle se dirigea vers son SUV. Elle appellerait l'adjoint Dillon Ramsey en rentrant. Il était temps de tourner la page. Chaque fois qu'elle était tombée d'un cheval, elle était toujours remontée en selle, n'est-ce pas ?

Oublier Chase ne serait pas facile mais Dillon Ramsey était certainement l'homme qui pouvait l'y aider.

3

Chase avait empaqueté ses affaires et finissait de charger son pick-up quand il vit Fiona arriver en voiture. Il jura intérieurement. Il avait espéré partir à temps pour éviter une scène. Et pourtant, il avait été surpris qu'elle ne soit pas passée plus tôt. Étant amie avec Patty, la femme de Rick, elle avait certainement appris qu'il pliait bagage.

Il se blinda intérieurement tandis qu'il plaçait un dernier carton à l'arrière de son camion. Dans son dos, il entendit Fiona sortir de son véhicule et s'avancer vers lui. Il se demanda s'il aurait droit à des manœuvres de séduction, à une crise de larmes, à une explosion de colère ou une combinaison des trois.

Les mains enfoncées dans les poches de sa veste, elle lui décocha un sourire timide. C'était ce sourire qui l'avait séduit lors de leur première rencontre. Ce soir-là, il venait de perdre sa mère, il était vulnérable et sans doute l'avait-elle senti. Pensait-elle l'enjôler une nouvelle fois de cette façon ?

Il se reprocha de la juger aussi manipulatrice et pourtant, avec du recul, il comprenait comment elle l'avait séduit ce soir-là pour parvenir à ses fins.

— Fiona, je ne veux pas de problèmes.

Elle eut un petit rire.

— Des problèmes ? Pourquoi y aurait-il des problèmes ? J'ai entendu dire que tu partais et je suis venue te dire au revoir, voilà tout.

Chase aurait aimé la croire mais il commençait à la connaître.

— Nous nous étions dit au revoir la dernière fois que nous nous sommes vus.

— Je sais que tu es toujours en colère contre moi.

— Fiona…

Des larmes jaillirent de ses yeux comme si elle avait la capacité de les faire apparaître à volonté.

— Chase, laisse-moi au moins t'embrasser une dernière fois. Je t'en prie.

Sans lui laisser le temps de refuser, elle franchit en deux enjambées la distance qui les séparait. Comme elle s'approchait de lui et s'apprêtait à l'enlacer, elle sortit les mains de ses poches. Il y vit briller une lame.

D'un geste brusque, il s'écarta et lui saisit le bras.

— Qu'est-ce que…

Avec un juron, il resserra son emprise. Fiona était plus forte qu'elle n'en avait l'air. Elle se débattit et se mit à hurler des obscénités tout en cherchant à lui enfoncer son poignard dans le ventre.

Son regard de démente était presque plus effrayant que la lame dans son poing. Il lui tordit le poignet jusqu'à ce qu'elle laisse tomber le couteau avec un cri. Au moment où celui-ci heurta le sol, Chase la lâcha.

Aussitôt, elle bondit pour le récupérer mais Chase fut plus rapide qu'elle. Comme il se penchait pour le ramasser, elle se jeta sur lui et, folle de rage, le frappa avec violence dans l'espoir de le faire s'étaler par terre.

Il la repoussa brutalement et elle trébucha en arrière avant de s'écrouler dans l'herbe. Elle se mit alors à pleurer de façon hystérique.

Sonné, Chase la dévisagea avec incrédulité. Avait-elle vraiment essayé de le poignarder ?

— N'approche pas ! Ne me tue pas ! cria-t-elle en levant les mains devant elle d'un air terrifié.

Elle semblait avoir oublié qu'*elle* avait tenté de l'assassiner. Chase s'était emparé du couteau pour l'en empêcher mais il ne la menaçait pas.

Il ne comprit son comportement qu'en prenant soudain conscience qu'ils n'étaient plus seuls. Alertés par les cris de Fiona, plusieurs habitants de l'immeuble étaient sortis de chez eux. Une femme d'un certain âge chercha son téléphone portable dans son sac comme si elle s'apprêtait à appeler la police.

Chase sentit le danger.

— Tout va bien, dit-il rapidement.

Le regard de la voisine se posa sur le poignard qu'il tenait toujours à la main.

— Il n'y a aucune raison de s'affoler, poursuivit-il avec calme.

Il se dirigea vers les poubelles alignées le long du bâtiment, en ouvrit une et y laissa tomber le couteau.

— Mon poignard ! cria Fiona. Tu n'as pas le droit de jeter ce qui m'appartient.

La voisine au téléphone reporta son attention sur Fiona qui se relevait en tapotant son jean.

Fiona lui lança d'un ton hargneux :

— Vous voulez ma photo, espèce de vieille bique ? Rentrez chez vous avant que je vous arrache ce téléphone des mains et que je vous le fasse…

Comme la malheureuse tournait les talons pour remonter chez elle à la hâte, Chase secoua la tête avec un soupir. Il se dirigea vers son appartement. Il allait en faire le tour une dernière fois avant de le fermer.

Il veilla à ne pas passer devant Fiona.

— Va-t'en avant que la police n'arrive, dit-il.

— La vieille ne les appellera pas. Elle sait que si elle s'y risquait, elle le paierait cher.

Chase espérait, lui aussi, que la voisine ne contacterait pas les autorités. Sinon, il lui faudrait faire une déclaration au commissariat et perdre du temps. Et il aurait de la chance s'il ne se retrouvait pas derrière les barreaux. Fiona n'hésiterait certainement pas à mentir pour qu'il apparaisse comme l'agresseur et elle la victime.

Tout en ouvrant sa porte, il surveillait Fiona du coin de l'œil. Il ne voulait surtout pas qu'elle parvienne à s'introduire chez lui. Elle n'aurait aucune difficulté à y trouver un autre couteau.

— Tu as tort de vouloir aller la retrouver ! cria-t-elle. Cette fille ne te rendra pas heureux !

Il la regarda. Son mascara avait coulé, elle avait les yeux rouges, l'air désespéré. Elle semblait tellement abattue qu'un instant, il fut ému par sa détresse.

Où était passée la femme sûre d'elle, élégante et pétillante qu'il avait rencontrée au barbecue de Rick ?

— Tu as besoin d'aide, Fiona.

Elle se mit à ricaner.

— C'est toi qui as besoin de te faire soigner, Chase.

Avec un soupir, il entra, referma la porte et la verrouilla avant de poser la chaîne de sécurité. Fiona avait peut-être fait faire plusieurs doubles de sa clé. Qu'en savait-il, après tout ? N'avait-elle pas prétendu un jour que le gérant de l'immeuble lui avait ouvert ? Elle lui avait beaucoup menti. Il ignorait qui était vraiment Fiona Barkley.

Bientôt, elle ne serait plus qu'un mauvais souvenir, se dit-il en faisant une dernière fois le tour des lieux pour s'assurer qu'il n'oubliait rien et que tout était en ordre.

Quand il jeta un œil par la fenêtre, il vit la voiture de Fiona s'éloigner. Soulagé, il prit son sac de voyage, ferma l'appartement et se dirigea vers son pick-up. Il avait hâte de prendre la route, de regagner le Montana. Mais comme il s'approchait de son camion, il s'aperçut que Fiona lui avait laissé un message d'adieu.

Sur son pare-brise, elle avait écrit au rouge à lèvres :

Tu le regretteras.

Il regrettait surtout d'avoir croisé la route de cette folle. Il eut une petite pensée pour le prochain homme qui attirerait l'œil de Fiona. Il espérait que le malheureux saurait mieux que lui se dépêtrer de ses manigances.

Il jeta son sac sur le siège passager, tira un vieux chiffon de l'arrière de son véhicule et essuya le rouge à lèvres. Puis il s'installa au volant et mit le cap vers le Montana, vers Mary, bien déterminé à sortir Fiona de son esprit.

Certains jours, par exemple lorsqu'elle regardait Mary, sa fille de vingt-huit ans, Dana s'étonnait de la vitesse à laquelle les années avaient passé. À peine avait-elle eu le temps de dire ouf que son bébé était devenu une femme.

Étant sa seule fille, Mary occupait une place particulière dans son cœur de mère. Voilà sans doute pourquoi, quand Mary souffrait, Dana souffrait aussi. Depuis que Chase et Mary avaient rompu et qu'il avait quitté le Montana, sa fille avait le cœur brisé et Dana ne savait pas comment l'aider.

Pourtant, elle avait, elle aussi, connu un chagrin d'amour. Autrefois, elle s'était disputée avec Hud, son amoureux, et il avait fini par partir en claquant la porte. Elle en avait été anéantie. Mais il était revenu, ils s'étaient mariés et leur amour avait surmonté toutes les difficultés qu'ils avaient rencontrées depuis lors.

Experte-comptable, Mary s'était mise dernièrement à son compte pour exercer son métier en indépendante. Dana espérait que ses nouvelles activités l'aideraient à se changer les idées. Mary travaillait d'arrache-pied et elle s'était déjà constitué une solide clientèle. Ses affaires étaient tellement florissantes qu'elle avait pu s'acheter un petit immeuble. Pourtant, malgré ses multiples activités et ses succès, Mary n'était pas heureuse, Dana le voyait bien. Il manquait quelque chose à sa vie, à son cœur.

— Eh ! sœurette, as-tu entendu un mot de ce que je viens de te dire ?

Dana, qui regardait par la fenêtre Mary desseller son cheval, reporta son attention sur son frère, assis à la table de la cuisine.

— Désolée. Tu parlais des voleurs de bétail, c'est ça ?

Jordan sourit. À une époque, tous deux avaient été en conflit à propos du ranch. Heureusement, ces vieilles querelles appartenaient au passé. Jordan répétait souvent à Dana qu'il se félicitait tous les jours d'être revenu à Big Sky pour faire la paix avec elle et l'aider à diriger Cardwell Ranch. Elle partageait entièrement son avis.

— Nous avons encore perdu trois bêtes, dit-il.

— Combien ont disparu, en tout ? demanda-t-elle.

— Douze nous ont déjà été volées, répondit son frère.

Dana se tourna vers son mari, assis au bout de la table, qui observait lui aussi Mary par la fenêtre, tout en se régalant de cookies tout juste sortis du four. Hud rentrait tous les jours au ranch pour déjeuner et elle s'efforçait de lui cuisiner ce qu'il aimait.

— Les voleurs attaquent toujours les troupeaux la nuit, dit-il. Ils coupent les barbelés au sécateur, sélectionnent quelques bêtes et les conduisent sur la route où les attend une bétaillère. Ils veillent à cibler chaque fois un ranch ou un champ différent et voilà pourquoi, à moins d'être devin, il est impossible de prédire où ils vont frapper… Nous ne sommes pas les seuls à avoir subi des pertes.

— Nous aurions peut-être intérêt à embaucher des hommes pour monter la garde, la nuit, dit Jordan. Ils feraient des rondes le long des clôtures.

— Je vais déjà demander à un ou deux de mes adjoints de patrouiller sur les routes du coin pendant quelques nuits et voir si cela change quelque chose, dit le shérif en se levant.

Comme il lançait un regard interrogateur à Dana, Jordan se mit debout à son tour. Il comprit que mari et femme avaient besoin de s'entretenir en privé et il sortit dans la cour pour les laisser en tête à tête.

Dès qu'il fut parti, Hud demanda à Dana :

— Qu'y a-t-il ? Je devine que quelque chose te préoccupe et il ne s'agit pas des voleurs de bétail.

Elle lui sourit. Comme il la connaissait bien ! Hud était son mari, son amant et son meilleur ami.

— C'est vrai. Je m'inquiète à propos de Mary. Stacy m'a dit qu'elle avait posté une lettre de Mary pour Chase, il y a quelques semaines. Il ne lui a pas répondu.

Hud poussa un gémissement.

— Et que lui écrivait-elle ? En as-tu une idée ?

— Non mais elle semble se morfondre depuis. Je pense qu'elle est toujours amoureuse de lui. À mon avis, elle ne s'est jamais remise de leur rupture, ajouta-t-elle avec un soupir.

Son mari secoua la tête.

— Pourquoi n'avons-nous pas eu que des garçons ?

— Nos fils tomberont un jour amoureux et connaîtront probablement des chagrins d'amour, eux aussi.

Comme il n'émettait aucun commentaire, Dana ajouta :

— Mary sort avec ton adjoint Dillon Ramsey, ce soir.

Avec un juron, il passa la main dans ses cheveux grisonnants.

— Je n'aurais pas dû lui dire que ce type ne me plaisait qu'à moitié.

Dana se mit à rire.

— Si tu t'inquiètes autant à propos de cet homme, pourquoi ne pas en parler franchement avec elle ?

Il poussa un gros soupir.

— Tu la connais aussi bien que moi. Elle est plus têtue qu'une bourrique. Si je lui dis de ne pas faire quelque chose, elle aura encore plus envie de le faire.

Il n'avait pas tort. Mary avait hérité du caractère de sa mère et de sa grand-mère.

— Dillon l'a seulement invitée à dîner, dit-elle, espérant qu'il n'y avait donc pas lieu de se faire du souci.

Avec un grognement, Hud enfonça son stetson sur sa tête.

— Je dois retourner au travail. Crois-tu qu'elle se remettra un jour de cette histoire avec Chase ? ajouta-t-il, le regard adouci.

Dana aurait aimé le savoir.

— Avec le temps, oui. Sans doute a-t-elle besoin de savoir sur quel pied danser. Le fait que Chase ne réponde pas à sa lettre est une réponse en soi et va peut-être l'encourager à tourner la page et à s'intéresser à quelqu'un d'autre.

— Pourvu que ce quelqu'un d'autre ne soit pas Dillon Ramsey.

— Sérieusement, qu'est-ce qui t'ennuie à son sujet ?

Le shérif fronça les sourcils.

— Je ne peux pas mettre le doigt dessus mais quelque chose ne me plaît pas chez lui. Je l'ai engagé pour rendre service à son oncle qui est shérif dans le Wyoming. Dillon est assez arrogant, très sûr de lui.

Dana éclata de rire.

— J'ai connu un adjoint de ce genre autrefois…

Hud sourit.

— Ce n'est pas faux. Par ailleurs, il est encore jeune, il débute dans le métier.

— Je ne pense pas que ce soit cet aspect qui attire Mary.

Son mari poussa un gémissement.

— Je préférerais la voir avec quelqu'un ayant la tête sur les épaules et les deux pieds sur terre.

— Tu veux dire avec quelqu'un qui ne soit pas représentant des forces de l'ordre. Chase Steele ne l'était pas.

— J'aimais bien Chase, reconnut Hud à contrecœur. Mais ils étaient tous les deux trop jeunes. Avant de se marier, il avait besoin de rouler sa bosse, de profiter un peu de sa jeunesse, de faire les quatre cents coups… De devenir adulte.

— Mary aurait voulu qu'il reste et se batte pour elle. Cela ne te rappelle pas quelqu'un ?

Hud eut un sourire triste.

— Parfois, un garçon doit quitter son lopin de terre pour découvrir le vaste monde et grandir. C'était la raison pour laquelle j'étais parti, dit-il en lui prenant la main. Loin de toi, j'avais compris ce qu'il me manquait pour être heureux, ce que je voulais. Toi.

Elle se blottit contre lui, songeant avec reconnaissance à ces années passées auprès de cet homme merveilleux à élever leur famille dans ce ranch qu'elle adorait.

— Mary est forte.

— Comme sa mère.

— Elle s'en remettra, dit Dana, espérant ne pas se tromper.

Chase était déterminé à rouler le plus loin possible. Rejoindre le Montana lui demanderait une vingtaine d'heures de route et il lui serait difficile d'effectuer le trajet d'une traite. Mais il ressentait presque physiquement le besoin de mettre un maximum de kilomètres entre Fiona et lui. L'estomac noué, il se remémora la brève histoire qu'il avait eue avec elle et fit un petit examen de conscience.

Avait-il dit ou fait quelque chose donnant à penser qu'il souhaitait nouer une véritable relation amoureuse avec elle ? Non, il avait été clair dès le départ et il lui avait dit d'emblée qu'il n'était pas libre mais amoureux d'une autre. En revanche, il avait eu tort de se laisser séduire sans réfléchir.

Lorsqu'il lui avait expliqué qu'il en aimait une autre, Fiona lui avait assuré qu'elle s'en moquait. Elle avait prétendu avoir seulement envie de sexe pour se détendre après une mauvaise journée. Et comme un imbécile, il l'avait crue. Il était tombé dans le panneau.

Pourtant, même quand elle avait révélé sa vraie nature, son côté manipulateur, il avait deviné chez elle une profonde vulnérabilité. Il avait éprouvé une certaine pitié pour elle. Peut-être à tort.

Il se sentait très mal en songeant à cette triste affaire et les kilomètres qu'il avalait n'y changeaient rien. Il regrettait d'avoir quitté le Montana, quatre ans plus tôt, mais à l'époque ce départ lui paraissait la seule issue. Il avait mis le cap sur le sud, sans avoir d'idée précise sur sa destination. Où qu'il aille, un menuisier trouvait toujours du travail.

Lorsque sa mère lui avait annoncé qu'elle était en train de mourir d'un cancer et qu'elle voulait le voir avant la fin, il avait aussitôt quitté son poste pour se rendre à Quartzsite, en Arizona. Il espérait alors qu'elle lui donnerait enfin le nom de son père.

Chase n'avait jamais su qui était son géniteur. Depuis sa naissance, sa mère refusait de révéler l'identité de cet homme, pour des raisons dont il ignorait tout. Une fois en Arizona, il avait vite compris qu'elle n'avait toujours pas l'intention de le lui dire et qu'elle emporterait ce secret avec elle. En revanche, elle lui avait fait promettre de rapporter ses cendres dans le Montana et de les disperser dans le Gallatin Canyon près de Big Sky.

« C'est là-bas que j'avais rencontré ton père, avait-elle confié d'une voix faible. Il était l'amour de ma vie. »

Si elle ne lui avait pas dit qui il était, au moins savait-il maintenant que ce type avait vécu à Big Sky au moment de la conception de Chase. Ce n'était pas grand-chose mais c'était toujours mieux que rien.

Après avoir traversé Searchlight, dans le Nevada, Chase roulait au milieu de nulle part lorsqu'il s'aperçut qu'une épaisse fumée s'échappait de son capot. Il s'arrêta quand le moteur se mit à tousser. Tout en se garant sur le bas-côté, il se demanda tout de suite si Fiona avait trafiqué son camion avant son départ.

Une profonde colère s'empara de lui. Mais très vite, elle fut balayée par une autre émotion, infiniment plus forte. En proie à un horrible pressentiment, il eut soudain l'intuition qu'un terrible malheur allait s'abattre sur Mary s'il n'arrivait pas très vite dans le Montana. Cette impression fut si puissante qu'il hésita à abandonner son pick-up au bord de la route et à continuer en stop.

Il tenta de se calmer, de se convaincre que cette angoisse était irrationnelle et ne reposait sur rien. Certes, Fiona avait essayé de le tuer pour l'empêcher de partir et sans doute avait-elle saboté son camion. Mais il était peu probable qu'elle aille jusqu'à traverser le pays pour le poursuivre de ses assiduités et continuer à déverser sa rancœur sur lui. En revanche, le moteur du camion était mort. Chase allait devoir en faire poser un nouveau, ce qui allait lui prendre un moment.

Il eut beau se raisonner, le mauvais pressentiment qui l'avait saisi un peu plus tôt ne se dissipa pas. Après avoir appelé une dépanneuse, il composa le numéro du Jensen Ranch, le ranch le plus proche de celui de la famille de Mary. Si quelqu'un savait comment allait Mary, c'était Beth Anne Jensen.

Elle répondit à la troisième sonnerie.

— Allô !

— Bonjour, Beth Anne. Chase à l'appareil.

Lorsqu'elle se mit à glousser de joie, il comprit qu'elle était la dernière personne qu'il aurait dû contacter, mais le mal était fait. Un peu tard, il se souvint que, quand il travaillait pour les Jensen, Beth Anne lui avait fait des avances, ce qui avait provoqué une crise avec Mary.

— Salut, Chase. Heureuse de t'entendre. Tu es de retour ?

— Non, je téléphonais seulement pour savoir comment allait Mary. J'étais inquiet pour elle. Sais-tu si elle va bien ?

Le ton de Beth Anne changea du tout au tout.

— Autant que je sache, elle se porte comme un charme. Est-ce tout ce que tu voulais savoir ?

Il avait vraiment commis une erreur en l'appelant.

— Comment vas-tu, toi ?

— Merci de t'en soucier. Je vais bien. J'ai ouvert une boutique de fleurs et je sors avec un séduisant cow-boy. Mais si tu t'intéresses toujours à Mary, pourquoi n'es-tu pas revenu à Big Sky ?

Par entêtement, par stupidité ou par fierté mal placée. Ou une combinaison des trois.

— Peu importe. Mais je viens d'avoir un mauvais pressentiment. J'ai cru qu'elle avait des problèmes.

Beth Anne se mit à rire.

— Mon frère l'a vue, il n'y a pas longtemps, avec l'un des jeunes adjoints du shérif. Apparemment, elle sort avec lui.

— Elle va bien, alors. Tant mieux. Merci et prends soin de toi.

Il raccrocha avec brusquerie et s'interdit de continuer à s'angoisser pour Mary. Si elle sortait avec un adjoint, elle ne risquait rien, n'est-ce pas ? De colère, il donna un coup de pied dans l'un de ses pneus puis il s'assit par terre pour attendre la dépanneuse.

Elle mit des heures à arriver et à remorquer son camion jusqu'au garage le plus proche. À ce moment-là, il était fermé et Chase fut contraint de prendre une chambre dans un motel du coin. Il se doucha avant de s'effondrer sur le lit, furieux contre Fiona mais plus furieux encore contre lui-même.

En voyant la fumée s'échapper de son capot, il avait immédiatement deviné que le moteur était grillé mais il n'avait pas tout de suite détecté l'origine du problème. Certes, son pick-up n'était pas neuf mais il était bien entretenu et en bon état. Perplexe, il avait vérifié le niveau d'huile. Et c'est alors qu'il avait senti l'odeur d'eau de Javel qui s'en échappait.

En un éclair, il avait compris ce qui s'était passé. Après avoir fini de nettoyer son appartement, il avait jeté un flacon de Javel et d'autres produits ménagers qu'il ne souhaitait pas rapporter dans le Montana.

Il avait laissé Fiona seule près de son camion. Il avait cru que, pour se venger, elle s'était contentée d'écrire des menaces sur son pare-brise avec du rouge à lèvres. Il l'avait sous-estimée et maintenant, il allait devoir changer son moteur, ce qui demanderait du temps et de l'argent.

Trois jours plus tard, alors qu'il était toujours bloqué dans le Nevada, attendant que son nouveau moteur soit livré, il appela Rick.

— Salut, Chase, ravi d'avoir de tes nouvelles, dit ce dernier. Où es-tu ? J'étais sûr que tu ferais la route jusque dans le Montana d'une seule traite.

— J'aurais bien aimé mais je suis tombé en panne près de Searchlight.

— Vraiment ? Est-ce grave ?

— J'en ai bien peur. Je soupçonne Fiona d'avoir mis de l'eau de Javel dans le réservoir d'huile.

Rick laissa échapper un juron.

— Cela a dû bousiller le moteur.

— Exactement. Il est grillé.

— Je suis vraiment désolé. J'ai l'impression que tout est ma faute. Y a-t-il quelque chose que je puisse faire ? Où es-tu ? Je pourrais peut-être venir te remorquer et rapatrier ton véhicule jusqu'ici. Je connais un excellent mécanicien qui…

— Merci, Rick. C'est très gentil à vous de le proposer mais je fais réparer mon camion ici. C'est plus simple. Je ne vous appelais pas pour vous demander de l'aide.

— C'est drôle que tu téléphones, dit Rick. Parce que depuis plusieurs jours, je sais que je dois te passer un coup de fil, mais je ne cesse de reporter dans l'espoir d'avoir de meilleures nouvelles à t'annoncer.

Chase sentit les battements de son cœur s'accélérer dans sa poitrine.

— Pourquoi ? Que se passe-t-il ?

Son ancien patron laissa échapper un petit rire ennuyé.

— Nous sommes toujours amis, n'est-ce pas ?

— Bien sûr. Je vous ai pardonné pour Fiona, si c'est ce qui vous inquiète.

— Tu risques de changer d'avis après avoir entendu ce que je m'apprête à te dire, répliqua Rick. Je ne voulais pas que tu l'apprennes en lisant les journaux.

Chase sentit son ventre se nouer mais Rick poursuivit :

— Depuis ton départ, Fiona n'était pas retournée travailler à l'agence immobilière qui l'employait, et quand Patty a fait un saut chez elle, elle s'est aperçue qu'elle avait filé sans laisser d'adresse.

Chase jura entre ses dents. Fiona n'aurait quand même pas tenté de mettre fin à ses jours ? Elle lui avait dit qu'il regretterait d'être parti. Il sentit un frisson de peur lui parcourir l'échine. Fiona était tellement irrationnelle que le pire était à craindre…

Rick s'éclaircit la voix.

— Ce matin, un pêcheur a trouvé sa voiture dans le Colorado.

Le ventre noué, Chase ne parvenait plus à respirer.

— Est-elle… ?

— Des plongeurs sondent le cours d'eau depuis des heures dans l'espoir de repêcher son corps mais il a pu dériver très loin. Le fleuve est très haut après le violent orage qui s'est abattu dans la montagne, l'autre nuit.

Chase se passa la main dans les cheveux tout en arpentant sa chambre de motel.

— Quand je suis parti, elle m'a menacé du pire mais jamais je n'aurais imaginé qu'elle attenterait à sa vie.

— Ne tire pas de conclusions hâtives, dit Rick. Pour la police, il s'agit d'un accident. Des caméras de surveillance ont filmé Fiona alors qu'elle sortait d'un bar, ce soir-là, et elle était manifestement en état d'ébriété. Écoute, ce n'est pas ta faute. Je n'aurais sans doute pas dû t'en parler. Cette fille n'était pas très équilibrée. Voilà longtemps que ma femme s'inquiétait à son sujet.

Accablé, Chase cessa de tourner en rond pour regarder le désert par la fenêtre. Des vagues de chaleur montaient du sol, créant des mirages.

— Malgré tout, penser, ne serait-ce qu'un instant, qu'elle a pu avoir envie d'en finir à cause de moi me rend malade, dit-il.

— Elle était caractérielle. De toute façon, c'était un accident, j'en suis certain. Je suis désolé de t'annoncer ce genre de nouvelles mais je me suis dit que tu préférerais le savoir. Une fois ton camion réparé, pars et oublie cette triste histoire. As-tu toujours l'intention de te rendre dans le Colorado ? Si tu changes d'avis et souhaites revenir en Arizona, tu sais que je serai ravi de te revoir. Et que tu retrouveras aussitôt ta place dans mon entreprise.

Chase n'avait plus aucune raison de lui cacher la vérité à présent.

— Merci Rick. Votre proposition me touche. Mais dès que possible, je rentre chez moi, dans le Montana.

— Dans le Montana ? Si je comprends bien, tu n'as jamais oublié ton premier amour, hein ?

— Non, c'est vrai.

Chase se rendit compte que « chez lui », c'étaient « les bras de Mary ». Et le canyon Gallatin.

— J'ai grandi à Big Sky. Et j'y suis tombé amoureux pour la première fois.

— Eh bien, je te souhaite bonne chance. Et le meilleur pour la suite.

— Merci. Et si vous avez du nouveau à propos de Fiona…

— Je le garderai pour moi.

— Non, non, prévenez-moi, au contraire. Je ne la connaissais pas bien mais je me soucie de son sort.

Il se remémora la première fois où il l'avait vue, vêtue de cet élégant tailleur noir et chaussée de talons aiguilles. Ce soir-là, elle lui avait paru forte, capable, enjouée… Et les autres fois où elle venait chez lui en permanence comme si elle était chez elle, comme s'ils étaient en couple… Depuis le départ, elle lui avait joué un rôle, une comédie.

— Je n'ai jamais su qui elle était, en réalité. Je ne suis pas sûr qu'elle l'ait su elle-même.

Ils se dirent au revoir. Après avoir raccroché, Chase rangea son téléphone. Il ne pouvait s'empêcher d'imaginer les derniers moments de Fiona lorsque sa voiture était tombée dans le fleuve en crue. Savait-elle nager ? Il n'en avait aucune idée. Avait-elle réussi à s'extraire de l'habitacle ou y était-elle restée coincée ? Et ensuite, était-elle trop épuisée pour remonter à la surface ? Ou avait-elle été emportée par le courant ?

Chase se sentait triste mais il savait qu'il n'aurait pas pu l'aider. Fiona cherchait un homme prêt à s'engager avec elle. Comme toute femme, elle méritait de vivre un amour authentique. Mais comme il le lui avait dit dès le départ, il n'était pas pour elle.

Si seulement il avait su, avant de se rendre à ce barbecue, à quel point elle était fragile, il aurait veillé à garder ses distances. De toute façon, il aurait dû se tenir éloigné d'elle. À présent, il se reprochait ce moment de faiblesse.

Cette nuit-là, il avait eu besoin de quelqu'un mais pas d'une inconnue, pas de Fiona. Il avait eu besoin de Mary.

— Je suis vraiment désolé, murmura-t-il. Vraiment désolé.

Il espérait que maintenant, Fiona avait enfin trouvé la paix.

Le regard rivé sur l'horizon, il reporta ses pensées vers Mary.

Il était impatient de revoir ses beaux yeux bleus et de lui dire qu'il n'avait jamais cessé de l'aimer.

Songer à elle raviva son inquiétude. Il avait hâte de regagner le Montana.

Dillon accompagna Mary jusqu'à sa porte et patienta jusqu'à ce qu'elle retrouve ses clés au fond de son sac.

— J'ai passé une merveilleuse soirée, dit-il en s'appuyant contre le mur de l'immeuble comme s'il attendait qu'elle l'invite à monter.

Des nuages jouaient à cache-cache avec la lune au-dessus des montagnes. L'odeur des sapins embaumait l'air frais de la nuit.

Sa mère répétait souvent que cette partie du Montana était un petit coin de paradis. Mary partageait tout à fait son avis.

Elle avait laissé une lumière allumée dans son appartement au dernier étage.

— Je me suis bien amusée, moi aussi, dit-elle.

Elle hésita à lui proposer de venir admirer la vue de son balcon. Il faisait particulièrement doux, ce soir. Mais soudain, sans bien savoir pourquoi, elle se sentit fatiguée et remplie d'une infinie tristesse. Mieux valait abréger la soirée.

Dillon planta les yeux dans les siens.

— Je dois y aller, dit-il.

Alors qu'il était manifestement sur le point de tourner les talons, il sembla brusquement changer d'avis et se pencha vers Mary pour l'embrasser. Chastement d'abord, puis avec plus d'ardeur, l'étreignant contre lui. Ce baiser la décontenança. Lors de leur premier rendez-vous, il n'avait même pas essayé de lui prendre la main.

Sa langue fouilla sa bouche un long moment puis il s'écarta avec brusquerie. Il l'observa avec attention sous le clair de lune avant de dire :

— Je dois vraiment y aller. Peut-être pourrions-nous faire quelque chose ce week-end, si tu n'es pas trop occupée ?

Elle hocha bêtement la tête avant d'entrer dans son immeuble. Dillon et elle avaient presque le même âge. Ils étaient tous deux majeurs et vaccinés. De plus, elle avait cru qu'il l'embrasserait dès leur premier rendez-vous. Sa surprise, ce soir, n'avait donc rien à voir avec leur baiser.

Elle verrouilla la porte derrière elle et se dépêcha de monter chez elle. D'une main tremblante, elle ouvrit son appartement, entra et tira le verrou derrière elle. Au bord des larmes, elle s'appuya contre la porte. Elle ne comprenait pas pourquoi elle était la proie d'une telle déception.

Le baiser avait bien commencé. Mais quand Dillon l'avait approfondi, que leurs langues avaient entamé une danse sensuelle, elle n'avait ressenti qu'un grand vide.

Comparerait-elle sa vie durant chaque baiser à ceux de Chase ? Manquerait-il toujours quelque chose aux hommes qu'elle embrasserait par la suite ?

Sans se donner la peine d'allumer la lumière, elle jeta son sac dans un coin et gagna sa chambre, furieuse contre elle-même. Et encore plus furieuse contre Chase. Il l'avait quittée comme si ce qu'ils avaient vécu ensemble ne signifiait rien pour lui. Et voilà d'ailleurs pourquoi il s'était fiancé à une autre et n'avait même pas eu le courage de le lui dire.

Pour la énième fois, elle se reprocha d'avoir écrit cette lettre. Elle enfila son T-shirt préféré et alla se brosser les dents dans la salle de bains. Son reflet dans le miroir la surprit. Elle n'était plus la jeune fille dont Chase était tombé amoureux. Elle était désormais une femme à part entière. Elle sécha ses larmes. Une détermination pleine de colère remplaça peu à peu son chagrin. Elle se remettrait de cette épreuve, elle en sortirait grandie.

La sonnerie inattendue de son smartphone la fit sursauter. Elle se dépêcha de s'emparer de l'appareil et, pendant un instant, elle pensa que Chase l'appelait. Son cœur s'accéléra dans sa poitrine mais très vite, elle recouvra ses esprits. Chase avait tourné la page, il l'avait oubliée et s'était fiancé à une autre. Quand allait-elle enfin l'accepter ?

— Depuis que je t'ai laissée en bas de chez toi, je ne cesse de penser à toi, dit Dillon. Et je me demandais si tu voudrais aller au cinéma demain soir…

— J'adorerais, répondit-elle aussitôt.

Peut-être n'était-elle tout simplement pas prête pour un baiser, ce soir. Peut-être que la prochaine fois tout se passerait mieux…

— Génial, dit Dillon. Je viendrai te chercher vers 17 h 30 si ça te va. Pourquoi n'irions-nous pas grignoter un morceau après le film ?

— Excellente idée.

Dommage que Chase ne puisse la voir maintenant, pensa-t-elle en raccrochant. Dillon était beau, séduisant, peut-être un peu moins costaud que Chase. Mais il le dépassait d'une bonne tête. Et il voulait sortir avec elle.

Elle raccrocha, déterminée à laisser Chase Steele derrière elle. Il était passé à autre chose et désormais, elle aussi. La prochaine fois, elle inviterait Dillon à monter chez elle. Mais alors même qu'elle s'imaginait avec lui sous les draps, elle songea à Chase et à sa fiancée. Elle se trouva pathétique. Alors qu'elle ne pouvait s'empêcher de comparer tous les hommes à Chase, lui était tombé amoureux d'une autre. Elle avait toujours cru que ce qu'ils avaient partagé était vraiment unique, spécial. Tous ses mots, tous ses gestes, tous ses baisers étaient pour elle, rien que pour elle.

Et maintenant, il les offrait à une autre…

Mary ne voulait plus penser à lui. Dillon l'avait fait rire, et si son baiser n'avait pas déclenché la moindre flamme intérieure, elle était prête à lui donner une deuxième chance.

Son père ne faisait pas confiance à son nouvel adjoint. Cela signifiait-il qu'elle devait se méfier de Dillon ? Autrefois, Chase avait eu un côté un brin rebelle, lui aussi, et son père avait été inquiet de voir sa fille tomber amoureuse de lui. Peut-être y avait-il une dangerosité chez Dillon qui le rendait intéressant à ses yeux.

Alors qu'elle s'endormait, ses pensées revinrent à Chase. Le cœur en miettes, elle frappa avec colère son oreiller inondé de larmes.

4

— Comment s'est passée ta soirée ?

Mary leva les yeux de l'écran de son ordinateur et découvrit sa mère sur le seuil de son bureau, deux grands gobelets en carton à la main. Elle les avait achetés au café d'en face.

— Dis-moi que tu m'as pris un Frappuccino au caramel !

Mary raffolait de cette boisson frappée et glacée, qui se déclinait, au choix, agrémentée de chocolat ou de caramel. Cette dernière version avait sa préférence.

Dana éclata de rire.

— Je connais tes goûts, ma chérie ! Il ne manque ni la glace pilée ni la crème Chantilly, ni le coulis de caramel au beurre salé !

Mary sourit à sa mère et plongea un doigt dans la chantilly avant de le porter à sa bouche avec délice.

— Merci, maman. Je vais me régaler. J'espère que tu en as pris un pour toi.

— Sûrement pas, répondit Dana en s'asseyant dans un fauteuil de cuir. Un Frappuccino contient trop de calories. Je n'ai pas besoin de kilos supplémentaires. De toute façon je préfère que mon café ait un vrai goût de café.

Mary, qui s'étonnait souvent de ressembler beaucoup à sa mère, devait reconnaître qu'en la matière, elles étaient bien différentes. En réalité, elles partageaient essentiellement un amour infini pour le Montana et une détermination sans faille à transmettre Cardwell Ranch aux générations futures. Du moins pour ceux et celles qui voudraient y rester. Ses trois frères avaient quitté la région dès leur majorité. Mary s'interrogeait sur ses futurs enfants… Au cas où elle finirait par se marier et par devenir mère, bien sûr. Auraient-ils envie de voyager comme Chase ? Elle ne pourrait évidemment pas les forcer à demeurer près d'elle. Pas plus qu'elle n'avait réussi à retenir Chase.

Elle savoura une gorgée de sa boisson préférée, se reprochant la tournure de ses pensées. N'avait-elle pas décidé de cesser de tout ramener à Chase ?

Sa mère l'observait avec attention.

— J'essaie de deviner si ta soirée avec Dillon s'est bien passée, dit-elle. Quand je suis entrée, j'aurais juré que oui, mais maintenant, tu fronces les sourcils… Ton Frappuccino est-il bon, au moins ?

Mary se força à sourire et reporta son attention sur sa mère.

— Il est parfait, merci. J'en avais vraiment besoin. D'habitude, j'essaie de me rendre au café de Lone Peak Perk à l'ouverture. Mais ce matin, j'avais tellement de travail que je ne voulais pas perdre un instant. Dommage qu'ils ne livrent pas à domicile.

Sa mère la dévisagea d'un regard pénétrant.

— Cherches-tu sciemment à détourner la conversation pour ne pas répondre à ma question ? Ton rendez-vous avec ce Dillon m'intéresse plus que tes rituels en matière de café.

Mary éclata de rire et répondit :

— J'ai passé une bonne soirée, oui. Nous nous sommes bien amusés. Et d'ailleurs, je ressors avec lui, ce soir.

Sa mère leva un sourcil surpris.

— Déjà ? Si je comprends bien, contrairement à ce que craignait ton père, il s'est comporté en parfait gentleman…

— N'hésite pas à le dire à papa, dit-elle, une étincelle de malice dans les yeux.

— Mary !

Toutes deux éclatèrent de rire.

— Alors, il te plaît, ce bel adjoint ? J'ai l'impression que tu l'aimes bien, non ? reprit Dana, faisant mine d'ignorer qu'elle devenait indiscrète.

Mary soupira. En réalité, elle avait espéré qu'elle l'aimerait mieux que cela.

— Tu es impossible, maman. Tu ne me lâcheras pas tant que tu ne m'auras pas tiré les vers du nez, n'est-ce pas ?

— Non. Bien sûr que non.

Sa mère paraissait surtout soulagée que Mary s'efforce de sortir Chase de sa tête. Elle n'aimait pas voir sa fille malheureuse. Il était temps d'arrêter de se morfondre à cause de Chase et elles le savaient toutes les deux.

— Alors, quoi de neuf ? demanda Dillon Ramsey en refermant la porte du chalet.

Il se dirigea vers le réfrigérateur, l'ouvrit pour y prendre une bière comme s'il était chez lui.

Irrité, Grady Birch serra les dents mais ne releva pas.

— La nuit dernière, nous avons embarqué trois autres bœufs de première qualité, répondit-il. Des adjoints patrouillaient près de la rivière, comme tu l'avais indiqué. Nous nous sommes donc attaqués à un ranch situé à l'opposé du cours d'eau. Nous sommes entrés et sortis sans être inquiétés.

Un sourire aux lèvres, Dillon décapsula sa canette et en avala une longue gorgée.

— C'est bien pratique de savoir d'avance où seront postés les adjoints du shérif.

— Malheureusement, j'ai entendu dire que des éleveurs avaient décidé de monter eux-mêmes la garde pour protéger leurs troupeaux.

Dillon jura.

— C'était trop facile, cela ne pouvait pas durer.

Il s'installa dans l'un des fauteuils usés du chalet de Grady. Curieusement, il se sentait plus à l'aise dans cet endroit miteux que dans son bel appartement de Big Sky.

— Nous allons marquer une pause, le temps que les ranchers se calment, dit-il.

— Et à part ça, comment s'est passé ton rendez-vous ?

L'adjoint sourit.

— Encore deux ou trois soirées du même genre et elle viendra me manger dans la main.

Grady avait l'air inquiet.

— Tu joues avec le feu en sortant avec la fille du shérif. C'est de la folie pure. J'espère que le jeu en vaut la chandelle.

Dillon éclata de rire.

— J'aurai sous peu la possibilité de me rendre au Cardwell Ranch, de m'asseoir sur leur terrasse et de boire les bières du shérif… Tu imagines ? Tu parles que ça en vaut la peine !

— Le but du jeu m'échappe, je crois, dit Grady.

— Mon travail d'adjoint du shérif est provisoire. Dans l'immédiat, il me permet d'amasser de l'argent en toute discrétion. Bientôt, j'aurai empoché de quoi vivre au soleil jusqu'à la fin de mes jours, les pieds en éventail, en buvant des cocktails. J'ai des projets pour la suite et, rassure-toi, je n'ai aucune envie de m'encombrer d'une femme et surtout pas de Mary Savage. Mais en attendant… Elle est jolie. J'ai l'impression qu'elle n'a pas beaucoup d'expérience. Je serai heureux de lui apprendre quelques petites choses.

— Malgré tout, draguer la fille du shérif est risqué, répliqua Grady. Sauf si, contrairement à ce que tu dis, tu as envie de t'engager sérieusement avec elle.

— Je m'arrange pour ne pas inquiéter le shérif. Je ne veux pas qu'il se méfie de moi. Je te l'ai dit, il a failli me pincer sur ses terres l'autre soir, après notre virée au Cardwell Ranch. Heureusement, je l'ai convaincu que je me baladais dans les environs pour me détendre pendant ma journée de repos.

— Et tu crois vraiment que sortir avec sa fille le rendra moins méfiant à ton égard ?

— Cela lui donnera quelque chose d'autre à craindre, répondit Dillon avec un sourire.

Il avait obtenu ce poste grâce à son oncle, un ancien shérif, ami de Hud. Et ses fonctions d'adjoint lui permettaient de mener de fructueuses petites affaires sans risquer d'ennuis. Qui soupçonnerait un représentant des forces de l'ordre ?

Son oncle n'ayant aucun scrupule à lui demander des comptes, Dillon avait préféré quitter le Wyoming pour occuper le poste d'adjoint dans le Gallatin Canyon du Montana.

— Mary Savage est une belle femme, ça ne fait aucun doute, dit Grady en se levant pour aller chercher d'autres bières.

Dillon réprima un fou rire.

— Oublie. Je lui tourne autour depuis un moment et j'ai l'intention d'aboutir. Ne viens pas marcher sur mes plates-bandes. Et de toute façon, vu tes antécédents judiciaires, mieux vaut que le shérif Hud Savage ne s'intéresse pas trop à ton cas. C'est d'ailleurs l'une des raisons pour lesquelles personne ne doit nous voir ensemble. Aux yeux des gens, nous ne sommes pas amis. Nous ne nous connaissons même pas.

Depuis que son adjoint Dillon Ramsey était parti, à la fin de son service, le shérif Hud Savage attendait ce coup de fil. Pourtant, quand son téléphone sonna, il sursauta.

Il prit l'appel, content d'entendre la voix de Hayes Cardwell, le cousin de Dana. Avoir des enquêteurs privés au sein de sa famille était bien pratique.

— Alors ?

— Tu avais raison. Dès qu'il a retiré son uniforme, il est monté dans son camion et a quitté la ville, dit Hayes. Il s'est rendu dans un chalet situé dans les collines à l'extérieur de Gallatin Gateway. Le locataire de l'endroit t'intéressera davantage que son propriétaire. As-tu déjà entendu parler d'un dénommé Grady Birch ?

— Jamais. De qui s'agit-il ?

— Il a un casier judiciaire long comme le bras. Il a été plusieurs fois condamné pour vols et agressions. Vol de bétail, en particulier…

— Et Dillon est allé chez lui ?

— Et il y est toujours. Je surveille l'endroit depuis la route avec des jumelles.

— Vois-tu, à proximité de la maison, une bétaillère ou un autre véhicule avec une grande remorque à chevaux ?

— Une remorque qui pourrait servir à trimbaler du bétail volé ?

— Exactement, dit le shérif.

— En effet, il y en a une vieille, garée à l'arrière. S'ils partent tous les deux, j'irai y jeter un coup d'œil.

— Je doute qu'ils partent ensemble, dit Hud. Merci de ton aide mais maintenant, je vais prendre le relais.

— Aucun problème. À quoi servirait la famille sinon ?

— Envoie-moi ta facture, dit Hud. Ou je dirai à Dana du mal de toi.

Hayes se mit à rire.

— Je ne veux pas d'ennuis avec elle.

— Personne ne le souhaite. De plus, ajouta Hud, si cela ne t'ennuie pas, je préfère que nous gardions cette histoire pour nous deux, pour le moment.

Il raccrocha avant de consulter le casier judiciaire de Grady Birch. Hayes avait raison. Grady était un vaurien qui avait souvent eu maille à partir avec la justice. Alors, pourquoi n'était-il pas surpris que son nouvel adjoint traîne avec ce genre de type ? Dès qu'il avait posé les yeux sur Dillon, il avait deviné qu'il n'était pas franc du collier. Il ne l'avait embauché que pour faire une fleur à son oncle, un excellent shérif qui lui avait rendu service au cours d'une enquête qui avait des ramifications dans le Wyoming.

Hud se frotta le visage. Dillon se rendait coupable de vol de bétail et maintenant, il sortait avec Mary. Il poussa un juron. Qu'allait-il faire, à ce sujet ? Malheureusement, il n'avait aucune preuve. Pas encore. Par conséquent, avertir Mary ne serait qu'une perte de temps. Pire, elle trouverait certainement romantique de sortir avec un hors-la-loi. Pour certaines personnes, le vol de bétail était une vieille tradition du Far West. En outre, sa fille était trop âgée pour qu'il lui interdise de voir Dillon ou qui que ce soit d'autre.

Non, il allait devoir gérer cette affaire avec délicatesse, un mot qui ne faisait pas partie de son vocabulaire. Ce qui ne lui laissait pas beaucoup d'options. Prendre Dillon en flagrant délit serait l'idéal mais ce ne serait pas facile car son adjoint n'était pas stupide. L'arrêter sans avoir réuni au préalable assez de preuves pour le mettre en prison ne serait pas malin non plus.

Il devait attendre son heure. Peut-être aurait-il de la chance. Peut-être Dillon et Grady commettraient-ils une erreur. Il espérait coincer l'adjoint avant que Mary ne s'implique davantage avec lui.

Après trois jours à tourner en rond dans sa chambre de motel, Chase reçut enfin un coup de fil du garagiste. Le nouveau moteur était en place, son camion en état de marche et il pouvait venir le chercher. Chase ne s'était pas entretenu avec Rick depuis quelques jours et il décida de l'appeler avant de prendre la route. Il sortit son téléphone portable et composa son numéro, redoutant d'apprendre une mauvaise nouvelle.

Rick répondit à la deuxième sonnerie.

— Avez-vous du nouveau à propos de Fiona ?

Le silence à l'autre bout de la ligne se prolongea assez longtemps pour que Chase pressente une catastrophe.

— Ils ont abandonné les recherches. Les secours pensent que son corps a été emporté par le courant. Il finira par échouer quelque part quand le niveau d'eau redescendra.

— Je suis désolé. Patty est certainement en colère.

— Elle l'est, dit Rick. Elle avait pris Fiona sous son aile, la sentant vulnérable. Voilà pourquoi elle n'avait pas rompu leurs liens après le lycée. Patty a découvert que Fiona avait vidé son compte en banque, il y a une semaine. Elle a demandé que ses économies lui soient remises en espèces. C'est drôle, non ? Qui sait ce qu'elle voulait faire avec ces billets ? Ils doivent être au fond du fleuve avec elle, maintenant. Patty essaie d'organiser des funérailles pour elle.

— Fiona n'avait donc pas de famille ?

— Je ne te l'avais pas dit ? Toute sa famille a péri dans un incendie quand Fiona avait onze ans. Elle aurait dû mourir avec ses parents et ses trois demi-frères plus âgés mais par miracle, elle était chez une amie, ce soir-là.

— Ce drame pourrait expliquer beaucoup de choses, dit Chase, plus pour lui-même que pour Rick. J'aurais aimé le savoir avant. Peut-être aurais-je mieux géré la situation.

— Crois-moi, elle était gravement perturbée et il aurait fallu des années à un psychiatre pour la soigner. Alors cesse de te culpabiliser. J'aurais dû t'avertir, je suis le seul coupable. Mais c'est fini, maintenant.

Chase s'en voulut de se sentir soulagé. Après avoir promis à Rick de rester en contact, il raccrocha.

5

— Il vous suffit de remplir ce formulaire de candidature et de me le laisser, déclara Christy, la serveuse du café, en le tendant à la jeune brune. Mais je préfère vous prévenir que vous avez peu de chances d'aboutir, mademoiselle…

— Carson, Lucy Carson, répondit son interlocutrice en passant la main dans ses cheveux coupés court, à la garçonne. En êtes-vous sûre ? J'ai tellement envie de travailler ici !

À son petit accent du Sud, Christy devina que la dénommée Lucy Carson n'était pas originaire de la région.

— Comme je vous l'ai dit, je viens d'être embauchée, répondit-elle. Voilà pourquoi, à moins qu'une autre barista ne démissionne, ce qui paraît peu probable, la responsable du salon n'a plus besoin de recruter. Les offres d'emploi sont rares à Big Sky, je ne vous le cache pas. Votre dossier sera en concurrence avec des dizaines d'autres, alors si j'étais vous, je continuerais à chercher.

Elle ne voulait pas paraître insensible ou méprisante mais elle ne comprenait pas pourquoi cette Lucy Carson insistait à ce point pour poser sa candidature pour un poste déjà pourvu. Christy lui avait expliqué que, la place étant déjà prise, elle n'avait donc aucune chance de décrocher la timbale. Si cette femme avait du temps à perdre, tant pis pour elle, mais en son for intérieur, Christy jugeait cette obstination stupide.

Tout en s'activant derrière le comptoir, elle observa la façon dont Lucy Carson remplissait le formulaire. Était-ce de l'entêtement ou de l'arrogance ? La jeune brune se comportait comme si elle était persuadée que la responsable du café allait mettre quelqu'un à la porte pour l'embaucher, *elle*. Aux yeux de Christy, cette assurance frisait l'arrogance.

— Et savez-vous où je peux trouver à me loger dans le coin ? poursuivit Lucy Carson en levant un instant le nez du document.

Christy se mit à rire.

— Par ici, il est encore plus difficile de dénicher une location qu'un job. Voilà des mois que j'attends qu'un appartement se libère dans l'immeuble d'en face. Et la chambre est toute petite.

Lucy jeta un coup d'œil dans la direction indiquée.

— Il y a des appartements à louer en face ?

— Il y en *avait*. J'ai pris le dernier. J'emménage demain.

Cette Lucy commençait à l'agacer. Christy se surprit à souhaiter que des clients entrent pour avoir quelque chose à faire. D'habitude, elle aimait les après-midi tranquilles qui lui permettaient de feuilleter des magazines. Certes, elle était censée nettoyer la salle lorsqu'il n'y avait personne mais…

La brune l'étudia un moment puis sourit et reprit son travail d'écriture.

— Vous devriez aller à Bozeman, poursuivit Christy. Vous aurez plus de chances de trouver du travail dans une ville universitaire qu'à Big Sky.

Non seulement les emplois étaient rares dans le canyon, y compris pendant la saison touristique, mais ils étaient mal payés. En effet, la plupart des jeunes dans la région acceptaient de travailler pour trois fois rien. Ils n'avaient pas besoin de gagner leur vie mais d'un peu d'argent de poche pour faire du kayak en été, du ski et du snowboard en hiver.

Une fois le formulaire rempli, la brune le déposa sur le comptoir. Christy y jeta un coup d'œil.

— Lucy n'est donc pas un diminutif ? demanda-t-elle.

— C'est mon prénom. Ma mère adorait *Lucy in the Sky with Diamonds*, la chanson des Beatles.

Christy parcourut la candidature des yeux, se sentant presque désolée pour la jeune femme. À en croire ce qu'elle avait noté, cette Lucy Carson avait beaucoup d'expérience en tant que serveuse. Malheureusement, elle n'était pas la seule.

— Je vois que vous n'avez pas mis d'adresse.

La brune lui décocha un sourire éclatant.

— Comme je vous l'ai dit, je cherche aussi à me loger mais dès que je commencerai à travailler, je suis sûre qu'un appartement se libérera dans le coin.

L'optimisme naïf de son interlocutrice donna envie de rire à Christy.

— Je ne voudrais pas vous décourager mais la plupart des gens qui travaillent à Big Sky habitent loin et doivent parcourir au moins soixante kilomètres par jour. Par ici, les locations sont chères et les salaires bas. Voilà pourquoi, même si vous avez la chance de trouver un emploi, vous serez obligée de vivre ailleurs.

Lucy sourit.

— Je ne m'inquiète pas. J'ai dû naître sous une bonne étoile parce que les choses s'arrangent toujours pour moi.

— Bon. Je transmettrai votre candidature à Andrea mais comme je vous l'ai signalé, nous n'avons pas de poste vacant pour le moment.

— Pas encore, en tout cas, répliqua Lucy. Mais dites-moi, où sortez-vous pour prendre un peu de bon temps, le samedi soir ?

— Je vous conseille le Charley, si vous aimez la musique country. Sinon, il y a…

— Je parie que vous, vous aimez la musique country, dit Lucy avec un clin d'œil complice. L'autocollant à l'effigie de George Strait sur votre voiture vous a trahie.

Christy fronça les sourcils.

— Sur ma voiture ?

— Le SUV garé devant le café n'est pas à vous ?

Elle regarda à travers les baies vitrées et se mit à rire.

— Je n'ai pas les moyens d'acheter ce genre de véhicule. Je suis l'heureuse propriétaire de la petite berline toute cabossée là-bas et de tout ce qui se trouve dans le coffre. Je ne pourrai emménager dans mon nouvel appartement que demain. Voilà des semaines que j'attends qu'un logement se libère en ville. Jusqu'à maintenant, je vivais chez ma mère à Bozeman mais c'est loin et je suis soulagée d'avoir enfin trouvé une chambre ici. Avez-vous de la famille dans le coin qui pourrait vous héberger ?

Lucy secoua la tête.

— Je n'ai aucune famille. Bon, j'irai peut-être faire un tour chez Charley ce soir. J'espère avoir la chance d'y croiser un beau cow-boy qui me ramènera chez lui, ajouta-t-elle avec un sourire. Mais peut-être ne fréquentent-ils pas ce genre d'endroit.

— Si, si. Il y aura des cow-boys et des mordus de ski.

— Peut-être vous y verrai-je, alors ? poursuivit Lucy. Ne vous inquiétez pas. Si vous passez la soirée là-bas avec votre propre cow-boy, je ne vous dérangerai pas. Je suis sûre que vous avez rendez-vous avec un beau gosse, ce soir.

Christy se sentit rougir.

— Pas exactement. J'espère seulement qu'il sera là.

Lucy se mit à rire.

— J'en étais sûre ! Merci encore pour votre aide. Et à ce soir, peut-être ! ajouta-t-elle avant de s'en aller.

À travers les grandes baies vitrées du café, Christy la regarda s'éloigner en secouant la tête. Elle posa le formulaire de candidature de Lucy sur le bureau d'Andrea. Elle finissait par trouver cette jeune femme sympathique.

Avec un soupir, elle consulta sa montre. Elle avait hâte de finir sa journée et de se rendre chez Charley. Ces derniers temps, tout lui souriait. Elle avait trouvé du travail, un appartement dans lequel elle emménagerait le lendemain et avec encore un peu plus de chance, elle retrouverait ce soir le beau brun qui lui avait tapé dans l'œil, l'autre fois. Peut-être lui proposerait-il de passer la nuit chez lui. Sinon, elle dormirait dans sa voiture avec ses affaires.

Le lendemain, elle s'installerait de l'autre côté de la rue dans le deux-pièces que lui louerait Mary Savage. Habiter en face de son lieu de travail était vraiment l'idéal. Désormais, elle pourrait se coucher tard sans remords. Puisqu'elle n'aurait qu'à traverser la rue pour prendre son service, elle ne risquerait plus jamais d'arriver en retard.

Lucy Carson regardait, elle aussi, le petit immeuble en face du café de Lone Peak Perk. Elle tenait beaucoup à travailler dans cet établissement et à louer l'appartement situé de l'autre côté de la rue, l'appartement qui appartenait à Mary Cardwell Savage.

Certes, elle n'obtenait pas toujours ce qu'elle voulait, ce qui lui tenait très à cœur, pensa-t-elle amèrement. Mais cette fois, elle y arriverait.

Elle était prête à tout, vraiment à tout, pour aboutir.

Comme elle s'installait dans son véhicule, elle huma avec délice l'odeur de cuir. Elle aimait beaucoup sa nouvelle petite berline. L'ancienne était au fond du Colorado.

Son plan pour se faire passer pour morte avait failli très mal tourner. Lorsque sa voiture avait basculé dans le fleuve, elle n'avait pas eu le temps de sauter avant de quitter la route, comme elle l'avait prévu. Et elle avait eu beaucoup de mal à s'extraire de l'habitacle. Pendant un horrible moment, elle avait vraiment cru qu'elle allait mourir, noyée. Mais elle s'était battue, elle avait envie de vivre. Et pas seulement de vivre. Elle voulait surtout tuer celui qui l'avait poussée à de telles extrémités : Chase Steele. C'est ce désir de meurtre qui lui avait donné la force de sortir du véhicule et de nager jusqu'à la rive. Heureusement, elle avait eu la présence d'esprit de saisir son sac à main et l'argent qu'il contenait. Sans un sou vaillant, elle se serait retrouvée aux prises avec des difficultés sans nom. Mais grâce à ses économies, elle pourrait faire tout ce qu'elle voulait.

En tout cas, si elle avait frôlé la catastrophe au départ, maintenant tout se passait mieux qu'elle ne l'avait espéré. Les autorités pensaient qu'elle s'était noyée, que son corps avait été emporté par le fleuve en crue. Fiona Barkley étant morte, elle était libre de devenir la personne de son choix.

Pour y parvenir, elle avait dû effectuer quelques changements, à commencer par son nom. De toute façon, elle n'avait jamais aimé le prénom Fiona. Elle préférait de loin Lucy Carson. Se créer une nouvelle identité avait été plus facile qu'elle ne l'avait imaginé. Renoncer à ses longs cheveux blonds avait été plus douloureux. Mais cette coupe courte, à la garçonne, très tendance, lui allait bien. Après s'être teinte en brune et avoir posé des lentilles noires, elle avait à peine reconnu son reflet dans le miroir.

Les circonstances l'avaient aidée à modifier son image. En effet, lorsque sa voiture était tombée dans le fleuve, elle avait commis l'erreur de défaire sa ceinture de sécurité trop tôt, tant elle avait hâte de sortir de l'habitacle. Sous la violence du choc, son visage s'était fracassé contre le volant. Elle s'était cassé le nez et les dents de devant.

En fin de compte, ce coup du sort s'était révélé un coup de chance. Comme elle avait eu du mal à manger pendant quelque temps, elle avait perdu du poids. Elle ne tarderait pas à reprendre ses kilos, elle le savait. Elle avait toujours été un peu ronde. Mais sa minceur actuelle contribuait à sa transformation physique.

Et surtout, après sa mésaventure, son nez avait gardé une petite bosse. Cette légère imperfection lui plaisait comme l'aspect de ses nouvelles dents de devant. L'orthodontiste mexicain qui l'avait opérée avait fait un excellent travail. Pour parfaire sa métamorphose, elle avait enfin travaillé pour retrouver son accent du Sud. Elle l'avait perdu au cours de ses études à l'université mais il lui était vite revenu.

Entre son apparence et son accent, Chase ne la reconnaîtrait pas s'il la croisait. Et de toute façon, elle s'arrangerait pour ne pas l'approcher de trop près.

En attendant, elle avait hâte de rencontrer Mary Cardwell Savage…

De la fenêtre de son appartement, Mary regardait la rue de Lone Peak Perk tout en songeant à son rendez-vous de la veille avec Dillon. Elle vit une jeune brune sortir du café et monter dans un SUV gris mais elle n'y prêta aucune attention. Son esprit était ailleurs. Alors que l'inconnue s'éloignait au volant de sa voiture, elle se détourna de la fenêtre, furieuse contre elle-même.

Elle espérait toujours que Chase la recontacterait. En prendre conscience lui donnait envie de se gifler. Voilà quatre ans qu'ils avaient rompu, qu'il était parti. S'il avait voulu lui donner des nouvelles, il aurait eu mille occasions de le faire. Il n'avait même pas daigné répondre à sa lettre. Alors, pourquoi continuait-elle à croire qu'il allait l'appeler ? Sa fiancée lui avait peut-être dit qu'elle lui avait téléphoné et Chase avait estimé qu'il n'avait pas besoin d'en faire plus. Pour se comporter ainsi, il avait bien changé, se dit-elle. Il ne ressemblait plus à l'homme qu'elle avait connu.

C'était d'ailleurs ce qui la tourmentait. Elle connaissait Chase depuis l'âge de quinze ans. Il était venu travailler au Jensen Ranch, voisin du leur. La mère de Mary l'avait pratiquement adopté lorsqu'elle avait découvert la raison pour laquelle il avait été envoyé dans le canyon. Muriel, sa mère, était malade et, affaiblie par un traitement très lourd contre le cancer, elle n'arrivait plus à s'occuper de lui. En tout cas, Chase s'était toujours comporté correctement, y compris à l'adolescence. Il n'avait jamais été du genre lâche. Jamais elle n'aurait imaginé qu'il lui cacherait un jour ses fiançailles, son mariage proche…

Le silence de Chase était bizarre et la plongeait dans une profonde perplexité.

Ce n'était qu'une partie du problème, elle le savait. Elle avait espéré que Dillon Ramsey l'aiderait à oublier Chase. Ils étaient sortis plusieurs fois ensemble et la plupart du temps, elle avait passé de bons moments en sa compagnie. Ils avaient échangé quelques baisers mais rien de plus. Curieusement, il ne lui avait pas proposé d'aller plus loin. Du coup, elle ne parvenait pas à comprendre ce qui inquiétait son père. Dillon se comportait en parfait gentleman. À certains moments, elle en venait à se demander si son père, le shérif, avait menacé Dillon du pire s'il se permettait de manquer de respect à sa fille.

Cette éventualité l'horrifia. Son père ne ferait jamais une chose pareille !

La veille au soir, elle avait demandé à Dillon s'il aimait travailler pour le shérif.

« Oui, oui, avait-il répondu. Ton père est un mec bien. »

Elle avait ri. Personne ne qualifiait son père de « mec ».

Maintenant, elle devait avouer que Dillon la décevait. Ce qui la poussait à s'interroger sur ce qu'elle attendait d'un homme. Qu'il ait le sens de l'aventure allié à un solide sens de l'humour, en tout cas. Et Dillon semblait dénué des deux.

Avec un gros soupir, elle promena les yeux autour d'elle. Elle avait meublé et décoré son appartement avec des objets qu'elle aimait, du divan turquoise à la table en rondins, en passant par un tapis aux couleurs chaudes. Mais la vue spectaculaire sur le célèbre Lone Peak était ce qu'elle préférait. La montagne était particulièrement belle sous le clair de lune.

Elle aurait adoré s'asseoir sur son balcon avec Chase et l'embrasser – au lieu de Dillon. Elle poussa un gémissement, se remémorant ses réticences de la veille au soir à inviter l'adjoint chez elle. Il avait laissé entendre qu'il avait très envie de découvrir son appartement. Et elle avait senti qu'il avait été blessé et un peu fâché qu'elle ne lui propose pas de monter.

Elle s'avoua que, lorsqu'elle considérait sa vie, seule l'opinion de Chase lui importait. Pas celle de Dillon. Chase serait-il fier de ce qu'elle avait accompli depuis son départ ? Regretterait-il de l'avoir quittée ?

Se traitant d'idiote, elle secoua la tête et se dépêcha de descendre à son bureau. Elle avait du travail et s'égarer dans des imaginations vides n'était qu'une perte de temps.

Le lendemain matin, la nouvelle de la mort de Christy Shores, tuée par un chauffard qui avait pris la fuite après l'avoir renversée, se répandit dans toute la ville et une grande partie du canyon.

Le shérif Hud Savage se rendit chez Charley, le dernier endroit où Christy Shores avait été vue vivante. Comme il entrait, il aperçut Mike French, le jeune barman, présent la veille au soir, et Bill Benson, le propriétaire des lieux. La mine sombre, les deux hommes se tenaient derrière le bar. Âgé d'une vingtaine d'années, Mike ressemblait à la plupart des jeunes gens de Big Sky avec son look d'athlète, son T-shirt, son short et ses sandales.

Hud devinait que Mike était allé à l'université, qu'il avait obtenu un diplôme mais qu'il aimait trop pratiquer le snowboard en hiver et le kayak en été pour sacrifier ses passions à un vrai métier. Et voilà sans doute pourquoi il préférait exercer ce travail de barman.

Le bronzage du jeune homme prouvait qu'il passait plus de temps dehors qu'à servir des bières chez Charley. Il se demanda pourquoi sa fille ne s'était pas amourachée de ce garçon.

Sans doute Mary aimait-elle trop la vie au ranch pour

s'intéresser à un mordu de ski. Elle avait donc préféré jeter son dévolu sur son adjoint, Dillon Ramsey…

Mike s'avança pour lui serrer la main.

— Bill m'a dit que vous aviez des questions à nous poser au sujet de Christy ?

Hud hocha la tête et se tourna vers le propriétaire du bar, Bill Benson, avant de reporter son attention sur Mike.

— J'ai cru comprendre qu'elle était restée jusqu'à la fermeture, hier soir ? lança-t-il en tirant un calepin et un crayon de sa poche.

— J'étais sur le point de fermer l'établissement quand elle est sortie des toilettes des femmes. Elle avait l'air d'avoir pleuré. Je ne savais pas qu'elle était là, j'avais d'ailleurs déjà verrouillé la porte d'entrée.

Il jeta un coup d'œil coupable à son patron et ajouta :

— D'habitude, je vérifie que tout le monde est parti avant de fermer, mais hier soir…

— Oui ? Que s'est-il passé hier soir qui t'a poussé à changer tes habitudes ? s'enquit Hud.

Visiblement ennuyé, Mike se balança d'un pied sur l'autre.

— Au cours de la soirée, une bagarre avait éclaté entre deux gars. Christy s'était jetée entre les deux. Je ne sais pas pourquoi. J'ai séparé les combattants mais par la suite, je n'ai pas revu Christy. Je pensais qu'elle était partie.

— Le taux d'alcool dans le sang de Christy était trois fois supérieur à la limite autorisée par la loi, dit Hud avec sévérité.

De nouveau, Mike jeta un coup d'œil à son patron avant de lever les mains dans un geste de reddition.

— J'avais remarqué qu'elle était ivre et je ne la servais plus depuis un moment. Mais cela ne signifie pas qu'elle avait cessé de boire. Le bar était plein à craquer, hier soir. Tout ce que je sais, c'est que j'ai refusé de continuer à la servir.

Hud désigna le parking d'un mouvement de menton.

— Sa voiture est toujours garée à l'extérieur. Tu lui avais confisqué ses clés ?

Le jeune homme grimaça.

— Je les lui ai demandées mais elle m'a juré qu'elle rentrerait chez elle à pied. Là-dessus, elle ne mentait pas, ajouta-t-il avec un haussement d'épaules.

Hud avait récupéré les clés de la voiture de Christy. La malheureuse les avait dans sa poche quand elle avait été renversée et projetée dans le fossé.

— Qui étaient les deux hommes qui se battaient ? reprit-il.

— Grady Birch et Chet Jensen.

Le nom du premier surprit Hud, pas celui du second. Chet semblait considérer la prison comme sa résidence secondaire.

— Et qu'en est-il des amies et petits amis de Christy ? Sais-tu quelque chose à leur sujet ?

Mike secoua la tête.

— Elle ne travaillait pas depuis très longtemps au café de Lone Peak Perk. Je ne suis pas sûr qu'elle se soit déjà fait des amis. Chaque fois qu'elle venait au bar, elle était seule. Quelqu'un m'a dit qu'elle vivait avec sa mère à Bozeman et qu'elle devait donc parcourir de longs trajets pour aller travailler.

— Est-elle toujours partie seule ? demanda-t-il.

Le barman secoua la tête.

— Non. Les autres fois, elle repartait tantôt avec l'un, tantôt avec l'autre des deux types dont je vous ai donné les noms.

Hud remercia Mike et tous trois sortirent de l'établissement. Bill s'en alla au volant de son pick-up tandis que Mike enfourchait son VTT.

La vieille berline de Christy n'était pas verrouillée, remarqua Hud. Il enfila des gants en latex et ouvrit la portière pour jeter un coup d'œil à l'intérieur. Des valises et des vêtements étaient empilés sur la banquette arrière. Quelqu'un avait dit à Hud qu'elle comptait emménager dans l'un des appartements de Mary. Sur le siège côté passager se trouvait un gros sac débordant de serviettes en papier et de gobelets en carton.

Une odeur fade de tabac froid et d'alcool empestait l'habitacle. Son instinct soufflait à Hud qu'après sa triste soirée et malgré son état d'ébriété, Christy avait eu envie de rentrer chez elle en voiture plutôt qu'à pied.

Sur une impulsion, il s'installa au volant et inséra la clé de contact. Mais quand il la tourna, il n'y eut qu'un petit clic. Il essaya de nouveau. Même clic. Il ressortit pour soulever le capot et inspecter le moteur. Il soupçonnait un problème de batterie.

Il fut surpris de découvrir une batterie neuve. Il ne tarda pas à comprendre que la voiture n'avait pas démarré parce que quelqu'un avait *volontairement* débranché un câble.

La personne qui avait saboté le moteur s'était ainsi arrangée pour que Christy reparte seule et tard de chez Charley, la veille au soir…

Le lendemain matin, lorsque Mary traversa la rue pour se rendre au café de Lone Peak Perk, elle fut surprise de le trouver fermé. Un panneau sur la porte annonçait un décès.

Elle revint sur ses pas, tout en se demandant qui était mort, s'installa au volant de son SUV et se rendit au Cardwell Ranch. Il était à un petit quart d'heure de route de Meadow Village, de l'autre côté de la rivière Gallatin.

Elle laissa derrière elle les complexes immobiliers et les centres commerciaux, les embouteillages, le bruit et elle quitta la voie express 191 pour emprunter le pont qui surplombait le cours d'eau. Elle aimait entendre le rugissement du torrent qui cascadait sur les rochers jusqu'au pied de la montagne. De l'autre côté de la rivière se dressaient des pins majestueux qui protégeaient l'entrée du ranch comme des sentinelles.

Autour d'elle, les montagnes se découpaient dans un ciel sans nuages. L'endroit était vraiment magnifique et Mary s'abreuva de la beauté du paysage. Comme chaque fois qu'elle revenait au domaine familial, elle était en proie à une profonde émotion.

En ces temps de mutation économique, il était difficile de maintenir le ranch à flot. Pour subsister, il avait fallu trouver des revenus d'appoint. Derrière la grange se trouvaient plusieurs petits chalets, des maisons d'hôtes, qui accueillaient des touristes, skieurs et randonneurs.

À la bifurcation de la route, elle s'engagea sur le chemin à gauche, et quelques instants plus tard apparut la grande demeure en brique de son enfance dont le toit brillait sous le soleil matinal.

Plusieurs véhicules étaient garés devant, dont le SUV de

patrouille de son père. Quand elle ouvrit la porte de la maison, elle entendit des voix dans la cuisine et sourit.

Sa mère adorait avoir du monde autour d'elle. Il n'avait pas été simple pour elle de voir ses fils grandir et quitter le ranch. Mais beaucoup de membres de sa famille vivaient toujours dans les environs. Mary avait sept oncles et autant de tantes, ainsi qu'une ribambelle de cousins dans la région.

Lorsqu'elle entra à son tour dans la cuisine, elle salua la quinzaine de personnes attablées. Qu'elles soient de sa famille, des amis ou des ouvriers agricoles, elles travaillaient toutes sur l'exploitation et elle les connaissait depuis toujours. Après un moment, son oncle Jordan déclara à la cantonade qu'il était temps de s'occuper des troupeaux. Il se leva et se dirigea vers la porte, ses hommes lui emboîtant le pas comme des canetons derrière leur mère.

Mary embrassa ses parents avant de prendre un mug dans le placard et de le remplir. Il y avait toujours une cafetière pleine au Cardwell Ranch. Dès que Jordan et les cow-boys furent sortis, la grande salle retrouva son calme.

Adossée au mur, Dana demanda :

— Es-tu au courant de ce qui s'est passé la nuit dernière à Meadow Village, Mary ?

— Pas du tout. De quoi s'agit-il ?

Elle vit sa mère jeter un coup d'œil au shérif.

— Une pauvre femme s'est fait renverser par un chauffard. Il l'a tuée et a pris la fuite, ajouta-t-elle, secouant la tête d'un air incrédule.

Elle attrapa un torchon pour sortir du four des petits pains à la cannelle faits maison.

— Tu la connaissais peut-être, poursuivit-elle. Elle était serveuse au café situé en face de chez toi.

— Au café de Lone Peak Perk ? répéta Mary avec surprise en s'asseyant sur une chaise. J'ai voulu y passer ce matin mais il était fermé. Il y avait bien un papier sur la porte annonçant un décès mais je n'imaginais pas une telle tragédie. Comment s'appelait cette malheureuse ?

— Christy Shores, répondit son père depuis la grande table de la cuisine.

— Christy ?

Des larmes montèrent aux yeux de Mary tandis qu'elle se remémorait la petite serveuse.

— Je la connaissais. Elle devait emménager dans l'appartement du premier qui se libère, aujourd'hui. Elle travaillait au café depuis quelques semaines. Je ne peux pas croire qu'elle soit morte. Et le chauffard a pris la fuite ? demanda-t-elle à son père.

Le shérif opina et jeta un coup d'œil à sa montre.

— J'espère que le coroner pourra m'en dire plus, dit-il en se levant. J'ai rendez-vous avec lui dans un quart d'heure.

— As-tu une idée de l'identité du chauffard ?

Il secoua la tête.

— Pas encore. Malheureusement, le drame s'est produit après la fermeture du bar. Apparemment, elle était seule et elle marchait le long du bord de la route, vêtue de noir. Il est possible que le conducteur ne l'ait pas vue.

— Mais il s'est forcément rendu compte qu'il avait renversé quelqu'un, dit Dana.

— Il a pu croire qu'il s'agissait d'un chevreuil et voilà peut-être pourquoi il ne s'est pas arrêté, dit Hud.

— Et il ne se serait pas arrêté pour voir de quoi il retournait ? lança Dana. À mon avis, il était ivre et ne voulait pas risquer de s'expliquer avec le shérif.

— C'est possible, oui.

Hud décrocha son stetson du mur, embrassa sa femme et partit.

D'une main tremblante, Mary porta son mug à ses lèvres. La mort et la violence la bouleversaient toujours. Elle n'avait jamais compris comment son père parvenait à exercer ses fonctions de shérif. Le taux de criminalité était plus bas dans le canyon que dans les grandes villes mais il ne cessait d'augmenter. Et maintenant, un chauffard avait renversé Christy et pris la fuite. Pauvre Christy. Elle était tellement contente de louer l'appartement de Mary, de vivre en face de son lieu de travail.

À peine le SUV de la patrouille de son père parti, un autre véhicule entra dans la cour.

— Je me demande bien qui vient nous rendre visite de si bon matin, s'exclama sa mère en s'approchant de la fenêtre.

Mary l'imita et regarda avec étonnement le pick-up qui s'arrêtait devant la maison. Elle ne le reconnaissait pas.

La portière du conducteur s'ouvrit et elle vit Chase Steele sauter sur le sol.

6

— C'est Chase, dit Mary comme si elle n'en croyait pas ses yeux.

Depuis des semaines, des mois, elle rêvait de le voir frapper à sa porte. Et il était là.

Un peu perdue, elle se tourna vers sa mère.

— As-tu besoin de mon aide ? demanda Dana. Si tu n'es pas prête à lui parler, je vais lui dire que ce n'est pas le bon moment.

Mary secoua la tête et reporta son attention sur Chase. Il semblait plus grand et plus musclé que dans ses souvenirs. Il s'étira comme si la route avait été longue. Tout en promenant les yeux autour de lui, il sourit comme si, lui aussi, chérissait ce ranch plus que tout autre endroit au monde et était heureux de le revoir.

Se remémorait-il le couple qu'ils avaient formé, elle et lui, pendant presque dix ans, jusqu'à son départ ?

— Je ne comprends pas ce qu'il fait ici, dit Mary d'une voix teintée de surprise et d'inquiétude mêlées.

Sa mère lui lança un regard compatissant.

— Il est évidemment venu pour te voir.

— Mais pourquoi ?

— Peut-être à cause de la lettre que tu lui as envoyée…

Mary se demandait pourquoi elle se sentait aussi nerveuse. Elle connaissait Chase depuis des années, ils avaient grandi ensemble. Pourtant, lorsqu'il frappa la porte, son cœur se mit à battre la chamade.

— Il aurait pu téléphoner.

— Peut-être que ce qu'il a à te dire ne peut l'être que de vive voix.

Cette éventualité angoissait Mary plus qu'elle ne voulait l'admettre. Elle n'avait pas parlé à sa mère du coup de fil de la fiancée de Chase. Elle avait été trop gênée. Que sa tante Stacy ait mis Dana au courant de la lettre qu'elle lui avait écrite l'avait déjà ennuyée.

— Veux-tu que je lui ouvre ? s'enquit Dana. Cela dit, mieux vaut que tu y ailles. Comme ça, il pourra te dire pourquoi il est venu.

Après un instant d'hésitation, Mary se décida. Dans un état second, elle se rendit dans le hall d'entrée. *Chase*. Après tous ces mois, toutes ces années. Elle n'avait aucune idée de ce qu'elle allait lui dire. Ni de ce qu'*il* lui dirait.

En tirant la porte, elle jeta un coup d'œil à son pick-up. Au moins il était venu seul. Sa fiancée n'était pas avec lui. Peut-être était-elle devenue sa femme, maintenant.

— Mary.

Au son de sa voix, elle reporta son attention sur le beau cow-boy qui se tenait devant elle. Lorsqu'elle posa les yeux sur lui, son cœur bondit dans sa poitrine. Chase resplendissait de force et de santé. Il était plus beau, plus séduisant que le jour où il était parti. Loin d'elle, il avait mûri et pris de l'assurance. Ses manches retroussées laissaient voir ses bras bronzés et musclés. Ses larges épaules se devinaient sous sa chemise. Il semblait aussi solide que les pins qui montaient la garde autour du ranch.

Un grand sourire aux lèvres, il la dévorait des yeux. Il parut soudain reprendre ses esprits et il retira rapidement son stetson.

— Tu es très en beauté, Mary !

Touchée par le compliment, elle ne put s'empêcher de sourire. Mais quand elle ouvrit la bouche, ce fut pour lancer :

— Que fais-tu ici ?

— Je voulais te voir… te parler, surtout. Je suis désolé, il m'a fallu du temps pour rentrer. Mais mon camion est tombé en panne et… Bref, y a-t-il moyen de nous entretenir en tête à tête ?

Mary restait plantée dans l'embrasure de la porte. Elle pensa à sa mère dans la pièce voisine.

— Pourquoi ne pas aller jusqu'à la crique ?

— Parfait, dit-il en reculant pour la laisser passer.

Ni l'un ni l'autre ne parlèrent avant d'arriver à la rivière. Les rayons du soleil jouaient à la surface de l'eau et la faisaient scintiller. Mary s'arrêta à l'ombre des pins. Comme elle inspirait profondément, humant l'odeur de la terre mêlée à celle de la résine, elle eut envie de se pincer pour voir si elle ne rêvait pas.

Chase. Chase était là.

Elle était stupéfaite de voir à quel point il avait changé. Il était plus grand, plus musclé, plus large d'épaules qu'autrefois. Lorsqu'il posa ses yeux bleus sur elle, elle sentit son cœur s'accélérer et une douce chaleur l'envahir.

D'un simple regard, Chase avait toujours provoqué toutes sortes de désirs en elle. Et pourtant, après tout ce temps, elle ne savait plus très bien si elle connaissait encore l'homme qui se tournait vers elle.

Certes, il était revenu. Mais cela ne voulait pas dire qu'il *lui* était revenu.

Il retira son stetson et se mit à le tordre nerveusement entre ses doigts.

— J'ai reçu ta lettre, dit-il.

— Tu ne m'as ni appelée ni répondu, dit-elle en se demandant quand il allait lui parler de sa fiancée.

Ses yeux se rivèrent aux siens.

— Je suis désolé mais je ne pouvais pas te dire ce que j'avais à te dire par téléphone et encore moins dans une lettre.

Elle sentit son cœur battre la chamade : *Voilà, nous y sommes.*

Il y avait de la douleur dans le regard de Chase.

— Tu m'as tellement manqué, Mary. Je sais que tu n'as pas compris pourquoi je suis parti. Je ne suis pas sûr de l'avoir compris moi-même. Mais je sentais qu'il le fallait. Comme j'ai su que je devais revenir. Je suis désolé de t'avoir blessée.

Il plongea ses yeux dans les siens.

— Je t'aime, Mary. Je n'ai jamais cessé de t'aimer.

Incrédule, elle le dévisagea, bouche bée. Il venait de prononcer les mots qu'elle avait rêvé d'entendre des mois durant... jusqu'au coup de fil de sa fiancée. Dans ses rêves, à la fin de cette déclaration, elle se jetait à son cou.

Mais là, elle en était incapable.

— Et ta fiancée, Chase ?

— Ma *fiancée* ? Que racontes-tu ? Je n'ai pas de fiancée.

— Elle m'a appelée pour me dire qu'elle avait lu ma lettre.

Il la regarda fixement avant de jurer à voix basse.

— Une femme t'a téléphoné et a prétendu être ma fiancée ?

Elle opina, les bras croisés sur sa poitrine dans un geste d'autoprotection. Son cœur battait à tout rompre.

— Pourquoi ? Elle ne l'est pas, en réalité ?

Il secoua la tête.

— Écoute, je n'ai jamais été fiancé, loin de là. Mais j'ai eu le malheur de rencontrer une femme qui… Ce n'est pas ce que tu crois, ajouta-t-il devant son expression.

— Il s'est forcément passé quelque chose entre vous deux, Chase.

Il poussa un gémissement et ferma les paupières. Quand il les rouvrit, il la regarda en face.

— J'ai rencontré cette femme à une soirée barbecue chez mon patron. Je n'avais aucune envie d'y aller mais il a insisté. Au cours de cette soirée, j'ai trop bu et Rick lui a demandé de me reconduire chez moi. Bref, j'ai commis l'erreur de coucher une fois avec elle.

Il soupira.

— Je l'ai tout de suite regretté. Elle a commencé à débarquer chez moi à toute heure du jour et de la nuit, y compris quand je n'étais pas là. Elle me laissait des cadeaux, fouillait dans mes affaires, guettait mon retour, me proposait des sorties… L'enfer. Je ne savais plus quoi inventer pour la tenir à distance. Elle a trouvé ta lettre, que j'avais pourtant cachée, mais jamais je n'aurais imaginé qu'elle irait jusqu'à t'appeler.

Il se passa la main dans les cheveux.

— Je suis vraiment désolé. Cette Fiona était… en plein délire pour ne pas dire folle à lier. Mon patron m'a raconté par la suite qu'elle se faisait des idées à chaque fois qu'un homme avait le malheur de poser les yeux sur elle mais au départ, je l'ignorais. Ce soir-là, je lui avais dit que j'étais amoureux de quelqu'un d'autre.

Son regard se riva à celui de Mary.

— De toi. Mais je ne suis pas venu ici pour parler de Fiona.

Fiona ? Bien sûr, il était sorti avec d'autres femmes lorsqu'il était au loin, Mary n'était pas naïve. Alors, pourquoi l'entendre prononcer le prénom de cette Fiona lui brisait-il le cœur ?

Au bord de la nausée, elle lança :

— Pourquoi es-tu ici ?

— C'est ce que j'essaie de t'expliquer. Je m'en veux d'être parti, de la façon dont les choses se sont terminées entre nous. J'ai eu tort de te quitter. Je t'aime, Mary. Voilà pourquoi je suis revenu. Je t'en prie, dis-moi que tu acceptes de nous donner une deuxième chance.

— Excusez-moi ?

Ils sursautèrent et se retournèrent dans un bel ensemble pour voir un homme surgir derrière eux.

Mary battit des paupières en le reconnaissant.

— Dillon ?

L'expression de Chase se durcit.

— Dillon ? répéta-t-il dans un souffle.

— Que fais-tu ici ? demanda Mary.

Elle se souvint soudain qu'elle devait déjeuner avec lui dans un restaurant de la station de ski. Mais, bouleversée par le retour inattendu de Chase, elle l'avait complètement oublié.

— Je suis en avance, répondit-il, mais je me disais que nous pourrions nous balader avant de déjeuner. Comme ta voiture n'était pas devant chez toi, j'étais sûr de te trouver au ranch.

Il les dévisagea tour à tour.

— Mais j'ai l'impression d'interrompre quelque chose…

— C'est en effet le cas, asséna Chase en se tournant vers Mary. Un de tes amis ?

— Mary et moi sortons ensemble, répondit Dillon avant qu'elle ne puisse le faire. Je suis l'adjoint Dillon Ramsey.

— Un adjoint, vraiment ? dit Chase, pas du tout impressionné.

— Et vous êtes…

— Chase Steele. Je suis…

Il s'interrompit, interrogeant Mary du regard.

— Chase et moi avons grandi ensemble ici, dans le canyon, dit-elle rapidement.

Les deux hommes se jaugeaient et elle vit le moment où ils allaient se jeter l'un sur l'autre pour s'entretuer.

— J'ignorais que Chase était… ici, ajouta-t-elle.

— Vous êtes de passage dans la région ? s'enquit Dillon.

— Pas du tout, répliqua Chase avec un grand sourire. Je suis revenu pour de bon, j'ai l'intention de rester.

Sur ces mots, il planta les yeux dans ceux de Mary.

Sous son regard pénétrant, elle se sentit mal à l'aise. Pourtant, elle n'avait aucune raison de l'être. Ce n'était pas comme s'il l'avait surprise en train de le tromper. Il semblait oublier un peu vite qu'*il* avait eu une aventure avec une dénommée Fiona.

— Mary, dit Dillon. Nous devrions partir sans traîner, avant qu'il ne fasse trop chaud.

— Je ne veux pas vous retarder, dit Chase sans cesser de la dévorer des yeux. Mais je reviendrai. Nous avons encore beaucoup de choses à nous dire, Mary.

— Je crois que vous vous êtes tout dit, rétorqua Dillon, prenant d'autorité le coude de Mary pour l'entraîner.

Aussitôt Chase s'interposa.

— Ne lui tirez pas sur le bras comme ça. Si elle a envie de vous suivre, elle est capable de marcher toute seule.

Dillon fit un pas vers Chase, les poings serrés.

Mary devina qu'ils allaient en venir aux mains et cria :

— Arrêtez !

Toujours bouleversée par le retour de Chase autant que par sa déclaration d'amour, elle se tourna vers lui.

— À plus tard.

Il lui sourit, de ce sourire dont elle était tombée amoureuse autrefois.

— J'y compte bien.

Il recula, effleura son chapeau pour la saluer avant de se tourner vers Dillon.

— Je serai dans le coin.

Il s'éloigna de la crique à grandes enjambées.

— Tu viens ? lança Dillon d'un ton irrité.

Avec un soupir, Mary lui emboîta le pas. Lorsqu'elle parvint en haut de la colline, elle s'aperçut que Chase était retourné au ranch et bavardait à présent avec sa mère sur la terrasse. Elle les entendit rire. Dillon semblait furieux de constater que Chase et Dana étaient si proches.

Les mâchoires serrées, il demanda :

— D'où sort-il, celui-là ? De toute évidence, il est plus qu'un ami, ajouta-t-il en ouvrant la portière.

— Je te l'ai dit, nous avons grandi ensemble.

Comme elle se hissait sur le siège passager, Dillon contourna son camion pour s'installer au volant. Il resta assis sans bouger un moment avant de se tourner vers elle.

— Vous étiez amants.

Ce n'était pas une question.

— Chase a été mon premier amoureux. Au collège puis au lycée, nous étions inséparables, reconnut-elle.

— Il est toujours amoureux de toi.

Il continuait à observer Chase et Dana qui sirotaient un café sur la terrasse.

Mary réprima un gémissement mais ne répondit pas. Chase étant revenu, il était évident que tôt ou tard, il serait tombé sur Dillon. Big Sky n'était pas une grande ville. Mais pourquoi avait-il fallu qu'il débarque au ranch *justement aujourd'hui* ?

Dillon ne parvenait toujours pas à démarrer. Ni à la regarder en face.

— Il se comporte avec toi comme si tu lui appartenais. Comme s'il lui suffisait d'apparaître pour reprendre vos relations là où vous les aviez laissées.

Mary avait un peu la même impression mais elle se surprit à défendre Chase.

— Nous avons vécu une belle histoire, autrefois. Il a été mon premier amour…

Il se tourna vers elle.

— Vas-tu te remettre avec lui ?

Un instant, elle fut trop déstabilisée pour répondre.

— Il y a une heure, je ne savais même pas qu'il était revenu dans le Montana. Le voir au ranch m'a surprise autant que toi. Mais je n'aime pas le ton sur lequel tu me parles. J'ignore ce que je vais faire mais cela ne te regarde pas.

De loin, elle vit Chase serrer sa mère dans ses bras puis se diriger vers son pick-up.

— Vraiment ? demanda Dillon. Si je comprends bien, je jouais les intérimaires en attendant son retour.

Elle serra les mâchoires.

— En tout cas, je n'ai plus envie de déjeuner avec toi, dit-elle en rouvrant sa portière.

Dillon lui saisit le bras. Ses doigts mordirent sa chair tendre.

— Il revient et tu me largues, c'est ça ?

— Lâche-moi, dit-elle doucement mais fermement.

Il obtempéra aussitôt.

— Excuse-moi. J'espère que je n'ai pas… C'est seulement que je pensais que toi et moi… Alors l'entendre te dire qu'il t'aime toujours n'est pas simple pour moi.

— Pour moi non plus, répliqua-t-elle. Je ne sais pas ce que je vais faire. Je suis désolée si tu as le sentiment de…

— D'avoir été un figurant, un bouche-trou, jusqu'au retour de ton véritable amoureux ?

— Je ne t'ai jamais considéré ainsi.

— Non ? Tant mieux, dit-il d'une voix adoucie. Parce que je ne suis pas prêt à renoncer à toi pour te permettre de renouer avec lui… Par ailleurs, j'aimerais avoir enfin la chance d'admirer la vue de ton balcon comme tu me l'avais promis, ajouta-t-il en caressant son bras nu pour la faire frissonner. Puis-je t'appeler plus tard ?

Un peu perdue, elle devina qu'elle n'était pas en état de prendre une décision à propos de Dillon. Pas pour le moment. Elle hocha la tête.

— À plus tard au téléphone, alors, dit-elle.

Puis elle sortit de son camion et claqua la portière.

Toujours ébranlée par les derniers événements, elle le regarda s'éloigner. Des larmes brûlaient ses paupières.

Chase était revenu. Chase l'aimait toujours.

Mais maintenant, tout s'était compliqué. Il y avait cette Fiona dans le paysage, cette femme qui prétendait être sa fiancée. Et sans doute en avait-il connu d'autres, ces dernières années. Et il y avait Dillon. Chase n'avait pas le droit d'exiger qu'ils reprennent leurs relations là où ils les avaient laissées. Il était parti, il ne lui avait pas donné de nouvelles pendant des mois, il l'avait trompée…

Chase et Dillon se détestaient. Mary n'en était pas vraiment étonnée. Pourtant, la réaction de Dillon la surprenait. Avait-il vraiment des sentiments pour elle ? Elle ne s'en était pas rendu compte plus tôt mais sa jalousie tendait à le prouver. Pourtant, ils se connaissaient à peine. S'agissait-il seulement d'un combat de coqs ?

En tout cas, la situation l'inquiétait. Fatalement, les deux hommes seraient amenés à se revoir. La prochaine fois, elle ne serait peut-être pas là pour les empêcher de s'entretuer.

Chase se reprochait sa légèreté. Au lieu de surgir au ranch à l'improviste, il aurait dû s'annoncer, appeler ou écrire. Pourtant, il n'aurait pas été correct de déclarer son amour à Mary sans être en face d'elle. En tout cas, jamais il n'aurait imaginé que Fiona lui jouerait un si sale tour…

Il secoua la tête. À quoi bon incriminer Fiona ? Lui seul était coupable. Il avait commis une erreur en couchant avec cette femme et il le savait. Tout était sa faute.

Mais maintenant, il était revenu et il n'était pas question de laisser un adjoint lui voler celle qu'il aimait, qu'il avait toujours aimée.

Avec un gros soupir, il se dirigea vers le ranch Jensen. Il y donnerait un coup de main jusqu'à ce qu'il trouve du travail chez un menuisier. Il avait été tellement sûr que Mary lui sauterait au cou lorsqu'il arriverait…

Il aurait dû anticiper sa réaction. Il lui avait fait du mal. Avait-il vraiment cru qu'elle l'avait attendu ? Il songea à tout ce qu'il avait prévu de lui dire avant que cet adjoint ne les interrompe.

Mary était encore plus belle que le jour où il était parti. Elle avait pris son indépendance. Il avait toujours été certain qu'elle saurait mener sa barque, se dit-il avec fierté.

Il ne lui restait plus qu'à la convaincre de lui donner une seconde chance.

Hud relut le rapport du coroner. L'un de ses adjoints avait relevé les empreintes dans la voiture de Christy Shores – les analyses étaient en cours – mais la batterie avait été essuyée avec soin.

La mort de la jeune serveuse avait été préméditée. Quelqu'un avait saboté son moteur pour l'obliger à rentrer à pied dans la nuit… et avoir ainsi la possibilité de l'écraser. Il ne s'agissait pas d'un accident mais d'un assassinat. Le tueur avait dû l'attendre à l'extérieur du bar. Comme Christy était restée tard, jusqu'à la fermeture de l'établissement, il n'y avait plus personne pour la reconduire.

Au départ, il avait cru à une mort accidentelle aggravée par un délit de fuite. Des rumeurs couraient déjà dans la vallée, prétendant qu'un touriste au volant d'un camping-car était responsable du drame. Mais Hud en était à présent certain : il avait affaire à un homicide et il était prêt à parier son étoile que l'assassin connaissait sa victime et vivait dans le coin.

Il repoussa sa chaise et se leva. Il était temps de parler aux deux hommes qui s'étaient battus pour Christy au cours de la soirée. Le nom de Grady Birch, l'ami de l'adjoint Dillon Ramsey, l'avait surpris parce qu'il n'était manifestement pas étranger aux vols de bétail dont étaient victimes les ranchers de la région depuis quelque temps.

Il décida de commencer par lui et de monter lui rendre visite sans s'annoncer. Il parlerait ensuite à Chet Jensen. Fils d'un éleveur voisin, Chet était un bon à rien qui avait eu des ennuis avec la justice toute sa vie.

Mais lorsqu'il arriva au chalet, situé dans la montagne, à l'extérieur de Gallatin Gateway, Grady n'était nulle part en vue. Hud jeta un coup d'œil par la fenêtre mais il était difficile de savoir si l'homme était sorti faire un tour ou s'il avait quitté définitivement les lieux.

Après le départ de Chase et de Dillon, Mary rejoignit sa mère sur la terrasse. Dernièrement, Dana avait émis le souhait de s'offrir un rocking-chair. Elle avait expliqué à son mari et à sa fille qu'elle ne rajeunissait pas et que ce genre de fauteuil était parfait pour les personnes âgées. L'expression avait fait rire Mary.

Mais alors qu'elle-même se laissait tomber sur la balancelle qui faisait face au fauteuil, elle regarda sa mère et la vit comme elle ne l'avait pas vue depuis très longtemps. En effet, Dana avait vieilli. Elle avait des rides au coin des yeux, des cheveux blancs et surtout, elle semblait très fatiguée.

Dana se redressa et lui prit la main.

— Tout va bien, chérie ? lui demanda sa mère au moment précis où Mary s'apprêtait à lui poser la même question.

— Je t'ai vue avec Chase, dit Mary.

— Cela m'a fait plaisir de bavarder avec lui. Il t'a laissé son numéro de téléphone.

Elle lui tendit un papier plié en quatre.

Mary jeta un coup d'œil au numéro inscrit sous le nom de Chase. Comme il n'y avait rien d'autre, elle le fourra dans sa poche.

— Que t'a-t-il dit ?

— Nous avons seulement discuté du ranch, des changements dans la région, ce genre de choses…

— Il m'a dit qu'il était revenu parce qu'il m'aimait, qu'il n'avait jamais cessé de m'aimer. Mais…

Elle hésita. Elle ne cachait pas grand-chose à sa mère.

— Je ne t'en avais pas parlé mais il y a quelques jours, j'ai reçu le coup de fil d'une femme qui prétendait être sa fiancée. Elle m'avait interdit d'essayer de reprendre contact avec lui.

Dana écarquilla les yeux.

— Une inconnue t'a donc menacée ?

— Chase dit qu'elle est folle et qu'il a fait l'erreur de coucher une fois avec elle. Elle s'appelle Fiona.

Le simple fait de prononcer ce nom lui fit mal.

— Je vois. Eh bien, maintenant tu connais la vérité.

— Je n'ai pas oublié pourquoi nous avions rompu.

Elle avait surpris Chase en train d'embrasser Beth Anne Jensen. Par la suite, il lui avait juré que c'était la première et unique fois et qu'elle s'était jetée à son cou, le prenant par surprise. Mary avait toujours su que Beth Anne avait le béguin pour Chase.

Mais elle avait compris alors que ses parents avaient raison. Tous deux étaient trop jeunes pour s'engager pour la vie, d'autant qu'ils n'avaient jamais fréquenté d'autres personnes.

« Si tu essaies de l'attraper au lasso et de le retenir de force, tu le regretteras, avait dit son père. Si son amour est sincère, s'il t'est destiné, il reviendra vers toi. »

Elle connaissait l'histoire de ses parents depuis l'enfance. Comme Chase, son père était parti et avait brisé le cœur de sa mère. Pourtant, il était revenu et avait retrouvé sa moitié.

« Mais s'il ne revient pas, papa ? avait-elle demandé.

— Cela signifiera qu'il n'était pas pour toi, chérie, et ce sera le destin… »

— Vas-tu l'appeler ? demanda sa mère, la ramenant au présent.

— Je ne sais pas. J'ai besoin d'un peu de temps sans voir ni Dillon ni Chase, dit-elle. J'aime toujours Chase mais j'ai peur qu'il ait beaucoup changé, qu'il ne soit plus l'homme que j'aimais. Je dois refaire sa connaissance.

— Cela risque de prendre du temps.

— Tant pis. Et en attendant, il faut que je retourne à mon bureau, ajouta-t-elle en se levant. J'ai du travail.

— Je suis contente qu'il soit revenu, dit sa mère. J'ai toujours aimé Chase.

— Moi aussi, dit Mary en souriant tristement.

Mais alors qu'elle se garait devant son immeuble, elle sut qu'elle n'arriverait pas à travailler. Elle avait trop de choses en tête. Aussi repartit-elle dans la montagne. Elle se gara au pied d'un sentier. Marcher au grand air lui ferait du bien.

Quelques heures plus tard, elle se retrouva sur une corniche d'où elle pouvait admirer à la fois le Gallatin Canyon et la Madison Valley. Elle sourit. Elle était fatiguée, en sueur et pleine de courbatures mais elle se sentait enfin bien, heureuse. La montagne avait toujours eu cet effet sur elle.

L'esprit plus libre, elle retourna dans la vallée alors que le soleil se couchait. Les deux hommes tentèrent de la joindre dans la soirée mais elle ne prit aucun appel.

Garée à proximité de l'immeuble de Mary, Fiona observait son reflet dans le rétroviseur de sa voiture. Elle était encore surprise de se voir en Lucy. Fiona n'existait plus… Elle avait toujours eu le don de changer de look et de personnalité pour devenir quelqu'un d'autre, une qualité innée. Elle s'en était rendu compte au collège quand un professeur lui avait proposé de passer une audition pour jouer dans une pièce de théâtre.

Au départ, elle n'avait accepté que dans l'espoir d'obtenir une bonne note dans cette matière et de rattraper ainsi sa moyenne générale, plombée par ses mauvais résultats en sciences. Mais dès qu'elle avait lu son texte, elle s'était sentie habitée par son personnage. Elle n'avait eu aucun mal à se fondre dans ce rôle. Ses talents d'actrice avaient bluffé l'équipe enseignante et par la suite, elle avait été sollicitée pour faire partie de la troupe de théâtre du lycée.

Mais à présent, elle se sentait anxieuse. Mary était rentrée à Madison Valley, elle s'était brièvement arrêtée devant chez elle avant de repartir sans même sortir de sa voiture. Lucy était quasi certaine que Chase était arrivé dans le Montana, maintenant. Mais si elle s'était trompée ? Et s'il n'avait pas eu envie de retrouver son ex ?

Et s'il avait changé d'avis et pris conscience que Fiona était la femme de sa vie ? Et s'il s'était rendu compte qu'il n'aimait plus cette Mary Cardwell Savage ? Et s'il était reparti la chercher en Arizona et avait appris qu'elle s'était noyée, que son corps pourrissait sans doute au fond du Colorado ?

Cette éventualité lui serra le cœur. Jusqu'au moment où elle se souvint qu'elle avait bousillé son moteur avec de l'eau de Javel. Qui savait où il était tombé en panne et combien de temps il lui faudrait pour réparer son camion ? Dans l'hypothèse où ce dernier était réparable…

Non, Chase lui avait clairement signifié qu'il ne l'aimait pas. Voilà pourquoi tôt ou tard, il reviendrait ici, à Big Sky. Elle devait s'armer de patience et ne rien faire de stupide.

Pour parvenir à ses fins, il lui fallait adopter la même approche qu'avec des acheteurs potentiels, à l'époque où elle travaillait comme agent immobilier. La première étape consistait à voir à qui elle avait affaire à découvrir ce que ses clients attendaient. Lucy sourit. Elle devait faire la connaissance de son ennemie, chercher ses failles, ses points faibles. Elle avait déjà une idée sur la façon dont elle devait s'y prendre pour gagner la confiance de Mary.

Il était tout aussi important d'anticiper les problèmes à chaque étape, d'envisager toutes les éventualités, y compris celle de se faire pincer, démasquer.

Certaines précautions relevaient du simple bon sens. Elle avait fait l'acquisition d'un nouveau smartphone avec un nouveau numéro. Elle n'avait dit à personne qu'elle était toujours en vie, pas même à Patty. Sortir tout son argent de la banque en liquide avait été malin. De même, elle n'avait pas oublié d'enfiler des gants avant de débrancher un câble de la batterie de Christy Shores.

Autrefois, ses trois grands demi-frères lui avaient fait vivre un enfer. Mais ils lui avaient beaucoup appris sur les moteurs et aussi sur la manière de se venger sans laisser de traces. Elle avait su s'en souvenir la nuit où elle avait incendié la maison familiale avec son beau-père, sa mère et ses demi-frères à l'intérieur.

Mais parfois, elle avait tendance à en faire trop. Ainsi, peut-être avait-elle eu tort de mettre de l'eau de Javel dans l'huile de moteur de Chase. Au départ, elle avait envisagé de desserrer les écrous de ses pneus mais elle ne voulait pas qu'il meure. Pas encore. Pas comme ça. Pas loin d'elle.

Quand arriverait-il dans le Montana ? Ne devrait-il pas y être, maintenant ? Avait-il renoncé à venir ? Elle commençait à désespérer quand elle le vit apparaître. Au volant de son pick-up, il passa devant le parking où elle était et s'arrêta devant l'immeuble de Mary. Il se gara et sauta de son véhicule. Le cœur de Lucy se mit à battre la chamade tandis qu'il s'avançait à grands pas vers le bureau de Mary et frappait à la porte.

Le ventre noué, elle le regarda reculer pour voir s'il y avait de la lumière au dernier étage.

— Désolée, ton ex n'est pas chez elle, grommela-t-elle.

Le SUV de Mary n'était pas non plus garé à l'endroit où elle le laissait toujours. Mais il était clair que Chase la cherchait. Que ferait-il lorsqu'il la retrouverait ? Lui déclarerait-il son amour éternel ?

Alors que les griffes de la jalousie lui déchiquetaient le cœur, elle fut tentée de mettre fin à cette histoire sur-le-champ.

Elle avait acheté une arme en se rendant à Big Sky. Il lui

suffisait de glisser la main sous le siège, de saisir le revolver chargé, de sortir de son véhicule et de s'avancer vers lui. Il ne la reconnaîtrait pas. Pas tout de suite.

— De la part de Fiona ! lui lancerait-elle en lui vidant son chargeur dans le ventre.

Elle sourit en imaginant la scène.

Mais au fond, tout finirait trop vite. Elle n'en tirerait aucun plaisir. Elle voulait le faire souffrir. Et la meilleure façon de l'atteindre était de s'en prendre à sa précieuse Mary. Elle se promit de ne pas dévier de son plan initial. Pas question d'agir sur une impulsion. Cette fois, elle ne réitérerait pas les erreurs commises dans le passé.

Alors qu'elle regardait Chase remonter dans son pick-up et s'en aller, elle tremblait d'anticipation à la seule pensée du sort qu'elle réservait à Chase et à son ex.

7

Le lendemain matin, Mary s'aperçut que le café de Lone Peak Perk était rouvert. Le simple fait de penser à un Frappuccino au caramel lui donna envie d'en boire un.

Dès qu'elle franchit la porte de l'établissement, elle huma les riches arômes de robusta et d'arabica et en éprouva un profond réconfort. En prendre conscience la fit sourire. Sans sa dose quotidienne de caféine, elle serait restée dans un état second toute la journée, surtout après la nuit agitée qu'elle avait eue…

Comme elle se dirigeait vers le comptoir, elle se rendit compte qu'une nouvelle serveuse s'y activait. Avaient-ils déjà remplacé Christy ? La coupe à la garçonne de la jeune brune accentuait la noirceur de ses yeux. Une étiquette sur son tablier vert indiquait son prénom : LUCY.

— Bonjour, quelle boisson vous ferait plaisir ? demanda-t-elle avec un grand sourire.

Elle avait un accent du Sud prononcé, remarqua Mary.

— Un Frappuccino au caramel à emporter, s'il vous plaît.

La jeune femme se mit à rire.

— C'est également mon café préféré.

— J'ai été désolée d'apprendre ce qu'il était arrivé à Christy, dit Mary.

Lucy interrompit un instant son travail pour la regarder.

— Je ne la connaissais pas mais j'avais un peu échangé avec elle lorsque j'étais passée déposer ma candidature. Christy avait été gentille avec moi. Quand Andrea m'a appelée, je n'arrivais pas à y croire. Il m'est difficile d'accepter que son malheur m'ait porté chance. Mon dossier de candidature était sur le dessus de la pile…

— Pour quelle raison avez-vous eu envie de venir vous installer à Big Sky ? s'enquit Mary, se rendant compte qu'elle l'avait mise mal à l'aise.

— J'ai toujours eu l'esprit d'aventure. Un travail m'attendait à Spokane mais en traversant Big Sky, je suis tombée sous le charme de cette ville du Montana. N'est-ce pas le plus bel endroit au monde ? Un vrai paradis terrestre.

Le sourire de Mary s'élargit.

— Je l'ai toujours pensé. D'où êtes-vous ? Vous avez une pointe d'accent du Sud…

Lucy se mit à rire.

— Je suis originaire du Texas. Et j'ai beaucoup de mal à me défaire de mon accent.

— N'essayez pas. Il est charmant.

— Vous trouvez ? demanda la jeune serveuse en déposant un gobelet devant Mary.

— Absolument. J'espère que vous vous plairez ici.

— Merci. J'en suis sûre.

Chase fut soulagé quand Mary le rappela. Il avait eu beaucoup de temps pour réfléchir et il n'avait aucune envie de rester plus longtemps loin d'elle. La veille au soir, il s'était rendu chez elle dans l'espoir de lui parler. Mais elle n'était pas chez elle. Était-elle sortie avec l'adjoint du shérif ? Cette éventualité le rendait fou.

Pourtant, il ne pouvait s'en prendre qu'à lui-même. En quittant le Montana, il lui avait brisé le cœur. Mais à l'époque, et encore maintenant, il savait qu'il devait partir. Il était alors trop jeune pour se marier, pour s'engager.

Mais avec les années, il avait mûri. Il avait appris un métier qu'il aimait, il avait roulé sa bosse et découvert le vaste monde. Il n'était plus l'adolescent dont Mary était tombée amoureuse autrefois. Maintenant, il savait ce qu'il voulait. Lorsqu'il avait reçu sa lettre, il avait compris que tout espoir n'était pas perdu. Avant de lire sa déclaration d'amour, il pensait que Mary avait tourné la page depuis longtemps, qu'elle était tombée amoureuse d'un autre et qu'elle était peut-être même mariée, à présent. Mais comme lui, elle n'avait trouvé personne qui lui plaise assez pour tenter une nouvelle relation amoureuse. Jusqu'à l'arrivée de l'adjoint.

— Je suis désolé d'avoir surgi sans crier gare, l'autre jour, dit-il. Tu avais raison. J'aurais dû t'appeler pour te prévenir de mon retour.

— N'en parlons plus, répondit-elle sur un ton qui lui fit comprendre que le véritable problème était ailleurs.

Il l'avait fait souffrir. Avait-il vraiment cru qu'il lui suffirait d'apparaître pour être pardonné ?

— Il faut que tu saches que je t'avais écrit cette lettre d'abord et avant tout pour te parler du colis à te remettre. Le reste était absurde. Je traversais un petit passage à vide et je me suis bêtement épanchée.

— Je ne t'imagine pas du tout en proie à des passages à vide, dit-il sur le ton de la plaisanterie.

— Chase…

— Tout ce que je te demande est de me donner une seconde chance, de me laisser te prouver que je t'aime, que je te mérite.

Un silence tomba.

— Il y a quelque chose que je ne t'avais encore jamais dit, reprit Chase. Ma mère m'avait appelé avant… que je ne quitte le Montana. Comme tu le sais, elle était malade depuis des années mais en rémission. Cette fois, elle avait perdu le combat, elle le savait, et elle avait envie de me voir avant de passer de l'autre côté. Voilà pourquoi j'ai mis le cap sur l'Arizona. Elle est morte le mois dernier.

— Oh ! Chase, je suis vraiment désolée. Je l'ignorais.

— Avant de mourir, elle m'a demandé de rapporter ses cendres ici, à Big Sky, et de les disperser dans le canyon.

Il entendit presque Mary hésiter.

— T'a-t-elle… ?

— Tu veux savoir si elle m'a révélé qui était mon père avant de mourir ? Non. J'étais avec elle la nuit où elle est partie mais elle a emporté ce secret avec elle.

— Je suis vraiment désolée.

Ignorer le nom de son géniteur avait hanté Chase toute sa vie. Ce mystère lui pesait. Il aurait voulu savoir qui il était, d'où il venait et pourquoi sa mère avait toujours refusé de le lui dire. Son père était-il un monstre ? Il aurait donné beaucoup pour connaître ses origines, l'histoire de sa naissance.

— En revanche, elle m'a laissé sans le vouloir un indice, poursuivit-il. Elle m'a dit l'avoir rencontré ici, à Big Sky. Et voilà pourquoi elle souhaitait que ses cendres soient rapportées et dispersées ici.

— Mais tu ne sais rien d'autre.

— Pour l'instant, non.

— Chase, je t'appelais à propos de ce paquet que je dois te remettre, reprit Mary. Si ta mère a connu ton père à Big Sky, cela explique peut-être pourquoi une femme, qui s'est présentée comme une de ses vieilles amies, t'a laissé ce colis. Passe quand tu veux le prendre à mon bureau…

— Je ne viendrai pas avant demain. Je travaille dans un ranch pour gagner un peu d'argent. J'ai eu des problèmes de moteur sur le chemin du retour et j'ai besoin de me renflouer. Mais j'espérais que nous pourrions sortir tous les deux…

— Laisse-moi un peu de temps. De plus, je suis vraiment occupée.

— Avec cet adjoint ? demanda-t-il avant de pouvoir s'en empêcher.

Il regretta immédiatement sa question.

— Je ne vois pas Dillon non plus pour le moment, répliqua-t-elle. Et je n'ai pas de comptes à te rendre. Tu n'imagines quand même pas que je vais bouleverser ma vie d'un claquement de doigts sous prétexte que tu es revenu…

— Non, tu as raison. Désolé. Je vais arrêter de t'importuner. Sache simplement que je t'attends, que je suis revenu pour de bon et que j'ai envie de renouer avec toi, Mary. Je n'ai jamais cessé de t'aimer et je t'aimerai toujours.

Après leur échange téléphonique, Mary se plongea dans son travail, bien décidée à ne plus penser au beau cow-boy qui lui avait volé son cœur, des années auparavant. Dillon n'arrêtait pas de lui envoyer des textos. Elle lui répondit qu'elle avait un rapport à rédiger et qu'elle le recontacterait bientôt.

Cette nuit-là, allongée dans son lit, elle pensa à Chase, le cœur serré. Autrefois, il l'avait fait souffrir en refusant de l'épouser et, folle de colère, elle avait rompu avec lui pour le laisser partir. Elle avait alors perdu son meilleur ami et son amant. Après tant d'années passées ensemble, Mary avait fini par croire que rien ne les séparerait jamais. Elle s'était trompée et maintenant, elle avait peur. Elle se rendait compte qu'elle ne connaissait pas vraiment cet homme qu'elle avait pourtant follement aimé.

Dans la matinée, elle se rendit de bonne heure à son bureau, soulagée de constater que Chase respectait sa requête et ne se manifestait pas. Quelques heures plus tard, elle reçut la visite inattendue de la nouvelle serveuse du café de Lone Peak Perk.

— Je me suis dit qu'un petit remontant vous ferait peut-être du bien, dit-elle en lui tendant un Frappuccino au caramel.

Mary faillit l'embrasser.

— Vous devez être médium, dit-elle en se levant pour prendre le gobelet. J'avais tant à faire que je n'avais pas le temps de passer au café mais vous n'imaginez pas à quel point j'en avais besoin.

— Je ne veux pas vous déranger, poursuivit Lucy en faisant un pas vers la porte. Mais quand je me suis rendu compte que vous n'étiez pas venue, j'ai eu envie de vous en apporter un…

— Attendez, laissez-moi au moins vous payer.

Lucy secoua la tête.

— Non, non, c'est cadeau. Ma BA de la journée.

Et avec un grand sourire, elle poussa la porte.

— Merci beaucoup ! cria Mary en la regardant traverser la rue en courant.

Hud trouva Chet Jensen au ranch de son père, situé à l'extrémité du canyon, à quelques kilomètres de là. Il était occupé à sortir le fumier des étables. Manifestement, il avait la gueule de bois.

— Votre nuit a été difficile ? lança-t-il.

Surpris, Chet sursauta et blêmit en le reconnaissant.

— Vous m'avez fait peur. Vous n'avez pas le droit de débarquer comme ça chez les gens sans prévenir, dit-il.

— J'ai besoin de vous parler, répondit Hud. De Christy Shores.

Chet appuya sa fourche contre le mur.

— D'accord mais allons discuter dehors. Un peu d'air frais ne me fera pas de mal.

Sur ces mots, il sortit de l'étable et se tourna vers le soleil matinal. Hud le suivit jusqu'à un vieux saule pleureur sous lequel étaient installées quelques chaises de jardin. Chet se laissa tomber sur l'une d'elles.

— Vous avez entendu parler de la bagarre chez Charley, dit-il.

Hud opina. Tout en s'installant en face de lui, il tira son calepin de sa poche.

— Qui l'avait provoquée ?

— Christy, répondit Chet d'un air sombre. Vous ne seriez pas ici si vous ne le saviez pas déjà. Alors, cessons de tourner autour du pot et allons droit au but. Je suis désolé qu'elle se soit fait écraser mais je n'y suis pour rien.

— Qui y est pour quelque chose ?

Le cow-boy haussa les épaules.

— Je n'en ai aucune idée. Beth Anne a entendu dire qu'un chauffard au volant d'un camping-car l'avait renversée avant de prendre la fuite.

Hud secoua la tête.

— Le meurtrier n'est pas un touriste de passage mais quelqu'un du coin, j'en suis certain. Depuis combien de temps sortiez-vous avec elle ?

— Je ne « sortais » pas avec elle. J'ai fait sa connaissance il y a quelques semaines et je l'ai ramenée ici deux ou trois fois, voilà tout. Je l'aimais bien.

— Mais ?

— Mais ensuite, elle est tombée amoureuse de Grady, qui se la jouait grand prince et claquait de l'argent à tout-va pour lui en mettre plein la vue. J'ai essayé de la prévenir mais… vous connaissez les femmes.

— Êtes-vous en train d'insinuer que Grady Birch pourrait être coupable ?

— Je n'en sais rien. En tout cas, après la bagarre, je suis rentré à la maison et je suis allé me coucher.

— Avez-vous vu Grady partir du bar ?

— Oui, un peu avant moi. Mais qui vous dit qu'il n'est pas revenu ?

— Je pourrais en dire autant à propos de vous…

Chet remua la tête.

— Ma sœur Beth Anne était à la maison. Elle vous confirmera ce que j'ai dit. Elle avait passé la nuit à confectionner des cookies pour un événement dans sa boutique. Je n'aurais pas pu entrer ou sortir sans qu'elle me voie.

— Christy avait-elle des ennemis ? poursuivit Hud.

— Elle ne vivait pas à Big Sky depuis assez longtemps pour s'être fait des ennemis.

— Mais depuis assez longtemps pour que deux hommes se battent pour elle, fit-il remarquer.

Chet croisa son regard.

— Grady et moi avions eu l'un et l'autre envie de passer la nuit avec elle, c'est vrai. Mais ni lui ni moi n'étions amoureux, si vous voyez ce que je veux dire. Alors la tuer ou s'entretuer pour elle n'aurait eu aucun sens.

Hud referma son calepin et se leva.

— Si vous pensez à quelqu'un qui aurait pu souhaiter sa mort, appelez-moi.

8

Mary était en train de traverser la rue lorsqu'elle remarqua la camionnette du fleuriste local qui se garait devant chez elle. Voilà trois jours qu'elle n'avait pas vu Chase ni Dillon. Les deux hommes avaient finalement compris le message et la laissaient respirer. Elle ne savait toujours pas très bien où elle en était, ce qu'elle voulait, mais au moins avait-elle avancé dans son travail.

Elle gémit en voyant Beth Anne Jensen sortir du fourgon.

— J'ai quelque chose pour toi, lui lança gaiement cette dernière.

Mary ne se souvenait pas avoir un jour reçu des fleurs. À contrecœur, elle revint sur ses pas. Elle n'avait aucune envie de parler à Beth Anne, ce matin.

Son ancienne camarade de classe lui tendit une rose rouge enveloppée de cellophane.

— Tu es au courant du retour de Chase, je suppose, demanda Beth Anne.

— Il est passé au ranch, il y a quelques jours.

L'expression guillerette de Beth Anne s'envola.

— Il va travailler pour mon père.

Mary n'était pas étonnée que Chase ait proposé ses services à Sherman Jensen. Le Jensen Ranch côtoyait celui des Cardwell et voilà pourquoi Chase lui avait dit qu'il la verrait bientôt. Les Jensen avaient besoin de bras pour descendre leurs troupeaux des alpages où ils avaient passé l'été et les ramener dans les pâturages de la vallée. Tout le monde se préparait aussi à cette transhumance au Cardwell Ranch.

— Chase m'a paru en pleine forme, poursuivit Beth Anne. Visiblement, quitter la région lui a fait du bien.

Mary n'avait aucune envie de discuter de Chase avec elle. Elle n'avait pas oublié qu'elle les avait surpris un jour en train de s'embrasser. Mary se demanda si elle était censée lui donner un pourboire. Le geste pousserait peut-être Beth Anne à partir…

Elle sortit un billet de cinq dollars et le lui tendit.

— Merci, dit-elle.

Mais comme Mary commençait à se détourner, Beth Anne la rappela.

— Attends, ce n'est pas tout, dit-elle en lui présentant une grosse gerbe de marguerites enveloppée, elle aussi, dans une feuille de cellophane. Apparemment, tu as plus d'un admirateur…

Mary était certaine que Beth Anne savait qui lui avait envoyé ces fleurs. Sans doute avait-elle même lu les cartes glissées dans les enveloppes agrafées sur chacun des bouquets.

Mais peut-être pas après tout, se dit-elle, se reprochant sa réaction.

— Passe une bonne journée, cria-t-elle à Beth Anne.

Chargée de ses fleurs, elle retourna à son bureau, curieuse de découvrir qui les lui avait envoyées. Elle ne voulait pas se faire d'illusions. Il n'était pas impossible que des éleveurs pour qui elle travaillait aient voulu la remercier de s'être occupée de leur comptabilité.

Elle déposa les bouquets sur sa table de travail et ouvrit la première enveloppe.

> *Je n'ai pas oublié que les marguerites étaient tes fleurs préférées. Je ne renonce pas à nous. Chase.*

Il me faudra davantage que des marguerites pour me convaincre de revenir vers toi, se dit-elle alors que son cœur s'accélérait dans sa poitrine.

Elle sortit le carton de l'autre enveloppe blanche et lut :

> *Pour que tu saches que je ne cesse de penser à toi,*
> *Dillon.*

Je n'en crois pas un mot.

Comme elle entendait la porte de son immeuble s'ouvrir derrière elle, elle se retourna, s'attendant à voir apparaître l'un ou l'autre des deux hommes.

— Lucy ? s'exclama-t-elle, soulagée.

Qu'ils aient voulu lui offrir des fleurs la touchait mais elle n'était prête à s'entretenir avec aucun d'eux pour le moment.

La jeune serveuse s'immobilisa.

— Je débarque peut-être à un mauvais moment ?

— Pas du tout. Vous arrivez à point nommé.

— En fait, je vous ai vue traverser et rebrousser chemin. Alors j'ai cru bien faire, ajouta-t-elle en lui tendant un gobelet.

— Merci beaucoup. J'en ai bien besoin mais cette fois, j'insiste pour vous payer. Où ai-je mis mon sac ?

— Inutile, je l'ai mis sur votre compte.

Mary cessa de chercher de l'argent pour la regarder.

— Mais je n'ai pas de compte dans votre établissement.

Lucy sourit.

— Eh bien maintenant, vous en avez un. J'ai pensé qu'il serait plus facile pour vous de ne pas avoir à chercher de la monnaie à chaque fois. Mais si vous estimez que j'ai outrepassé…

— Pas du tout, c'est une excellente initiative. Vu le nombre de cafés que je prends chez vous, j'aurais dû en avoir eu l'idée depuis longtemps.

— Et de cette façon, si vous êtes trop occupée pour venir boire votre café sur place, passez-nous un coup de fil et nous vous l'apporterons à domicile.

— Lucy, c'est tellement gentil mais…

— Ce n'est vraiment pas un problème. Cela me donne une bonne excuse pour prendre l'air. De plus, j'ai l'impression que vous avez quelque chose à fêter, ajouta-t-elle en montrant les fleurs.

Mary se mit à rire.

— C'est compliqué !

— Eh bien, je ne vous retiens pas. Je ferais mieux de retourner travailler. Mon service se termine bientôt et je dois reprendre mes recherches de logement. Ce n'est pas simple.

Elle la salua d'un geste de la main avant de se diriger vers la porte.

— Lucy, attendez. J'ai un appartement à louer. Je n'ai pas encore passé d'annonce parce que… Christy devait y emménager, le jour où elle est morte.

— Christy… que j'ai remplacée au café de Lone Peak Perk.

— Cela vous ennuie de prendre le deux-pièces qui lui était destiné ? demanda Mary. Je comprends.

— Écoutez, votre proposition me déstabilise un peu, je l'avoue. Mais laissez-moi un peu de temps pour y réfléchir, d'accord ? Je vous donnerai ma réponse en fin de journée.

Et elle partit sans lui donner la possibilité d'ajouter un mot.

Une fois seule, Mary se reprocha son impulsivité. Elle avait sans doute eu tort de lui offrir cet appartement sans avoir vérifié ses références. Cela dit, Lucy n'était pas non plus une totale inconnue. Elle travaillait en face et surtout, elle était adorable, serviable et attentionnée.

Avec un soupir, elle reporta son attention sur ses fleurs. Que devait-elle faire avec Chase ? Et avec Dillon ?

Elle s'empara de son téléphone pour appeler Kara, sa meilleure amie, qui s'était installée à New York à la fin de ses études. Malgré la distance, elles restaient en contact grâce au téléphone et à Facetime. Leur amitié était si solide qu'elles pouvaient ne pas se parler pendant des semaines et reprendre le fil de leurs échanges là où elles l'avaient laissé.

— Chase est revenu, dit-elle sans préambule quand son amie répondit.

— À Big Sky ?

— Il me jure qu'il m'aime, qu'il n'a jamais cessé de m'aimer et qu'il veut tout faire pour me reconquérir.

Kara inspira profondément.

— Et toi ? Où en es-tu avec lui ?

Elle soupira.

— Je l'aime toujours mais depuis quelque temps, je voyais quelqu'un d'autre. Un adjoint de mon père, dénommé Dillon. Il est très séduisant avec un petit côté rebelle, sauvage…

Son amie éclata de rire.

— Quelle chance tu as ! Deux hommes à tes pieds !

Elle rit à son tour.

— Je n'irais pas jusqu'à dire qu'ils sont à mes pieds. En tout cas, ils se sont rencontrés l'autre jour et j'ai vu le moment où ils allaient se sauter à la gorge. J'aime toujours Chase, peut-être l'aimerai-je jusqu'à la fin de mes jours, mais quand j'ai rompu, il ne s'est pas battu pour me garder. Pour lui, le plus important était de partir. Qui me dit qu'il ne recommencera pas ? Qui me garantit qu'un beau matin, il n'aura pas envie de larguer de nouveau les amarres ?

— Et Dillon ?

— Je ne le connais pas assez pour pouvoir me prononcer. Ils m'ont tous les deux fait livrer des fleurs, aujourd'hui.

— C'est un bon début ! lança Kara en riant.

— Chase m'a envoyé des marguerites parce qu'il s'est souvenu que ce sont mes fleurs préférées.

— Et Dillon ?

— Une rose pour me faire savoir qu'il pensait à moi.

— Pourquoi choisir entre les deux ?

— En tout cas, mon père n'aime me voir ni avec l'un ni avec l'autre.

— Et telle que je te connais, ses réticences ne font qu'attiser ton envie de passer outre.

— Tu me connais bien, Kara, répondit-elle. Comment allez-vous, toi, ton mari et les enfants ?

— J'allais t'appeler pour te l'annoncer… Je suis à nouveau enceinte !

Mary ressentit un élan d'envie et le lui dit. Mais son amie refusa de l'entendre.

— Si l'une de nous doit être envieuse de l'autre, c'est moi. Deux beaux gosses se battent pour te séduire alors que moi, j'ai à la maison deux sales gosses qui se battent pour me rendre folle…

Mary éclata de rire mais en arrière-plan, elle entendit deux petits garçons se chamailler.

— Je te laisse. Encore bravo.

— Je te rappellerai plus tard. Je t'embrasse.

Elle mit ses fleurs dans des vases avant de retourner au travail. Un peu plus tard, elle téléphona à Chase.

— Merci pour les marguerites. Elles sont très belles. Quand tu auras un peu de temps, passe me voir. Comme je te l'ai dit, j'ai un paquet pour toi au bureau. Veux-tu que je t'explique comment me trouver ?

— Je sais très bien où tu es. J'arrive.

Comme Lucy jetait un coup d'œil à travers les grandes baies vitrées du café, elle vit le pick-up de Chase se garer dans la rue. Son cœur se serra, comme broyé entre des doigts puissants. S'apprêtait-il à retrouver Mary pour la première fois depuis des mois ou l'avait-il déjà revue ailleurs depuis son retour dans le Montana ? *Peut-être au ranch*, pensa-t-elle, malade de jalousie.

Chase est mon amoureux, il est à moi.

En tout cas, il l'avait été jusqu'à ce qu'il reçoive cette lettre. Il l'avait larguée à cause de cette Mary, parce qu'il avait eu envie de retrouver son ex. Comme il entrait dans le bureau de cette dernière, Lucy ne savait plus qui elle détestait le plus, de Chase ou de Mary. Elle était animée d'une telle haine qu'elle ne s'aperçut pas tout de suite qu'une cliente était entrée.

Comme la nouvelle venue se positionnait devant elle, lui bloquant la vue sur la rue, Lucy dut faire appel à toute sa volonté pour ne pas frapper cette inconnue avant de la jeter dehors en l'insultant.

— J'aimerais un Caffè Latte glacé, dit la femme.

Heureusement, Lucy parvint à reprendre le contrôle. Elle avait besoin de ce travail pour se rapprocher de Mary et mener ainsi son plan à bien. Si elle voulait se venger de Chase, lui faire payer sa cruauté, elle ne pouvait pas se permettre de perdre son sang-froid.

Elle colla un sourire de façade sur son visage.

— Bien sûr, je vous le prépare tout de suite.

Comme la cliente descendait se laver les mains, Lucy hésita à profiter de son absence pour cracher dans le breuvage mais elle parvint à s'en empêcher.

Au lieu de quoi, elle s'imagina dans l'appartement d'en face. Bien entendu, elle allait le prendre. Elle avait déjà réussi à gagner la confiance de Mary. Que Chase soit là-bas avec elle n'était pas si grave. Bientôt, Lucy mettrait un terme définitif à leur petite histoire.

En revanche, elle devait veiller à éviter Chase. Certes, sa métamorphose était impressionnante mais vu ce qu'ils avaient partagé, il y avait de grandes chances qu'il la reconnaisse malgré tout. Il sentirait l'alchimie qu'il y avait toujours eu entre eux.

Il lui fallait donc s'arranger pour ne pas le croiser jusqu'au moment où elle lui révélerait tout… quand il serait trop tard.

Elle réfléchit à tous les moyens à sa disposition pour leur bousiller la vie avant de les tuer. Comme elle l'avait dit à Christy Shores, elle obtenait toujours ce qu'elle désirait. Il ne s'agissait pas de chance mais de volonté. Quand elle était déterminée, rien ne l'arrêtait. Elle était prête à tout pour atteindre ses objectifs. Et elle y parvenait. N'avait-elle pas trouvé ce travail et n'était-elle pas sur le point de récupérer l'appartement de Christy ?

Elle tenait surtout à faire souffrir Chase et sa précieuse Mary. Elle y arriverait. Il lui suffisait de faire preuve d'un peu de patience.

Chase enleva son stetson en entrant dans le bureau de Mary. Il posa un regard admiratif sur l'endroit, épaté par ce qu'elle en avait fait. Les murs blanchis à la chaux éclairaient une pièce qui aurait pu être sombre, des tapis aux couleurs chaudes mettaient en valeur les planchers bien cirés. Des tableaux de chevaux et des photographies du ranch témoignaient de l'amour de Mary pour le Montana.

— Ton bureau est magnifique, dit-il. Tu en as fait un lieu qui te ressemble.

Mary sourit et le remercia mais visiblement, elle n'était pas encore prête à retomber dans ses bras.

— J'ai entendu dire que tu louais des appartements au premier et que tu t'étais installée au deuxième. Cet investissement me paraît très judicieux.

Cela la fit rire.

— Merci. Je suis contente que tu l'approuves.

Il s'avança vers elle, regrettant ce ton impersonnel. Ils se connaissaient. Intimement. Ils avaient déjà été amis, amants.

— Mary, cesse de me parler comme si j'étais un étranger. Je…

— Merci encore pour les marguerites. Tiens, voilà le paquet qu'une femme a laissé pour toi, ajouta-t-elle en lui désignant un carton sur son bureau.

Au lieu de s'intéresser au colis, il planta les yeux dans les siens.

— D'accord, si c'est ce que tu veux. Je t'attendrai aussi longtemps qu'il le faudra.

Il se rendit compte soudain qu'elle ne le croyait pas. Elle avait perdu confiance en lui et comment le lui reprocher ?

— J'ai appris que tu travaillais pour le père de Beth Anne, dans leur ranch, poursuivit-elle.

C'était donc ça.

— C'est temporaire. Une entreprise de construction de Big Sky m'a proposé un poste de menuisier. C'est ce qui m'intéresse mais comme je ne commencerai que la semaine prochaine, j'ai pris ce que je trouvais en attendant.

Il regarda les marguerites qu'il lui avait fait livrer mais très vite, il remarqúa la rose rouge.

— Cadeau de ton adjoint, je parie ?

Mary leva le menton.

— Ne commence pas, Chase.

— Tu as raison, excuse-moi.

Dans l'espoir de parler d'autre chose, elle lui tendit le carton déposé à son intention.

Il le prit mais n'y accorda aucune attention.

— Je saurai me montrer patient, Mary, dit-il à voix basse. Te souviens-tu de l'époque où nous ne cessions de nous tenir par la main ?

Il fit un autre pas vers elle. Il était tout proche à présent.

— Je n'ai pas oublié non plus la façon dont ton souffle devenait court, dont ton cœur s'accélérait quand je te prenais dans mes bras et…

Elle ferma les paupières, émue.

— Chase…

Il se rapprocha encore et cette fois, elle ne recula pas, consciente de succomber à son charme. De sa main libre, il caressa sa joue avant de s'aventurer vers sa gorge, à l'embrasure de son corsage.

Elle frissonna et instinctivement, elle s'abandonna à ses doigts magiques.

— Chase…

Cette fois, elle prononça son nom d'un ton suppliant, pour qu'il ne s'arrête pas.

Il sourit.

— Toi et moi serons bientôt réunis parce que nous sommes destinés l'un à l'autre. Dis-moi que je me trompe.

Incapable de parler, elle se contenta d'opiner de la tête.

Il prit le paquet et sortit, la laissant bouleversée et en proie à un désir violent.

9

Chase ne prêta attention au paquet qu'au moment où il le jeta sur le siège passager de son pick-up. Sa légèreté le surprit et détourna un instant ses pensées de Mary.

Comme il s'installait au volant, il se demanda ce qu'il contenait. Il s'agissait d'une vieille boîte à chaussures fermée avec de la ficelle, l'une et l'autre usées par les années. Pourquoi quelqu'un lui aurait-il laissé ce genre de choses ? D'après Mary, la femme qui l'avait déposée pour lui prétendait avoir été une amie de sa mère.

Très vite, ses pensées revinrent à Mary tandis qu'il roulait vers le Jensen Ranch. Il se remémora la façon dont elle avait tremblé sous ses caresses. L'alchimie entre eux était toujours là, plus forte que jamais. Il mourait d'envie de la prendre dans ses bras, de l'embrasser, de lui faire l'amour.

Une fois au ranch, il emporta le paquet dans le dortoir où il séjournait. Il pensait se moquer de son contenu. Mais en réalité, il était très curieux de le découvrir. Comme il prenait la boîte sur ses genoux, il s'aperçut que quelques mots étaient écrits dessus. Il reconnut l'écriture de sa mère.

Pour Chase. À n'ouvrir qu'après ma mort.

D'une main tremblante, il sortit son couteau de la poche de son jean et coupa la ficelle. S'efforçant de se blinder intérieurement, il souleva le couvercle. Un parfum de moisi lui chatouilla les narines tandis qu'il découvrait des papiers pliés avec soin.

Chase ne savait pas très bien à quoi s'attendre. À trouver de vieilles photos ? Ou son acte de naissance sur lequel aurait figuré le nom de son père ? Ou encore une lettre dans laquelle sa mère lui révélerait ce qu'elle n'avait pas voulu lui dire de son vivant ?

Surpris, il découvrit des pages arrachées d'un cahier d'écolier. La plupart étaient jaunies et racornies. L'écriture de sa mère était plus ample lorsqu'elle était jeune. Rien de comparable à la petite écriture appliquée qu'il lui avait toujours connue.

Il s'empara d'un des feuillets et commença à lire. Un juron s'échappa de ses lèvres quand il se rendit compte de quoi il s'agissait. C'était le journal intime de sa mère.

Pourquoi le lui avait-elle laissé ? Il ne savait même pas qu'elle en tenait un.

Son regard se posa sur la date griffonnée en haut d'une feuille. Il ne lui fallut pas longtemps pour comprendre que sa mère avait écrit ces pages quelques semaines avant sa conception.

Son cœur se mit à battre à tout rompre. Enfin, il allait savoir qui était son père.

Lorsque la porte de son bureau s'ouvrit, Mary leva les yeux, tirée de ses pensées. Voir Chase l'avait ébranlée. Elle le désirait toujours autant. Mais si elle avait du mal à l'admettre, elle avait peur, à présent. Autrefois, elle lui avait offert son cœur et il l'avait brisé. Avait-elle envie de repasser par tant de souffrances ?

Pour ne pas se torturer, elle s'était remise à travailler et voilà pourquoi quand sa visiteuse apparut, elle fut surprise de constater qu'il était très tard.

— Lucy ? Ah oui ! Entrez.

Elle se souvint brutalement que la jeune femme lui avait dit qu'elle reviendrait lui donner sa réponse à propos de l'appartement.

La serveuse s'assit en face de son bureau.

— Parliez-vous sérieusement quand vous m'avez proposé l'un des logements que vous louez au premier étage ? Ce serait vraiment pratique pour moi de vivre en face de mon lieu de travail mais je voulais être sûre que vous ne regrettiez pas de me l'avoir offert. Après tout, nous ne nous connaissons pas, nous venons de nous rencontrer.

Mary hocha la tête. En effet, elle avait changé d'avis. Mais devant l'expression peinte sur le visage de Lucy, elle décida de lui louer malgré tout le petit deux-pièces.

Elle s'empara de la clé de l'appartement.

— Je vais vous le montrer. Il est possible d'y accéder par l'entrée de l'immeuble ou par l'arrière de mon bureau. Les deux appartements que je loue se trouvent au premier étage, je travaille au rez-de-chaussée et je vis au second. Certaines personnes n'apprécient pas de vivre aussi près de leur propriétaire.

Elles grimpèrent à l'étage et Mary la fit entrer.

— Comme vous le constatez, l'appartement est plutôt basique. Salon, cuisine, chambre et salle de bains.

— Il est parfait, dit Lucy en se dirigeant vers la fenêtre pour regarder dehors.

— Il y a une issue de secours et un escalier extérieur à l'arrière avec un petit balcon si vous avez envie de profiter de la vue sur Lone Peak, dit-elle en ouvrant la porte-fenêtre.

— Formidable !

Lucy se rendit sur le balcon. Une main sur la balustrade, elle se pencha vers la cour avant de lever les yeux.

— L'escalier de secours monte vers votre appartement et votre balcon ?

— Exactement mais ne vous inquiétez pas. Je ne l'utiliserai qu'en cas d'incendie pour respecter votre vie privée.

Lucy hocha la tête.

— Et à combien s'élève le loyer ?

Quand Mary lui en donna le montant, elle sourit.

— C'est vraiment raisonnable.

— Je m'arrange pour louer à des personnes qui travaillent ici à Big Sky. La plupart des employés sont obligés de faire la navette depuis la vallée car il y a très peu de logements abordables dans le coin. Et c'est bien pour moi d'avoir quelqu'un dans l'immeuble, la nuit. La rue est commerçante mais peu de personnes y vivent. L'autre appartement est loué à un jeune homme qui voyage beaucoup, alors je le vois rarement.

Un canapé-lit se trouvait dans la chambre. Lucy le déplia.

— C'est bien pratique.

— Et ainsi, vous avez la possibilité d'utiliser cette pièce comme bureau ou comme chambre à coucher, au choix.

Lucy sourit.

— Je me vois très bien vivre ici. Ce petit deux-pièces est parfait pour moi.

— Alors, il est à vous. Vous pouvez vous installer tout de suite si vous le souhaitez.

— J'en suis ravie et surtout soulagée. Je loge actuellement dans un motel de la vallée et les trajets sont épuisants.

— J'aurais besoin du loyer du premier et du dernier mois et d'un dépôt de garantie. Est-ce un problème ?

— Pas du tout. J'ai quelques économies. Je promets d'être la locataire idéale.

Lucy la paya en espèces. Devant sa surprise, elle expliqua qu'elle avait tiré de l'argent liquide pour être plus réactive si une opportunité se présentait, si une chambre se libérait.

— Les locations partent si vite. Je ne voulais pas rater une bonne occasion.

Mary sourit en lui remettant la clé.

— Je suis contente de vous avoir ici.

Après le départ de Lucy, Mary retourna dans son bureau et appela sa mère.

— J'ai une nouvelle locataire. C'est un peu étrange, mais c'est la serveuse qui a pris la place de Christy au café d'en face.

— C'est bizarre, en effet. Que sais-tu d'elle ?

Mary y réfléchit un instant.

— Rien, en fait, mais elle me paraît gentille.

Elle lui raconta que Lucy lui avait apporté un Frappuccino deux fois quand Mary était trop occupée pour venir le boire sur place.

— C'est aimable de sa part.

— J'espère ne pas regretter de lui avoir fait confiance. Devine qui m'a envoyé des fleurs ? ajouta-t-elle pour changer de sujet.

Lucy n'arrivait pas à croire à quel point tout avait été facile. Pour obtenir l'appartement, elle n'avait eu qu'à apporter deux fois à Mary sa boisson préférée. Tandis qu'elle retournait à son motel pour aller chercher ses affaires, elle se sentait fière d'elle.

Mary vivrait juste au-dessus de chez elle. Grâce à l'escalier de secours, il lui serait très simple de monter chez Mary, à toute heure du jour et de la nuit. Et s'il y avait bien des balustrades pour protéger l'escalier et les balcons, elles ne suffiraient peut-être pas à empêcher Mary de basculer dans le vide, surtout si elle avait un peu bu…

Son euphorie se dissipa lorsqu'elle se souvint des deux bouquets de fleurs livrés dans la matinée. Une profonde colère s'empara soudain d'elle, bloquant sa poitrine, l'empêchant presque de respirer. Ils avaient sans doute été envoyés par Chase. Elle aurait adoré lire ce qu'il avait écrit sur les cartes. Maintenant qu'elle vivrait dans l'immeuble, elle y parviendrait, peut-être.

Elle était toujours étonnée de la facilité avec laquelle elle avait pris possession des lieux. Mary était trop gentille, trop confiante. Au départ, elle avait seulement voulu la rencontrer, voir à quoi ressemblait la garce qui lui avait volé Chase. Mais peut-être avait-elle prévu inconsciemment de la tuer depuis le tout début. Peut-être avait-elle eu cette idée en tête depuis le moment où elle avait décidé d'aller au Montana et de la retrouver.

Puisqu'elle ne pouvait pas avoir Chase, personne d'autre ne l'aurait. Elle rêvait de les tuer tous les deux. De tuer Mary devant Chase, de le forcer à voir son ex mourir en sachant qu'il ne pouvait rien faire pour la sauver.

Mais si elle était sincère avec elle-même, elle devait avouer que, en réalité, son désir le plus fort était qu'il retombe amoureux d'elle. Mais elle n'y arriverait pas, elle le savait. Alors, tant pis pour lui. Il allait mourir, lui aussi, mais seulement après avoir pleuré sa précieuse Mary. Elle le tuerait après avoir brisé sa vie comme il avait brisé la sienne.

Vivre au-dessous de Mary lui donnerait la possibilité de se rapprocher de celle-ci – et de Chase – jusqu'à ce qu'elle soit prête à mettre un terme à cette histoire.

L'entreprise était risquée mais un peu de danger n'était pas pour lui déplaire, pensa-t-elle en souriant. Finalement, Chase et elle se croiseraient. Lucy frissonna de plaisir anticipé. Elle était impatiente de voir son visage lorsqu'il comprendrait qu'elle n'était pas morte. Loin de là.

Au contraire, elle ne s'était jamais sentie aussi vivante.

10

Les premières phrases confirmèrent à Chase que les pages de cahier dans la boîte à chaussures provenaient bien du journal intime de sa mère. Il avait du mal à y croire. Des années durant, il avait espéré en vain des réponses. Allait-il enfin les obtenir ?

D'une main tremblante, il s'empara de l'ensemble des feuillets et les parcourut des yeux à toute vitesse, dans le désordre, à la recherche d'un nom. Il n'y en avait pas. En revanche, il trouva des initiales.

Il finit par tout lire depuis le début.

Ce matin, je me suis réveillée, le cœur en fête. La journée promet d'être merveilleuse. Je vais revoir J.M. Il m'a donné rendez-vous dans notre cachette. Peut-être a-t-il changé d'avis. Je ne peux que l'espérer.

À propos de quoi ce J.M. aurait-il changé d'avis ?

Chase se plongea dans la page suivante mais il comprit rapidement qu'elle n'avait pas été écrite à la suite des lignes précédentes. Il devait commencer par classer les feuillets par ordre chronologique. Certains n'étaient datés que par un jour de la semaine. Ainsi, il en trouva un qui commençait par « Noël ».

En tout cas, qui que soit ce J.M., sa mère avait été très amoureuse de lui. Et comme Chase était né en septembre, il était probable qu'il avait été conçu à Noël…

Noël ! Je ne pensais pas pouvoir le voir aujourd'hui mais il s'est débrouillé pour faire un saut et il m'a surprise avec un cadeau : un magnifique médaillon en forme de cœur. Je suis folle de bonheur !

Chase sentit sa gorge se serrer. Sa mère avait porté ce bijou toute sa vie. Elle ne le retirait jamais. Il l'avait rangé avec d'autres affaires d'elle qu'il avait conservées. Mais elle n'avait mis à l'intérieur qu'une photo de lui, son fils.

Au dos du médaillon étaient gravés les mots :

Mon cœur sera toujours à toi.

Chase s'empara de son téléphone.

Mary répondit à la deuxième sonnerie.

— Chase ?

— Pardonne-moi de te déranger mais je voulais te dire : il s'agit du journal de ma mère.

— Le journal de ta mère ? répéta-t-elle sans comprendre.

— Dans la boîte à chaussures, j'ai découvert des pages du journal intime de ma mère, écrites à l'époque où elle est tombée enceinte de moi. Et je me demandais… Accepterais-tu de m'aider ? Les réponses que je cherche depuis des années se trouvent sans doute quelque part dans ces feuilles mais elles sont toutes mélangées. Certaines sont datées, d'autres pas et…

— Apporte-les. Nous allons les lire chez moi.

Peu de temps après, Mary le fit entrer par la porte principale. Chase avait la boîte à chaussures sous le bras. Ils montèrent au second.

— Veux-tu boire quelque chose ? proposa-t-elle en fermant la porte derrière eux.

Une fois de plus, Chase se fit la réflexion que l'appartement, décoré avec goût de meubles en bois et de couleurs chaleureuses, ressemblait beaucoup à Mary.

— Non, merci.

Maintenant qu'il était ici, il se sentait nerveux.

Elle lui prit son chargement des mains et le posa sur la table de la salle à manger. Par la fenêtre, il voyait Lone Peak se profiler à l'horizon.

— Cet endroit est magnifique, dit-il en s'asseyant. Et tu l'as joliment aménagé.

— Merci.

Mary s'installa en face de lui et tira la boîte vers elle.

— Je peux ?

— Je t'en prie. J'y ai jeté un coup d'œil mais en vérité, je n'avais pas très envie de m'y plonger tout seul.

Elle sortit les pages du journal avec précaution.

— Ta mère s'était arrangée pour qu'elles ne te soient remises qu'après sa mort. Il y a sans doute une explication.

Elle prit une feuille et lut à voix haute :

— *Vendredi, je l'ai aperçu au restaurant de Big Sky, le Buck's T-4. Il ne m'a pas vue mais il savait sans doute que j'étais là. Il ne cessait de regarder autour de lui comme s'il me cherchait.*

Mary retourna la page en s'exclamant :

— Ils se sont rencontrés ici, à Big Sky !

— *Samedi. Je déteste le samedi parce que nous ne pouvons jamais nous voir le week-end. Savoir que lui aussi déteste les samedis et les dimanches pour la même raison que moi m'a un peu réconfortée.*

Elle leva les yeux vers Chase.

— Ils étaient des amants maudits.

— Des amants maudits ? Que veux-tu dire ? En tout cas, il est clair qu'il était marié.

Il se passa la main dans les cheveux.

— Et si mon père avait vécu ici à Big Sky, toutes ces années, sans que je m'en doute ?

Mary devinait à quel point il était douloureux pour Chase de lire ces lignes. Son ambivalence était manifeste. Il voulait découvrir la vérité et en même temps, il en avait peur.

— Es-tu sûr d'avoir envie de savoir qui il était ?

Chase avait quinze ans lorsque sa mère était tombée malade pour la première fois et qu'il était venu dans la région pour travailler chez les Jensen. Plus tard, les parents de Mary l'avaient embauché dans leur ranch, lui offrant ainsi un endroit où vivre pendant que Mary et lui terminaient leurs études.

À l'époque, tous deux avaient pensé que Chase avait été envoyé dans le Montana via un ami policier de Hud. Son père avait toujours été assez flou sur le sujet mais Mary se rendait compte à présent que ses parents avaient certainement connu la mère de Chase quand elle vivait à Big Sky. C'était évidemment elle qui leur avait demandé de veiller sur son fils.

Depuis le début, Mary et Chase avaient été très proches. Et du plus loin qu'elle s'en souvienne, il avait toujours été dévasté de ne pas savoir qui était son père. Comme il était né en Arizona, ils avaient toujours cru que c'était là que sa mère l'avait rencontré. Mais en réalité, Chase avait sans doute été lié au Montana sans le savoir bien avant de venir y vivre à l'adolescence. Il ne s'en était jamais douté. Jusqu'à maintenant.

— Je ne suis sûr de rien, en fait, dit-il. Sauf à propos de ce que je ressens pour toi, ajouta-t-il en la regardant en face.

— Chase…

Il leva les mains.

— Désolé. Quant à mon… père… Oui, j'ai envie de savoir qui il est et pourquoi il a fait ce qu'il a fait.

— Alors nous le trouverons, dit-elle avec confiance avant de s'emparer d'une autre page du journal. Il avait sûrement une bonne raison pour refuser d'épouser ta mère.

— Je te l'ai dit. Il était déjà marié. C'est évident. Rien d'autre ne peut expliquer qu'ils n'aient pas convolé en justes noces. Et voilà pourquoi ma mère refusait de me dire qui il était.

— Peut-être donne-t-elle son nom plus loin, sur l'une des autres feuilles, suggéra Mary. Commençons par les mettre en ordre…

Elle les tria avec soin et les parcourut des yeux. Très vite, elle se rendit compte que la mère de Chase ne mentionnait jamais son amoureux par son nom ou son prénom mais uniquement par ses initiales : J.M.

— J.M. ? dit-elle. S'il vit toujours ici, il ne devrait pas être trop difficile de l'identifier.

Elle alla chercher son ordinateur portable sur le bureau.

— Peut-être devrions-nous commencer par tout lire. Visiblement, Muriel écrivait tous les jours dans son journal. Il y a quarante-deux pages rédigées recto verso, ajouta-t-elle après les avoir comptées.

— Qu'elle avait écrites sur une période d'environ trois mois, poursuivit Chase. Si seulement nous savions quand leur histoire a démarré… Attends, voilà quelque chose qui pourrait nous aider, s'exclama-t-il en brandissant soudain l'un des feuillets.

— De quoi s'agit-il ?

— De ce qu'elle avait noté la veille de Noël.

Il lut à voix haute :

— *C'était tellement romantique. Je n'aurais jamais imaginé tant de douceur, de tendresse, d'amour… Rien que d'y penser, j'en tremble. Il m'a dit que la prochaine fois, ce serait encore mieux. Je ne vois même pas comment cela pourrait l'être.*

Chase leva les yeux.

— Et je suis né, neuf mois plus tard…

— Je suis désolée, dit-elle.

Il haussa les épaules comme s'il s'en moquait mais il était évident qu'il ne s'en moquait pas du tout.

— Je tiens à savoir qui est ce type.

D'une voix vibrante de colère, il lui parla du médaillon en forme de cœur, cadeau de son amant, que sa mère n'avait jamais retiré de sa vie.

— Peut-être était-il sincère, peut-être l'aimait-il, dit-elle.

Il secoua la tête, les mâchoires serrées.

— S'il l'avait aimée, il ne l'aurait pas abandonnée alors qu'elle était enceinte, seule et sans le sou.

— La réponse se trouve peut-être dans ces pages et nous sommes passés à côté, dit Mary. Peut-être devrions-nous les relire…

— À quoi bon ? Tout est clair. Je n'ai pas besoin d'un dessin. Cet homme la faisait marcher, c'est évident. Il se servait d'elle pour assouvir ses désirs égoïstes et l'a plaquée quand il a appris sa grossesse.

Avec brusquerie, il ramassa les feuillets, les jeta dans la boîte à chaussures et remit le couvercle.

Mary regrettait sa réaction. Pour sa part, elle avait envie de connaître l'histoire dans sa globalité. Chase avait l'impression d'avoir compris ce qu'il s'était passé. Pourtant, et même après avoir lu toutes les pages du journal, elle était consciente qu'ils n'avaient eu entre les mains que la version de la mère de Chase. Manifestement, Muriel était follement amoureuse.

— Que vas-tu faire ? demanda-t-elle avec inquiétude.

— Le retrouver. Grâce à ses initiales. Il ne doit pas y avoir tant de J.M. à Big Sky et dans ses environs.

Il alluma l'ordinateur portable et se connecta sur un moteur de recherche pour accéder à l'annuaire local. Il commença par les M.

— Le médaillon qu'il lui avait offert était en or. Il ne s'agissait pas d'un bijou de pacotille. Son amant avait de l'argent. Peut-être était-il commerçant ou chef d'entreprise.

Mary hésita, s'interrogeant sur ce qu'il ferait une fois qu'il aurait identifié son géniteur.

— Je pense que tu devrais me laisser t'accompagner pour rencontrer ces J.M. lorsque nous aurons abouti à quelques noms possibles.

Il se tourna vers elle, une lueur d'espoir dans le regard.

— Tu ferais ça ?

— Bien sûr.

En attendant, elle s'empara de son téléphone pour appeler sa mère. Autrefois, Dana fréquentait Muriel. Chase était venu vivre au ranch quand il avait quinze ans parce que les deux femmes avaient été proches, cela semblait évident.

— Maman ? J'aimerais savoir comment Chase est arrivé chez nous.

Elle écouta la réponse et, au bout d'un moment, elle remercia sa mère et raccrocha.

Elle reporta alors son attention sur Chase.

— Muriel travaillait à Meadow Village, à l'épicerie du coin. Ma mère ignorait qui elle fréquentait à l'époque. Je la crois. Elle nous le dirait, si elle le savait. En revanche, elle se souvient que Muriel louait une petite maison en périphérie de la ville. Elle a pu rencontrer ton père à l'épicerie, en se rendant au travail ou n'importe où à Big Sky.

Chase secoua la tête.

— Sa femme faisait probablement les courses.

— Nous ne sommes pas certains qu'il était marié. Nous le supposons mais nous n'en avons aucune preuve…

Chase n'écoutait plus. Il parcourait des yeux les listes de l'annuaire téléphonique.

Grady Birch s'apprêtait manifestement à sortir de chez lui quand Hud s'engagea dans l'allée qui menait au chalet. Pendant un instant, le shérif craignit qu'il ne tente de s'enfuir en le voyant. Grady ressemblait en effet à un lapin pris dans un faisceau de phares. Sans doute avait-il toujours cette expression lorsqu'il se retrouvait face à un représentant de la loi – et pour cause.

Amusé, il regarda Grady prendre un air décontracté et s'adosser au mur de son chalet avec nonchalance comme s'il n'avait rien à cacher. Mais comme Hud descendait de son SUV de patrouille et se dirigeait vers lui, Grady eut du mal à jouer plus longtemps la comédie.

Il se balança d'un pied sur l'autre avec nervosité.

— Bonjour, shérif, dit-il d'une voix tendue. Quel bon vent vous amène ?

— Puis-je entrer pour en parler ?

De la porte, Grady jeta un coup d'œil à l'intérieur comme s'il était inquiet de ce que Hud risquait de découvrir chez lui.

— Je préfère discuter avec vous dehors. Sauf si vous avez un mandat. Je connais mes droits.

— Pourquoi aurais-je besoin d'un mandat, monsieur Birch ? Je suis venu vous parler de Christy Shores, je ne vous reproche rien.

Manifestement, Grady ne s'attendait pas à cette réponse. Comme un intense soulagement se peignait sur son visage, Hud comprit que monter jusqu'ici était une perte de temps. Grady n'avait pas tué la serveuse. Il craignait d'être arrêté pour vol de bétail, pas pour meurtre.

— Je n'ai que quelques questions à vous poser, poursuivit Hud, espérant que Grady lui donnerait quelques informations qui lui permettraient de continuer. Sortiez-vous avec Christy ?

— Je n'appellerais pas ça « sortir » avec elle.

— Mais vous aviez une liaison avec elle.

Grady secoua la tête.

— Je ne dirais pas ça non plus.

Hud soupira.

— Que diriez-vous ?

— Je la connaissais, voilà tout.

— En tout cas, vous la connaissiez assez pour vous battre pour elle, chez Charley, la nuit où elle a été tuée.

— J'étais en train de nouer quelque chose avec elle quand Chet a tenté de s'immiscer entre nous, de me l'enlever. Normal que je réagisse, non ?

— Que pensait Christy de tout ça ?

Grady fronça les sourcils comme s'il ne comprenait pas la question. De nouveau, il s'adossa contre le mur, mais cette fois, il semblait beaucoup plus à l'aise.

Hud reformula sa question.

— Qu'avait-elle à gagner dans une… relation avec vous ?

— En plus du plaisir que je lui donnais ? demanda Grady en riant. Un endroit où dormir qui lui évitait de retourner chez sa mère, à Bozeman.

— Cette nuit-là, essayait-elle de se rendre chez vous ? De monter vous rejoindre ici, dans ce chalet ?

Grady secoua la tête.

— Elle ne s'y serait pas risquée. Je l'avais prévenue que ma maison n'était pas un hôtel. Toute la soirée, je l'avais vue faire les yeux doux à Chet. Il ne faut pas exagérer ! Elle me prenait pour un pigeon et je n'avais pas l'intention de la laisser faire.

Hud serra les mâchoires. La façon dont les hommes comme Grady traitaient les femmes lui donnait envie de mordre.

— Quand l'avez-vous vue pour la dernière fois ?

— Lorsque Chet lui a dit de dégager et qu'elle a couru s'enfermer dans les toilettes en pleurant.

— C'était avant que le barman ne vous jette de l'établissement ? demanda le shérif.

— Oui. Alors, avez-vous découvert qui l'a écrasée ?

— Pas encore.

— Sans doute l'un de ces touristes qui foncent sur les routes sans faire attention. Un jour, j'étais à Yellowstone et j'ai remarqué une femme qui cheminait le long de la route. Un camping-car est passé si près d'elle que j'ai cru qu'il allait lui arracher la tête avec son rétroviseur extérieur.

— Christy Shores n'a pas été tuée par un camping-car ni par inadvertance. Elle a été assassinée par quelqu'un d'ici.

Grady écarquilla les yeux.

— Sérieux ? Vous ne pensez quand même pas que Chet…

— Chet a un alibi pour le soir du meurtre. Et vous ? Quelqu'un peut-il certifier que vous étiez rentré directement au chalet et que vous n'en étiez pas reparti de la nuit ?

— J'étais seul mais je vous assure que je n'ai pas bougé d'ici.

Hud accordait peu de crédit à la parole de Grady Birch.

— Savez-vous qui aurait pu vouloir lui faire du mal ?

Grady secoua la tête.

— Christy était une fille bien, vous savez. Elle ne méritait pas de finir comme ça.

Dillon se dirigeait vers le chalet de Grady quand il vit le SUV du shérif quitter le chemin de terre qui y menait. Le cœur battant, il le salua de la main et poursuivit sa route comme s'il se dirigeait vers Bozeman. Qu'était venu faire le shérif chez Grady ? Enquêtait-il sur le vol de bétail ?

Il continua à rouler mais dès qu'il fut certain que le shérif ne le suivait pas, il s'arrêta et fit demi-tour pour repartir vers le chalet.

Certes, il était risqué d'y monter. Le shérif pourrait revenir. Et Dillon ne voulait surtout pas que Hud se doute des combines qui l'unissaient à Grady Birch. Mais voilà justement pourquoi il lui fallait apprendre au plus vite ce qui se passait. Si le shérif était sur le point de découvrir le pot aux roses, il devait quitter le Montana en vitesse. Il n'était pas question d'attendre que les ennuis lui tombent dessus.

Il se gara derrière la grange. En passant, il vit Grady regarder par la fenêtre. Avait-il pensé que le shérif avait des raisons de revenir ? La porte arrière s'ouvrit brusquement et Grady apparut. Il avait l'air secoué.

Dillon se prépara au pire. Cela sentait le roussi.

— Que se passe…

Avant qu'il ne puisse terminer sa phrase, Grady se mit à parler tout à trac, avalant la moitié de ses mots tant il était bouleversé. Dillon comprit vite que la visite du shérif n'avait rien à voir avec les vols de bétail. Un profond soulagement l'envahit.

Il passa devant Grady, entra dans le chalet, ouvrit le réfrigérateur et prit la dernière bière. Il la but comme un homme mourant de soif. Il avait eu chaud. Il avait vraiment craint que Hud n'ait tout découvert.

— As-tu entendu ce que je viens de dire ? demanda Grady avec colère. Christy a été *assassinée*. Le shérif me l'a affirmé et tu sembles t'en moquer totalement.

En effet, Dillon n'avait rien à faire de cette fille. Il le dit à Grady qui le prit mal.

— Tu n'es qu'un salaud sans cœur. Et de quel droit as-tu bu la dernière bière ? ajouta-t-il en ouvrant le réfrigérateur. Va donc en acheter pour changer. Je fais tout le boulot et pendant ce temps-là, toi, tu…

Dillon n'était pas d'humeur à écouter ses jérémiades.

— Ferme-la. J'ai assez d'ennuis comme ça.

— Le shérif nourrit-il des soupçons à ton sujet ?

Dillon finit sa bière et jeta la canette dans un coin.

— Non mais la fille du shérif me pose un problème. Les choses ne progressent pas comme je l'avais prévu.

— Ta vie amoureuse ne m'intéresse pas. Je n'ai d'ailleurs jamais compris pourquoi tu jouais avec elle. Tu cherches les ennuis.

— Parce qu'elle pourrait être utile mais tu es trop bête pour le comprendre.

Son complice se hérissa.

— Je ne supporte plus la façon dont tu me parles. Désormais tu voleras le bétail tout seul. Pour ma part, j'en ai assez.

— Où vas-tu ? demanda Dillon, remarquant soudain sur la table un prospectus qu'il n'avait pas vu auparavant.

Il s'en saisit et découvrit, horrifié, que les ranchers du coin proposaient une importante récompense à quiconque leur fournirait des informations concernant les vols de bétail.

— Je vais chez Charley boire un verre et peut-être même lever une fille.

— Tu as déjà mis en péril toute l'opération à cause de la dernière que tu as amenée ici.

Grady se retourna pour le dévisager, les sourcils froncés.

— Qu'est-ce que tu racontes ?

— Où as-tu entendu parler de la récompense offerte par les éleveurs ?

— Ils ont collé des tracts partout dans le coin.

— Alors, tu en as pris un, c'est malin. Le shérif l'a vu ?

— Non, je ne l'ai pas laissé entrer. Je ne suis pas fou.

Mais Dillon devina que Grady était un imbécile et qu'il s'apprêtait peut-être même à le trahir. Il n'était pas question pour lui de prendre un tel risque.

— Peut-être vaut-il mieux faire profil bas quelque temps.

— Je m'apprêtais à descendre en ville lorsque le shérif est arrivé. Il ne me soupçonne pas, d'accord ? J'en ai marre de tourner en rond dans ce chalet. Si tu veux, reste ici pendant que je vais chez Charley.

Il se tourna vers la porte.

Dillon ramassa la hache rangée près du petit bois à côté du vieux poêle. En deux enjambées, il rattrapa Grady et le frappa par-derrière. L'homme s'effondra. Dès qu'il fut certain que son complice était mort, Dillon essuya tout ce qu'il avait touché à chacune de ses visites.

Heureusement, il avait toujours fait attention, pensa-t-il en astiquant la porte du réfrigérateur et la hache.

Son regard se dirigea vers la pile de canettes vides dans le coin. Il se rendit compte que ses empreintes étaient sur toutes les bières. Trouvant un sac de jute, il commençait à les ramasser lorsqu'il vit une vieille canne à pêche près de la porte. Un sourire aux lèvres, il sut comment il allait se débarrasser du corps de Grady.

11

Dillon coupa le moteur et caressa la joue de Mary, assise à côté de lui sur le siège passager, la faisant sursauter.

— Pardonne-moi, je ne voulais pas te surprendre. Mais tu sembles à des années-lumière.

En réalité, elle n'était qu'à une dizaine de kilomètres, au ranch où travaillait Chase.

Elle ne cessait de penser à lui et voilà pourquoi elle n'avait pas eu envie de sortir avec Dillon, ce soir, d'autant qu'elle avait besoin de temps, de respirer.

« Manifestement, tu as oublié », avait-il dit en débarquant chez elle alors qu'elle ne l'attendait pas. « L'autre jour, tu m'avais dit que tu étais fan du groupe de musique country qui se produit à Bozeman et que tu adorerais assister à leur concert. Je t'avais promis d'essayer de trouver des places, tu te rappelles ? Eh bien, j'ai réussi à m'en procurer, avait-il ajouté en brandissant des billets. Pour ce soir. »

Elle s'était alors souvenue de cette conversation et bien sûr, elle s'était sentie obligée d'y aller. D'ailleurs, elle devinait que si elle restait à la maison, elle ne ferait que s'inquiéter pour Chase.

— Tu as été dans la lune toute la soirée, reprit Dillon.

— Désolée, dit-elle. Mais tu as raison, j'ai beaucoup de choses en tête et voilà d'ailleurs pourquoi je vais vite monter me coucher.

— Que se passe-t-il ? Qu'est-ce qui te préoccupe à ce point ? Ne serait-ce pas un beau cow-boy prénommé Chase, par hasard ? demanda-t-il avec une pointe de colère.

Elle n'était pas d'humeur à supporter sa jalousie.

— Chase est un ami.

— Seulement un ami ?

Son ton sévère lui déplut et elle ne se gêna pas pour le lui dire.

— Je sors avec qui je veux. Je n'ai aucun compte à te rendre.

— Vraiment ?

Comme elle ouvrait sa portière pour sortir de l'habitacle, il la rattrapa par le bras.

— Du calme, dit-il. Je posais la question, c'est tout. Tu es évidemment libre de voir qui tu veux. Mais moi aussi. Et que dirais-tu si j'invitais ton amie serveuse à dîner ?

— Lucy ? demanda-t-elle, surprise qu'il la connaisse.

— Oui, Lucy.

S'il essayait de la rendre jalouse, il s'y prenait mal.

— N'hésite pas, elle en sera sûrement ravie, répondit-elle en sortant du camion avant qu'il ne puisse l'en empêcher.

Dans son dos, elle l'entendit ouvrir sa propre portière pour la suivre mais elle en avait assez. Elle accéléra le pas.

— Bonne nuit, Dillon, dit-elle en se hâtant vers son immeuble.

Malheureusement, il ne comprit pas l'allusion. Alors qu'elle cherchait ses clés dans son sac pour ouvrir la porte de son bureau, il la saisit par le coude et la tira en arrière.

— N'espère pas me mener en bateau, Mary. Je n'ai pas l'intention de me laisser faire.

— Lâche-moi, gronda-t-elle entre ses dents.

Son cœur battait à tout rompre dans sa poitrine. Elle se rendit compte soudain que Dillon pouvait être dangereux – plus dangereux qu'elle ne l'avait cru.

Garé un peu plus haut dans la rue, Chase attendait le retour de Mary. Il avait besoin de lui parler et surtout de s'excuser. Depuis qu'il avait reçu le paquet que sa mère avait laissé pour lui, il perdait un peu son sang-froid. Focalisé sur son désir de retrouver son père, il s'était montré dur avec Mary alors qu'elle lui avait gentiment proposé de l'aider. Il n'avait pas été juste et il tenait à le lui dire.

De plus, il espérait qu'elle lui donnerait son avis. En effet, ses recherches à partir des fameuses initiales J.M. avaient abouti à trois noms…

Mais lorsqu'il vit le camion s'arrêter devant chez elle, il comprit brutalement qu'elle avait passé la soirée avec l'adjoint.

Il jura dans sa barbe. Ce type ne lui plaisait pas. Et pas uniquement parce qu'il sortait avec Mary.

Maintenant, il regrettait de l'avoir attendue en bas de chez elle. Si elle remarquait sa présence, elle penserait qu'il l'espionnait. Il mettait déjà la clé dans le contact pour s'en aller discrètement quand la portière passager du véhicule de Dillon s'ouvrit. Et alors que Mary tentait de sortir, l'adjoint la retint par le bras.

Chase fronça les sourcils.

Que se passait-il ?

Lorsqu'elle se libéra de son emprise et sauta sur le sol, il vit Dillon bondir à son tour de son camion et la poursuivre. À en juger par le langage corporel de Mary, elle n'était pas contente. Elle n'avait pas envie qu'il s'approche d'elle.

Qu'avait donc fait l'adjoint pour la contrarier ?

Quand Dillon la plaqua contre le mur de l'immeuble alors qu'elle semblait chercher ses clés pour entrer chez elle, Chase sentit que ce type devenait une menace.

Et il décida d'intervenir.

— Laissez-la tranquille ! cria-t-il en avançant vers eux.

Au son de sa voix, Mary et Dillon se tournèrent vers lui dans un bel ensemble.

— Mêle-toi de tes affaires, lancèrent-ils d'une seule voix.

— Lâchez-la, dit Chase à l'adjoint.

Mary se dégagea de Dillon et se tourna vers Chase.

— Que fais-tu ici ?

— J'avais besoin de te parler mais je suis heureux d'être arrivé à temps pour m'interposer. Si ce type t'importune, dis-le-moi et je…

— Je gère, ne t'en occupe pas, répliqua-t-elle d'un ton sec.

Elle semblait furieuse contre lui à présent ! Un comble.

Il se tourna vers l'adjoint.

— La soirée est finie. Vous feriez mieux de partir, lança-t-il.

Dillon s'avança vers lui, les poings serrés. Chase était prêt à se battre, sachant que dans un combat loyal, il aurait facilement le dessus. Mais il doutait que l'adjoint soit fair-play.

Passant le premier à l'attaque, l'adjoint lui envoya son poing dans le ventre. Chase esquiva avant de le frapper à la mâchoire. Dillon recula mais se jeta de nouveau sur lui, lui assénant coup sur coup une droite puis une gauche. Chase riposta. Il le cogna avec tant de violence que l'adjoint tomba sur le sol. Mais il se releva et chercha quelque chose dans sa botte.

Mary se mit alors à crier :

— Ça suffit ! Arrêtez ! Et allez-vous-en, tous les deux.

Dillon remit discrètement son couteau à sa place mais Chase avait eu le temps de le voir. Si Mary n'était pas intervenue, la bagarre aurait pu très mal se terminer, comprit-il.

L'adjoint se remit debout avec un juron. Sa lèvre était coupée et saignait.

Un hématome se formait déjà sur la mâchoire de Chase. Sans doute aurait-il un œil au beurre noir, demain matin.

Dillon le fusilla du regard pour lui faire comprendre qu'ils n'en avaient pas fini. La prochaine fois qu'ils se retrouveraient en face l'un de l'autre et si Mary n'était pas là, ils mèneraient le combat jusqu'à son terme. Au moins maintenant, Chase savait-il à quoi s'attendre. L'adjoint avait une lame dans sa botte.

— Partez maintenant, répéta Mary.

— Nous finirons notre discussion plus tard, lui dit Dillon.

Sans répondre, elle regarda l'adjoint regagner son camion.

Chase s'approcha d'elle.

— Cet homme est dangereux, Mary. S'il…

Elle se tourna vers lui.

— Tu m'espionnais, Chase ?

— Non, bien sûr que non. J'avais besoin de te parler. J'attendais ton retour…

Il était sincère mais il se demanda si elle le croyait. Il avait eu tort de l'attendre devant chez elle.

— Je suis sûre que ce que tu voulais me dire peut attendre demain, dit-elle en ouvrant sa porte.

— Je suis désolé, Mary.

Il la regarda entrer dans l'immeuble.

En réalité, il se félicitait d'avoir été là, même s'il l'avait mise en colère. Il détestait imaginer ce qui se serait passé s'il n'était pas intervenu.

Comme il regagnait son pick-up, il comprit qu'il avait

commis beaucoup d'erreurs avec Mary et celle-ci venait encore en allonger la liste.

Pourtant, il s'inquiétait. Mary se croyait capable de gérer Dillon. Or, l'adjoint était non seulement violent mais il ne semblait pas du genre à accepter une rebuffade.

Partagée entre colère et peur, Mary ferma la porte de l'immeuble derrière elle et tira le verrou d'une main tremblante. Des larmes brûlaient ses paupières. Elle n'avait pas envie de sortir avec Dillon, ce soir. Alors pourquoi l'avait-elle laissé la convaincre du contraire ?

Et Chase qui s'était garé devant chez elle pour l'espionner. Pour qui se prenait-il ? se demanda-t-elle en secouant la tête. S'il croyait avoir des droits sur elle et qu'il lui suffisait de revenir après tout ce temps pour la récupérer, il…

— Tout va bien ? lança une voix derrière elle, la faisant sursauter. Excusez-moi, je ne voulais pas vous faire peur, ajouta Lucy en s'approchant d'elle dans le couloir de l'immeuble.

Mary était vraiment contente de la voir. Elle avait eu sa dose d'hommes pour la soirée. D'un geste rageur, elle s'essuya les yeux, furieuse d'avoir pleuré à cause de Chase. Il ne le méritait pas. Sans lui, la vie lui avait paru triste et vide depuis quatre ans mais avec lui, tout devenait trop compliqué.

Pourtant, au fond d'elle-même, elle savait qu'elle se racontait des histoires. Chase était de retour, il lui avait déclaré sa flamme. Et elle l'aimait. Alors pourquoi continuait-elle à le repousser ?

— Que s'est-il passé ? s'enquit Lucy alors qu'elles regardaient les deux hommes regagner leurs véhicules respectifs et s'éloigner.

— Rien, répondit-elle avec une profonde inspiration.

Elle était soulagée d'avoir Lucy dans l'immeuble, ce soir.

Lucy se mit à rire.

— Rien ? Ils se sont battus pour vous, ce n'est pas rien ! dit-elle d'un ton admiratif.

Mary sourit malgré elle.

— Il s'agissait d'un combat de coqs, chacun défendait son ego de mâle. Et je n'étais pas en cause.

Lucy jubilait en son for intérieur. Elle avait été témoin de toute la scène. Pauvre Chase. Le plus drôle était qu'elle n'y était pour rien. Mary était seule responsable du malheur du cow-boy.

— Aimeriez-vous venir prendre un verre chez moi ? Parfois, parler fait du bien, dit-elle avec un haussement d'épaules.

Mary n'hésita qu'un instant. Un peu gênée, elle demanda :

— Avez-vous de la bière ?

Lucy se mit à rire.

— De la bière, de la vodka, des glaces… J'ai tout ce qu'il faut pour soulager un cœur brisé.

Elles montèrent au premier. Lucy ouvrit la porte et elles entrèrent dans son appartement.

— Je ne l'ai pas encore décoré, dit-elle en récupérant deux bières dans le réfrigérateur et en en offrant une à Mary. Mais en réalité, il n'en a vraiment pas besoin. Il est parfait tel qu'il est. Vous avez fait un bon travail de rénovation.

D'un geste, elle l'invita à prendre place dans le salon.

— Merci, dit Mary en s'installant sur le canapé. Je suis contente que vous vous plaisiez ici. Vous avoir comme locataire est une bénédiction.

Elle avala une longue gorgée de bière.

Lucy s'assit confortablement. Devinant les tensions de Mary, elle parla d'abord de décoration avant d'aborder un sujet plus sensible.

Elle le fit sur un ton léger de complicité amusée.

— Un jour, deux garçons se sont battus pour moi au lycée. À l'époque, j'étais trop mal !

— Au lycée, ces bagarres sont fréquentes et sans gravité. Mais à l'âge adulte, c'est différent, répondit Mary qui continuait à boire.

Lucy hocha la tête et se leva pour aller chercher d'autres canettes dans la cuisine.

— En tout cas, je parie qu'un de ces hommes vous plaît davantage que l'autre.

Mary parut surprise par sa remarque, puis un peu embarrassée.

Lucy leva la main.

— Non, ne dites rien, laissez-moi deviner… Ce n'est pas l'adjoint.

— Vous avez raison, reconnut sa propriétaire en décapsulant une deuxième bière. Chase a été mon premier amour. Je le connais depuis l'âge de quinze ans. Il était venu travailler dans le Montana. Nous sommes devenus amis avant… avant de tomber amoureux.

— Et que s'est-il passé ensuite ? demanda Lucy avec un sourire chaleureux.

— Je l'ai surpris un jour en train d'embrasser une autre fille. Il m'avait juré à l'époque qu'elle lui avait forcé la main. Mais j'ai compris alors que mes parents avaient peut-être raison. Nous étions trop jeunes pour nous engager. Nous avions alors vingt-quatre ans. J'ai donc laissé Chase partir. Il m'avait expliqué vouloir quitter le Montana pour… se trouver, dit Mary avant d'avaler une nouvelle gorgée de bière.

— Se trouver ? Il était donc perdu ?

Mary secoua la tête avec un petit rire.

— Mon père m'avait conseillé de le laisser s'en aller. D'après lui, Chase avait besoin de mûrir un peu, de voir du pays, de rouler sa bosse. Mais je n'avais pas envie qu'il parte.

Lucy poussa un gémissement.

— Je comprends. Vous aviez peur qu'il s'amourache d'une autre lorsqu'il serait loin, n'est-ce pas ?

— En tout cas, j'aurais aimé qu'il n'ait pas besoin d'aller voir ailleurs si l'herbe était plus verte. Je voulais qu'il me dise qu'il m'aimait, que tout ce qu'il désirait dans la vie, c'était moi. Mais il ne l'a pas fait.

— Et maintenant, est-il trop tard ?

Mary secoua la tête.

— J'espère bien que non. Je l'aime encore.

Lucy resta un moment songeuse.

— Pour quelle raison est-il revenu, d'après vous ?

Mary soupira.

— C'est ma faute. Dans un moment de faiblesse, j'ai fait quelque chose de stupide. Cela arrive sans doute à tout le monde, non ?

— Pas « sans doute » ! C'est sûr et certain ! Surtout lorsqu'il s'agit d'un homme !

— J'ai trouvé son adresse postale car je n'avais ni son

nouveau numéro de smartphone ni son adresse e-mail. Bref, un soir, tard, alors que je me sentais totalement déprimée, je lui ai écrit. Je pensais que je n'enverrais jamais cette lettre.

Lucy tombait des nues.

— Et vous ne l'avez pas envoyée ?

— Je l'ai mise dans une enveloppe avec son adresse. Je passais la nuit au ranch de mes parents parce que ma jument devait mettre bas. Par la suite, j'ai complètement oublié cette lettre – jusqu'à ce que je m'aperçoive que ma tante Stacy l'avait vue et postée pour moi.

Trop abasourdie pour parler, Lucy resta bouche bée un moment.

— Mais alors, si votre tante n'avait pas fait ça…

— Rien ne serait probablement arrivé. Cela dit, Chase m'a affirmé qu'il avait l'intention de revenir quand même dans le Montana. Mais je n'en suis pas si sûre…

Elle ne mesure pas à quel point Chase est amoureux d'elle, songea Lucy, dégoûtée.

Elles restèrent un moment silencieuses, chacune perdue dans ses pensées. Puis Mary, qui semblait de plus en plus détendue, lui proposa qu'elles se tutoient.

Elle accepta avec plaisir.

— Pour en revenir à Chase, il est donc de retour et pour de bon ?

— J'imagine.

Lucy sirota sa bière un instant avant de lancer :

— As-tu envie de l'épouser ?

— Je ne sais pas. Je l'aime toujours. Mais…

— Mais il y a cet adorable adjoint, dit Lucy en riant. Et sa présence rend Chase fou de jalousie.

— Tu as raison. Chaque fois qu'ils se croisent, j'ai peur qu'ils ne s'entretuent. Chase sent que l'adjoint n'est pas quelqu'un de confiance.

— De toute évidence, il ne veut pas te voir avec lui.

— Je n'ai pas l'intention de ressortir avec Dillon et cela n'a rien à voir avec Chase. Je n'ai pas fréquenté beaucoup d'hommes après le départ de Chase. J'avais le cœur brisé. Je me sentais enfin prête à tourner la page quand j'ai écrit cette stupide lettre. Pour un acte manqué, il était de taille.

Elle vida sa canette et Lucy se leva pour aller en chercher une autre.

— Et tes amours à toi ? demanda Mary.

— Mes amours ? répéta Lucy en se recroquevillant sur le canapé. Elles ne sont guère brillantes. J'ai aimé un homme à la folie, je pensais que nous étions faits l'un pour l'autre. Mais à la fin, je me suis rendu compte qu'il ne cherchait qu'à prendre un peu de bon temps, dit-elle en secouant la tête. Les hommes ne sont pas toujours très clairs. Ils te désirent un jour, surtout s'il y a un rival dans le paysage, mais dès que tu cèdes à leurs avances, ils te laissent tomber pour s'intéresser à une autre. Dans ces conditions, comment leur faire confiance ? N'as-tu pas peur que ton Chase ne reparte voir ailleurs, si Dillon n'est plus sur la photo ?

Mary secoua la tête.

— Je préfère être fixée maintenant que plus tard. Tout est question de confiance. Et de ce qui en découle. Chase a brisé ma confiance lorsqu'il est parti, quand il n'a pas répondu à ma lettre, ni même pris la peine d'appeler. Il voyait une autre femme en Arizona.

Lucy dressa l'oreille.

— T'a-t-il parlé d'elle ?

— Il y a été obligé parce qu'elle m'avait téléphoné. Apparemment, elle avait lu ma lettre. Elle m'avait appelée ensuite pour me dire de le laisser tranquille parce qu'ils étaient fiancés.

— Étaient-ils vraiment fiancés ?

— Non, il m'a dit qu'elle était folle et prenait ses désirs pour des réalités.

— Il a dû l'aimer un peu quand même pour qu'elle réagisse de cette façon.

Mary haussa les épaules.

— Je sais qu'il se sent coupable. Il ne voulait certainement pas qu'elle souffre. Il a admis avoir couché avec elle une fois. Mais maintenant, le simple fait de l'entendre prononcer son prénom me donne envie de hurler. *Fiona.*

— Il t'a même dit son prénom ? s'exclama-t-elle en riant. Ah, les hommes ! Parfois, ils ne sont pas très intelligents. Maintenant, tu te demanderas toujours ce qui s'est vraiment passé entre eux…

12

Depuis l'université, Mary n'avait pas souvenir d'avoir un jour bu plus de trois bières d'affilée. Mais la veille au soir, en grimpant les marches de l'escalier pour regagner son appartement au deuxième, un grand sourire éclairait son visage. Elle avait apprécié ce moment avec Lucy. La plupart de ses amies avaient quitté la région pour se marier ou pour aller travailler ailleurs et elle n'avait plus beaucoup d'occasions de partager des soirées entre filles. Elle le regrettait.

Ses anciennes camarades de lycée étaient parties à la fin de leurs études et ne revenaient plus à Big Sky que pour quelques jours à Noël ou en été. Désormais, elles avaient une carrière à mener, des enfants à élever. Si elles s'étaient promis de rester en contact, elles s'appelaient de moins en moins. La vie suivait son cours, les gens changeaient.

De plus, certaines de ses amies se seraient crues déshonorées de rester durant toute leur existence là où elles étaient nées et avaient grandi. Comme Chase, elles avaient eu envie d'aller voir si l'herbe n'était pas plus verte ailleurs. Elles avaient mis le cap sur des grandes villes qui leur offraient plus d'opportunités. Elles voulaient davantage que ce qu'elles avaient ici. Tout comme Chase.

Elles aspiraient à quelque chose que Mary n'avait jamais désiré. Tout ce dont elle avait besoin, tout ce qu'elle aimait, était ici, se disait-elle alors qu'elle roulait vers le ranch. Au cours de ses études, elle avait dû effectuer un stage de plusieurs mois dans un autre État. Cet éloignement forcé lui avait permis de se rendre compte que rien n'était plus beau que le Montana.

Mais pourquoi n'avait-elle pas été capable de comprendre le

besoin de Chase de partir ? Pourquoi l'avait-elle pris pour elle ? D'ailleurs, à l'époque, il lui avait proposé de l'accompagner, de vivre cette aventure avec lui, se rappela-t-elle. Mais elle n'avait pas eu envie de quitter l'endroit qu'elle aimait le plus au monde pour le suivre. Et elle n'avait pas eu conscience alors que sans Chase, son paradis terrestre se transformerait en enfer.

Elle trouva Dana seule dans la cuisine.

Celle-ci fronça les sourcils dès qu'elle l'aperçut.

— Ça n'a pas l'air d'aller, ma chérie. Que se passe-t-il ?

Mary avait toujours été proche de sa mère. Et si ses frères avaient quitté le Montana pour partir à la découverte du vaste monde, Mary était restée à Big Sky. Sans doute parce qu'elle partageait avec sa mère et sa grand-mère l'amour de cette terre, de ce ranch, de cette vie.

— Rien de particulier, vraiment, répondit-elle en se servant une tasse de café avant de s'asseoir à la grande table de la cuisine. N'ai-je pas le droit de venir voir ma mère quand tout va bien ? Pour le plaisir de l'embrasser ?

D'un regard, Dana lui fit comprendre qu'elle ne la croyait pas et Mary poussa un gros soupir.

— Rien ne va. La boîte à chaussures qu'une inconnue m'avait remise pour Chase était remplie de pages du journal intime de sa mère, des pages écrites à l'époque où elle était tombée enceinte de lui.

— Est-ce qu'elle parle du père de Chase ? Le nom de son amoureux figure-t-il dans ces papiers ?

Mary secoua la tête.

— Elle n'indique jamais son nom. Elle le désigne uniquement par ses initiales, J.M. Cela te dit quelque chose ?

— Non, je suis désolée. Je n'étais pas très proche de Muriel. Nous nous croisions chez l'épicier et elle venait parfois au ranch pour monter à cheval. Par la suite, elle a quitté la ville sans que je sache pourquoi. Mais quinze ans plus tard, elle m'a téléphoné pour me remercier de ma gentillesse lorsqu'elle vivait à Big Sky et me demander de l'aider pour Chase.

Mary hocha la tête.

— Eh bien, maintenant, nous savons pourquoi elle est partie. Apparemment, son amant n'était pas libre.

— Cela expliquerait beaucoup de choses, dit Dana. Comment Chase prend-il ces révélations ?

Mary secoua la tête.

— Pas très bien. Il est déterminé à trouver qui est son père. Mais avec des initiales pour seul indice…

— … Ce ne sera pas facile.

— J'ai surtout peur de ce qu'il fera lorsqu'il l'aura identifié, dit Mary. Il est très remonté contre cet homme.

— C'est compréhensible. Si ce type était au courant de la grossesse de Muriel et qu'il n'a pas levé le doigt à l'époque pour l'aider, je comprends que Chase soit choqué par une telle attitude. Mais rien ne prouve que les choses se soient déroulées ainsi.

— Tout le problème est là. Nous n'en savons rien. Soit Muriel n'a pas mis les dernières pages de son journal dans la boîte, soit elle n'a jamais écrit pourquoi elle s'est retrouvée seule avec un bébé dans les bras. Dans la dernière page que nous ayons, elle devait le rejoindre dans leur cachette et elle s'apprêtait à lui annoncer qu'elle était enceinte. Et à la lire, elle était persuadée que leur amour surmonterait tous les obstacles.

Dana hocha la tête.

— Et voilà pourquoi Chase est persuadé qu'il l'a plaquée quand elle lui a dit qu'elle attendait un enfant…

— Pour lui, c'est l'évidence même, vu que sa mère a toujours refusé de lui dire quoi que ce soit à propos de son père.

Dana se leva pour remplir sa tasse. Lorsqu'elle revint s'asseoir à table, elle demanda :

— Comment s'est déroulée ta soirée avec Dillon ?

Mary détourna le regard.

— Je ne le reverrai plus.

— Pourquoi ? Que s'est-il passé ?

Dana avait l'air inquiète et Mary comprit qu'elle avait intérêt à minimiser l'affaire. Sinon, sa mère en parlerait à son père et Dieu seul savait comment il réagirait. Il n'aimait déjà pas beaucoup Dillon…

— Rien ! Mais ce n'est pas Chase, voilà.

De nouveau, Dana la dévisagea avec sévérité. Manifestement, elle ne la croyait pas. Mieux valait lui en dire un peu plus avant qu'elle n'aille imaginer le pire.

— Dillon me reproche de revoir Chase.

— Et c'est tout ?

— Et Chase n'aime pas que je voie Dillon. La différence, c'est que lui est assez malin pour ne pas m'en empêcher.

Mary essaya de rire comme si cette histoire n'avait aucune importance tout en se levant pour laver sa tasse dans l'évier.

— Kara trouve très romantique que deux hommes se battent pour moi. Elle m'envie presque mais en réalité, la situation me met mal à l'aise.

— Je comprends, répondit sa mère. En tout cas, si Dillon te donne du fil à retordre…

— N'en dis rien à papa, surtout. Tu sais comment il est. De toute façon, je ne reverrai pas son adjoint. Papa sera content.

— Seulement si c'est ton choix.

— C'est mon choix. Bon, je te laisse. Le travail m'appelle…

Dana se leva pour l'embrasser.

— Ton père et moi ne voulons que ton bonheur. Et pour le moment, aucun de ces deux hommes ne semble te rendre heureuse.

— Lire le journal intime de sa mère a déstabilisé Chase mais à sa place, tout le monde serait bouleversé. Tout ce mystère autour de son père le rend fou…

Elle jeta un coup d'œil à l'horloge.

— Je dois vraiment y aller. Et rappelle-toi, pas un mot à papa.

Sa mère hocha la tête. Elle tiendrait sa langue, même si elle avait peu de secrets pour son mari, Mary le savait.

Les événements de la veille au soir avaient rempli Lucy d'une joie sans mélange. Non seulement Mary la prenait pour une amie et elles se tutoyaient, maintenant mais sa propriétaire avait été furieuse contre Chase. Et, cerise sur le gâteau, il s'était mis tout seul dans ce pétrin. *Fiona* n'y était pour rien.

Elle en riait encore ce matin lorsqu'elle vit entrer l'adjoint dans le café.

Dillon Ramsey. D'instinct, elle devina qu'ils avaient beaucoup en commun, tous les deux. Ils étaient de la même race, elle le comprit au premier regard.

Sa lèvre coupée et l'ecchymose sur sa mâchoire témoignaient de la violence de sa bagarre avec Chase. Elle se demanda quelle nuit il avait passée après ce pugilat.

Était-il vraiment amoureux de Mary ? Pas tant que ça, comprit-elle en remarquant qu'il la déshabillait du regard.

— Bonjour. Qu'aimeriez-vous boire ?

Il lui décocha un sourire sexy pour lui faire comprendre qu'il n'avait pas envie que d'une boisson. Que voulait-il d'autre ?

— Servez-moi la spécialité de votre choix. Surprenez-moi.

Elle se sentait capable de l'étonner au-delà de ses espérances. Mais plutôt que de le dire, elle préféra jouer le jeu.

— Je vous le prépare tout de suite, dit-elle.

Tandis qu'elle actionnait le percolateur, il s'approcha des baies vitrées pour observer l'immeuble de Mary.

Lucy confectionna un breuvage assez fort pour décaper les murs, ajouta un peu de douceur pour le rendre buvable, et lança à Dillon :

— Voilà exactement ce dont vous avez besoin, ce matin.

Avec un gros rire, il se retourna vers elle. Il la reluquait ouvertement, à présent.

— Pourquoi ne pas sortir avec moi, un de ces quatre ? Ce soir par exemple ?

Il était plutôt direct ! Lucy ne s'attendait pas à une telle proposition. Mais loin de la choquer, l'idée l'intrigua.

— Ne sortez-vous pas déjà avec ma propriétaire ?

— Et alors ? Qui m'interdit de sortir avec vous aussi ?

Elle leva un sourcil. De toute évidence, il voulait se servir d'elle pour rendre Mary jalouse. Ses petites manœuvres risquaient de gâcher ses plans. Lucy n'avait pas l'intention de le laisser faire. Elle se souvint soudain que Mary avait des projets pour la soirée et qu'elle ne serait pas là.

— Je finis tard, ce soir. Mais ce n'est que partie remise. Tenez, je vous laisse mon numéro, ajouta-t-elle en lui tendant un papier. Passez-moi un coup de fil, un de ces jours.

Un sourire satisfait aux lèvres, il paya son café.

— Très bien.

— J'attends votre appel avec impatience, dit-elle.

Dillon croyait pouvoir se servir d'elle. Cette éventualité lui donna envie de rire. Il était très loin d'imaginer à qui il avait affaire.

Mary écarquilla les yeux quand Chase entra dans son bureau. Il leva les mains en signe de reddition.

— Je ne veux surtout pas t'empêcher de travailler mais je me disais que nous pourrions déjeuner ensemble, si tu n'as rien de prévu. J'ai vraiment besoin de te parler. Pas à propos de nous, rassure-toi. Tu m'as demandé de te laisser respirer et je le respecte. Mais j'aimerais que tu m'aides dans mes recherches...

Elle jeta un coup d'œil à sa montre, surprise de voir qu'il était déjà midi. Tous les restaurants du coin seraient bondés, à cette heure-ci. Elle le lui dit.

Il sourit, de ce sourire qui l'avait toujours fait fondre.

— J'y ai pensé et j'ai préparé un pique-nique. Te sachant très occupée, je me suis dit que déjeuner au bord de la rivière ne nous prendrait pas beaucoup de temps. Je te ramènerai dans une heure, montre en main. Si tu n'es pas libre, tant pis. Je m'en vais.

Voilà des années qu'elle n'avait pas pique-niqué. Et surtout, elle apprécia que Chase ne fasse pas pression sur elle. Autrefois, ils adoraient ces repas champêtres, se régaler de salades et de viande froide, les pieds dans l'eau.

— Il fait beau et profiter du soleil te fera du bien, j'en suis sûr, ajouta-t-il.

Elle lui sourit.

— C'est tentant.

— Je ne suis pas venu uniquement pour déjeuner, dit-il comme s'il lui avouait une faute. J'ai effectué des recherches sur les initiales J.M. et j'ai trouvé trois noms. Et j'espérais que tu...

— Allons-y.

Après avoir roulé un petit quart d'heure, ils parvinrent à la rivière Gallatin et ils se dirigèrent vers l'endroit où ils se rendaient souvent lorsqu'ils étaient adolescents. Le ciel était bleu, le soleil brillait et une petite brise soufflait dans les pins.

Quand Chase sortit le panier de son camion, Mary le reconnut.

— Ce pique-nique était-il une idée de ma mère ?

Il se mit à rire.

— Pas du tout. Il m'arrive d'avoir de bonnes idées tout seul.

Lorsque son regard bleu se riva au sien, un délicieux frisson la parcourut. Elle se souvint de certaines de ses idées d'autrefois.

Il sourit. Elle adorait ce sourire.

— Mais elle m'a donné un coup de main. Ta mère et moi nous sommes toujours très bien entendus. Je l'aime beaucoup.

Elle l'observa un moment. Pensait-il que se rapprocher de sa mère allait la pousser à lui refaire confiance ?

— Comment se passe ton travail au Jensen Ranch ?

— Je suis chargé de réparer leurs clôtures. Il y a du boulot, crois-moi. Alors, si tu t'inquiétais à propos de Beth Anne, tu peux dormir tranquille. Je ne l'ai même pas croisée depuis mon arrivée. Comme je te l'ai dit, cet emploi est temporaire. Un poste de menuisier m'attend au sein de Reclaimed Timber Construction, dès la semaine prochaine. Et j'ai repéré une petite maison à louer dans laquelle je m'installerai dans quelques jours. Je donnais simplement un coup de main au ranch Jensen. J'ai quelques économies et j'ai l'intention de construire bientôt ma propre maison dans le canyon.

Il vit sa surprise.

— Mary, je te l'ai dit, je suis revenu pour de bon. Je t'aime. Je vais me battre comme un fou pour te reconquérir. Peu importe le temps qu'il me faudra. Même si je dois rouer de coups l'adjoint de ton père, j'y arriverai.

Elle remarqua l'ecchymose sur sa joue et se souvint de leur bagarre.

— Ne dis pas de bêtises.

— Quelque chose me déplaît chez ce type, Mary.

— Je l'avais compris mais je n'ai pas envie de parler de lui. Surtout pas avec toi.

— Pas de problème, répondit-il en ouvrant le panier. Une limonade fraîche te ferait-elle plaisir ? Je l'ai préparée moi-même.

— Avec l'aide de ma mère, lui rappela-t-elle en riant.

Il sourit.

— Au fait, tu es ravissante, aujourd'hui.

Lorsqu'elle prit le verre qu'il lui tendait, ses doigts effleurèrent les siens et un frisson la parcourut aussitôt. Elle avala une gorgée de limonade.

— Délicieuse. Merci.

— Attends ! Ce n'est pas tout.

Il sortit du poulet, de la salade de pommes de terre, des tomates et des œufs durs.

— Quel festin ! Si je mange tout ça, je n'arriverai pas à travailler, cet après-midi, dit-elle en riant.

— Serait-ce si terrible ?

Avec un sourire, elle s'allongea sur la couverture. Les pins sombres se découpaient sur le ciel bleu azur. Les bruissements d'eau de la rivière la berçaient. La journée était vraiment belle.

— Je n'étais pas revenue ici depuis…

— Depuis mon départ. Je suis désolé.

— Tu ne regrettes pas d'être parti, dit-elle, se reprochant d'en parler.

— Je regrette de ne pas être parti avec toi.

Elle poussa un soupir et se redressa lorsqu'il lui tendit une assiette.

— Nous ne serons jamais d'accord sur ce point.

— Peut-être pas. Mais nous sommes d'accord sur tout le reste, Mary. Nous aspirons aux mêmes choses.

— Vraiment ? demanda-t-elle en croisant son regard.

Ses sentiments d'autrefois remontaient à la surface. Elle aimait toujours ce cow-boy.

— Vraiment. Goûte le poulet. Je l'ai fait cuire moi-même.

Elle prit une bouchée.

— Délicieux ! s'exclama-t-elle avec sincérité.

— Et maintenant, la salade de pommes de terre.

— Tu as donc appris à cuisiner, ces dernières années ?

Le visage de Chase s'éclaira d'un large sourire.

— Il le fallait bien. Et ce n'était pas si difficile.

Ils déjeunèrent avec appétit. La caresse des rayons du soleil, les jeux de lumière sur l'eau, le chant des oiseaux et les acrobaties d'un écureuil dans les branches d'un sapin leur donnaient l'impression d'être en vacances. Cette parenthèse enchantée était tellement idyllique que Mary se reprocha de rompre le charme en évoquant le sujet qui, elle le savait, le préoccupait.

Chase voulait son avis à propos des noms qu'il avait repérés, des hommes qui pourraient être son père.

— Tu disais que tes recherches opérées à partir des initiales avaient abouti à trois noms ? demanda-t-elle.

— J'ai consulté via Internet les annuaires téléphoniques et comme ce J.M. vivait à Big Sky ou dans les alentours, le champ des possibles était assez réduit en définitive.

Sauf si ce J.M. était mort. Ou avait quitté la région. Mais elle garda ses doutes pour elle.

— Que penses-tu faire ? demanda-t-elle. Aller frapper à la porte des trois hommes dont les initiales sont J.M. ?

— As-tu une meilleure idée ? répliqua-t-il en riant.

Elle l'observa avec attention.

— Es-tu sûr d'avoir envie d'aller au bout de cette entreprise ?

Chase détourna le regard un instant.

— J'aimerais pouvoir laisser tomber. Mais j'ai vraiment besoin de savoir qui est mon père.

— Que feras-tu quand tu l'auras identifié ?

— Je ne sais pas.

— Je n'en crois rien.

Chase planta les yeux dans les siens.

— Il s'est servi de ma mère pour son plaisir et quand elle est tombée enceinte, il l'a larguée.

— Ce n'est pas ce qu'elle a écrit dans son journal.

— Non, c'est vrai. Elle ne dit rien de la réaction de son amant. Mais je suis bien placé pour connaître la fin de l'histoire. Elle m'a élevé seule, alors qu'elle était sans le sou. Elle a dû travailler dur toutes ces années pour réussir à joindre les deux bouts et cette vie de chien l'a tuée. Je veux regarder ce type en face et…

Sa voix se brisa.

Mary se rapprocha de lui. Lorsqu'il la prit dans ses bras, elle l'étreignit et colla sa tête contre son torse. Les larmes aux yeux, elle écouta les battements réguliers de son cœur. Elle connaissait l'importance de la famille. Elle avait eu la chance de grandir entourée de parents unis et aimants. Elle mesurait le trou béant dans l'existence de Chase, un trou qu'elle avait envie de combler.

— Alors retrouvons-le.

Comme ils commençaient à remballer les restes du pique-nique, Chase la reprit dans ses bras.

— Tu sais, je n'ai jamais été très doué avec les mots. Les grandes déclarations, je ne sais pas faire. Mais je t'aime, Mary, n'en doute pas.

Elle vit la sincérité briller dans ses yeux bleus. Elle n'avait pas besoin de davantage.

— Moi aussi, je t'aime, Chase.

— Cela me suffit. Pour l'instant, dit-il en la relâchant.

La promesse de ses mots la fit frissonner de désir.

Dès qu'ils eurent fini de tout ranger dans le panier, il lui sourit.

— Prête ?

Presque, pensa-t-elle.

Atterrée, Lucy avait vu Chase s'arrêter devant le bureau de Mary et tous deux partir ensemble. Elle avait cru que Mary était furieuse contre lui. Mais manifestement, elle ne l'était pas tant que cela.

Où étaient-ils allés ? Sans doute pas très loin parce qu'il l'avait ramenée tôt. Mais à leur retour, quelque chose avait changé entre eux. Elle le sentait à la façon dont ils se souriaient, dont ils se comportaient l'un avec l'autre. Ils semblaient plus proches… *Amoureux.*

En prendre conscience fut si douloureux qu'elle eut soudain du mal à respirer. Mais ce chagrin se mua rapidement en colère. Elle serra les poings si fort que ses jointures en blêmirent.

À travers la vitrine du café, elle surprit Mary caressant la joue de Chase. Ce dernier lui prit aussitôt la main pour mêler leurs doigts. Tous deux se dévisageaient en souriant comme si… comme s'ils partageaient un secret. Mais le pire était à venir.

Quand Chase l'enlaça et l'embrassa, Lucy frappa le zinc avec violence. Les gobelets qui y étaient posés tremblèrent et Amy, qui comptait la recette de la journée avant de partir, la regarda avec étonnement.

Lucy s'efforça de recouvrer son sang-froid.

— Désolée. J'essaie de tuer une mouche qui m'embête depuis un moment.

Manifestement peu convaincue, Amy se replongea dans ses comptes et Lucy reporta son attention sur le couple de l'autre côté de la rue. Chase avait maintenant les mains sur ses épaules. Il la dévorait des yeux.

Lucy se remémora son odeur, sa chaleur.

Chase était à elle. Pas à Mary.

Il se pencha pour l'embrasser de nouveau avant de s'éloigner. Ces deux baisers avaient été brefs mais désormais, Lucy ne pouvait plus se leurrer. Il ne faisait aucun doute que Mary n'était plus en colère contre lui.

Ils étaient retombés amoureux.

Lucy regarda Chase grimper dans son camion et s'éloigner. Livide, elle s'interdit de foncer dehors pour leur crever les yeux. Elle devait attendre son heure. Il n'était pas question de se précipiter au risque de tout gâcher.

Mais tôt ou tard, il le lui paierait.

Une cliente entra. Lucy la servit mais tout en s'activant, elle se remémorait la scène, cette étreinte, ce baiser. Elle avait envie de vomir.

Elle fit bonne figure tandis que la salle du café se remplissait de touristes. Bientôt, Mary viendrait chercher sa dose de caféine de l'après-midi. Lucy toucha le petit paquet de poudre blanche qu'elle avait glissé dans la poche de son tablier. Tout était prêt.

Mary essaya de se concentrer sur son travail. Elle devait absolument finir ce rapport. Mais son esprit revenait sans cesse à Chase, à leur pique-nique, à leurs baisers.

Elle toucha sa lèvre inférieure du bout des doigts et ne put s'empêcher de sourire. Certaines choses n'avaient pas changé. Comme se retrouver dans les bras de Chase, sentir ses lèvres sur les siennes… Leurs courts baisers étaient un prélude à…

— Ne t'emballe pas, s'ordonna-t-elle à voix haute. Tu ne fais que l'aider à chercher son père.

Pourtant, elle savait qu'ils avaient franchi une étape. L'une des barrières qu'elle avait érigées entre eux était tombée.

Elle secoua la tête et se replongea dans son travail, dans son rapport, jusqu'au moment où elle entendit la porte s'ouvrir. Comme elle levait les yeux, elle vit apparaître Lucy, un gobelet à la main.

— J'espère ne pas te déranger, Mary. Il se fait tard et je me suis dit que tu avais peut-être besoin d'un petit remontant.

— Quelle heure est-il ?

— 17 h 30. Je suis désolée. Il est peut-être trop tard pour un café, poursuivit-elle en reculant.

— Non, c'est parfait. Grâce à toi, j'espère arriver à rester éveillée. J'ai pris un déjeuner copieux et c'est un miracle que je ne me sois pas encore endormie.

Un sourire complice sur les lèvres, Lucy lui tendit son breuvage préféré.

— J'ai vu que ton cow-boy était venu te chercher. As-tu passé un bon moment avec lui ?

Un grand sourire aux lèvres, Mary hocha la tête. Elle resplendissait de bonheur.

— Excellent.

Comme elle attrapait son sac à main, Lucy l'arrêta d'un geste.

— Je l'ai mis sur ton compte.

— Merci. Maintenant, je devrais trouver l'énergie de rédiger ce rapport. Merci encore. Tu es mon ange gardien. Que ferais-je sans toi, Lucy ?

13

Mary avait l'impression qu'elle allait mourir… Les spasmes se succédaient, lui tordant douloureusement le ventre. Elle se laissa glisser contre le mur carrelé en frissonnant tandis que des larmes brûlaient ses yeux. Ses cheveux lui collaient sur le front et elle tremblait de tous ses membres, prise de sueurs froides.

Dès les premiers haut-le-cœur, elle s'était précipitée dans les toilettes situées dans le couloir, à l'arrière de son bureau. Sans doute souffrait-elle d'une intoxication alimentaire. Chase avait pourtant glissé des sacs de glace dans le panier pour préserver la qualité du pique-nique.

Une fois son estomac vide, elle pensa que le pire était passé. Heureusement, elle avait presque terminé son rapport d'expertise. Elle n'était pas en état de se plonger dans une comptabilité quelconque et encore moins de rédiger des conclusions pertinentes. Elle était épuisée. Peut-être devrait-elle monter chez elle pour s'allonger un moment.

Mais avant qu'elle ne puisse quitter les lavabos, les vomissements reprirent de plus belle. À bout de force, elle s'affala sur le carrelage froid et attendit les prochains spasmes en s'aspergeant le visage. Elle ne se souvenait pas avoir été un jour aussi malade. Elle se sentait si faible qu'elle n'avait même pas la force de se traîner jusque chez elle.

Elle ferma les yeux, se demandant si elle parviendrait au moins à retourner dans son bureau où elle avait laissé son smartphone. Si seulement elle pouvait appeler sa mère…

— Mary ? Mary, es-tu là ?

Soulagée et craignant que Lucy ne parte avant qu'elle n'ait

eu la possibilité de lui faire signe, Mary rampa jusqu'à la porte des toilettes et leva le bras pour ouvrir.

— Lucy !

Ses mots étaient à peine audibles.

— Lucy ! répéta-t-elle plus fort.

Un instant, elle pensa que Lucy ne l'avait pas entendue et elle faillit exploser en sanglots.

Désespérée, elle retombait sur le carrelage quand elle reconnut des bruits de pas.

Un instant plus tard, Lucy apparut au-dessus d'elle. Elle avait l'air bouleversée.

— Mary ?

— Je suis malade.

— Je vois ça. Tu veux que j'appelle une ambulance ?

— Non, si tu avais seulement la gentillesse de m'aider à monter chez moi… pour que je puisse m'allonger. Je souffre sans doute d'une intoxication alimentaire.

— Qu'as-tu donc pris pour le déjeuner ? demanda Lucy en se levant pour la soulever. Tu es aussi faible qu'un chaton.

Au bord du malaise, Mary s'appuya un instant contre le mur. Elle craignait de s'effondrer.

— Chase nous avait préparé un pique-nique. Son poulet et sa salade de pommes de terre étaient très bons. Mais manifestement, quelque chose n'est pas passé.

— Mets ton bras autour de moi. Crois-tu pouvoir marcher ?

Elles sortirent par l'arrière du bureau et se dirigèrent à petits pas vers l'escalier.

— Dis-moi surtout si tu as besoin d'une pause, dit Lucy en posant le pied sur la première marche.

Maintenant que son estomac était vide, les spasmes semblaient se calmer, du moins pour le moment. Avoir Lucy près d'elle la rassurait. Elle était certaine que tout irait mieux dès qu'elle serait chez elle, dans son lit.

— Ça va aller, merci.

Mais lorsqu'elles arrivèrent à sa porte, elle transpirait à grosses gouttes.

— J'ai oublié de te demander : est-ce que tes clés sont en bas ?

Mary laissa échapper un gémissement de frustration.

— Je les ai laissées sur mon bureau.

— Peux-tu rester debout pendant que je redescends en vitesse les chercher ?

— Inutile. Il y a un double de ma clé caché sous le tapis de la dernière marche, dit-elle.

— Pas bête.

Mary regarda Lucy la récupérer.

— Je ne peux pas te dire à quel point je suis heureuse que tu sois là.

— J'ai remarqué que les lumières étaient restées allumées dans ton bureau mais que toi, tu n'y étais pas. Cela m'a paru bizarre et j'ai préféré vérifier que tout allait bien…

Elle ouvrit la porte de l'appartement et l'aida à entrer.

— Je vais dans ma chambre, balbutia Mary. J'ai besoin de m'allonger.

— Laisse-moi te soutenir.

Lucy l'amena jusqu'au lit.

— Es-tu capable de te déshabiller toute seule ?

— Si tu veux bien me donner un coup de main pour retirer mes bottes, je pense pouvoir gérer le reste.

Lucy s'agenouilla et tira sur ses bottes de cavalière.

— Déboutonne ton jean et laisse-moi te l'enlever. Tu seras plus à l'aise.

Mary tâtonna avec les boutons, consciente que Lucy avait raison. Elle se sentait à la fois impuissante et infiniment reconnaissante envers Lucy.

— Merci beaucoup.

— De rien. Je suis contente de pouvoir t'aider. Les amies sont faites pour ça, non ? Aimerais-tu un verre de soda au gingembre ? Ma mère m'en donnait toujours quand j'avais mal au ventre.

Mary secoua la tête.

— Je ne veux plus rien avaler. J'ai seulement besoin de me reposer.

— D'accord, je te laisse dormir dans ce cas. Je ne vois pas ton téléphone.

— Il est en bas sur mon bureau.

— Je descends le chercher pour que tu puisses m'appeler si tu as besoin de quelque chose. Je serai en dessous, n'hésite pas.

Mary acquiesça. Elle se sentait épuisée et n'aspirait qu'à dormir. Elle ferma les yeux.

— Ne t'inquiète pas. Après t'avoir apporté ton smartphone, je refermerai la porte de ton appartement, remettrai la clé dans sa cachette. Ne te soucie de rien, je m'occupe de tout. Contente-toi de te reposer. Tu sembles vraiment au trente-sixième dessous.

Mary sourit parce qu'elle se sentait exactement dans cet état-là.

Comme Lucy commençait à s'éloigner, Mary lui attrapa la main.

— Merci encore. Tu es mon ange gardien.

Incapable de lutter plus longtemps, Mary ferma les paupières et tomba dans un profond sommeil.

À la fin de son service, Lucy avait pris son temps pour rentrer. Sans se presser, elle avait traversé la rue en sifflotant. Elle n'avait aucune raison de se dépêcher. Elle savait exactement à quoi s'attendre en pénétrant dans le bureau de Mary.

Maintenant, Mary dormait profondément et elle resta un moment à la regarder, à observer son visage dont la pâleur ne parvenait pas à altérer la beauté. Elle n'avait pas à se demander pourquoi Mary plaisait tant à Chase. Elle était belle comme le jour. Elle était tout ce que Lucy n'était pas.

L'envie de prendre l'un des oreillers, de le plaquer sur la bouche de Mary et de l'y coller jusqu'à ce qu'elle meure étouffée, la torturait.

Cette femme avait tout. La beauté, un commerce, un immeuble dans une ville où elle était aimée et respectée, sans parler de Chase. Comme Mary, Lucy avait tout eu à une époque. Elle exerçait une profession bien rémunérée, elle était considérée comme un agent immobilier de valeur, elle était entourée d'amis. En revanche, elle avait souffert de ne pas être aimée. Il lui avait toujours manqué un homme amoureux dans sa vie.

Jusqu'au jour où Chase était arrivé.

Elle secoua la tête et regarda autour d'elle, s'efforçant de retenir ses larmes. La chambre, peinte dans des tons pastel avec de petits motifs floraux, ressemblait à Mary.

Lucy se demanda ce que Chase pensait de cette pièce, s'il l'avait déjà vue. Sans doute ne la trouvait-il pas très virile, songea-t-elle en la refermant sans bruit.

Elle commença à farfouiller dans l'appartement.

Indéniablement, Mary avait un goût certain en matière de décoration. Le salon lui parut chaleureux et accueillant avec ses meubles en bois et ses tissus aux couleurs vives et gaies. Mary avait su rendre l'endroit confortable et agréable à vivre sans se ruiner.

Lucy prit brutalement conscience qu'elle avait envie d'être Mary Savage. De vivre sa vie. De jouir de tout ce qu'elle avait, à commencer par Chase.

Elle se traita d'idiote et quitta l'appartement, laissant la porte ouverte. En reposant la clé de secours dans sa cachette, elle sourit, consciente que cette clé pourrait se révéler très utile dans un avenir proche.

Cette pensée lui remonta le moral et, un sourire aux lèvres, elle descendit l'escalier pour rejoindre le bureau de Mary. Il ressemblait à n'importe quel autre espace professionnel, à l'exception de la magnifique table de travail en chêne. Les murs blanchis à la chaux éclairaient l'endroit et lui donnaient un aspect rustique. Le plancher d'une belle couleur chaude et riche s'accordait parfaitement au mobilier.

Un bureau comme celui-ci lui plairait, pensa-t-elle en récupérant le smartphone de Mary et en le glissant dans sa poche.

Le sac traînait sur une chaise. Il était lourd. Elle entendit le tintement des clés à l'intérieur. Tout en hissant la bandoulière sur son épaule, elle se dirigea vers la porte d'entrée et la verrouilla.

De l'autre côté de la rue, elle vit que le café était bondé et les autres serveuses débordées. Elle se demanda si quelqu'un l'avait vue entrer et ressortir par l'arrière. Sans doute pas. Mais elle comprit alors qu'elle ne devait pas tuer Mary ici. Elle serait aussitôt suspectée du crime. Forcément.

Une fois dans l'escalier, hors de vue des regards indiscrets des passants, elle s'assit sur une marche et fouilla le sac à main de Mary. Elle trouva un portefeuille contenant des photos de sa famille sans doute. Des frères, des cousins ? Ses parents ? Des amis ? En fin de compte, elle savait très peu de chose sur sa rivale.

Elle découvrit aussi quatre-vingt-deux dollars en espèces, quelques cartes de crédit, des bons de réduction… Jamais elle n'aurait cru qu'elle gardait des bons de réduction. Il y avait aussi quelques bonbons à la menthe, une brosse à cheveux, un livre de poche et un tube de mascara… Rien d'intéressant.

Elle s'empara du smartphone.

Malheureusement, il était protégé par un mot de passe. Avec un juron, elle essaya diverses combinaisons de mots, de lettres et de chiffres. Aucune ne fonctionna.

Une idée la traversa soudain et elle essaya « Chase ». Comme cela ne fonctionnait pas, elle tenta « Chase Steele ». Sans plus de succès.

Elle se souvint alors que beaucoup de gens notaient leurs codes secrets dans leurs affaires et elle retourna dans le bureau. Elle alluma une petite lampe et se mit rapidement à chercher. Bientôt, elle trouva une liste de mots de passe dans un tiroir. Certains avaient été rayés et remplacés.

Le dernier de la liste était « Homeranch # 1 ». Lucy le tapota sur le téléphone et faillit crier de joie quand l'appareil se déverrouilla.

Rapidement, elle parcourut les contacts, les mails et enfin les textos. Elle trouva le numéro de téléphone portable de Chase et l'appela sur un coup de tête, uniquement pour entendre sa voix.

Le numéro n'était plus en service.

Elle fronça les sourcils. Chase avait sûrement un téléphone portable, même si elle n'en avait jamais eu le numéro. Il l'avait donné à Mary, Lucy en était certaine.

Elle passa en revue les appels téléphoniques récents, et elle le vit. Elle effleura l'écran tout en mémorisant le numéro. Lorsqu'elle se rendit compte qu'elle avait enclenché l'appel, elle retint son souffle. Il allait croire que Mary appelait. Il rappellerait.

Lucy raccrocha mais pas assez vite.

— Bonjour, Mary. Justement, je pensais à toi.

Elle se déconnecta d'une pression de doigt, regrettant de

l'avoir appelé. Il semblait si heureux que Mary lui téléphone qu'elle en eut mal au cœur.

Comme elle le craignait, il rappela aussitôt. Elle rejeta son appel. Il rappela encore. Et s'il décidait de venir voir Mary ? songea-t-elle avec angoisse. C'était le genre d'erreur qui risquait de lui coûter cher.

Elle finit par répondre, s'efforçant d'imiter au mieux la voix de Mary, fatiguée et occupée.

— J'ai du travail. Je ne voulais pas appeler, j'ai fait une mauvaise manœuvre.

— Eh bien, j'en suis content puisque cela m'a permis de t'entendre. Ne travaille pas trop tard.

— D'accord. On se téléphone demain.

Elle raccrocha, à peu près sûre de s'en être tirée. Il n'avait pas remarqué la différence de voix. Il avait appelé le numéro de Mary. Et elle avait adopté un ton d'une femme épuisée et débordée. Comme il n'essaya plus de la joindre, elle sut qu'elle avait réussi.

Elle remonta au deuxième, ramassant au passage le sac à main de Mary sur une marche, là où elle l'avait laissé. Parvenue devant l'appartement, elle s'arrêta pour reprendre son souffle. Elle mit le smartphone en mode silencieux, ouvrit la porte avec précaution, même si elle était certaine que Mary dormirait pendant des heures.

Un calme étrange régnait dans l'appartement. Elle se dirigea à pas de loup vers la chambre à coucher. La porte était toujours fermée. Elle l'ouvrit doucement. La pièce était plongée dans la pénombre, les rideaux fermés. Mary était exactement là où elle l'avait laissée. Elle respirait doucement.

Lucy plaça le téléphone éteint à côté de son lit. Puis elle partit et referma la chambre derrière elle. Elle laissa le sac de Mary sur la table et s'en alla, verrouillant la porte derrière elle.

Dure journée, pensa Lucy.

Elle descendit les marches jusque chez elle. L'appartement contrastait de façon frappante avec celui de Mary. Il semblait vide, froid.

— C'est parce que tu es fatiguée, murmura-t-elle en fermant la porte derrière elle. En tout cas, c'est temporaire.

Mais peut-être devrait-elle au moins acheter une plante pour y mettre une touche de couleur et de vie.

Son petit deux-pièces était meublé avec des draps et des coussins assortis au canapé. Soudain, Lucy détesta ces coussins. Elle les jeta dans le placard presque vide.

Après avoir consulté Mary, elle profiterait d'un jour de congé pour se rendre à Bozeman faire quelques courses.

Mais le plus important était ailleurs.

Maintenant qu'elle avait le nouveau numéro de portable de Chase, il était temps de lui présenter la facture.

Et de la lui faire payer.

14

Le lendemain matin, Lucy frappa à la porte de Mary. Vu le triste état dans lequel elle l'avait laissée, la veille au soir, elle pensait la trouver encore au lit.

Elle fut donc un peu surprise quand Mary lui ouvrit avec entrain. Elle s'était déjà douchée et habillée pour la journée.

— Oh ! bien, tu as l'air d'aller mieux, dit-elle.

— Beaucoup mieux. Merci encore pour hier.

— Contente d'avoir pu t'être utile.

Elle commençait à se détourner quand Mary lança :

— Dis-moi, Lucy : sais-tu monter à cheval ?

Décontenancée par la question, Lucy se retourna. En s'installant dans l'immeuble, elle avait espéré se rapprocher de Mary, se lier d'amitié avec elle, gagner sa confiance pour pouvoir ensuite en finir avec toute cette histoire. Mais elle avait cru qu'il lui faudrait plus de temps pour aboutir.

— Je montais régulièrement quand j'étais plus jeune.

— Aimerais-tu venir au ranch, un de ces quatre, peut-être pendant tes jours de repos, pour galoper un peu ?

— J'en serais ravie.

Au moment où Lucy l'affirma, elle prit conscience du danger. Chase risquait d'apparaître au cours de cette balade équestre. Jusqu'ici, elle s'était débrouillée pour ne pas se retrouver en face de lui. Même si elle avait profondément changé son apparence, il pouvait la reconnaître. Ils avaient été amants. Elle était quasi certaine qu'il sentirait qui elle était s'ils se retrouvaient dans la même pièce.

— Formidable, répondit Mary. Il te suffira de me dire quel

jour tu es libre. Et merci encore pour hier. Je ne sais pas ce que j'aurais fait sans toi.

Lucy hocha la tête, toujours décontenancée par la tournure des événements.

— Je suis tellement heureuse d'être ici.

Elle fit un pas vers la porte, se sentant étrangement mal à l'aise.

— Je retourne au café, grommela-t-elle.

Tout se passait mieux qu'elle n'aurait osé l'imaginer. En songeant au chemin parcouru depuis qu'elle avait mis en scène son accident de voiture et sa noyade en Arizona, elle s'étonnait d'avoir réussi à aller si loin. Maintenant, Mary Savage, la femme qui lui avait volé Chase, la considérait comme une amie. Alors pourquoi n'était-elle pas euphorique ? Son plan fonctionnait à merveille, bien au-delà de ses espérances. Il n'y avait aucune raison d'éprouver ce sentiment de… culpabilité.

Tandis qu'elle traversait la rue, elle faillit éclater de rire. La culpabilité n'avait jamais été sa tasse de thé. Elle s'amusait bien. Peut-être trop. Elle avait cru qu'il lui faudrait davantage de temps pour aboutir.

Alors qu'elle se remettait au travail, elle se rendit compte qu'elle avait intérêt à avancer la date de sa vengeance. Elle commençait à éprouver de l'affection pour Mary. Des sentiments dangereux. Elle ne pouvait pas se permettre de s'attacher à elle. Elle risquait de ne jamais réussir à la tuer.

Comme elle prenait conscience qu'elle était sur le point de parvenir à ses fins, elle se demanda ce qu'elle ferait ensuite. Où irait-elle ? Elle s'était tellement focalisée sur la façon dont elle anéantirait Chase et son ex qu'elle n'avait pas pensé à la suite, à ce que serait sa vie quand tout serait fini.

Tourmentée par la question, elle se détourna du percolateur et se figea de stupeur. Chase se dirigeait à pas lents vers elle. La panique la saisit. Il ne la regardait pas, heureusement, il s'intéressait au tableau accroché derrière elle et sur lequel était écrite la spécialité du jour. Devait-elle en profiter pour courir se cacher dans la réserve avant qu'il ne pose les yeux sur elle ? Laisser l'autre serveuse le servir ?

Mais Amy était occupée avec des clients. Lucy comprit qu'elle n'aurait pas la possibilité de rester dans l'arrière-boutique jusqu'au départ de Chase. Glacée de peur, elle sentit un long frisson lui parcourir l'échine. Dire qu'elle était si près du but ! Si Chase la reconnaissait, tout serait remis en cause. Non seulement elle ne parviendrait pas à les tuer, Mary et lui, mais elle risquait de gros ennuis.

Chase devinerait ce qu'elle avait en tête, ce qu'elle manigançait. Il la dénoncerait, parlerait à Mary. Tous ses efforts n'auraient servi à rien.

Le père de Mary était shérif. Il ne tarderait pas à entendre parler de ce qui s'était passé au Texas, des soupçons de meurtres qui la poursuivaient de ville en ville. Il n'aurait aucune difficulté à retrouver sa trace jusqu'à Big Sky. Il finirait par découvrir que Fiona se cachait derrière Lucy et tout serait fini. Au bord du malaise, elle réprima une envie de crier.

— Bonjour, dit-il avant de la regarder.

— Bonjour.

Elle retint son souffle en croisant ses yeux bleus et lui adressa un sourire embarrassé.

Il lui sourit en retour mais quand il posa son regard sur elle, elle se rendit compte qu'il ne la reconnaissait pas.

C'est moi, avait-elle envie de lui lancer. *L'amour de ta vie. Ne me dis pas que tu ne me vois pas, que tu ne me sens pas devant toi.*

— J'espère que vous allez pouvoir m'aider, dit-il. J'aimerais offrir à ma petite amie sa boisson préférée mais j'ai oublié ses goûts en la matière. Elle habite juste en face de ce café. Je suis sûr qu'elle vient régulièrement vous en commander. Elle s'appelle Mary Savage.

Sa petite amie ?

— Désolée, je suis nouvelle dans l'établissement et je ne connais pas encore les clients.

— D'accord, tant pis. Alors je vais prendre un café au caramel et un expresso, s'il vous plaît.

Elle le dévisagea un moment avec incrédulité. Elle avait été tellement sûre qu'il la reconnaîtrait. Mais non, il ne semblait même pas troublé de la voir. Il ne réagissait pas, il n'y avait aucune lueur dans ses yeux. *Rien.*

Une rage folle la saisit. Ils avaient fait l'amour. Ils s'étaient aimés à la folie.

Comment peux-tu ne pas me reconnaître ?

— Vous avez des expressos, n'est-ce pas ? demanda-t-il comme elle ne bougeait pas.

Avec un petit rire, elle lui tourna le dos pour actionner le percolateur. En proie à un volcan d'émotions, elle eut du mal à se maîtriser, à ne pas se jeter sur lui pour lui griffer le visage et lui crever les yeux.

Une meilleure idée la traversa soudain. Elle allait arracher le cœur de Mary, ce cœur que Chase essayait si fort de reconquérir. Pour qu'il souffre.

Elle prépara le café au caramel et lui servit un expresso. Il lui tendit un billet de dix dollars en lui disant de garder la monnaie.

Avec un grand sourire, elle le remercia, tout en l'imaginant devant la tombe de Mary Savage.

— Belle journée à vous.

— Merci, à vous aussi, dit-il en partant.

Meurtrie et furieuse qu'il ne l'ait pas reconnue, elle le regarda traverser la rue. Elle se promit de le tuer très bientôt.

Alors qu'il se dirigeait vers le bureau de Mary, de l'autre côté de la rue, Chase se remémora soudain la serveuse qui travaillait au café de Lone Peak Perk. Pourquoi cette fille le troublait-elle ? Il fronça les sourcils jusqu'à ce qu'il en comprenne la raison. Sa voix. Même avec le léger accent du Sud, la voix de cette fille, comme celle de Fiona, lui donnait la chair de poule.

Il frissonna, se demandant s'il serait un jour capable d'oublier le cauchemar qu'avait été cette Fiona. La veille, il avait appelé Rick et la femme de ce dernier, Patty, avait répondu.

— Je suis désolée de ce qui s'est passé entre Fiona et vous, avait-elle dit. Je me sens tellement mal pour elle. Ce n'est pas une excuse, je le sais, mais elle a connu une enfance très difficile. Sa mère s'est remariée avec un homme qui l'a agressée sexuellement. Quand Fiona lui en a parlé, celle-ci ne l'a pas crue. La pauvre en a eu le cœur brisé.

— Avait-elle quelqu'un, de la famille, pour s'occuper d'elle ?

— Ni frère ni sœur ni personne pour la soutenir. En plus, son beau-père avait trois fils.

Anticipant la suite, Chase avait poussé un juron.

— Qui la maltraitaient, eux aussi, j'imagine.

— Fiona a pu mentir à propos de toutes ces histoires. Quand sa mère, son beau-père et les trois fils de ce dernier sont morts dans l'incendie de leur maison, je me suis posé la question. Fiona aurait pu être derrière cette tragédie.

— À moins qu'elle n'ait menti à propos des abus sexuels et se soit sentie coupable quand ils sont tous morts, avait dit Chase.

Patty avait ri.

— Vous essayez de voir le meilleur des gens, même après ce qu'elle vous a fait subir. Vous êtes vraiment quelqu'un de bien, Chase. Prenez soin de vous.

Chase n'avait pas l'impression d'être quelqu'un de bien. Il avait commis tant d'erreurs. Vis-à-vis de Fiona déjà. Et de Mary. Il était trop tard pour rectifier le tir avec Fiona mais il avait encore la possibilité d'arranger la situation avec Mary.

Patty lui avait passé Rick qui lui avait confirmé que le corps de Fiona n'avait toujours pas été retrouvé.

— Des pêcheurs finiront par tomber sur son cadavre plus loin dans la vallée. Ce sera horrible. Un corps qui a séjourné dans l'eau depuis si longtemps…

Chase n'avait pas voulu y penser.

Et maintenant, il s'efforça d'oublier Fiona tandis qu'il approchait du bureau de Mary. Il aurait aimé la surprendre avec une boisson qu'elle appréciait. Il regrettait que la serveuse n'ait pas su quelle spécialité elle préférait.

Mary avait promis de l'aider dans ses recherches. Elle comprenait le besoin qu'il avait de retrouver son père. Pourquoi ne parvenait-il pas à laisser tomber cette histoire ? Sa mère avait pardonné à cet homme et peut-être devait-il l'imiter…

Pour autant qu'il le sache, J.M. ne vivait peut-être plus dans la région. D'ailleurs, sa mère n'avait peut-être pas utilisé ses vraies initiales. À moins que…

Il repoussa ces pensées stériles. Il allait passer la journée avec la femme qu'il aimait. Alors, le reste avait-il vraiment tant d'importance ?

Alors que Chase arrivait devant la porte de son bureau, Mary le vit se retourner vers le café de Lone Peak Perk et froncer les sourcils.

— Quelque chose ne va pas ? demanda-t-elle en lui ouvrant.

Il sursauta comme s'il était très loin, en pensée.

— Il y a une serveuse là-bas. Une dénommée Lucy, tu vois de qui je parle ?

— Oui. Je la connais, dit-elle en prenant le gobelet qu'il lui tendait.

— Elle me rappelle une personne que j'ai connue autrefois – et que j'aimerais mieux oublier, dit-il.

— Lucy travaille là-bas depuis une semaine ou deux. Pourquoi ?

Il sembla hésiter.

— Tu te souviens de cette femme à moitié folle dont je t'ai parlé, cette Fiona que j'ai rencontrée en Arizona. Lucy ne lui ressemble pas du tout physiquement et pourtant, elle me la rappelle.

Mary secoua la tête. Elle n'avait aucune envie d'entendre quoi que ce soit concernant cette Fiona.

— Que racontes-tu, Chase ? Je connais Lucy. C'est une fille très gentille, serviable. Je l'aime beaucoup et d'ailleurs, je lui loue l'un de mes appartements du premier. Je suis sûre qu'elle n'a rien à voir avec ta… Fiona.

— Elle n'était pas *ma* Fiona. Tu ne m'as jamais posé la question et je n'ai pas eu la possibilité de te le dire mais ne crois pas que j'ai multiplié les aventures lorsque j'étais loin de toi. J'ai commis un faux pas avec cette Fiona, mais à part elle, je te suis resté fidèle, même si nous avions rompu. Je ne pensais qu'à toi et personne d'autre ne m'intéressait. Et rien ne serait arrivé avec cette fille si je n'avais pas bu, ce soir-là, et si je n'étais pas allé chercher les cendres de ma mère quelques heures plus tôt…

Mary s'assit.

— Arrête, je ne souhaite pas entendre les détails.

— Les détails, non. Mais connaître le contexte te permettra peut-être de comprendre que la situation était exceptionnelle, tout comme ce qui s'est passé avec elle. Au cours de cette soirée, elle m'a fait boire. Par la suite, il lui a été facile de me manipuler pour que je finisse dans son lit. Je ne veux pas me chercher d'excuses. J'ai eu tort. J'ai commis une erreur et je l'ai tout de suite regretté. Fiona s'est vite révélée… obsédée. Elle s'imaginait vivre un amour fou qui n'existait que dans sa tête. Elle a fait faire à mon insu un double de ma clé, elle venait chez moi en mon absence. Je lui ai dit que j'étais amoureux d'une autre, qu'elle ne devait pas espérer une vraie relation. Mais cela l'a rendue encore plus déterminée à me mettre le grappin dessus.

Il secoua la tête.

— Elle voulait à tout prix me prouver qu'elle et moi étions faits l'un pour l'autre, qu'elle était la femme de ma vie, qu'elle me rendrait heureux. Je ne savais plus comment la repousser. Plus je m'éloignais d'elle, plus elle me courait après. Je n'avais qu'une hâte : la fuir, quitter l'Arizona, mettre des centaines de kilomètres entre nous. Pour qu'elle comprenne que je ne l'aimais pas, pour qu'elle renonce à sa folie. Malheureusement, quand elle a vu que je lui échappais, son prétendu amour s'est mué en haine. La dernière fois que je l'ai vue…

Il hésita, comme s'il n'avait jamais voulu lui raconter ces détails sordides. Mais il finit par lâcher :

— Elle a essayé de me tuer.

Mary en eut le souffle coupé.

— Tu n'es pas sérieux.

— Alors que j'étais sur le départ, elle a débarqué. Elle a prétendu vouloir m'embrasser pour me dire au revoir mais quand elle s'est approchée, elle a sorti un couteau de sa poche. Elle l'a brandi et j'ai eu du mal à la désarmer. Et je serais arrivé dans le Montana plus tôt si elle n'avait pas saboté le moteur de mon pick-up. J'ai dû en faire poser un nouveau.

Il secoua la tête.

— D'après mon patron, Fiona aurait été victime d'un accident de la route et se serait noyée dans le Colorado. Mais son corps n'a jamais été retrouvé.

Abasourdie, Mary ne pouvait en croire ses oreilles.

— Physiquement, Lucy ne ressemble pas à Fiona, poursuivit Chase. Pourtant…

Comme il croisait le regard de Mary, il prit sans doute conscience du fait qu'elle n'avait aucune envie d'écouter la suite. L'entendre parler de cette Fiona était pour elle une torture.

— Je suis désolé de te parler d'elle, dit-il. Mais sans doute vaut-il mieux que tu sois au courant.

Quel était l'intérêt pour Mary de savoir dans quelles circonstances il avait couché avec une autre qui, cerise sur le gâteau, venait de mourir ? Elle n'en tirait qu'une seule certitude : Chase n'avait jamais oublié cette Fiona. Pire, il avait l'impression de la voir partout, maintenant. Le cœur serré, elle reposa son gobelet, se sentant nauséeuse.

— Je ne veux plus que tu me parles d'elle.

Il hocha la tête.

— Je suis désolé. Tu as raison. Oublie ce que je t'ai dit. Je promets de ne plus rien dire à son sujet.

Manifestement, il regrettait d'avoir abordé cette affaire. Alors pourquoi l'avait-il fait ? Pourquoi la blesser ?

Elle le vit jeter un bref regard vers le café.

Il ne mentionnerait peut-être plus le nom de Fiona, mais il pensait toujours à elle, comprit-elle, accablée.

15

Avec l'aide de la mère de Mary, Chase avait limité leurs recherches à trois hommes qui vivaient dans le coin : Jack Martin, Jason Morrison et Jonathan Mason. Dana l'avait aidé à écarter ceux qu'elle savait trop jeunes, trop vieux ou qui n'habitaient pas encore la région, à l'époque.

Muriel avait dix-huit ans quand elle avait donné naissance à Chase. Si son amant était un peu plus âgé et avait alors vingt-cinq ou trente ans, comme le pensait Chase, son père aurait maintenant une cinquantaine d'années.

Jack Martin dirigeait diverses entreprises à Big Sky, y compris une boutique d'art où sa femme exposait et vendait ses poteries. Lorsque Mary et Chase y entrèrent, une cloche accrochée à la porte tinta pour signaler leur arrivée. Une petite blonde passa devant eux, chargée d'une grande boîte. Elle la manipulait avec tant de précaution qu'ils comprirent que son contenu devait être très fragile.

Jack donnait un coup de main à son épouse pendant l'été, la période la plus chargée de l'année, Mary le savait. Il était en train d'installer une immense jarre sur une table d'exposition. Dans une salle voisine, une belle brune montrait à des clientes des pièces de vaisselle en terre cuite. D'autres visiteurs déambulaient dans les rayons.

Comme Mary s'approchait de lui, Jack se tourna vers elle et lui sourit.

— Bonjour. Comment puis-je vous aider ?

Ils s'étaient déjà rencontrés au cours des réunions de la chambre de commerce de Big Sky auxquelles tous deux participaient régulièrement. Mais il lui fallut un instant pour la reconnaître.

— Mary Savage ! Pardonnez-moi, je ne vous avais pas remise tout de suite.

— Voici mon ami Chase Steele.

Tout en lui présentant Chase, elle l'observa à la dérobée. Le père de Chase aurait pu suivre son fils de loin, pendant toutes ces années. Qu'en savaient-ils, après tout ? Mais elle ne remarqua aucune réaction sur le visage de Jack.

— Serait-il possible de vous parler quelques instants en privé ?

Il fronça les sourcils mais hocha la tête.

— Bien sûr, suivez-moi à l'arrière.

Avant de s'éloigner, il jeta un coup d'œil autour de lui pour s'assurer qu'aucun client n'avait besoin de lui.

— Nous ne prendrons pas beaucoup de votre temps, promis, dit Mary.

À côté d'elle, elle sentit Chase se tendre. Si Jack Martin était son père, il ne se gênerait pas pour lui prendre tout le temps nécessaire à une petite explication.

Mary se félicitait de l'avoir accompagné. Elle savait à quel point ces recherches étaient importantes pour lui et elle sentait sa nervosité.

Il faisait plus frais dans l'arrière-boutique.

Dès qu'ils furent loin des oreilles indiscrètes des clients, Chase lança d'un ton accusateur :

— Avez-vous connu une femme du nom de Muriel Steele ?

Surpris, Jack battit des paupières.

— Qui ?

— Muriel Steele, répéta Mary avec plus de gentillesse. Si c'est le cas, vous l'auriez rencontrée il y a près de trente ans.

Jack sembla pris de court.

— Attendez, vous me demandez de me souvenir d'une Muriel que j'aurais peut-être croisée, il y a des lustres ? Et qui était-elle, pour commencer ?

— Une femme avec qui vous avez eu une aventure, dit Chase d'un ton menaçant.

Mary regretta qu'il ne l'ait pas laissée parler. Chase s'exprimait avec une agressivité compréhensible mais contre-productive.

— Cela m'étonnerait, rétorqua Jack. J'étais déjà marié à Clara, il y a trente ans. Nous avons célébré notre quarantième anniversaire de mariage, le mois dernier. J'ignore qui est cette Muriel et de quoi il s'agit mais je n'ai jamais trompé ma femme.

Mary le crut mais Chase, lui, ne semblait pas convaincu.

— Seriez-vous prêt à vous soumettre à un test ADN pour le prouver ? demanda-t-il.

— À un test ADN ? Pourquoi ferais-je… Je vois.

Son regard s'adoucit.

— Je suis désolé, jeune homme, mais je ne suis pas votre père.

— Alors, vous acceptez de passer le test ? insista Chase.

Jack le regarda avec tristesse.

— Si cela peut vous aider, oui, je le ferai.

Mary vit Chase se détendre brusquement. Il avait l'air vidé comme si les tensions accumulées l'avaient épuisé.

— Merci, Jack, dit Mary en entendant de nouveaux clients entrer dans la boutique. Nous ne voulons pas vous retenir plus longtemps.

Les mâchoires serrées, Chase s'installa au volant et démarra le moteur de son pick-up.

— Ce n'est pas lui, dit-il.

Il avait du mal à gérer le flot d'émotions dont il était la proie. Qu'avait-il espéré ? Qu'il retrouverait facilement son père et qu'à ce moment-là, ses tourments seraient finis ? Il aurait voulu détester cet homme. Pire, il aurait aimé le frapper. Mais quand Jack Martin s'en était rendu compte, il avait eu pitié de lui, Chase l'avait vu dans ses yeux.

— Non, Jack n'est pas ton père, dit-elle. Es-tu prêt à rendre visite aux autres ?

Avec un gros soupir, il retira son stetson et passa la main dans ses cheveux.

— Je ne suis pas sûr d'y arriver. Je pensais pouvoir le faire, mais…

— D'accord, je comprends. Il n'y a pas d'urgence.

Il secoua la tête. Un instant, ils restèrent assis là, chacun perdu dans ses pensées.

Puis Chase lui sourit.

— Et si nous allions à Mountain Village pour déjeuner tôt

et oublier un moment toute cette histoire ? Je promets de te reconduire au travail ensuite. J'ai eu tort de t'entraîner là-dedans.

Lorsqu'elle posa la main sur son bras, il sentit la chaleur de ses doigts à travers sa chemise. Il comprit qu'elle seule comptait. Elle était dans son cœur et il la voulait dans son lit, dans sa vie. Il avait l'impression d'avoir multiplié les erreurs avec elle… et de continuer.

Elle secoua la tête.

— Je préfère rester à jeun, quelques heures encore. J'ai vraiment été malade comme un chien, hier soir.

Il la regarda avec inquiétude.

— Ah bon ? Pourquoi ?

— Je ne sais pas. Une petite gastro, dit-elle rapidement.

— Rien de grave, j'espère. J'ai été très prudent en préparant notre pique-nique. Tout était frais et conservé dans de la glace.

— Et surtout, toi, tu n'as pas été malade. Ton pique-nique n'est donc pas en cause. J'ai dû attraper un virus intestinal. Je vais boire beaucoup d'eau toute la journée et demain, il n'y paraîtra plus. Et pour notre déjeuner, ne t'inquiète pas, ce n'est que partie remise. Peut-être une autre fois ?

Le cœur rempli d'amour, il la dévisagea un moment.

— Tu n'étais pas seulement une merveilleuse amante, Mary. Tu étais aussi ma meilleure amie.

Elle lui prit la main en riant.

— Vraiment ?

— Pas étonnant que je n'aie jamais cessé de t'aimer.

Leurs regards se croisèrent. L'alchimie, qui les avait unis autrefois, était toujours là et une douce chaleur les envahit.

Il la prit par la nuque et l'attira à lui pour l'embrasser. Le cœur battant, il sentit un désir impérieux, brûlant, le soulever.

Mary s'abandonna et lui rendit ses baisers, animée de la même fougue. Elle avait l'impression de rentrer à la maison. Chase avait toujours su embrasser.

Après un délicieux moment, il se détacha d'elle et planta les yeux dans les siens comme à l'époque où ils étaient amants.

Elle lui sourit. Elle aimait le voir ainsi, détendu, satisfait de son sort, heureux. Un homme qui savait qui il était et ce qu'il voulait.

Le cow-boy qui l'avait quittée, il y a quatre ans, était nerveux, impatient. Tout comme il l'avait été, un moment plus tôt, quand il s'était expliqué avec Jack.

Chase avait besoin de retrouver son père. Elle l'y aiderait. Mais après, que se passerait-il ? ne pouvait-elle s'empêcher de se demander.

— Tu as du travail et je te retarde, dit-il. Nous irons déjeuner un autre jour, quand tu te sentiras mieux. Je m'en veux d'avoir à ce point entamé ta matinée.

Elle secoua la tête.

— Pas de problème mais en effet, j'ai un rapport à terminer…

— Merci de m'avoir consacré du temps pour m'aider. J'apprécie.

Son sourire la remplit de joie autant que ses mots.

— De rien.

— Tu sais, Mary, de nombreux autres déjeuners nous attendent. J'espère que tu sais à quel point je suis sérieux à propos de nous, de notre avenir. Je t'attendrai aussi longtemps qu'il le faudra parce que je t'aime, Mary Savage.

Elle perçut sa sincérité et des larmes montèrent à ses yeux.

— Nous irons interroger les deux autres hommes, demain matin.

— Es-tu sûre d'en avoir envie ? demanda Chase. Je ne veux pas t'empêcher de travailler.

— J'en suis sûre, ne t'inquiète pas.

Elle tendit la main pour ouvrir sa portière. Si elle restait avec lui un instant de plus, elle craignait de lui dire ou de faire quelque chose qu'elle regretterait par la suite. Elle se sentait sur le point de retomber dans ses bras et de reprendre leur histoire là où ils s'étaient arrêtés, d'oublier son rapport et tout ce qui n'était pas Chase.

Mais il était trop tôt et elle préféra sortir du pick-up pour ne pas céder à la tentation. Avant de s'abandonner, elle devait avoir la certitude que Chase ne lui ferait plus jamais mal. Son cœur ne supporterait pas une autre rupture.

Alors qu'il s'apprêtait à s'en aller, Chase se tourna soudain vers le café. Lucy y travaillait-elle encore ? Il se gara et décida d'aller prendre un café. Il ignorait si Lucy avait quelque chose à voir avec Fiona mais il voulait en avoir le cœur net. Il s'ordonna de la jouer cool, de ne rien laisser deviner de ce qu'il avait en tête. Il devait la revoir, savoir. Mais le simple fait d'imaginer qu'il puisse avoir raison le glaçait…

Lorsqu'il entra, Lucy leva le nez et il vit passer dans ses yeux un éclair de surprise. Ses prunelles noires n'avaient rien de commun avec celles, vertes, de Fiona. Pourtant, il était troublé.

Quand il se dirigea vers le comptoir, elle avait l'air nerveuse.

— Est-il possible de prendre un expresso dans une vraie tasse ? demanda-t-il.

— Bien sûr. Je vous le prépare tout de suite.

Comme elle s'activait sur le percolateur, le doute le traversa. Cette Lucy ne ressemblait en rien à Fiona. Elle était mince, pas ronde, elle était brune, pas blonde, elle avait les yeux noirs, pas verts, elle avait les cheveux courts, pas longs… Et pourtant, indéniablement, elle lui rappelait Fiona. Pourquoi ? Mary avait raison. Il était obsédé par cette folle.

Lucy remplit tranquillement une tasse en porcelaine blanche.

— Désirez-vous autre chose ? demanda-t-elle.

Elle lui décocha une œillade. Elle flirtait ouvertement.

Il sourit.

— Peut-être, plus tard.

Il prit la tasse pour s'asseoir à une table près de la porte. Il lui tournait le dos. Mal à l'aise, il but son café aussi vite que possible.

Comme plusieurs clients entraient dans le café, il glissa soigneusement la tasse vide sous sa veste et sortit. Il craignait que Lucy ne s'en aperçoive et ne le rattrape mais par chance, personne ne remarqua son manège. Quand il arriva à son pick-up, il posa soigneusement la tasse sur la console centrale et se dirigea vers le bureau du shérif.

Il allait demander à Hud de relever et d'analyser les empreintes. Ainsi, il saurait si cette Lucy était ou non Fiona.

Lucy ne parvenait pas à croire que Chase soit revenu au café. Tout en confectionnant avec soin l'une des spécialités du jour pour un client toujours généreux en matière de pourboires, elle souriait. Après l'avoir servi, elle reporta son attention vers la table d'angle où Chase s'était assis pour boire son expresso. À sa grande surprise, elle s'aperçut qu'il était déjà parti.

Pourquoi avait-il sifflé son expresso si rapidement ? se demanda-t-elle en fronçant les sourcils.

Les poils de sa nuque se hérissèrent et il lui fallut un petit moment pour en comprendre la raison. Il n'y avait plus rien sur la table où Chase s'était assis. La tasse de porcelaine qu'il avait réclamée pour son expresso avait disparu…

Elle jeta un bref coup d'œil autour d'elle. Peut-être l'avait-il rapportée et posée sur le zinc. Ou peut-être…

Il ne pouvait pas avoir jeté sa tasse à la poubelle avec les gobelets en carton et de là où elle était, elle voyait qu'il ne l'avait pas laissée non plus sur un plateau avec d'autres emballages vides.

Il n'y avait donc qu'une explication.

Il l'avait emportée.

Pourquoi avait-il…

L'évidence la frappa comme la foudre. Il l'avait reconnue. Des émotions en tout genre la submergèrent. Bien sûr, il ne s'était pas laissé abuser par son changement d'apparence. Il avait deviné que Fiona, la femme de sa vie, se cachait sous ce tablier de serveuse. Elle ne s'était pas trompée. L'alchimie entre eux était toujours là. Mais son euphorie s'envola vite pour laisser place à une indicible angoisse. Paralysée par la peur, elle regarda un client bouger les lèvres en face d'elle mais rien de ce qu'il disait ne parvenait à son cerveau.

Chase s'apprêtait à aller trouver le shérif, le père de Mary, pour lui demander d'analyser les empreintes sur la tasse. Et une fois qu'il aurait les résultats…

Heureusement, l'adjoint Dillon Ramsey empêcherait la catastrophe.

— Mademoiselle ! Un Mocha blanc, s'il vous plaît !

— Tout de suite, excusez-moi.

Sa surprise initiale passée, Hud fit entrer Chase dans son bureau. Il le vit poser avec précaution une tasse de café en porcelaine blanche sur sa table de travail.

Devant sa perplexité, Chase expliqua :

— J'aimerais que vous fassiez analyser les empreintes digitales qui sont sur cette tasse.

Le shérif leva un sourcil.

— Pourquoi ?

— Je préfère ne pas en parler, à ce stade. J'espère réellement me tromper.

Hud se pencha vers lui.

— Je ne peux pas faire travailler le laboratoire criminel sans une bonne raison.

— Si mon intuition se révèle exacte, la personne dont vous allez identifier les empreintes représente un grand danger pour Mary. Cette raison vous paraît-elle suffisante ?

Hud le regarda en se frottant la mâchoire.

— Si les empreintes de cette personne ne sont pas répertoriées dans les fichiers, il ne servira à rien de…

— Elles sont dans les fichiers.

Intrigué, Hud soupira et dit :

— D'accord. Je t'informerai des résultats mais les analyses peuvent demander plusieurs jours.

Un adjoint passait devant la porte ouverte du bureau. Hud l'appela tout en glissant la tasse dans une grande enveloppe.

— Dillon, auriez-vous l'amabilité de déposer ce paquet au labo pour leur demander une recherche d'empreintes ?

— Toujours d'accord pour nous retrouver ce soir ? demanda Lucy lorsque Dillon lui téléphona.

S'il annulait leur soirée, ce serait une catastrophe.

— Bien sûr.

— Alors, j'aurais une petite faveur à vous demander. Vous seul avez la capacité de m'aider. Et bien entendu, je ferai en sorte que vous ne le regrettiez pas.

— Vraiment ?

Il avait l'air intrigué. Il ne lui proposait de sortir avec lui que pour se venger de Mary, elle le savait. Il se servait d'elle. Mais elle se garda de le dire. Elle aussi avait besoin de lui.

— Vraiment. Mais pour me rendre ce service, il faut avoir accès au bureau du shérif.

— C'est le cas, j'y travaille. Alors, je vous écoute.

— Il y a quelques jours, Chase Steele lui a apporté une tasse et demandé des analyses d'empreintes pour les comparer à celle des fichiers de la police.

Dillon eut un petit rire.

— En effet, je l'ai moi-même déposée au labo. C'est drôle que vous en parliez parce qu'ils m'ont appelé, ce matin, pour me prévenir que leurs conclusions étaient prêtes. Je viens de les récupérer.

La gorge serrée, Lucy ferma les paupières. Ses empreintes étaient dans les fichiers de la police. Chase devait s'en douter.

— Avant que vous ne les remettiez au shérif, y aurait-il moyen que vous… les égariez ?

— Vous excitez ma curiosité. Pourquoi vous souciez-vous des empreintes d'une certaine Fiona Barkley ?

Entendre ce nom dans la bouche de l'adjoint la glaça.

— Si vous réussissez à faire disparaître ce rapport, je serai heureuse de vous l'expliquer quand je vous verrai. Comme je l'ai dit, vous ne regretterez pas de m'avoir tirée de ce mauvais pas.

— Parlons-nous d'argent ? demanda-t-il doucement. Ou d'autre chose ?

— Des deux, répondit-elle, le cœur battant. Je sais me montrer assez… créative.

Il rit.

— À quelle heure dois-je venir vous chercher ?

— J'ai une meilleure idée. Pourquoi ne pas nous retrouver quelque part dans la montagne, ce soir, une fois mon service terminé ? Je connais un endroit où nous serons tranquilles.

Elle lui indiqua comment se rendre dans un coin discret qu'elle avait repéré, quelques jours plus tôt. Elle avait passé son temps libre à chercher le lieu idéal pour ce qu'elle avait en tête.

Dillon voulait se servir d'elle pour rendre Mary jalouse et se donner une chance de la faire revenir vers lui. Et à présent, il espérait sans doute la faire chanter aussi. Lucy connaissait bien ce genre de types. Lui, en revanche, ignorait à qui il avait affaire.

— Je finis tard, dit-elle. Minuit dans la montagne, cela vous irait ?

— Minuit, c'est parfait. J'ai hâte.

— Moi aussi.

L'adjoint ne se doutait pas qu'il faisait à présent partie du scénario qu'elle avait mis au point et dans lequel il allait tenir un rôle de premier plan.

16

Un peu plus tard dans la soirée, alors qu'elle se préparait pour son rendez-vous avec Dillon, Lucy se sentait tout excitée. Voilà trop longtemps qu'elle rongeait son frein en faisant semblant d'être quelqu'un qu'elle n'était pas.

Ce soir, elle aurait enfin la possibilité d'être de nouveau elle-même, de laisser Fiona réapparaître. Cette pensée lui redonna le moral et l'aida à patienter. Elle avait hâte que Dillon la rencontre, découvre son vrai visage.

En réalité, elle finissait son service à 22 heures mais elle avait besoin de temps pour tout organiser. Elle savait tout sur la médecine légale. Même si elle doutait que la police locale ait la capacité de prouver sa culpabilité, elle ne voulait prendre aucun risque. Amy, qui travaillait au café, l'avait vue parler à Dillon mais sa collègue n'avait aucune idée de la teneur de leurs échanges. Elle n'avait pas entendu l'adjoint lui proposer de sortir avec lui. Pour Amy, Dillon était un client lambda venu boire l'une des spécialités de l'établissement.

Et dans le cas où Amy aurait surpris des bribes de leur conversation, elle en aurait déduit qu'il demandait conseil à Lucy, rien de plus. De toute façon, aucune loi n'interdisait à Dillon de flirter avec une serveuse, pensa Lucy avec un sourire. Ce bref échange serait la seule connexion qu'elle aurait eue avec Dillon Ramsey.

Du moins, en apparence.

Elle se rendit au point de rendez-vous en voiture mais elle veilla à emprunter des chemins détournés, à s'arrêter à bonne distance et à dissimuler son véhicule derrière des arbres. Il n'avait pas plu depuis des semaines mais un orage était annoncé pour le lendemain, à l'aube. La pluie effacerait toutes les traces de pneus comme celles de ses pas. Elle portait une vieille paire de chaussures qui finirait dans la rivière. Et elle avait sous le bras une couverture qu'elle avait trouvée dans une benne au cours de la journée.

À vol d'oiseau, la distance qui lui restait à parcourir à pied n'était pas longue mais il lui fallut cheminer dans les bois, sur un sentier jonché de rochers. La lune et les étoiles ne l'éclairaient guère. La pinède était si dense qu'il y faisait noir comme dans un four. Voilà pourquoi elle fut presque surprise de tomber soudain sur le camion de Dillon. Elle ne l'avait pas vu de loin.

Comme elle s'en approchait, elle entendit des notes d'une musique country s'échapper de l'habitacle. Dillon avait poussé à fond la chaîne stéréo de son camion et tambourinait son volant en rythme. Il jetait de fréquents coups d'œil à sa montre. À en juger par son expression, il commençait à s'impatienter et à se demander si elle lui avait posé un lapin.

Quand elle tapa sur sa vitre, il sursauta. Sa surprise laissa vite place au soulagement. Il lui fit signe de faire le tour pour grimper côté passager.

Mais elle secoua la tête et lui cria de sortir la rejoindre.

Lorsqu'il descendit sa vitre, une bouffée de lotion de rasage bon marché chatouilla les narines de Lucy.

— Il fait plus chaud à l'intérieur, dit-il.

— Vous n'aurez pas froid, ne vous inquiétez pas, assura-t-elle.

Dillon hésita un instant mais finit par remonter la vitre, couper le moteur et bondir de l'habitacle.

Avant de venir, Lucy avait longuement réfléchi à la meilleure façon de mener l'affaire. Dillon avait une bonne raison de lui demander de sortir avec lui. Elle en avait une encore meilleure pour avoir accepté.

Les rivalités qui opposaient Dillon et Chase étaient de notoriété publique. Tout le monde savait que les deux hommes ne pouvaient pas se supporter. Dans ce contexte, qui serait le premier suspect du shérif s'il arrivait malheur à l'adjoint ?

Elle étendit la couverture qu'elle avait apportée sur le lit d'aiguilles de pins et s'y assit. Aussitôt, Dillon se précipita sur elle pour la prendre dans ses bras. Son comportement ne présageait rien de bon.

Les hommes pressés font les pires amants, songea-t-elle.

— Pas si vite, chéri, dit-elle en lui filant entre les mains. Pourquoi ne pas te déshabiller pendant que je me prépare pour toi ? Tourne-toi. Je veux être une surprise.

Il réagit avec l'enthousiasme d'un taureau mené à l'abattoir.

— Dépêche-toi alors car il fait froid, ce soir, grogna-t-il.

Il commença à enlever ses vêtements.

Elle avait apporté son couteau mais quand elle s'aperçut qu'il en avait un, elle changea ses plans pour s'adapter à la nouvelle donne.

Dès qu'il eut retiré ses bottes et son pantalon, elle s'avança par-derrière et, d'un geste vif, saisit l'arme. Sans lui laisser le temps de comprendre ce qui lui arrivait, elle le saisit par les cheveux et lui trancha la gorge d'une oreille à l'autre. Elle fut si rapide qu'il n'eut pas la possibilité de se défendre. Avec un horrible gargouillement, il tomba sur le côté.

Elle l'observa quelques instants. Maintenant, il ne lui restait plus qu'à espérer qu'il avait tenu parole et détruit le rapport sur les empreintes digitales. Son seul petit regret était de ne pas avoir vu la surprise sur son visage au moment fatal.

Elle essuya le couteau pour effacer ses empreintes et s'éloigna, veillant à remuer les aiguilles de pins derrière elle à l'aide d'un bâton pour effacer ses traces de pas. Parvenue à la rivière qu'elle devait traverser pour rejoindre sa voiture, elle s'y lava avec soin pour retirer le sang de Dillon. Elle avait fait attention à mettre une chemise à manches courtes et ses vêtements n'étaient donc pas tachés.

L'eau glacée lui paralysa les mains et les pieds quand elle retira ses tennis pour les laisser couler vers le fond. Elle frissonnait de froid en s'installant au volant mais elle était satisfaite. Personne ne trouverait le moindre indice prouvant qu'elle se trouvait sur les lieux du meurtre.

Au moment où Mary aperçut le visage de son père, elle sut que quelque chose de terrible était survenu. Était-il arrivé malheur à sa mère ? À l'un de ses frères ? À un autre membre de la famille ? À Chase ?

Livide, elle se leva tandis qu'il entrait dans son bureau, son stetson à la main.

— Que se passe-t-il, dit-elle, le souffle court.

Son père avait ce regard sombre qu'il avait chaque fois qu'il avait de mauvaises nouvelles à annoncer.

— Il s'agit de Dillon Ramsey.

Décontenancée, elle fronça les sourcils.

— Dillon ? répéta-t-elle, pensant avoir mal entendu.

— Tu n'étais pas avec lui, hier soir, n'est-ce pas ?

— Non. Pourquoi ?

— Son cadavre a été retrouvé, ce matin.

Aussitôt, elle imagina qu'il avait été victime d'un accident de la route. La deux-voies du canyon Gallatin était l'une des plus dangereuses de l'État avec tous ses virages en épingle à cheveux.

— Il a été assassiné. Il gisait près de son camion dans la montagne, au-dessus de Goose Creek.

Elle le dévisagea sans comprendre.

— Comment ça ?

Hud hésita un instant mais il savait que, tôt ou tard, les détails sortiraient dans la presse et il préférait qu'elle les apprenne de sa bouche.

— Il était à moitié nu, étendu sur une couverture. Et il avait la gorge tranchée.

Bouleversée, Mary se mit à trembler.

— Pourquoi quelqu'un aurait-il voulu le tuer ?

— C'est ce que je dois découvrir. Je cherche un de ses amis, Grady Birch. Tu le connais ?

Mary secoua la tête.

— Je n'ai rencontré aucun de ses amis.

Son père se gratta la nuque, visiblement ennuyé.

— J'ai appris que Dillon et Chase avaient eu un différend et qu'ils en étaient venus aux mains.

— Tu ne penses quand même pas que Chase… Tu as tort de le soupçonner. Chase n'appréciait pas Dillon, il ne lui faisait pas confiance. Mais toi non plus.

— J'avais une bonne raison de me méfier de lui. Dillon était impliqué dans les vols de bétail avec la complicité de Grady Birch.

Mary dut se rasseoir. Cette histoire la rendait malade.

— J'avais rompu avec Dillon, papa. Je n'avais pas l'intention de le revoir. Pour m'ennuyer, il m'avait dit qu'il demanderait à l'une de mes locataires de sortir avec lui. Mais Chase n'a rien à voir avec tout ça.

Le shérif se dirigea vers la porte.

— Je voulais juste que tu en entendes parler par moi plutôt que par la rumeur publique.

Elle hocha la tête et le regarda partir. Dillon était mort. *Assassiné*, songea-t-elle en frissonnant.

Plus tard dans la matinée, le cadavre de Grady Birch fut découvert par un pêcheur dans les rochers près de Beckman's Flat. Visiblement, son corps avait séjourné plusieurs jours dans l'eau.

Les mâchoires serrées, Hud regarda le coroner mettre le deuxième cadavre dans un sac mortuaire. Dillon était mort. Grady était mort depuis plus longtemps encore. Que se passait-il à Big Sky ?

Il aurait mis sa main au feu que les deux hommes étaient les seuls impliqués dans les vols de bétail dont étaient victimes les ranchs de la région. Mais peut-être avait-il tort. Peut-être y avait-il un troisième larron dans la bande qui n'avait pas voulu partager le gâteau. Il avait envoyé une équipe de la police scientifique au chalet pour relever les empreintes. Mais quelque chose ne collait pas. En général, les tueurs avaient tendance à être fidèles à leur mode opératoire, ils n'étaient pas du genre à improviser. Noyer quelqu'un et l'égorger n'avaient rien à voir. La noyade avait été mise en scène pour ressembler à un accident mais l'autopsie avait formellement conclu à un meurtre.

— Je passerai vous voir plus tard, dit-il au coroner avant de regagner son SUV de patrouille.

Il avait besoin d'interroger quelqu'un.

Il trouva Chase au ranch Jensen, en train de réparer des

clôtures. La plupart d'entre elles étaient très abîmées et Sherman avait sans doute été ravi de l'embaucher. Chase était un bon menuisier, contrairement au fils de Sherman.

Chase leva les yeux quand Hud arriva à sa hauteur. Il posa l'outil qu'il utilisait pour étirer le fil barbelé et retira ses gants. Puis il se pencha vers la vitre ouverte.

— Bonjour, shérif. Avez-vous les résultats des analyses d'empreintes de la tasse ? demanda-t-il.

Hud secoua la tête. D'autres enquêtes plus brûlantes l'occupaient mais à la première occasion, il demanderait ses conclusions au laboratoire criminel. Du coin de l'œil, il étudia l'homme dont sa fille était amoureuse depuis des années. Ici, en pleine nature, Chase était dans son élément. Il avait l'air fort et capable. Hud le considérait comme un fils depuis longtemps. À vingt-huit ans, Chase n'était plus l'adolescent bouillonnant d'autrefois. Hud se rendit compte qu'il était devenu un homme.

Chase lui sourit.

— Si vous êtes venu me demander quelles sont mes intentions envers votre fille…

Hud lui rendit son sourire.

— Même si ce n'est pas la raison de ma venue, j'aimerais bien les connaître, oui.

Chase repoussa son stetson en arrière.

— Je vais l'épouser. Avec votre permission, bien sûr.

Hud s'efforça de ne pas éclater de rire.

— Bien sûr. Cela fait plaisir à entendre. Mais je suis ici à propos d'autre chose. Quand as-tu vu Dillon Ramsey pour la dernière fois ?

Chase grimaça.

— Il a cru que j'étais passé à votre bureau, l'autre jour, à cause de lui, c'est ça ? Pour me plaindre de sa violence ? Il vous a donné sa version des faits ?

— En fait, non. Mais j'ai entendu parler de votre bagarre. À ce que j'ai compris, si Mary ne vous avait pas séparés, vous vous seriez entretués.

— Seul Dillon avait un poignard caché dans sa botte, répliqua Chase. Je me battais avec mes poings. Contrairement à lui, je n'étais pas armé.

Hud hocha la tête. Chase avait donc vu le couteau de l'adjoint, le couteau avec lequel Dillon avait été tué.

— Le problème entre vous n'a donc pas été réglé.

Chase ne chercha pas à le nier.

— Je ne sens pas ce type. J'ai vu comment il se comportait avec Mary, c'est insupportable. Que vous a-t-il dit ?

— Pas grand-chose. Quelqu'un lui a tranché la gorge, cette nuit.

Sidéré, Chase en resta bouche bée.

— Où as-tu passé la nuit ? reprit le shérif.

— Ici, au ranch.

— Et quelqu'un peut le confirmer ?

— Vous ne croyez quand même pas que je…

— Quelqu'un peut-il confirmer où tu étais cette nuit ? répéta Hud.

Chase secoua la tête.

— Non, je ne pense pas. Mais n'avez-vous pas la possibilité de retracer mes allées et venues via mon smartphone ou quelque chose ? Et surtout, vous me connaissez, shérif. Si j'avais revu Dillon après notre petite explication, je lui aurais sans doute cassé la figure. Mais me servir d'un couteau ? L'égorger ?

Il secoua la tête.

— Dillon l'aurait fait. Pas moi.

Hud avait tendance à le croire. Mais s'il connaissait Dillon, il n'avait pas revu Chase depuis des années. Les gens pouvaient changer.

— Tu n'as pas l'intention de quitter la ville, j'espère ?

— En fait, si, répondit Chase en gémissant. Un poste de menuisier m'attend sur un chantier à Paradise Valley. Je suis censé commencer demain. Si je vous donne le nom de mon employeur, me permettrez-vous d'y aller ? Laisser une opportunité pareille m'échapper m'ennuierait beaucoup.

Hud l'étudia un moment.

— Appelle-moi et donne-moi le nom de ton employeur. Je compte sur toi pour ne pas prendre le large, pas vrai ?

Chase sourit.

— Il n'est pas question pour moi de m'éloigner d'ici. Comme

je vous l'ai dit, je vais épouser votre fille et m'installer pour de bon dans le coin.

Hud ne put s'empêcher de sourire.

— Et Mary le sait ?

Chase se mit à rire.

— Elle connaît mes intentions mais elle n'a pas encore dit oui.

Après le départ du shérif, Chase composa le numéro de Mary.

— Mary ? Tu vas bien ? Je viens d'apprendre le meurtre de l'adjoint. Je suis vraiment désolé.

— Dillon et moi avions rompu mais je n'arrive toujours pas à y croire. Qui a bien pu le tuer ?

— En tout cas, ton père me considère comme un suspect.

— Quoi ? Ce n'est pas sérieux.

— Il a entendu parler de la bagarre entre Dillon et moi devant ton immeuble, dit Chase. Peut-être par toi.

— Non, je ne lui en ai pas soufflé mot. Il ne pense pas vraiment que tu as pu tuer qui que ce soit, j'en suis sûre.

Chase resta un moment silencieux.

— D'après Beth Anne et les potins, Dillon se trouvait avec une femme dans les bois. De qui s'agit-il, à ton avis ?

Elle pensa à Lucy mais repoussa rapidement cette hypothèse. Certes, Dillon avait dit qu'il allait lui proposer de sortir avec lui mais sans doute ne parlait-il pas sérieusement.

— Dans ce contexte, reprit Chase, je comprendrais que tu n'aies pas envie de venir avec moi pour voir le prochain J.M. de ma liste.

— Non, non, cela ne change rien. Je t'accompagne comme prévu. De toute façon, je risque d'avoir du mal à travailler. Je suis encore sous le choc. Et je sais à quel point trouver ton père est important pour toi. Tu passes me chercher ?

— Je prends une douche vite fait et j'arrive.

— Tu as interrogé Chase à propos du meurtre de Dillon ? lança Mary à son père dès qu'il prit l'appel. Ne me dis pas que tu le soupçonnes de meurtre ?

Il fit un bruit impatient.

— Je suis shérif et je mène l'enquête. Je m'intéresse évidemment aux gens qui étaient en conflit avec Dillon Ramsey.

— Chase n'est pas un tueur, dit-elle avec indignation.

— C'est un homme, et la femme dont il est amoureux sortait avec un autre qui est maintenant mort. En outre, il a eu une altercation avec la victime, moins de quarante-huit heures avant son assassinat. Excuse-moi de lui poser des questions.

— Qui t'a mis au courant de cette bagarre ?

— Un appel anonyme.

De nouveau, elle pensa à Lucy. Non, Lucy ne ferait pas ça. Quelqu'un d'autre avait sans doute été témoin de la scène, ce soir-là.

— Ce n'est pas lui, dit-elle d'un ton catégorique.

— En fait, je ne crois pas non plus qu'il soit coupable, répondit son père. Je viens de recevoir le rapport du coroner. Le tueur était droitier. J'ai remarqué que Chase était gaucher.

Mary poussa un soupir de soulagement. Elle savait Chase innocent mais elle avait eu peur qu'il devienne un suspect à cause de cette rixe.

Comme elle levait les yeux, elle vit Lucy qui traversait la rue pour se rendre à son travail. La jeune serveuse se retourna et lui fit un signe de la main avant de revenir sur ses pas. Elle entrebâilla la porte du bureau et y glissa la tête.

— Ça va, Mary ? Je viens d'apprendre la mort tragique de l'adjoint avec qui tu sortais… et avec qui ton cow-boy s'était battu, l'autre soir.

— Je sais, c'est terrible, non ?

— Penses-tu que Chase…

Mary secoua la tête.

— Mon père l'a déjà interrogé. Ce n'est pas lui qui l'a tué.

Lucy leva un sourcil surpris.

— Pourtant, il était vraiment en colère contre lui.

— C'est certain, mais la police scientifique a prouvé qu'il ne pouvait pas être coupable. D'ailleurs, Chase est incapable de tuer quelqu'un.

Lucy ne semblait pas convaincue.

— Tout le monde est capable du pire. Il suffit que les bonnes conditions soient réunies.

— Tu veux dire les mauvaises, répliqua Mary.

La conversation la mettait mal à l'aise. Elle n'avait plus envie de savoir comment Dillon était mort ou qui avait pu l'assassiner.

— Oui, dit Lucy en riant.

— Tu es sortie avec Dillon ? demanda Mary.

— Sortir avec Dillon ? répéta Lucy en éclatant de rire. Tu plaisantes ! Cet adjoint n'était vraiment pas mon genre. Pourquoi cette question ?

— Il m'avait dit qu'il te le proposerait. Je me disais que peut-être…

— Il essayait seulement de te rendre jalouse. Tu n'imagines quand même pas que je suis celle avec qui il a couché dans les bois ?

— Nous ignorons ce qui s'est passé.

— Tout le monde en ville raconte que l'adjoint avait donné rendez-vous à une femme. Voilà pourquoi je t'ai interrogée sur Chase. Si ton cow-boy t'avait trouvée sur cette couverture avec l'adjoint…

— C'est ridicule. En tout cas, ce n'était pas moi.

— Mais peut-être que dans le noir… Chase s'est trompé et a cru te reconnaître.

— Chase est incapable de faire du mal à qui que ce soit, je le connais.

— En tout cas, je suis étonnée que tu aies cru que j'avais pu coucher avec Dillon dans les bois.

Mais apparemment, elle trouvait normal de considérer Chase comme le meurtrier.

— Viens-tu prendre ton Frappuccino habituel au café ? poursuivit Lucy. Je te le prépare pour qu'il soit prêt à ton arrivée.

— Non, en fait. J'ai une course à faire, ce matin.

Lucy fronça les sourcils mais sourit.

— Eh bien, passe une bonne journée. Peut-être à plus tard.

Par la fenêtre, Mary la vit hésiter, comme si elle voulait rajouter quelque chose avant d'y renoncer. Elle traversa la rue et parut accélérer le pas en voyant la voiture de Chase arriver.

Mary se dépêcha de verrouiller la porte de son bureau puis courut le rejoindre.

Comme elle grimpait dans son pick-up, il lui sourit.

— Ça va ? J'ai vu Lucy te parler alors que je remontais la rue.

— Rien d'important.

— Alors, allons-y et finissons-en. Je ne mesurais pas à quel point ces recherches seraient épuisantes, dit Chase.

— Qui est le suivant ?

— Jason Morrison.

Morrison était avocat. Son bureau se trouvait dans le quartier de Mary. Ils avaient pris rendez-vous et ils arrivèrent un peu avant l'heure.

Grand et mince, Jason était bâti comme un athlète. Il passait beaucoup de temps sur les pistes ou en VTT, et à cinquante-cinq ans, il semblait en pleine forme. Il était plutôt bel homme avec ses cheveux poivre et sel et ses yeux bleus. Lorsque sa secrétaire lui rappela que son rendez-vous de 11 heures attendait, il lui demanda de le faire patienter.

Il se leva pour les accueillir et les faire entrer dans son bureau.

Mary le regarda serrer la main de Chase un peu trop longtemps, les yeux rivés sur son visage.

Jason avait-il remarqué chez Chase quelque chose qu'il reconnaissait ? En était-il troublé ?

— Asseyez-vous, dit l'avocat, en s'installant derrière sa table de travail. Que puis-je faire pour vous ?

— Nous nous renseignons sur une femme nommée Muriel Steele, dit Mary. Peut-être l'avez-vous connue, il y a vingt-cinq ou trente ans.

Jason se cala dans son fauteuil et les observa tour à tour.

— Muriel… Cela fait si longtemps… Oui, je la connaissais. Pourquoi cette question ? ajouta-t-il en fronçant les sourcils.

— Je suis son fils, répondit Chase.

L'avocat se tourna vers lui.

— Quelque chose en vous me semblait familier lorsque nous nous sommes serré la main. Peut-être les yeux. Votre mère avait les plus beaux yeux du monde.

Alors que Chase commençait à se lever, les poings serrés, Mary posa une main sur sa cuisse pour le calmer.

— Chase cherche son père.

— Son père ?

— Quand ma mère a quitté Big Sky, elle était enceinte de moi. Mais je suppose que vous le saviez déjà, asséna Chase.

Jason fronça les sourcils.

— Je n'en avais pas la moindre idée. Attendez. Vous pensez que c'est moi qui… J'ai connu votre mère, oui, mais j'étais déjà marié à ce moment-là. Linda était enceinte de notre fille Becky.

— Ma mère a laissé un journal intime, poursuivit Chase.

— Elle n'a pas pu dire qu'il s'agissait de moi ! Je suis désolé, mais je ne suis pas votre père.

— Elle n'a pas écrit le nom de son amant, dit Chase. Juste ses initiales. J.M. La coïncidence est énorme : vous la connaissiez et vos nom et prénom correspondent à ces initiales. Avouez que c'est bizarre.

Une expression de tristesse se peignit sur le visage de l'avocat.

— Peut-être, mais ce n'est pas moi.

— Alors, accepteriez-vous de vous soumettre à un test ADN ? demanda Mary.

— Je suis avocat. Je suis donc bien placé pour vous dire qu'un test ADN ne suffit pas à prouver quoi que ce soit aux yeux de la loi.

— Vous refusez ? demanda Chase en se levant.

Jason poussa un gros soupir.

— Non, j'accepte de pratiquer un test de paternité si cela peut vous aider, d'accord ? Mais je connais déjà le résultat. Je suppose que vous avez d'autres J.M. à voir ?

— En fait, le dernier est l'un de vos amis, dit Mary. Jonathan Mason.

Jason parut hésiter à ajouter quelque chose puis il se ravisa.

— Je suis de tout cœur avec vous. Mais votre mère avait peut-être de bonnes raisons de ne pas vous révéler qui était votre père.

— Autres que le désir de le protéger ? lança Chase.

Jason soupira de nouveau.

— J'aimerais pouvoir vous aider, vraiment. Mais après tout ce temps…

— Vous croyez que je devrais laisser tomber ? rugit Chase d'un ton menaçant.

Jason leva les mains en signe de reddition.

— Je devine votre frustration.

— Ce n'est pas de la frustration mais de la colère. L'homme qui a séduit ma mère lui a brisé le cœur et l'a laissée se débrouiller seule pour m'élever. Elle n'avait que dix-sept ans lorsqu'elle est tombée enceinte, elle n'avait pas fait d'études et sa vie durant, elle a dû accepter des emplois subalternes. Alors, oui, je suis furieux contre ce type.

— Pourquoi le chercher ? À quoi cela servira-t-il ? demanda l'avocat.

— Je veux le regarder dans les yeux et lui dire ce que je pense de lui, dit Chase.

Mary se leva et l'avocat fit de même.

— Nous reviendrons pour ce test ADN, dit-elle.

Jason hocha la tête, l'air malheureux. Il tourna les yeux vers Chase et son expression se radoucit.

— J'aimais beaucoup votre mère mais je n'étais pas son amant.

— Nous verrons bien, dit Chase en partant.

— C'est lui, dit Chase en quittant le bureau de l'avocat.

Son cœur battait la chamade. Il repensait aux propos de Jason.

— C'est lui, j'en suis sûr, répéta-t-il.

— Je ne sais pas.

— Il a admis qu'il la connaissait. Et tu as vu la façon dont il me regardait ? Il m'a reconnu au moment où il m'a serré la main.

— Mais il ne l'a pas dit, fit remarquer Mary.

— Il est avocat. Il est trop intelligent pour dire quoi que ce soit de compromettant.

— Il a précisé qu'il l'aimait beaucoup. Rien ne l'y forçait. Chase, je pense qu'il dit la vérité.

Il s'arrêta pour pousser un profond soupir. Il enleva son stetson, se passa la main dans les cheveux et tenta de se calmer.

— Je ne sais pas pourquoi je m'impose cette épreuve. J'ai vingt-huit ans. Il a raison. Qu'ai-je à gagner avec ces recherches ?

— Un père.

Il laissa échapper un éclat de rire.

— Je n'ai pas besoin d'un père.

— Nous avons tous besoin d'une famille.

Il secoua la tête.

— Quand je l'aurai identifié, je n'ai pas l'intention de lui sauter au cou mais de lui casser la figure.

Des bruits de pas derrière eux les poussèrent à se retourner. Jason se hâtait vers sa voiture.

— Où va-t-il si vite ? dit Mary en le regardant s'installer au volant, démarrer et s'éloigner sur les chapeaux de roues. Et son rendez-vous de 11 heures ? Apparemment, il a plus urgent à faire. Nous devrions le suivre.

Chase hocha la tête.

— Tu as raison. C'est étrange qu'il parte tout de suite après nous avoir parlé, alors que des clients l'attendent. Allons-y.

Ils grimpèrent dans son camion et suivirent Jason de loin.

— Où se rend-il, à ton avis ?

— Bonne question. Peut-être chez lui pour parler à sa femme.

Mary secoua la tête.

— Il n'habite pas par là.

— Et s'il allait avertir Jonathan Mason ?

— C'est possible. Jonathan vit dans la montagne.

Derrière l'avocat, Chase se dirigea vers Lone Peak.

— Peut-être va-t-il déjeuner, suggéra-t-il.

— Peut-être.

Après quelques kilomètres, l'avocat s'engagea sur le parking de l'Alpine Bar. Il se gara et entra dans l'établissement.

Chase s'arrêta un peu plus loin.

— Il a rendez-vous avec quelqu'un, dit-il.

Elle acquiesça.

— Laissons-lui un instant avant de le suivre à l'intérieur.

Chase se gara sur le parking à côté de la voiture de l'avocat. Il n'y avait que trois véhicules devant le bar. Pendant la saison de ski, l'endroit aurait été plein à craquer.

— Reconnais-tu l'une de ces voitures ?

Elle secoua la tête.

— Non aucune.

— Au fait, je ne sais pas si je t'ai remerciée de faire tout ça pour moi ? J'apprécie vraiment, Mary.

Elle lui sourit.

— Tu m'as déjà remerciée. Je suis heureuse de pouvoir t'aider. Mais Chase…

— Je sais. Je dois essayer de ne pas me mettre en colère.

— Je ne veux pas être obligée d'aller te voir en prison, dit-elle sans se départir de son sourire.

— Mais tu le ferais, tu viendrais m'apporter des oranges, n'est-ce pas ?

Il tendit la main et caressa sa joue, le regard soudé au sien.

— Je ne t'ai jamais autant aimée, Mary Cardwell Savage. Épouse-moi quand tout sera fini.

Elle rit sans répondre.

— Je ne plaisante pas. Que faut-il pour que tu comprennes que tu es folle de moi ? Je veux que tu deviennes Mme Chase Steele. Nous aurons le grand mariage dont rêve ta mère. Mais je pensais…

— Plus tard. Allons-y, dit-elle.

Il la rattrapa et, lui saisissant le bras, la tira pour l'obliger à lui faire face.

— J'étais sérieux en te demandant de m'épouser.

Dès qu'il poussa la porte, ils furent accueillis par une musique country émanant du juke-box. Chase reconnut une chanson qui lui plaisait et regretta de ne pas être venu avec Mary pour danser – et non pour retrouver son géniteur.

Il repéra Jason en train de parler au barman. Bientôt, un homme entra par la porte arrière. Il fit signe à l'avocat de le suivre et tous deux s'installèrent à l'une des tables au fond de la salle.

— Connais-tu ce type ? demanda Chase à Mary.

— C'est Jim Harris, dit Mary. Attends. Je pense à un truc. Et si les initiales J.M. étaient le diminutif de Jim ? Jim Harris est propriétaire de ce bar. Lui et sa femme vivent dans une maison derrière l'établissement.

Chase regarda l'homme que Jason avait rejoint. Blond, les yeux bleus, la cinquantaine. Troublé, il eut l'impression de se voir lui-même avec trente ans de plus. Jim Harris avait la même forme de nez, de front, la même bouche que lui. Et la même façon de se caresser la mâchoire en écoutant son interlocuteur. Ces similitudes étaient presque effrayantes.

Chase prit conscience qu'il restait planté à l'observer fixement quand Jim Harris leva les yeux vers lui. Leurs regards se croisèrent.

Et Jim Harris se pétrifia.

17

Sonné, Chase eut soudain l'impression d'avoir pris un grand coup sur la tête. Il ne parvenait plus à respirer. Il se retrouva à l'extérieur du bar sans comprendre comment il en était sorti. Le souffle court, il s'adossa au mur avant de se plier en deux. Mary était à ses côtés.

La porte du bar s'ouvrit derrière lui. Chase inspira un grand coup, se redressa et se retourna. Il mesurait une bonne tête de plus que Jim Harris mais pour le reste, il lui ressemblait de façon frappante.

Tous deux se dévisagèrent un long moment avec intensité.

— Je ne savais pas, balbutia Jim d'une voix brisée. Muriel ne m'avait rien dit.

— Vous ignoriez que vous aviez un fils ? demanda Chase, surpris d'être capable de parler.

— Je n'ai même jamais su qu'elle attendait un enfant.

Jim se laissa tomber sur les marches du bar et prit sa tête entre les mains.

— Quand Jason m'a téléphoné pour m'avertir, je… je refusais de le croire. Mais maintenant que je vous vois, dit-il en relevant le nez. Je n'en reviens pas…

— Comment se fait-il que vous n'ayez pas été au courant ? demanda Mary.

Bouleversé, Chase avait presque oublié sa présence.

— Muriel ne m'a jamais parlé de sa grossesse, répondit Jim.

— Et à l'époque, vous ne vous êtes pas demandé pourquoi elle est partie, pourquoi elle a brusquement quitté la région ? répliqua Chase, la voix cassée.

Il retrouvait sa force. Et sa colère.

— Je savais pourquoi Muriel était partie, répondit Jim en le regardant en face. Lorsque j'ai fait la connaissance de votre mère, j'étais séparé de ma femme. Muriel et moi sommes tombés fous amoureux l'un de l'autre et j'ai entamé une procédure de divorce pour pouvoir l'épouser. Mais à ce moment-là…

Il détourna la tête.

— Ma femme a été victime d'un grave accident de voiture. Elle a failli mourir.

— Et vous avez décidé de ne pas la quitter, dit Chase, hochant la tête comme s'il ressentait la douleur de sa mère.

Jeune et naïve, Muriel avait fait l'erreur de tomber amoureuse d'un homme marié, incapable de tenir ses belles promesses. Elle avait cru à cet amour et quand elle avait compris qu'elle n'avait rien à attendre de lui, il était trop tard. Elle était enceinte. Voilà pourquoi elle ne lui avait pas parlé de sa grossesse. Pourquoi lui dire qu'elle portait leur enfant alors qu'il avait choisi de rester avec son épouse ?

Derrière Jim, la porte du bar s'ouvrit une nouvelle fois et Chase vit apparaître une femme en fauteuil roulant. Ses cheveux grisonnants encadraient son visage. Pendant un long moment, elle l'observa fixement sans un mot avant de manœuvrer pour repartir en arrière, laissant la porte se refermer derrière elle.

Chase reporta son attention sur son père, dont les yeux étaient rivés sur lui.

Ce dernier poussa un gros soupir.

— Elle est en fauteuil roulant depuis le drame. À l'époque, je m'en suis beaucoup voulu parce qu'elle avait eu cet accident après une dispute à propos du bar. Ce maudit bar, répéta-t-il d'un air dégoûté. Nous avions tous les deux envie de divorcer, ce n'était pas le problème. Mais nous nous déchirions à propos de l'établissement. Je voulais le garder. Elle souhaitait le vendre et empocher la moitié de l'argent. Si j'avais cédé, si j'avais accepté, rien de tout ça ne serait arrivé…

Accablé, il secoua la tête.

— J'aimais votre mère, je rêvais de refaire ma vie avec elle. Muriel était l'amour de ma vie. Si j'avais su qu'elle était enceinte…

— Mais après avoir appris l'accident de votre femme, elle

a préféré ne pas vous en parler, dit Chase plus pour lui-même que pour son père.

Jim opina tristement.

— Si j'avais su où elle était partie…

Il ne termina pas sa phrase parce qu'il ignorait de toute évidence ce qu'il aurait fait.

Chase prit conscience que, lorsqu'il était adolescent, il avait vécu tout près de son père, à une dizaine de kilomètres à peine à vol d'oiseau. Quand il avait quinze ans, il était venu vivre et travailler au Cardwell Ranch. Son père n'était pas loin mais leurs chemins n'avaient aucune raison de se croiser et le destin n'avait pas voulu qu'ils se rencontrent de façon fortuite. Le bar de son père était situé dans la montagne, dans la station de sports d'hiver, alors que Chase habitait la vallée.

En le regardant, il comprit que, comme sa mère, son père avait payé cher leurs quelques mois de bonheur amoureux. Jim Harris resta un moment tête basse, visiblement perdu dans ses pensées. Il avait tout d'un homme brisé.

— Je suis désolé que vous n'ayez pas eu un meilleur père que moi.

Sur ces mots, il se leva et rentra à l'intérieur.

Chase sentit Mary lui toucher l'épaule.

— Je vais conduire, dit-elle en lui prenant ses clés des mains.

Quelques heures plus tard, Mary et Chase dormaient, enlacés dans les bras l'un de l'autre. De retour chez Mary, ils avaient parlé jusqu'au petit jour. Épuisés, ils avaient fini par s'écrouler sur son lit.

Chase avait retrouvé son père. Ce dernier n'avait pas le profil auquel il s'attendait. Chase avait toujours cru qu'il casserait la figure de celui qui avait abandonné sa mère autrefois, alors qu'elle était enceinte. Mais il n'avait eu aucune envie de frapper Jim Harris. Cet homme lui ressemblait. Lui aussi avait commis des erreurs dans le domaine amoureux mais il n'en était pas pour autant un salaud.

Mary lui avait raconté ce qu'elle savait de Jim et de sa femme, Cheryl. Ils s'étaient mariés très jeunes parce qu'elle était enceinte. Mais elle avait perdu le bébé et par la suite, elle n'avait jamais pu en avoir un autre. Leur mariage avait vite battu de l'aile. Leur vie conjugale n'avait jamais été heureuse.

— Jim a dit qu'ils étaient séparés quand il a rencontré ta mère mais jusqu'au divorce, ils devaient sans doute rester discrets, se cacher. Muriel vivait à Meadow Village et lui dans la montagne, derrière le bar.

Mary avait appelé sa mère pour lui demander ce qu'elle savait à propos de Jim et Cheryl. Dana s'était souvenue que Cheryl était restée plusieurs mois chez sa sœur à Gateway, près de Bozeman, après son accident.

— Et personne n'était au courant de la relation secrète qu'entretenait Jim avec ma mère, dit Chase.

— Apparemment, non. Sans doute se doutaient-ils qu'une histoire d'adultère aurait compliqué le divorce, d'autant plus que le bar était déjà une source de conflits.

Comme il se faisait tard, elle lui avait suggéré d'aller se coucher.

— Mary, je…

— Pas pour faire l'amour, Chase. Nous avons trop sommeil. Mais mieux vaut que tu dormes quelques heures avant de prendre le volant. Après tout ce que tu as traversé aujourd'hui, tu dois être épuisé. Il serait dangereux de conduire sans t'être un peu reposé. En outre, le soleil va se lever et tu devras partir tôt demain pour rencontrer ton nouvel employeur.

Alors qu'ils s'allongeaient dans le lit, Chase avait dit :

— Je ne veux pas être comme mon père, un lâche, un homme qui n'a pas écouté son cœur.

— Tu n'es pas comme lui.

— Je l'ai été. J'avais peur. J'aurais dû rester dans le Montana et me battre pour te garder. Au lieu de quoi, je suis parti, j'ai fui. J'ai été si malheureux loin de toi, Mary. Tu me manquais terriblement, le Montana aussi. Je pensais ne pas être assez bien pour une femme comme toi. Je ne suis toujours pas sûr de l'être.

Couchée dans son lit, Lucy écoutait les bruits émanant de l'étage du dessus. Elle n'avait pas fermé l'œil depuis que

Mary était rentrée chez elle avec Chase. Elle les avait entendus monter, se déplacer, parler sans réussir à capter la teneur de leurs échanges. En revanche, elle avait parfaitement compris qu'ils se trouvaient à présent dans la chambre à coucher de Mary. Au-dessus de la sienne.

L'immeuble était bien insonorisé et elle ne pouvait entendre ce qu'ils faisaient. Mais ils étaient dans la chambre. Tous les deux. Il n'était pas difficile de deviner ce qu'ils fabriquaient et en prendre conscience la rendait folle de rage.

Incapable de dormir, elle se leva et se rendit dans le salon pour se servir un verre de whisky avant de s'allonger sur le canapé. Elle avait cru que Mary ne retomberait jamais dans les bras de Chase. Manifestement, elle s'était trompée et elle ne comprenait pas.

Comment Mary pouvait-elle faire confiance à un homme comme lui ?

En proie à une colère froide, Lucy but encore une bonne rasade d'alcool dans l'espoir de se calmer. Assommée, elle finit par s'assoupir sur le sofa.

Au petit matin, des mouvements au-dessus de sa tête la tirèrent du sommeil. Elle tendit l'oreille et identifia bientôt les bottes de Chase sur les marches de l'escalier, les petits pas de Mary derrière lui. Elle les écouta descendre. Elle eut bien du mal à réprimer le désir qui la tenaillait de se jeter sur eux pour leur crever les yeux. Mary était une imbécile.

Lucy entrouvrit la porte et les entendit parler d'un poste de menuisier que Chase avait accepté et qui l'obligeait à quitter la ville. Il partait ? Elle s'avança sur le palier, veillant à rester dans l'ombre. Ils s'étaient arrêtés au rez-de-chaussée.

— Cela m'ennuie de te laisser, dit-il. Mais je reviendrai tous les week-ends. Ce chantier m'obligera à rester au loin pendant quatre ou six semaines mais mon patron m'a assuré que par la suite, nous travaillerions à Big Sky ou dans ses environs. Je pourrai alors te retrouver tous les soirs. Si tu as envie de me voir…

Lucy n'entendit pas la réponse de Mary mais elle devina qu'elle le serrait dans ses bras et l'embrassait avec passion.

Elle sentit son sang bouillir.

— Tu feras attention à toi. Promis ? dit Chase.

— Je t'en prie, ne recommence pas.

Il semblait tendu et Lucy descendit sans bruit quelques marches pour mieux écouter.

— Je suis désolé mais quelque chose à propos de cette Lucy m'ennuie vraiment, dit-il. Ça ne te semble pas étrange que trois personnes soient mortes depuis son arrivée ?

— Tu ne crois pas sérieusement qu'elle a quelque chose à voir avec tout ça !

— Lucy a obtenu ce travail au café grâce à la mort de Christy Shores, la serveuse. Ensuite, elle a trouvé à se loger dans l'appartement que Christy devait te louer avant d'être assassinée… Ce sont de drôles de coïncidences, non ?

— Big Sky est une petite ville. Il n'est pas étrange que je vive en face du café et que j'y loue un appartement.

— Et tu m'as bien dit que Dillon voulait proposer à Lucy de sortir avec lui ?

— Oui, mais ce n'était pas une raison suffisante pour le tuer. Elle m'a dit qu'il ne lui avait rien demandé et que s'il l'avait fait, elle aurait refusé.

— Ces concours de circonstances me semblent trop énormes pour être dus au hasard. Ça fait peur.

— Ce qui me fait peur à moi, est qu'elle te rappelle une ex-petite amie.

— Fiona n'a jamais été ma petite amie. Mais Lucy me rappelle Fiona, c'est vrai. Et Fiona était prête à tout pour parvenir à ses fins.

— Arrête, Chase. Je ne veux plus t'entendre parler d'elle.

— D'accord mais promets-moi d'être prudente, c'est tout. Ne lui fais pas confiance. Promis ?

— Je te le promets. Je n'ai pas envie de me disputer avec toi juste avant que tu t'en ailles.

Lucy les entendit de nouveau s'embrasser.

— Je serai de retour vendredi soir. J'adorerais t'emmener dîner quelque part.

— Formidable.

Lucy se pressa contre le mur alors que la porte s'ouvrait et que la lumière du petit jour s'engouffrait dans l'escalier. Un long moment, elle resta pétrifiée, s'efforçant de recouvrer son souffle. Chase la soupçonnait d'être Fiona. Heureusement, jusqu'ici, il n'avait pas réussi à en convaincre Mary. Et surtout, le shérif ne recevrait pas les conclusions du laboratoire à propos des empreintes sur la tasse. Il ne saurait donc jamais qu'elle était Fiona Barkley. L'adjoint avait bien rempli sa mission. Elle se reprochait presque de l'avoir tué.

Mais bientôt, Mary commencerait à son tour à nourrir des soupçons. C'était évident.

Après l'avoir entendue entrer dans son bureau, Lucy retourna lentement chez elle. Elle avait envie de crier, de tout casser dans l'appartement pour évacuer sa fureur. Elle avait essayé d'être patiente mais plus elle côtoyait Mary, plus elle détestait la voir avec Chase.

Elle serra les poings. Mary lui avait dit qu'elle n'avait plus confiance en Chase. *Menteuse.* Cela dit, Chase était le seul coupable. Depuis son retour, il n'avait cessé de poursuivre Mary de ses assiduités. Et il avait réussi à se glisser dans son lit.

Il allait payer pour ses infidélités.

Lucy était venue à Big Sky avec l'intention de les tuer tous les deux. Certes, si Chase brisait le cœur de toutes les femmes qui croisaient sa route, Mary n'y était pour rien. Mais elle l'avait déçue en retombant amoureuse de Chase.

Cela n'a plus d'importance, pensa-t-elle.

Elle se rendit dans la cuisine, ouvrit un tiroir et en sortit le couteau qu'elle avait prévu d'utiliser pour tuer l'adjoint.

Il était temps de mettre un terme à cette histoire et de passer à autre chose. Et il n'y avait qu'un moyen d'en finir une bonne fois pour toutes.

— C'est mon jour de repos, annonça Lucy, quelques jours plus tard.

Elle sortait de son appartement au moment précis où Mary venait de quitter le sien et descendait l'escalier.

Confuse, Mary prit conscience que Lucy n'avait pas revêtu son uniforme de serveuse mais une tenue de cavalière. Depuis leur conversation à propos de Dillon et de Chase, elle s'efforçait d'éviter sa locataire et se le reprochait.

— Oh ! je suis désolée, dit Lucy d'un air gêné. Tu as oublié. Ce n'est pas grave.

Elle se retourna vers son appartement.

Mary essayait en vain de se souvenir si elles avaient fixé une date pour cette balade à cheval. Elle ne le pensait pas.

— Tu avais proposé de profiter de mon jour de repos pour cette sortie à cheval. Et je t'avais dit que je ne travaillais pas aujourd'hui. Ne t'inquiète pas, cela n'a aucune importance. Nous irons une autre fois, voilà tout.

— Non, non, répondit rapidement Mary. J'avais oublié, c'est vrai, mais je n'ai besoin que d'un instant pour me changer.

Elle songea au travail qui l'attendait mais décida qu'elle s'en occuperait cet après-midi ou même ce soir, s'il le fallait. Elle ne voulait pas décevoir Lucy.

Plus Chase lui répétait que Lucy lui rappelait cette horrible femme qu'il avait connue en Arizona, plus Mary avait envie de prendre sa défense.

Et pourtant, elle s'était éloignée de Lucy, s'interrogeant sur des petites choses. Par exemple, elles étaient devenues très vite proches alors qu'en général, Mary tenait à ce que ses locataires restent des locataires et non des amis. En réalité, malgré elle, l'obsession de Chase la poussait à prendre ses distances avec Lucy. Mary supportait mal que Lucy lui rappelle toujours Fiona.

Elle n'avait aucune envie de monter à cheval avec la jeune serveuse. Mais elle lui avait proposé cette balade et elle détestait manquer à sa parole. Par la suite, elle l'éviterait, voilà tout.

Lucy battit des mains.

— Pendant ce temps, je vais courir nous chercher des cafés, dit-elle en souriant. Je suis vraiment contente. Cela fait si longtemps que je n'ai pas monté.

Mary se dépêcha de retourner chez elle pour enfiler un jean. Chase lui manquait. Il l'appelait tous les soirs et ils parlaient pendant des heures. Il n'évoquait jamais son père et elle non plus n'y faisait aucune allusion, mais Chase avait changé depuis qu'il avait découvert que Jim Harris était son père. Il semblait plus confiant, plus sûr de lui, plus décidé. Il lui répétait qu'il n'avait pas envie d'être comme son géniteur mais elle ignorait ce qu'il voulait dire exactement. Jim Harris était un homme malheureux qui avait pris de mauvaises décisions et qui avait fini par se retrouver entre le marteau et l'enclume. Elle se demandait si Chase lui pardonnerait un jour ses erreurs. Ou s'il l'avait déjà fait.

Lorsqu'elle redescendit, elle trouva Lucy assise à son bureau. Par la porte entrouverte, elle la vit feuilleter les papiers posés sur sa table de travail puis prendre le petit mot que Chase lui avait envoyé avec les marguerites pour le lire. Ce faisant, elle attrapa une des fleurs pour l'écraser entre ses doigts avant de la jeter par terre.

Sidérée, Mary avait du mal à en croire ses yeux. De quel droit, cette femme se permettait-elle de lire cette carte et de détruire l'une des marguerites ? Au-delà du sans-gêne, il était manifeste que Lucy éprouvait du ressentiment envers Chase. Était-elle jalouse ? Ne voulait-elle pas que Mary ait d'autres relations dans sa vie ?

Elle s'éclaircit la gorge et aussitôt, Lucy bondit sur ses pieds.

— Désolée, je me reposais un instant. Je suis debout toute la journée, ajouta-t-elle avec un sourire. Me laisser porter par un cheval va me faire du bien.

Hud avait trois meurtres, perpétrés à quelques semaines d'intervalle, sur les bras et aucun indice pour les résoudre. Comme il se levait pour aller se préparer un café, il se souvint de la tasse que Chase avait apportée en lui demandant d'y relever les empreintes digitales.

Avec un juron, il se rappela qu'il l'avait confiée à Dillon et que ce dernier était mort sans avoir eu la possibilité de lui remettre les conclusions du laboratoire.

De retour dans son bureau, il appela ce dernier.

— La semaine dernière, l'un de mes adjoints vous a déposé une tasse pour un relevé d'empreintes. Je n'ai pas encore vu les résultats.

— En effet, j'ai l'ordre de mission sous les yeux, répondit le technicien qu'il eut en ligne. J'avais effectué moi-même ces analyses mais mon rapport n'est plus au dossier. Il a dû vous être transmis, non ?

— En tout cas, je ne l'ai pas reçu. À qui l'avez-vous donné ?

— À Dillon Ramsey, l'adjoint qui me l'a apporté. Il a demandé que je lui remette les résultats en mains propres. Ce que j'ai fait.

Hud jura.

— Par hasard, vous souvenez-vous si ces empreintes étaient…

— Les empreintes étaient fichées, oui, répondit le technicien. Accordez-moi un instant que je retrouve… Voilà. Ces empreintes sont celles d'une certaine Fiona Barkley.

Hud nota le nom et après avoir remercié son correspondant et raccroché, il chercha une correspondance dans les fichiers judiciaires via Internet. La police avait relevé les empreintes de cette Fiona Barkley chaque fois qu'elle l'avait interrogée. La première fois après l'incendie de son domicile alors qu'elle avait onze ans. Toute sa famille avait péri dans les flammes.

Le shérif secoua la tête en prenant conscience que la dénommée Fiona Barkley avait été arrêtée une dizaine de fois à la suite d'« accidents » dont avaient été victimes des hommes avec qui elle était sortie.

Où Chase avait-il trouvé cette tasse ?

Dans l'espoir d'obtenir des éclaircissements, il l'appela mais il tomba sur sa boîte vocale. Il ne laissa pas de message. Mary lui avait dit que Chase reviendrait à Big Sky vendredi soir. Hud lui poserait la question à ce moment-là.

Alors que Chase rentrait chez lui en fin d'après-midi, il remarqua que Rick avait cherché à le joindre à plusieurs reprises, lui demandant chaque fois de le rappeler. Fatigué par une longue journée de travail, il hésita à le faire. Il n'était pas sûr de rester éveillé assez longtemps pour pouvoir parler à Mary *et* à Rick. Et il préférait de loin s'entretenir avec Mary avant de s'endormir. Mais dans son dernier message, Rick insistait pour que Chase lui passe un coup de fil. Cela semblait important.

Le corps de Fiona avait sans doute été retrouvé, pensa Chase, et Rick voulait le lui annoncer. Mais pourquoi ne l'avait-il pas dit dans son message ?

Le téléphone sonna trois fois avant que Rick ne réponde.

— Chase, je suis tellement content que tu aies rappelé. Attends, je m'isole. Il y a du monde autour de moi.

Quelques instants plus tard, Rick revint en ligne.

— J'ai une mauvaise nouvelle, Chase.

— Son cadavre a été repêché ?

— Non. Au contraire. Un dentiste installé à la frontière mexicaine a reconnu la photo de Fiona illustrant un article publié peu après sa disparition. Il a contacté les autorités. Écoute, Chase : non seulement Fiona est toujours en vie mais elle a modifié son apparence grâce à cet orthodontiste. Au départ, il ne s'en est pas inquiété parce qu'elle avait manifestement été victime d'un accident de voiture qui lui avait brisé les dents de devant. Mais il l'a reconnue de façon formelle…

À ces mots, son cœur cessa brusquement de battre. Lucy, la femme qui vivait dans l'immeuble de Mary. Lucy, la serveuse avec qui Mary s'était liée d'amitié… était Fiona.

L'esprit en déroute, le souffle court, il s'efforça de recouvrer son sang-froid, de réfléchir. Ne l'avait-il pas deviné depuis le départ ? Au plus profond de lui-même, il avait toujours su que cette Lucy lui rappelait Fiona. L'une et l'autre incarnaient le mal. Pourquoi n'avait-il pas écouté davantage ce que son instinct lui soufflait ?

— Je dois te laisser, Rick. À plus tard.

Il raccrocha et composa rapidement le numéro de portable de Mary. Malheureusement, il tomba sur sa boîte vocale.

— Mary, dès que tu entendras ce message, rappelle-moi tout de suite. C'est urgent. Ne t'approche pas de Lucy. Je t'expliquerai quand je te verrai. Je suis en route pour Big Sky.

Il raccrocha et appela le ranch. La mère de Mary répondit.

— Dana, c'est Chase. Avez-vous vu Mary ?

— Non, pourquoi ? Que se passe-t-il ?

— J'arrive au plus vite. Dans l'intervalle, si vous apercevez Mary, retenez-la, à tout prix. Ne la laissez pas s'approcher de Lucy, la serveuse du café de Lone Peak Perk, d'accord ? Prévenez Hud. Cette Lucy n'est pas ce qu'elle prétend être.

Elle est venue dans le Montana pour s'attaquer à moi mais j'ai peur qu'elle s'en prenne à Mary pour m'atteindre.

Il raccrocha et se précipita vers son camion. Il lui faudrait une bonne heure pour rejoindre le ranch.

Mais arriverait-il à temps ?

Ou était-il déjà trop tard ?

18

— Tu n'as pas touché à ton Frappuccino, Mary, remarqua Lucy.

Toutes deux roulaient vers le ranch. Lucy lui avait demandé d'emprunter les petites routes pour admirer la vue.

Lorsque Mary avait avalé une gorgée du breuvage, en quittant Big Sky, elle l'avait trouvé amer. Cela dit, cette amertume n'avait peut-être rien à voir avec le café. Elle n'avait pas apprécié de surprendre Lucy dans son bureau, en train de fouiller dans ses affaires. Ce sans-gêne lui était resté en travers de la gorge.

Pour ne pas être blessante, elle s'obligea à boire une autre gorgée. Elle se rendit compte alors qu'il n'avait pas seulement un goût amer mais surtout, une texture farineuse dont elle ne se souvenait que trop bien. Tout en y pensant, elle tenta de se persuader qu'elle se faisait des idées. Parce que de deux choses l'une : soit elle était victime de son imagination, soit Lucy avait mis quelque chose dans le Frappuccino qui l'avait rendue terriblement malade, la dernière fois. Et qui risquait d'avoir le même effet, à présent.

— J'ai l'estomac un peu barbouillé, dit-elle en reposant le gobelet.

Détournant la tête, Lucy regarda ailleurs, visiblement vexée.

— Peut-être devrions-nous remettre cette balade à cheval. Je ne te sens vraiment pas emballée à cette idée.

— Non, je te l'avais proposée et c'est ton premier jour de repos, il faut en profiter, répondit Mary, regrettant une nouvelle fois d'avoir oublié la date.

Elle se reprochait surtout de laisser les soupçons de Chase

concernant Lucy la contaminer. Cela dit, surprendre Lucy en train de fureter dans ses affaires l'avait ébranlée…

Comme Lucy regardait le paysage par la vitre, Mary fit semblant de boire une autre gorgée. Elle se promit de prendre ses distances avec Lucy par la suite et de se rendre moins souvent au café. Se lier d'amitié avec une locataire n'était peut-être pas une bonne idée.

La petite portion du breuvage qu'elle avala avait ce goût crayeux qui lui donnait des nausées et elle reposa rapidement le gobelet. Elle jeta un coup d'œil à Lucy. Elle avait mis le cap sur le ranch pour lui faire plaisir mais maintenant elle avait hâte d'en finir avec cette balade.

Un peu plus loin, elle s'arrêta devant une barrière qui bloquait le passage et demanda :

— Ça ne te dérange pas d'aller ouvrir ?

Sans un mot, Lucy sortit du véhicule. Mary en profita pour entrouvrir discrètement sa portière et renverser la moitié de son café par terre. Lucy poussa la barrière et s'écarta pour laisser passer la voiture avant de la refermer.

Remarquerait-elle le liquide répandu sur le sol ? Mary espérait que non. Elle espérait surtout se tromper en ce qui concernait le goût crayeux et ses causes possibles. Comment croire que Lucy, qui s'était toujours montrée gentille et serviable, cherchait à l'empoisonner ?

Mary la vit jeter un coup d'œil au gobelet à moitié vide. Pensait-elle que Mary l'avait bu ?

Détournant la tête, Lucy demanda :

— L'endroit où sont parqués les chevaux est-il encore loin ?

— Non, non, ils nous attendent de l'autre côté de la colline.

Avant de partir, Mary avait appelé le ranch pour demander à un ouvrier agricole de seller sa jument et un gentil cheval pour Lucy. Comme prévu, il avait attaché leurs montures derrière la grange. En les voyant, Mary poussa un soupir de soulagement. Lucy s'était peut-être levée du pied gauche, ce matin. Ou peut-être avait-elle drogué son café et était-elle furieuse de constater qu'elle ne l'avait pas bu…

— Tout va bien ? demanda Lucy. Tu sembles en colère contre moi.

Mary lui jeta un coup d'œil.

— Je suis désolée. Je culpabilise d'avoir oublié notre sortie à cheval, aujourd'hui. C'est tout.

— Il ne s'agit donc pas seulement de tes maux d'estomac ?

— Je me sens un peu patraque mais dès que je serai sur ma jument, ça ira mieux. Chevaucher me guérit de presque tout.

Lucy ne répondit pas et Mary se gara près des barrières. Elles sortirent de la voiture. Une fois en selle, elles partirent sur une piste qui menait au sommet de la montagne. Mary prévoyait déjà d'emprunter un raccourci pour abréger la balade.

— Je ne suis pas en grande forme, moi non plus, dit Lucy derrière elle. Je n'ai pas bien dormi et je m'inquiétais pour toi.

Mary se retourna pour la dévisager avec étonnement.

— Tu t'inquiétais pour moi ?

— Je ne devrais probablement pas te le dire mais quelque chose à propos de Chase m'ennuie.

Mary faillit éclater de rire. Peut-être devait-elle lui apprendre que « quelque chose à propos de Lucy ennuyait Chase ». Au lieu de quoi, elle répondit :

— Il n'y a pas lieu de s'inquiéter.

— Tu es retombée très vite dans ses bras. Je vous ai entendus, hier soir. Il a passé la nuit chez toi.

Une vague de colère souleva Mary. Chase avait raison sur un point : Lucy était intrusive et prenait trop de place dans sa vie.

— Lucy, mes relations avec Chase ne te regardent pas.

— Je suis désolée, je pensais que nous étions amies. Et tu m'as beaucoup parlé de lui et de l'adjoint, l'autre jour.

Une erreur, Mary en prenait conscience.

— Alors tu sais que je n'ai jamais cessé d'aimer Chase.

— Mais lui ne t'aime plus.

Comme le sentier s'élargissait, Lucy chevauchait maintenant à côté d'elle.

— Lucy…

— C'est toi qui m'as parlé de cette Fiona avec qui il a eu une liaison, dit-elle en interrompant Mary.

— Il n'a couché qu'une fois avec elle.

Lucy haussa les épaules.

— C'est ce qu'il prétend. Mais cette femme t'a appelée et elle a affirmé qu'ils étaient fiancés. S'ils ne s'étaient vus qu'une fois, cela n'aurait aucun sens, si ?

Mary lui avait-elle parlé de ce coup de fil ? Elle en doutait mais sous l'emprise de l'alcool, peut-être l'avait-elle fait.

Lucy devina sa colère.

— Ne te fâche pas. Je te le dis parce que je suis ton amie et que tu as besoin que quelqu'un t'ouvre les yeux : tu te leurres à propos de ce cow-boy.

Mary s'interdit à temps de lui asséner qu'elle ne la considérait pas comme une amie.

— Ne t'inquiète pas pour moi. Je sais ce que je fais.

— Il t'a fait souffrir. Je n'aimerais pas qu'il recommence.

— Cessons d'en parler, dit Mary en mettant sa jument au galop.

Plus vite elles termineraient cette randonnée, mieux cela vaudrait. Chase avait raison.

Sans qu'elle s'en aperçoive, Lucy s'était immiscée dans sa vie. Elles se connaissaient depuis très peu de temps mais déjà, elle s'estimait en droit de la conseiller.

Mary devinait que Lucy était jalouse de sa relation avec Chase. L'avait-il senti ? Se méfiait-il de Lucy pour cette raison ? Pourquoi lui rappelait-elle Fiona ?

Elles trottèrent un moment en silence et, le sentier redevenant plus étroit, Lucy fut forcée de se mettre derrière elle. Lorsqu'elles atteignirent enfin le sommet de la montagne, Mary se sentait mieux. Et de nouveau, elle se reprocha son injustice. Lucy avait toujours été là chaque fois qu'elle avait eu besoin d'elle. Pourquoi l'imaginer en démon ? En revanche, Mary avait eu tort de se soûler avec elle, de lui confier ses tourments amoureux. Désormais, il serait gênant de l'avoir comme locataire, de la croiser dans l'escalier en sachant qu'elle entendait tout ce qui se passait dans l'appartement du dessus.

Elle devait lui expliquer que sa vie amoureuse ne la regardait pas. Dès leur retour, elle lui parlerait.

Hud écouta sa femme qui semblait affolée au bout du fil. Il songea à la tasse que Chase lui avait apportée pour qu'il en analyse les empreintes digitales.

— Lucy ? Es-tu sûre qu'il a dit ce nom ?

— Elle travaille comme serveuse dans le café en face de l'immeuble de Mary et elle est également sa locataire.

Hud ne comprenait pas. Les empreintes étaient celles d'une certaine Fiona. Pas de cette Lucy.

— Chase semblait terrifié. Il est en route pour venir ici. Avant de t'appeler, j'ai essayé de joindre Mary. Son téléphone est coupé, je suis tombée sur sa boîte vocale. J'ai peur, Hud.

— D'accord, ne t'inquiète pas. Je vais tout de suite me mettre à la recherche de cette Lucy et comprendre ce qui se passe. Si tu vois Mary, appelle-moi et retiens-la jusqu'à ce que j'aie tiré cette histoire au clair.

En proie à une sourde angoisse, il raccrocha et se dirigea à la hâte vers son SUV de patrouille. En une quinzaine d'années, Big Sky s'était développée et après avoir été longtemps considérée comme un village, la bourgade était devenue à présent une vraie ville. Malgré tout, il ne lui fallut que quelques instants pour se rendre au café. En entrant, il chercha une serveuse répondant au nom de Lucy. Il y avait une Amy et une Faith mais pas de Lucy.

Il s'approcha de la dénommée Amy qui s'activait sur le percolateur.

— Excusez-moi, dit-il. Lucy travaille-t-elle bien ici ?

— Oui mais c'est son jour de congé, cria-t-elle par-dessus son épaule.

— Avez-vous une idée de l'endroit où elle se trouve ?

Elle secoua la tête dans un geste d'ignorance.

D'après Dana, cette Lucy avait loué un des appartements de Mary, se souvint Hud. Il traversa la rue, entra dans l'immeuble et monta au premier.

En atteignant l'étage, il frappa à la première porte. Pas de réponse. Il essaya l'autre. Pas de réponse non plus.

Il hésitait à les forcer quand l'une d'elles s'ouvrit et un jeune homme apparut.

— Oui ?

— Je cherche Lucy, dit-il.

— Lucy ? La jeune femme qui loue l'appartement d'à côté ? Je ne l'ai pas vue mais j'ai entendu Mary lui proposer une balade à cheval, ce matin.

— Savez-vous où elles allaient ?

— Dans la propriété familiale de Mary, je crois.

— Merci beaucoup.

Tout en dégringolant l'escalier pour foncer vers son SUV, Hud appela le ranch.

— Dana, dit-il quand elle répondit, un locataire de l'immeuble m'apprend que Lucy et Mary sont allées faire du cheval au ranch. Es-tu sûre qu'elles ne sont pas là ?

— Je ne vois pas sa voiture garée près de la grange… À moins que…

Il entendit Dana sortir de la maison et traverser la cour en courant.

— Elle s'est garée à l'arrière. Elles ont dû arriver par la colline, dit-elle, essoufflée. Oh ! Hud, elles sont toutes les deux seules dans la montagne.

Il perçut le rugissement d'un camion en arrière-plan.

— Qui arrive ? demanda-t-il.

— Chase.

Le shérif poussa un juron.

— Dis-lui de m'attendre. Je me dépêche. Ne le laisse pas foncer, tête baissée, et compliquer la situation au risque de provoquer un drame.

Mais comme il prononçait ces mots, il sut que rien n'arrêterait Chase. Il raccrocha et courut vers son SUV.

Hud s'installa au volant, démarra et se dirigea vers le ranch sur les chapeaux de roues. Il ne lui avait pas fallu longtemps pour comprendre qu'il y avait un lien entre la tasse, la serveuse dénommée Lucy et une certaine Fiona Barkley – une femme apparemment perturbée avec de nombreux antécédents judiciaires. Avant d'être assassiné, son adjoint avait pris connaissance du rapport et avait gardé les conclusions pour lui. Pourquoi ? Il devinait une connexion entre Dillon et cette serveuse.

Plus l'évidence s'imposait à son esprit, plus il était saisi d'une indicible terreur. Sa fille se promenait à cheval avec une tueuse.

Les dents serrées, Lucy regarda Mary arrêter sa monture en haut de la montagne et se laisser glisser à terre. Elle sentait que Mary était en colère contre elle. En colère contre une amie qui essayait seulement de l'aider ! Non seulement Mary était injuste mais elle était idiote de croire qu'elle connaissait Chase mieux qu'elle.

Lucy avait presque envie d'en rire. Mary ne se doutait pas de ses liens avec Chase. Peut-être était-il temps d'éclairer sa lanterne, de lui révéler la triste vérité.

Après leur nuit d'amour, Chase l'avait jetée sans ménagement. Alors qu'elle avait tant d'amour à lui donner, alors qu'elle n'avait qu'une ambition : le rendre heureux. Avec l'ingratitude bien connue des hommes, il l'avait dévisagée de cet air irrité à chaque fois qu'elle était venue lui rendre visite. Il avait tout fait pour qu'elle s'en aille et, finalement, il était parti pour mettre un point final à leurs relations. Après avoir obtenu ce qu'il voulait, il n'avait plus besoin d'elle et il avait plié bagage.

Au lieu de comprendre que Fiona était la femme de sa vie, il était retourné auprès de Mary. Sa douce et précieuse Mary.

Cette dernière lui tournait actuellement le dos et ne soupçonnait pas le regard haineux que Lucy portait sur elle. S'efforçant de se maîtriser, elle mit à son tour pied à terre.

Elle avait tout fait pour sauver Mary. Mais puisqu'elle ne l'avait pas écoutée et avait cru en savoir plus qu'elle sur les hommes, elle n'avait à s'en prendre qu'à elle-même.

Maintenant, elle allait mourir. Lucy s'arrangerait pour que sa mort paraisse accidentelle. Un peu plus tôt, elle avait envisagé de tirer discrètement son couteau de sa poche et de frapper la jument.

Mais elle avait vite compris que l'idée n'était pas bonne. Mary avait grandi au milieu des chevaux. Elle saurait certainement rester en selle si sa monture se cabrait ou s'élançait au galop, affolée.

Il n'était pas question d'échouer. Elle allait s'y prendre autrement. Après tout, l'important était que Mary ne quitte pas cette montagne en vie, pensa-t-elle en s'approchant de sa rivale.

La vue était sublime comme Mary l'avait annoncé. Elles se

tenaient sur une corniche au-dessus d'un précipice. Autour d'elles, des montagnes se découpaient majestueusement dans le ciel.

Au-dessous d'elles se trouvait le canyon. Tout en bas, la rivière verdoyante serpentait entre les pins. Lucy avait très envie de pousser Mary et de la regarder basculer dans le vide et s'écraser au fond du ravin.

Mais mieux valait y renoncer : il y avait une chance qu'elle survive.

Elle enfonça les mains dans ses poches et lança :

— J'ai couché avec Chase en Arizona.

19

Comme Chase arrivait dans la cour au volant de son pick-up, Dana s'élança vers lui.

— Mary a demandé à l'un des ouvriers agricoles de harnacher deux montures et de les laisser derrière la grange. D'après lui, elles se dirigeaient vers les montagnes, dit-elle alors qu'il bondissait sur le sol.

Dana avait préparé un cheval qu'elle tenait par les rênes.

— Hud préférerait que tu l'attendes. Si cette femme est aussi dangereuse que tu le dis…

— C'est moi qu'elle veut. Pas Mary. Si j'attends le shérif, nous arriverons trop tard.

Comme il se hissait en selle, Dana le retint un instant.

— Je ne peux pas t'empêcher d'y aller mais sois prudent et… prends ça, ajouta-t-elle en lui tendant un pistolet. Il est chargé. Fais attention et ramène-moi Mary, dit-elle d'une voix brisée.

Il partit au galop vers le sentier qui menait dans la montagne. Il savait où Mary allait conduire Lucy. Elle voudrait lui montrer son endroit préféré – et le plus dangereux : la corniche.

Alors qu'il filait vers la pinède, il se remémora les doutes qu'il nourrissait depuis le début à propos de Lucy. Fiona devait être fière d'avoir réussi à le duper, à les duper tous, et surtout d'avoir gagné si facilement la confiance de Mary. C'était une manipulatrice de talent et elle avait su se débrouiller pour entrer dans la vie de Mary, pour lui faire croire qu'elle était son amie, et la piéger.

Fiona n'avait jamais renoncé à Chase et elle était prête à tout pour lui faire regretter de l'avoir quittée.

Elle lui faisait horreur.

Il emprunta le raccourci et se coucha sur la selle pour éviter les branches basses. Le cœur serré, il pria pour arriver à temps. Pour que Fiona épargne Mary qui ne lui avait rien fait.

Mais au fond de lui, il ne nourrissait pas beaucoup d'espoir. Il connaissait Fiona. Elle était allée jusque dans Montana pour se venger. Elle s'était métamorphosée pour devenir une autre, elle avait pris le temps d'apprivoiser Mary, de jouer avec elle. Avait-elle compris que Chase l'avait démasquée ? Qu'il avait volé la tasse au café pour la confondre ? Cette éventualité l'effrayait plus que tout. Si elle pensait que les autorités savaient, elle n'avait plus rien à perdre et le pire était alors à craindre…

Surprise, Mary se tourna vers Lucy, certaine d'avoir mal entendu.

— Que dis-tu ?

— J'ai couché avec Chase avant que tu ne lui écrives.

Le cœur de Mary se mit à battre à grands coups dans sa poitrine.

— Que racontes-tu ?

— Je suis Fiona.

Mary recula d'un pas lorsque Lucy tira un pistolet de sa poche et le pointa vers elle en riant.

— Surprise ! Tu ne t'y attendais pas, avoue ! J'ai lu ta lettre pathétique et avant même de te connaître, je t'ai détestée pour m'avoir volé Chase, l'homme de ma vie. Chase a rompu avec moi à cause de toi. Alors, pour me venger, j'ai d'abord fait semblant de disparaître dans un accident. Et je suis devenue Lucy. Tu aimais bien Lucy, n'est-ce pas ? Nous aurions pu être amies, de très grandes amies. Mais Chase est revenu vers toi… Je le savais.

Mary était perdue. Elle voyait et entendait Lucy et pourtant, elle prenait conscience qu'il s'agissait en réalité de cette Fiona dont lui avait parlé Chase, de la folle qui avait tenté de le tuer en Arizona.

Lucy poursuivait en secouant la tête :

— Tu imagines connaître Chase mais tu te trompes. Lui et moi étions très amoureux et heureux ensemble. Tu te dis que je délire, n'est-ce pas ? Que je me fais des idées. Et pourtant, c'est vrai. Il y avait quelque chose entre nous, quelque chose d'incroyable, une véritable alchimie. Mais ensuite, tu lui as écrit cette lettre. Tu as tout gâché.

Lucy prit une expression dégoûtée.

— Tu as brisé ma vie. Et celle de Chase.

Mary avait du mal à en croire ses oreilles. Chase avait essayé de la prévenir mais elle avait refusé de l'écouter. Elle pensait connaître Lucy, elle la considérait comme une amie.

Jusqu'à ce qu'elle prenne une gorgée de Frappuccino ce matin et qu'elle retrouve ce goût farineux, horriblement familier.

— Tu m'as droguée.

Lucy haussa les épaules.

— Tu as eu tort de renverser ce café par terre. C'était vraiment grossier de ta part. J'avais eu la gentillesse de te le préparer et voilà comment tu m'en remercies.

— Tu tentais de me rendre malade, comme l'autre jour ?

— Je voulais juste être sympa, répliqua Lucy. Tout aurait été tellement plus facile si tu avais été dans un état second. Maintenant, te tuer va devenir compliqué.

Elle brandit son arme.

— Si tu avais rompu définitivement avec Chase, je t'aurais épargnée, sois-en certaine.

Mary ne savait pas quoi dire ou faire. Elle n'avait jamais eu affaire à une personne aussi déséquilibrée.

— Tu as envie de le faire souffrir. C'est ça ?

Lucy sourit.

— Pour commencer.

— Au fond, tu rêves qu'il retombe amoureux de toi, non ?

En disant cela, elle comprit soudain qu'elle venait de formuler le vœu le plus cher de Lucy.

— Mais si tu me fais du mal, il te détestera.

— De toute façon, tu sais très bien qu'il ne reviendra pas vers moi… à cause de toi.

Lucy semblait soudain au bord des larmes.

— Je l'aurais rendu heureux. Avant ta lettre, il était attiré par moi. Je lui faisais du bien. Tôt ou tard, il serait tombé fou amoureux de moi.

Mary en doutait mais elle garda cette opinion pour elle.

— Si tu me tues, tu perdras toute chance de bonheur avec lui.

Lucy ricana.

— Les femmes comme moi sont inaptes au bonheur. Ma mère me le répétait souvent. Elle avait laissé mon beau-père et mes frères abuser de moi.

Le cœur de Mary se serra en songeant à ce qu'avait dû endurer cette malheureuse pour en arriver là.

— Je suis vraiment désolée. C'est horrible. Tu méritais tellement mieux.

— Ne t'inquiète pas. Je les ai tous envoyés rôtir en enfer et cela m'a fait du bien.

— Lucy…

— Appelle-moi Fiona. Je sais à quel point tu détestes ce prénom mais c'est le mien. Fiona. Fiona. Fiona.

Elle laissa échapper un rire aigu qui couvrit le chant des oiseaux mais pas le martèlement de sabots sur le sentier.

Chase tira sur les rênes de son cheval. Comme il l'avait craint, les deux femmes se tenaient sur la corniche au bord du précipice. Fiona pointait une arme sur Mary. Mais quand elle l'entendit arriver, elle saisit Mary et appuya le canon de son pistolet contre sa tempe.

— Super que tu aies pu nous rejoindre, Chase, dit-elle en le regardant mettre pied à terre. Je me demandais combien de temps il te faudrait pour comprendre qui j'étais.

— Je l'ai senti dès la première fois où je t'ai vue, dit-il en se dirigeant vers elles, les yeux rivés sur Fiona.

Regarder Mary était trop douloureux. Tout était sa faute. Il avait fait entrer Fiona, le mal incarné, dans leurs vies. Quoi qu'il arrive, il était responsable de tout.

— Quelque part, j'ai toujours su que c'était toi, dit-il.

Fiona sourit.

— L'alchimie entre nous était toujours là. Tu m'as fait mal en faisant mine de ne pas me reconnaître, Chase. Après tout ce que nous étions l'un pour l'autre…

— Exactement, dit-il. Et voilà pourquoi tu dois laisser

Mary partir. Cette histoire est entre toi et moi, Fiona. Mary n'a rien à y faire.

— Je t'en prie, ne me prends pas pour une idiote. Comme si j'ignorais que tu étais venu pour elle, pour la sauver !

— Peut-être suis-je venu pour te sauver, toi ?

Fiona éclata de rire, un rire dur et amer.

— Me sauver de quoi ?

— De toi-même. Les hommes que tu as connus dans le passé ont-ils essayé de t'aider, Fiona ?

La question sembla la prendre au dépourvu et il poursuivit :

— L'un d'entre eux s'est-il un jour soucié de ce qui t'arrivait ?

— Ne me fais pas croire que tu t'en préoccupes, rétorqua-t-elle.

— Je n'ai jamais voulu te faire de mal. Quand j'ai entendu dire que ta voiture avait basculé dans le fleuve et que tu avais sans doute péri, noyée, j'ai été dévasté. Je n'avais pas envie que les choses se terminent ainsi pour toi.

Il la vit faiblir un peu et fit un pas vers elle.

— Mais tu ne m'aimes pas, balbutia-t-elle.

Elle avait raison et il devinait qu'il valait mieux ne pas mentir.

— Mon cœur appartenait à une autre quand je t'ai rencontrée. Je te l'ai dit.

— Mais tu m'as séduite à cette soirée et tu m'as ramenée chez toi.

Il secoua la tête alors qu'il se rapprochait.

— Rick t'a demandé de me raccompagner à la maison parce que j'avais trop bu.

Elle s'était raconté sa version de l'histoire tant de fois qu'elle ne se souvenait plus de la vérité.

— Mais nous avons fait l'amour.

— Vraiment ? Je n'en ai gardé aucun souvenir. Je me rappelle que tu m'as enlevé mes bottes et mon jean juste avant que je ne perde conscience.

Fiona laissa échapper un rire nerveux.

— Nous nous sommes réveillés dans le même lit.

— C'est vrai, reconnut-il alors qu'il s'approchait encore un peu plus. Mais c'est tout ce qui s'est passé entre nous. Nous avons dormi ensemble.

Les larmes aux yeux, elle secoua la tête.

— Je t'aimais. Je pensais que toi et moi…

— Je t'ai dit que j'étais amoureux d'une autre.

— Si tu nous avais laissé une chance…, dit Fiona d'un ton suppliant.

— Laisse Mary partir. Elle n'a rien à voir avec nous.

Brutalement, Fiona s'aperçut que Chase était tout près d'elles deux. Elle recula, entraînant Mary avec elle. La terre s'écroulait à moitié sous leurs pieds.

Chase comprit qu'elle avait l'intention de se jeter dans le vide avec Mary. Il n'y avait pas un instant à perdre. Il bondit pour la désarmer et tirer Mary en arrière, priant pour que Fiona n'ait pas le temps d'appuyer sur la détente.

D'une main, il saisit le bras de Mary et de l'autre, il détourna le canon du pistolet. La déflagration déchira l'air au moment où il arrachait Mary des griffes de Fiona. Une douleur brûlante lui traversa l'épaule mais il réussit à repousser Mary loin du bord tandis que, déséquilibrée, Fiona basculait dans le vide. Dans un dernier geste de désespoir, elle s'accrocha à Chase qui tomba à sa suite. Par réflexe, il saisit le bord de la corniche. Mais il était blessé et très vite, il sentit ses forces l'abandonner.

Une main l'attrapa alors par la manche. Levant les yeux, il vit Mary, déterminée à ne pas le lâcher. Avec son aide, il parvint à remonter sur la corniche.

Précipitée dans le ravin, Fiona dévala la paroi comme une poupée de chiffon, son corps rebondissant contre les rochers. Elle heurta avec violence un tronc d'arbre mais poursuivit sa chute jusqu'au fond du précipice.

Quand Chase regarda, elle ne bougeait plus.

Derrière eux, il entendit des chevaux. Attirant Mary vers lui, il enfouit son visage dans son cou, ignorant la douleur à son épaule.

— Il a reçu une balle, cria Mary avant que tout ne devienne noir.

20

Lorsque Chase battit des paupières, Mary était assise près de son lit d'hôpital. Comme le drame qu'ils avaient vécu dans la montagne lui revenait en mémoire, il demanda :

— Es-tu…

— Je vais bien, répondit-elle aussitôt. Mais toi, ajouta-t-elle en prenant sa main, comment te sens-tu ?

Il jeta un coup d'œil au bandage qui ornait son épaule.

— Apparemment, je devrais survivre. Combien de temps suis-je resté inconscient ?

— Pas longtemps. Tu as été opéré en urgence. Heureusement, la balle n'avait touché aucun organe vital.

Il plongea son regard dans le sien.

— J'ai eu tellement peur pour toi. Je suis vraiment désolé.

Elle secoua la tête.

— J'aurais dû t'écouter.

Chase se mit à rire.

— J'adore quand tu dis ça !

— Tu avais essayé de me prévenir.

— Tout est ma faute.

— Tu n'es pas responsable de ce qu'elle a fait. Je crois qu'elle voulait se jeter avec moi dans le précipice, nous tuer toutes les deux, ajouta-t-elle au bord des larmes. Tu m'as sauvé la vie.

— Et tu as sauvé la mienne, dit-il en lui prenant la main. Dès que je serai sorti de ce lit…

— Du calme, cow-boy, intervint le chirurgien en entrant dans la chambre. Avant de sortir de ce lit, vous avez besoin de récupérer et donc de vous reposer plusieurs jours.

— Je dois me rétablir au plus vite, docteur. Je vais épouser cette femme.

Mary se mit à rire.

— Il délire, dit-elle sur le ton de la plaisanterie, les joues rouges.

— Pas du tout ! protesta-t-il. Je n'ai jamais été plus sérieux.

Comme le médecin la priait de les laisser, Chase se redressa pour lui crier avant qu'elle ne quitte la pièce :

— Je t'aime ! Je t'ai toujours aimée, Mary Cardwell Savage.

Il souriait en se rallongeant, même si le mouvement lui avait été douloureux.

— Il faut me remettre sur pied au plus vite, Doc. Je dois lui acheter une bague.

Assis à son bureau, Hud lisait la lettre que Fiona/Lucy avait laissée dans son appartement. Que cette femme ait vécu dans le même immeuble que sa fille le plongeait encore dans une sourde terreur.

Quand vous trouverez ce message, je serai soit morte, soit loin, très loin. Il est plus vraisemblable que je serai morte parce que je suis fatiguée de cette existence, fatiguée de vivre. De plus, je n'ai nulle part où aller. J'étais venue ici dans un seul but : me venger. Chase Steele m'a brisé le cœur en me quittant et je voulais le lui faire payer.

Parfois, je me rends compte qu'il n'est pas seul en cause. Cette rupture à elle seule ne justifiait pas tant de meurtres. Tout avait commencé bien avant Chase. Toute l'histoire de ma vie explique ces crimes. Beaucoup de gens m'ont fait souffrir et m'ont condamnée au désespoir.

J'aurais voulu être comme les autres, heureuse, aimée.

Au lieu de quoi, je suis en colère. Je suis la proie d'une telle rage qu'elle me pousse à tuer. J'ai ainsi assassiné ma mère, mon beau-père et mes demi-frères dans un incendie. Bien fait pour eux. Ils ne m'avaient ni aimée ni protégée. Ils m'avaient fait beaucoup de mal.

Depuis lors, j'ai tué des sales types comme l'adjoint

Dillon Ramsey mais aussi des innocents, des personnes qui ne m'avaient rien fait et qui ne méritaient pas de mourir, comme Christy Shores.

Aujourd'hui, je vais prendre la vie d'une femme adorable pour faire souffrir un homme que j'aurais aimé à la folie s'il m'avait aimée. Lui aussi mourra. Aujourd'hui ou bientôt.

Je ne sais pas ce que je ferai ensuite, je n'en ai aucune idée. Je sais seulement que je suis fatiguée de cette vie. Je ne peux pas continuer ainsi.

Mais demain est un autre jour.

Hud rangea soigneusement la lettre dans une enveloppe qu'il scella. Fiona était morte. Elle n'avait pas survécu aux multiples blessures provoquées par sa chute dans le ravin. Comme elle n'avait pas de famille, son corps serait incinéré. Chase avait suggéré que ses cendres soient envoyées en Arizona, à son amie Patty, la seule personne à avoir éprouvé des sentiments positifs pour elle.

Deux des meurtres sur lesquels Hud devait enquêter avaient été expliqués grâce à cette lettre. Le troisième, celui de Grady Birch, l'était également. Un témoin, qui vivait dans un chalet non loin de l'endroit où le corps de Grady avait été retrouvé, s'était présenté spontanément au bureau du shérif. Il avait vu un homme traîner un cadavre jusqu'à la rivière. Il s'agissait de l'adjoint Dillon Ramsey. Le témoin l'avait identifié d'après la photo de Dillon parue dans le journal à la suite du meurtre.

Au niveau judiciaire, tout serait bientôt réglé, pensa Hud. Mais les crimes avaient laissé des traces. Il espérait que sa fille parviendrait à surmonter ses traumatismes. Chase l'aiderait dans ce processus.

Son téléphone sonna, le ramenant au présent. C'était Dana.

— Comment va Mary ? demanda-t-elle.

— Elle vient de partir chercher Chase à l'hôpital. Vu son sourire quand elle a quitté le ranch, je pense qu'elle va bien. Que dirais-tu d'un mariage au ranch dans un avenir proche ?

— J'en serais ravi, assura-t-il en riant.

Chase avait hâte de voir Mary. Et de sortir de l'hôpital. Il avait appelé une bijouterie locale et demandé au gérant de lui apporter un plateau de bagues de fiançailles pour lui permettre d'en choisir une. L'écrin était dans sa poche. À présent, il attendait Mary…

Quelques jours plus tôt, Jim Harris était passé lui rendre visite. Chase avait été heureux de le voir. Comme lui, son père avait commis des erreurs. Ils n'étaient que des hommes. Avant de le connaître, Chase avait cru le haïr mais en réalité, il n'éprouvait rien de tel envers Jim. Mais il comprenait pourquoi sa mère avait préféré garder le secret de sa naissance.

Il ignorait si son père et lui tisseraient des liens mais il ne ressentait plus le vide qui l'avait fait souffrir des années durant. Tout le monde disait que Jim était un homme bon qui n'avait pas eu beaucoup de chance dans sa vie. Chase ne pouvait pas lui en vouloir.

Lorsque la porte de sa chambre d'hôpital s'ouvrit, il entendit le grincement d'un fauteuil roulant et il bondit presque du lit tant il était heureux. Il avait tellement hâte de revoir Mary. Ils avaient été séparés trop longtemps. Il ne voulait plus passer une minute de plus loin d'elle. Ce qui les unissait était trop beau, trop fort, pour être traité à la légère. Il ne prendrait plus jamais leur amour pour acquis.

À sa grande surprise, il ne vit pas entrer l'infirmière mais…

— Mary ?

Elle avait l'air différente, aujourd'hui. Il essayait de comprendre en quoi quand elle sourit et repoussa le fauteuil roulant sur le côté pour s'approcher de lui.

Mary ne parvenait pas à expliquer ce qu'elle ressentait. Mais elle se sentait enhardie par tout ce qui s'était passé ces derniers jours. Quand Chase était revenu dans le Montana, la première fois, elle pensait ne plus pouvoir lui faire confiance. Mais au fond de son cœur, elle savait qu'il était quelqu'un de fiable, d'aimant. Pourtant, elle l'avait repoussé, laissant sa fierté la séparer de l'homme qu'elle aimait.

Et c'était à Lucy qu'elle avait accordé sa confiance. Les

signaux d'alerte s'étaient multipliés mais elle les avait ignorés parce qu'elle avait voulu faire de Lucy une amie. Ses vieilles copines d'autrefois lui manquaient tant. Elle s'était sans doute sentie un peu seule, vulnérable, et elle avait laissé une psychopathe entrer dans sa vie.

Mais maintenant, elle en avait assez d'être une victime, de courir après des chimères. Maintenant, elle savait ce qu'elle voulait : Chase.

Elle prit son visage entre les mains et l'attira à elle pour un baiser brûlant. Lorsqu'il poussa un petit gémissement, elle se souvint qu'il était blessé.

Elle recula.

— Pardonne-moi, je t'ai fait mal, dit-elle.

— Pas du tout, assura-t-il en l'attirant avec son bras valide pour l'embrasser à son tour.

Comme il commençait à dire quelque chose, elle le fit taire d'un doigt sur ses lèvres.

— Je dois d'abord savoir, Chase Steele. Es-tu d'accord pour être à moi ? Pour m'épouser ? Ou pas ?

Il laissa échapper un éclat de rire.

— J'ai toujours été à toi, Mary Savage. Je rêve de t'épouser depuis très, très longtemps.

Elle soupira et dit :

— Bonne réponse.

Il la serra dans ses bras et captura sa bouche. Pendant un long et délicieux moment, ils s'embrassèrent avec passion.

— Je t'aime à la folie, Chase.

— Je t'aime, Mary chérie.

JANICE KAY JOHNSON

Les menaces de l'ombre

Traduction française de
CATHERINE VALLEROY

BLACK ROSE

HARLEQUIN

Titre original :
BETWEEN LOVE AND DUTY

Ce roman a déjà été publié en 2013

Prologue

Duncan soupira. La voiture de sa mère était dans l'allée. Ainsi, elle était rentrée. Ce n'était pas forcément bon signe. Il aurait dû s'arrêter quelque part acheter un hamburger, elle ne ferait sans doute pas à manger ce soir-là.

Il se gara le long du trottoir, arrêta le moteur et tressaillit. Une fois de plus, sa vieille voiture avait vibré et laissé échapper un bruit d'explosion étouffé. M. Kowalski, le voisin, lui jetait un regard noir chaque fois qu'il le voyait au volant. Duncan lui faisait toujours bonjour de la main, même s'il pensait : *T'as qu'à t'y faire, mon vieux*. Il déposait à la banque chaque centime qu'il gagnait pour payer son inscription à l'université et n'avait absolument pas les moyens de remplacer le silencieux du pot d'échappement. De toute façon, il vendrait la voiture avant de partir à l'université, à la fin août. Kowalski aurait la paix à ce moment-là.

Duncan traversa le jardin en diagonale mais hésita une fois sur le porche avant d'entrer. Qui voulait savoir combien d'années son père avait pris cette fois-ci ? Pas lui en tout cas.

Sauf que sa mère, elle, ne s'en fichait pas.

Il fronça les sourcils, la main sur la poignée de la porte. Elle se comportait bizarrement ces derniers temps. Elle se faisait du souci pour son père, mais… il n'y avait probablement pas que ça.

Il secoua la tête avec brusquerie. Quoi ? Il reculerait devant le nouvel épisode du feuilleton familial ? Le dernier épisode pour lui : encore cinq semaines et il serait parti !

À l'idée d'être enfin libre, ses épaules se détendirent et il ouvrit la porte.

— Salut, maman, cria-t-il.

Il n'y eut aucune réponse. Surpris, il se rendit dans la cuisine. Il fut encore plus surpris de la voir là, assise sans rien faire. La radio était éteinte et elle n'avait pas de magazine devant elle. Et elle ne préparait pas non plus le dîner.

Des assiettes sales traînaient dans l'évier. Conall était donc passé par là. Le sachet de pain était ouvert sur le comptoir, et le beurre de cacahuète n'avait pas été remis au réfrigérateur. Un carton de lait vide était également renversé et, à côté, une canette de bière écrasée. Duncan sentit la colère l'envahir. Conall avait douze ans. *Douze ans !*

Était-ce ce que sa mère fixait, de ce regard vague ?

Il resta sur le seuil de la cuisine.

— Maman ?

Lentement, comme si c'était pénible, elle leva les yeux et battit des paupières ; une fois, deux fois.

— Euh… tu vas bien ? demanda-t-il.

Le visage de sa mère se contracta puis se détendit. Elle avala sa salive.

— Ton père a été condamné à dix ans de prison.

Duncan hocha la tête. La dernière fois, c'était cinq ans, et il ne les avait pas faits jusqu'au bout. Pas étonnant que le juge s'acharne sur lui. Il vendait de la drogue ; il méritait bien sa condamnation.

— Sais-tu où sont tes frères ? demanda-t-elle d'une voix traînante.

Duncan sentit un malaise se faufiler le long de sa colonne vertébrale comme un serpent. Pourquoi était-elle tellement à côté de la plaque ? Tous deux savaient où était Niall. En prison… à quinze ans ! Pour possession de substance illégale. Un joint seulement… Ça aurait pu être pire ! Avec lui, en général, c'était pire. Cette fois, quand ils avaient appelé, sa mère avait dit : « Laissez-le donc pourrir là-bas », et elle avait raccroché.

La gorge serrée, Duncan reprit :

— Conall dormait toujours quand je suis parti ce matin.

Conall traînait dehors jusque tard le soir, il l'avait entendu rentrer vers une heure du matin. Sa mère n'essayait même plus de le contrôler. Et ça, il ne le comprenait pas.

— Je lui avais mis un mot pour lui dire de laisser au moins la cuisine propre.

Sa mère n'eut pas un regard en direction des restes.

Il dit maladroitement :

— Bon, je vais m'en occuper.

Elle avait à présent les yeux fixés sur lui. Un regard si intense qu'il ne put détourner les yeux.

— J'ai bien peur… Sa voix se brisa… que tu doives le faire en effet.

— Tu veux, euh… t'allonger ou autre chose ?

Elle secoua la tête.

— J'en ai assez, Duncan. Je suis au bout du rouleau. Ton père avait promis…

Pourquoi croyait-elle encore aux promesses de son père ? soupira-t-il. Elle devait quand même savoir, depuis un an déjà, qu'il passait de nouveau de la drogue. Il ne les avait même pas entendus se disputer. C'était comme si elle avait renoncé.

— Je ne peux plus rien faire pour tes frères et, toi, tu as dix-huit ans, tu es grand maintenant. Tu n'as plus besoin de moi.

De quoi parlait-elle ?

— J'ai fait mes bagages, reprit-elle. J'attendais que tu rentres. Pour… t'expliquer.

Expliquer quoi ? Il la dévisagea.

— Je m'en vais, dit-elle d'un ton las. Ta tante Patty m'a proposé de me loger chez elle, à Sacramento, jusqu'à ce que je trouve quelque chose. À part toi, je veux que personne ne sache où je suis allée.

— Tu… tu t'en vas ?

Sa voix se fêla comme s'il était de nouveau un gosse en train de muer.

— Oui. Et, toi aussi, tu devrais t'en aller. Les parents de Jed t'hébergeront peut-être jusqu'à ton départ en août.

Ça ressemblait à une expérience extrasensorielle. Il se voyait là, sur le seuil de la cuisine, en train de haleter. Il s'entendit dire :

— Mais… Conall ?

Elle haussa les épaules.

— Tu n'es pas responsable de lui.

— C'est mon frère !

Il dévisagea sa mère. Elle avait vieilli d'un coup : dix ans en l'espace de quelques secondes.

Elle se contenta de secouer la tête.

— Aucun de nous deux ne peut faire quoi que ce soit pour lui, ni pour Niall non plus. Ouvre les yeux.

Elle se leva et sa voix se durcit.

— Moi, je les ai ouverts.

— Tu t'en vas, comme ça… ? murmura-t-il d'un ton incrédule.

— Exactement.

Elle s'avança dans sa direction. Il dut s'effacer pour la laisser passer. Elle fit une brève halte ; il crut sentir une bise sur sa joue.

— Tu es un bon garçon, Duncan, marmonna-t-elle.

Elle avait parlé si doucement qu'il n'était pas certain qu'elle ait prononcé ces mots.

Un instant plus tard, la porte d'entrée s'ouvrit, puis se referma.

La voiture de sa mère démarra. Le bruit du moteur s'éloigna dans la rue.

Puis plus un mot, plus un son.

La maison était d'un calme effrayant. Il eut soudain très peur.

Son père venait d'être condamné à dix ans d'emprisonnement au centre correctionnel de Monroe. Sa mère fuyait en Californie et lui conseillait d'en faire autant. Niall était en tôle, et Conall quelque part dans le quartier, peut-être bien en train de boire.

« Aucun de nous deux ne peut faire quoi que ce soit pour lui, ni pour Niall non plus. »

Un sentiment de révolte l'envahit. C'étaient des gosses !

Il étouffait et serrait les poings.

« Tu n'es pas responsable. »

Alors qui l'était ? Qui ? ragea-t-il en silence.

Dans sa chambre, il y avait une grosse enveloppe de l'université. Il attendait qu'on lui assigne une chambre, mais il avait déjà choisi ses matières. Il était tout près de s'évader. La liberté miroitait devant ses yeux depuis qu'il avait commencé le collège et compris ce qu'il avait à faire pour l'obtenir. De bonnes notes, une bourse, et il serait parti.

Une promesse si belle qu'il en eut les larmes aux yeux. Il comprenait à présent ce que sa mère contemplait, assise à la table de la cuisine : pas ce qui était, mais ce qui aurait pu être.

Ce qui pourrait être, s'il acceptait l'idée qu'il n'était pas responsable de ses frères.

Il laissa échapper un grognement animal et tomba à genoux, le front contre l'encadrement de la porte.

Il resta là de longues minutes.

C'était pour ça que la perspective de l'université, d'échapper à sa famille, avait toujours miroité devant ses yeux. Parce que c'était un mirage.

1

C'était une journée abominable et Duncan était d'une humeur noire. Il avait dû arrêter personnellement un de ses officiers qui avait obligé une fille de quinze ans à lui faire une fellation.

Il n'y avait rien de pire que ça. Rendahl avait trahi la confiance publique. Et il avait été assez stupide pour oublier que sa voiture de patrouille était équipée d'un micro et d'une caméra.

Duncan grogna. La stupidité était le dernier des péchés de Rendahl. La laideur de la chose, c'était que cet homme marié de vingt-sept ans avait obligé une fille à satisfaire ses fantasmes sexuels en la terrorisant.

Duncan était si remonté qu'il en grinçait des dents. Il se força à se détendre. Le dentiste l'avait déjà averti qu'il lui faudrait porter une fichue protection en plastique la nuit.

« Trouvez une autre façon d'exprimer votre tension », lui avait suggéré le Dr Foster.

Aujourd'hui, il aurait aimé l'exprimer en envoyant son poing dans la figure de ce petit salopard. Entendre son nez se briser et voir le sang jaillir lui aurait suffi comme remède temporaire.

Au lieu de cela, il avait suivi les règles, parce que c'était ainsi qu'il se comportait. Il s'était, comme d'habitude, montré glacial. Sa seule consolation était la manière dont Rendahl et son avocat s'étaient recroquevillés devant lui. Ils avaient vu quelque chose dans ses yeux qu'il n'avait pas manifesté par un seul tressaillement musculaire.

Pour couronner la journée, il avait dû donner une conférence de presse annonçant l'arrestation, tout en protégeant l'identité de la fille. Il avait ignoré la plupart des questions qu'on lui hurlait.

Comment expliquer une chose pareille quand lui-même ne la comprenait pas ?

Il était rentré à la maison et s'était affalé, une bière à la main, devant le match des Mariners à la télévision. Il s'était levé pour en prendre deux autres, avait vaguement pensé au dîner et s'était décidé pour un sandwich. Le crépuscule mauve et discret s'était faufilé par la fenêtre. Il n'avait allumé ni dedans ni dehors. Le match ne lui avait fait aucun effet. Il ignorait le score final et s'en fichait. Finalement, il éteignit l'écran avec la télécommande et se renversa dans son fauteuil en ruminant.

Comment avait fait cet imbécile pour échapper à ses antennes depuis cinq ans ? Pour obtenir des appréciations satisfaisantes lors de ses évaluations annuelles ?

Duncan aimait à penser qu'il connaissait les hommes et les femmes qui travaillaient pour lui, même s'ils étaient soixante-quatorze au dernier recensement. Qu'il connaissait leurs points forts et leurs points faibles. Le capitaine Duncan MacLachlan n'était pas arrivé là où il était en faisant des erreurs de jugement sur les gens !

Le crépuscule laissa place à l'obscurité, et il ne bougea pas, répugnant à aller se coucher. L'obscurité n'était pas complète avec les lampadaires et les phares des rares voitures qui passaient. Cela lui convenait de faire ainsi partie de la nuit, d'être invisible, anonyme.

Le fauteuil inclinable était assez confortable pour qu'il commence à somnoler. Se lever pour aller au lit lui paraissait demander trop d'efforts.

Le tintement d'un verre qui se brisait le réveilla en sursaut, alerte et incrédule. On s'était introduit chez lui. Évidemment ! Il n'avait pas allumé les lumières comme d'habitude. À quelqu'un qui ne l'avait pas vu rentrer à 18 heures, la maison devait paraître vide.

Il allait peut-être trouver un dérivatif à son stress après tout, pensa-t-il avec un brin d'humour noir.

Il tendit la main vers son arme qu'il avait déposée plus tôt sur la petite table avec son insigne, et s'extirpa du siège. Il était en chaussettes : un bon point ! Il allait pouvoir se déplacer silencieusement.

La lumière qui filtrait par la fenêtre de la façade lui permit de traverser le salon sans avoir à tâtonner. Un autre tintement résonna dans la maison. L'intrus enlevait les éclats de verre du cadre de la fenêtre avant de l'escalader... C'était la fenêtre de la buanderie. À tout moment, il allait entendre...

Boum.

Il avait laissé le panier de linge sale en plein milieu de la petite pièce. Donc l'intrus n'avait pas de lampe de poche.

Duncan se glissa dans le couloir et se posta à côté de la porte de la buanderie. Il voulait savoir s'ils étaient plusieurs.

Une ombre le dépassa. Après un instant, il risqua un regard dans la pièce. Ses yeux s'étaient habitués au manque de lumière. Vide.

Un seul homme, donc.

Il suivit du regard la silhouette qui se glissait dans le couloir et la rejoignit en deux enjambées. Il se jeta sur elle, la projeta au sol où il la maintint sans effort, et pressa le canon de son arme.

— Police, aboya-t-il. Vous êtes en état d'arrestation.

— Qu'est-ce que... ?

Une bordée de jurons suivit, proférée d'une voix assez aigue. Duncan crut avoir maîtrisé l'une des rares femmes cambrioleurs. Mais non ! C'était un gosse, réalisa-t-il la seconde d'après avec dégoût.

— Mains derrière le dos, lança-t-il.

L'enfant lui obéit et il lui saisit les poignets. Des poignets rachitiques. Le gamin n'était pas très grand.

— D'accord, mets-toi à genoux. C'est bien. On se lève maintenant.

Il l'aida rudement et poussa l'enfant sur une courte distance jusqu'à l'interrupteur.

— Face au mur, ordonna-t-il. Mets les mains à plat sur le mur.

Il alluma la lumière et fut momentanément aveuglé.Il poussa un juron de son cru, attendant que sa vision revienne.

— Quel âge as-tu ?

Joue pressée contre le mur, le garçon, visiblement d'origine hispanique, le fixa et resta muet.

Duncan le secoua un peu.

— Dis-le-moi.

L'enfant marmonna quelque chose. Duncan le secoua de nouveau.

— Douze ans.

Il n'avait même pas attrapé un petit poisson ce soir, celui-ci était un têtard.

Emprisonner le gamin ? Appeler ses parents ? Et s'il n'en avait pas ?

Il retint un grognement. Il était temps de prendre une décision.

L'immeuble de huit ou dix appartements était aussi délabré que Jane s'y attendait. Les locataires devaient se garer dans la rue ou sur un tout petit terrain à côté, qui abritait aussi une carcasse rouillée montée sur des parpaings. Trois hommes étaient penchés devant une autre voiture au capot ouvert. L'un d'eux lui jeta un coup d'œil avec un manque d'intérêt évident quand elle se gara contre le trottoir.

Elle ouvrit le dossier sur le siège passager pour vérifier l'adresse. Oui, c'était bien ça. L'appartement n° 203 devait se trouver à l'étage. Il n'y avait qu'une seule entrée, bien que des échelles d'incendie pendent de manière précaire à chaque extrémité du bâtiment.

Mais elle était allée dans des endroits pires que ça.

Elle verrouilla sa voiture et pénétra dans l'immeuble d'un pas vif, saluant de la tête une très jeune femme enceinte qui s'efforçait de faire rentrer un parc pour enfants dans l'un des appartements du rez-de-chaussée. Elle lui tint la porte et lui adressa quelques mots en espagnol. Heureusement qu'elle avait étudié cette langue au collège. Un tiers des enfants scolarisés dans le district étaient d'origine hispanique. Elle ne parlait pas l'espagnol couramment, mais suffisamment pour ce que son métier exigeait.

Elle venait dans cet immeuble en tant que tutrice désignée par le tribunal. Sa tâche était d'interroger les adultes qui s'occupaient ou auraient à s'occuper d'un petit garçon nommé Tito Ortez. Le père de Tito allait bientôt sortir de prison, et le juge devait décider si l'enfant pouvait retourner vivre avec lui. Pour le moment, il vivait avec sa sœur aînée, Lupe Salgado, dont c'était l'adresse. Jane devait s'entretenir avec le père de Tito, avec Tito, bien sûr, et peut-être avec ses professeurs. Ses bulletins de notes montraient qu'il ne réussissait pas très bien à l'école.

La cage d'escalier et le couloir étaient miteux mais propres. Au premier étage, elle frappa avec fermeté à une porte marquée d'un 2 métallique, d'un 0 et d'un 3 à l'envers.

— *Venga !* cria une voix à l'intérieur.

Après une seconde d'hésitation, Jane ouvrit la porte et se trouva dans une salle de séjour exiguë.

Deux jeunes enfants aux cheveux noirs étaient assis devant la télévision. Ils la dévisagèrent et la petite fille fourra son pouce dans la bouche. Une planche à repasser était montée dans l'espace étroit entre le sofa taché et le mur. Une table en Formica entourée de quatre chaises et d'une chaise haute occupait l'espace restant. Une odeur épicée s'échappait de la cuisine.

Jane éleva la voix pour être entendue depuis la cuisine.

— *Hola ! Me llamo Jane Brooks.*

Une femme apparut, l'air agité, en s'essuyant les mains sur un torchon.

— *Sí, sí.* J'avais oublié que vous veniez. *Perdone.*

Elle s'adressa aux enfants dans un flot d'espagnol trop rapide pour Jane et lui fit signe d'entrer dans la cuisine. Elle était en train de préparer le dîner, expliqua-t-elle, et elle ne pouvait pas s'interrompre.

Elle parlait anglais, mais pas très bien. Vivre dans une maisonnée où l'on ne parlait pas anglais ne devait pas aider Tito à l'école, songea Jane.

Elles continuèrent à parler en espagnol.

Son hôtesse la pressa de s'asseoir à une petite table tout en s'activant à sa cuisine.

— Vous êtes Lupe ? demanda Jane en manière de confirmation.

La jeune femme hocha la tête. Comme l'adolescente enceinte du rez-de-chaussée, elle avait le teint d'un brun chaud, de longs cheveux noirs et des yeux de la couleur du chocolat. Elle était jolie, mais commençait à avoir l'air usé, bien qu'elle n'ait que vingt-trois ans. Elle avait un peu d'embonpoint et se déplaçait comme si elle avait mal aux pieds.

Il y avait eu d'autres enfants entre Lupe, l'aînée, et Tito, le plus jeune, mais ils étaient soit célibataires et incapables d'aider Tito, soit au Mexique avec leur mère. Tito, expliqua Lupe, était resté avec son père, car sa mère pensait qu'il avait besoin de la présence d'un homme.

Elle haussa les épaules de manière expressive.

— Et puis, un an après que maman est retournée au Mexique, papa a été arrêté. Tellement stupide ! J'ai appelé maman, mais elle vit avec un oncle et il y a beaucoup de monde. Alors elle me supplie de garder Tito. C'est ce que j'ai fait.

Comme si la maisonnée n'était pas déjà pleine, songea Jane.

— Vous avez des enfants à vous, reprit-elle, avec ce qu'elle pensa être de la retenue.

— *Sí*, trois. Le petit fait la sieste.

Elle remua le plat de haricots noirs sur le feu.

— Mon mari, il m'a quittée, dit-elle d'un air vaincu. Je travaille à La Fiesta, et une voisine surveille les enfants. Je ne peux pas faire confiance à Tito. Si c'était une fille…

Elle haussa de nouveau les épaules.

— Vous rendez visite à votre père en prison ?

Le centre correctionnel de Monroe était situé à près d'une heure de route.

— Quelquefois.

Lupe lui adressa un coup d'œil honteux.

— L'argent pour l'essence… Vous savez ce que c'est. Et mes enfants doivent venir, aussi. J'emmène Tito quand je peux, mais ça le bouleverse, alors c'est peut-être mieux que nous n'y allions pas souvent.

Jane hocha la tête. Avoir un parent en prison était difficile pour les enfants de tout âge mais, pour un écolier d'une dizaine d'années, ce devait être particulièrement traumatisant. Il n'était sûrement pas le seul gosse de l'école à avoir un parent incarcéré, mais il devait croire que si.

— Est-ce que Tito vous pose des problèmes ? demanda-t-elle.

— Non, c'est un bon garçon. Mais, en fait, je ne le vois pas beaucoup. Je travaille presque tous les soirs et je ne sais pas toujours où il est. Là, il doit être avec un ami. Je ne suis même pas sûre qu'il viendra pour le dîner.

Elles parlèrent pendant une demi-heure jusqu'à ce que Lupe soit prête à servir le repas. Jane se sentit soudain de trop et déclina l'invitation polie de se joindre à eux. Elle reprendrait contact ultérieurement.

Elle était presque à la porte quand la jeune femme lui dit :

— Oh ! J'ai oublié de vous parler de ce gentil policier qui voit Tito. Vous pensez que vous pourriez lui parler ?

Oh ! oui ! Elle voulait absolument lui parler. À moins qu'il ne soit père d'un enfant de l'âge de Tito, elle s'interrogeait sur ce qui avait bien pu leur faire faire connaissance.

— Son nom est Don… Can Mack… Lack… Land.

Lupe s'efforça de le prononcer correctement mais fit une grimace.

— Ce n'est pas ça. Je l'ai écrit quelque part. *Un momentito, por favor.*

Elle revint avec un bout de papier sur lequel une main ferme avait écrit « Duncan MACLACHLAN » de même qu'un numéro de téléphone. Jane eut un léger choc en reconnaissant le nom. Le capitaine MacLachlan apparaissait régulièrement au journal télévisé. C'était le plus improbable des mentors pour un petit garçon de douze ans.

Elle copia le numéro de téléphone et remercia Lupe puis, pensive, retourna à sa voiture. En dehors de l'intrigante et peut-être préoccupante implication du capitaine MacLachlan, elle n'avait pas été surprise par sa visite. Elle était cependant atterrée. Tito ne pouvait pas vivre avec sa sœur sur le long terme. Certes, il n'y avait jamais assez de bonnes familles d'accueil et il avait eu de la chance de pouvoir séjourner chez un membre de sa famille pendant que son père était en prison. Le dossier de ce placement avait été sans doute refermé avec un soupir de soulagement. Mais Lupe ne semblait pas capable de s'occuper d'un adolescent de douze ans en plus de ses trois enfants.

Jane parcourut quelques centaines de mètres puis s'arrêta pour prendre des notes pendant que ses impressions étaient encore fraîches. Elle gribouilla aussi des questions pour elle-même. Qu'en était-il des autres frères et sœurs ? Peut-être l'un d'eux était-il en meilleure position maintenant pour héberger Tito ? Trouver avec quels amis il passait tant de temps. Impératif de parler à ses professeurs. Avait-il des loisirs après les cours ? On ne lui avait pas signalé qu'il ait eu des ennuis avec la loi, mais elle vérifierait. En lisant entre les lignes de ce que lui avait dit Lupe, il était mûr pour ça. MacLachlan ? écrivit-elle dans la marge. Tito avait-il un suivi judiciaire que le tribunal de la famille ignorait ?

Le père sortirait de prison d'ici deux semaines, et Jane voulait étudier toutes les possibilités de placement entretemps. Bien sûr, elle effectuerait le trajet jusqu'au centre correctionnel pour parler à Hector Ortez.

C'était une chance, pensa-t-elle avec ironie, qu'elle n'ait aucune vie sociale digne de ce nom.

En rentrant à la maison, elle s'efforça de se souvenir de ce qu'elle savait sur Duncan MacLachlan. Elle n'avait jamais rien lu ou entendu qui laisse penser qu'il était « gentil ».

Dans la police de la ville, il était un échelon en dessous du chef de la police. Il était exceptionnellement jeune pour ces fonctions, dans la trentaine. Mais il avait l'air plus vieux, avait-elle pensé devant sa photo dans le journal. Peut-être parce qu'il avait toujours l'air sévère. S'il lui arrivait de sourire, encore fallait-il que le moment soit capturé sur photo.

Elle était un peu déconcertée par la facilité avec laquelle elle se rappelait son visage. Elle se souvenait d'avoir été interpellée par une photo de lui à la une du quotidien local. Elle devait bien admettre rétrospectivement qu'elle avait ressenti une étincelle de désir. Non pas qu'elle y aurait accordé de l'importance même si elle l'avait rencontré en personne. Il n'était pas du tout le genre d'homme avec qui elle pourrait envisager de sortir, même si la rumeur au tribunal disait qu'il était célibataire. Mais ce visage…

Elle soupçonnait que la photo avait été prise au téléobjectif tandis qu'il quittait une scène de crime. Il écoutait ce qu'un homme à côté de lui disait. Il avait la tête légèrement penchée et fronçait les sourcils, plus concentré qu'irrité. Son visage était… dur. C'étaient sans doute les rides entre ses sourcils noirs et sur son front qui le vieillissaient. Elle avait eu l'idée idiote qu'il aurait pu être un ministre calviniste du XVIIe siècle, inflexible et catégorique et, pourtant, indéfectiblement conscient du bien et du mal.

Mais ces ministres calvinistes n'avaient sans doute pas des épaules comme les siennes ni le tonus musculaire que ses costumes bien coupés ne parvenaient pas à déguiser.

Elle n'avait rien entendu non plus qui puisse faire douter de son intégrité, mais la question demeurait : en quoi diable Tito Ortez l'intéressait-il ?

Sur son bloc-notes, elle entoura son nom d'un cercle.

Elle devait découvrir ce qu'il avait à voir avec un garçon plutôt ordinaire dont le père allait sortir de prison.

— Tu peux le lancer comme ça ? le taquina Duncan en faisant rebondir le ballon vers le garçon.

Il essuya la sueur de son front avec l'ourlet déchiré de son T-shirt et regarda Tito se mettre en position derrière la ligne de tir et se concentrer avec férocité. C'était sans doute trop loin pour lui ; il était petit pour son âge mais il n'aimait pas perdre non plus. Et Duncan en était venu à ressentir une sorte d'admiration mitigée devant sa détermination.

Tito fléchit les genoux comme il le lui avait montré et se servit de son élan pour propulser le ballon en le lâchant du bout des doigts. Celui-ci décrivit un arc parfait et retomba dans l'anneau en effleurant à peine le filet.

— Oui, oui, *ouiii* !

Tito se lança dans une danse de victoire, et Duncan rit.

— Très joli, Tito !

Il leva la main pour que le garçon la frappe.

— C'est trop facile pour toi maintenant.

— Je me suis entraîné, avoua Tito. Il y a de la lumière jusque tard en ce moment et j'ai le ballon que tu m'as offert !

Ils jouaient aussi au football, et Tito se débrouillait mieux mais, pour une raison mystérieuse, il voulait absolument devenir un basketteur du niveau de la NBA. Son père, lui avait-il confié, ne mesurait qu'un mètre soixante-quinze et sa mère était petite. Il avait levé une main en l'air pour donner une estimation, et Duncan en avait déduit que *mama* ne faisait pas beaucoup plus qu'un mètre soixante. Il serait plus grand que son père, il en était sûr. Et il pouvait être meneur de jeu, ils n'avaient pas besoin d'être si grands, si ?

Duncan soupçonnait cependant qu'une taille d'un mètre quatre-vingt-cinq était sans doute le minimum, même pour une équipe de collège. Pourtant, Tito n'avait que douze ans, et qui sait ? Il pouvait avoir une crise de croissance miraculeuse.

De plus... ils s'amusaient bien lors de ces rencontres occasionnelles en soirée et le dimanche après-midi sur le terrain de basket en béton de l'école primaire. Après, il proposait souvent à Tito d'aller manger une pizza ou de prendre un milk-shake. Le gamin s'ouvrait lentement à lui, bien qu'il ne sache pas encore pourquoi il vivait chez sa sœur et où étaient ses parents. Il se demandait de temps à autre avec malaise si la famille était là clandestinement ; les parents étaient peut-être dans les parages mais évitaient le flic qui avait inexplicablement fait ami-ami avec leur fils. Il avait décidé dès le début de ne rien faire pour le découvrir.

L'air fanfaron, Tito lui fit une passe avec le ballon. Il évita facilement sa feinte et lança le ballon en courant. Tito essaya de copier le mouvement mais projeta le ballon contre la paroi loin du panier. Fronçant les sourcils, il recula et essaya encore.

Le portable de Duncan se mit à sonner. Irrité, il se dirigea d'un pas rapide vers son sweaT-shirt qu'il avait laissé au bord du terrain. Il ne reconnut pas le numéro. Il faillit ne pas répondre, mais Tito était occupé à dribbler en s'encourageant de la voix.

Duncan se présenta avec brusquerie.

— MacLachlan.

Une voix très féminine lui répondit.

— Capitaine, mon nom est Jane Brooks. Je suis tutrice d'instance pour le tribunal de la famille. Je crois que vous connaissez Tito Ortez.

Son regard se posa sur le garçon qui lançait une autre balle manquée. Tito le regarda d'un air interrogateur, et Duncan leva un doigt. Le gamin hocha la tête et se mit à dribbler pour tenter une autre passe.

— Oui, dit Duncan. Puis-je vous demander à quel titre vous vous intéressez à lui ?

— Comme je l'ai dit, je suis…

— Tutrice, l'interrompit-il. J'ai saisi.

Il n'aimait pas du tout le tour que prenait cette discussion. Tito n'avait rien dit sur un placement en cours. À moins que cela n'ait à voir avec sa sœur ? Les tuteurs étaient généralement désignés pour être les avocats des enfants. En fait, c'étaient les seules personnes qui se souciaient de leur intérêt en justice.

— Cette affaire concerne-t-elle Tito ?

— Oui.

Elle n'essayait pas de broder.

— J'aimerais vous rencontrer pour que nous puissions en parler.

Tito s'était arrêté de bouger et faisait rebondir le ballon en le regardant, bien qu'il soit trop loin pour entendre la conversation. Il semblait inquiet. Probablement parce qu'il se doutait de quelque chose !

— Je suis avec lui en ce moment même, reprit-il abruptement. Demain matin…

— Ce serait plus facile en soirée pour moi.

Il haussa les sourcils. Les tuteurs travaillaient souvent pour des services de conseil. Il aurait été normal de faire ça dans la journée.

Le silence était un outil incomparable, il s'en servit avec elle. Enfin, elle dit d'un ton réticent :

— Je possède un magasin. Dance Dreams.

Il connaissait, au moins de vue, chaque entreprise située dans les limites de la ville de Stimson, sa juridiction. Mais il n'avait jamais eu l'occasion de mettre les pieds à Dance Dreams, qui vendait des tenues de danse, des tutus et des pointes. Ce n'était pas franchement le genre d'endroit qui l'attirait, et la juxtaposition du tulle rose et d'auditions judiciaires lui parut étrange. Rencontrer Jane Brooks serait sans doute intéressant.

— Dans la soirée alors, accepta-t-il. Demain ?

— Ce sera parfait.

Elle hésita.

— Devrions-nous nous rencontrer dans un café ?

— Pourquoi ne venez-vous pas chez moi ? Il vaut mieux faire ça à l'abri des oreilles indiscrètes.

Elle accepta, et il lui donna son adresse. Duncan mit fin à l'appel et revint à Tito. À l'issue d'un débat intérieur aussi rapide que l'éclair, il décida de ne rien dire à l'enfant. Il devait d'abord savoir ce qu'il en était.

— Les affaires, dit-il en souriant largement. Ça te dirait qu'on s'arrête et qu'on aille manger quelque chose ? Je n'ai pas dîné et je suis affamé.

— Pizza ? demanda le garçon avec espoir.

— Hamburgers.

Duncan rit devant son expression. Tito soupirait d'un air exagérément déçu. D'une manière ou d'une autre, il se débrouillerait pour lui faire descendre un hamburger, une bonne portion de frites et un soda au minimum.

Peut-être aurait-il cette miraculeuse crise de croissance, après tout.

2

À 19 heures, il faisait encore grand jour dans la région du Puget Sound. L'obscurité ne tomberait pas avant 20 h 30 ou 21 heures. La journée avait été très chaude pour un début de mois de mai, et la chaleur persistait quand Jane arriva chez Duncan MacLachlan.

Elle adora sa maison dès le premier regard. Elle était assez différente des autres pour qu'on comprenne immédiatement qu'elle avait été dessinée et construite par un architecte. Elle n'était pas grande mais, comme ses voisines, elle donnait sur le torrent Mesahchie et la ceinture verte qui le longeait. Là, au beau milieu de la ville, Duncan MacLachlan avait son propre espace vert.

La maison n'avait pas d'étage et était recouverte de bardeaux en cèdre, avec une bordure vert sapin. Depuis l'allée, Jane avait une vue intéressante sur les baies vitrées, les Velux et une tonnelle de bois abritant un sentier de dalles qui menait derrière la maison.

Sans pouvoir retenir un soupir, elle sortit de voiture. Elle craignait d'être attiré par Duncan MacLachlan. N'avait-elle pas succombé à sa maison avant même d'entrer ?

Je dois rester impartiale, se rappela-t-elle avec fermeté. *Je suis payée pour penser à Tito, en toutes circonstances.*

Elle pressa la sonnette et, en attendant, écouta la musique délicate jouée par un carillon fait de fins éclats d'obsidienne suspendus à un morceau de bois flotté. Cela l'intrigua assez pour qu'elle sursaute quand la porte s'ouvrit. Elle se sentit rougir alors qu'elle voulait avoir l'air posé.

L'homme qui apparaissait sur le seuil l'étudia avec soin.

— Pas étonnant que vous ayez ouvert ce magasin, vous étiez danseuse, dit-il de la voix basse et un peu veloutée qu'elle reconnut d'après ses interviews télévisées.

Ses premières paroles l'aidèrent à se reprendre.

— Non, je n'ai jamais eu cette chance, dit-elle d'un ton uni.

Elle tendit la main.

— Capitaine MacLachlan.

Il ne sourit pas.

— Mademoiselle Brooks.

Sa grande main enveloppa la sienne juste assez longtemps pour respecter la politesse.

— Entrez, je vous en prie.

Elle pénétra à l'intérieur en essayant de toutes ses forces d'apaiser le trouble qu'il provoquait en elle, sans succès. Ce n'était pas qu'il était immense. Au jugé, il mesurait un mètre quatre-vingt-deux, peut-être moins. Avec son mètre soixante-quinze, elle n'aurait pas dû se sentir dominée. C'était sa... présence. Il n'y avait pas d'autre manière de le dire. C'était le genre d'homme que les gens regardaient toujours, même quand, comme maintenant, il ne portait ni uniforme ni costume. Il devait s'être changé en arrivant à la maison et avait passé un jean très usé, des chaussures de sport et un T-shirt à manches longues qui se tendait sur ses larges épaules.

Il avait vraiment un grand corps, mince et athlétique. Pas musclé à l'excès, ni maigre. Parfait. Son visage n'était pas d'une beauté classique, loin de là. Il avait de larges pommettes plates, des sourcils épais, trop de rides et un nez busqué. Ses yeux étaient d'un gris hivernal, clairs et pénétrants.

Et elle avait les genoux qui fléchissaient parce qu'il *était là, si près qu'elle aurait pu le toucher.* Je l'ai touché, pensa-t-elle, et elle leva les yeux au ciel quand il pivota pour la conduire dans le salon. Apparemment, elle avait toujours un cœur de midinette.

Elle le suivit dans la pièce principale. Décidément, elle aimait autant l'intérieur que l'extérieur de la maison. Des planchers et des stores de bois, des sièges en cuir d'une chaude couleur châtaine contrastaient élégamment avec des tapis persans colorés. Des étagères bourrées à craquer de livres flanquaient une cheminée en pierre de rivière. Pour décorer les murs, il avait préféré les photographies d'art aux peintures. Au-dessus du manteau équarri de la cheminée pendait une grande photo d'un aigle chauve posé sur un rocher. Les portes d'une armoire ancienne étaient ouvertes sur une télévision à écran large et, en dessous, un système audio dernier cri.

— Café ? lui demanda-t-il.

— Merci, je veux bien.

Il s'excusa et disparut, la laissant errer dans la pièce et examiner ses livres, un mélange exceptionnellement éclectique de science-fiction, de polars et d'essais sur une multitude de sujets.

Il revint avec un plateau, lui fit signe de prendre place sur le sofa et s'assit dans un fauteuil qui bascula en avant tandis qu'il ajoutait de la crème à son café.

Elle ajouta du sucre et de la crème au sien puis se redressa.

— Bien. De quoi s'agit-il ?

Son ton était abrupt, son expression sans compromis.

Elle s'éclaircit la gorge pour prendre un ton professionnel.

— Tito vous a-t-il parlé de sa situation d'hébergement ?

— Je sais qu'il vit avec sa sœur. J'ai parlé à Lupe une ou deux fois.

Elle hocha la tête.

— Apparemment, ses parents se sont séparés et sa mère est retournée au Mexique il y a quatre ans. Elle a pris trois des sœurs de Tito avec elle. Il y a quelques autres frères dans les parages. Tito, lui, est resté avec son père.

Elle eut un petit haussement d'épaules, puis poursuivit.

— Ils ont tous deux pensé que, s'agissant d'un garçon, il avait davantage besoin d'un père que d'une mère.

MacLachlan émit un grognement. Elle le dévisagea. Que pensait-il de cette manière de voir plutôt traditionnelle ?

— Qu'est-il arrivé au père ? demanda-t-il.

— Il y a trois ans, il s'est trouvé impliqué dans une bagarre dans un bar. Il a poignardé un autre homme, qui en est mort.

L'expression du capitaine changea et se durcit.

— Il a été reconnu coupable d'homicide et condamné à cinq ans de prison, poursuivit Jane. Toutefois, il a fait ce qu'il fallait pour être relâché plus tôt.

Il se pencha en avant et posa bruyamment sa tasse.

— Ne me dites pas qu'on pense à lui redonner la garde de Tito.

Son incrédulité était sans mélange.

— Il a tout à fait le droit de reprendre la garde de ses enfants mineurs, dit Jane, d'un ton tout aussi acéré. Il n'y a eu ni abus ni négligence. Il a été condamné pour un crime sans rapport avec sa famille. Il a continué à écrire et à appeler Tito et sans doute ses autres enfants. Il le voit aussi souvent que Lupe peut le conduire à Monroe.

— C'est un criminel, un homme qui a démontré sa violence. L'avez-vous déjà rencontré ?

— Pas encore.

MacLachlan fit entendre un bruit de dégoût.

— Mais vous vous faites déjà son avocate.

Ces mots irritèrent profondément Jane. Elle posa sa tasse en éclaboussant un peu la table de verre.

— Je n'ai ni sous-entendu ni dit cela. On m'a demandé d'évaluer les placements possibles pour Tito. Son père est sans doute la meilleure option pour lui. Au cas où vous l'ignoreriez, son placement actuel chez sa sœur est loin d'être idéal. Il y a peut-être d'autres possibilités, et je les envisagerai aussi. Pour le moment, je garde l'esprit ouvert.

Contrairement à vous, n'eût-elle pas à dire.

Ils se dévisagèrent l'un l'autre. Après un instant, il eut un signe de tête saccadé, et elle réprima un sourire de satisfaction : il avait fait marche arrière.

— Je dois rencontrer tous les adultes qui interviennent dans la vie de Tito, dit-elle d'un ton net. Lupe m'a donné votre nom, bien qu'elle n'ait pas été claire sur la manière dont vous avez fait connaissance avec son petit frère.

De nouveau, ils se regardèrent droit dans les yeux. Il était exceptionnellement habile à cacher ses pensées, songea Jane, ce qui n'était sans doute pas surprenant pour un policier. Mais qu'il la toise de ses froids yeux gris, en réfléchissant à ce qu'il allait dire, ne lui plaisait pas vraiment.

Il reprit sa tasse et avala une longue gorgée de café. Jane détourna son regard de sa gorge bronzée et fut atterrée de sentir ses joues se réchauffer de nouveau. Elle se maudit en silence. Qu'est-ce qu'elle avait ? Elle ne réagissait jamais à des hommes comme lui. *Pense un peu combien ce serait embarrassant s'il s'en apercevait !*

— Il est entré par effraction chez moi.

Son regard vola vers lui.

— Quoi ?

Il esquissa un faible sourire, qu'elle trouva parfaitement désagréable. Se moquait-il d'elle ?

— Vous m'avez bien entendu.

Jane ouvrit et referma la bouche, désarçonnée. Finalement, elle dit avec prudence :

— C'est comme ça que vous l'avez rencontré ?

— Oui.

Un autre de ses sourires, un simple pincement des lèvres.

— La maison était obscure. J'avais eu une mauvaise journée. J'ai éteint la télévision et je me suis endormi ici, dans mon fauteuil. Puis j'ai entendu une vitre se briser. J'ai mis la main sur lui et découvert qu'il n'avait que douze ans. Il a prétendu qu'il avait parié avoir le cran d'entrer par effraction dans une maison. Il insistait sur le fait qu'il n'avait jamais fait ça avant.

Ses épaules remuèrent dans un haussement à peine esquissé.

— J'ai misé sur le fait qu'il me disait la vérité et je ne l'ai pas arrêté.

— Donc…

Elle traîna sur le mot…

— … à la place, vous êtes devenus copains.

Cette fois, le sourire ressemblait presque à un vrai sourire. Elle aurait même pu jurer avoir vu une étincelle d'amusement dans ses yeux.

— Quelque chose comme ça. Je lui ai dit que je n'allais pas le relâcher aussi facilement. Je pouvais toujours l'arrêter à tout moment. Je lui ai donné le choix : passer du temps avec moi pour que je puisse évaluer son honnêteté ou bien l'envoyer en maison de correction. Tito est un garçon intelligent…

Le capitaine MacLachlan ne semblait pas aussi dur que la rumeur le prétendait. Tito devait lui avoir plu.

— Vous auriez pu l'arrêter et recommander une mesure éducative.

— J'aurais pu, approuva MacLachlan. J'aurais sans doute dû.

Il fronça les sourcils.

— Il avait l'air d'avoir dix ans.

Jane ne dit rien. Elle n'avait encore jamais vu Tito…

Après un instant, MacLachlan émit un son qui aurait pu passer pour un soupir.

— J'ai deux frères plus jeunes qui ont eu des ennuis avec la justice quand ils étaient adolescents. Tito me les rappelait. Je me suis dit que je pouvais faire en sorte que les choses soient différentes pour lui.

Sa voix dépourvue d'émotion était aux antipodes de ce qu'il disait. Malgré la pression de son travail, il avait trouvé le temps de s'occuper d'un garçon de douze ans.

À moins, bien sûr… *Il n'était pas marié.*

Ses yeux devaient avoir rétréci car les muscles faciaux de MacLachlan se durcirent.

— Non, mademoiselle Brooks. Je ne suis pas attiré sexuellement par les jeunes garçons.

Oh ! bon sang ! Maintenant son visage devait être rouge pivoine. Elle ne pouvait nier avoir eu cette idée.

— Je suis désolée…

Il secoua la tête.

— Je penserais que vous êtes naïve si cela ne vous était pas venu à l'esprit. Si vous faites ce travail depuis longtemps, vous avez vu assez d'horreurs pour vous poser des questions, dit-il avec une gentillesse surprenante.

— Cela change en effet la manière dont on voit les gens.

— Essayez donc mon travail, dit-il sèchement.

Elle hésita.

— Je suis surprise que vous preniez du temps pour vous occuper de Tito.

— J'en ai pris plus que je n'en avais l'intention.

Il resta silencieux pendant un instant.

— Je m'amuse bien avec lui.

— Qu'est-ce que vous faites, tous les deux ?

Il haussa les épaules.

— Du sport. Faire des paniers, taper dans un ballon de football. Je le nourris. J'ai mangé plus de pizzas et de cheeseburgers avec lui que je n'en ai mangé depuis des mois. Il est tellement rachitique, j'ai toujours l'impression que je dois l'engraisser.

— Sa sœur est menue aussi.

— Oui, le père n'est pas grand et la mère encore plus petite d'après ce qu'il dit. L'éducation physique est pénible pour lui.

— Ses notes ne sont pas très bonnes.

Jane fouilla dans son dossier et trouva le bulletin de notes le plus récent qu'elle tendit au capitaine. Leurs doigts s'effleurèrent. Il lui fallut toute sa détermination pour ne pas réagir. *Idiote.*

Il y jeta un coup d'œil et fit la grimace, puis le jeta sur la petite table. Elle le reprit et l'inséra dans son dossier.

— C'est un gosse sympa, dit-il enfin.

— En dépit de ses activités nocturnes.

— D'après lui, c'est son seul et unique méfait.

Un sourire rapide transfigura son visage.

— Je lui ai donné la peur de sa vie.

Le cœur battant, elle pensa : *Vous me faites peur aussi.* Prenant son stylo, elle le posa sur son bloc-notes.

— Quelle est votre impression de Tito ?

— Je ne trahirai pas ses confidences.

Leurs regards s'entrechoquèrent.

— Je ne vous le demande pas.

Bien que réticent, il se mit quand même à parler. Il n'avait pas de grandes révélations à faire. À l'en croire, Tito était un garçon amusant et intelligent qui se comportait bien et avait parfois l'air d'un enfant plus jeune.

— Il n'a pas encore atteint la puberté, diagnostiqua-t-elle.

MacLachlan hocha la tête.

— Certainement pas. Aucun signe de barbe ou de changement dans sa voix. Et ses muscles ne sont pas encore développés.

— Je suppose que la puberté est aussi difficile pour les garçons qu'elle l'est pour les filles.

— Ça peut l'être.

Il avait de nouveau ce ton attristé qui le rendait aimable de manière inattendue.

— Pas pour tous. Pour celui qui se glisse en catimini dans la douche après la gymnastique ou qui traîne pendant les randonnées, oui. Celui qui est plus petit que toutes les filles.

Elle rit doucement.

— Vous avez l'air de parler d'expérience.

— Non. C'était mon petit frère. Je crois que c'est sa maturité tardive qui lui a valu tous ces ennuis.

— Il essayait de faire ses preuves.

Il inclina la tête.

— De la même manière que Tito.

— Lui avez-vous parlé de votre frère ?

MacLachlan secoua la tête.

— Les hommes ne parlent pas de leur corps ni de leur voix.

Elle ne put s'empêcher de rire.

— Sauf quand vous vous défiez les uns les autres.

Un autre sourire éclair apparut si vite qu'elle le manqua presque.

— Oui…

Elle pencha la tête et se concentra sur ses notes pour résister à son charme.

— Y a-t-il autre chose que vous voudriez ajouter, capitaine MacLachlan ?

— Duncan.

Elle leva les yeux, surprise.

— Comment ?

— Vous pouvez m'appeler Duncan.

— Oh !

Ce nom lui allait bien, il était aussi bourru que l'homme.

— Duncan donc.

— Quelle est la prochaine étape ? demanda-t-il.

— Je vais interroger ses professeurs, ses frères et sœurs et les autres adultes qui font partie de sa vie. Chefs scouts, employés du club junior…

Il secoua la tête.

— Je ne crois pas qu'il fréquente rien de tout ça. Mon impression est qu'il est très solitaire. Sa sœur est trop occupée pour le pousser dans des activités qui pourraient changer cet état de choses.

— Peut-être que leur prêtre…

— Elle le traîne effectivement à l'église.

— Bien sûr, je verrai aussi son père. Et, naturellement, Tito lui-même.

Elle hésita. Elle n'avait peut-être pas besoin de dire cela mais elle s'y sentait forcée.

— J'apprécierais que vous ne discutiez pas de ma visite avec lui. Ou que vous tentiez de l'influencer d'une manière ou d'une autre.

— Vous voulez dire, suggérer qu'il vaudrait mieux pour lui vivre avec quelqu'un d'autre que son ex-taulard de père ?

— C'est exactement ce que je veux dire.

Son visage avait repris une apparence de granit.

— Je pense que je réussirai à me taire, mademoiselle Brooks. La date de l'audition est-elle fixée ?

— Oui.

Elle la lui donna. Il hocha la tête et se remit sur ses pieds.

— Si c'est tout…

C'était tout à fait ridicule de se sentir blessée parce qu'il avait hâte de se débarrasser d'elle. Surtout qu'elle était aussi soulagée à l'idée de s'échapper.

— Merci pour le café, dit-elle d'un ton ferme, bien qu'elle n'en ait bu qu'une gorgée.

Il ne se donna pas la peine de répondre « je vous en prie ». Tout ce qu'il fit fut de la raccompagner à la porte, dire « mademoiselle Brooks » et lui refermer la porte au nez.

Les joues rouges, cette fois d'humiliation et d'irritation, elle se précipita vers sa voiture.

Espèce de con, pensa-t-elle et elle refusa de se souvenir de ses deux sourires stupéfiants.

Tito avait retenu la leçon. Si quelqu'un qu'il ne connaissait pas voulait lui parler, cela signifiait des ennuis. Après que *mama* fut partie et que *papá* eut été arrêté, des tas de travailleurs sociaux étaient venus le voir, ainsi que Lupe. Et la plupart l'ignoraient, même s'ils étaient censés lui poser des questions. À leurs yeux, il n'était qu'un petit gosse, ils se fichaient de ce qu'il avait à dire.

Cette fois, c'était parce que *papá* allait bientôt sortir et qu'il voulait le prendre avec lui. Tito ne savait pas trop quoi en penser.

Trois ans, c'était long. Il détestait aller là-bas, à la prison, mais ne l'avait pas dit à Lupe. Quand il se retrouvait au parloir, il s'agitait sur sa chaise et, quand *papá* l'interrogeait sur l'école ou sur ses amis et lui demandait si sa sœur s'occupait de lui et le nourrissait correctement, il marmonnait. Il savait bien ce que *papá* pensait et il se sentait mal à cause de ça.

Et voilà qu'en plus Lupe l'emmenait à la bibliothèque pour rencontrer cette Mlle Brooks qui était venue à l'appartement pour lui parler. Il brûlait de ressentiment : cette dame ne savait rien de lui, mais elle pouvait décider de sa vie ! Ça le rendait dingue ! En plus, elle avait parlé à sa sœur une semaine auparavant, mais pas à lui.

— Tito, lança-t-elle quand ils arrivèrent dans le coin tranquille de la bibliothèque où elle était déjà assise.

Elle lui adressa un grand sourire. Il en avait déjà vu des sourires comme ça… Il ne le lui retourna pas.

— Lupe, merci, reprit-elle. Cela vous ennuie si je parle à Tito seule à seul ?

Elle parlait espagnol au moins, pensa-t-il avec mauvaise humeur. Lupe semblait bien l'aimer mais, de toute façon, elle aimait tout le monde, sauf cet idiot de Raul, qui mentait tous les mois en prétendant qu'il ne pouvait pas trouver de travail juste pour ne pas avoir à payer la pension des enfants. Quel genre d'homme était-ce ? Un pas-grand-chose, soupira Tito intérieurement. Il se faisait du souci : Lupe avait besoin de l'argent que l'État lui donnait pour s'occuper de lui. Qu'allait décider cette Mlle Brooks ?

Il s'assit d'un air mécontent en face d'elle, et sa sœur les laissa ensemble.

— Tito, tu peux m'appeler Jane, tu sais. Tu préfères parler en anglais ou en espagnol ?

Il haussa les épaules et se concentra sur le dessus de la table. Quelqu'un avait écrit des gros mots dessus à l'encre. Il les frotta du doigt, et ils disparurent.

— Alors, nous ferons ça en anglais, dit-elle en changeant de langue. Tu sais que ton père va être libéré dans deux semaines ?

Pour toute réponse, il marmonna un « oui » inaudible. Elle l'agaçait avec ses airs de gentille.

— Le juge m'a demandé de parler à ta famille, à toi et aux adultes que tu connais. Je devrai lui recommander l'endroit qui sera le mieux pour toi.

Elle s'arrêta un instant, avant de reprendre de la même voix doucereuse.

— Je sais que tu es habitué à vivre avec ta sœur, maintenant. Mais elle n'a pas beaucoup de place et elle travaille le soir. Ce serait peut-être mieux si tu pouvais vivre avec quelqu'un qui pourrait passer plus de temps avec toi.

Cette Mlle Brooks n'avait pas totalement tort, songea Tito. Il aurait préféré que Lupe travaille le jour plutôt que la nuit. Il n'aimait pas du tout la *señora* Ruiz, la voisine qui venait le soir. Elle l'ignorait et ne s'occupait que des petits.

— Qu'est-ce que tu en penses, Tito ?

Il leva les yeux vers elle, méfiant.

— Qu'est-ce que ça peut vous faire ?

Il n'était pas sûr de pouvoir lui faire confiance. Mais elle avait des yeux doux, gentils. Ils étaient jolis aussi, bleus mais pas froids. Comme des fleurs.

— Ça me fait quelque chose, Tito. Je veux ce qu'il y a de mieux pour toi. Tu ne me connais pas et tu n'as aucune raison de me faire confiance, mais tu peux. Je te le promets. *Te prometo.*

Il avait une boule dans la gorge. Il la ravala et hocha finalement la tête.

Mais il ne répondit pas beaucoup à ses questions. Il ne savait pas s'il voulait vivre avec son père. Comment aurait-il pu le savoir ? Qui d'autre y avait-il ? Il avait bien un frère, Diego, mais il avait seulement vingt ans et il travaillait dans les champs. Il avait laissé tomber l'école jeune, pas beaucoup plus âgé que Tito. Il ne restait jamais longtemps au même endroit et il n'était pas marié. Tito le voyait tous les deux ou trois mois, pas plus.

Quand Mlle Brooks dit : « J'ai parlé à Duncan MacLachlan », il la regarda, très inquiet.

— Il ne me l'a pas dit.

— Je lui ai demandé de ne pas te le dire.

Ça puait. Il avait fait confiance à Duncan, qui l'avait attrapé, lui, *el stupido*, en train de pénétrer dans sa maison. Qu'est-ce qu'il lui avait dit, à cette mademoiselle ?

— Ne crains rien, Tito. Duncan MacLachlan m'a assuré qu'il ne trahirait pas tes confidences.

Tito se sentit aussitôt plus serein. Il pouvait avoir confiance en Duncan : c'était un chic type. En secret, il souhaitait pouvoir vivre avec lui mais, bien sûr, celui-ci ne voudrait jamais d'un garçon comme lui. Déjà qu'il était gentil avec lui ! D'ailleurs, il se demandait sans cesse pourquoi.

— Tu aimes passer du temps avec Duncan ?

Tito effaça encore un peu les mots sur la table puis hocha la tête.

— Il m'a raconté comment vous vous êtes rencontrés.

Il releva brusquement la tête. Elle souriait.

— Ne t'inquiète pas. Ça n'a rien à voir avec l'endroit où tu vas vivre. Je n'en parlerai à personne.

Il avait de nouveau ce nœud dans la gorge.

— *Gracias*. Merci.

Toujours en souriant, elle dit :

— Voici mon numéro de téléphone, Tito. C'est un portable, donc tu peux m'appeler la journée ou le soir. S'il y a quelque chose que tu veux me dire.

— O.K.

— Je vais bientôt aller voir ton père. Y a-t-il d'autres adultes à qui je devrais parler, à ton avis ?

Il haussa les épaules. Il avait des amis, *sí*, mais il ne connaissait pas leurs parents. En vérité, il n'avait pas beaucoup d'amis, mais il n'allait pas lui dire ça.

Elle fit signe à Lupe qui les rejoignit. Il ne s'était même pas aperçu que sa sœur était restée dans les parages. Elle avait l'air tellement fatiguée. Son père pourrait-il l'aider, une fois qu'il serait sorti ? Pourrait-il trouver du travail ? Et, s'il ne pouvait pas, comment ferait-il pour s'occuper de lui ?

Et que penserait *papá* de Duncan ? Tito sentit une sensation bizarre dans sa poitrine à l'idée de ne plus jouer au basket et au football avec Duncan, mais s'il devait vivre avec *papá* et qu'il disait non…

— Ça s'est bien passé ? lui demanda Lupe sur le chemin de la maison.

Tito se contenta de se recroqueviller sur le siège de la voiture en hochant la tête.

Il ne savait pas. Il ne se souvenait pas de ce que « bien » voulait dire.

Son téléphone sur l'oreille, Duncan fit pivoter son grand fauteuil en cuir pour regarder le ciel par la fenêtre. Son bureau était situé au premier étage du nouveau commissariat en brique rouge. Juste à côté, relié par un passage vitré, se trouvait le tribunal construit avec les mêmes matériaux. Une femme répondit à la quatrième sonnerie.

— Dance Dreams.

Jane Brooks, bien sûr. Elle avait une voix intrigante. Un peu rauque et voilée. Sexy, bon sang.

— Mademoiselle Brooks. Vous avez négligé mes appels, soupira-t-il.

Quelques semaines s'étaient passées depuis qu'elle était venue chez lui, et elle n'avait pas donné signe de vie. Il lui avait laissé quatre messages sur son portable, des messages de plus en plus rageurs, il en était conscient.

— Oui, en effet, capitaine MacLachlan. Comme je crois vous l'avoir dit clairement, je ne peux pas discuter de mes recommandations avant de les avoir présentées au tribunal. De nouvelles informations m'intéresseraient, mais vous n'aviez pas l'air d'avoir à en offrir.

Il retint un grognement.

— Vous avez parlé à son père ?

— Oui.

— Et ?

— Je crains de ne pas être libre de discuter…

Il n'essaya plus de se retenir.

— Mademoiselle Brooks, voulez-vous ou non ce qu'il y a de mieux pour Tito ?

— Ceci, rétorqua-t-elle d'une voix tranchante, dépend de ce que vous considérez comme étant le mieux pour lui, capitaine.

— J'ai lu le rapport d'interrogatoire d'Hector Ortez.

— Je l'ai lu aussi.

Cela le surprit.

Elle poursuivit.

— Les minutes du procès, aussi. Vous les avez lues, capitaine MacLachlan ?

Non, il ne les avait pas lues.

Elle attendit poliment.

— Non ? dit-elle après un instant. Étant donné l'intérêt que vous y portez, vous devriez.

— J'en ai l'intention.

— Parfait. Maintenant, si vous voulez bien m'excuser, j'ai des clients.

Impossible de décider s'il était plus insultant qu'elle mente ou non sur l'existence de ces clients. Dans tous les cas, elle avait raccroché.

— Tête de mule, marmonna-t-il en raccrochant aussi.

Il n'aimait pas se faire clouer le bec par une petite bonne femme qui gagnait sa vie en vendant des tutus.

Peut-être pas si petite, concéda-t-il. Une silhouette mince, une poitrine peu prononcée, de longues jambes gracieuses, un cou de cygne et le port inhabituel qu'on attendait des danseuses. En apparence, elle était tout à fait féminine avec sa masse de cheveux brillants de la couleur du bois d'érable, un visage doux et des yeux du bleu le plus pur qu'il ait jamais vu.

Tout ça, et la personnalité d'un chien policier quand il s'agissait du travail. Bien élevée en apparence, n'ayant pas les yeux dans sa poche et prête à sauter à la gorge au moindre prétexte.

Il s'y serait attendu s'il s'agissait d'une avocate de la défense. Mais la propriétaire d'une boutique de danse ?

Cela l'aurait amusé s'il n'était pas aussi irrité. Elle avait pris sa décision dès le début, soupçonnait-il, bien qu'elle dise le contraire. Elle avait l'intention de rendre Tito à son père, dont la principale qualité semblait qu'il n'avait eu aucun accès de violence conjugale. Peu importait qu'il ait poignardé un homme à mort sur le parking d'un bar à 2 heures du matin.

À en juger par la douleur qu'il ressentit brusquement dans sa mâchoire, il grinçait de nouveau des dents. Jurer tout haut lui permit de détendre ses mâchoires. Il devrait peut-être recommander la technique au dentiste pour ses autres patients.

Mais le reste de son corps ne s'était pas détendu d'un iota. Il continuait à ruminer alors qu'il aurait dû travailler.

L'idée qu'il aimerait coucher avec Mlle Brooks lui avait un instant traversé l'esprit. Mais rien de plus. Il se fichait de la couleur de ses yeux et de ses mains aux longs doigts gracieux. Il n'avait rien contre les travailleurs sociaux en général, mais il avait des objections contre les idiotes qui croyaient aux liens du sang en dépit du bon sens. Il n'avait pas besoin de ressentir beaucoup de choses pour mettre une femme dans son lit, mais il se l'interdisait quand il la méprisait.

Il pivota sur son fauteuil et tira le clavier de l'ordinateur à lui. Si Jane Brooks l'avait tenu au courant, il lui aurait peut-être fait part de ses intentions. Telles que les choses se présentaient, elle serait surprise de découvrir son manque de coopération.

3

— Merci pour vos recommandations, mademoiselle Brooks.

L'honorable juge Edward Lehman la regarda par-dessus ses lunettes. Il avait déjà salué Hector Ortez, Lupe et la représentante des services sociaux, de même que le greffier et l'huissier.

Hector était sorti de prison depuis quelques jours. La décision avait été prise d'organiser immédiatement l'audition, avant qu'il ne reprenne de lui-même des relations avec sa fille et son fils. Jane avait dû finir ses entretiens et son rapport pour le juge Lehman en quatrième vitesse, mais elle était satisfaite du résultat, même si les options qui s'offraient à Tito n'étaient pas brillantes. Elle s'était efforcée de ne pas se souvenir de l'indignation du capitaine MacLachlan quand elle avait interrogé Hector au centre pénitentiaire, mais sa voix cinglante et ses yeux gris la suivaient partout, qu'elle le veuille ou non.

Le juge poursuivit.

— J'ai reçu une opinion supplémentaire à laquelle je ne m'attendais pas… Ah…

Il regarda derrière elle.

— Capitaine MacLachlan.

Avec un léger sentiment d'irritation, Jane tourna la tête et vit Duncan MacLachlan entrer dans la salle. En parlant du loup… L'espace limité de la petite pièce se réduisit encore plus. Il portait un uniforme tout neuf, comme s'il avait voulu souligner sa position dans les forces de l'ordre.

— Votre Honneur, dit-il avec un signe de tête.

Jane regarda les deux hommes tour à tour. Ils se connaissaient certainement. Et alors ? songea-t-elle. Elle aussi connaissait le juge Lehman, c'était celui qu'elle préférait parmi les juges du tribunal de la famille. Elle n'irait pas jusqu'à supposer qu'ils étaient tous deux membres d'un de ces clubs de vieux garçons.

— Apparemment, personne n'est représenté par un avocat, aujourd'hui, observa le juge.

Une fois que tout le monde eut approuvé de la tête, il poursuivit.

— Madame Lupe Salgado, vous parlez anglais ?

— *Sí*, mais pas…

Lupe hésita.

— Pas couramment ? reprit le juge. Nous avons peut-être besoin d'un interprète, alors.

— Je serai heureuse de traduire tout ce que Mme Salgado ne comprend pas, offrit Jane.

Le juge acquiesça et reprit sa discussion avec Lupe.

— Pouvez-vous garder Tito chez vous ? Et sinon, que penseriez-vous s'il allait chez votre père ?

Lupe réfléchit un instant avant de répondre.

— Tito peut rester s'il le veut, bien sûr. Mais ce n'est pas facile. J'ai trois enfants, je travaille la nuit et Tito doit dormir sur le canapé.

Elle poursuivit en espagnol.

— Oui, traduisit fidèlement Jane. Je serais contente si Tito pouvait vivre avec *papá*. Je me suis efforcée de faire en sorte qu'ils se voient assez souvent pour ne pas s'oublier.

Jane entendit alors un bruit sur sa droite qui ressemblait fort à un ricanement du capitaine MacLachlan, mais assez bas pour ne pas être entendu par Son Honneur.

Le juge posa ensuite les yeux sur le père de Tito, un homme petit et massif qu'elle soupçonnait d'avoir du sang maya. Il y avait quelque chose dans son visage, la largeur de ses pommettes peut-être, qui la faisait penser à une exposition d'antiquités mayas à l'Art Museum de Seattle.

Hector Ortez parlait mieux anglais que sa fille. Il était dans le pays depuis plus longtemps, expliqua-t-il. Au départ, il avait laissé sa famille au Mexique et était venu travailler, puis il les avait fait venir quand il l'avait pu. Il était mécanicien. Lupe était sa fille aînée. Elle avait trouvé la langue difficile et avait quitté l'école à quinze ans.

— J'ai déjà parlé à l'homme pour qui je travaillais et il veut me réembaucher, continua Hector. Il appréciait mon travail.

— Donc vous avez un emploi, prit note le juge Lehman. Où vivez-vous actuellement ?

Il était hébergé par un ami et dormait sur le sol. L'appartement était petit et encombré, avoua-t-il. Deux hommes le partageaient, et un troisième y vivait en ce moment également. Il prendrait un appartement quand il recevrait ses premières payes, mais jusque-là personne ne voudrait lui louer quelque chose.

Jane s'abstint de bouger, s'attendant à un autre ricanement – qui ne vint pas. Apparemment, le capitaine MacLachlan avait assez de self-control pour ne pas se laisser aller une seconde fois.

Le juge parla longuement à Hector mais parut finalement satisfait. Il feuilleta les pages du dossier ouvert devant lui et fixa l'une d'elles un moment avant de lever les yeux.

— Mademoiselle Brooks, désignée par ce tribunal comme tutrice pour représenter les intérêts de Tito, pense que ces derniers seront mieux servis en vivant avec vous, monsieur Ortez, une fois que vous aurez un emploi stable – ce qu'il semble que vous ayez déjà – et un cadre de vie stable, ce qui peut prendre des semaines ou des mois. Elle pense qu'il vaudrait mieux que Tito reste proche de sa sœur, car il vit avec elle depuis longtemps, et qu'il reste si possible dans la même école. Mademoiselle Hesby, êtes-vous d'accord ?

L'assistante sociale secoua la tête.

— Je sais parfaitement que Mme Salgado a fait de son mieux, mais je crois aussi que bénéficier de plus d'attention de la part d'une figure parentale ferait du bien à Tito.

Le juge s'adressa à Hector.

— Allez-vous vivre ici à Stimson ?

— Oui, dit fermement Hector. C'est là que je vivais avant. Mon travail est chez Stan's Auto Repair sur la Dixième Rue. Tito pourra aller à l'école à pied.

— Très bien, observa le juge.

Il regarda Duncan.

Jane en profita pour pivoter légèrement sur sa chaise et faire de même.

— Monsieur Ortez, êtes-vous au courant que le capitaine MacLachlan s'est occupé de votre fils ?

Jane crut distinguer de la tension dans le hochement de tête d'Hector, même s'il était assez intelligent pour garder ses pensées pour lui.

— Le capitaine a exprimé des inquiétudes devant la possibilité que Tito vive avec vous. Il pense que votre condamnation pour homicide fait de vous un modèle inapproprié pour un jeune garçon.

Des taches rouges apparurent sur les pommettes hautes d'Hector.

— Je ne faisais que me défendre. Je n'avais pas l'intention de tuer qui que ce soit. Je n'ai pas l'habitude de me battre. Je ne suis pas ce genre d'homme.

Duncan l'interrompit presque.

— Et pourtant vous n'avez pas nié, durant votre procès, avoir poignardé Joseph Briggs. Qu'il vous avait rendu, je cite, complètement dingue.

Les yeux bruns d'Hector flamboyaient à présent.

— J'ai purgé ma peine pour ça ! Je ne devrais pas perdre ma famille en plus.

— Pourrez-vous garder votre calme avec un adolescent qui pense qu'il n'a pas à écouter son père ? lui demanda Duncan.

Les mains plantées sur la table, Hector se leva à demi.

— J'ai d'autres enfants. Demandez à Lupe ! Je n'ai jamais frappé mes enfants.

— Mais vous aviez une femme à l'époque.

Le ton de Duncan était dénué de scrupules. Il poursuivit, implacable.

— Vous rapportiez l'argent, et elle élevait les enfants, n'est-ce pas, monsieur Ortez ? Mais, à présent que vous…

Le juge Lehman s'éclaircit bruyamment la gorge.

— Capitaine, monsieur Ortez, rappelez-vous qu'il s'agit d'un tribunal et non d'un forum de débat.

Tout rouge, Hector s'affaissa sur sa chaise. L'expression de Duncan ne changea pas. Il triomphait parce qu'ils avaient tous vu la flamme de rage dans les yeux d'Hector, Jane l'aurait juré. Le capitaine lui jeta un regard et c'était bien là, dans ses yeux, elle ne pouvait s'y méprendre. Il pensait avoir introduit un doute suffisant dans l'esprit du juge pour annuler une décision en faveur d'Hector.

— Capitaine, vous savez, j'en suis certain, combien il est difficile de trouver un placement approprié pour un adolescent. Surtout si on insiste pour qu'il reste dans sa zone scolaire.

La voix du juge Lehman était légèrement sardonique.

— Avez-vous envisagé d'obtenir un permis pour offrir vous-même un hébergement à Tito ?

Jane se retint d'applaudir et de rire tout haut. Au lieu de cela, elle tourna un visage gentiment intéressé vers Duncan, dont les yeux avaient rétréci.

— Je crains que ce ne soit pas possible, dit-il. Vous savez, j'en suis certain, combien mon emploi du temps est surchargé et changeant.

Le juge approuva de la tête.

— Je l'imagine. Très bien. Au point où en sont les choses, je pense que notre objectif devrait être de réunir Tito Ortez et son père.

Un grand sourire s'étala sur le visage d'Hector. Duncan se raidit.

— Toutefois, j'aimerais que cette transition se déroule lentement. Pour le moment, Tito continuera donc à vivre avec sa sœur. Monsieur Ortez, je vous accorde un droit de visite généreux. Mais…

Il fit une pause et lança un regard par-dessus ses lunettes qui avaient glissé sur son nez.

— Pour le moment, ces visites seront supervisées. Mademoiselle Brooks, êtes-vous disponible pour cela ?

Elle l'avait déjà fait, dans une affaire de garde conflictuelle concernant deux jeunes enfants.

— Le soir et le week-end, dit-elle en ignorant le regard incrédule de MacLachlan.

— Bien. Monsieur Ortez, je déclare que vous pourrez voir Tito uniquement en présence de Mlle Brooks ou chez votre fille Lupe, quand vous vous joindrez au repas familial par exemple. Toutefois, je vous demande de ne pas passer la nuit chez votre fille.

Jane murmura une traduction pour Lupe, qui écouta attentivement.

— Vous comprenez ? reprit le juge.

Hector acquiesça, l'air mécontent. Il ne souriait plus.

— Tito ne pourra pas vivre avec vous tant que vous n'aurez pas un logement convenable. Cela vous donnera l'occasion de bâtir une relation avec lui. Nous reconsidérerons les choses dans un mois et, à ce moment-là, je parlerai aussi à Tito. Je déciderai si vous pouvez avoir des visites non supervisées et je verrai si Tito se sent prêt à vivre avec vous.

Il éleva son marteau et l'abattit sur la table d'un mouvement vif. Sans cérémonie, il fit un signe de tête amical, se leva et sortit de la salle par la porte gardée par l'huissier.

Jane repoussa sa chaise et se leva, suivie peu après par les autres. Lupe et Hector s'empressèrent de sortir en parlant espagnol à voix basse. L'assistante sociale attendit Jane, et elles s'éloignèrent en bavardant.

Jane était très consciente de la présence de Duncan MacLachlan derrière elles. Elle s'excusa auprès de Jennifer Hesby, lui dit au revoir et se glissa dans les toilettes des dames, espérant être seule quand elle en sortirait.

Pas de chance, Duncan était appuyé contre le mur, l'attendant avec une expression funeste.

— Comment avez-vous pu vous persuader que c'était la bonne chose à faire pour Tito ?

— Les enfants ont besoin de leurs parents. N'importe quel travailleur social ou psychologue vous dira qu'il est d'importance vitale de maintenir une relation…

— Nous ne parlons pas de relation.

Il s'approcha beaucoup trop près. Il était agressif.

— C'est un enfant qui s'est déjà montré téméraire. Vous parlez de le laisser sous la responsabilité d'un homme qui sort de prison pour avoir commis un homicide. Enlevez vos lunettes roses, mademoiselle Brooks !

Plutôt se damner que de reculer d'un pas. Elle croisa son regard coléreux avec une expression aussi neutre que possible.

— Je ne crois pas, capitaine MacLachlan, que le caractère

d'un homme soit déterminé par un seul acte. Je comprends que vous voyez suffisamment de ces actes singuliers pour…

Elle chercha le mot juste.

— … pour vous aigrir, mais le fait est qu'Hector Ortez a payé sa dette à la société. Il mérite une chance et, pour le bien de Tito, je vais veiller à ce qu'il en ait une.

Les yeux de Duncan flamboyèrent, hors de proportion avec leur discussion.

— Pour le bien de Tito ? La justice envers Hector n'a rien à voir avec ce gosse ! Tito a besoin de quelqu'un qui s'en tienne à l'essentiel. Quelqu'un qui n'explose pas chaque fois qu'il est irrité. Quelqu'un qui peut lui donner l'exemple et le responsabiliser s'il ne se comporte pas bien.

Elle leva un peu plus le menton.

— Le responsabiliser ? Comme vous l'avez fait ? Vous avez passé un marché avec lui, n'est-ce pas ?

Il n'avait pas aimé cela, et ses épaules se raidirent.

— Vous pensez que j'ai eu tort ?

— Non, je ne le pense pas. Je pense même que ce que vous avez fait montre beaucoup de cœur de votre part. Vous n'avez pas jugé Tito sur un seul de ses actes. Alors pourquoi ne faites-vous pas la même chose pour son père ?

— Tito a fait quelque chose de stupide. Hector, lui, a assassiné un homme de sang-froid.

— Un homme qui essayait de le tuer.

— Qui menaçait de le tuer, corrigea-t-il. Vous ne pouvez pas affirmer qu'il n'y avait pas d'alternative. Vous auriez poignardé ce type, si ç'avait été vous ?

— Son jugement était affecté par l'alcool.

Son visage était à quelques centimètres du sien. Elle sentait son souffle rageur.

— Vous êtes en train de me dire que vous êtes certaine qu'il ne boira pas à la maison ? Qu'il sera toujours sobre quand il s'occupera de Tito ? Vous avez déjà vu de quoi a l'air un enfant battu par son père ivre ?

Elle avala sa salive. Pensait-il vraiment qu'elle n'avait pas mesuré les risques ? Qu'elle était faible et naïve ? Elle ne pouvait pas le laisser la brutaliser, ce n'était pas possible.

— Personne n'est parfait, reprit-elle avec prudence. Mais je crois effectivement que le père de Tito est sa meilleure chance.

MacLachlan jura et tourna les talons. Elle resta bien droite, résistant à la tentation de s'effondrer de soulagement. Mais il se retourna, à deux ou trois mètres d'elle.

— Attendez-vous à avoir de la compagnie, mademoiselle Brooks, quand vous superviserez ces visites. Vous voulez que votre solution fonctionne. Je ne vous fais pas confiance pour reconnaître que ce n'est pas le cas. J'attends d'être informé de chacune de ces rencontres, est-ce clair ?

La colère monta en elle à une vitesse surprenante.

— Certainement, dit-elle, si le juge Lehman me l'ordonne, je le ferai. Autrement… si Tito ne vous invite pas, vous ne pourrez pas venir. Est-ce clair ?

Ils se dévisagèrent l'un l'autre. Après un instant, elle fit un bref signe de tête et sortit du tribunal sans se presser.

Elle fut un peu surprise, en ouvrant sa voiture, de s'entendre gronder. Un passant portant un attaché-case lui jeta un regard apeuré. Elle rougit en montant dans sa voiture et posa le front sur le volant. Elle ne se souvenait pas que quelqu'un l'ait jamais mise autant en colère.

Sa seule satisfaction – et c'était une bien mince satisfaction – était qu'elle l'avait mis tout aussi en colère qu'elle et que cette expérience n'était pas plus commune pour lui que pour elle.

Trois jours plus tard, Duncan se retrouva dans le sillage d'Hector Ortez, Tito et Jane Brooks. Jane bavardait avec Hector comme s'ils étaient les meilleurs amis du monde. Ce dernier répondait d'un hochement de tête ou d'un commentaire. Tito, il fallait mettre ça à son crédit, était le seul qui semblait conscient de l'étrangeté de la situation. Un ou deux pas en arrière du petit groupe, il tapait dans son ballon de football de mauvais cœur. Il avait la tête penchée, et ses minces épaules étaient remontées. Il avait adressé à Duncan, un peu plus tôt, un regard désespéré et un petit signe de tête.

Lui et son père allaient jouer au football sur le terrain de l'école. Duncan n'espérait rien de bon de cette rencontre père-fils, et surtout pas du père. Qu'Hector ait choisi une des activités qu'il partageait normalement avec Tito l'irritait au plus haut point.

Par-dessus tout, il ne voulait pas être troublé par Jane Brooks. Durant les trois jours qui s'étaient écoulés depuis l'audition au tribunal, il avait décidé qu'il ne le serait pas. Elle était attirante. Et alors ? Elle l'irritait. Il ne l'aimait pas. L'objet de son dégoût arborait une paire de jambes fantastiques et des seins qui se seraient nichés comme de petits oiseaux dans ses mains. Une gorge longue et pure, un dos élégant et des hanches à la courbe subtile. Des fesses parfaites…

Il arracha son regard de ces fesses et proféra une bordée de jurons silencieux. Il n'avait pas l'habitude de laisser son sexe parler pour lui et il n'allait pas commencer maintenant. Qu'il soit excité parce qu'elle marchait comme une apparition n'était pas une excuse.

Quand ils atteignirent la ligne de touche, Jane fit halte et laissa Tito et son père s'avancer vers les buts. Le regard fermement fixé sur le duo, Duncan s'arrêta à quelques pas.

Hector prit le ballon par surprise des mains de son fils, courut une dizaine de mètres et l'envoya bruyamment dans les buts. Il y eut un éclair de dents blanches quand il sourit. Tito le regardait avec étonnement. Hector se mit à gesticuler. Tito s'approcha alors de lui, visiblement pour lui poser une question. Puis ils se mirent à jouer pour de bon.

Sans même le regarder, Jane lui dit :

— Souriez.

— Quoi ?

— Vous êtes aussi sombre qu'un nuage d'orage.

— Il y a un tas de choses que je préférerais faire ce matin.

— Allez-y, répondit-elle sèchement. Je vous en prie.

— Je vous ai dit que je serais là.

Elle émit un bruit de colère.

— Vous croyez vraiment que je laisserais quelque chose de mal arriver à Tito ? Je ne porte peut-être pas d'arme, poursuivit-elle en jetant un regard appuyé à celle qu'il arborait de manière voyante à la taille, mais je suis tout à fait capable de les chaperonner, je vous assure.

Duncan croisa les bras.

— De les distraire, vous voulez dire.

Tito effleura son père avec le ballon et marqua un but. Manifestement ravie de cette coïncidence, Jane applaudit et siffla. Le regard de biais qu'elle lui lança rencontra la noirceur de ses yeux. Il serrait les dents.

— Vous n'allez pas jouer au football ? dit-elle joyeusement. Vous devriez être fier de lui. Pourquoi ne vous distrayez-vous pas vous-même ?

Parce que c'est moi qui devrais jouer avec lui, pas son père.

Il était victime d'une vague de jalousie et se décomposa en en prenant conscience. Mais il n'allait sûrement pas reconnaître cela devant Jane Brooks.

— Combien de fois allons-nous faire ça ? demanda-t-il, d'un ton qui sonna ronchon à ses propres oreilles.

— Nous ? Je vais faire ça aussi souvent que possible. Nous nous sommes mis d'accord pour deux fois par semaine, et Hector dînera aussi avec Tito, Lupe et ses enfants quelques soirs de plus. Je sais que le grand frère de Tito, Diego, est dans les parages pour quelques semaines.

Duncan grogna. Tito le lui avait déjà dit, mais d'un air… mélancolique. Il adorait son frère Diego et avait peut-être un peu peur de lui, mais il lui en avait dit assez pour qu'il comprenne qu'il était déçu que son frère ne gagne pas davantage d'argent. Afin que le lien ne soit pas trop évident, il avait laissé la conversation suivre son cours avant de parler à Tito de l'importance des notes à l'école.

— Tu n'auras jamais un bon travail si tu ne vas pas à l'université ou si tu ne fais pas une formation professionnelle, avait-il dit avec un haussement d'épaules. Aucun employeur ne veut embaucher un perdant.

Tito avait pris l'air pensif. Il n'avait que douze ans, un âge où il était peu probable qu'il envisage sérieusement un choix de vie. Duncan savait bien que le fait que lui-même ait défini son but à l'âge de dix ou onze ans était inhabituel. À l'époque, il savait déjà qu'il rechercherait le succès, le respect et l'autorité. Il était déterminé à bien gagner sa vie et il était prêt à faire des sacrifices pour y arriver. Donc, c'était possible. Mais Tito n'aimait sans doute pas plus que Duncan au même âge le fait de ne pas savoir ce que l'avenir lui réserverait.

— J'aurais dû amener une chaise de camping, remarqua Jane. Et un petit en-cas ne ferait pas de mal, n'est-ce pas ?

Elle plissa les lèvres.

— Et un livre, peut-être.

Elle semblait ne pas pouvoir résister au besoin de l'aiguillonner. Il lui répondit ironiquement :

— Je croyais que vous étiez payée pour garder un œil sur le père et le fils en train de renouer des liens.

— J'essaie de garder un peu de recul quand je fais ce genre de supervision pour le tribunal. Je suis là, mais j'essaie de ne pas être intrusive.

Son sourire était comme un rayon de soleil sur le canon d'un revolver, et il fournissait le même avertissement.

— Heureusement, je suis connue pour faire deux ou trois choses en même temps. J'ai lu que les femmes sont plus douées que les hommes pour ça. Sans doute parce que nous sommes biologiquement programmées pour surveiller les enfants tout en préparant le dîner sur le feu et en accrochant le linge sur les buissons. Les hommes, apparemment, ont une vision en tunnel. Ces études sont intéressantes, vous ne trouvez pas ?

— Je peux marcher en même temps que je mâche du chewing-gum, mademoiselle Brooks.

— Vraiment ?

Devant son regard fulminant, elle ouvrit les yeux avec innocence.

— Mâcher du chewing-gum ? Je vois rarement des adultes en mâcher.

Quelle femme incroyablement irritante !

— Non, reprit-il. Je vous avoue que moi non plus. Je parlais métaphoriquement.

— Oh.

Ce sourire était encore plus éclatant.

— Dommage… J'avais cette adorable image de vous en uniforme en train de souffler une grosse bulle rose.

Il eut presque envie de rire. Mieux valait se concentrer sur les joueurs. Au même moment, Hector venait d'enlacer son fils rieur dans une grande étreinte. Toute envie de rire lui passa.

— Je vais m'asseoir, annonça Jane.

Et elle se laissa glisser gracieusement sur le sol.

Elle croisa les jambes et se pencha pour cueillir des brins d'herbe. Il s'éloigna d'elle le long de la ligne de touche et continua presque jusqu'au bout du terrain avant de faire demi-tour. Elle le regardait ! Mais à quoi pouvait-elle bien penser ?

Quand il la rejoignit, elle avait tourné la tête et semblait l'avoir oublié. Elle mit deux doigts dans la bouche pour siffler son approbation pour Tito. Bon sang, ça aussi, c'était sexy. Combien de femmes savaient siffler comme ça ?

Passer du temps avec elle n'était pas une bonne idée, réalisa-t-il. Aussi irritante qu'elle soit, il la désirait vraiment. Mais il se fixait ses propres règles et l'une d'elles était de ne pas s'impliquer avec une femme qu'il serait obligé de continuer à voir après. Les fonctions de Jane auprès du tribunal la mettaient définitivement hors champ. Le problème, c'est que l'alternative était de renoncer à Tito et il n'était pas prêt à faire ça.

Il pouvait toujours s'éloigner de dix mètres et faire semblant qu'elle n'était pas là. Autrement dit avoir l'air d'un imbécile maladroit et asocial, pensa-t-il sombrement.

Avec un soupir, il se laissa tomber sur le sol à quelques mètres de Jane, une jambe étendue et l'autre repliée.

— Le gosse n'est pas mauvais, hein ?

— Non, et son père non plus. Hector me disait qu'il a continué à jouer à la prison de Monroe. Il faisait partie de l'équipe du village quand il était petit. Il était bon, mais pas assez pour passer professionnel, à son grand regret.

— Tito et moi, nous avons surtout joué au basket.

Bon sang, on aurait vraiment dit qu'il était sur la défensive. Comme s'il n'avait pas les tripes pour affronter Hector.

En colère contre lui-même, il poursuivit.

— Je crois qu'ils font beaucoup de basket en éducation physique. Tito se sent désavantagé.

Elle fronça le nez.

— Il est terriblement petit.

Duncan émit un bruit d'approbation.

— Il s'est entraîné pendant des heures à faire des paniers. Il a de la détermination, je dois lui reconnaître ça.

— C'est bon signe.

— Oui.

Sans tourner la tête, il sentit son regard posé sur lui. Assis aussi près d'elle, il n'avait pas envie de penser à ses yeux d'un bleu si intense.

— Pourquoi une boutique de danse, demanda-t-il abruptement, si vous n'étiez pas danseuse ?

Elle tourna la tête et se mit à cueillir des brins d'herbe si bien que ses brillants cheveux bruns formèrent un écran devant son visage. Il attendit patiemment.

Il se passa une bonne minute avant qu'elle ne dise :

— Parce que je voulais en être une.

— Alors pourquoi ne l'avez-vous pas été ?

Elle se redressa et repoussa ses cheveux derrière ses oreilles. Si elle voulait dissimuler ses sentiments, elle y avait réussi.

— Tous les enfants n'ont pas cette chance. Je doute que les sœurs de Tito l'aient eue, par exemple.

Était-elle en train de dire que ses parents n'avaient pas eu assez d'argent pour lui payer des cours ? Ce serait compréhensible : ce genre d'extra constituait indéniablement un luxe pour beaucoup de familles.

— Quand j'ai été… libre de le faire, j'étais trop vieille pour faire de la danse autre chose qu'un passe-temps.

Il y avait une nuance dans sa voix qu'il ne parvenait pas à saisir. Du regret ? Ou de l'amertume ?

— Je prends des cours maintenant, avoua-t-elle, et cette fois elle parut un peu honteuse. Pour me distraire. Et pour faire de l'exercice, bien sûr.

— Quel genre de cours ?

— J'ai commencé avec de la danse classique, mais maintenant je continue à la maison. J'ai des miroirs, une barre et des tapis. Maintenant je fais du jazz, des claquettes… Je fais même de la danse orientale.

Duncan entendit l'air s'échapper de sa poitrine. Il aurait préféré qu'elle ne dise pas ça.

— Bien que je ne sois pas exactement du type voluptueux.

Je suppose que je suis trop maigre. Et pas vraiment ce qu'on pourrait appeler exotique. Je suis plutôt du genre mademoiselle Tout-le-monde, dit-elle en haussant une épaule.

— Vous ?

Il lui lança un regard incrédule.

— Vous ne ressemblez certainement pas à mademoiselle Tout-le-monde.

Elle battit des paupières. Ses yeux étaient réellement magnifiques, soulignés par de longs cils épais, légèrement plus sombres que ses cheveux.

— Je vous remercie, dit-elle avec hésitation. Si c'était un compliment…

— C'en était un.

— Oh ! eh bien…

Il y eut une pause avant qu'elle murmure :

— Qui l'eût cru ?

Une fois encore, il rit presque. Elle se débrouillait très bien pour neutraliser les moments d'émotion.

— Je suis plein de surprises, approuva-t-il.

Il la dévisagea. Son sourire était joyeux et moins… tranchant que les précédents.

— Oui, c'est vrai. Alors, dites-moi, capitaine MacLachlan, que faites-vous pour vous distraire ?

Il dut réfléchir une minute. Combien de fois faisait-il quelque chose pour « se distraire » ?

— Je joue au basket.

Soudain, il sourit.

— J'ai ensanglanté le nez du juge Lehman, en lui donnant un coup de coude lors de l'un de nos derniers matchs.

Elle rit doucement.

— Et vous avez eu le courage de venir dans son tribunal ?

— Il m'a rendu la monnaie de ma pièce d'un coup de coude dans le ventre. Je suis tombé à genoux avec des haut-le-cœur.

Elle éclata de rire, d'un rire qui gagna tout son corps.

— Cette image vous plaît, n'est-ce pas ?

— Je suis gênée d'admettre que oui.

Il souriait toujours, quelque chose qu'il ne s'attendait pas à faire en sa compagnie. Elle était irritante, d'accord, mais plus facile à aimer qu'il ne s'y était attendu. Intelligente, moderne, amusante. Il aurait aimé passer du temps avec elle, si elle ne l'avait attiré autant. Cette combinaison était trop dangereuse.

— Oh ! On dirait qu'ils ont fini.

Elle se releva en chancelant un peu.

Pendant une seconde, il ne comprit pas de quoi elle parlait. Elle se levait avec la même grâce qu'elle mettait dans tout. Il était trop absorbé par la vue de ses longues jambes. Elle était mince et élancée, ses courbes étaient parfaites, très féminines.

Tito et Hector. C'était d'eux qu'elle parlait. Il tourna brusquement la tête et les vit qui marchaient vers eux. Tito avait repris un peu de sa réserve, mais pas autant que quand ils étaient arrivés sur le terrain. Il y avait de la chaleur entre le père et le fils, constata-t-il avec un peu d'aigreur.

Il avait fourni un très mauvais travail d'observation. Il avait été trop occupé à reluquer la tutrice de Tito, la femme qui avait décidé qu'un meurtrier ferait un père parfait pour un garçon qui flirtait déjà avec les ennuis.

Bon sang, pensa-t-il avec un choc. Peut-être avait-elle raison. Peut-être ne pouvait-il *pas* faire deux choses à la fois.

4

Quelques jours plus tard, Jane reçut un appel de Duncan. Il ne pourrait pas venir à la deuxième sortie d'Hector et Tito. Elle en fut déçue, et même contrariée. Avec Duncan, sa position était moins difficile. Il la distrayait. Sans lui, elle en était réduite à jouer les voyeuses.

Hector avait emmené Tito dans une salle de jeux vidéo, et le garçon était tout excité. Jane, beaucoup moins ! Traîner dans le local bruyant, en faisant semblant d'être intéressée par les autres joueurs tout en gardant un œil sur Tito et son père n'était pas une façon très amusante de passer la soirée. Elle n'était pas du tout dans son milieu. Il n'y avait nulle part où s'asseoir et elle était déjà restée debout toute la journée au magasin. Elle était de plus en plus courbatue, affamée et franchement grognon.

Au bout de deux longues heures, elle les vit enfin qui s'avançaient vers elle.

— Vous êtes toujours là ? s'étonna Hector quand ils arrivèrent à sa hauteur.

Il n'avait pas cessé d'être conscient de sa présence. Elle le savait pertinemment, mais c'était dans son rôle de jouer le jeu.

— Bien sûr que oui, répondit-elle avec un sourire un peu forcé.

Il leva les yeux au ciel et ne sembla pas voir le regard anxieux que son fils lui lançait.

— Nous allons manger une pizza, reprit-il.

— Où ça ? lui demanda-t-elle.

Il lui indiqua l'endroit, puis sortit avec Tito. Normalement, s'ils avaient suivi les consignes, le garçon aurait dû monter avec elle en voiture, mais elle décida de leur laisser les trois minutes qu'il fallait pour aller à la pizzeria. Elle les vit monter dans un pick-up cabossé, sauta dans sa propre voiture et les suivit. Son portable sonna alors qu'elle pénétrait dans le parking de la pizzeria.

Elle s'empara du téléphone.

— C'est Duncan. Tito est toujours avec son père ?

Il avait parlé brusquement, sans même un « bonsoir ».

— Oui, nous allons manger une pizza, répondit-elle, un peu sèchement.

— Je vais vous rejoindre. Où êtes-vous ?

Elle leva les yeux au ciel, mais elle devait bien reconnaître qu'elle était soulagée. Elle n'était pas impatiente de s'asseoir dans un box toute seule, à manger une pizza. À moins qu'Hector ne l'invite à se joindre à eux… Il avait déjà passé du temps avec son fils. S'il voulait l'impressionner, il devait se montrer un peu plus amical.

Mais non. Le père et le fils entrèrent dans la pizzeria sans même lui accorder un regard. Elle se traîna derrière eux. Ils se consultèrent avec entrain, puis se dirigèrent vers un box, la laissant commander son propre menu.

Duncan aurait-il faim ? Voudrait-il partager une pizza avec elle ? Elle décida de se montrer gracieuse et commanda une pizza assez grande pour deux. S'il n'en voulait pas, elle emporterait les restes chez elle.

Elle s'était également servi une salade et une boisson, et s'était laissée tomber dans un box à droite de Tito et Hector quand elle vit Duncan entrer. Il balaya la salle du regard et se dirigea droit vers eux, comme un missile détecteur de chaleur.

Elle lui fit signe de la main.

— J'ai commandé une pizza. Il y a à peu près de tout dessus. Si vous voulez partager avec moi, vous êtes le bienvenu. Sinon, vous devrez commander la vôtre.

— Vous avez bien fait.

Il alla au comptoir chercher une salade et une boisson, puis se glissa dans le box en face d'elle.

Elle avait décidé de le laisser s'asseoir face à l'autre box. Comme cela, il ne serait pas assez près pour écouter la conversation. Elle-même avait essayé, mais en avait été pour ses frais car le père et le fils parlaient espagnol à toute allure.

Duncan était aussi intimidant que d'habitude. Il était élégamment habillé, bien qu'il ait laissé sa veste dans sa voiture, défait un peu la cravate et déboutonné sa chemise blanche. Il avait l'air extrêmement fatigué. Il était échevelé, et ses yeux étaient injectés de sang. Il eut une sorte de soupir en s'adossant au box.

— Mauvaise journée ? demanda-t-elle.

— Entre moyenne et infecte.

— Quelle partie était infecte ?

Il croisa son regard.

— Vous voulez vraiment en entendre parler ?

— Il faut bien parler de quelque chose…

Il grogna, témoignant de ses excellentes compétences de communication masculines.

— De quoi est-ce qu'ils parlent, eux ?

— Je ne sais pas, avoua-t-elle, en parlant bas. Je veux dire, je sais en gros, mais ils parlent très vite.

— En espagnol ?

— Oui.

— Vous le parlez, pourtant.

— Oui, mais pas assez bien pour suivre quelqu'un qui bavarde à toute allure.

Il rétrécit les yeux.

— Ce qui fait de vous un mauvais chaperon.

— On ne requiert pas de moi que j'écoute chacune de leurs paroles, contra-t-elle.

D'une voix clairement hostile, il poursuivit.

— Il ne devrait pas parler à Tito en espagnol. Ce garçon doit améliorer son anglais.

Elle était d'accord mais n'avait aucune envie d'abonder dans son sens.

— L'espagnol est tout de même leur langue maternelle.

— Et Tito ne peut pas s'en servir à l'école.

Soudain fatiguée elle-même, Jane repoussa sa salade à moitié entamée.

— Dois-je me retourner et leur demander de changer de langue afin que nous les comprenions ?

— Ce n'est pas ce que j'ai dit.

Elle l'observa.

— Vous grincez des dents. Ce n'est pas bon pour vous.

Il cessa et, à la place, les serra. De gros muscles saillirent sur sa mâchoire. Il posa sa fourchette.

— Merci de souligner l'évidence.

Elle sourit.

— Je suis sûre que je ne suis pas la première.

— Non.

— Eh bien, je suppose que tout le monde a une mauvaise habitude.

Son expression se détendit, et elle crut voir une lueur d'humour dans ses yeux.

— Quelle est la vôtre ?

— Je suis sûre que j'en ai une dizaine au moins.

Mais voulait-elle en avouer ne serait-ce qu'une au capitaine de police MacLachlan ?

— La glace, soupira-t-elle.

Un de ses demi-sourires fascinants arqua sa bouche.

— En grande quantité ?

— Quand je suis de mauvaise humeur, un demi-litre de glace à la menthe avec des pépites de chocolat ne me fait pas peur.

— Étant donné que cela ne vous fait pas grossir, cela ne semble pas être une mauvaise habitude. Juste une habitude.

— Je suce mes cheveux aussi…

Il retint un rire. Elle adorait ce que cela faisait à son visage.

— Vous quoi ?

Pourquoi lui avait-elle dit ?

Résignée, elle désigna le bout de la mèche un peu raide et collé qui lui procurait du réconfort. Quand elle était enfant, c'était le bout de sa natte.

Il laissa échapper un rire, grave et profond.

— J'ai envie de voir ça.

— Je ne le fais que quand je suis seule, se défendit-elle.

— C'est pire que de grincer des dents, s'amusa-t-il.

— Non, pas du tout. Je ne fais ça que pour m'apaiser. C'est comme de faire craquer ses articulations ou de ronger ses ongles.

C'est une habitude nerveuse. Je ne suis pas en train de refouler un accès de colère ou d'hostilité comme vous.

Et toc.

— Si vous faisiez mon travail, vous aussi, vous auriez de l'hostilité à refouler.

Il s'empara de sa fourchette et recommença à manger.

Un numéro fut annoncé par haut-parleur. Tito se leva d'un bond.

Duncan posa alors ses couverts et se tourna vers lui.

— Salut, petit.

Tito parut gêné.

— *Hola !* Je veux dire… salut !

Hector s'était retourné pour regarder son fils.

— Ta pizza est prête ? demanda Duncan à Tito.

— Oui.

— Bon, soupira-t-il.

Il se retourna vers elle, et son regard croisa celui d'Hector dans le box d'à côté. La lueur d'amusement qui s'était allumée en parlant avec Tito quitta aussitôt ses yeux gris.

— J'espère que la nôtre sera bientôt prête, reprit-il. Je suis affamé.

Le garçon remua les pieds et s'en fut finalement chercher sa pizza.

Duncan continuait d'adresser ce qui était clairement un regard de défi au père de Tito. Elle le laissa faire plus longtemps qu'elle n'aurait dû. Perdant enfin patience, elle lui donna un coup de pied sous la table.

— Qu'est-ce que… ?

Il posa un regard dur sur elle, et elle le dévisagea.

— Ça suffit.

Tito revint en portant triomphalement sa pizza. Elle détourna son regard de Duncan assez longtemps pour sourire au garçonnet. Il lui rendit son sourire timidement.

On annonça alors son numéro, et elle se glissa hors du box.

— Vous allez bien vous tenir pendant que je ne suis pas là ? demanda-t-elle.

Il la regarda d'un air maussade et presque provocant. Et dire qu'elle avait été ravie qu'il la rejoigne ! À quoi pensait-elle donc ?

Il finissait sa salade quand elle revint avec la pizza et deux assiettes. Elle se servit un morceau et prit une serviette en papier dans le distributeur, sans mot dire.

Après un instant, Duncan relança la conversation.

— Merci d'avoir commandé pour nous deux.

— Je vous en prie.

Mais ce n'était pas sincère. Il était clairement contrarié.

— La journée a été affreuse, reprit-il, parce que le conseil municipal nous pousse à licencier et parce qu'un des deux adolescents qui ont eu un accident de voiture hier soir est mort ce matin.

— Oh non !

Les nouvelles du matin avaient mentionné l'accident. Un garçon qui venait juste d'avoir son permis avait emmené sa petite amie, âgée de quinze ans, faire une promenade, bien que dans l'État de Washington il ne soit pas autorisé à transporter un mineur sans adulte. Il avait apparemment perdu le contrôle du véhicule, avait quitté la route et fait plusieurs tonneaux avant d'atterrir dans un grand fossé.

— Mon Dieu ! Je suis navrée.

Elle prit une mine désolée.

— Moi, quand j'ai eu une mauvaise journée, ça veut dire que j'ai réalisé moins de ventes ou qu'une employée était malade. Pas que quelqu'un est mort.

Duncan prit une bouchée de la pizza et ne dit rien pendant un bon moment. Mais il voulait dire quelque chose. Elle le sentait. Aussi elle attendit.

— La mère du garçon est opératrice. Elle était au travail quand…

Il s'arrêta.

— Oh non…, murmura de nouveau Jane.

— Oh si.

Il soupira.

— Ça vous fait vraiment ouvrir les yeux, vous savez ?

— Je peux l'imaginer.

Il poursuivit. Les policiers en charge le prenaient très mal, et il avait dû appeler les parents lui-même. Puis il parla de l'incapacité exaspérante des membres du conseil municipal à saisir les besoins de la police. Sa voix devint rauque. Elle mourait d'envie de tendre la main en travers de la table pour le réconforter mais elle n'en fit rien.

Nous ne sommes pas amis, se dit-elle, et un malaise s'installa en elle. Elle connaissait à peine Duncan. Ils n'étaient que des inconnus partageant une pizza. Alors comment cette conversation s'était-elle transformée en quelque chose de si… intime ?

Soudain, Hector et Tito apparurent debout près de leur table.

— Je vais raccompagner mon fils, annonça Hector.

Elle sourit mais injecta de l'acier dans sa voix.

— Je vais faire cela moi-même, *señor* Ortez. Tito, pourquoi ne dis-tu pas au revoir à ton père maintenant ?

Hector gonfla les narines.

— Je ne peux pas raccompagner mon propre fils à la maison ?

— Vos visites sont surveillées. Vous devez le comprendre.

— Je suis un bon père. Je ne mérite pas d'être embarrassé devant mon fils.

Certes, c'était humiliant pour un homme fier de se voir rabrouer ainsi. Mais l'arrogance de son maintien et sa voix la rendirent prudente. Ils n'en étaient qu'à la première semaine. Comprenait-il ce qu'il risquait s'il choisissait de ne pas coopérer ?

— Si tout va bien, cela ne durera pas longtemps, lui rappela-t-elle, très consciente de la présence de Duncan de l'autre côté de la table.

Il était parfaitement immobile, mais tous les muscles de son corps étaient crispés.

Hector proféra quelques mots grossiers en espagnol, puis laissa Tito avec Jane et Duncan et s'éloigna à grands pas furieux.

Elle ne fut pas surprise que Duncan les raccompagne à la voiture. Il attendit que Tito soit monté et qu'elle ouvre sa portière.

— Bien joué, murmura-t-il à son oreille, si près qu'elle sentit la chaleur de son souffle.

— Bonsoir, Duncan, dit-elle fermement.

Il se pencha pour regarder dans la voiture.

— Quand est fixée la prochaine visite ?

Tito haussa les épaules.

— Papa m'a dit qu'il téléphonerait.

— O.K. Appelle-moi si tu veux faire quelques paniers, dans l'intervalle.

Tito hocha la tête mais ne dit rien. Duncan ne montra pas qu'il était déçu ou blessé, mais elle le sentit.

La semaine de Jane devint encore plus stressante à mesure qu'approchait l'audition d'une autre affaire dont elle était chargée. C'était un conflit bien plus compliqué dans lequel les parents et les grands-parents se servaient tous des enfants comme d'un champ de bataille. Si elle avait su qu'elle devrait superviser les visites de Tito, elle ne l'aurait pas acceptée, mais il était trop tard maintenant.

Elle était tellement occupée qu'elle ne se demanda pas plus tôt pourquoi Hector et Tito n'avaient pas prévu une autre sortie. Un appel de Duncan fit résonner l'alarme.

— Où en sommes-nous ? demanda-t-il avec son charme habituel.

Elle mit du miel dans sa voix.

— Mais bonjour, capitaine MacLachlan. Quelle agréable surprise de vous entendre.

— Jane…

C'était un clair avertissement.

Cet homme avait-il des amis ? Une petite amie ? Pouvait-il être charmant quand il le choisissait ? Elle fit la grimace. Elle ne le découvrirait sans doute jamais puisque la seule chose qui l'intéressait était de se confronter à elle.

— Je n'ai pas eu de nouvelles d'Hector, dit-elle.

— Ça fait quatre jours tout de même !

Son regard vola vers le calendrier qui pendait près de sa table dans le petit bureau de Dance Dreams.

— Je vais voir et je vous rappelle.

Elle soupira, perplexe. Valait-il mieux essayer de joindre Hector ou s'arrêter chez Lupe et parler d'abord à Tito ? Ou, mieux, faire les deux ? Si elle se souvenait bien, c'était une des soirées libres de Lupe. Il était probable, par conséquent, qu'Hector se joindrait à la famille pour dîner.

Je vais passer, décida-t-elle. *Les surprendre.*

Ou bien gâcher une demi-heure de la seule et unique soirée qu'elle avait de libre de toute la semaine !

Elle approchait de l'immeuble de Lupe quand elle repéra Hector et Tito qui marchaient dans la même direction. Tito faisait rebondir un ballon de basket et ils parlaient. Elle fit un détour afin qu'ils ne la voient pas et se gara au coin de la rue. Puis elle se précipita dans le hall et attendit, bras croisés, tapotant du pied avec irritation.

Ils ne purent l'éviter. L'inquiétude apparut sur le visage de Tito et la colère sur celui de son père.

— Que faites-vous ici ? demanda Hector.

— Tito, dit-elle calmement, monte chez ta sœur, s'il te plaît. Ton père et moi devons parler.

Tito regarda Hector d'un air anxieux, puis hocha la tête et disparut à l'intérieur.

Jane ne dit mot jusqu'à ce qu'elle entende ses pas dans l'escalier.

— Vous avez violé les conditions de vos visites avec votre fils. Je pourrais aller voir le juge dès maintenant et lui dire que je pense que vous ne devriez pas voir du tout Tito.

Il se pencha vers elle, le visage écarlate.

— J'ai le droit de dîner avec mes enfants.

— Vous avez entendu et compris le juge Lehman. Vous ne pouvez pas passer du temps avec Tito sans que moi ou Lupe soyons présentes.

Elle regarda autour d'elle ostensiblement.

— Où est Lupe ?

— Nous sommes sortis quelques minutes, pendant qu'elle préparait le dîner.

— Ce n'est pas la première fois, n'est-ce pas ?

Son regard furieux lui donna la réponse.

— *Señor* Ortez, j'appellerai le juge Lehman demain. Je vais vous donner une autre chance d'obéir à ses instructions. Mais vous ne pourrez plus rendre visite à Tito chez votre fille.

Il abattit son poing sur le mur à côté d'elle, et elle ne put s'empêcher de sursauter.

— Je ne ferais jamais de mal à mes enfants, hurla-t-il. Je n'ai rien fait pour être traité comme un monstre !

— Ne jurez pas devant moi, s'il vous plaît.

Elle fit de son mieux pour ne pas lui montrer qu'elle commençait à avoir peur.

— Si vous aimez votre fils, alors montrez-vous coopératif pendant un mois. Ce n'est pas beaucoup vous demander. Si vous ne pouvez pas, dites-le-moi maintenant.

Ils se dévisagèrent, lui avec des yeux rouges et dilatés et des lèvres retroussées. Il respirait fort.

Jane resta immobile, refusant de lui laisser voir qu'elle frémissait intérieurement.

— Je n'ai pas le choix, n'est-ce pas ? dit-il enfin. Mais je sais que vous voulez me prendre mon fils. Peut-être que vous voulez le donner à ce policier qui a passé tellement de temps avec lui. Ces visites… Il cracha de côté. C'est rien d'autre qu'une vitrine, pas vrai ? Si je dis plus tard que je n'ai pas été traité avec justice, vous, vous direz : « Il a eu sa chance » ? Mais c'est un mensonge. Maintenant, je le sais.

— Non, dit-elle. Je vous le promets, Hector. L'avenir de votre fils est entre vos mains. Si Tito ne vient pas vivre avec vous, ce sera votre faute, parce que vous n'aurez pas suivi les instructions du juge. Vous pouvez faciliter les choses en vous montrant intelligent ou non.

Il se balança sur ses talons.

— Vous me permettez de monter dire à ma famille que je ne peux pas dîner avec eux ?

Elle n'osa pas reculer à ce stade.

— Je le leur dirai.

Avec un méchant juron – en espagnol, Dieu merci –, il frappa de nouveau le mur et tourna les talons. Une minute plus tard, elle entendit les toussotements et le rugissement inégal de son pick-up. Puis il accéléra dans la rue.

Elle s'appuya contre le mur et se mit à trembler.

— Eh bien, ça, c'était amusant, dit-elle tout haut. Pour

répondre à votre question, capitaine MacLachlan, voilà ce que je fais pour me distraire.

Duncan attendit jusqu'à 19 heures et, comme Jane ne l'avait toujours pas rappelé, il la contacta sur son portable.

— Eh bien ? dit-il quand elle décrocha.

— Quelqu'un vous a-t-il déjà dit que votre façon d'entamer une conversation laissait à désirer ?

— Vous me l'avez fait comprendre.

Il fronça les sourcils. Il avait perçu quelque chose dans sa voix. Juste de la fatigue ou bien quelque chose l'avait-il bouleversée ?

Elle soupira à l'autre bout de la ligne.

— C'est ce que vous suspectiez. Lupe n'a pas pu dire non à son père et j'ai surpris Hector emmenant Tito au basket sans surveillance.

Il jura.

— Vous allez faire quelque chose à ce sujet, ou bien vous vous êtes contentée de le menacer gentiment ?

— Je donne vraiment l'impression d'être une mauviette ?

Elle avait l'air assez offensée pour qu'il soit pris de court. Non, pensa-t-il, Jane Brooks était tout sauf une mauviette.

Il resta silencieux.

— J'ai dit à Hector qu'il ne pourrait plus voir Tito chez Lupe, reprit Jane. Plus de dîners en famille. Il verra seulement son fils sous ma supervision directe. Cela vous satisfait-il, capitaine ?

Il ne savait pas. Il y avait toujours quelque chose d'indéfinissable dans sa voix.

— Comment l'a-t-il pris ?

— Pas bien, reconnut-elle.

Il se tendit.

— Il n'a pas posé la main sur vous ?

— Non. Rien de semblable. Il n'a fait que se montrer grossier, il s'est plaint que nous n'avions pas l'intention de lui donner la garde de son fils et il est parti à toute allure.

La sonnette de Duncan retentit. En fronçant les sourcils, il alla ouvrir la porte.

— J'aurais dû aller avec vous, dit-il à Jane.

Il découvrit son frère sur le porche au moment où Jane poursuivait :

— Ne soyez pas ridicule. Cela aurait rendu les choses encore pires. Il pense que vous voulez lui voler son fils. Avec raison, ajouta-t-elle après un bref silence.

— De quoi diable parlez-vous ? lança-t-il.

Les mains dans les poches de son blouson de cuir, Niall haussa les sourcils et sourit.

Duncan le dévisagea et couvrit brièvement le micro du téléphone.

— Qu'est-ce que tu veux ?

Avec une grimace, il recula d'un pas et laissa entrer Niall. Il referma la porte et prit la direction de la cuisine.

— Jane, vous savez bien que je ne peux pas avoir Tito. Alors qu'est-ce que c'est que ce « avec raison » ?

— Vous aimez Tito. Cela fait de vous une menace pour Hector. Une menace compréhensible.

— C'est mauvais que je passe du temps avec le garçon ? demanda-t-il avec incrédulité.

— Non, bien sûr que non. Je ne voulais pas dire ça. Mais je comprends pourquoi Hector a peur.

Conscient que son frère le regardait, Duncan se pinça l'arête du nez et ferma les yeux.

— Je ne l'aime pas, marmonna-t-il.

— Vous en êtes sûr ? Sa voix s'était adoucie. Quelquefois on ne peut pas s'en empêcher.

Après un moment de silence, elle ajouta plus vivement :

— Cela n'a pas d'importance, de toute façon. Hector doit se concentrer sur sa relation avec son fils. C'est ce qu'il ne saisit pas tout à fait.

— Pas tout à fait ? C'est peu dire.

— J'adoucissais les choses. Je peux faire ça, vous savez…

Soudain, il sourit, quelque chose qu'il n'avait pas fait de toute la journée.

— Je vous appelle quand j'aurai eu des nouvelles d'Hector, d'accord ?

— D'accord.

Son sourire n'avait pas duré longtemps. Il fronça les sourcils.

— Jane ? Soyez prudente.

— Je le serai. Mais Hector n'est pas comme ça. Aujourd'hui, il ne faisait que lâcher la pression.

Duncan termina la conversation avec un sentiment de malaise. Bien qu'elle ait dit le contraire, il pariait qu'Hector Ortez l'avait effrayée. D'ailleurs, il valait mieux qu'elle ait peur, confrontée à un type énervé qui venait juste de sortir de prison. Hector n'était pas grand mais pesait au moins quatre-vingt-cinq kilos et un gros paquet de muscles de plus.

Duncan était perturbé. Il n'était pas aussi rassuré qu'il aurait dû l'être. C'était finalement une bonne chose qu'il soit là la plupart du temps pour détourner de Jane la colère d'Hector. Elle n'aimait sans doute pas qu'il veuille la protéger – lui-même n'était pas certain d'aimer ça – mais c'était ainsi.

— C'est à propos du gosse dont tu t'occupes ? demanda Niall.

Il avait enlevé son blouson et se tenait devant le réfrigérateur. Il en émergea avec deux bières dans la main.

Duncan en prit une.

— Comment sais-tu que je m'occupe d'un gosse ?

Niall haussa les épaules.

— Les gens parlent.

— Nom de Dieu ! Qu'est-ce qu'ils disent ?

— Pas grand-chose. Qu'il y a un gosse. Quelqu'un a pensé que tu étais entré aux Big Brothers[1].

Il dit cela sans un sourire.

— J'ai trouvé ça… improbable, reprit-il.

Duncan l'observa.

Niall avait trois ans de moins que lui, ils n'étaient pas à proprement parler proches. À l'occasion, l'un d'eux passait voir l'autre pour une bière ou bien ils allaient ensemble au bar près du commissariat. Niall était inspecteur aux homicides. Les gens savaient qu'ils étaient apparentés, mais ils n'avaient pas grand-chose à voir d'un point de vue professionnel, même si, techniquement, Duncan était le supérieur de Niall. Il était souvent stupéfié que son petit frère, avec un casier judiciaire

1. Organisation pour la jeunesse qui met en relation des enfants et des adultes leur servant de mentors.

aussi long que le bras, soit devenu policier. Un bon policier, en plus. Sans doute à cause de son expérience de la rue.

Ils étaient de stature et de taille similaires mais Niall avait les cheveux roux de leur père, auburn dans son cas. Enfant, il avait des taches de rousseur, qui avaient disparu aujourd'hui. Ses yeux gris étaient aussi froids que ceux de Duncan.

— Le gosse s'appelle Tito Ortez. Il est entré par effraction ici, un soir.

Duncan raconta toute l'histoire à son frère. À sa grande surprise, Niall lui confia qu'il se souvenait du crime commis par Hector Ortez.

— J'étais sur le point d'arrêter le type qu'il a buté. Un vrai salopard. Ce qui veut dire que tout le temps que j'avais passé sur l'affaire était perdu. D'un autre côté – il eut un sourire bref –, je n'ai pas eu à témoigner à son procès.

Duncan comprenait son point de vue.

— Ortez a plaidé la légitime défense.

Niall agita la main. La langue des signes pour « peut-être, peut-être pas ». C'était aussi la conclusion de Duncan. Après avoir eu un aperçu de la colère qu'Hector contenait à peine, il inclinait plutôt à penser « peut-être pas ».

— Cette Jane…, dit Niall en observant son frère.

— Cette Jane, rien du tout. C'est une emmerdeuse.

— Tu as souri.

— Ça m'arrive.

— Dans des occasions historiques.

Il ne releva pas, et Niall laissa tomber le sujet.

— Conall a appelé.

Duncan avala un peu de bière, attentif à ne montrer aucune réaction.

— Vraiment ?

— Il est en train de travailler au démantèlement d'un cartel à Baja. Il dit qu'il est superbronzé.

Duncan resta silencieux.

Le plus jeune de ses frères, Conall, avait toujours été une tête brûlée. Après le départ de leur mère, Niall s'était soumis à son autorité. En revanche, Conall l'avait combattue longtemps. Il détestait toujours Duncan. Et alors ? Ce n'était pas leur dévotion et leur amour inconditionnel qu'il avait essayé de gagner. Il était déterminé à les sauver et il avait réussi. Par une ironie du sort, Conall était aussi devenu flic, bien que, dans son cas, ce soit sous couverture, au sein de la brigade des stupéfiants. Il faisait de temps en temps surface pour entrer en contact avec Niall.

Duncan se demandait parfois s'il le reconnaîtrait s'ils se trouvaient face à face. Cela faisait si longtemps…

Niall finit sa bière et écrasa la canette. Il la lança et se réjouit comme un gamin quand elle atterrit dans la boîte de recyclage. Duncan eut soudain un flash-back de l'époque où ils faisaient des paniers à l'école, au crépuscule, sans se laisser arrêter par la nuit tombante. Ils n'avaient jamais beaucoup parlé. Ils ne faisaient que jouer, communiquer par gestes : des poignées de main, des grognements, des rires. Les meilleurs moments qu'ils aient passés ensemble.

Il avait essayé de recréer cela avec Tito, réalisa-t-il avec un petit choc. D'accord, il le savait d'une certaine manière, mais il ignorait cette composante émotionnelle.

« Vous aimez Tito. »

Il était toujours sous le coup de l'affirmation de Jane. Bien sûr qu'il ne l'aimait pas. Il voulait simplement revenir un peu en arrière. Rejouer des choses.

— Je m'en vais, dit Niall en se dirigeant vers la porte. J'ai un rendez-vous.

— Tu voulais quelque chose de précis ?

Niall sourit.

— Non. Je vérifiais les rumeurs, c'est tout.

Duncan secoua la tête et raccompagna son frère. La nuit tombait. Il resta sur le porche et regarda Niall démarrer sa Harley et descendre la rue. Il pensait toujours à Jane.

Sans doute parce qu'il n'arrivait plus à se souvenir de la dernière fois où lui avait eu un rendez-vous.

5

ESPÈCE DE SALOPE

Les clés étroitement serrées dans sa main, Jane fixa les trois mots peints à la bombe sur la porte arrière de son magasin. La peinture écarlate coulait encore. Il ne faisait aucun doute que cette méchante accusation s'adressait à elle. Elle avait bien une employée à plein temps et quelques aides à temps partiel, mais elle ouvrait elle-même le magasin presque tous les jours.

Elle repensa à sa nouvelle affaire. Le père et la grand-mère étaient particulièrement hostiles. Elle n'avait pas fini ses entretiens, mais elle inclinait déjà à confier la garde à la mère. Au moins, celle-ci semblait se souvenir de temps en temps que le bien-être des enfants primait sur le reste.

Après un instant, elle pinça les lèvres et déverrouilla la porte. Dieu merci, personne n'était encore là. À moins de vouloir parler de ses dossiers, ce qu'elle ne pouvait pas faire, appeler la police ne servirait à rien.

Des paroles en l'air, soupira-t-elle. On l'avait déjà traitée de pire, la plupart du temps en face à face. Une ou deux fois, elle avait reçu des coups de fil anonymes vraiment horribles. Mais ensuite, elle n'y avait plus pensé.

Elle pénétra dans le magasin, laissa tomber son sac à main dans un tiroir de son bureau et remplit un seau d'eau chaude et savonneuse, avant de sortir frotter l'inscription. Elle jeta l'eau sur un coin d'herbe derrière le container à ordures, inspecta la porte fraîchement lavée avec satisfaction et rentra pour ouvrir la caisse.

Un moment après, elle ressortit, saisie d'une illumination.

Et si le vandale avait été assez stupide pour jeter la bombe dans la poubelle avec ses empreintes dessus ? Mais, quand elle leva le couvercle, celle-ci était vide. La poubelle avait été vidée la veille, et rien n'y avait été jeté entretemps.

Hector appela vers midi et demanda à passer la plus grande partie de la journée du lendemain, samedi, avec son fils. Elle accepta tout en se demandant quand elle aurait le temps de faire un vrai ménage chez elle. Comme elle n'avait pas de clients dans le magasin à ce moment-là, elle appela Duncan sur son portable et laissa un message lui indiquant l'heure et le lieu du rendez-vous avec Hector et Tito.

Il lui retourna son appel tard dans l'après-midi et lui demanda sans préambule :

— Il s'est de nouveau montré odieux ?

— Hein ?

— Il y avait quelque chose dans votre voix.

Cela la fit ciller. Il était possible que, quand elle lui avait laissé le message, elle ait été encore stressée par l'incident. Mais comment Duncan avait-il pu le détecter avec tant de précision dans son ton ?

Devant l'inquiétude de sa première question, elle faiblit momentanément et cela l'irrita. Elle combattit la tentation de lui raconter. Elle n'allait pas faire une montagne d'un trou de souris, et c'était exactement ce qui se passerait si elle impliquait la police. Duncan n'était pas homme à se contenter d'écouter avec sympathie, il lancerait une enquête dans les grandes largeurs.

— Vous imaginez des choses, mentit-elle. Hector et moi avons des conversations civilisées.

Il sembla accepter sa réponse, ce qui la fit se sentir un peu coupable.

— Il veut emmener Tito à Camano Island ? Qu'est-ce qu'il pense faire, apporter un pique-nique ?

— Apparemment. Et ils ont l'intention d'aller à la plage. Il dit qu'il va y avoir une grande marée basse. Il pense que Tito aimera les trous d'eau.

Il y eut un silence. Elle se sentit obligée d'ajouter :

— En fait, j'ai pensé que c'était une très bonne idée.

Duncan soupira.

— Oui. C'est juste que… Camano Island ?

Il faudrait au moins une heure pour y aller et pour revenir. Sa vie n'était pas moins stressante que la sienne.

— Vous n'êtes pas forcé de venir, dit-elle sans véritable espoir.

Espoir de quoi ? se demanda-t-elle la seconde d'après. Qu'il viendrait ? Ou qu'il ne viendrait pas ?

Sans plus d'hésitations, il demanda :

— Vous voulez amener le pique-nique ou bien je m'en charge ?

— Je le ferai. Vous essaieriez de m'empoisonner.

— Non, c'est mon tour. Vous avez payé la pizza.

Elle rit presque de son manque d'enthousiasme à l'idée d'apporter le déjeuner.

— Ça ne m'ennuie pas, reprit-elle. Il y a des choses que vous n'aimez pas du tout ?

Ils discutèrent brièvement de leurs goûts alimentaires et se mirent d'accord sur le fait qu'ils détestaient tous deux le coleslaw. Étant donné qu'elle n'avait pas eu le temps de faire les courses de toute la semaine, elle décida d'aller chez son charcutier-traiteur-restaurant favori le lendemain, avant d'aller chercher Tito.

— Pourquoi est-ce que je ne prends pas le volant ? suggéra Duncan. Tito va-t-il avec vous ou avec Hector ?

— Avec moi. Je dois lui faire bien comprendre les règles.

— Bon, dit-il. Où est-ce que je viens vous chercher ?

— Chez moi, dit-elle, et elle lui donna son adresse.

Ils se mirent d'accord pour 11 heures du matin.

Elle raccrocha avec un léger sentiment de tournis. Comme si elle sortait avec Duncan MacLachlan pour de bon.

Jane disposa le déjeuner sur une table de pique-nique de bois, sous les cèdres et les sapins de la forêt primaire. Celle-ci avait été préservée quand on avait fait de la zone un parc national.

Duncan s'assit face à elle.

— Je connaissais une vieille dame dont la mère lui avait dit que toute l'île était couverte de forêts comme celle-ci autrefois. Les arbres étaient si grands que vous pouviez conduire un véhicule tout-terrain d'un bout à l'autre de l'île sans sortir du couvert. Il n'y avait aucune de ces broussailles à l'époque.

— Vraiment ?

Elle regarda autour d'elle, son visage exprimant plus de plaisir que d'habitude. En dépit de la présence d'Hector et de Tito à quelque distance, elle lui semblait plus détendue qu'à la pizzeria quelques jours plus tôt.

Il fut surpris de réaliser qu'il se détendait aussi. Cette sortie n'était peut-être pas une si mauvaise idée que ça, après tout. Tito avait bavardé avec excitation tout le trajet. Il se souvenait d'être allé à la plage quand il était petit, avait-il dit, mais c'était il y a longtemps.

Duncan s'était alors senti confus de ne pas y avoir pensé lui-même. Aucun enfant n'aurait dû vivre dans un comté qui n'était qu'à une courte distance de Puget Sound sans aller à la plage. Le problème était qu'il n'y avait pas de bonne plage publique plus près.

Camano Island était une île longue et étroite, reliée au continent par un pont. Le parc national occupait la partie ouest de l'île, faisant face, par-dessus Saratoga Passage, à Whidbey Island et, au-delà, aux Olympic Mountains. Duncan savait qu'on voyait des baleines grises et parfois des orques dans Saratoga Passage. Si jamais Tito pouvait voir cela !

— Super, la salade de pommes de terre, dit-il.

Jane sourit.

— Je le prends pour moi, mais…

— Snow Goose Deli ?

— Oui, confirma-t-elle.

— J'avais cru reconnaître le goût…

Apparemment, Jane et lui avaient quelque chose en commun en plus de leur dégoût pour le coleslaw.

— Je suis surpris qu'Hector ait pensé à venir ici, dit-il après une minute.

— Moi aussi.

Elle jeta un regard en biais au duo à la table voisine.

— Il a fait des efforts pour être agréable aujourd'hui.

— Vous devez l'avoir effrayé, dit-il.

— Merci. Peut-être était-ce ma manière de le persuader que la coopération vaut mieux que l'affrontement.

Il était d'assez bonne humeur pour ne pas s'appesantir sur le sujet.

— Peut-être…

Elle finit son sandwich et prit une gorgée de son Coca.

— Hector dit bonjour quand il appelle. Au revoir aussi, dit-elle d'une voix pensive.

Il sourit, comprenant le message à peine subliminal.

— Il ne suppose pas non plus que je sais qui appelle. Il dit : « Mademoiselle Brooks, c'est Hector Ortez. »

— Un homme plein de considération, cet Hector.

— C'est un gentleman par moments, approuva-t-elle, une fossette sur la joue trahissant ses efforts pour ne pas sourire.

La lueur taquine dans ses yeux eut un effet imprévu sur lui. Elle l'irritait encore de temps en temps, mais il la désirait comme il n'avait pas désiré une femme depuis longtemps. Peut-être, pensa-t-il déconcerté, jamais. Toute cette fougue et cet entêtement n'étaient sans doute pas faciles à supporter au quotidien, mais au lit c'était très certainement une autre histoire.

Il s'agita inconfortablement car son jean le serrait un peu.

— Dois-je décrypter quelque chose dans vos paroles ? demanda-t-il tout de go.

Le sourire se dessinait maintenant nettement sur le visage de Jane, mais elle maniait manifestement très bien le second degré.

— Je suis sûre que vous savez comment vous comporter en gentleman.

Vraiment ? Peut-être sa mère avait-elle tenté d'enseigner les bonnes manières à ses fils. Si elle l'avait fait, il ne s'en souvenait pas.

— Pourquoi froncez-vous les sourcils ? reprit-elle. Je suis trop proche de la vérité ?

— Désolé. Vous m'avez surpris à penser à quelque chose.

— Quelque chose ?

Elle avait la tête penchée de côté.

— Ma mère.

Étrange, parce qu'il se laissait rarement aller à penser à elle.

— J'essayais de me souvenir si elle s'efforçait de nous enseigner les bonnes manières, ou bien si elle y avait renoncé.

— Nous ? Oh ! c'est vrai ! Vous aviez mentionné un frère.

— J'en ai deux, en fait.

— Vous parlez comme si votre mère était morte, dit-elle avec une légère hésitation dans la voix.

D'habitude, il faisait taire les gens qui l'interrogeaient sur sa famille. Il ne le fit pas avec elle. Leur relation avait été jusque-là abrupte mais honnête. S'ouvrir un peu était peut-être une manière de la tester.

— Non. Elle est partie quand j'avais dix-huit ans. Je ne l'ai jamais revue.

Elle ouvrit la bouche de surprise.

— Mais c'est horrible !

— Oui, ce n'est pas terrible, s'entendit-il admettre.

Les yeux agrandis et le visage tout pâle, elle l'observait.

— Au moins vous étiez, eh bien, adulte.

— Oui, je l'étais, approuva-t-il.

Il vit immédiatement qu'elle avait perçu l'emphase subtile sur le *je*.

— Et vos frères ?

— Ils avaient douze et quinze ans.

— Vous aviez sûrement un père ?

Non, il était en taule. Il était temps de mettre fin aux questions. Il en avait déjà trop dit.

— Non, dit-il brièvement, en lissant le papier de son sandwich. J'étais adulte, nous nous sommes débrouillés.

— Seigneur ! murmura-t-elle.

Il ne put retenir une moue sardonique. Le Seigneur n'avait pas été là pour les aider.

— Vous les avez donc élevés ?

— Oui.

Cette fois, la sécheresse de sa réponse envoyait un signal. Elle se raidit légèrement et, après un instant, enveloppa le demi-sandwich qu'elle n'avait pas mangé. Puis elle prit un sac de scones dans le panier de leur déjeuner.

— Cranberry et orange.

— Bon sang ! Je suis ravi de vous avoir laissée apporter le repas.

En la regardant subrepticement, il fut content de voir que le pli de sa bouche s'était adouci.

— Je vous en prie.

Ses yeux étaient froids, toutefois, quand ils croisèrent les siens.

— Je suis surprise que vous n'ayez pas apporté un engin d'écoute pour que nous puissions entendre chaque mot d'Hector et Tito.

Ah, cela ressemblait davantage à Jane.

— Peut-être que je les enregistre, suggéra-t-il d'un ton affable.

Elle laissa échapper un rire, un rire grave et, comme tout le reste chez elle, bien trop sexy pour son propre bien.

— Cela ne me surprendrait pas, dit-elle.

Hector les héla de l'autre table.

— Vous êtes prêts à aller à la plage ?

Jane pivota sur le banc.

— Oui. Donnez-moi une seconde.

Elle remballa les restes du déjeuner dans le panier et il le rangea dans le coffre de son 4x4. Après un détour par les toilettes, ils prirent le chemin de la plage.

Une rambarde de bois longeait le sentier. Entourés de buissons d'un vert brillant, des arbousiers d'Amérique, avec leur écorce rouge, penchaient dangereusement du bord de la falaise. L'odeur d'iode était forte, sans doute à cause de la marée basse. Il ne put s'empêcher de la respirer avec plaisir. Le soleil étincelait sur l'eau et au-delà de la bande verte et basse de Whidbey Island, les Olympic Mountains pointaient, toujours couvertes de neige. Une brume tardive de printemps leur donnait l'air de flotter dans l'espace.

Le soleil lui réchauffait le visage. Il avait envie de renverser la tête et de l'absorber. Quand était-il venu à la plage pour la dernière fois ? Sans doute pas plus récemment que Tito.

Était-ce d'avoir parlé de sa mère, mais il eut un souvenir étonnamment vif d'une fois où elle l'avait amené avec ses deux frères à la plage. Pas celle-ci… Celle dont il se souvenait était une plage de sable. Mais le soleil était chaud, encore plus chaud qu'aujourd'hui. Conall était encore un bébé, ce qui voulait dire que lui… n'avait pas plus de huit ans. Sa mère était jolie et rieuse ce jour-là, rien à voir avec la femme tendue et pincée dont il se souvenait habituellement. Elle s'était de plus en plus renfermée à mesure que le temps passait. Elle se cachait. De son père ? De ses échecs, y compris ses enfants ? Durant les dernières années, il avait cru qu'elle était froide, mais ce n'était pas tout à fait exact.

Tito laissa échapper un cri de joie et courut sur le tronçon de chemin restant, puis sauta sur le gravier de la plage.

Il sourit devant l'enthousiasme du garçon.

J'étais aussi enjoué que lui, dans le temps.

Quand avait-il perdu la capacité à s'amuser ?

— Regardez tout ce bois flotté ! Je peux monter dessus, papa ?

— Bien sûr, dit son père. Mais fais attention, ça glisse.

Hector s'arrêta et regarda Tito faire de l'équilibre sur les troncs argentés rejetés par les vagues contre la falaise de l'île. Duncan et Jane firent halte aussi, mais il eut l'impression qu'Hector feignait de les ignorer.

Après un instant, Jane se détourna des autres. Elle choisit son propre tas de bois flotté et l'escalada, les bras étendus.

— Je suis la reine de l'île.

— Est-ce un défi ? lui lança-t-il.

Elle tourna un visage rieur vers lui.

— Non merci, je ne veux pas recevoir un coup de coude dans le nez, comme le juge Lehman.

— Comment pourrais-je faire ça ? Je suis un gentleman !

Elle s'apprêtait à lui répondre quand elle regarda derrière lui et cria avec inquiétude :

— Tito ! Qu'est-ce que tu fais ?

Duncan se retourna aussitôt. Hector riait et criait quelque chose à son fils. Le garçon avait grimpé tout en haut du tas de bois flotté et se balançait en s'accrochant à une branche d'arbousier qui dépassait de la rive. Duncan s'élança vers lui. Des galets et de la terre commençaient à tomber de la falaise au-dessus du gamin.

Il effleura Hector, qui s'était retourné pour regarder Jane et, en quelques secondes, sauta sur le tas de bois et attrapa Tito par la taille.

— Lâche cette branche. Tout de suite, lui ordonna-t-il.

— Pourquoi ? protesta Tito en lui donnant des coups de pied.

— L'arbre n'est pas assez fort pour te soutenir.

Une fois qu'il eut remis l'enfant sur ses pieds, il lui montra les traces de déracinement dans la falaise.

— Tu vois ?

— Oh !

La colère qui lui nouait les entrailles ne s'adressait pas à Tito. Les enfants faisaient des bêtises, c'étaient aux parents de veiller sur eux.

Jane avait rejoint Hector.

— S'il était tombé, il aurait été sérieusement blessé, s'emporta-t-elle.

— Ce garçon a besoin de jouer, de prendre de l'exercice, ricana Hector avec mépris. Les femmes veulent faire de leurs fils des bébés. Vous ne pouvez pas vous en empêcher.

Duncan les rejoignit et saisit Hector par l'épaule.

— Vous ne voyiez pas que cet arbre n'était pas assez enraciné pour le soutenir ? S'il était tombé, il se serait fait très mal !

Hector le repoussa avec force. Duncan recula d'un pas, aveuglé par la colère. Ce salopard n'était pas assez bien pour Tito, il le savait.

— Ne me touchez pas, articula-t-il d'une voix dure.

— C'est vous qui m'avez touché le premier ! s'écria Hector, le visage à quelques centimètres du sien.

La violence vibrait dans l'air. Pour la première fois de sa vie, Duncan avait vraiment envie de faire du mal à quelqu'un. Ce père minable avait besoin d'une bonne correction et il allait s'en charger. Il s'élança en grondant. Mais Jane s'interposa entre eux deux et les repoussa, une main sur leurs poitrines.

— À quoi pensez-vous ? tempêta-t-elle.

C'était lui qu'elle regardait et non Hector.

— Reprenez-vous et conduisez-vous comme des adultes ! Tous les deux !

Il recula d'un pas. Avait-il vraiment été sur le point de frapper un homme qui n'avait rien fait d'autre que laisser son fils faire quelque chose d'un peu dangereux ? Il se contrôlait d'habitude. Il ne se souvenait même pas de la dernière fois où il était sorti de ses gonds.

— Il y a un enfant ici ! Quel exemple vous lui donnez ! Prêts à vous bagarrer pour un rien ! continua Jane avec dégoût.

Duncan jeta un œil à Tito. Il était redescendu et les fixait à présent avec de grands yeux, l'air aussi effrayé que le soir où il avait pointé un revolver sur lui.

Jane s'approcha de Tito et l'enlaça pour le serrer contre elle.

— Tu n'as rien vu, lui dit-elle. Je suis certaine que ton père et le capitaine MacLachlan vont s'excuser l'un envers l'autre.

Elle les dévisagea par-dessus la tête brune de Tito.

— N'est-ce pas ?

Duncan se maudit intérieurement. Il aurait suspendu n'importe quel policier pour s'être comporté de cette manière. Dieu merci, aucun d'eux n'était là pour le voir.

— Mle Brooks a raison. Je me suis laissé emporter. J'ai cru que Tito allait tomber et... j'ai agi poussé par la peur, termina-t-il.

Hector n'avait pas l'air plus content que lui. Après un instant, il baissa la tête.

— J'ai cru que ce qu'il faisait était sans danger. D'ici, je ne voyais pas bien.

Duncan se retourna et vit que c'était vrai, la vue était partiellement bloquée. Hector n'avait sans doute pas aperçu la falaise effritée. Ce qui ne l'excusait pas totalement ; il aurait dû se déplacer pour surveiller son fils.

Pour autant, il lui tendit la main. Hector plissa les yeux et la considéra pendant un moment qui s'étira.

Jane et Tito les regardaient. Hector le sentit peut-être aussi car il lui serra finalement la main. Leurs regards se croisèrent et se soutinrent, toujours avec défi, mais Duncan vit des traces de la honte qu'il ressentait dans les yeux d'Hector.

— Pourquoi n'allons-nous pas regarder dans les trous d'eau ? suggéra Jane en serrant une dernière fois Tito contre elle. Ne gâchons pas cette merveilleuse journée.

Tito et Hector s'éloignèrent, un peu plus distants l'un de l'autre qu'ils ne l'étaient auparavant. Duncan resta sur place. Il se sentait coupable et ennuyé. C'était sa faute si la chose avait pris de telles proportions.

En même temps, le fait que Jane ait dû intervenir lui laissait un goût amer dans la bouche.

Celle-ci se tenait à quelques pas, le regardant.

— Vous voulez marcher ? Ou trouver un endroit où nous asseoir ? dit-elle enfin.

Il était toujours plein d'adrénaline et d'émotions compliquées.

— Nous ne pouvons pas nous éloigner.

— Hector ne s'en ira pas avec Tito. Nous pouvons marcher le long de la plage.

Il fit un bref signe de tête et ils se mirent en route, restant près de la mer d'un commun accord. Les galets lisses glissaient et roulaient sous leurs pieds. De temps en temps, des algues sèches crissaient sous leurs semelles. Le soleil était toujours haut et chaud mais Duncan était glacé intérieurement.

— Que s'est-il passé ? demanda Jane d'un ton tranquille, comme si elle voulait vraiment le savoir. Je sais que vous n'aimez pas Hector mais…

Son regard en biais révélait son malaise.

La frustration d'avoir eu tort et d'avoir été rappelé à l'ordre le minait. Jane pouvait l'empêcher de voir Tito si elle le désirait.

Il n'avait pas envie de répondre à sa question.

Que s'est-il passé ?

Quelque chose dont il n'avait pas envie de parler. Il regarda devant lui, vaguement conscient d'enfants qui s'efforçaient de faire décoller un cerf-volant, de petits groupes qui regardaient dans les trous d'eau et d'adolescents qui buvaient de la bière, assis sur des troncs.

— Quand j'étais enfant, mon père entrait et sortait de prison. C'était un dealer. Un vrai.

Son ton était ironique, pour ne rien révéler de ses émotions.

— Il ne s'est jamais drogué, je suppose que c'est déjà ça. Mais il a été condamné à dix ans de prison, le jour où ma mère est partie.

— Il n'était pas là quand vous avez eu besoin de lui.

Il avait envie de lui dire que c'était de la psychologie de comptoir mais… elle avait raison.

— Non.

— Vous étiez en colère après votre père, pas après Hector, conclut-elle.

Il l'observa de biais. Elle réfléchissait tout haut, elle voulait croire que son impulsion imbécile avait été déclenchée par quelque traumatisme de l'enfance. Pourquoi ? Parce qu'elle voulait l'excuser ?

Il ne méritait pas d'excuse et il détestait être analysé.

— Quand Tito est entré par effraction chez moi, vous ai-je dit que j'ai pointé une arme sur lui ?

Jane le fixa, l'air abasourdi.

— Où était son père quand il cherchait les ennuis ? reprit-il, presque en rage. Au même endroit que mon père quand mes frères entraient et sortaient du centre de redressement ! Je n'ai pas d'excuse pour la manière dont je me suis comporté mais Hector n'était pas là non plus quand son fils a eu besoin de lui.

Leurs mains s'effleurèrent. Ces dernières minutes, il avait de nouveau pris conscience de la féminité de Jane. Ses mollets et ses chevilles souples, dénudés par un pantalon coupé aux genoux. Ses pieds longs et étroits, ses ongles d'orteils vernis de lilas. Le miroitement du soleil dans ses cheveux, la courbe de sa joue, ses yeux.

Elle regardait devant elle à présent, l'air troublé, mais certainement pas par lui. Quelques minutes auparavant, elle le regardait avec dégoût. Il ne pouvait le lui reprocher, même si la pensée de s'être découvert avec cet éclat de colère le hérissait.

— Mais… Hector essaie d'être là pour lui, maintenant, dit-elle enfin.

Elle s'arrêta, et ils se retournèrent tous deux. Tito était debout et son père accroupi. La tête penchée, ils observaient attentivement un trou d'eau.

— Pour combien de temps ? demanda-t-il. Vous avez vu combien il perd vite son calme.

— Il n'a été arrêté qu'une fois. Ses autres enfants disent beaucoup de bien de lui. Il a son caractère, c'est sûr.

Il était évident qu'elle pensait : « vous aussi ».

— Vous devez admettre que cette situation est dure pour sa fierté, poursuivit-elle. Il sort de prison, pense qu'il a retrouvé sa dignité et on lui dit qu'il ne peut pas voir son fils sans que quelqu'un s'assure qu'il se comporte comme il faut. Ce ne sont pas exactement des circonstances idéales.

— Non, en effet.

Il pouvait comprendre que la fierté d'Hector soit à vif. Ce qui n'excusait pas la manière dont il avait manqué à son plus jeune fils.

Il fit quelques pas de plus. Elle n'était plus avec lui. Quand il se retourna pour lui faire face, elle le regardait avec gravité.

— Laissez-moi faire, ce n'est pas à vous de gérer cela.

Il était déstabilisé. Avec cet éclat de colère aveugle, il lui avait donné le pouvoir et il n'y avait rien qu'il détestait plus que d'avoir le mors entre les dents.

— Je suppose que vous allez appeler le juge Lehman lundi matin et lui dire que je ne suis pas assez objectif pour assister à ces rencontres.

Elle le regarda pendant un temps déconcertant mais elle secoua la tête.

— Non. Ce qui s'est passé aujourd'hui ne regarde que nous. Si vous aviez frappé Hector pour de bon, je n'aurais pas eu le choix, mais ce n'est pas allé aussi loin. Heureusement !

— Je ne serais pas allé aussi loin, dit-il d'une voix rauque en souhaitant pouvoir en être certain.

— O.K., concéda-t-elle, après une pause imperceptible. Nous devrions revenir sur nos pas.

Il hocha la tête, et ils se mirent en marche en silence.

Ils avaient passé une bonne journée, et il l'avait gâchée. Non ! pensa-t-il avec une bouffée de colère. Ce n'était pas entièrement sa faute. Tito aurait vraiment pu être blessé. Il avait bien fait d'intervenir, que cela plaise ou non à Hector et à Jane.

Ce n'était pas vraiment une révélation pour lui que d'admettre qu'il n'arrivait pas à quitter son sens des responsabilités assez longtemps pour s'amuser vraiment. Même quand il était adolescent, il était trop fixé sur ses buts. Un jour il s'évaderait, s'était-il promis. Il se souvint soudain de la sensation du fardeau qu'il avait alors volontairement accepté. Il avait fait son devoir ; ses frères avaient grandi. Mais s'était-il jamais senti allégé, libéré de ce poids ?

Non, parce qu'à ce moment-là il était officier de police

et grimpait dans la hiérarchie. Il avait appris à voir les gens sous un jour tellement cynique que se sentir libre et léger était devenu impossible.

Et là, ils n'étaient pas en goguette pour prendre du bon temps, mais pour veiller sur Tito. Au diable Hector ! Jane avait besoin d'ouvrir les yeux.

Tandis qu'il ruminait, ils avaient fait du chemin. Il refit surface quand elle s'arrêta et, comme une enfant, s'accroupit pour regarder dans un trou peu profond. Une méduse s'accrochait à la paroi, de petits crabes pâles détalaient le long du bord et des bernacles adhéraient aux rochers.

Ce n'était pas le trou d'eau qu'il regardait. C'était Jane, son visage transfiguré par le plaisir simple du moment. Il ressentit quelque chose d'étrange, de beaucoup plus compliqué que le désir. Cela lui rappela la manière dont son estomac se nouait quand il regardait une voiture zigzaguer à toute allure dans la circulation, sachant avec une absolue certitude qu'un accident allait se produire et qu'il ne pouvait rien y faire.

6

Tito vivait dans une bulle de bonheur depuis la veille, quand M. Munro lui avait remis son interrogation de maths. C'était là, dans son ventre, un endroit tout chaud. En général, il n'avait pas de quoi se vanter, mais là il était très fier de lui.

La moitié du temps, il ne se donnait pas la peine de faire ses devoirs. Ils n'étaient pas très difficiles, mais il les trouvait ennuyeux. Un soir de cette semaine pourtant, Duncan l'avait emmené chez lui et ils avaient fait ensemble ses devoirs de maths. Il lui avait expliqué comment il se servait de ce que Tito apprenait et cela lui avait donné une perspective différente.

M. Munro avait posé l'interrogation devant lui sur son bureau. Un grand A rouge était marqué en haut avec les mots :

« Bravo, Tito ! »

— Bon travail, avait dit le professeur avec un signe de tête amical qui l'avait fait rougir de joie.

Il avait haussé les épaules et baissé la tête pour cacher ses sentiments. Mais il avait soigneusement rangé son devoir dans son cartable.

Aujourd'hui, son père et lui devaient aller jouer au football. Il trouva finalement le bon moment pour lui annoncer la nouvelle quand celui-ci lui demanda :

— Comment ça va l'école, cette semaine ?

— J'ai eu un A à une interro de maths !

Son père lui fit un grand sourire et lui posa la main sur l'épaule.

— C'est très bien !

Tito entendait Jane et Duncan parler derrière eux. Il aurait voulu parler de son A à Duncan et peut-être lui montrer son interrogation, mais il n'était pas stupide. Son père n'aimerait pas ça. Pour papa, Duncan était comme les policiers qui l'avaient arrêté, c'était l'ennemi. Papa ne sourirait pas s'il savait que Tito avait eu un A parce que Duncan l'avait aidé.

Il avait de la chance de voir de nouveau Duncan, et c'était parce qu'avec son père ils ne se voyaient plus que deux fois par semaine. Il ne fallait pas qu'on sache qu'il était un peu soulagé et qu'il était vraiment content de pouvoir faire des paniers avec Duncan ou même rester seul.

Mais, de toute façon, qui se fichait de savoir ce qu'il ressentait ?

Son père voulait que tout soit pareil qu'avant, mais il n'était plus un gosse. Lupe espérait qu'il allait vivre avec papa, parce que sa vie était déjà assez difficile. Et, malgré ce que disait Jane, il n'était pas assez bête pour croire qu'il avait vraiment le choix.

En gros, il était d'accord. La famille, c'était la famille. Mais il pensait parfois qu'il aimait plus Duncan que son propre père. Il ne savait même pas pourquoi il prenait la peine de le voir, ni combien de temps cela durerait.

Juste à ce moment, son père lui vola le ballon en riant. Il aurait mieux aimé jouer au basket. Mais, bien sûr, papa n'avait pas envie de jouer à un sport auquel il n'était pas très bon devant Duncan. Donc, c'était toujours football, football, football.

Soudain, il avait perdu la bulle de bonheur dans laquelle il avançait depuis la veille. Il ne comprenait pas bien pourquoi, mais c'était certainement à cause de ces adultes qui voulaient tous quelque chose de différent.

Quel Tito suis-je censé être ce soir ? se demanda-t-il. Et la bulle de joie se transforma en un bouillon de ressentiment.

— Peut-être devrions-nous amener notre propre ballon de foot ? suggéra Jane à moitié sérieuse. Nous pourrions prendre l'autre moitié du terrain.

— Quoi ? fit Duncan, surpris.

Elle sourit. C'était rassurant de savoir qu'il avait oublié sa présence. Elle était tellement consciente de leur proximité, assis l'un à côté de l'autre, qu'elle avait le sentiment inconfortable que chaque cellule de son corps était orientée vers lui comme par un aimant.

Elle répéta ce qu'elle venait de dire, et il lui lança un regard indéchiffrable.

— Vous jouez au foot ?

— Tout le monde peut taper dans un ballon.

— Vous ne savez pas jouer.

Se sentant soudainement boudeuse, elle dit :

— Oublions ça, d'accord ?

Elle fixa le regard devant elle avec entêtement, mais sentit l'intensité familière de son examen.

— Vous pratiquiez un sport quand vous étiez enfant ? demanda-t-il.

— Non.

— Pourquoi ?

— Quelle importance ?

Elle se releva.

— Je vais marcher au lieu de rester assise. Si je fais le tour du terrain, je pourrai garder un œil sur Tito tout en faisant un peu d'exercice.

En croisant les doigts pour qu'il reste là où il était, elle se retourna et s'éloigna. Mais non, il lui emboîta le pas.

— Vous n'avez pas peur de rater quelque chose ? demanda-t-elle en ronchonnant.

— Vous n'avez pas peur qu'Hector et moi nous nous battions si vous n'êtes pas là pour nous surveiller ? répliqua-t-il, l'air curieusement amusé.

— Si vous faites ça, je vous interdirai ces expéditions. Ça ne me déplairait pas tant que ça.

— Vous êtes de mauvaise humeur.

Ils étaient parvenus au bout du terrain et ils tournèrent sur leur gauche. Elle pouvait de nouveau voir Tito et son père. Le gamin jouait les gardiens de but. Elle le vit faire une tentative d'arrêt, manifestement à contrecœur.

Bizarre, parce qu'elle avait pensé qu'il était de bonne humeur quand elle était venue le chercher chez Lupe. Hector avait-il dit quelque chose qui l'avait contrarié ? Le regard que Tito lui avait lancé par-dessus son épaule avant de rejoindre son père sur le terrain était sombre, maintenant qu'elle y pensait.

Duncan et elle atteignirent le coin suivant, et elle prit un virage brusque, en marchant vite. Cela l'irritait qu'avec ses longues jambes il ne fasse que flâner alors qu'elle serait sans doute hors d'haleine en un rien de temps.

— Pas de commentaires ? l'aiguillonna-t-il.

— À quel sujet ?

— Sur la raison pour laquelle vous êtes de si mauvaise humeur ?

Elle décida de faire un effort.

— Je suis désolée. Je suis préoccupée, c'est tout.

C'était vrai. Elle avait eu beaucoup de travail dans la journée. Les écoles de danse donnaient des spectacles le mois suivant, et leur fournir des costumes était lucratif. Elle adorait regarder ces petites filles excitées essayer d'extravagants tutus violets et roses et fixer leur image dans le miroir avec émerveillement. Quand elle avait cet âge, elle rêvait de porter quelque chose comme ça, de danser sur scène.

Non, son humeur avait davantage à voir avec l'affreux message qui était arrivé par le courrier du jour. C'était un morceau de papier de couleur, agrafé. Elle l'avait ouvert, persuadée qu'il s'agissait d'une publicité pour les soldes d'une boutique du coin. Elle avait posé le papier à plat sur la table et lu :

« SALOPE, TU CROIS QUE TU PEUX N'EN FAIRE QU'À TA TÊTE MAIS TU T'EN MORDRAS LES DOIGTS. »

Ce n'étaient pas seulement les mots qui lui avaient donné la chair de poule, c'était le fait que, dans la meilleure tradition des lettres anonymes, les lettres avaient été découpées dans un journal et collées sur le papier. En frissonnant, elle avait imaginé un homme penché sur une table de cuisine, découpant chaque lettre à grands coups de ciseaux coléreux. Il portait sans doute des gants en latex ? Quiconque regardait la télévision connaissait l'existence des empreintes.

Elle avait pris néanmoins le message par un coin et l'avait laissé tomber dans une enveloppe en papier kraft. Au cas où.

— Qu'est-ce qui vous préoccupe ? demanda Duncan.

Elle battit des paupières, obligée de passer en revue ses pensées pour se souvenir de ce qu'elle avait dit en dernier.

Oui, c'était très tentant de lui en parler. Malgré tout l'agacement qu'il éveillait en elle, il exsudait aussi la force. Cela faisait longtemps qu'elle n'avait pas rêvé que quelqu'un la protège, mais elle avait le sentiment que Duncan le ferait si elle le lui demandait.

Mais… après tout, il ne s'agissait que de mots. « Tu t'en mordras les doigts », pouvait signifier n'importe quoi. Il n'avait pas dit : « Je ferai en sorte que tu t'en mordes les doigts », ce qui lui aurait fait vraiment peur.

Ce n'était pas ce qui l'arrêtait, toutefois. C'était le pressentiment de la supposition immédiate de Duncan : Hector. Pourtant, s'il était manifestement coléreux, elle ne le voyait pas menacer une femme anonymement.

Elle fronça les sourcils.

Ce n'était pas non plus la raison pour laquelle elle se taisait. Ce qui lui déplaisait profondément, c'était l'idée qu'elle ne pouvait pas prendre soin d'elle-même, qu'elle avait besoin d'un homme – un homme dominateur qui plus est. De devoir accepter humblement son autorité en échange de sa protection.

Non, elle ne pouvait pas. Son cœur palpitait rien que d'y penser. Elle ne se mettrait plus jamais dans ce rôle de soumission. Cela l'alarmait d'en avoir eu la tentation. Y avait-il une part d'elle-même qui voulait revivre son horrible enfance ?

— Oh… Je termine mes recommandations pour une autre affaire. Ce n'est pas comme celle de Tito. Tout le monde déteste tout le monde. Ils ont tous des avocats, dit-elle d'un ton délibérément distrait.

Elle haussa les épaules.

— Ne me dites pas que vous avez des doutes, lança-t-il.

La moquerie dans sa voix était subtile, mais elle était là, la confirmant dans sa décision de ne pas se confier à lui.

Elle s'arrêta net, mit les poings sur ses hanches et attendit qu'il se tourne vers elle.

— Qu'est-ce que c'est censé signifier ? demanda-t-elle.

Il haussa les sourcils.

— C'était une simple question.

— Bien sûr.

Elle bouillait pour de bon maintenant.

— Vous ne pensez pas beaucoup de bien de moi, n'est-ce pas ?

Les yeux gris l'étudièrent. Il ne ricanait pas, c'était toujours ça. En fait, il avait une expression étrange, un peu déconcerté. Après une pause perceptible, il dit :

— Je ne dirais pas ça.

Elle ricana et se remit en marche en accélérant le pas au point de presque courir.

Ils passèrent derrière les buts que Tito gardait toujours. Au même moment, il se jeta devant le ballon et elle cria :

— Super !

Il lui sourit, il commençait à se prendre au jeu. En dépit de son humeur, elle était ravie. Hector faisait des efforts, et ce n'était facile pour aucun d'eux.

— Vous n'avez pas besoin de continuer à marcher avec moi, dit-elle à Duncan d'un ton glacial.

— Ça va. Ça me fait du bien de me dégourdir les jambes.

Il ne semblait pas ennuyé par leur échange brusque.

Ils firent un tour complet du terrain sans parler. La tension qu'elle sentait en elle s'évanouit graduellement. L'exercice lui faisait du bien, à elle aussi. Elle n'était pas allée à un seul cours de danse en deux semaines. La demi-heure de gymnastique qu'elle s'accordait à la maison chaque jour ne suffisait pas.

Au troisième tour, Duncan demanda sans rime ni raison :

— Vous avez grandi ici ?

— Vous me faites la conversation ?

— Quelque chose comme ça, dit-il.

Bien qu'elle trouve ses motivations suspectes, elle ne put trouver une bonne raison de ne pas répondre.

— Je viens du Midwest. De l'Iowa.

— De la campagne ?

— Une petite ville.

— Pas de club junior de base-ball ? De football de filles ?

— Qu'en savez-vous ?

— Simple supposition, dit-il.

— Vous avez raison. Je n'en faisais pas.

Le silence n'était plus du tout reposant, à présent. Elle arpenta toute la longueur du terrain, Duncan en remorque.

— Que faisiez-vous quand vous étiez petite fille ?

— Qu'est-ce que ça peut vous faire ?

Ses épaules esquissèrent un haussement paresseux.

— Je suis juste curieux.

Elle ne répondit pas tout de suite. Son enfance n'avait rien de mystérieux. Elle ne se rappelait pas la dernière fois qu'elle en avait parlé. Cela lui donnait l'impression d'être toute nue.

Surtout vis-à-vis de Duncan MacLachlan.

Mais il lui avait dit que son père était allé en prison et que sa mère avait déserté, n'est-ce pas ? Il ne demandait pas plus qu'il n'avait donné.

— J'allais à l'église. J'étudiais la Bible. J'aidais ma mère à nettoyer et à cuisiner. Je cousais mes vêtements et ceux de mes sœurs.

Elle ne pouvait faire autrement que d'en faire quelque chose de plat.

— Mes parents appartenaient à une petite secte religieuse bizarre, continua-t-elle. Pas d'alcool, pas de danse. Les filles devaient s'habiller modestement. Leur place était à la maison.

— Vous alliez sûrement à l'école.

Elle ressentit la douceur de sa voix comme une caresse. Apparemment, il avait compris combien ce terrain était périlleux du point de vue émotionnel pour elle.

— Oui, j'y suis allée, mais seulement à cause des pressions officielles. Nous étions censés étudier à la maison, mais nous avons échoué aux tests requis et les anciens de l'église ont cédé et nous ont envoyés à l'école communale. Aucune activité extrascolaire, bien sûr.

Elle se secoua, comme si elle pouvait se débarrasser de ses souvenirs.

— C'était très restrictif, oppressant et déprimant. Mais il n'y avait pas d'abus, si c'est ce que vous pensez.

Ce qui n'était pas tout à fait vrai, de son point de vue actuel. Son père était un homme coléreux et rigide qui imposait sa volonté à coups de gifle quand il en voyait la nécessité.

À sa grande honte, elle se recroquevillait encore parfois devant une main levée.

— Je me suis débrouillée pour tenir jusqu'à ce que j'aie mon bac. L'une de mes professeurs m'a aidée à postuler à l'université et a même payé les frais d'inscription. J'ai fait ma valise, j'ai pris un bus et je suis partie. Fin de l'histoire.

— Vous êtes restée en contact avec votre famille ? demanda Duncan, toujours avec cette douceur inexorable dans la voix.

Elle secoua la tête.

— J'ai essayé. Père était en colère à cause de la manière dont j'étais partie. Il a décidé que j'aurais une mauvaise influence sur mes jeunes sœurs. Il avait sans doute raison.

— Donc, vous ne savez pas si elles ont réussi à s'échapper aussi ?

Elle serra étroitement les poings et sentit ses ongles lui entailler la chair.

— Si, je le sais. Je suis restée amie avec ce professeur qui m'a aidée. Elle m'a dit que mes sœurs s'étaient mariées au sein de la secte.

— Je suis désolé, dit-il d'une voix attendrie.

— Moi aussi.

— Et votre mère ?

— C'était une non-entité, si je puis dire.

Elle entendit son propre rire, comme venu de très loin. Ce n'était pas un son plaisant.

— Je suppose que je suis née rebelle. Aussi loin que je me souvienne, je détestais qu'on me dise non. Les filles ne courent pas, ne se roulent pas dans l'herbe. Elles ne convoitent pas les garçons, ne pensent pas. Elles ne dansent surtout pas.

Son père avait eu le dessus jusqu'à ce qu'elle monte dans ce bus et qu'elle presse le nez contre la vitre pour voir disparaître sa petite ville. Elle avait fait des choses interdites en secret, mais si rarement. Et elle savait avec amertume qu'elle n'aurait plus l'occasion de jouer – elle n'était plus une enfant – ni surtout de devenir danseuse.

Le visage de sa mère avait pâli dans sa mémoire, comme s'il n'avait pas plus de caractère que sa personnalité. Son père, pourtant, elle le voyait aussi clairement que s'il était devant elle, avec son regard désapprobateur. Grand et mince – parce qu'il réprouvait les excès de toute sorte –, doté du regard brûlant d'un fanatique. Malheureusement ses yeux étaient de la même couleur que les siens. Elle détestait l'idée d'avoir tant hérité de lui.

Pendant toute son enfance, il avait incarné le Dieu de l'Ancien Testament, impitoyable et sans douceur, même envers ses filles les plus jeunes. D'autres parents avaient dévié des règles sévères imposées par le leader de la secte, mais pas le père de Jane. Lui, jamais.

Elle était vaguement consciente que Duncan et elle avaient accompli un autre tour de terrain. Qu'Hector et Tito avaient cessé de jouer et attendaient qu'ils les rejoignent. Mais la plus grande partie d'elle-même était toujours aux prises avec le passé qu'elle venait d'évoquer pour Duncan.

— Il y avait une école de danse dans votre ville ? demanda-t-il.

— Une petite.

Elle se représenta l'immeuble modeste, les mères garées devant pour déposer ou venir chercher leurs filles.

— Sans doute pas très bonne.

Bien que, à l'époque, elle pensait que c'était le premier pas en direction de la terre promise.

— Mais quelques-unes des filles avec qui j'allais à l'école y allaient. Je les voyais dans leurs tutus. J'ai commencé à lire des livres sur la danse à la bibliothèque. Les photos…

Quand on lui permettait de faire des recherches pour l'école, elle se glissait entre les rayons de la bibliothèque sans que personne ne la voie. Elle savait où se trouvaient les livres sur la danse. Il y en avait un grand, avec de magnifiques photos en couleur de danseuses sur scène. Une telle nostalgie la prenait quand elle regardait ces photos ! C'était une terrible douleur de le refermer et de le remettre sur l'étagère.

Elle soupira.

— Bien sûr, je n'aurais jamais pu y arriver. Je suis trop grande. Cela a toujours été irréaliste.

— Mais vous rêviez, dit-il tout doucement. Des rêves de danse.

— Oui.

Ils approchaient d'Hector et de Tito, et elle fut intensément soulagée que leur conversation se termine. Mais elle n'était pas si désolée qu'ils l'aient eue ; Duncan s'était montré beaucoup plus gentil et compréhensif qu'elle ne s'y était attendue. Lui raconter cela avait été cathartique, mais cela ne voulait pas dire qu'elle ne haïssait pas chacun de ses souvenirs.

Elle éleva la voix.

— Vous vous êtes bien amusés, les garçons ?

— *Sí*, dit Tito, trahissant le fait qu'il avait parlé espagnol avec son père. Je veux dire, bien sûr.

— Eh bien, je transpire autant que si j'avais joué aussi, dit-elle avec légèreté. Et maintenant, Hector ? Dites-moi que nous allons boire quelque chose de frais, s'il vous plaît.

Hector se mit à rire. C'était un bel homme quand on voyait ses dents blanches. Le rire lui allait bien mieux que la colère.

— Oui, j'ai promis une limonade à Tito. Il n'y a qu'un seul endroit pour ça, pas vrai ?

— *Sí.*

Stimson avait son propre glacier, une institution ancienne, décorée dans le style approprié des années cinquante. Les jupes à godets, les cerceaux, les voitures de trois tonnes avec des ailerons…

— Capitaine MacLachlan, dit-elle, je suis certaine que vous avez l'intention d'offrir une limonade à la dame qui vous accompagne.

Son sourire transforma son visage encore plus que celui d'Hector et le rendit bien trop sexy.

— Oui, mademoiselle Brooks.

Il lui tendit un bras recourbé.

— Je crois que je peux vous offrir une limonade.

Elle ne pouvait faire autrement que de poser sa main dessus. Peau contre peau, étant donné qu'il portait un T-shirt à manches courtes. Elle fit semblant de ne pas remarquer la contraction des muscles sous ses doigts et retira sa main, aussi vite que possible, espérant qu'il croirait à son insouciance joyeuse. Mais un regard de ses vigilants yeux gris lui apprit qu'il ne s'était pas laissé berner.

Et alors ? se dit-elle. Il ne pouvait pas comprendre combien elle s'était sentie vulnérable quand elle lui avait dit que, chez elle, les filles ne dansaient pas.

Pourtant il avait eu un ton très pensif quand il avait murmuré : « Mais vous rêviez. » Pour autant, qu'il ait lu entre les lignes de ce qu'elle lui avait raconté ne signifiait pas que c'était un homme sensible. Il pouvait être à la fois brusque et perspicace. Et il n'hésiterait pas à se servir de son avantage dans leur conflit au sujet de Tito. Elle en était certaine.

Promesse de glace ou pas, elle n'avait qu'une hâte, s'éloigner de lui.

Au lieu de dormir, Duncan resta allongé à réfléchir à cette femme qui l'intriguait de plus en plus maintenant qu'il la connaissait mieux.

Au début, il l'avait rangée dans la catégorie des emmerdeuses. Un corps excitant, sans doute, mais une âme bien-pensante, persuadée qu'elle savait tout.

Maintenant, il la soupçonnait de ne pas rêver seulement de danse, mais aussi de familles parfaites. Peut-être n'avait-elle pas été capable de faire quoi que ce soit pour changer la sienne, mais elle allait sauver les familles des autres.

Elle se serait certainement sentie insultée s'il l'avait traitée de naïve, mais en un sens elle l'était. L'une des choses qui le titillait le plus, c'était le plaisir qu'il voyait parfois sur son visage quand elle regardait Hector et Tito. Une sorte de foi incandescente qu'il ne se rappelait pas avoir jamais ressentie.

C'était l'une des nombreuses contradictions de Jane Brooks. Le cynisme et la foi. Une sensualité très adulte et la capacité à ressentir un émerveillement enfantin.

Ce qu'il ne pouvait élucider, c'était dans quelle mesure Jane se comprenait elle-même et comprenait ses propres motivations.

Il laissa échapper un rire. Qui se comprenait de toute façon, à commencer lui-même ? Il devait reconnaître qu'en ce qui concernait Tito il y était allé à l'instinct. À sa manière bien à lui, il avait établi une relation avec ce gosse comme il n'avait pas pu en avoir avec ses frères. Alors qui était-il pour juger ?

Mais il n'avait pas la même foi que Jane. Même durant les

meilleurs moments avec Tito, il ne s'était jamais raconté que le gosse s'attacherait à lui, qu'il accepterait ses conseils, aurait son bac et irait à Harvard. Il avait suivi son instinct et fait de son mieux. Mais il n'y croyait pas, pas comme Jane.

C'était une fichue bonne femme, pensa-t-il avec frustration, en regardant les ombres bouger sur le mur. Il aurait parié que son attirance envers elle n'était pas à sens unique, mais elle ne montrait aucun signe d'ouverture. Parce qu'elle était déterminée à rester professionnelle ? Parce qu'ils n'avaient pas les mêmes liens avec Tito ? Ou parce qu'elle ne l'aimait tout simplement pas ?

Bizarre que ça l'ennuie, alors qu'il avait été si longtemps persuadé que c'était lui qui ne l'aimait pas et qu'il accordait peu d'importance à ce que les autres pensaient de lui.

Alors pourquoi ne pouvait-il pas se l'enlever de la tête ? Pourquoi était-il sexuellement excité rien qu'en pensant à elle ?

Il jura tout haut. Il n'avait pas perdu le sommeil à cause d'une femme depuis son adolescence. Il préférait un certain type de femme, et cela n'avait rien à voir avec la couleur de cheveux ou la taille du soutien-gorge. Il aimait les femmes peu exigeantes, qui se contentaient d'une soirée en ville et d'une ou deux heures de plaisir au lit.

Il sourit à l'idée d'une soirée en ville avec Jane. La présence de Tito et de son père les contraignait à la politesse mais, la plupart du temps, ils se débrouillaient quand même pour se disputer.

Ce qui l'empêchait de dormir, c'était la certitude absolue que coucher avec Jane se résumerait à bien plus qu'une ou deux heures de plaisir. Ce serait la même différence qu'entre manger pour se remplir l'estomac et déguster un dîner gastronomique. Ce serait à couper le souffle, inoubliable…

Et ça n'arriverait pas.

Il savait sans le lui demander qu'elle n'était pas femme à coucher sans aimer, et il n'avait pas le cœur pour cela.

Une pensée insidieuse se glissa dans son esprit. Avait-elle déjà eu des relations sexuelles étant donné son éducation ? S'était-elle dépêchée de rattraper le temps perdu après avoir quitté la maison ?

Passionnée et éveillée comme elle l'était, il était peu probable qu'elle n'ait pas exploré sa sexualité. Mais sa vie actuelle était très certainement aussi dépourvue de romantisme et de sexe que la sienne. Tenir une boutique ne laissait pas beaucoup de temps libre, et il l'avait vue consulter un agenda rempli de rendez-vous quotidiens pour programmer les sorties avec Tito et Hector. À moins qu'elle n'ait quelqu'un qui l'attendait à la maison…

Non. Il refusait d'y croire. Elle ne portait pas d'alliance et elle aurait mentionné un mari ou un partenaire si elle en avait un. Elle n'aurait pas flirté avec lui. C'était ce qu'ils faisaient, même s'ils auraient prétendu tous deux le contraire. Elle ne frémissait pas quand il la touchait, ne rougissait pas quand son regard se posait sur sa bouche… Non, qui que fût Jane Brooks, il la croyait intègre.

C'était le plus troublant de tout, pour un homme qui ne faisait plus confiance à personne depuis que sa mère avait abandonné ses enfants.

Oh ! pour l'amour du ciel !

Il rejeta les couvertures et tendit la main vers la lampe. S'il ne pouvait dormir, il allait lire. Ou regarder la télé. Faire n'importe quoi plutôt que de rester allongé là, miné par la pensée d'une femme entêtée qui l'excitait.

Il regarda les quelques livres empilés sur sa table de chevet et ne ressentit d'intérêt pour aucun. En descendant l'escalier pour trouver quelque chose susceptible de retenir son attention, il pensa : *Tu pourrais arrêter*. Jane serait sans doute soulagée. Ils n'auraient plus à se voir. Ce désir étrange qu'elle avait éveillé en lui s'affadirait et serait vite oublié. Les visites se passeraient mieux sans sa présence, qui hérissait Hector.

Mais il ne ferait pas une chose pareille. Même s'il n'aimait pas Tito – la suggestion de Jane était ridicule –, il se sentait responsable de lui. D'une certaine manière, il s'était engagé et il respectait ses engagements.

Il saisit un livre presque au hasard et retourna au lit, stupéfait par son sentiment de soulagement.

Bien sûr, il devait continuer à passer du temps avec Jane. Pour le bien de Tito.

L'instant d'après, il fit la grimace. Il ne laissait pas les gens faire preuve de tant de malhonnêteté d'habitude et il n'allait sûrement pas s'y adonner. Pas quand il connaissait la vérité.

Il voulait continuer à voir Jane.

Il voulait Jane, point.

7

— J'ai eu un autre A à mon interro de maths, cette semaine, dit Tito.

Duncan pressa l'épaule du garçon.

— Bravo ! Tu n'as pas besoin que je t'aide, alors ?

Tito se redressa fièrement.

— Non. Les fractions, c'est facile maintenant.

Duncan avait suggéré une promenade ce soir-là, plutôt que leur sport habituel. Initialement, il avait eu l'intention d'aller chez lui avec Tito pour étudier, mais apparemment, cela ne serait pas nécessaire. Les notes de Tito en anglais et en éducation civique avaient encore besoin de progresser, mais l'aider dans ces matières était plus difficile. En gros, pensait-il, ce dont le garçon avait besoin, c'était de mieux s'exprimer. Ils pouvaient faire cela en marchant.

Aussi, il les conduisit hors de la ville, le long de la digue de la Skagit River, où ils pourraient marcher. La rivière était haute et turbulente. La neige était tombée bas sur les contreforts des monts Cascade jusqu'à ces quelques semaines inattendues de temps chaud et ensoleillé.

— Papa dit qu'il va m'emmener pêcher, dit Tito après qu'ils eurent marché en silence pendant quelque temps. Tu sais pêcher ?

Il secoua la tête.

— Je n'en ai jamais eu le temps ou l'envie. Peut-être pas la patience, non plus.

Tito sourit.

— Je crois que je peux être patient.

— Je le crois aussi.

Duncan pensa à l'application que le garçon avait mise à

s'améliorer en basket. Il s'était entraîné soir après soir, au lieu de traîner avec ses amis. Ce qui démontrait à la fois sa détermination et sa patience.

— Ton père ne t'emmenait pas pêcher ? demanda Tito d'un ton mal assuré.

— Non.

Il ne lui avait jamais dit que son père était aussi allé en prison. Peut-être aurait-il dû ; cela pouvait aider Tito à comprendre qu'il n'avait pas besoin de suivre les traces de son propre père. Mais cela ne semblait pas être le bon moment.

— Il était… souvent parti quand j'étais petit. Ma mère me conduisait aux entraînements de basket, aux boy-scouts.

Une chose qu'il avait prise pour acquise, tout en ayant la certitude coléreuse que ses parents l'avaient tous deux laissé tomber, pensa-t-il. Il eut honte en pensant à l'enfance triste de Jane par contraste.

— Ton papa… il ne t'apprenait rien ?

Tito semblait incrédule.

— Il m'a appris à jouer de la cornemuse.

Son père avait fait jouer les trois garçons. Duncan ne put s'empêcher de sourire. Ils faisaient le boucan le plus impossible qu'on puisse imaginer.

Le visage du garçon se plissa de perplexité.

— De la cornemuse ?

Duncan lui expliqua l'histoire de cet étrange instrument de musique. Tito écouta avec une incrédulité polie. Amusé, Duncan lui avoua que certaines personnes se bouchaient les oreilles devant les gémissements des cornemuses.

— MacLachlan est un nom écossais, poursuivit-il. Le père de mon père, mon grand-père, a émigré aux États-Unis comme ton père. Mon père est né ici, mais il parlait avec un accent. Pas aussi fort que son père, mais quand même.

C'était drôle, il ne s'était pas rappelé cette intonation depuis longtemps. C'était une des choses qui pouvaient rendre son père un tant soit peu attirant.

— Les cornemuses n'étaient pas écossaises, au départ. Il y a une sorte de cornemuse décrite dans l'Ancien Testament. Il est probable que les Grecs anciens en possédaient. J'ai vu une photo d'un manuscrit médiéval qui montrait des hommes jouant de la cornemuse au XIIe ou XIIIe siècle. Les gens ont oublié maintenant qu'elles n'ont pas toujours été écossaises.

Tito écoutait avec suffisamment d'intérêt pour que Duncan continue en lui racontant la bataille de Culloden, en 1746, quand les cornemuses avaient incité les troupes écossaises à prendre les armes. Elles avaient alors été interdites par les Anglais, qui les considéraient comme trop belliqueuses.

— Quand nous irons à la maison, je te montrerai des photos.

— Tu as une cornemuse ?

— Oui, quelque part. J'ai aussi celle de mon père, je crois.

Il soupira.Son père ne l'avait probablement pas emportée avec lui l'unique fois où il était passé à la maison après être sorti de prison. Cette rencontre avait d'ailleurs été très désagréable. Son père croyait qu'on l'accueillerait à bras ouverts alors qu'il n'avait pris aucune nouvelle de ses fils durant toutes ces années. Il avait énormément vieilli. Duncan était tellement en colère ce jour-là que sa vision s'était brouillée et qu'il avait ressenti un terrible malaise en luttant contre l'envie de demander : « Comment as-tu pu nous faire ça » ?

— Mon frère Niall joue toujours, reprit-il. Tu as entendu parler des Highland Games ? Il y a un concours de cornemuses.

Autant qu'il le sache, Conall n'avait plus jamais joué après la dernière condamnation de leur père. Mais Niall s'y était fidèlement tenu, en dépit du dégoût de ses deux frères pour l'instrument.

Un sourire mélancolique échappa à Duncan. Quand il avait vu son frère défiler avec le tartan du clan MacLachlan et jouer une musique si envoûtante qu'il en avait eu la chair de poule, il avait ressenti quelque chose d'étrange, du regret, peut-être.

— Si ça t'intéresse, poursuivit-il, il pourrait jouer pour toi, une fois.

Tito approuva avec enthousiasme.

— Je n'ai jamais entendu de cornemuse. Je ne savais pas qu'on pouvait faire de la musique avec un sac[1].

1. En anglais, cornemuse se dit *bagpipe*, soit littéralement « tuyau avec un sac ». (NdT)

Duncan ne put s'empêcher de rire.

— Quand j'en jouais, on n'aurait pas pu appeler ça de la musique.

Ils devaient avoir parcouru trois kilomètres le long de la digue, en croisant d'autres promeneurs dont quelques-uns avec des chiens. Tito regardait ces derniers avec envie et dit qu'il aimerait en avoir un. Papa avait dit peut-être, quand ils auraient une maison.

— Tu commences à te faire à lui ? demanda Duncan en prenant un ton soigneusement dégagé.

Tito lui lança un regard qu'il ne pouvait que qualifier de prudent. Il haussa les épaules et marmonna :

— Bien sûr.

— Tu es content que Jane et moi soyons là, ou bien tu préférerais que nous ne soyons pas là ?

La tête baissée, le garçon parut se concentrer sur ses chaussures. Son « je ne sais pas » fut murmuré.

C'était peut-être trop lui demander que de parler avec franchise de ses sentiments et de ses inquiétudes au sujet de son père.

— Tu aimes bien Jane ?

Il releva la tête et haussa de nouveau ses épaules étroites.

— Elle est O.K.

— Elle défend ce qu'elle croit avec férocité.

Le front de Tito se plissa.

Duncan essaya de lui expliquer ce qu'il voulait dire.

— *Una guerrera*, suggéra Tito.

En regardant si Duncan comprenait le mot espagnol, il dit :

— C'est comme… un soldat ?

— Un guerrier.

Duncan sourit.

— Oui, c'est comme ça que je la vois.

— C'est vrai que, quand elle était en colère contre toi et papa, elle s'est battue.

Après un instant, l'air triste, il reprit :

— J'aimerais bien que Lupe soit comme ça aussi.

— Avec trois enfants et pas de mari, elle est probablement trop fatiguée pour être une guerrière. Ou peut-être que gagner assez d'argent, faire la cuisine et s'occuper de ses enfants et de toi veut dire qu'elle en est une aussi, à sa manière. Tu sais, personne ne le lui aurait reproché si elle avait dit qu'elle ne pouvait pas s'occuper de toi.

Il regarda Tito réfléchir à ça et approuver finalement.

— *Sí.* Je déteste Raul, dit le garçon avec fureur. Il a toujours des excuses. Il ne donne même pas à Lupe l'argent qu'il devrait.

— Tu as raison d'être en colère, dit Duncan après un instant. Cela prouve que tu aimes ta sœur.

Il regarda le visage détourné de Tito.

— Ce Raul, dit-il, est-ce qu'il voit ses enfants ?

— Quelquefois, il passe, il lui donne un peu d'argent et fait semblant d'être content de les voir. Je préférerais qu'il ne vienne jamais.

Duncan prit note mentalement de faire une petite recherche sur Raul. S'il gagnait de l'argent, alors il devait payer ce qu'il devait à la mère de ses enfants.

— Regarde ! dit soudain Tito. Un aigle !

Un aigle chauve descendait effectivement en piqué sur la rivière, plongeait dans l'eau et remontait triomphalement avec un poisson gigotant dans ses serres. Tito le regarda avec émerveillement.

— T'as vu comme il allait vite ?

Duncan rit doucement.

— C'est peut-être une aigle, tu sais.

Le visage soudain joyeux, Tito s'exclama :

— *Una guerrera !*

Le rire s'approfondit dans la gorge de Duncan.

— *Sí*, comme notre Jane.

Plus calmement, il ajouta :

— Ou comme Lupe, qui rapporte la nourriture pour ses enfants.

Il fut content de voir Tito prendre l'air pensif.

Le soleil laissa place, non pas à quelques averses de printemps, mais à une pluie incessante propre à écraser les fleurs qui poussaient dans les champs. Le delta de la Skagit était célèbre pour la culture des bulbes de jonquilles et de tulipes.

Le festival des tulipes amenait touristes et dollars à la région. Malheureusement, la météo printanière du Puget Sound était traîtresse. Tout le monde espérait que le front humide du moment passerait son chemin avant que les tulipes les plus fragiles ne s'ouvrent.

Hector avait décidé qu'à défaut d'activités en extérieur à cause de la météo ils iraient manger un hamburger puis iraient au cinéma. Jane n'était pas ravie par le choix d'un film d'action, et encore moins ravie à l'idée de voir Hector et Duncan se côtoyer de si près.

Sa seule consolation était qu'il n'y avait plus eu de messages déplaisants. Était-ce parce qu'elle avait remis ses conclusions au juge ? D'une certaine manière, elle ne faisait plus partie de l'affaire. Il était trop tard pour les menaces.

Sauf qu'aucun des messages ne constituait à proprement parler une menace, se rappela-t-elle. *Des paroles en l'air.*

Tristement, elle réfléchit au nombre de fois où elle s'était servie de cette expression dernièrement pour se rassurer.

Ce qui l'irritait, c'était qu'elle n'arrivait plus à ouvrir son magasin sans trembler. Quand le courrier arrivait, elle le parcourait immédiatement au lieu de mettre négligemment la pile de côté comme elle le faisait d'habitude. Le soulagement l'envahissait quand elle pensait : *Rien aujourd'hui*. Elle avait également pris l'habitude, une fois entrée par la porte de service, de se précipiter pour vérifier la porte de devant au cas où le message suivant aurait été laissé de manière encore plus publique.

Elle aurait dû être rassurée par ce week-end de silence, mais elle ne l'était pas.

Le soir, en dépit de son imperméable, elle fut trempée en allant de sa voiture à l'immeuble de Lupe. Elle n'avait pas pris la peine d'ouvrir son parapluie pour un trajet si court, mais elle frissonnait quand elle fut de retour dans la voiture avec Tito.

— Berk, vivement l'été ! marmonna-t-elle.

Tito secoua la tête, éparpillant des gouttes d'eau comme un chien mouillé en souriant.

— Lupe dit que, si on n'aime pas la pluie, il faut aller vivre ailleurs.

— Eh bien, Lupe a raison, mais j'ai un magasin qui marche bien ici, alors aller ailleurs ne serait pas facile.

Hector, dégoulinant, arriva cinq minutes après eux chez McDonald's. Tito et lui passaient déjà commande quand Duncan se montra. Il n'était pas allé chez lui se changer et portait un costume anthracite bien coupé avec une chemise blanche et des chaussures de ville. Elle s'était attendue à ce qu'il se soit abrité, mais non : la pluie brillait sur ses cheveux noirs et tachait le tissu élégant de son costume.

Il fit la queue derrière elle, regardant le menu affiché au-dessus de leurs têtes sans enthousiasme.

— On ne pouvait pas manger des *fish and chips* ? dit-il à voix basse et d'un ton plaintif.

Elle rit d'un air moqueur.

— Pizza et hamburgers, marmonna-t-il. Pizza et hamburgers.

— Je n'ai pas mangé de hamburgers depuis une éternité, lui dit-elle, plus joyeuse qu'elle ne s'était sentie de toute la journée. Et de frites. J'adore les frites.

Il fit la grimace devant sa commande, mais passa la même et offrit de payer pour elle. Elle déclina poliment son invitation et régla son repas : il ne s'agissait pas d'un rendez-vous romantique.

Comme toujours, Tito eut l'air embarrassé quand Duncan le salua. Hector lui adressa un signe de tête sec. Le père et le fils prirent leurs plateaux et choisirent un box encadré par deux box déjà occupés dans le restaurant bondé. Honnêtement, Jane ne pouvait pas le leur reprocher. Difficile de se détendre en la présence de la duègne et de son ombre.

Le temps qu'on appelle le numéro de Duncan, Hector et Tito s'étaient assis à quelque distance. Il avait l'air résigné plutôt qu'en colère.

— Seigneur, quelle journée !

— Et moi qui m'imaginais que les escrocs resteraient à la maison bien au sec. Comme mes clients l'ont fait, dit-elle en plissant le nez.

— Les escrocs sont peut-être restés à la maison, mais je suis désolé de vous dire que le citoyen moyen était dehors, lui. Et, quand il a pris le volant, il n'a pas ralenti.

Les habitants de l'État de Washington auraient dû savoir

conduire sous la pluie, mais non. Nombre d'entre eux étaient sans doute des Californiens émigrés.

Quand elle lui fit part de ses réflexions, Duncan grogna :

— Trop de gens idiots. C'est une explication plus simple.

Elle se mit à rire.

— Est-ce qu'on va citer vos propos dans le *Dispatch* ?

— Si ça faisait ralentir les gens, je le ferais. L'un de ces imbéciles s'est tué, lui et son fils de vingt-trois ans, en conduisant à cent vingt sur l'autoroute. Dieu merci, c'est la patrouille d'État qui s'est occupée de ce bazar, mais l'autoroute est restée fermée pendant deux heures.

— Ce qui veut dire que tout le monde a fait un détour par la ville.

Il émit un autre grognement mécontent.

— En accélérant, bien sûr, parce qu'ils étaient énervés.

— J'avais entendu parler d'un accident grave. Mais je ne savais pas qu'il y avait eu des morts.

— Le seul bon côté des choses, c'est que personne d'autre n'a été sérieusement blessé.

Il lui raconta sa journée en mangeant. Elle fit de même, bien que les petits riens de sa journée aient l'air trivial à côté des tragédies qui l'occupaient.

Mais je vends du rêve, se rappela Jane. Les rêves comptent aussi.

Elle le buvait des yeux en parlant. Pourquoi son visage était-il si sexy avec toutes ces rides d'inquiétude, elle n'aurait pas su le dire, mais elle pensa ensuite : *Non, son visage est sexy à cause de ces rides*. Parce qu'elles démontraient le fardeau qu'il portait et le fait qu'il s'en préoccupait.

Et puis, il y avait sa bouche qui s'ouvrait parfois en un sourire stupéfiant. Et ses yeux, aussi froids que de la glace noire une minute et aussi mystérieux que le brouillard hivernal la minute suivante.

Ses mains…

Elle grinça des dents.

Oh ! Seigneur. *Je suis sur une mauvaise pente*.

Quand Hector et Tito apparurent près de leur table, elle réprima un sursaut. N'était-il pas embarrassant qu'elle n'ait pas jeté un seul coup d'œil dans leur direction ? L'aurait-elle remarqué, si Hector et Tito étaient partis sans les prévenir ? Duncan, lui, ruminait sans doute les tragiques conséquences de l'insouciance des gens, pas la courbe de ses lèvres.

— Tito aimerait venir avec moi au cinéma, dit Hector avec raideur.

Ramenée à ses responsabilités, elle s'efforça de se rappeler si la camionnette d'Hector avait des pneus en bon état. Oh ! pour l'amour du ciel ! Elle n'était pas la mère du garçon pour se préoccuper de choses comme ça.

— Bien sûr, dit-elle sans regarder Duncan.

Très bientôt, il leur faudrait lâcher prise. Tito finirait par aller vivre avec son père, et ni elle ni Duncan n'auraient plus leur mot à dire sur sa vie.

— Nous vous suivons.

En fronçant les sourcils, Duncan les regarda partir. Puis il tourna les yeux vers elle.

— Pourquoi ne venez-vous pas avec moi ? Je pourrai vous ramener à votre voiture après le film.

Jane ne se laissa pas tenter.

— Le cinéma est à mi-chemin de la maison. Il vaut mieux que je prenne le volant.

Il hocha la tête et se leva pour débarrasser leurs plateaux.

Ils s'étaient garés sur des places de parking opposées et ils se séparèrent à la porte. La pluie avait un peu ralenti, mais Jane se dépêcha quand même. La pluie n'était pas loin de tourner à la neige, chose inhabituelle en mai.

Elle avait déjà inséré la clé dans la serrure quand elle vit quelque chose sur le pare-brise. Son cœur s'accéléra, et elle s'approcha pour mieux voir.

Oh ! mon Dieu. Un réseau de fêlures rayonnait depuis le centre du pare-brise, comme si… on l'avait écrasé. Dilué par la pluie, du sang courait en ruisselets le long du verre étoilé.

Elle ouvrit la bouche pour pousser un hurlement qui resta coincé dans sa gorge. Elle n'avait plus qu'une seule pensée : *Duncan.* Elle pivota sur ses talons et se mit à courir.

Les épaules remontées sous l'averse, Duncan déverrouillait son 4x4 quand il entendit un bruit de pas précipités. Il se retourna, la main sur son arme, et fut choqué de voir Jane courir à travers le parking, en faisant jaillir l'eau sous ses pieds.

Elle semblait bouleversée. Obéissant à son instinct, il ouvrit les bras et elle se jeta contre lui.

Ce fut davantage une collision qu'une étreinte. Il referma les bras autour d'elle et la déplaça contre le flanc de son 4x4 tout en parcourant le parking du regard en quête de ce qui l'avait effrayée. Les phares d'une voiture passèrent sur eux mais, accrochée à lui, elle ne parut pas s'en apercevoir.

— Jane, dit-il d'un ton pressant. Que se passe-t-il ?

Elle marmonna quelque chose contre sa poitrine. Il recula pour qu'elle lève la tête. Elle battit des paupières. Son visage était trempé de pluie.

— Je suis stupide, murmura-t-elle. C'est juste que…

— Que quoi ? dit-il avec exaspération.

— Mon pare-brise. Quelqu'un a cassé mon pare-brise.

— Vous voulez dire qu'on l'a vandalisé ?

Elle ne dit rien pendant plusieurs secondes, et il plissa les yeux.

— Oui, mais… pas exactement.

Ses soupçons prenaient forme, et il la conduisit vers le siège passager dont il ouvrit la portière.

— Montez.

— Où allons-nous ?

— Voir votre voiture, quoi d'autre ?

Une seconde plus tard, il claquait aussi sa portière, laissant dehors l'humidité de la nuit. Les lampes au sodium diffusaient une lueur jaune. Elle était assise là, immobile, les coudes serrés contre les flancs, et elle tremblait. En jurant, il démarra et alluma le chauffage.

— Où êtes-vous garée ?

Elle fit un geste, et il repéra sa voiture. Deux minutes plus tard, il se garait devant.

Ce n'étaient pas seulement les dégâts causés au pare-brise qui l'avaient effrayée, il le comprit immédiatement. C'était la peinture rouge ou le sang qui s'était dilué en filets roses sur le pare-brise. Il ne s'agissait pas de l'acte d'un adolescent.

Pour s'en assurer, il inspecta les voitures les plus proches. Aucune n'avait été endommagée. Puis il revint à son 4x4 et monta dedans.

La chaleur commençait à se faire sentir dans l'habitacle mais Jane était toujours secouée de frissons. Il resta immobile un instant.

— Je doute que ce soit du sang.

— Non. C'est sans doute, euh, de la peinture. De la peinture en bombe peut-être.

— Et vous le supposez parce que… ?

Il attendit. Finalement, elle le regarda.

— Il y a eu un ou deux autres incidents, ces derniers temps.

Il dut réprimer une colère hors de proportion.

— Des incidents ?

— Oui.

Ses yeux habituellement si beaux étaient sans couleur dans cette lumière, dilatés par le choc.

— Quelqu'un a peint des mots sur la porte arrière du magasin. Et puis… j'ai reçu une lettre anonyme au courrier.

— Vous avez prévenu la police, bien sûr.

Il savait très bien que non. Elle secoua la tête.

— C'était… déplaisant, mais pas exactement menaçant.

Pas exactement.

— Que disaient-ils, ces mots ?

Il montrait beaucoup plus de patience qu'il n'en ressentait.

Elle détourna le regard et le lui dit.

— Déplaisant, répéta-t-il d'un ton tranchant.

— Aucun n'était réellement menaçant.

Elle tourna le regard vers lui.

— Pas exactement, je veux dire.

Il commençait à détester ce mot.

— « Salope, tu t'en mordras les doigts » ne vous frappe pas comme étant une menace ?

Elle lui lança un regard noir.

— Eh bien, ça pouvait en être une ! reprit-elle. Mais pas forcément non plus. Cette personne pouvait seulement vouloir dire que j'aurais des regrets.

Elle se recroquevilla un instant, puis se redressa pour dire :

— Quelles que soient les décisions que je prends en tant que tutrice, il y a toujours quelqu'un qui n'est pas content. Je ne suis pas la personne la plus populaire par ici.

— Hector est-il arrivé au parking avant vous ? demanda lentement Duncan.

— Je savais que vous alliez me demander ça ! s'emporta-t-elle. Je le savais ! C'est pour ça que je ne vous ai pas parlé des autres incidents.

— Était-il là ? insista Duncan, implacable.

— Non ! Non, il n'était pas là. Ce qui ne veut rien dire, puisqu'il ne pouvait pas savoir si je laisserais Tito aller avec lui au cinéma. Il n'aurait quand même pas pris le risque que son fils voie ma voiture vandalisée !

Duncan desserra les dents.

— Vous en êtes sûre ? Il était peut-être justement déçu que vous ayez dit oui. Peut-être qu'il voulait voir votre figure quand vous êtes arrivée à votre voiture. Vous y avez pensé à ça ?

— Non.

Elle croisa son regard avec une expression de défi.

— Ce n'est pas Hector qui a fait ça.

— Et vous le savez parce que… ?

— Il n'est pas comme ça.

Il aurait peut-être dû retenir son exclamation sarcastique mais pour quoi faire ? Au moins, elle n'avait plus l'air terrifiée à présent. Elle était en colère.

— Il est en train d'obtenir ce qu'il veut, reprit-elle. Pourquoi ferait-il quelque chose d'aussi stupide ? Si quelqu'un l'avait vu casser mon pare-brise, il aurait perdu son fils pour de bon. Alors pourquoi ferait-il une chose pareille ?

Duncan pouvait imaginer un tas de raisons, dont aucune n'était rationnelle. Il devait admettre, bien malgré lui, que ce qu'elle disait était logique. Hector était en train d'obtenir ce qu'il voulait. Encore deux semaines et ils verraient de nouveau le juge. S'il se comportait bien, il obtiendrait la garde de son fils dès qu'il aurait un endroit décent où vivre. Cela aurait vraiment été stupide de faire ça.

Ce qui ne voulait pas dire qu'il ne l'avait pas fait. Le ressentiment, la douleur et la rage n'étaient pas facilement canalisés par le bon sens.

— D'accord, dit-il. Je vais appeler quelqu'un. Nous ferons remorquer votre voiture quelque part où elle pourra être réparée.

— Mon assurance remplacera le pare-brise.

— Parfait. Mais pas avant d'être sûrs qu'il n'y a pas d'autres mauvaises surprises.

Elle frémit.

— Je n'ai pas regardé à l'intérieur.

En réalité, il l'avait fait et il n'avait rien vu. Mais il n'allait pas le lui dire. Au lieu de téléphoner au commissariat, il appela son frère qui parut surpris de l'entendre.

— Tu es occupé ? demanda Duncan.

— Euh… C'est important ?

— Oui. J'aimerais que tu t'occupes de quelque chose.

— Du boulot ?

— Oui.

— Tu es à la maison ?

— Non.

Duncan soupira.

— Ça à voir avec le garçon dont je t'ai parlé, Tito Ortez.

Il lui fit un résumé de ce que Jane et lui faisaient chez McDonald's et lui raconta les deux « incidents » précédents.

— Une tutrice, répéta pensivement son frère. Elle embête probablement beaucoup de gens.

— C'est ce qu'elle me dit.

— D'accord, dit Niall d'un ton très professionnel. Ne bouge pas. Je vais commander un camion-remorque.

— Merci.

Il soupira.

Étrange de se sentir reconnaissant de pouvoir appeler son frère. Non pas qu'il n'y ait pas des inspecteurs compétents dans la police de Stimson, mais ce délit avait un goût personnel pour lui.

Ses sourcils se froncèrent à cette idée. Pas seulement personnel pour Jane, mais pour lui aussi. Parce qu'elle comptait pour lui.

De plus en plus.

Trop.

Jane… n'était pas une amie. Mais quelque chose comme

ça. Ils avaient débuté comme des adversaires mais ils étaient devenus des alliés. C'était facile de parler avec elle quand ils baissaient tous deux la garde. Et, quand ils ne le faisaient pas, il aimait ferrailler avec elle.

Il devait le reconnaître, il était davantage attaché à Jane qu'à la plupart de ses amis.

En outre, il soupçonnait toujours Hector de lui avoir préparé cette petite surprise.

— Si ce n'est pas Hector, dit-il dans le silence, comment savaient-ils que c'était votre voiture ? Pourquoi ne pas le faire devant votre magasin ?

— Je l'ai garée devant aujourd'hui. D'habitude, je m'arrête dans l'allée derrière. J'ai une place à côté du container à poubelles. Mais le camion des poubelles bloquait l'allée, alors je me suis garée devant.

— Trop de témoins pour faire ça en pleine rue !

Elle hocha la tête.

— Tout ce qu'ils avaient à faire, c'était de me suivre après le travail. Je suis passée chez Lupe, puis suis venue ici. Sauf qu'il y aurait pu avoir des témoins ici aussi.

— Oui, mais il commence à faire nuit et, avec la pluie, la visibilité n'est pas bonne. Et…

Il s'efforça de ne pas en faire une critique.

— … vous vous êtes garée derrière le restaurant.

Elle se blottit d'un air misérable contre le siège.

Il réprima le juron qu'il avait sur la langue. Ne lui avait-il pas traversé l'esprit que quelqu'un aurait pu la suivre jusque chez elle ? L'avait peut-être déjà suivie chez elle ?

— Les deux incidents étaient au magasin, dit-il.

Elle releva brusquement la tête.

— Dites-moi que vous n'êtes pas dans l'annuaire, poursuivit-il.

— Si, bien sûr que si. Je tiens un commerce tout de même…

Il émit un bruit d'acquiescement.

— Je suis contente de ne pas être rentrée directement ce soir, dit-elle d'une petite voix.

— Vous n'avez pas de garage ?

— Si. J'aurais rentré la voiture et refermé derrière moi, continua-t-elle d'un ton hésitant.

— Mais vous craigniez que quelque chose d'autre ne se produise.

Elle eut un autre de ses petits frissons.

— Je suis bête. Ce n'est rien de plus que le vandalisme gratuit d'un adolescent.

Soudain, il n'y tint plus. Il tendit le bras dans l'espace entre leurs sièges et l'attira contre lui. Son corps vibrait de tension. Quand elle pressa son visage froid dans l'ouverture de sa chemise, il s'écria :

— Vous êtes gelée !

— Je suis mouillée.

Il sentit ses lèvres bouger contre sa clavicule. Il était censé la réconforter et la réchauffer, pas imaginer d'autres raisons pour que ses lèvres ne descendent sur sa poitrine.

— Vous tremblez, Jane, dit-il, les doigts emmêlés dans ses cheveux trempés.

Il lui frotta le dos de haut en bas avec ce qu'il espérait être un rythme apaisant. La tension semblait quitter son corps graduellement jusqu'à ce qu'elle repose contre lui.

Il se passa beaucoup de temps avant qu'elle ne lui demande :

— Qui avez-vous appelé ?

Ce fut son tour de se tendre légèrement.

— Mon frère.

— Vraiment ? Ça veut dire qu'il est… ? dit-elle en s'écartant de lui, à son grand regret.

— Oui, Niall est policier. Il enquête sur les homicides.

— Il ne s'agit pas exactement d'un crime.

Voilà de nouveau son mot préféré.

— Vous agissez sur ordre du tribunal, Jane. Nous prenons au sérieux les menaces contre quelqu'un comme vous.

Cela sonnait pompeux et assez impersonnel, ce qui n'était peut-être pas une mauvaise chose.

Sauf qu'elle se dégagea de ses bras et se retira sur son propre siège.

— Merci, dit-elle d'un ton formel. J'apprécie votre inquiétude.

— Bon sang ! Tito ! lança-t-il soudain.

Elle fit la grimace.

— J'imagine qu'ils regardent le film maintenant. Ils n'ont

sans doute pas remarqué que nous ne sommes pas là. Je dois dire que je n'avais pas envie de le voir, de toute façon.

Il se mit à rire et se renversa sur son siège.

— Moi non plus.

— Vraiment ?

Elle le scruta.

— J'aurais pensé…

— Vous savez, si je veux voir des voitures s'encastrer les unes dans les autres, je n'ai pas besoin d'aller au cinéma.

Elle pouffa. C'était un petit rire, mais cela le réchauffa néanmoins.

Contrairement à elle, il avait vu qu'un autre 4x4 était entré sur le parking. Le véhicule s'arrêta, et le conducteur posa un gyrophare sur le toit.

Niall.

Heureusement que son frère ne l'avait pas surpris à cajoler la victime.

8

Bien sûr, Duncan la raccompagna chez elle et insista pour entrer. Jane ne discuta pas parce que, pour la première fois, entrer seule dans sa maison la rendait nerveuse.

Il approuva la lumière du porche actionnée par cellule, mais désapprouva l'absence de système d'alarme, même si elle doutait que beaucoup de gens en aient en ville.

— Vous n'en avez pas vous-même, souligna-t-elle, ou bien Tito n'aurait pas pu entrer par effraction chez vous.

Il tapota sa hanche où elle avait senti la bosse de son holster quand il la tenait contre lui.

— Je transporte le mien.

Elle leva les yeux au ciel, et il serra les lèvres.

Puis il fit le tour des cinq pièces plus la salle de bains, allant jusqu'à ouvrir les toilettes et vérifier sous les lits. Incapable de se souvenir de la dernière fois où elle avait nettoyé sous les lits, elle se crispa, mais ne dit rien. Elle lui était désespérément reconnaissante d'être là.

— Tout va bien, dit-il finalement. À moins que quelqu'un ne se cache sous cette montagne de chaussures.

Se raidissant, elle dit :

— Je suppose que vous alignez les vôtres dans un ordre tout militaire.

Il croisa son regard et ne dit rien. Ce qui voulait dire qu'il le faisait, supposa-t-elle. Sa maison devait être immaculée.

— Vous avez sans doute une femme de ménage.

— En effet, acquiesça-t-il. Les femmes de ménage nettoient en général. Si c'est nécessaire, autour du désordre.

Espèce de con. Elle était ravie de se rappeler combien il

pouvait être odieux, parce qu'elle commençait à souhaiter un peu trop à son goût qu'il reste là, avec elle.

Mais il ne pouvait être question de le lui demander. En dehors de sa remarque tordue, il était redevenu tout à fait professionnel. L'homme qui l'avait tenue si chaleureusement dans ses bras n'était plus. Le capitaine de police MacLachlan avait l'air fatigué et impatient de s'en aller.

— Gardez le téléphone près de votre lit, lui conseilla-t-il.

En voyant l'expression de son visage, il ajouta :

— Aucune raison pour que vous en ayez besoin. Il reste du chemin à faire avant que l'homme ne soit prêt à s'en prendre directement à vous.

— Oh ! merci ! C'est d'un grand réconfort !

Le gris hivernal de ses yeux s'adoucit, ou était-ce son imagination ?

— Jane, nous l'attraperons.

Ils se tenaient devant la porte, la main de Duncan sur la poignée.

— Merci, se força-t-elle à dire. Je veux dire, pour… eh bien, pour tout.

Pour avoir mis vos bras autour de moi.

Il hocha la tête, hésita.

— Jane…

Elle eut soudain du mal à respirer. En plongeant son regard dans ses yeux, elle prit conscience de son envie désespérée qu'il la prenne encore dans ses bras. Le silence s'étirait, de même que le temps durant lequel ils ne firent rien d'autre que se regarder et lutter contre… quoi ?

C'était seulement l'adrénaline, se dit-elle, sans y croire. Il était autoritaire, brusque et fermé, toutes choses qu'elle méprisait chez un homme, mais elle ressentait des choses qu'elle n'avait jamais ressenties auparavant. Et, depuis qu'elle avait vu son pare-brise, il représentait la sécurité pour elle.

Il émit un son étranglé. Elle se pencha vers lui mais il jura et dit :

— Verrouillez derrière moi.

Et il s'en fut avant qu'elle ait pu regagner son équilibre, la laissant avec son embarras.

Jane fit entrer l'inspecteur Niall MacLachlan dans son petit bureau. Alison était là pour s'occuper du magasin et, avec la pluie continue, les affaires ralentissaient, de toute façon.

Niall ressemblait assez à Duncan pour que le lien de parenté soit évident. Ils étaient presque de la même taille et de la même stature, tous deux minces, solides et athlétiques. Leurs yeux gris étaient pareillement perturbants. Les cheveux de Niall étaient d'un auburn sombre, et elle avait vu l'autre soir que sa barbe naissante était couleur cuivre. Il avait cependant une attitude très différente de son frère ; son langage corporel était détendu et son sourire aimable.

Elle lui versa du café et fit pivoter son fauteuil pour lui faire face. Ils étaient presque genou contre genou dans cet espace minuscule. Il sortit un carnet à spirale et se mit à l'interroger.

Bien sûr, elle dut sortir le message. Il enfila un gant en latex pour le prendre et l'étudia, immobile. Avec un frisson, elle se frotta les avant-bras et détourna le regard de cette perturbante série de lettres découpées.

Sans faire de commentaire, Niall glissa la feuille de papier dans l'enveloppe et dit :

— Je vais devoir emporter cela.

Elle fit un signe de tête tremblant. À vrai dire, elle était ravie de ne plus avoir cet objet maléfique sur son bureau.

Il lui posa des questions, elle y répondit. La confidentialité était essentielle dans son rôle de tutrice. Comment pourrait-elle continuer à exercer son métier si on apprenait qu'elle parlait de tous ceux qui lui en voulaient à la police ?

Niall l'observait. Lisant manifestement dans son esprit, il lui dit :

— Je vous promets d'être discret. J'appellerai les juges concernés pour les mettre au courant. Je peux vérifier sans que personne ne s'en aperçoive si les suspects potentiels vivent toujours dans la région et ce qu'est leur vie aujourd'hui. Je vous ferai savoir si je vais voir quelqu'un.

— Je suppose que je n'ai plus le choix, à ce stade.

— Non.

Pendant un instant, il eut l'air aussi implacable que Duncan. Elle se mordit la lèvre.

— D'accord. Hum… vous savez probablement que Duncan a quelque chose contre Hector.

Elle aurait juré avoir vu une lueur d'amusement dans ces yeux qui ressemblaient si fort à ceux de son frère.

— Il m'a en effet parlé d'Ortez.

Elle expliqua de nouveau pourquoi Hector était à ses yeux un suspect improbable. Niall prit dûment des notes. Elle lui parla de son autre affaire, proche de la conclusion. Les Jones étaient très ordinaires en surface, à commencer par leur nom, mais leur divorce était hideux. Glenn avait apparemment eu de multiples liaisons et se justifiait en disant que sa femme était à peu près aussi attirante que « cette salope de la télé ».

— Il a utilisé le mot « salope » ?

— Oui. Je ne sais pas de qui il parlait.

— Sa femme…

Niall baissa les yeux sur ses notes.

— … Renee. Elle est grosse ?

— Elle m'a dit qu'elle avait pris du poids après chaque enfant et que Glenn était si horrible qu'elle n'arrêtait pas de manger par dépit.

— Des gens géniaux.

— Oh ! oui. La grand-mère est presque aussi mauvaise que le père, mais c'est un peu difficile d'imaginer une femme de cinquante et quelques années en train d'écrire « SALOPE » sur ma porte.

Le cynisme sur le visage de Niall était perturbant.

— Vous seriez surprise.

— Le père m'a coincée une ou deux fois, avoua-t-elle. Il me fiche la frousse.

Elle lui parla de quelques autres affaires dont elle s'était occupée les deux années précédentes. Dans l'une, elle avait recommandé une garde partagée, ce qui avait mis la mère en furie : elle s'était attendue à une garde pleine et des visites limitées de son ex-mari.

— Charlotte et Allen Hess. À la fin, je n'étais pas leur meilleure amie. Il y en a eu une autre, dit-elle lentement, où je soupçonnais le père d'abuser sexuellement de sa fille. Mais elle ne parlait pas et il n'y avait pas de preuve réelle. Je pense que le juge a perçu la même chose, néanmoins. La dernière fois que j'en ai entendu parler, le père n'avait droit qu'à des visites surveillées.

— C'est vous qui les surveilliez ? demanda Niall, d'un air intéressé.

Elle secoua la tête.

— C'était sur du long terme. Je ne fais que du court terme, comme Hector et Tito. J'aurais refusé, de toute façon. Le père était… très hostile envers moi.

Niall écrivit le nom : Richard Hopkins. Visiblement satisfait, il referma son calepin.

— Vous m'avez amplement donné de quoi commencer. Je vous contacterai si j'en ai besoin. Voici ma carte. Le deuxième numéro est mon portable. Appelez-moi tout de suite s'il se passe quelque chose.

Elle adora l'implication contenue dans sa phrase. Se levant avec lui, elle dit :

— Cela doit vous paraître une énorme perte de temps, comparé au genre d'affaires que vous traitez habituellement. Le vandalisme n'est sûrement pas attribué à un inspecteur en général.

Il la regarda droit dans les yeux et, une fois encore, elle eut l'impression perturbante qu'il ressemblait davantage à Duncan que ne le suggérait sa première impression. Il était parfaitement calme et maîtrisé.

— Non, dit-il, Duncan a raison. Le fait que cela soit lié à votre travail en fait une priorité. Une menace envers vous ne diffère en rien d'une menace contre un juge, un procureur ou un policier.

En le raccompagnant, elle vit Alison occupée avec une fille qui essayait des claquettes. Tant mieux ! Elle avait besoin de quelques minutes pour se reprendre.

Une fois l'inspecteur parti, ce ne fut pas aux pères en colère qu'elle pensa, mais aux frères MacLachlan. Au-delà de leur ressemblance physique, ils étaient assez différents. De Duncan émanait un air de commande. En sa présence, personne ne se trompait sur qui détenait l'autorité. Niall ne lui avait pas donné cette impression. Il était beaucoup plus détendu et plaisant ; on l'aimait certainement beaucoup plus que son frère aîné.

Et pourtant… elle avait eu la sensation bizarre qu'elle serait électrocutée si elle essayait de pénétrer le champ de force qui l'entourait, invisible mais bien palpable. Duncan montrait parfois ses émotions. Mais quelqu'un avait-il déjà vu au-delà de la façade de Niall ?

Non, pensa-t-elle, en fronçant les sourcils, sa distance était sans doute due à sa profession. Elle allait vite en besogne. Qui sait, il était peut-être célèbre pour faire la fête et changer de petite amie tous les mois. Ou bien il avait une épouse dévouée et un tas d'enfants.

Mais elle en doutait. Duncan MacLachlan la rendait dingue. Niall l'avait réfrigérée, même si elle l'avait bien aimé. Et elle n'arrivait pas à mettre le doigt sur la raison de cela. Les deux frères étaient-ils proches ? Que Duncan ait pris la place des parents avait dû freiner leur relation fraternelle. Où en étaient-ils après ce lourd passé ?

Elle secoua la tête et s'en fut remplir une tasse de café. Elle devait cesser de penser à Duncan comme s'il avait de l'importance pour elle. La veille au soir, pendant une minute, elle avait pensé… Mais il s'était débrouillé pour se refermer. Son « verrouillez derrière moi » très sec disait tout ce qu'il y avait à dire.

Il était peut-être attiré par elle mais refusait d'y donner suite. C'était aussi bien ainsi ! Il aimait donner des ordres, et elle avait fait le vœu de ne plus en accepter. Il serait bien plus heureux avec une femme en adoration devant lui et, elle, elle serait bien mieux sans homme du tout.

Ce à quoi elle refusait absolument de penser, c'était au confort et à l'excitation qu'elle avait ressentis dans ses bras.

En milieu d'après-midi, Duncan passa voir Niall et s'arrêta ici et là pour dire un mot aux inspecteurs. Son frère était au téléphone, promenant sa souris d'ordinateur sur une page web. Il leva les yeux sur Duncan, parut amusé mais pas surpris de le voir, et articula silencieusement :

— Donne-moi une minute.

Puis il dit au téléphone :

— Han-han, Mme Hess a déménagé… il y a un an. Et vous pensez qu'elle s'est remariée. Vous vous souvenez de son nom… ? Non. Je vois. Merci de m'avoir consacré du temps, monsieur Davis.

Il lui fallut encore une minute pour s'extraire de la conversation. Enfin, il interrompit l'appel et se renversa dans sa chaise.

— Capitaine, que puis-je pour vous ?

Ils avaient l'habitude de dissimuler leur relation au travail. Duncan évitait toute manifestation de connivence mais il soupçonnait que Niall devait malgré tout supporter les doutes de ses collègues.

— Inspecteur, dit-il ironiquement.

Niall attendit les sourcils haussés, l'amusement rôdant toujours dans ses yeux. Il voulait manifestement que son frère l'interroge.

— Tu as eu le message qu'on lui a envoyé ?

Niall ouvrit l'enveloppe, laissant glisser le morceau de papier coloré sur son buvard.

Duncan le lut et sentit la rage le prendre à la gorge.

— Et elle pensait que ce n'était pas menaçant ?

Niall produisit un son évasif.

— Tu as vérifié les empreintes ?

— Non, je l'ai apporté avec moi pour le mettre sur le panneau d'affichage. Qu'est-ce que tu en penses ?

Il le rangea soigneusement dans l'enveloppe.

Duncan luttait pour réprimer une vague de furie.

— Qu'as-tu appris ?

— Pas mal de choses.

Niall déchira plusieurs pages de son calepin.

— J'essaie de déterminer quels sont les gens qui pourraient faire des suspects potentiels.

— Tu n'en as éliminé aucun ? demanda Duncan.

Niall jeta un coup d'œil à sa montre.

— Je ne suis revenu que depuis une heure à peine, dit-il.

— A-t-elle été franche avec toi ?

— Tu as des raisons de croire qu'elle ne le serait pas ?

Sa bouche se pinça.

— Non. Oui. Elle a des scrupules à divulguer des noms.

— C'est ce que j'ai compris. Mais elle l'a fait.

Il hocha la tête, soulagé.

— Et puis il y a son entêtement à croire qu'Ortez est un homme bien, à l'élire père de l'année.

Niall se renversa dans son fauteuil, un sourire jouant sur les lèvres.

— Elle te prend à rebrousse-poil, pas vrai ?

— Complètement, s'entendit-il avouer.

Avant que le regard omniscient de son frère ne puisse détecter davantage chez lui, il dit d'un ton bref :

— Est-ce que tu as éliminé quelqu'un ?

— En fait, oui. Un Roger Griswold, père de famille d'accueil qui a apparemment proféré des menaces contre Mlle Brooks quand elle a recommandé le retour de l'enfant auprès de sa mère, et Jeff Cotter, un père qui réclamait la garde de ses enfants et a perdu.

— Ont-ils déménagé ?

— Griswold l'a fait. Cotter semble s'être réconcilié avec son ex-femme et vit avec les enfants. Ils parlent de se remarier. Le juge Brikoff, ajouta-t-il en aparté, m'a dit que Cotter prétend que perdre en justice a été le déclic dont il avait besoin pour opérer des changements dans sa vie. Il a suivi un programme de gestion de la colère et il est en thérapie de couple avec sa femme. Briskoff pense que ce changement est authentique.

— Il pourrait se tromper.

Niall haussa les épaules.

— Peut-être, mais il en doute fortement.

— Tu me tiens au courant.

— Est-ce que je t'ai déjà dit que tu es un maniaque de l'autorité ?

Duncan lui lança un regard noir et s'en alla.

Il tint à appeler Tito après l'école. Pour faire quelques paniers le soir. Mais Tito dut refuser, malheureux. Il voulait rester à la maison parce que Raul, son ex-beau-frère, était censé passer.

Duncan s'interdit la moindre remarque. Le garçon devait avoir réalisé qu'il ne pouvait rien faire pour aider sa sœur mais avait quand même décidé d'être là pour manifester sa désapprobation.

— Jane t'a-t-elle dit ce qui s'est passé hier ? poursuivit-il.

— *Sí*, oui.

Tito était soudain très animé.

— Elle a dit que quelqu'un avait cassé son pare-brise pendant qu'on était chez McDonald's. Qu'elle a dû appeler la police. On ne vous a pas trouvés après le film, alors papa m'a raccompagné à la maison.

— Tu as aimé le film ?

— *Sí, sí*. C'était *muy bueno*.

Beaucoup de sang et de morts, selon Tito, et un train avait heurté une voiture, mais le héros s'en était sorti à la dernière seconde. Pas très original, songea Duncan. Il ne regrettait pas d'avoir manqué le sang, les morts et le chaos.

Bon sang, pensa-t-il, il avait oublié de demander à Niall si le « sang » sur le pare-brise de Jane était de la peinture. Il aurait été soulagé de savoir que c'en était. Si c'était du sang, même du sang animal, cela suggérait un niveau d'intention plus inquiétant.

Il se retint d'appeler Niall et téléphona à Jane chez elle.

— Allô ? dit-elle prudemment.

— Le numéro ne s'affiche pas sur votre téléphone ? lança-t-il.

— Duncan, dit-elle avec douceur. Comme c'est agréable de vous entendre. Non, je n'utilise pas beaucoup le téléphone et je pensais même résilier ma ligne fixe.

Il s'était peut-être montré grossier. Il se frotta le cou tout en déambulant dans la maison, le téléphone à l'oreille.

— Je vous appelle pour m'assurer que vous allez bien. Que rien n'est arrivé aujourd'hui.

Elle resta silencieuse un instant.

— C'est… gentil de votre part. Mais non, en dehors de la visite de votre frère, c'était une journée normale.

— Niall vous a-t-il suggéré de vous garer dans la rue ? D'entrer et de sortir du magasin par-devant ?

— Vous savez bien qu'il n'y a pas assez de place pour se

garer en ville. Et puis, l'allée n'est pas si isolée que ça. Les autres commerçants se garent là aussi, et nous devons tous amener nos poubelles dans le même container.

— Vous n'avez pas l'air de vouloir prendre des précautions.

Son irritation à l'égard de Jane recouvrait quelque chose qu'il avait des réticences à reconnaître. De la peur.

Elle ne le prit pas bien.

— Je verrouille ma porte et je regarde de chaque côté avant de sortir. Et j'ai pris l'habitude d'avoir ma bombe au poivre à la main quand je sors. Etes-vous satisfait ?

Non. Mais il ne savait pas pourquoi. Croire Hector responsable de ces menaces aurait dû le rassurer. Parce qu'elle avait mis à l'épreuve son machisme, Hector avait peut-être eu envie de l'effrayer pour la rabaisser. Mais lui faire du mal, c'était autre chose. Même bouillant de ressentiment, pouvait-il vraiment préméditer quelque chose comme ça ?

— J'aimerais que vous ayez un système d'alarme, marmonna-t-il.

— Et moi, j'aimerais que vous cessiez de dire ça ! Tout ce que vous faites, c'est me rendre encore plus nerveuse.

— Nervosité égale prudence.

— C'est pour ça que vous m'avez appelée ?

Elle avait l'air vraiment en colère, à présent.

— Si c'est le cas, pouvons-nous nous dire bonsoir ? ajouta-t-elle.

Il avait tout raté ! Il pressa de nouveau les doigts sur les muscles noués de son cou.

— Je suppose que oui. Juste, hum, n'hésitez pas à m'appeler si vous en avez besoin, d'accord ? Je serai là en cinq minutes.

Il y eut un petit silence, puis il entendit un soupir.

— Parfois vous m'irritez encore plus quand vous êtes gentil que quand vous ne l'êtes pas.

Il cilla.

— Bonne nuit, Duncan, dit-elle fermement et elle raccrocha.

Elle lui avait raccroché au nez. Sans attendre qu'il dise bonsoir ou autre chose. Bizarrement, cela le fit sourire.

À la vue du chèque de Raul, le visage de Lupe se ferma. Le montant devait être vraiment petit, pensa Tito. Elle recula et se planta sur le seuil de la cuisine, les bras croisés, comme pour l'empêcher d'avancer plus loin. Mais elle ne l'empêcha pas de s'asseoir sur le sofa pour jouer avec les petits, les faisant pouffer de ravissement. *Il ne demande pas à voir le bébé*, remarqua Tito. Les bébés, c'était le travail des femmes ; un homme ne changeait pas les couches et ne donnait pas le biberon.

Mais un homme devait nourrir sa famille !

Raul resta très peu de temps et promit de revenir bientôt, peut-être durant le week-end. Il avait un meilleur travail, dit-il à Lupe. Il pensait avoir une promotion et alors, il lui donnerait l'argent qu'elle méritait.

Tito se rapprocha de sa sœur et se tint à son côté tandis qu'elle écoutait sans expression ces promesses. Quand la porte se referma derrière Raul, elle souffla de soulagement.

— *Gracias a Dios !* s'exclama-t-elle. Et maintenant, au lit ! dit-elle aux petits.

Elle laissa Tito répondre au téléphone. C'était papa. Il voulait justement lui parler. Il ne semblait pas se souvenir que Raul devait passer. Pourquoi son père n'offrait-il pas à Lupe de l'aider ? Bien sûr, il économisait tout l'argent qu'il pouvait pour louer un appartement, et c'était important, mais rien qu'une centaine de dollars aurait vraiment aidé Lupe. Sa grande sœur semblait tellement fatiguée !

Puis papa demanda, comme s'il n'était pas très intéressé par Lupe, si Tito savait pourquoi Jane et Duncan n'étaient pas venus au cinéma la veille. Quand il le lui dit, papa répondit :

— Quelqu'un s'est servi d'une batte de base-ball pour casser son pare-brise, c'est ça ?

Tito eut une sueur froide, comme si la pluie glaciale de la veille s'était insinuée sous sa chemise. Son père avait l'air… content.

— Comment tu sais que c'était une batte de base-ball ? lui demanda-t-il.

— Je n'en sais rien, répondit son père, trop vite. On aurait pu se servir de n'importe quoi. Mais une batte de base-ball aurait pu faire ce que tu décris. Elle a pensé que c'était un gosse ? Un vandale ?

Papa n'aimait pas Jane. Il détestait être surveillé comme s'il avait besoin d'une baby-sitter.

Mais papa ne ferait jamais quelque chose comme ça. Il était arrivé tard au restaurant, pourtant. Tito se souvenait d'en avoir été surpris. C'était à cause de la pluie, avait-il pensé. Maintenant, il se rappelait combien papa était mouillé quand il était entré. Peut-être trop mouillé pour quelqu'un qui s'était précipité de sa voiture à la porte du restaurant. Avait-il eu l'air… content ?

Tito se sentit coupable de se poser la question.

Il raconta sa journée à son père, comme s'il n'avait jamais pensé une chose pareille sur lui.

Est-ce que Jane se posait la question, aussi ? Ou Duncan ? Tito frémit en pensant à ce qui se passerait si Duncan soupçonnait papa d'avoir cassé le pare-brise de Jane. Aucun des deux hommes n'essayait de cacher la colère qu'ils ressentaient l'un envers l'autre. Cela lui faisait très peur.

Pourvu que la police découvre qui avait cassé le pare-brise, pria-t-il. Si ce n'était pas une batte de base-ball, il pourrait oublier qu'il avait eu cette idée, une idée idiote, forcément.

Il avait mal au ventre quand il finit sa conversation. Il donna une excuse à sa sœur et éteignit tôt la lumière. Il prétexta qu'il avait sommeil.

9

C'était un samedi, et Duncan finissait d'assister avec impatience à la réunion exceptionnelle qui l'avait empêché de rejoindre Jane, Hector et Tito.

Il l'appela. S'ils allaient déjeuner après le foot, il pourrait les rattraper. Il se sentirait mieux, de toute façon, s'il entendait sa voix.

Elle ne répondit pas, et il sentit ses entrailles se nouer d'anxiété. Elle n'avait pas été assez négligente pour laisser son portable à la maison ou dans la voiture, si ?

Bien qu'il ne fût pas habillé pour cela, il prit la direction du terrain de foot dans les faubourgs. À mi-chemin, il essaya de nouveau son numéro et, cette fois, elle répondit.

— Où êtes-vous ? demanda-t-il, en s'arrêtant sur le bas-côté.

— À la maison, pourquoi ?

— Je pensais vous rejoindre pour le déjeuner.

— Il n'y a pas de déjeuner. Hector et Tito étaient littéralement couverts de boue quand ils ont fini.

— Mais pas vous, je parie.

— Les pieds mouillés, c'était bien assez.

— Ah.

Il avait envie de déjeuner avec elle. Au diable Tito et son père, c'était Jane qu'il voulait voir.

— Vous avez déjà mangé ? dit-il avec prudence.

— Non, j'allais me faire un sandwich.

— Vous voulez aller déjeuner ? s'entendit-il dire. Au Snow Goose Deli ?

Le silence fut assez long pour qu'il se crispe. Bon sang,

venait-il de lui demander de sortir avec lui ? Et allait-elle répondre : « Vous plaisantez ? »

Il pouvait les tirer d'affaire en ajoutant quelque chose du genre : « Je voulais vous parler de Tito. » Ou d'Hector.

— Hum… En fait, pourquoi pas ? J'allais me contenter de beurre de cacahuètes et de gelée.

Le soulagement l'envahit, hors de proportion.

— J'ai vu le menu en passant, il y a une minute. Soupe de lentilles au curry et wrap du Sud-Ouest.

— Miam. Je vous y retrouve ?

— Non, je viens vous chercher.

Après tout, pensa-t-il un peu étourdi, c'était de mise quand on sortait avec une femme.

Jane sortit sur le porche à la seconde où Ducan s'arrêta devant chez elle. Il se pencha et lui ouvrit la portière. Quand elle pénétra dans la voiture, elle le regarda des pieds à la tête.

— Je ne suis pas assez habillée !

Il aurait aimé la voir encore moins habillée. Nue, par exemple.

Il s'éclaircit la gorge.

— C'est moi qui suis trop habillé pour un sandwich.

Ses longues jambes étaient enserrées dans un jean étroit, et un pull bleu moulant – du cachemire, pensa-t-il – dessinait sa taille. Quand elle se tourna pour attacher sa ceinture, il vit un éclair de peau crémeuse. Puis ses yeux se posèrent sur ses petits seins hauts.

Après avoir attaché sa ceinture, elle le regarda en rougissant un peu.

Ses yeux étaient d'un bleu particulièrement profond, soulignés par la couleur du pull. Ses cheveux, souplement rassemblés sur sa tête, étaient moins brillants que quand ils étaient lâchés. Caramel, décida-t-il, c'était l'adjectif parfait pour les décrire.

Elle était tellement sexy que cela le paralysait.

— Vous me fixez.

Il se passa une main sur le visage.

— Désolé…

Je vous veux.

— … une réunion très longue et ennuyeuse.

— Oh ! sourit-elle. Je craignais que vous n'ayez dû y aller parce que quelque chose d'affreux s'était produit.

— Affreux, c'est le mot, dit-il sèchement. Affreusement ennuyeux et plein de subtilités juridiques.

Se reprenant, il redémarra, puis lui résuma l'incident qui avait mené à des poursuites judiciaires.

— La ville gagnera, conclut-il, mais pas sans consommer un nombre extravagant d'heures de travail.

Il put se garer à quelques mètres du bistrot et ils marchèrent côte à côte.

— Vous avez pris beaucoup de samedis de congé, dit-il tout à trac.

Elle fit la grimace.

— Vous croyez ? Je pensais travailler cet après-midi, mais j'ai déjà prévu de recruter, alors…

Elle haussa les épaules.

— Et vous ? Vous travaillez le samedi d'habitude ?

Et ils continuèrent à parler. C'était étrange, pensa-t-il, parce qu'ils avaient déjà passé un temps fou ensemble mais ils commençaient seulement à se poser les questions des premiers rendez-vous. Quels sont vos goûts ? Comment vivez-vous ? Qu'est-ce qui compte vraiment pour vous ?

Elle prit un bol de soupe et un énorme cookie au citron et aux graines de pavot. Lui choisit le wrap du Sud-Ouest et un muffin aux myrtilles tout aussi gigantesque. Ils s'étaient débrouillés pour avoir une petite table reculée, hors du passage. Tandis qu'ils mangeaient, il dut échanger des salutations avec quelques personnes qu'il connaissait, et Jane quelques autres, mais la plupart du temps on les laissa tranquilles.

— Jouez-vous d'un instrument ? lui demanda-t-elle soudain.

Il avait commencé le trombone en cours moyen et l'avait abandonné en quatrième parce que c'était sans espoir. Il lui parla aussi de la cornemuse. Elle était fascinée, encore plus que Tito peut-être, parce qu'elle suivait les Highland Games.

— Niall en joue ? Il faudra que je lui en parle la prochaine fois, dit-elle, ravie.

Son sourire diminua.

— C'est-à-dire, si je le revois.

Elle l'avait appelé Niall, pas inspecteur ? Il fut aussitôt frappé par quelque chose qu'il ne pouvait qu'appeler jalousie. C'était nouveau et assez déplaisant. Surtout quand il s'agissait de son propre frère.

— Vous vous entendez bien avec Niall ? demanda-t-il.

— Oh oui, bien sûr.

Elle émiettait les restes de son cookie.

— Je veux dire, ce n'est pas comme si nous avions bavardé.

Toujours sous l'emprise de ce sentiment déplaisant, il insista :

— Qu'est-ce que c'était alors ?

— Et là, qu'est-ce que c'est ? lui répondit-elle du tac au tac.

Il se détendit. Bien sûr, Niall n'avait pas essayé de la draguer. Même s'il en avait eu envie, il était bien trop professionnel pour ça.

— Vous a-t-il dit ce qu'il a appris jusqu'à maintenant ?

Elle secoua la tête et chercha son regard d'un air anxieux.

— Vous le savez ?

— Je lui ai parlé ce matin.

Très brièvement : Niall, avant son café matinal, avait été bref au point d'en être grossier.

— Il essaie toujours de retrouver les gens dont vous lui avez parlé. Il en a éliminé quelques-uns.

Il fouilla sa mémoire et lui cita quelques noms. Elle hocha la tête.

— Il n'a rien tiré de votre voiture.

— Oh…

Ses longs doigts minces effritaient le cookie.

— Euh… A-t-il dit si le sang était… euh, du vrai sang ?

Il n'aimait pas voir cette anxiété sur son visage.

— De la peinture, répondit-il. Comme vous le pensiez. Elle provient peut-être de la même bombe dont on s'est servi sur votre porte.

— C'est logique.

Elle y réfléchit et sembla se détendre. Il esquissa une moue. Désignant son assiette de la tête, il dit :

— Je crois que votre cookie est mort.

Elle baissa tristement les yeux.

— Oh ! mon Dieu. J'aurais pu l'emporter à la maison.

Il fut désolé d'en avoir parlé : cela lui rappela de rentrer chez elle.

— C'était sympa, dit-elle en se levant de table. Merci de me l'avoir proposé. Je n'étais pas de très bonne humeur ce matin.

— Pourquoi ?

— Oh…

Elle détourna le regard.

— … je ne sais pas. Je me suis sans doute levée du mauvais pied en sortant du lit.

Deux pensées très différentes lui traversèrent l'esprit. Premièrement, elle avait de toute évidence omis de lui dire quelque chose. Qu'elle avait eu une autre confrontation avec Hector ? Peut-être…

L'autre réaction fut déclenchée par le mot *lit*. Il l'imagina se réveillant lentement, à contrecœur, avec de petits ronchonnements. Elle n'était certainement pas une lève-tôt, mais devait être sexy en diable au réveil. Sa magnifique chevelure était-elle étalée sur l'oreiller ou bien en faisait-elle une natte la nuit ? Elle avait probablement les paupières lourdes et la bouche gonflée. Aimait-elle se blottir contre son partenaire la nuit ou restait-elle de son côté ? C'était étrange de se poser la question étant donné qu'il l'ignorait lui-même.

Son excitation douloureuse lui rappela qu'il y avait longtemps qu'il n'avait pas fait l'amour. Trop longtemps, sans doute.

Son corps voulait Jane et seulement Jane. Mais ce serait compliqué. Elle était compliquée, aussi éloignée que possible de son idéal féminin.

D'ailleurs, avait-il vraiment un idéal féminin, en dehors du fait que seules les relations temporaires l'intéressaient ? Peut-être que non, concéda-t-il. Physiquement, elle l'attirait. Tout en elle l'émouvait, à commencer par la manière fluide dont elle bougeait et la ligne gracieuse de son cou quand elle se penchait.

Était-ce un rendez-vous amoureux ? Ou un déjeuner entre collègues ? se demanda Jane. Il ne l'avait pas embrassée. Mais n'y avait-il pas pensé avant qu'elle ne sorte de sa voiture ? Elle en avait eu l'impression. Finalement, c'était peut-être elle qui avait gâché l'instant. Paniquée, elle lui avait dit :

— À propos, Hector a proposé mardi soir. Pizza et jeux vidéo.

Il avait alors grogné :

— Vous avez déjà réfléchi au fait qu'il dépense des fortunes dans ces petites sorties ?

Oui, elle y avait pensé, mais son ton l'avait hérissée. Il refusait de voir le côté positif d'Hector.

— Il est dans la position d'un père divorcé qui doit en faire un peu plus pour compenser. Et puis, il n'existe pas tant de manières de distraire un garçon de douze ans à Stimson.

Elle lui avait lancé un regard de défi.

— Qu'est-ce que *vous* faites quand vous êtes avec lui ?

— Du basket. Du foot. Des promenades. Je l'aide dans ses devoirs de maths.

— Hector n'a pas fini le lycée. Peut-être qu'il ne peut pas l'aider dans ses devoirs. Et ce n'est sans doute pas un grand joueur de basket.

Le dernier aperçu qu'elle avait eu de lui, c'était son expression irritée, sans doute parce qu'elle défendait Hector qu'il considérait comme indéfendable.

Elle suçait une mèche de ses cheveux. Elle la retira de sa bouche et marmonna pour elle-même, déconcertée :

— Je ne voulais pas qu'il m'embrasse de toute façon.

Mensonge. Elle avait peut-être peur de ce qui se passerait s'il l'embrassait, mais ça, c'était une autre question.

Elle s'efforça de se concentrer sur une commande d'accessoires, un à-côté très lucratif pour son magasin.

Que devait-elle recommander au juge concernant Hector et Tito lors de la prochaine audition ? Hector faisait des efforts. Certes, il avait des moments de rébellion mais elle ne pouvait les lui reprocher. Et Tito semblait content en compagnie de son père.

Elle se renversa dans son fauteuil, sans plus prêter attention à l'éventail de peignes étincelants sur l'écran de son ordinateur.

Ce qui la titillait, c'était l'idée que Tito avait peut-être un peu peur de son père. Et ça, c'était un problème. Elle-même avait eu peur étant enfant et elle ne voulait plus voir d'enfant effrayé.

Mais pourquoi Tito semblait-il plus craindre son père que Duncan ? Après tout, c'est lui qui l'avait menacé d'une arme ! Pas son père… Bonne question, à laquelle, elle en était certaine, Tito n'était pas prêt à répondre. Il ne connaissait sans doute pas la réponse.

Rêvait-il en secret que Duncan change d'avis et l'accueille chez lui ? Il faudrait qu'elle lui demande si Tito y avait fait allusion.

Tous les chemins mènent à Rome…

Elle se représenta de nouveau le visage de Duncan, pas vraiment mobile mais… expressif. Pour elle, en tout cas. Il communiquait énormément de choses avec un seul clignement de ses yeux sombres ou le creusement d'une ride sur son front.

Peut-être le problème était-il qu'il lui était difficile de regarder ailleurs quand il était là.

Cesse de penser à Duncan MacLachlan. Une liaison sérieuse ne l'intéressait pas et certainement pas avec un homme habitué à donner des ordres.

Il lui rappelait trop de mauvais souvenirs. Ses raisons étaient peut-être différentes de celles de son père, mais tout aussi immuables.

Ce n'étaient pas les raisons qui comptaient, mais le résultat. Plus jamais.

10

L'audition pour la garde des enfants Jones fut affreuse. Aucun des avocats n'arrivait à contrôler son client, et le juge passait son temps à abattre son marteau inutilement tandis que le ton montait.

Jane s'était assise près de la porte. Elle avait espéré passer inaperçue mais, bien sûr, ce ne fut pas le cas.

Si les regards pouvaient tuer…, pensa-t-elle quand les têtes se tournèrent vers elle après que le juge Richie eut exposé ses recommandations. La mère devait avoir la garde, le père des visites régulières et les grands-parents des visites extrêmement limitées. L'une de ces personnes était-elle l'auteur de l'inscription sur sa porte ? Niall MacLachlan et son cynisme étaient passés par là. En regardant dans les yeux remplis de haine de la grand-mère, Jane se dit : *Oui, je la verrais bien faire ça.*

En dépit des cris et des menaces de faire appel, le juge approuva ses recommandations et elle quitta la salle aussi vite que possible. C'était peut-être lâche, mais elle ne parvenait pas à trouver une bonne raison pour rester bavarder.

Elle aurait aimé utiliser les toilettes mais elle n'osa pas. Elle se souvenait de la manière dont Duncan l'avait attendue lors de l'audition Ortez.

Elle se hâta dans le couloir recouvert de moquette, franchit les doubles portes et sortit sur le parking en faisant de son mieux pour avoir l'air d'être en retard à un rendez-vous et non de prendre la fuite.

Sans pouvoir l'éviter, elle heurta Niall MacLachlan portant cravate et veste de sport.

— Mademoiselle Brooks, dit-il, surpris. Quelque chose ne va pas ?

— Non, je…

Elle entendit des pas approcher et se raidit. Les yeux de Niall se plissèrent en regardant par-dessus son épaule. À contrecœur, elle se retourna. Glenn Jones, un homme d'affaires arrogant, eut l'air un peu pris de court en voyant qu'elle n'était pas seule. Le visage rouge de colère, et le regard rivé sur le sien, il lui lança :

— Si vous croyez pouvoir prendre la tangente sans entendre ma façon de penser, vous vous trompez…

Son regard se posa alors sur Niall. Ils entendirent tous deux la fin de sa phrase. *Espèce de salope*, c'était ce qu'il voulait dire. Le mot frémit devant ses yeux, dégoulinant de peinture rouge, formé de lettres grossièrement découpées et collées sur du papier.

Niall la repoussa gentiment sur le côté et dévisagea l'autre homme tout en découvrant sa plaque et l'arme qu'il portait à la taille. Le regard de Glenn tomba dessus et, montrant enfin quelque prudence, il recula d'un pas.

— Mademoiselle Brooks, demanda Niall, ce monsieur est-il sur ma liste ?

Elle ouvrit puis referma la bouche, et finit par émettre :

— Inspecteur MacLachlan, voici Glenn Jones. Nous avons, euh… eu une audition ce matin.

— Je vois.

Il observa froidement Glenn.

— Et que vouliez-vous dire à Mlle Brooks, monsieur Jones ? Je crois que je vais rester pour l'entendre.

Glenn était trop enragé pour battre en retraite.

— Elle ne sait rien de ma famille ! Rien, dit-il d'un ton hargneux. Mais elle a fourré son nez partout et a fait de son mieux pour me voler mes enfants. Ma femme, ce gros lard, veut se venger de moi parce que j'ai cessé de m'intéresser à elle. Elle se fiche pas mal des enfants. Et vous !

Son regard croisa celui de Jane.

— Vous avez réussi à convaincre ce fichu juge de la laisser les prendre !

Jane savait qu'il valait mieux ne pas discuter. Elle le fit

pourtant. S'abriter derrière quelqu'un, même un policier, n'était pas son style.

— Peut-être parce que Renee a réfléchi à ce dont vos enfants ont besoin, et pas à ce dont elle a besoin, répliqua-t-elle aussi calmement qu'elle le put.

Il fit un pas en avant avec agressivité.

— Je les récupérerai. Ne vous faites pas d'illusions !

Niall s'avança également, opposant un mur de glace au petit homme.

— Baissez le ton !

— Et qui diable êtes-vous pour me dire ce que je dois faire ?

— Inspecteur, il y a un problème ? demanda une autre voix.

Jane tourna la tête et vit deux policiers en uniforme, arrêtés près d'eux. C'était une des choses qu'elle aimait au tribunal, elle n'était jamais seule.

— Non, dit Niall avec une expression dure. Je crois que M. Jones avait besoin de s'exprimer mais c'est fini, maintenant, n'est-ce pas ?

Le visage rouge betterave, Glenn marmonna :

— J'ai dit ce que j'avais à dire.

Il pivota pour s'éloigner, mais ne put résister à une impulsion stupide.

— Ne pensez pas que nous en avons fini tous les deux, dit-il avec un rictus par-dessus son épaule.

Niall se mit en mouvement avec une rapidité foudroyante et l'attrapa par l'épaule.

— Je crois, dit-il d'une voix très douce, que cela pourrait être considéré comme une menace.

Pour la première fois, Glenn parut alarmé.

— De quoi parlez-vous ? Je vais faire appel ! En quoi cela constitue-t-il une menace ?

Niall le relâcha avec une petite chiquenaude méprisante.

— Je vous suggère de garder vos distances avec Mlle Brooks à l'avenir. Puisqu'on vous a entendu proférer une menace…

— Vous êtes fou ! s'exclama-t-il avant de se précipiter de nouveau dans le tribunal.

Avec un signe de tête, les policiers passèrent leur chemin.

Jane resta immobile tandis que Niall regardait Glenn disparaître avec une expression glaciale.

— Vous saviez qu'une de ses anciennes employées a déclaré qu'il l'avait violée ? dit-il.

Elle hocha la tête.

— Oui. Il y a eu d'autres accusations de harcèlement sexuel. Malheureusement, personne ne l'a jamais épinglé. C'est vraiment une ordure.

Niall tourna la tête vers elle.

— La grand-mère dont nous avons parlé est-elle sa mère ?

— J'en ai peur, dit-elle avec une grimace. Je m'attendais à ce qu'elle me poursuive aussi.

Niall fronça les sourcils.

— Était-elle opposée à son fils autant qu'à sa belle-fille ?

— Oui. Si vous la rencontriez, vous auriez presque pitié de Glenn.

Son rire lui rappela celui de Duncan, un rire retenu comme s'il n'en avait pas l'habitude.

— Je ne crois pas que ce soit Glenn qui m'ait menacée, reprit-elle.

— Je ne sais pas. Il était vraiment furieux, quand même.

— Sa mère aussi.

Elle ne put retenir un frisson en repensant à son regard plein de méchanceté.

— Il y a eu d'autres incidents ?

Elle secoua la tête. Il la considéra pendant un instant.

— Si je n'avais pas été là, je pense qu'il vous aurait menacée. Ou pire.

— Cet épisode, aujourd'hui… C'est comme ça qu'il agit, soupira-t-elle. Il intimide les gens mais je doute qu'il ait de la suite dans les idées.

Niall haussa les épaules.

— Vous avez sans doute raison. Si vous deviez émettre une supposition sur l'auteur de cette note, que diriez-vous ?

Elle resserra les doigts sur la lanière de son sac à main.

— Je… je ne sais vraiment pas. Quelques personnes m'ont dit des choses bien plus méchantes que Glenn Jones.

— Oh ! j'en suis sûr. Laissez-moi vous raccompagner à votre voiture, mademoiselle Brooks.

— Merci, dit-elle.

Et il lui emboîta le pas.

— Vous pouvez m'appeler Jane, reprit-elle.

— D'accord. Puisque vous êtes une amie de Duncan, d'après ce que j'ai compris.

— Une amie ?

Son esprit se brouilla.

— Je n'en suis pas certaine…

Il rit de nouveau.

— Avec Duncan, qui sait ?

Sa voix avait quelque chose de presque hostile.

Elle s'efforça de se persuader qu'elle avait imaginé ce drôle de ton. Duncan avait appelé Niall l'autre soir ; il devait lui faire confiance.

Elle le remercia pour son intervention et retourna en voiture à Dance Dreams, où elle se mit à déballer une commande de guêtres très colorées. Elle décida d'en disposer quelques-unes dans la vitrine.

Elle ne fut pas vraiment surprise quand Duncan l'appela quelques heures plus tard.

— Niall m'a parlé de cette ordure qui vous a hurlé dessus.

— Bonjour, Duncan.

Il y eut un silence momentané.

— Jane.

— Oui, M. Jones m'a exprimé son mécontentement devant la décision du juge et surtout le rôle que j'y ai joué. Il n'y avait rien de nouveau à cela. Mais c'est gentil à Niall d'être intervenu.

— Vous avez eu de la chance qu'il soit là. Bon sang, vous ne pouviez pas vous faire escorter jusqu'à votre voiture ?

Elle soupira.

— J'aurais pu, mais je doute avoir vraiment été en danger. L'homme voulait simplement hurler.

Il marmonna quelque chose qu'elle ne comprit pas, ce qui était tout aussi bien.

— Avez-vous envisagé de demander un permis de port d'arme ?

— Je n'ai jamais été agressée.

— Vous pourriez l'être, grogna-t-il.

— Recommandez-vous à tous les procureurs de porter une arme ? À toutes les assistantes sociales ? Il doit y avoir une dizaine d'autres professions qui ont le même problème. En tant que policier, est-ce vraiment ce que vous souhaitez ?

— Vous êtes une femme, bon sang !

S'il suggérait qu'elle était moins capable de se défendre parce qu'elle était une femme…

— Oui, j'en suis une, dit-elle d'un ton uni.

Elle l'entendit souffler.

— Vous n'avez aucun sens de l'autoprotection.

— Je ne vis pas à New York ! C'est tranquille, ici.

— Pas si tranquille que vous le pensez.

Il était sans doute bien placé pour le savoir. Qu'avait dit Niall ? « Vous seriez surprise. »

— Je suis prudente, dit-elle en s'efforçant de paraître ferme.

Il grogna, lui dit qu'il la verrait le lendemain soir aux jeux vidéo et raccrocha.

Mais pourquoi l'avait-il appelée en fait ? songea-t-elle.

Duncan n'avait pas joué à des jeux d'arcade depuis des années, pas depuis que… Il dut réfléchir. Depuis que Conall avait quatorze ou quinze ans. D'ailleurs, l'anniversaire de son plus jeune frère approchait, au mois de mai. Il aurait… trente ans.

Duncan laissa échapper un rire rauque. Son petit frère allait franchir la barre de la trentaine. Qui aurait cru qu'ils seraient tous deux en vie pour voir ça ?

Il y avait eu une époque où il envoyait des cartes d'anniversaire aux adresses qu'il possédait pour Conall. Il ne l'avait plus fait depuis plusieurs années. Cette fois, il le ferait, si Niall avait une adresse à lui donner. Non pas que Conall réponde jamais, de toute façon, mais… cela semblait la chose à faire. Ou bien avait-ce à voir avec les inexplicables bouffées d'émotion qu'il avait eues dernièrement ? Un réveil de sa sentimentalité ?

Sur une impulsion, il acheta un rouleau de pièces de vingt-cinq cents et défia Jane aux jeux les plus simples, dont un flipper à l'ancienne. Elle se prit au jeu, se penchant avec férocité sur la machine pour actionner les manettes et laissant échapper des grognements de frustration.

La guerrera, pensa-t-il avec amusement. Même Tito eut quelques éclats de rire à ses dépens. Elle les accueillit avec bonne humeur.

Puis tous allèrent manger.

Être assis en face d'elle à la pizzeria était différent, cette fois-ci. Ils avaient dépassé une ligne invisible quand il l'avait emmenée déjeuner. À présent, tout ce qu'ils faisaient ensemble ressemblait à un rendez-vous. Elle était devenue un peu plus timide avec lui et, quand il observait sa bouche en se demandant quel goût elle aurait, il la surprenait à le regarder en retour et à rougir.

Il avait envie de l'embrasser. Il avait même envie de plus que cela mais un baiser serait un bon début. Il ne se demandait plus si c'était une bonne idée. Il en avait envie, point.

En fin de soirée, il réalisa de nouveau avec atterrement qu'il avait à peine jeté un regard à Hector et Tito.

Bien sûr, il n'eut pas l'occasion de se trouver seul avec elle sur le parking quand ils se séparèrent. Tito rentrait avec elle. Il dut réprimer sa frustration et retourner chez lui tout seul.

Il passa une très mauvaise nuit.

Il avait des cernes sous les yeux, vit-il dans le miroir en se rasant. Il se coupa douloureusement et mit un morceau de mouchoir en papier avant d'aller dans la cuisine manger un rapide bol de céréales. Le café, il l'emporterait avec lui.

Il réfléchissait à sa matinée quand son portable se mit à sonner. Il avait une réunion prévue avec son homologue des services du shérif du comté pour parler d'une formation commune. Il voulait aussi discuter de leur participation mutuelle à un détachement régional… En jurant, il chercha son téléphone qu'il n'avait pas encore accroché à sa ceinture.

— MacLachlan, aboya-t-il, quand il l'eut finalement trouvé.

La voix était très faible.

— Duncan ?

Il fut foudroyé par la peur, comme si on l'avait frappé au plexus solaire.

— Jane ? Que se passe-t-il ?

— Je, euh… Il y a… quelque chose d'horrible sur le pas de la porte. Je suis allée prendre le journal et…

Elle fit un bruit de déglutition. Elle réprimait des larmes ou un haut-le-cœur ?

— J'aurais plutôt dû appeler Niall, non ? Je suis désolée. Je ne sais pas à quoi je pensais. J'ai son numéro.

Elle avait pensé à lui en premier. Cette pensée lui fit presque le même effet que sa peur initiale.

— J'arrive.

Il fourra une cravate dans sa poche et prit au passage son arme et son insigne.

— Vous voulez que j'appelle Niall pour vous ? lui demanda-t-il.

— Vous n'avez pas besoin de venir. Vraiment, je ne suis pas blessée ni rien.

— Ne soyez pas ridicule. Bien sûr que je viens.

Il s'attendait à ce qu'elle discute. Mais elle dit « merci » presque docilement. Il sentit alors une drôle de sensation dans la poitrine.

— Ça ne vous ennuierait pas de l'appeler ?

— Non, dit-il d'un ton bourru. Vous êtes dans la maison ? Vous vous êtes enfermée ?

— Oui.

— Qu'est-ce qu'il y a sur votre porche ? Non, décida-t-il. Ne me le dites pas. Je préfère le voir de mes yeux.

Sa voix faiblit.

— Il faut que j'y aille.

Le silence lui indiqua qu'elle avait raccroché brusquement.

Il conduisit trop vite mais profita du trajet pour appeler Niall. Devait-il remettre la réunion de la matinée ? Non, cela ne prendrait peut-être pas très longtemps.

Il s'arrêta sur les chapeaux de roues devant la maison, tira le frein à main et sauta de voiture. Il aurait dû l'interroger davantage, réalisa-t-il. Était-ce une scène de crime ? Auraient-ils besoin de préserver les indices ?

Contrairement à son habitude, il traversa la pelouse plutôt que de prendre l'allée. Debout près du porche, il regarda pardessous la rambarde.

Une obscénité cinglante lui échappa. Il y avait un animal mort sur le paillasson. Il n'était pas sûr de ce que c'était. Un chat ? Ou peut-être un lapin ? Quoi qu'il en soit, l'animal avait été décapité et un énorme couteau de boucher luisant de sang était planté dans le paillasson.

Furieux, il fit le tour de la maison, jusqu'à la porte de derrière. Quand il frappa, le visage prudent de Jane apparut à la fenêtre. Elle se précipita pour le laisser entrer.

— Vous avez vu… ?

— J'ai vu, dit-il rudement. Bon sang, Jane.

Obéissant à son instinct, il la prit dans ses bras. Elle ne résista pas. En fait, elle passa les bras autour de sa taille et le serra fortement. Il posa la joue au sommet de son crâne, une main sur sa nuque, et murmura Dieu sait quoi dans ses cheveux jusqu'à ce que, finalement, elle se détende un peu.

— Pauvre petite chose, murmura-t-elle misérablement contre sa poitrine.

Être décapité était sans doute une façon rapide de mourir. N'était-ce pas ce que les fermiers faisaient aux poulets ? Mais il ne lui en parla pas.

— Vous avez appelé Niall ?

— Oui, il est en route.

Ils restèrent là, ni l'un ni l'autre n'ayant apparemment envie de se lâcher. Ses cheveux étaient humides, réalisa Duncan. Ils avaient une odeur délicieuse d'agrumes. Ils étaient repoussés derrière son oreille, et il se surprit à fixer son lobe d'oreille nu, là où elle portait d'habitude une boucle.

Elle sortait à peine de la douche et n'était pas encore tout à fait prête. Avait-elle pris son petit déjeuner ?

Il lui posa la question, et elle haussa les épaules.

— Du café, au moins ?

— Euh… tout à l'heure.

Elle ne bougea pas, et il en fut ravi. Les proportions de son corps correspondaient parfaitement aux siennes.

Le coup à la porte les prit tous deux par surprise. Elle sursauta, et il pivota avec vivacité.

C'était Niall.

Il les salua tous deux, son frère d'un air inexpressif et Jane avec sympathie.

Duncan se tourna vers Jane. Son visage était tiré, mais elle ne pleurait pas. *Pas ma Jane.*

Elle ne suivit cependant pas les deux hommes devant.

Niall ouvrit la porte, et ils observèrent la scène. Une fois passé le premier écœurement, Duncan fronça les sourcils. Comment l'homme avait-il su qu'elle ne partirait pas sans avoir vu ça ?

Son frère se mit à spéculer tout haut.

— Il a sonné ? C'est comme ça qu'elle l'a trouvé ?

— Elle est sortie chercher le journal.

Qui gisait toujours sur le porche, à quelques mètres de là.

— Tu crois qu'il la surveille et qu'il sait qu'elle sort tous les matins prendre le journal ? dit Niall au bout d'un instant.

C'était une pensée perturbante.

— Un timing intéressant, poursuivit Duncan.

Niall le regarda.

— Tu veux dire, après la scène au tribunal ? Oui, mais ça ne veut pas forcément dire quelque chose. Si elle ne s'est pas trompée dans les dates, elle a un message par semaine. Celui-ci est juste à l'heure.

Duncan jura.

Niall s'était accroupi pour inspecter le couteau de plus près.

— Il est de plus en plus explicite.

La tête avait été disposée afin de faire face à la porte. L'animal était effectivement un lapin, avec de longues oreilles veloutées et des yeux à présent vitreux. Duncan doutait que ce soit un lapin sauvage. Il avait l'apparence grasse et dodue des lapins domestiques. Pourvu que ce ne soit pas l'animal favori d'un enfant, songea-t-il.

Niall préféra ne pas appeler l'équipe de techniciens. Il s'était muni du nécessaire pour enlever le paillasson, l'animal et le couteau, qui seraient examinés à la recherche d'empreintes.

Duncan en profita pour retourner auprès de Jane. Il la trouva assise, immobile, à la table de la cuisine, une tasse de café devant elle. Son regard était fixé sur un point indéterminé. Elle le posa sur lui dès qu'il apparut, mais ne dit rien. Il distinguait l'horreur dans ses yeux.

— Niall est en train de… tout enlever. J'ai peur que vous ne deviez acheter un autre paillasson.

Elle s'affaissa légèrement.

— D'accord, cette fois-ci, je dois reconnaître qu'il s'agit de menaces.

— Vous croyez ? dit-il d'un ton légèrement sardonique.

La couleur revenait à ses joues. Ses yeux flamboyèrent et sa main était presque ferme quand elle leva sa tasse pour avaler une gorgée.

Il prit la tasse qu'elle lui versait, et ils sirotèrent leur café en silence. Quand Niall apparut enfin, ce fut pour dire qu'il avait nettoyé le porche.

— J'ai frappé aussi à quelques portes. La dame en face est presque sûre d'avoir entendu une voiture s'arrêter et repartir il y a environ quarante minutes, mais elle n'y a pas prêté assez attention pour regarder par la fenêtre. Personne n'a rien vu. Mais je dois encore trouver le garçon des journaux…

— C'est une fille, corrigea Jane.

Il hocha la tête, mit du sucre dans son café et s'appuya contre le comptoir.

— Je ne crois pas qu'elle se serait arrêtée si elle avait vu ça.

— Non, reprit Jane d'un ton morne. Y a-t-il, hum, des taches de sang sur les planches ?

Niall secoua la tête.

— Si ça vous soulage, je ne pense pas que les faits ont été commis ici. Cela aurait été bien plus sale.

Sanglant même, pensa Duncan.

— Et trop risqué, insista son frère. Cela aurait pris beaucoup de temps. Et le lapin aurait pu…

Faire du bruit.

Son frère ne finit pas sa phrase. Il s'éclaircit la gorge et, après un long silence, dit :

— Je suis désolé.

Elle lui fit un signe de tête raide et fixa son café.

— Vous n'avez rien entendu ? ajouta-t-il.

— Non. Je ne suis pas levée depuis longtemps. Et j'ai pris une douche d'abord. Je n'étais pas descendue depuis plus d'une minute. J'aime lire le journal en déjeunant.

— Vous le faites tous les jours à la même heure ?

Elle pâlit.

— Oui.

Duncan tendit la main pour prendre la sienne. Elle l'agrippa fortement.

— La première chose que je vais faire, c'est de localiser Glenn Jones et sa mère, dit Niall.

Duncan le regarda, et Niall saisit le message.

— Et Ortez.

Il haussa les épaules.

— Malheureusement, ce n'est pas le bon moment de la journée pour vérifier les alibis.

— Hector a plusieurs colocataires, dit Jane avec de l'espoir dans la voix.

Niall jeta un coup d'œil significatif à la pendule au-dessus de la cuisinière.

— Vous voulez parier qu'il était en route pour son travail au moment où ce truc a été déposé sur le seuil ?

Il posa sa tasse vide dans l'évier.

— Ce sera un miracle si l'un de ses colocataires peut prouver qu'il n'était pas là ce matin.

L'espoir mourut sur le visage de Jane. Niall s'excusa et partit en promettant de la tenir au courant. Duncan s'attarda un peu.

— Vous allez travailler ce matin ?

Elle hocha la tête.

— Je veux que vous achetiez un système d'alarme.

À son grand soulagement, elle hocha lentement la tête.

— Je préférerais dépenser de l'argent pour passer quelques semaines à Hawaii mais… Vous avez une société à me recommander ?

— Oui.

Il trouva l'annuaire et entoura une ou deux publicités.

— Dites-leur que vous venez de ma part.

— Merci.

— Pourquoi ne commencez-vous pas à vous préparer ? dit-il gentiment. Je vous suivrai jusqu'au magasin. Et ce soir aussi.

Elle se mordit la lèvre et acquiesça de nouveau, silencieusement.

Il eut envie de lui demander de se mettre en colère. Mais

ce dont il avait vraiment envie, c'était de l'emmener chez lui. Il savait, sans avoir besoin de demander, qu'elle refuserait.

Mais comment allait-il pouvoir repartir le soir en la laissant seule ?

— Vous avez pris votre petit déjeuner ? demanda-t-elle. Il y a, euh… des céréales si vous voulez vous servir pendant que je m'habille et me maquille…

Il la regarda de plus près. Elle ne devait pas porter beaucoup de maquillage. Elle n'en avait pas besoin avec cette peau fine et ces cils plus sombres que ses cheveux. Elle voulait certainement se sécher les cheveux et mettre des boucles d'oreilles…

Il remarqua pour la première fois qu'elle portait des pantoufles roses en peluche. Une vraie fille.

Des tutus roses, se rappela-t-il, c'était ce qu'elle vendait. Il la trouvait déroutante par bien des aspects, et celui-là en était un. Une femme entêtée et directe qui était aussi insolemment féminine.

Réprimant une nouvelle bouffée de désir, il fit un signe de tête en direction de l'escalier.

— Je vais prendre une autre tasse de café. Prenez votre temps.

Elle bredouilla quelque chose à propos des céréales et se laissa finalement persuader qu'il se débrouillerait tout seul. Il parvint à ne pas dire : *Non merci, ça m'a coupé l'appétit.*

Il appela le bureau du shérif pour retarder la réunion, puis sortit pour ramasser le journal sur le porche fraîchement nettoyé. Il eut à peine le temps de boire une seconde tasse de café. Jane réapparut, les cheveux soigneusement brossés, des anneaux d'or aux oreilles et sans doute un soupçon de blush sur les joues.

Il repoussa sa chaise et se leva. Il aurait dû se diriger vers la porte et lui rappeler de fermer derrière lui avant de passer par le garage, mais il ne pouvait détacher ses yeux d'elle. Cette fois, ce n'étaient pas l'arc de sa bouche, la grâce de son port ou le bleu de ses yeux qui l'immobilisèrent mais la conscience de sa tension, de sa fragilité. Une vulnérabilité qu'elle laissait rarement voir.

— Bon sang, Jane.

Les mots lui échappèrent dans une explosion de désir. Il fit un pas vers elle, et leurs corps s'entrechoquèrent. Ce n'était pas le réconfort qu'ils cherchaient cette fois mais la proximité, la fusion. La voix de la raison fut noyée par l'instinct.

11

Il plongea les doigts dans ses cheveux, la soie la plus épaisse, la plus douce qu'il ait jamais touchée. Ses mains tremblaient. Jane passa un bras autour de son cou et se mit sur la pointe des pieds pour atteindre sa bouche.

Il n'avait jamais embrassé une femme comme elle. Il n'était plus que sentiments, sensations : un gigantesque besoin physique d'elle, une tendresse qui le bouleversait, la peur. Il avait peur pour elle et peur d'elle. Son esprit s'éteignit. La forme de sa tête, la timidité de sa langue, le goût de cannelle de sa bouche. Ils étaient collés l'un à l'autre des cuisses jusqu'à la poitrine. Elle s'appuyait contre lui en agrippant ses cheveux et produisait de petits bruits qui augmentaient son besoin désespéré d'elle.

Le tumulte n'était pas uniquement physique. Le meilleur – le pire – était en lui. Il n'était plus lui-même. Il fondait comme une chandelle, cœur, poumons et âme, et Dieu savait quelle forme il allait prendre.

Le baiser se poursuivit encore et encore, interrompu seulement par quelques bouffées d'air irrégulières. À un moment, il referma les dents sur le lobe de son oreille et sa délicate boucle d'or. Une de ses mains quitta ses cheveux pour plaquer ses hanches contre les siennes.

Il avait envie de la pénétrer. Il avait envie de la coucher sur le sol, mais il était plus raisonnable de chercher un sofa, un lit. Elle méritait de la douceur.

Il releva la tête, posant les yeux sur son visage rougi par la passion, sa bouche humide de désir, ses yeux d'un bleu profond, et il pensa : *mon Dieu, qu'est-ce que je fais ?*

Elle le dévisagea. Ses pupilles se dilatèrent puis se contractèrent. Elle se mit à haleter, frémit et s'écarta.

— Oh ! non, murmura-t-elle.

Oh non ? L'idée de faire l'amour avec lui était-elle donc si horrifiante ? Se raidissant sous l'affront, il la relâcha.

— Je suis désolé, dit-il. Je n'avais pas l'intention…

— Non, c'est moi qui vous ai pratiquement sauté dessus.

Elle se mordit la lèvre inférieure.

— Ce doit… être l'adrénaline.

Elle avait sans doute raison, se dit-il. Aucun baiser ne ressemblait à ce tourbillon d'émotions.

Recule. Réfléchis. Ne fais rien de stupide.

Il fit la grimace.

Rien de plus stupide que ce que tu as déjà fait.

— Ça va ? demanda-t-il d'un ton bourru, en la voyant agripper un des chaises de cuisine.

— Oui, bien sûr.

Elle déglutit.

— Hum… J'ai besoin de mon sac. Et…

Elle tourna la tête. Elle semblait ne plus rien voir.

— Seulement de mon sac, je crois.

Elle le trouva. Puis, comme si rien d'extraordinaire ne s'était passé, elle le fit sortir par la porte de devant et verrouilla derrière lui. Il attendit dans son 4x4 pendant qu'elle faisait sortir sa propre voiture du garage en marche arrière. Ils regardèrent la porte du garage se refermer. Puis il la suivit jusqu'au magasin et attendit dans l'allée tandis qu'elle se garait près du container à poubelles.

Elle lui fit un petit signe incertain de la main et disparut à l'intérieur.

Ce fut alors seulement qu'il se laissa tomber en avant. Il heurta du front le volant en fermant les yeux.

Il ne pouvait pas se permettre de ressentir des choses comme ça. C'était trop dangereux. Il ne pouvait pas faire confiance à ce point.

La panique le faisait tanguer au point de le rendre malade. Il ne s'était pas senti aussi vulnérable depuis que sa mère lui avait dit qu'elle partait.

Il ne voulait plus jamais se sentir aussi nu. Il ne voulait dépendre de personne et il était arrivé dangereusement proche de ce point. *Triple idiot.*

Enfin, il fut capable de relâcher son emprise sur le volant. Heureusement, le magasin n'avait pas de fenêtre sur l'allée. Personne ne l'avait vu lutter avec ses démons intérieurs.

Le trajet de dix minutes jusqu'au bureau du shérif lui donnerait le temps de se reprendre.

C'était le pire début de journée qu'elle ait connu.

Trouvez un lapin décapité sur le pas de votre porte. Dissolvez dans une mare de terreur. Et canalisez votre angoisse en vous jetant au cou d'un homme absolument pas fait pour vous.

Non qu'elle se soit jetée à son cou sans retour. Avec le choc, elle n'y avait pas pensé mais, au fil de la journée, elle se rappela avec certitude que Duncan l'avait embrassée avec un enthousiasme égal au sien.

Alors… pourquoi avait-elle eu cette bouffée de honte à la fin ? Pourquoi était-elle si sûre de s'être rendue ridicule ?

Elle n'arrivait pas à réfléchir rationnellement. Les pensées rebondissaient dans son esprit comme une bille de flipper. Elle croyait être parvenue à une sorte de conclusion et… bing ! C'était reparti. Elle se rejouait toute la scène en segments brefs et saccadés.

Ce n'est qu'en pensant à Duncan qu'elle se sentait le plus calme. Comme si, même à distance, il lui donnait l'impression d'être protégée.

Pourquoi lui ? Elle ne savait pas, sauf que, depuis la minute où elle avait vu sa photo dans le journal, elle avait ressenti quelque chose d'inattendu. Du désir.

Non, c'est faux. Ce n'était pas que du désir. Il n'était même pas vraiment beau. Elle pensa à la manière dont il regardait l'objectif. Elle avait senti une sorte de reconnaissance.

Il l'avait embrassée comme s'il mourait de faim. Comme s'il était affamé, non pas du contact de n'importe quelle femme, mais du sien.

Bing, son cerveau rebondit dans une direction différente.

J'ai peur de rentrer à la maison. Oui, Duncan la raccompagnerait sûrement. Mais elle était certaine qu'il ne l'embrasserait plus. Ensuite il partirait, et elle resterait seule.

Elle appela la société d'alarmes qu'il lui avait recommandée, et l'homme accepta de venir chez elle à 17 h 30. Avec un peu de chance, Duncan resterait pour lui parler.

Mais, bien sûr, il serait impossible d'installer le système d'alarme le soir même, ni le jour suivant ni celui d'après.

Elle pouvait toujours coincer une chaise sous la poignée de la porte de sa chambre. Dormir avec le tisonnier serré dans sa main.

Supplier Duncan de rester ?

C'était ce dont elle avait peur. Tellement peur qu'elle ne le ferait pas.

Niall frappa la table du plat de la main et rugit :

— Assieds-toi pour l'amour du ciel !

Duncan sursauta, tira une chaise à lui puis changea d'avis, la reposant. Il ne savait pas ce qu'il faisait là, chez son frère.

On aurait dit une maison de conte de fées. Nichée derrière un bungalow des années quarante, elle était assez petite pour le rendre claustrophobe. Cétait pour ça qu'il faisait les cent pas.

— Je n'ai pas l'intention de rester, dit-il.

Complètement exaspéré, Niall répliqua :

— Dis-moi pourquoi tu es là.

Oui, pourquoi ?

— Pour te mettre la pression, quoi d'autre ?

Sauf que ce n'était pas pour ça et il le savait.

Parce que j'ai besoin que tu me dises quoi faire ?

Niall gronda :

— Retourne chez toi. Va courir. Appelle ce gosse que tu aimes tant. Il te laissera sans doute gagner au basket.

— Il faut que je reste joignable.

— Tu peux faire ça chez toi.

Il était resté à la maison la veille au soir, après avoir raccompagné Jane chez elle et fait le tour de la maison pour la rassurer.

Il avait aussi discuté avec le type de la société des systèmes d'alarme et surmonté toutes les objections de Jane.

La quitter avait été l'une des choses les plus dures qu'il ait jamais faites.

S'il avait vu le plus petit signe de bienvenue, il serait resté en dépit de ses propres scrupules. Mais il ne s'était pas trompé sur la façon dont elle s'était écartée de lui. *Je n'ai pas besoin de vous*, disait son langage corporel.

Alors, il était rentré chez lui où il avait essayé de manger, essayé de regarder la télévision, essayé de dormir.

Le lendemain était vendredi. Il aurait préféré que ce soit samedi car Hector pensait aller voir un film s'il pleuvait comme le prédisait le bulletin météo. C'était ridicule, il ne pouvait continuer à prendre ses samedis. Mais il prendrait celui-là, pour être avec Jane.

— Je ne sais pas ce que je suis en train de faire, dit-il.

— Quoi ?

Son frère le regarda, perplexe.

C'était pour ça qu'il était venu.

Il se sentait à l'étroit dans son corps. Il avait chaud. Bon sang ! C'était pire que de se lever devant toute la classe et de faire un exposé non préparé. Pire que de marcher droit sur un fou armé pour s'offrir en échange d'un otage.

— Est-ce que Conall, hum, a une petite amie ?

— Quoi ? dit de nouveau Niall, mais son expression était devenue méfiante.

— Tu en as déjà eu une, toi ?

Les doigts de son frère tambourinèrent sur la table.

— Non.

Il y eut un petit silence.

— Des femmes, oui. Une relation durable, non.

Il fronça les sourcils.

— Je ne crois pas, poursuivit-il. Conall ne m'a rien dit, de toute façon.

— Tu crois que tu en auras une ?

— Seigneur, non !

Donc, je ne suis pas tout seul.

Bizarrement, il était consterné. Il avait volé à la rescousse de ses frères et ils étaient aussi cabossés que lui.

Vraiment ? Ça te surprend ?

C'était la conversation la plus personnelle qu'ils aient eue en quinze ans. C'était pathétique. Il était là, plein d'anxiété, et Niall gigotait comme un gosse soumis à un interrogatoire.

Finalement, il jura et s'effondra sur la chaise qu'il avait tirée.

Niall pencha la tête, une expression de pur amusement sur le visage.

— Tu es amoureux d'elle. De Jane.

— Je m'étais juré que non.

— Mais c'est arrivé, persista son frère de manière irritante.

— Je ne peux rien faire. Je ne peux pas…

Sa mâchoire lui faisait mal.

— Lui faire confiance. Je ne peux pas… faire confiance à qui que ce soit.

Ils se dévisagèrent, deux hommes qui ne se connaissaient que trop bien et pourtant pas du tout.

— Tu étais un adulte quand maman est partie.

Il laissa échapper un rire sarcastique.

— À dix-huit ans ? Un adulte ?

Niall secoua la tête et se frotta le visage.

— Je ne pensais pas que…

— Quoi ?

— Toi…

Niall se mit à rire aussi.

— Mon vieux, reprit-il, c'est vraiment égocentrique, non ? Oh ! merde ! Je veux dire… euh, je pensais…

— Que j'étais le tyran et toi la victime ?

— Quelque chose comme ça, marmonna son frère.

— Tu le penses toujours ? fit-il, incrédule.

— Non. Je pense le moins possible à cette époque. Tu y penses, toi ?

— Non, avoua Duncan.

Ils restèrent assis en silence pendant un long moment.

Pourquoi n'avons-nous jamais parlé de ça ?

Parce qu'ils étaient des hommes ? Parce qu'il ne parlait

jamais de ses sentiments ? Parce qu'il ne voulait pas en avoir ? Il n'en avait aucune idée. Il grogna.

— Je ne voulais pas commencer. Mais je…

— Tu ne sais pas quoi faire. Oui, tu l'as déjà dit.

Niall esquissa un demi-sourire.

— Peut-être qu'une nuit ou deux avec elle te guériront.

— Peut-être.

Il avait essayé de se dire ça. Mais…

— Je ne crois pas. J'ai peur de m'enfoncer encore plus.

— Et tu ne peux plus t'éloigner. Plus maintenant.

— Non. Et si ce dingue continue à la poursuivre ?

Niall ne se hâta pas de le rassurer.

— Il y a un éventail de suspects assez limité.

— Sans doute. Est-ce qu'elle a parlé de toutes les affaires sur lesquelles elle a travaillé ? Et si c'était quelque chose de tout différent ?

— C'est peu probable.

Mais les doigts de Niall battaient de nouveau un rythme sur la table. Une habitude nerveuse.

— Le message donne l'impression que quelqu'un n'a pas aimé qu'elle fourre son nez dans ses affaires. À moins qu'elle n'ait l'habitude de se montrer intrusive… ?

— Tu ne lui as pas demandé ? dit Duncan dans une bouffée de colère.

— Plus ou moins. Elle a dit non.

Aucun d'eux ne parla pendant une minute ou deux. Enfin, Niall dit d'une voix étrange :

— Tu me fais confiance avec Jane, pas vrai ? Je veux dire, pour la protéger ?

Lui faisait-il confiance ? Le concept était inattendu. Ses sourcils se froncèrent.

Comme il ne disait rien, Niall émit ce rire sans humour qui n'appartenait qu'à lui.

— Peut-être que non.

Toujours déconcerté par cette idée, Duncan se surprit à admettre lentement :

— Si, je suppose que si. Tu es… un super flic.

— Et je suis ton frère.

Ils se regardèrent avec prudence.

— Oui. Tu es mon frère.

Qu'est-ce que suggérait Niall ? Qu'il pouvait lui faire confiance ? Ou qu'il lui faisait déjà confiance et ne s'en rendait pas compte ?

— C'est quoi ton pire souvenir de moi ?

Il ne savait pas qu'il allait poser cette question jusqu'à ce qu'elle soit là, entre eux, comme une bombe à retardement.

Le corps de Niall se recroquevilla comme s'il reculait. Finalement, il laissa échapper :

— C'est une fichue question !

— Oublie ça. Oublie que je l'ai posée.

De nouveau plein d'agitation et d'appréhension, il recula sa chaise et se leva.

— Non.

Son frère remua les épaules comme pour les forcer à se détendre. Son expression avait pris une nuance étrange.

— C'est drôle, je croyais que choisir le pire souvenir serait plus difficile que ça.

Duncan serra les dents, sa manière à lui de s'armer de courage.

— Ce qui me vient à l'esprit en premier, c'est quand tu es venu me chercher au centre de redressement. Tu m'as dit que papa en avait pris pour dix ans et que maman était partie, kaput. Il n'y avait plus que nous, et je devais te rendre des comptes. Les choses allaient être différentes. J'allais bien me tenir sinon… J'allais aller en classe, faire remonter mes notes, tondre la pelouse…

Il rit.

— Qu'est-ce que j'en savais ? Tu m'as menacé, et j'ai compris que c'était du sérieux. Maman n'était jamais sérieuse, elle.

— Je sais.

— Je me suis dit que c'étaient des conneries, évidemment. Tu étais plus grand que moi, et alors ? Tu ne pouvais pas me forcer à faire n'importe quoi.

Mais il pouvait. Il l'avait fait. Il avait été le pire cauchemar de ses frères.

Ils restèrent tranquilles un moment.

Duncan avait envie de faire les cent pas, mais il resta là, agrippant le dossier de la chaise.

— Tu peux imaginer ce qu'est mon pire souvenir, dit sèchement Niall.

— Oui, ce n'est pas difficile.

— Tu vas me demander quel est le meilleur ? poursuivit son frère de manière inattendue.

— Je n'en avais pas l'intention. Je ne savais pas que tu en avais un. Mais d'accord. Quel est ton meilleur souvenir de moi, le tyran ?

— Sans parler d'il y a longtemps, quand tu m'as appris à lancer, quand tu m'as aidé à faire marcher ce tas de boue que j'appelais une voiture…

Duncan acquiesça. Il avait un nœud dans la gorge.

— Mon meilleur souvenir… Non, j'en ai deux. Le premier, c'est quand tu es venu me chercher au centre de redressement.

— *Quoi* ?

— Oui. Bizarre, hein ? Mais tu vois, c'est ça. Je savais, j'ai toujours su, que tu n'étais pas obligé de venir. Tu mourrais d'envie de partir à l'université. J'étais… jaloux.

Tout à fait incapable de parler, Duncan hocha la tête.

— J'ai dit que je ne croyais pas à toutes ces conneries dont tu me menaçais, mais je suis sûr qu'au fond j'y croyais. Je ne voulais pas te croire, mais j'y croyais. Parce que ça voulait dire… que je pouvais te faire confiance. Tu prenais mon parti et celui de Conall.

Un son inarticulé, d'émotion pure, se fraya un passage dans la gorge de Duncan. Niall détourna les yeux. Il se passa une minute avant qu'il ne reprenne.

— L'autre fois dont je me souviens, c'était mon diplôme de l'université. Je t'ai regardé et j'ai vu que tu pleurais.

Il eut un large sourire, plein d'affection.

— Oui, je t'ai vu. Ça m'a soufflé. Mon grand frère pleurait parce qu'il était fier de moi. C'était… hum…

Il s'éclaircit la gorge.

— Je crois que c'est à ce moment-là que j'ai su que je voulais suivre tes traces.

Il fit un geste hâtif.

— Devenir flic, je veux dire.

Duncan eut soudain peur de se mettre à pleurer. *Ça en valait la peine*, pensa-t-il. Incapable de se maîtriser, il repoussa la chaise et reprit ses déambulations agitées dans la petite pièce. Le dos tourné, il s'essuya rapidement les joues et fut atterré de les trouver humides. Il avait vraiment pleuré.

Niall ne le regardait pas quand il se retourna.

— Merci, dit-il d'une voix rauque.

Son frère leva la tête. Il y avait de l'inquiétude dans ses yeux mais aussi… une étincelle d'émotion qui correspondait à ce qu'il ressentait. Ils se dévisagèrent, méfiants et embarrassés. C'était comme si une porte s'était ouverte. Il sentait un poids en moins dans sa poitrine.

Mon frère. Pour la première fois depuis très longtemps, ces deux mots ne voulaient plus dire *mon fardeau*. Ils voulaient dire… Hébété, il secoua la tête. Il ne savait pas. Mais il savait pouvoir faire confiance à son frère. Niall avait des sentiments mêlés envers lui mais il couvrirait ses arrières sans hésiter, comme il le ferait pour lui.

— Je crois que je suis amoureux d'elle, dit-il, et Niall se contenta d'acquiescer.

Duncan hésita, fit un signe de tête et partit.

Il ne savait toujours pas quoi faire avec Jane. Au volant de son 4x4, il se sentit bizarre. Comme s'il avait été gelé pendant très longtemps et qu'à présent il s'était fêlé en centaines de milliers de morceaux dont quelques-uns étaient en train de fondre. Il n'y comprenait rien.

Comment était-il possible que ce qu'il avait toujours vu comme un devoir, un fardeau, se soit transformé en rempart ?

La faille dans cette glace qui l'entourait s'était formée quand Jane s'était rapprochée de lui. Quand elle lui avait fait honte sur la plage. Quand elle lui avait parlé de ses blessures secrètes. Pourrait-elle le faire fondre entièrement ?

Si l'ordure qui la harcelait s'en prenait à elle… Ses mains se crispèrent sur le volant.

Ce serait un nouvel âge de glace.

12

Dans le cinéma à moitié plein, Tito regardait sans plaisir l'action sur l'écran. La dernière fois qu'ils avaient vu un film, il regardait derrière lui pour essayer de voir Duncan et Jane, sans savoir qu'ils n'étaient pas là.

Cet après-midi, il les voyait sans même tourner la tête. Ils étaient assis de l'autre côté de l'allée. Pendant un moment, ils avaient partagé un pot de pop-corn, puis Duncan avait posé le bras sur son siège à elle. Tito ne voyait pas sa main. Et si Duncan aimait Jane ? Et s'il était là à cause d'elle, et pas pour lui ?

J'ai papa.

Mais papa était d'humeur sombre, ce qui le rendait hargneux envers Jane et furieux envers Duncan.

Tito se tortilla sur son siège pour s'éloigner le plus possible de son père. Il n'aimait ni son odeur, ni son apparence, ses mains trapues et carrées, son menton luisant de graisse après le hamburger et les frites. Il était si petit, si massif. Tito fixait l'écran d'un air malheureux. Il voulait être comme Duncan, grand et mince, avec ses longues enjambées et son port de tête vigilant. Duncan avait… de la dignité. *La dignidad. Sí.* Les yeux dans le vague, il réfléchit à ce concept. Peut-être que papa l'avait perdue en prison ou qu'il n'en avait jamais eu… Il ne savait pas.

Ce conflit en lui le rendait malade. *La familia*, c'était le plus important, il le savait. Il avait de la chance d'avoir un père qui était prêt à tout pour être son père.

Il avait honte de lui-même, parce qu'il était censé aimer son père.

Pourquoi est-ce que je ne l'aime pas ?

Il lança un regard dans sa direction. Son père avait la main dans un énorme pot de pop-corn,et son visage luisait encore plus. Tito frémit et détourna le regard.

En s'arrêtant dans son allée, au retour d'un dîner chez des amis, Jane sentit une horrible angoisse monter en elle.

Après avoir pressé la télécommande, elle regarda dans le rétroviseur la porte du garage se refermer lentement. Elle resta assise dans sa voiture fermée pendant un laps de temps anormalement long. Si seulement Duncan avait été là pour faire le tour de la maison avec elle.

Mais il n'était pas là. Et elle n'allait pas l'appeler et le supplier de venir.

Enfin elle sortit, son sac à main dans une main, sa bombe au poivre dans l'autre. La maison était vraiment silencieuse. Le bourdonnement du réfrigérateur se remettant en marche la fit sursauter. Elle inspecta le rez-de-chaussée, armée d'un tisonnier.

Lorsqu'elle eut ouvert et vérifié tous les placards, elle se détendit un peu. Elle n'avait pas le courage d'ouvrir la porte de devant pour voir s'il y avait quelque chose sur le porche.

Il était trop tôt pour aller au lit. *Mais… je dois aller regarder là-haut. Je ne peux pas m'asseoir avant d'avoir regardé sous les lits. Sous ma pile de chaussures.* C'était censé la faire sourire, mais ce ne fut pas le cas.

Elle était moins effrayée, toutefois, en montant l'escalier. Qui aurait eu l'idée de l'attendre en haut au lieu d'en bas ?

La chambre d'amis, d'abord. Comme le rez-de-chaussée, elle était intacte. Veillant à ne pas tourner le dos à la porte, elle regarda sous le lit et ouvrit le placard. La salle de bains, ensuite. Elle pouvait voir dans la douche grâce à la paroi transparente. Pas de scène à la Hitchcock, Dieu merci.

La porte de sa chambre était entrouverte de quelques centimètres. Son cœur se remit à battre la chamade. Quand elle était descendue, ce matin, elle avait enlevé la chaise qu'elle avait coincée sous la poignée, tiré la porte et… Elle ne pouvait s'en souvenir.

Le tisonnier qu'elle tenait toujours tremblait dans sa main.

La première chose qu'elle vit, ce furent les morceaux de la chaise. Puis son lit, le couvre-lit matelassé réduit à l'état de lambeaux. Les mots horribles tracés en lettres de sang sur le mur au-dessus du lit.

Un hurlement gargouilla dans sa gorge et elle recula si vite qu'elle rebondit contre le mur du couloir.

Duncan la garda en ligne tout en fonçant dans les rues résidentielles obscures, sirène et gyrophare en marche. Avant de se précipiter dehors, il s'était servi de son fixe pour appeler Niall, qui viendrait de la direction opposée. Une patrouille serait peut-être là aussi, il ne savait pas.

— Continuez à me parler, dit-il d'un ton pressant au téléphone. Dites-moi que vous allez bien.

— Je vais bien.

Son souffle haletait.

— Je ne pense pas qu'il y ait quelqu'un, Duncan. Il serait sorti de la chambre, vous ne croyez pas ?

Oui. Bien sûr que oui. Il ne dit pas : *Je me demande combien de temps il vous a attendue*. Parce que cette ordure n'avait pas pu avoir connaissance des plans de Jane pour la soirée, si ?

Du rouge dégoulinant, encore humide… Sans doute de la peinture, avait-elle conclu plus tôt. Mais il avait entendu le doute dans sa voix. Cette peinture était… plus épaisse, avait-elle dit, et il aurait juré avoir entendu ses dents claquer.

La maison ressemblait à un phare dans la nuit, illuminée du haut en bas. Duncan s'arrêta sur les chapeaux de roues, coupa la sirène mais pas le gyrophare, et courut vers sa porte. Elle l'ouvrit avant qu'il ne l'atteigne. Elle lui tomba dans les bras. Elle tremblait. Peut-être était-ce lui. Sans doute les deux.

Il entendit une sirène et attendit son frère là, sur le porche de devant.

Niall s'arrêta juste à côté de son 4x4. Il prit le temps d'éteindre les phares et la sirène avant de parcourir la courte distance jusqu'à la porte.

— Tu es armé ? demanda-t-il à Duncan. Tu as fait le tour de la maison ?

Ils pénétrèrent dans la maison, verrouillant la porte et laissant Jane dans l'entrée. Puis ils parcoururent silencieusement la maison, pièce par pièce, en se couvrant l'un l'autre.

Duncan ne s'autorisa pas à regarder la chambre jusqu'à ce qu'il soit certain que le dingue était parti. Alors, il contempla les dégâts.

Les mots sur le mur, pensa-t-il, n'étaient pas le pire, même si l'odeur métallique indiquait qu'il s'agissait bien de sang.

Niall, silencieux jusque-là, dit :

— Il y a de la haine là-dedans.

Les vêtements de Jane avaient été arrachés du placard et de la commode, et lacérés, comme le couvre-lit. Les flacons sur la commode avaient été brisés, de même que le miroir au-dessus de la commode et le miroir en pied. Des éclats pointus s'accrochaient encore au cadre en chêne.

Rien dans la chambre n'avait échappé aux dégâts, en dehors de la fenêtre et des stores. *Ce type est assez sain d'esprit pour ne pas prendre le risque d'être vu par les voisins*, pensa Duncan.

— Le bris de glace a dû faire du bruit.

Niall grogna.

— On aura peut-être de la chance. La cavalerie est arrivée, ajouta-t-il en penchant la tête.

Après un dernier regard à la pièce dévastée, Duncan suivit son frère en bas, où Jane faisait entrer deux policiers en uniforme.

Niall les envoya immédiatement frapper aux portes du voisinage. Duncan alla droit vers Jane qui le fixait avec des yeux presque noirs, et passa un bras autour d'elle.

— Vous allez venir chez moi, dit-il d'un ton bourru.

Elle ne discuta pas, eut un petit frisson et dit :

— Je suppose que je devrais prendre quelques affaires.

Duncan croisa le regard de son frère par-dessus sa tête. Après un moment, il demanda :

— Vous êtes entrée dans votre chambre ?

— Non, j'ai juste vu…

Sa voix se brisa et ses doigts se resserrèrent sur la chemise de Duncan.

— Vous ne m'avez pas tout dit, trembla-t-elle.

— J'en ai peur. Vous allez avoir besoin d'une nouvelle garde-robe.

Elle le fixa et déglutit.

— La peinture ? Ou… ?

— Il a lacéré vos vêtements. Je doute qu'il ait eu le temps de tout sortir, mais… il a fait beaucoup de dégâts. Il a cassé les miroirs et les flacons sur votre commode.

Il fit une pause.

— Vous pourrez dormir avec un de mes T-shirts.

Sa maîtrise d'elle-même était admirable, bien qu'il sentît des frémissements dans son corps. Elle acquiesça d'un geste guindé.

— Je peux… prendre des affaires dans la salle de bains ?

Il haussa les sourcils en direction de Niall, qui approuva.

— Bien sûr, dit-il.

Il l'accompagna tandis qu'elle prenait un petit sac dans le placard et emballait quelques affaires dans la salle de bains. Elle faisait attention à ne pas regarder la chambre tandis qu'ils allaient et venaient.

— Tu as besoin de nous ? demanda Duncan à Niall.

Celui-ci secoua la tête, puis se tourna vers Jane.

— Je crois que vous feriez mieux de rester chez Duncan pendant quelques jours. Je vais traiter votre chambre comme une scène de crime. Nous avons besoin de découvrir le point d'entrée et de sortie pour les empreintes. Je suppose que vous n'avez pas laissé la porte d'entrée ouverte par accident ?

— Non, bien sûr, soupira-t-elle.

Elle laissa ses clés à Niall, et Duncan la fit monter dans son 4x4, sans la laisser échanger plus de quelques mots avec les voisins qui stationnaient sur sa pelouse en groupe apeuré.

— Ça va ? lui demanda-t-il quelques fois pendant le trajet de dix minutes, et elle marmonna un assentiment.

Ils étaient presque arrivés chez Duncan, quand elle dit :

— Ce n'était pas de la peinture, n'est-ce pas ?

Il ne voulut pas lui mentir.

— Non. Je ne crois pas.

— Où peut-on trouver tant de… ?

— En tuant un animal.

Il lui jeta un regard de biais et la vit se recroqueviller encore plus sur elle-même. Le sang devait être celui d'un animal, mais quelque chose de plus gros qu'un lapin, songea-t-il. Au moins un raton laveur.

Devant chez lui, elle attendit dans un état somnambule qu'il lui ouvre la portière. Elle semblait plus docile que reconnaissante d'être là.

— Vous avez déjà dîné, se souvint-il plutôt maladroitement.

Elle déglutit comme si elle préférait ne pas penser à la nourriture.

— Oui. Merci.

— Je crois qu'une douche ou un bain chaud vous ferait du bien. Vous devez souffrir du choc.

— Ce serait… bien.

Il l'emmena dans la chambre d'amis, vérifia qu'il y avait des serviettes et du shampoing, puis s'en fut lui chercher des vêtements. Il n'avait rien qui ressemblât à une robe de chambre. Un pantalon de jogging peut-être ? Un bas de pyjama en flanelle ? Il en avait qu'il portait rarement. Finalement, il lui apporta les deux, avec un T-shirt et des chaussettes qu'elle accepta sans commentaire. Puis il alla dans la cuisine faire chauffer de l'eau et attendit.

Elle fut si longue qu'il alla écouter dans le couloir. Il entendit l'eau couler dans la baignoire et ne frappa pas pour demander « ça va » ? Bien sûr que ça n'allait pas. Il avait vu beaucoup de choses durant sa carrière, mais rien qui ait affecté quelqu'un de si proche. Il se trouvait un peu dans la position du médecin qui apprend que sa femme a un cancer.

Ce n'est pas ta femme. Non, mais elle aurait pu l'être, vu l'impact que son choc et sa peur avaient sur lui.

Le bruit de la porte de la salle de bains qui s'ouvrait lui remit les idées en place. Jane apparut avec hésitation dans la cuisine, les joues rougies et les cheveux humides. Elle s'était décidée pour le bas de pyjama, qui ne lui allait pas trop mal. Elle avait d'assez longues jambes pour qu'il ne bouchonne pas sur ses chevilles. Mais son T-shirt lui descendait à mi-cuisses.

Avec un sourire incertain, elle lui dit :

— Je suppose que vous n'avez pas d'élastique pour les cheveux ? Je n'ai pas pensé à en prendre un.

— Euh…

Il toucha son propre crâne, ses cheveux courts et ébouriffés.

— Non. Est-ce qu'un élastique simple ferait l'affaire ?

— Ils cassent les cheveux. Je vais les laisser détachés.

— Voulez-vous du thé ? De l'English Breakfast ou bien de la tisane ?

Elle choisit la tisane.

Elle était mignonne avec ses chaussettes, se dit-il, quand elle se hissa sur le haut tabouret du comptoir. Pendantes sur ses petits pieds. Mais il voyait ses orteils se recroqueviller sur le barreau.

Après avoir sorti une petite assiette pour leurs sachets, il transporta leurs tasses sur le comptoir et se posta sur le tabouret à côté d'elle.

— Buvez, murmura-t-il, ça vous fera du bien.

Ils ne parlèrent pas beaucoup. Il avait monté le chauffage, si bien qu'il transpirait, mais elle semblait à son aise. Il avait rarement eu une femme dans sa cuisine. Beth Panneck, un lieutenant de la circulation, et son mari, un adjoint au shérif du comté, qui étaient devenus ses amis. Quelques autres qui étaient venues dîner, jamais passer la nuit. Il n'amenait personne chez lui pour faire l'amour.

Il n'avait jamais eu de femme dans sa cuisine, portant son pyjama.

Avait-elle conscience de lui en tant qu'homme à ce moment-là ? Il n'aurait pas dû penser au fait qu'il aimerait coucher avec elle, mais il ne pouvait s'en empêcher. Où était son self-control tant vanté ?

En réalité, il n'était pas aussi troublé que ça. Il la désirait, oui, mais… il voulait surtout la tenir dans ses bras. S'endormir et se réveiller avec elle. Quelque chose qu'il n'avait jamais fait.

— J'aimerais avoir un somnifère à vous proposer, dit-il enfin.

Elle lui adressa un sourire tout de travers.

— J'aimerais bien aussi, mais je crois que je suis prête à aller au lit, de toute façon.

— D'accord.

Attentif à ne pas la toucher, il l'accompagna jusqu'à la chambre d'amis, une pièce dont il n'avait jamais eu besoin. Il n'était pas un homme sociable. Personne n'avait jamais dormi dans ce lit. Cela avait à voir avec ses frères. Il avait gardé la chambre de Niall dans l'ancienne maison, afin qu'il puisse y dormir quand il venait. Celle de Conall aussi, bien que Conall ne vienne jamais. Il s'imagina montrer sa chambre à Conall et il poussa un grognement qui lui valut un regard perplexe de Jane.

— Désolé, dit-il. Je pensais juste… à quelque chose.

Ses yeux s'élargirent.

— À propos de ce qui s'est passé ?

— Non, à propos de mes frères. Rien d'important.

Elle jeta un coup d'œil furtif à la chambre, et il se demanda s'il devait lui proposer de regarder sous le lit, mais elle dit seulement :

— Cela vous ennuie si je laisse la porte ouverte ?

— Bien sûr que non. Je serai, hum… de l'autre côté du couloir.

Il fit un geste.

— Si vous avez besoin de quelque chose, appelez-moi. Je ne dors que d'une oreille.

Elle acquiesça, avec un sourire tendu mais authentique.

— Duncan…

Il la coupa vivement.

— Ne me remerciez pas. Bonne nuit, Jane.

Elle le surprit en s'approchant de lui et en se hissant sur la pointe des pieds pour lui déposer un baiser sur la joue, si léger qu'on aurait dit un murmure. Puis elle disparut dans la chambre. Il recula pour ne pas la voir se blottir sous les couvertures.

13

— Jane ! Chérie, tout va bien. Ce n'est qu'un mauvais rêve.

Des bras se refermèrent sur elle, et elle sentit son cœur battre contre sa joue tandis qu'il pressait son visage contre sa poitrine.

— Chut, chut. Tout va bien, chérie. Vous êtes chez moi, vous vous en souvenez ? Je suis là.

Il était là. Elle s'accrocha à lui avec une férocité qui l'aurait choquée à n'importe quel autre moment. Dans la faible lumière du couloir, elle le vit à moitié assis au bord du lit. Elle l'escalada et l'entoura de ses bras si fortement que c'était un miracle qu'il puisse encore respirer.

En lui murmurant toujours des mots de réconfort, il les fit se tourner afin de pouvoir s'allonger sur le lit à côté d'elle. Elle était plus ou moins sur lui, mais cela ne devait pas l'ennuyer. Sinon, il l'aurait repoussée. Au lieu de cela, ses mains se déplaçaient de haut en bas sur son corps, tandis qu'il chantonnait d'une voix profonde et veloutée.

Elle gémissait, réalisa-t-elle, confuse. Elle se força à cesser, mais le résultat fut une respiration hachée qui ressemblait à des sanglots. Qui était des sanglots, peut-être.

— Allez-y, pleurez, dit-il contre son oreille. Ça ne fait rien.

— Non.

Elle fut surprise de sa propre voix, rauque.

— Je… je crois que ça va mieux. Je… je ne sais pas.

— Un mauvais rêve, hein ?

— Oui.

Elle pressa ses paupières pour tenter de le revoir et réalisa que le cauchemar s'était évanoui.

— Tout ce dont je me souviens, c'est du sang.

— Ça ne me surprend pas.

Après un instant, elle marmonna :

— Merci.

— Pour ?

— Hum…

— De ce que je me propose comme réconfort ?

Y avait-il une note d'amusement dans sa voix ?

Elle fit un signe de tête. Elle commençait à être embarrassée, mais pas assez pour le lâcher et rouler loin de lui. Sous ses mains qui trituraient un muscle tendu ici et en pressaient un autre là, son corps commençait à se détendre. Elle ne l'agrippait plus aussi fort. Elle se concentra sur le contact de ses mains, à la fois fortes et douces. Et sur son corps sous elle. Que portait-il… ?

Rien en haut. Tout ce qui la séparait des solides battements de son cœur, c'était de la peau, du muscle et de l'os. En bougeant un tout petit peu la joue, elle sentit les poils soyeux de sa poitrine. Et vit un mamelon tout plat.

Soudain, alarmée, elle prit conscience de son excitation. Il n'y avait pas eu d'entre-deux : une minute, elle s'affaissait de soulagement et, la minute suivante, elle frémissait du besoin de le toucher et de l'embrasser. Et s'il devinait… ?

Ses yeux s'élargirent quand elle sentit l'arête dure sous son ventre. Qu'il sache ou non ce qu'elle ressentait, il était excité aussi.

Mauvaise idée. *On s'en fiche.*

Il avait cessé de chantonner et se contentait de respirer.

Et ses mains. Elles n'avaient pas cessé de bouger. Elles étaient toujours en train de triturer et caresser mais l'une d'elles enveloppait sa hanche et l'une de ses fesses. L'autre, oh, l'autre escaladait son flanc vers le renflement de ses seins, du moins ce qu'il pouvait en atteindre alors qu'elle était aplatie sur lui.

Le besoin de le toucher aussi devint irrésistible. Sa main glissa sur les muscles puissants de sa poitrine et elle explora son mamelon du bout des doigts. Elle gigota… s'efforçant de ramper plus haut sur son corps afin de placer cette arête quelque part où elle ferait plus de bien.

Il marmonna quelque chose d'une voix plus grave et la souleva à bout de bras, afin qu'elle puisse le chevaucher de la manière qui lui plaisait et atteindre sa bouche.

Le baiser, leur deuxième, ne fut pas hésitant. Il parut commencer là où l'autre avait fini. Affamé, expérimenté et insatiable. Sa langue explora sa bouche et la laissa faire de même sans cesser sa caresse. Ses mains étaient sous son T-shirt et caressaient sa peau nue, exquisément sensible. Puis l'une d'elles se glissa sous la taille du pyjama et agrippa son derrière pour le presser contre lui. Non, pour l'aider à trouver son propre rythme, un rythme qui l'envahissait déjà de chaleur et de désir primitif.

Il fit passer le T-shirt par-dessus sa tête, la souleva et se dressa pour refermer sa bouche sur l'un de ses seins. Pas de préliminaires là non plus ; il suça fort, et un petit cri aigu lui échappa.

Ils roulèrent sur le côté pour qu'il puisse lui enlever son pyjama et prendre son autre sein dans la bouche. Cette succion profonde et rythmique s'accorda au mouvement de leurs hanches.

En sanglotant presque de désespoir, elle se débarrassa de son bas de pyjama. Il l'envoya voler d'un coup de pied et fut entre ses jambes en un clin d'œil. Elle devait être trempée à présent. L'extrémité de son pénis lui fit un effet inavouable… Elle s'étira vers le haut, s'efforçant de l'attirer en elle.

Il la pénétra puis jura.

— Il faut que j'aille chercher un préservatif.

Il n'y avait plus rien de velouté dans sa voix.

— Non !

Elle l'agrippa avec frénésie et essaya de l'attirer plus profondément.

— Jane !

Il avait l'air désespéré. C'était un effort pour elle d'articuler des mots, mais c'était nécessaire.

— Je prends la pilule.

Il dit quelque chose qu'elle ne comprit pas mais cela n'avait plus d'importance, parce que, au lieu de reculer, il donna un coup de rein.

Cela n'avait rien à voir avec ses quelques tentatives insatisfaisantes pour explorer la sexualité. Tout n'était que sensation, si puissante qu'elle semblait avoir cessé d'exister en tant qu'entité consciente. Il n'y avait pas de flux et reflux parfait, pas de taquinerie et de satisfaction ; c'était davantage comme un combat, quelque chose de si primitif qu'il n'y avait pas de mots pour le décrire. La faim, la frustration et cet élan vers un cataclysme qu'elle voulait, oh, qu'elle voulait…

Quand il vint, elle eut un choc. Sa bouche s'ouvrit sur un cri silencieux. Ce n'était pas le petit « pop ! » joyeux d'une bouteille de champagne. Son corps s'arqua et eut un spasme tandis qu'un éclair de plaisir chauffé à blanc la traversait tout entière. Il émit un son guttural, donna encore quelques coups de rein et s'immobilisa.

Elle avait perdu toute force. Ses bras glissèrent du corps de Duncan et retombèrent sur le lit. Il était allongé de tout son poids sur elle. Aucun d'eux ne bougea, sauf pour respirer en haletant.

Ses fonctions cérébrales se rétablirent lentement. De minuscules sensations d'abord : le râpeux de sa joue contre sa gorge et son menton, le chatouillement et la chaleur de son souffle. Des élancements dans des muscles dont elle ignorait l'existence. Puis la conscience de son corps, à commencer par une lassitude délicieuse. Et quelque chose qui était presque de la joie, mais qui était physique depuis le bout de ses orteils jusqu'au bout de ses doigts en passant par les cheveux sur son crâne.

Pas étonnant que les gens fassent n'importe quoi pour ça.

Il remua comme si son cerveau revenait à la vie en même temps et, avec un grognement, s'enleva de dessus elle. Elle eut une sensation de perte, immédiatement neutralisée quand il mit sa tête sur son épaule pour la blottir contre lui.

Cela avait-il été hors du commun pour lui ? Elle ne pouvait lui poser la question sans avoir l'air pathétique.

Elle sentit le moment où il se remit à penser. Sans bouger, il se tendit. La panique la prit à la gorge. Allait-il se lever et retourner dans son propre lit en la laissant seule ?

— Tu vas… ? bégaya-t-elle sans pouvoir finir.

Il pencha la tête.

— Je vais quoi ?

— Te lever ?

— Non.

Il resserra le bras autour d'elle et, de l'autre main, repoussa les cheveux de son visage dans une caresse.

— Je ne vais pas te laisser.

Elle frémit de soulagement. Ce plongeon depuis les hauteurs lui avait donné le tournis.

— Alors… à quoi tu penses ?

Il pencha un peu plus la tête, comme s'il essayait de voir son visage. Il s'éclaircit la gorge.

— Je ne sais pas si je pense. Je sens plutôt.

Elle hocha la tête, avec l'envie de demander « tu sens quoi ? » mais il ne valait mieux pas.

Ils s'enlacèrent et soupirèrent, tous deux silencieux. Alors, tout à trac, il lança :

— Je n'ai jamais senti rien de pareil.

La gorge de Jane se serra. Était-il aussi troublé qu'elle ?

Peut-être, mais… il avait été honnête. Ce serait lâche de ne pas l'être aussi.

— Moi non plus, murmura-t-elle.

Ses lèvres effleurèrent ses cheveux.

— J'en suis heureux, chuchota-t-il. Tu veux que je me lève pour éteindre la lumière ?

— Non, à moins que ça ne te dérange.

Il secoua la tête. Elle resta allongée, écoutant les battements de son cœur, savourant la chaleur étonnante de son grand corps solide et la sécurité de son étreinte. Le sommeil arriva à pas si furtifs qu'elle remarqua à peine quand il la prit.

— Tu t'es habillée.

Duncan perçut la déception dans son propre ton et dissimula une grimace. Il avait entendu la douche mais il ne s'attendait pas à la voir habillée et maquillée, une paire d'anneaux en or aux oreilles.

Jane le dévisagea avec stupéfaction.

— Euh… oui.

— Tu ne penses pas à aller travailler, tout de même ?

Elle se raidit.

— On est dimanche, alors non. Mais, si c'était lundi, ma réponse serait oui.

— Tu crois que c'est avisé ?

Il devait le dire, même si elle lui tournait le dos. La seule démonstration de bon sens dont elle avait fait preuve jusque-là avait été de l'appeler.

— J'ai un magasin, Duncan. Tu veux que je suspende une pancarte disant « Désolée, date de réouverture indéfinie » sur la porte ?

— Avant que cette affaire soit…

— Dance Dreams est mon gagne-pain.

Et plus que ça, elle n'avait pas besoin de le dire. *Pas de dispute*, pensa-t-il.

— Si ce n'est pas pour travailler, pourquoi t'es-tu habillée ?

— Ce sont les seuls vêtements que j'ai, tu t'en souviens ? dit-elle d'un ton encore plus cassant.

Elle se mit en mouvement et contourna le comptoir.

— Ça t'ennuie si je prends un café ?

Il étendit les mains.

— *Mi casa, su casa.*

L'éclair de ses yeux était peut-être sardonique mais elle dit assez poliment :

— Merci.

Tandis qu'elle se versait une tasse de café, il mit un petit pain à la cannelle et aux raisins dans le grille-pain, car elle ne voulait rien d'autre.

— En fait, reprit-elle, j'espérais que tu me conduirais à la maison. Je pensais y prendre ma voiture, puis aller faire des courses. Il faut que je commence à remplacer mes affaires.

— Tu découvriras peut-être qu'une bonne partie de tes vêtements peut être sauvée.

— Tu crois vraiment ?

Elle émit un bruit de nausée et ferma les yeux comme pour reprendre des forces.

— Et mes chaussures ? Tu les as vues ?

— Elles étaient pleines de sang, répondit-il, désolé pour elle.

Elle eut un mouvement de recul, comme s'il l'avait frappée. Il grogna d'impuissance et la prit dans ses bras. Elle s'accrocha à lui un instant. Quand elle recula, son visage était pâle mais ferme.

— Tu me conduis ?

Il serra les dents et acquiesça d'un signe de tête.

— D'accord.

Le petit pain sauta, et elle se tourna pour le beurrer comme si c'était un dimanche matin sans histoires.

Faire l'amour le samedi soir lui était-il habituel ? Elle prenait la pilule. Il ne savait pas pourquoi cette idée l'ennuyait ; il ne croyait pas avoir de préjugés sexuels. C'était seulement – *allez, ouvre les yeux* – qu'il n'aimait pas se la représenter dans les bras d'un autre homme.

— J'espère que tu ne regrettes pas ce qui s'est passé hier soir, s'entendit-il dire avec raideur.

— Je pense que tu es plus susceptible que moi de le regretter, lui répondit-elle sans baisser sa garde.

— Qu'est-ce que tu veux dire ?

— Tu ne serais pas venu me rejoindre si je n'avais pas crié au meurtre.

Peut-être prenait-il pour une rebuffade ce qui n'était que de la prudence ou de la timidité ? Il n'était pas le seul à ne pas se sentir sûr de lui, réalisa-t-il un peu tard. Au lieu de la saluer d'un sourire et d'un baiser, il était passé à l'attaque.

— J'ai eu envie de te rejoindre quand je t'ai bordée dans ce lit.

Elle s'immobilisa tout à fait. Puis ses yeux, dilatés et élargis, cherchèrent les siens.

— Tu m'as bordée ?

— Euh, pas vraiment. Je n'ai pas osé. Si je l'avais fait, je n'aurais pas pu partir. Je m'étais persuadé que tu n'avais pas besoin de ça.

Avec un soupir explosif, elle se jeta contre lui. Ils s'enlacèrent avec force. Renversant la tête, elle lui adressa un sourire un peu tremblant.

— C'était exactement ce dont j'avais besoin, murmura-t-elle.

— Jane…

Jane, elle seule. Il l'embrassa. Pas avec passion, bien que ce fut là aussi. Par-dessus tout, c'était de la tendresse, le besoin de la protéger, ce besoin d'elle stupéfiant qu'il ressentait depuis leur première rencontre.

Elle l'embrassa avec autant de sentiment, sentit-il. Le contact de leurs lèvres était étrangement doux, une sensation apaisante qui s'attardait et promettait davantage, qui aurait pu continuer toute la journée. Toute la nuit.

Son portable se mit à sonner. Comme il était posé à quelques centimètres d'eux, sur le comptoir, ils sursautèrent tous les deux. À contrecœur, il la relâcha et le prit.

Niall.

— Qu'est-ce que tu as appris ? demanda-t-il à son frère.

À côté de lui, Jane réprima un petit rire. Quand il tourna les yeux vers elle, elle murmura :

— Bonjour, merci de m'appeler.

Il fit la grimace.

— Merci de m'appeler.

Son frère se mit à rire, lui aussi.

— Quelqu'un te souffle tes répliques ?

Il émit un son typiquement masculin que Niall pouvait interpréter comme il voulait.

— Il est entré par la porte de derrière, reprit son frère. La serrure a été forcée. Plein d'empreintes, mais je parie que ce sont celles de Jane. J'aurai d'ailleurs besoin d'un jeu d'empreintes pour les comparer. Ah, idem pour sa chambre. Manifestement, elle n'a pas de femme de ménage.

Ou d'amoureux. Duncan exulta brièvement avant que la pensée ne le traverse que, comme lui, elle pouvait préférer avoir des relations sexuelles hors de son domicile. De son havre de paix.

— Aucune info sur le sang pour le moment. Je te tiens au courant.

— D'accord. On peut prendre la voiture de Jane, n'est-ce pas ?

— Oui, bien sûr. J'ai jeté un coup d'œil au garage, mais je n'ai vu aucun signe que le type y soit allé.

Après avoir terminé la conversation, il en répéta le contenu à Jane.

— Je n'ai rien de prévu, aujourd'hui. Je pourrais venir avec toi faire des courses.

Elle battit des paupières.

— Tu es un homme.

— Et ?

— Les hommes n'aiment pas faire des courses.

— D'habitude, je n'aime pas ça, admit-il. Mais aujourd'hui, j'en ai envie.

— Tu veux dire que tu veux jouer les gardes du corps.

Vexé, il pensa : *Jouer ?* Ce n'était sûrement pas un jeu.

— Si c'est comme ça que tu veux le voir.

Elle le regarda.

— Je ne voulais pas te vexer.

— Il vaut mieux que tu ne sois pas toute seule.

Elle s'appuya contre lui, le serra dans ses bras et dit simplement :

— Merci.

— On pourra prendre ta voiture au retour.

— D'accord.

Elle avait de nouveau la voix rauque et émit un drôle de petit reniflement puis se redressa avec un sourire tremblant.

— Alors, on y va ?

À sa requête, il la conduisit à Skagit County, dans un centre commercial qui attirait les acheteurs canadiens. Elle entra d'abord dans une boutique de lingerie. Mal à l'aise, il préféra l'attendre dehors, sur l'un des bancs disposés à cet effet. En riant, elle disparut à l'intérieur pour un bon moment et réapparut avec un gros sac qu'il fourra à l'arrière de son 4x4.

C'était son rôle, réalisa-t-il rapidement, sherpa. De temps en temps, elle sollicitait son opinion, ce qui lui donnait plus de plaisir. Elle émergeait d'une cabine d'essayage, tournait devant lui, et il avait une excuse pour laisser ses yeux s'attarder sur la manière dont un jean soulignait son derrière ou un pull enveloppait ses seins, dégageait son long cou blanc et ses clavicules délicates. Il approuva tous ses choix.

— Hum… ensuite, les chaussures, dit-elle enfin.

Mais il secoua la tête.

— Le déjeuner d'abord.

Ils durent sortir du centre commercial pour cela. Il l'emmena dans un bar à sandwichs. Pendant le déjeuner, elle se débrouilla pour le faire parler de ses frères. Était-il jaloux quand ils étaient nés ? Était-il plus proche de Niall que de Conall, de six ans plus jeune ?

— Nous étions trop éloignés en âge, je suppose, admit-il. Je crois… je n'en suis pas sûr, mais maman m'a dit quelque chose qui me fait penser que Conall était un accident, comme on dit. Elle avait… toujours l'air ambivalente avec lui.

— C'est triste, dit Jane.

Son attention était manifestement tout entière fixée sur lui, au point qu'elle commençait à émietter sa nourriture au lieu de la manger, comme elle l'avait déjà fait avec le cookie.

Il tendit la main pour sauver son sandwich. Elle rit tristement et en prit une bouchée. Quelques minutes plus tard, elle soupira :

— J'étais aussi l'aînée chez moi, tu sais.

Une ombre passa sur son visage.

— J'aurais aimé emmener mes sœurs avec moi quand je suis partie.

— Ça ne se serait pas bien passé, si tu l'avais fait, l'interrompit-il avec brusquerie et il remua les épaules avec gêne. Non. Peut-être qu'après tout tu aurais fait mieux que moi.

— Qu'est-ce que tu veux dire ?

Alors il lui raconta. La manière dont ses frères s'accrochaient à lui, terrifiés à l'idée qu'il puisse partir. Ce qu'il avait ressenti, la sensation d'être étouffé par les responsabilités, comme un Velcro qu'il mourrait d'envie d'arracher.

— Ensuite, ils ont commencé à se calmer. Puis à me tester, à se mettre en colère quand je réagissais différemment de ce qu'ils attendaient ou espéraient.

— Tu n'étais pas leur père ou leur mère.

— Non.

Parler de ça lui donnait l'impression qu'il arrachait ce velcro de sa peau. Cela ne le mettait pas à nu… non, c'était pire.

— Puisqu'il fallait le faire, j'ai fait ce qu'il fallait, dit-il. Plus d'ennuis avec la loi, plus d'alcool, de drogues, de fêtes. Conall avait douze ans, ajouta-t-il comme en aparté. Douze ans, et il aimait trop la bière.

— Je suis sûre que tu as bien fait, lui dit-elle doucement, les yeux remplis de compassion.

— J'aurais pu faire mieux, poursuivit-il en secouant la tête. Niall me parle, mais pas Conall.

Le sourire de Jane lui apparut aussi étrange que son ton.

— Tu es un homme intéressant, capitaine MacLachlan. Loin d'être aussi simple qu'on le dirait à première vue.

— N'est-ce pas le cas de tout le monde ?

— Si.

Après un instant, elle esquissa un autre sourire.

— Je crois que je suis assez revitalisée pour m'attaquer aux chaussures. Et toi ?

— Pourquoi pas ? dit-il.

Son rire entendu allégea son humeur.

On était mardi matin, et le dossier de révision de la garde de Tito Ortez était placé devant l'honorable juge Edward Lehman. Il était de nouveau en train de fixer par-dessus ses lunettes les six personnes rassemblées dans son tribunal. La seule différence, c'était que cette fois-ci il avait requis la présence de Tito.

Le juge avait lu le rapport de Jane, ce qui la rendait nerveuse. Il n'était pas complet à cent pour cent. En même temps, elle avait exprimé ses réserves… Elle n'avait aucune idée de la direction que le juge allait prendre. Ou même de la direction qu'il aurait dû prendre, ce qui ne lui était pas habituel.

Elle n'était pas la seule à être nerveuse. Elle se tourna vers Tito. Il se faisait aussi petit que possible. Les épaules arrondies et la tête penchée, il ressemblait à une tortue, sauf qu'il n'avait pas de carapace pour se protéger. Non, en tant que mineur, il était entièrement soumis aux décisions des adultes.

Jane poursuivit son tour d'horizon. Lupe gigotait sur son siège. Hector était assis, impassible, rappelant une statue maya, la morosité faite de pierre. Elle ne pouvait s'empêcher de ressentir sa colère à peine contenue. C'était suffisant pour hérisser les poils de ses bras.

Et Duncan… Elle ne savait pas. Ils étaient arrivés séparément bien qu'ils aient passé la nuit ensemble et de nouveau fait l'amour. En théorie, elle devait aller chez elle le jour même. Le système d'alarme avait été installé la veille. Duncan et Niall l'avaient tous deux testé et déclaré adéquat. Elle n'avait rien dit la veille sur le fait de retourner chez elle et lui non plus. Une société de nettoyage venait dans la journée. D'ici au soir, tout serait propre et vide. Prêt pour qu'elle remplisse les tiroirs avec ses nouveaux vêtements.

Ce qui la ramena, à contrecœur, à Duncan et au jugement.

Elle ne savait pas ? Bien sûr qu'elle savait. Il ne s'était pas du tout adouci envers Hector. Il était toujours son principal suspect, si ce n'était celui de Niall.

Peut-être n'étaient-ce pas les émotions refoulées d'Hector qui lui donnaient la chair de poule, mais bien plutôt celles de Duncan.

Le juge avait déjà posé des questions à Lupe et à Jennifer Hesby, l'assistante sociale. À présent, il s'adressait à Hector.

— Monsieur Ortez, merci pour les copies de vos bulletins de salaire. Je ne vois rien qui indique que vous ayez loué un appartement pour Tito et vous ?

Hector rougit.

— J'ai dû acheter une camionnette, et il y avait des réparations à faire dessus. Il fallait qu'elle soit sûre, pour mon fils.

Le juge Lehman attendit patiemment.

— Non, dit finalement Hector d'une voix étranglée. Comme je ne peux pas avoir Tito à la maison, je dois l'emmener manger, voir des films. Avec la pluie…

— Les enfants coûtent cher à élever. Surtout les adolescents, observa le juge.

— Encore quelques semaines…

— Vous vous souvenez sans doute que l'une de mes requêtes était que vous ayez un appartement à offrir à Tito avant que je vous en accorde la garde ?

Hector frémit en silence.

— Je vois également, reprit le juge, que Mlle Brooks a dû écourter vos visites chez votre fille.

— C'est tellement petit ! Tout ce que nous faisions, c'était…

Le regard aigu du juge coupa court à ce début de défense passionnée.

— Je pense que nous devons encore une fois remettre la décision finale. Monsieur Ortez, quand pensez-vous pouvoir payer un loyer et une caution ?

Hector posa les deux mains à plat sur la table. Il transpirait, ses yeux noirs fixés avec une sorte de désespoir sur le visage du juge.

— Dans quelques semaines. Peut-être un mois… Tito pourrait venir vivre avec moi, maintenant. Deux des hommes sont partis. J'ai une chambre, maintenant, qu'il pourrait partager avec moi.

Jane jeta un œil à Tito. Il se faisait encore plus petit. Le regard du juge le survola avant de se poser sur Duncan, assis près d'elle.

— Capitaine MacLachlan, vous n'avez pas à proprement parler de statut dans cette procédure. Toutefois, dans la perspective de votre relation avec Tito, comment trouvez-vous que ces visites se soient passées ?

Jane se tendit. De tout son être, elle pria pour qu'il se montre juste et honnête.

— M. Ortez n'a pas annulé une seule visite, dit lentement Duncan. J'en… suis venu à croire qu'il aime son fils.

Elle sentit ses muscles se détendre.

— Mais je ne suis toujours pas persuadé qu'il constitue le meilleur choix pour Tito.

Elle se raidit de nouveau.

— J'ai été témoin de plusieurs manifestations de colère de M. Ortez. À ma connaissance, Tito s'est montré conciliant jusqu'à maintenant. J'ai de graves réserves quant à ce qui se passera quand il défiera son père, comme cela se produira inévitablement.

— Mademoiselle Brooks ?

Elle leva les yeux à contrecœur.

— M. Ortez est, à n'en pas douter, dans une situation très stressante. Je ne peux lui en vouloir d'avoir du ressentiment envers moi, étant donné mon rôle. Son comportement envers son fils a toutefois été tout à fait positif, en dehors de l'avoir encouragé à transgresser les règles des visites programmées par le tribunal.

L'air remua à côté d'elle. Elle avait irrité Duncan, sans aucun doute.

— Hum.

Le juge Lehman parut réfléchir une minute, durant laquelle

ils le regardèrent tous, sauf Tito, toujours recroquevillé sur lui-même. Enfin, il dit :

— Nous allons poursuivre les visites surveillées pendant un mois. À ce stade-là – il lança un regard à Hector –, j'imagine que vous aurez un foyer à offrir à votre fils ? Mademoiselle Brooks, vous pourrez vous en charger ?

Oh ! Seigneur. Elle ne voulait pas. Mais elle n'avait jamais fait demi-tour dans le courant.

— Oui, bien sûr.

Une expiration explosive à côté d'elle lui fit tourner la tête, et elle vit la furie s'accumuler sur le visage de Duncan. Elle détourna promptement les yeux et surprit le teint noisette d'Hector virer au pourpre. Des veines saillaient sur ses tempes.

— Très bien, conclut le juge.

Son regard les survola et s'étrécit légèrement.

Il se contenta d'abattre son marteau, fit un signe de tête, se leva et sortit.

— Je dois y aller, marmonna Jennifer, apparemment imperméable à l'atmosphère électrique. Lupe, je vous appellerai. Jane, vous aussi.

Elle referma son attaché-case et se précipita vers la sortie.

Jane toucha l'épaule de Tito. Il se courba encore plus, si bien que sa main l'effleura à peine, avant de retomber.

Puis elle croisa le regard de Lupe, noir d'inquiétude, et lui dit :

— Lupe, vous avez tout compris ?

— *Sí.* Oui.

En espagnol, elle poursuivit :

— J'espérais…

Mais elle s'arrêta, laissant inexprimé ce qu'elle espérait.

— Tito, viens, allons-y.

Le garçon repoussa sa chaise et se leva.

Jane fit de même sans regarder Duncan. Elle s'engagea dans le couloir en mourant d'envie de continuer jusqu'au parking. Mais la main calleuse d'Hector l'attrapa par l'épaule et la fit pivoter.

— Vous m'avez menti !

Comme dans un film au ralenti, elle vit Lupe mettre le bras autour de Tito et le pousser de côté.

Elle avait à peine conscience de la présence d'autres personnes dans le couloir. Des têtes se tournèrent. Un huissier en uniforme se dirigea vers eux.

Duncan fut là en un éclair. Avec un grondement, il repoussa le petit homme loin d'elle.

— Je vous ai averti de ne pas poser la main sur Jane !

Hector heurta durement le mur. Loin de rester immobile, il se jeta en avant, poings levés.

14

— Papa ! crièrent simultanément Tito et Lupe.

L'huissier arriva. Avait-il couru ? Les autres personnes reculaient. La violence transpirait dans l'air comme l'ozone après l'éclair. Que faisait Duncan ?

Il était solidement planté entre elle et Hector. Il n'avait pas levé les poings, mais avait légèrement fléchi les genoux. Hector n'avait aucune chance. Et il serait arrêté pour avoir agressé un policier.

Elle s'interposa entre les deux hommes. Cela suffit à stopper Hector.

— Bon sang, Jane !

Duncan la saisit par le bras pour l'écarter, mais elle résista.

— Vous allez encore imposer votre loi ? lança-t-elle, en reprenant volontairement le vouvoiement.

Devant l'expression de son visage, elle se détesta mais se détourna aussitôt pour faire face à Hector.

— Je ne vous ai pas menti, monsieur Ortez. Vous saviez que vous deviez fournir un foyer à Tito. Vous saviez que transgresser les ordres du juge aurait des conséquences.

Le regard bouillant d'Hector était fixé sur Duncan.

— Si ça ne tenait qu'à lui, je n'aurais jamais mon fils. Il est exactement comme ces flics qui m'ont arrêté. Comme tous ces gardiens !

Il fit mine de cracher de côté.

— Il se sent plus fort en rabaissant tout le monde.

— Je crois… Elle dut déglutir… que le capitaine MacLachlan aime votre fils. Il s'occupe de lui. Vous devriez être heureux que d'autres gens le fassent.

— Tito a une famille, un père, hurla Hector. Pourquoi aurait-il besoin de quelqu'un qui essaie de le séparer de sa famille ?

Contre toute attente, Duncan lui répondit.

— Je veux que vous assumiez vos responsabilités, monsieur Ortez. Que vous vous inquiétiez moins de votre force ou votre faiblesse que du bien de votre fils.

Un discours parfait, songea Jane, s'il n'avait pas été prononcé avant tant de mépris.

— Parce que, vous, vous êtes tellement fort que vous vous cachez derrière une femme ? ricana Hector. Un homme doit être un homme aux yeux de son fils.

Apparemment, aucun d'eux ne voyait le garçon blotti dans les bras de sa sœur, ni l'expression de son visage.

— Je vous en prie, ne vous disputez pas devant Tito, reprit Jane, d'une voix désespérée.

Hector lui lança un regard noir.

— C'est moi son père.

Il se tourna vers Tito et Lupe.

— Il est temps de choisir. Est-ce que tu préfères que ton père reste en dehors de ta vie ? Ce type te donne une heure de temps en temps. Durant encore combien de temps va-t-il s'en donner la peine ? Si tu as davantage confiance en lui qu'en moi, c'est le moment de le dire. Je ne me battrai pas pour toi.

Jane se crispa. Pauvre Tito ! Comment Hector pouvait-il lui faire ça ?

— Venez, lança ce dernier à sa fille et son fils.

Lupe fit un pas en avant, essayant d'entraîner Tito. Il semblait enraciné dans le sol et fixait tour à tour son père et Duncan d'un air de panique.

— Tu n'as pas à choisir, dit gentiment Jane en s'efforçant de mettre de la conviction dans sa voix. Tu peux aimer ton père et rester ami avec Duncan. Ton père est en colère, c'est tout.

Tito la regarda un instant, les yeux remplis de confusion et d'angoisse. L'avait-il entendue ?

— La famille n'a pas beaucoup d'importance pour vous, hein ? dit Hector avec un râle de dégoût. Je n'aurais jamais dû quitter le Mexique et venir dans un pays où les gens pensent qu'on peut traiter un homme comme un enfant.

— Les enfants, dit Duncan avec dédain, ne poignardent pas un homme à mort.

Jane pivota sur elle-même.

— Qu'est-ce que vous avez, Duncan ? Vous voulez gagner ? C'est tout ce qui compte pour vous ?

Pendant un instant, elle vit ses yeux briller de colère. Puis, avec un frisson, il parut se refermer. Il la regarda avec froideur et dureté.

Hector tourna les talons et s'éloigna dans le couloir. Petit, massif et mal habillé, il avait pourtant une sorte de dignité. Mais elle sentit surtout de la frustration en lui.

Tito, bouche bée, échappa à sa sœur et, avec un regard sauvage à Duncan, courut rattraper son père. Hector lui posa le bras sur l'épaule et lui murmura quelque chose à l'oreille. Lupe se hâta de les rejoindre.

Ni Jane ni Duncan ne bougèrent jusqu'à ce que la petite famille ait disparu par les portes vitrées.

— Je dois l'emmener à l'école, dit-elle, se rappelant soudain ses responsabilités.

— Fais donc ça.

Elle eut l'impression qu'on lui serrait la poitrine dans un étau.

— Duncan…

Son regard en apparence dénué d'intérêt croisa le sien.

— Je n'ai pas envie de te parler tout de suite, Jane. Je t'appellerai plus tard.

Il fit un signe de tête et s'éloigna en direction de la passerelle qui reliait le tribunal au commissariat de police.

Il ne se retourna pas.

Duncan traversa le bâtiment, conscient qu'il croisait des gens qu'il aurait dû saluer. Mais il était si glacé intérieurement que, le temps qu'il s'enferme dans son bureau, il n'aurait pu en nommer un seul.

Il resta immobile un instant, sans la moindre idée de ce qu'il était venu faire là.

Assieds-toi.

Il regarda son ordinateur et ne put se souvenir s'il l'avait laissé allumé. Quelle importance ? Il était incapable de s'attaquer à un travail quelconque.

Il pensait à Tito. C'était plus facile et moins douloureux… Il n'était pas surprenant que, poussé dans ses retranchements, le garçon ait choisi son père. Qu'aurait-il pu faire d'autre ? Hector avait raison. Qui pouvait dire pourquoi il s'intéressait à un enfant qui n'était pas le sien ?

Qui n'était pas de sa famille.

Alors pourquoi diable avait-il aussi mal ? Il était recroquevillé comme pour se protéger de la douleur. Il avait peut-être tort, au fond : penser à Tito n'était pas moins douloureux que de penser à Jane.

La simple mention de son prénom lui porta un coup au cœur. Cette douleur-là était aiguë et fatale. La manière dont elle l'avait regardé.

Il entendit de nouveau sa voix. « Vous voulez gagner ? C'est tout ce qui compte pour vous ? »

La douleur dans son ventre ressemblait à un ulcère. Il l'ignora et tenta de retrouver son point de vue habituel, dénué de passion. Avait-elle raison à son propos ? Dieu sait qu'il était un homme de compétition. Par-dessus tout, il détestait perdre. Était-ce de cette manière qu'il avait vu Hector ? Comme un concurrent dans son affection pour un gosse chétif ?

Il fixa l'espace devant lui, stupéfié par l'idée qu'il ignorait la réponse. Il réexamina tout ce qu'il avait fait et dit : il n'aurait pas pu agir autrement. Certes, Hector aimait son fils. Comme Jane l'avait souligné, il faisait des efforts pour voir Tito et lui offrir de bons moments, contrairement à son propre père qui les avait délaissés, sa mère, lui et ses frères.

Non, pensa-t-il en fronçant les sourcils, ce n'était pas juste de dire ça. À sa manière, Rory MacLachlan avait aimé ses fils. Quand il n'était pas en prison, il passait du temps avec eux. C'était lui, Duncan, qui l'avait rejeté quand il avait compris que l'amour de son père avait ses limites. Il n'était pas prêt à prendre un job dur et honnête pour eux ; il avait trop besoin de se sentir important, au-dessus des lois et de la morale.

Ce n'est pas l'amour de papa que j'ai rejeté, c'est papa lui-même, comprit-il. *Le genre d'homme qu'il était.*

Pourquoi cela le surprenait-il ? Les garçons MacLachlan n'étaient-ils pas devenus l'antithèse de leur père ?

Mais ce n'était pas de son père qu'il s'agissait, c'était de Tito ! Et il avait de sérieuses réserves quant au caractère d'Hector. Malheureusement, il n'était pas évident que Jane voie une quelconque différence entre Hector et lui. C'était peut-être ce qui lui faisait mal. Lui ne s'en prenait pas aux autres. Hector avait montré, au moins en une occasion, que si.

Il ne bougea pas pendant un long moment. Assis dans son fauteuil, il regardait le mur de son bureau sans le voir, et pensait sombrement : *Étais-je censé laisser Hector la brutaliser ? Est-ce vraiment ce qu'elle voulait ?*

Si oui, elle ne le connaissait pas. Ou bien ne l'aimait pas.

Il essaya de se souvenir de la veille au soir. Son visage après qu'il l'eut embrassée, quand ils s'étaient écartés l'un de l'autre pour se regarder. Il avait les doigts emmêlés dans ses cheveux. Elle était si belle.

Mais l'image ne se forma pas, bloquée par une image plus récente et bien moins agréable. La manière dont elle l'avait regardé quelques heures plus tôt, dans le couloir du tribunal. Elle était en colère et bouleversée. Il fronça les sourcils. Bouleversée plus que de raison ? Il était flic. Bien sûr qu'il ne pouvait pas laisser Hector la molester. Elle pouvait le comprendre !

Niall était intervenu dans la même situation, se rappela-t-il. Et elle n'avait pas été furieuse contre lui, même s'il avait effectivement menacé le type qui lui tombait dessus. Alors pourquoi était-elle tellement en rogne contre lui ? Il ne comprenait pas. Peut-être ne comprendrait-il jamais.

Tout ce que je peux faire, c'est ce que je crois le mieux.

Que cela lui plaise ou non, il la protégerait. D'Hector et de n'importe qui d'autre.

Si elle le laissait faire.

Jane eut une sensation d'angoisse quand elle aperçut la lumière chez Duncan en fin de journée. Elle entra avec la clé qu'il lui avait donnée. Bien sûr, ils devaient parler. Elle lui devait des excuses.

— Bonjour.

— Je suis dans la cuisine.

Ce n'est pas le moment de se dégonfler. Laissant tomber son sac sur le sofa, elle se dirigea vers la cuisine.

Il mettait quelque chose au four dans un récipient en céramique. Sans doute un des plats que la femme de ménage préparait et congelait.

Il referma la porte du four et, se redressant, lui fit face. Son expression était pour le moins réservée.

Elle devait commencer par quelque chose.

— Merci de m'avoir recommandé cette société de nettoyage. Ils m'ont appelée pour dire qu'ils avaient fini. Ils n'ont même pas eu à repeindre.

Ses sourcils noirs se rejoignirent sur son front.

— Tu ne penses pas retourner chez toi ?

— Il n'y a aucune raison pour que je ne le fasse pas.

Elle ne voulait pas vraiment retourner chez elle, mais ce n'était pas la question.

— Aucune raison ?

Il la dévisagea comme si elle était idiote.

— Il y a toutes les raisons, Jane ! Tu dois rester ici jusqu'à ce que Niall ait arrêté ce dingue.

S'il y avait une chose qui la mettait hors d'elle, c'était qu'on lui dise quoi faire. Qui croyait-il être, Seigneur ? *Je viens de le dire. Non. Ne réagis pas trop fort.*

— J'ai payé très cher ce système d'alarme. Pourquoi ai-je dépensé cet argent si je ne peux pas aller chez moi et y être en sécurité ?

Il s'appuya contre le comptoir.

— C'était une précaution raisonnable si tu continues à prendre ce genre d'affaires.

Son ton était exagéré. Comme s'il faisait la leçon à une petite fille de six ans.

— Mais ce n'est pas une protection suffisante quand quelqu'un a repeint ta chambre avec du sang.

Elle ravala une montée de bile. Elle voulait oublier le souvenir de ces mots écarlates sur le mur.

— Merci de me le rappeler, dit-elle avec âpreté.

— Apparemment, tu en as besoin.

Elle le fixa droit dans les yeux, pour lire en lui. Il n'était pas comme son père, il ne lui faisait pas de sermon. Son père tonnait, souvent dans un langage biblique. Mais c'était comme si les deux hommes se superposaient dans son esprit.

— Pourquoi étais-tu aussi en colère à la fin de l'audition ? s'entendit-elle demander. Pourquoi n'étais-tu pas content que le juge Lehman ordonne un autre mois de visites surveillées ?

— Content ?

Duncan se détacha du comptoir.

Elle poursuivit, de plus en plus vindicative.

— Quand tu as ouvert la bouche pour dire : oui, Votre Honneur, il n'y a rien que je préfère faire que de continuer à faire enrager un maniaque homicide !

Sa voix frisait le rugissement maintenant.

Elle refusait de battre en retraite, ne serait-ce que d'un iota. Elle ne voulait pas être un paillasson comme sa mère et ses sœurs, comme la plupart des femmes de la congrégation. Tout objectif ou volonté remis entre les mains des hommes.

— Pourquoi ne m'écoutes-tu pas ? cria-t-elle. Je te l'ai dit, Hector n'est pas…

— Je vais te dire quelque chose une bonne fois pour toutes ! Tu en as fini avec l'affaire Ortez. Tu ne surveilleras plus aucune visite.

Trop choquée, elle ne put que murmurer :

— Quoi ?

— J'ai appelé Lehman. Je lui ai raconté ce qui s'est passé. Pourquoi ne l'as-tu pas fait ?

— Parce que je ne crois pas qu'Hector ait quelque chose à voir…

Il l'interrompit.

— Lehman est d'accord pour que tu ne prennes pas de risques. Il va assigner quelqu'un d'autre à cette affaire.

Elle n'avait jamais cru possible de voir rouge. Littéralement.

— Laisse-moi deviner, dit-elle d'un ton uni. Un homme.

— Tout à fait. Un homme.

Jusque-là, elle ignorait la douleur de la déception. Mais, Seigneur, comment avait-elle pu aimer un homme qui, comme son père, avait besoin de dominer et contrôler toutes les femmes ? Ou bien avait-il besoin de dominer tout le monde ? De toute façon, elle ne pouvait pas le supporter.

— Aucune de ces décisions ne te regarde, dit-elle, les yeux brûlants, le cœur aussi sec que le désert. Comment as-tu osé contacter le juge dans mon dos ?

— C'est mon rôle de te garder en sécurité. Ces contacts répétés avec Hector Ortez te mettent en danger. Lehman est d'accord avec moi, je dois te dire.

Elle secoua la tête.

— J'en discuterai demain matin avec lui. Ce ne sont pas tes affaires, Duncan, cela ne l'a jamais été.

— Non ?

Il avait l'air tellement sûr de lui. En colère, aussi, mais surtout sûr de lui et de son droit de faire comme il l'entendait au nom de la sécurité. Il ne valait pas mieux que son père.

Non.

À la fois pleine de colère et amère, elle le dévisagea. Ses épais sourcils, ses rides creusées par les responsabilités, son visage rude et osseux… Elle eut mal.

— Je vais te le redire encore une fois. Ce ne sont pas tes affaires. Je ne suis pas ton affaire. Merci de ce que tu as fait pour moi mais je t'ai manifestement donné une fausse impression. Je vais la corriger dès maintenant.

Les yeux d'un gris hivernal s'étrécirent.

— De quoi diable est-ce que tu parles ?

Elle sortit de la cuisine et alla directement à la chambre d'amis. Elle prit son sac et rafla ses affaires de toilette dans la salle de bains. Quand elle se retourna, il lui bloquait le passage.

— Laisse-moi finir mon sac, dit-elle en prenant beaucoup sur elle.

— Tu ne t'en vas pas.

— Si, je m'en vais. Sors de mon chemin.

Il semblait stupéfait de sa détermination. Mais elle ne voulait pas y penser, pas maintenant. Elle avait déjà assez mal.

Elle rentra dans la chambre et commença à remballer les vêtements qu'elle avait achetés.

— Tu as l'intention d'aller chez toi ? demanda-t-il avec incrédulité.

— Oui.

— Bon sang, Jane ! Qu'est-ce que tu vas faire ? T'asseoir sur le porche et attendre que ce salopard arrive ?

— Je vais me barricader derrière mon système d'alarme tout neuf.

Elle avait les bras pleins à présent.

— Et, si j'entends quelque chose, j'appellerai le 911, comme j'aurais dû le faire dès le début.

Il la laissa passer. Elle sortit, fourra toutes ses affaires dans le coffre de sa voiture et retourna chercher le chargement suivant.

Il lui fallut trois voyages. Durant tout ce temps, il resta immobile, la regardant aller et venir. Elle le contourna avec la dernière brassée et fit halte sur le seuil, figée par un spasme d'angoisse.

Merci. Elle l'avait déjà dit. *Au revoir* ? Pour quoi faire ?

Après un instant, elle poursuivit son chemin.

C'était la première fois qu'elle aimait quelqu'un, et cela faisait mal. Cela faisait même très mal.

Que diable s'était-il passé ?

La porte d'entrée était toujours grande ouverte. Jane était partie. Il avait aperçu sa voiture qui faisait marche arrière dans la rue puis accélérait pour s'éloigner.

Après quelques instants, il referma la porte et s'en fut dans la cuisine. S'il avait jamais eu besoin d'un verre… Mais il n'ouvrit pas le placard où il rangeait la bouteille de whisky. Se soûler ne résoudrait rien.

Il aurait dû appeler Niall pour l'informer. Mais il ne prit pas non plus le téléphone. La seule chose qu'il fit, ce fut s'effondrer sur une chaise.

Elle était partie.

Était-ce sa faute ? Il avait passé dix-huit ans à se dire que ce n'était pas sa faute si sa mère avait abandonné sa famille. C'était la faute de son père, de Niall, de Conall. Si Conall avait nettoyé la cuisine ce jour-là, si Niall n'était pas en centre de redressement, s'ils avaient été à la maison… *Ai-je rejeté le blâme sur eux ?* pensa-t-il sombrement.

Mais là, c'était différent. Il connaissait assez Jane pour savoir comment elle réagirait au fait qu'il appelle Lehman derrière son dos. Alors pourquoi avait-il fait ça ?

Parce qu'elle était trop imprudente pour prendre des précautions. Parce que la garder en sécurité était la priorité. Parce que… Son cœur se serra. *Parce que je ne connais pas d'autre manière de protéger ceux que j'aime. Pas d'autre manière de… les retenir.*

Il était doué pour construire des murs en béton surmontés de fils de fer barbelés.

Il n'avait pas fait confiance à Jane, et elle était partie. Ce n'était pas sur un coup de tête. Elle était vraiment blessée, et il en était dévasté.

Est-ce que lui dire qu'il était désolé servirait à quelque chose ? Il ne le pensait pas. Il avait du mal à le reconnaître, mais il savait qu'il avait dépassé les limites.

Pas parce qu'elle était une femme, quoi qu'elle en pense, mais parce qu'il l'aimait. Pour la première fois de sa vie solitaire, il aimait une femme et il l'avait perdue, faute de savoir agir autrement.

Et ce n'était pas le pire. Le pire, c'était qu'elle était chez elle, totalement vulnérable, et que c'était sa faute. Sa faute, à lui !

Finalement, il appela son frère.

— Jane est rentrée chez elle. Elle est là-bas toute seule.

Étrange comme le silence semblait vivant quand il était véhiculé par une ligne téléphonique.

— Le système d'alarme est bon, lui répondit Niall d'un ton pensif.

— Cela n'empêcherait pas quelqu'un de casser une fenêtre et de l'escalader, grommela-t-il. Sa principale utilité est d'éloigner les cambrioleurs. Mais ce type qui la harcèle est complètement dingue, tu l'as bien vu. S'il veut aller au bout de ses projets, il ne s'embarrassera pas d'un système d'alarme.

— Tu n'as pas réussi à la persuader de rester chez toi pour le moment ?

Tout en faisant les cent pas, il avoua à son frère ce qu'il avait fait. Niall laissa échapper un long sifflement.

— Sans lui en parler d'abord ?

— Je lui ai parlé. Elle ne voulait pas m'écouter.

— Voilà bien mon frère, commenta Niall d'un ton acide.

— Qu'est-ce que ça veut dire ?

— Tu sais ce que ça veut dire.

Il se sentait vide. Vidé de l'intérieur comme un potiron d'Halloween. Il ne répondit pas.

— Ortez n'est pas notre gars, dit enfin Niall.

— Quoi ?

— J'en ai eu la confirmation cet après-midi. Le jour où la chambre de Jane a été saccagée, il était au travail toute la journée et il a déjeuné sur place. Quelqu'un est sorti acheter des burritos pour tout le monde. Le soir, il a réparé sa camionnette après la fermeture. Le patron lui avait donné l'autorisation de se servir des outils, et deux de ses collègues l'ont aidé.

Duncan ferma les yeux.

— Tu en es sûr ?

— Certain.

Il jura.

— Alors qui est-ce ?

— J'étudie les autres possibilités. Celui qui me met le plus mal à l'aise est un type appelé Richard Hopkins. Il y a eu une horrible bataille juridique pour savoir si on lui permettrait de voir sa fille. Apparemment, quelqu'un pensait qu'il abusait sexuellement d'elle. Jane a mis la pression sur le juge et, finalement, il a décrété que les visites devaient être surveillées. Le père était furibard.

— C'était il y a combien de temps ?

— Deux ans. Les visites se sont de moins en moins bien passées, et Hopkins était de plus en plus furieux. Il a commencé à en manquer quelques-unes, au grand soulagement de tout le monde. Ensuite, quand sa fille a refusé une fois de le voir – elle avait treize ans –, il l'a traînée dehors à coups de pied en hurlant et l'a battue. Elle a eu plusieurs fractures. Plus de visites, inutile de le dire. La mère et la fille ont déménagé discrètement.

Hopkins a cessé de payer la pension, laissé tomber son boulot et disparu. Il essaie peut-être de retrouver sa fille et son ex.

Niall fit une pause.

— Ou bien il a canalisé sa rage sur Jane, parce que c'est à cause d'elle que tout a tourné de travers.

— Trouve-le.

— Qu'est-ce que tu crois que je fais ?

Duncan se frotta la nuque.

— Oui, se força-t-il à dire doucement. Je sais que tu le fais. Je…

Il ne put finir.

— Tu as les chocottes ? Je sais, Duncan. Mais tu pourrais t'arranger pour qu'on patrouille autour de chez elle. Avec un peu de chance, on pourra l'avoir.

— Je peux faire ça.

Je peux stationner devant chez elle toute la nuit.

Combien de temps pourrait-il faire ça et travailler pendant la journée ? Et que dirait Jane si elle l'apercevait ? *Je ne suis pas ton affaire.* Elle n'aurait pas pu être plus claire.

Mais si le type arrivait jusqu'à elle ? Il se sentait déchiré en deux.

— Merci, dit-il à son frère d'un ton bourru.

Et il mit fin à la communication.

15

Le sommeil la fuyait.

Cela ne l'aida en rien de sortir du lit plusieurs fois et de descendre au rez-de-chaussée vérifier que le système d'alarme était bien allumé.

Elle n'avait pas essayé de dormir dans son propre lit ; la chambre d'amis était plus engageante, même si sa chambre était immaculée à présent. Mais elle penserait à la faire repeindre après tout ça.

Bien qu'elle reste à l'écoute de chaque bruit, ce n'était pas la peur qui l'empêchait de dormir, admit-elle enfin. Ou… pas seulement la peur.

Non, c'était Duncan. Elle revoyait son visage quand il avait compris qu'elle partait pour de bon. Il ressemblait à cet inconnu sans expression qui lui avait ouvert la porte la première fois. Glacial et sur ses gardes. Elle en avait été choquée.

Elle ne cessait de se rejouer la scène. Le pire, c'était que plus elle la passait en revue, plus elle voyait combien elle avait perçu tout ce qu'avait dit et fait Duncan à travers le filtre des terreurs de son enfance.

Il était autoritaire, manipulateur, impatient, mais il n'était pas comme son père. Le comprendre et l'accepter ne lui était pas facile. Des amis lui avaient raconté comment, quand ils retournaient chez leurs parents, ils se surprenaient dans de vieux schémas infantiles. Elle ne retournait pas chez ses parents mais elle avait des réflexes conditionnés, et Duncan avait une manière bien à lui de les susciter.

Avec un sentiment douloureux, elle essaya de comprendre pourquoi elle ne l'avait pas obligé à reconnaître ses torts. Il était habitué à exercer l'autorité, mais elle savait qu'il pouvait changer. Il avait agi par peur pour elle, pensa-t-elle, non par peur d'elle et de son attitude de défi. C'était la différence entre son père et lui. L'une des différences.

Elle s'efforça de trouver la différence principale. Quelque chose que quelqu'un avait dit récemment avait presque déclenché en elle une révélation. Mais elle n'avait pas eu le temps de laisser cette remarque faire son chemin…

Elle ouvrit les yeux dans le noir. C'était la voix d'Hector Ortez : « Il se sent plus fort en rabaissant tout le monde. »

C'était exactement ce que son père faisait. Il n'avait pas assez confiance en lui-même pour émettre un jugement personnel. Il croyait aux interprétations et aux diktats du leader de la secte parce qu'il avait besoin qu'on lui dise quoi faire. Sa sécurité reposait sur le fait de vivre au sein de règles rigides édictées par d'autres. Et pourtant, au fond de lui, il devait savoir la vérité ; s'il avait dû prendre ses propres décisions, il aurait été perdu.

Comme tout le monde, il avait besoin de se sentir grand et fort, et il ne pouvait le faire qu'aux dépens de sa famille.

Allongée dans le noir, elle s'émerveilla. Elle n'avait jamais compris la menace qu'elle représentait pour son père. C'était par faiblesse qu'il agissait en despote.

Mais c'était sa force qui rendait Duncan autoritaire. Sa force, pensa-t-elle, et un puissant sens de l'honneur.

Il était devenu l'homme qu'il était parce qu'il n'avait pas abandonné ses frères. Parce qu'il s'était senti responsable au lieu de hausser les épaules et de se dire que c'était le problème de quelqu'un d'autre. Comme avec Tito. Comme avec elle.

Ressentirait-elle la même chose pour lui s'il avait des valeurs moins fortes ?

Elle s'était tournée vers lui chaque fois qu'elle en avait eu besoin et pourtant elle s'était attendue à ce qu'il reste en retrait et la laisse décider de ce dont elle avait besoin ou non. Comme le message qu'elle lui avait adressé était ambivalent ! « Duncan, viens, s'il te plaît, j'ai peur », puis « Ce ne sont pas tes affaires, ça ne l'a jamais été. »

Bien sûr que si. C'était elle qui en avait fait ses affaires. Elle s'était donnée à lui et, ce faisant, savait qu'il ferait le nécessaire pour la garder en sécurité.

Des larmes embuèrent sa vue. Elle les essuya avec un sentiment de choc. Duncan se sentait responsable d'elle. Il la voulait, aussi, elle le savait.

Il n'avait sans doute jamais offert de fleurs à une femme, et les petits mots doux n'étaient pas son style. Avait-il jamais dit « je t'aime » à quelqu'un dans sa vie ?

Pourquoi n'avait-elle pas compris que la conduire faire des courses était bien mieux que n'importe quel bouquet de roses rouges ? Que c'était la chose la plus affectueuse que quelqu'un ait jamais faite pour elle ?

Elle pressa son visage humide sur l'oreiller, consciente qu'elle l'aimait, et qu'il l'aimait aussi avant qu'elle ne commette une erreur de jugement aussi fatale. Parce qu'elle avait peur de sa vulnérabilité vis-à-vis de lui.

Serait-elle capable de lui faire confiance à ce point ? Même s'il lui pardonnait ?

Stan's Auto Repair était un grand garage. Quatre baies d'entretien où s'activait une dizaine d'employés en combinaison bleu marine, une salle d'attente avec du café et du pop-corn gratuit et une boutique impeccable de propreté. Duncan y pénétra avec un sentiment inhabituel de gêne.

Un gros homme d'origine samoane, ou hawaïenne peut-être, lui sourit derrière le comptoir. Son prénom, Tupa, était brodé sur la poche de sa combinaison.

— Que puis-je pour vous ?

— Je cherche Hector Ortez.

Le regard de Tupa descendit brièvement sur sa taille, et il s'aperçut que son insigne était visible. Le visage de l'homme se durcit tandis qu'il croisait de nouveau son regard.

— Il a des ennuis ?

— Non. Rien de tel.

Duncan se débrouilla pour lui adresser un sourire détendu.

— Son fils Tito pense qu'un de ces jours il va me battre à plate couture au basket.

— Ah. Je vais le chercher, dit Tupa, de nouveau amical.

Quand Hector franchit la porte, son expression était stoïque, fermée. Un flic, lui avait sans doute dit Tupa. Hector avait des raisons de se méfier de tous.

— Qu'est-ce qui se passe ? demanda-t-il, l'alarme inscrite sur son visage. C'est Tito ?

Duncan secoua la tête. Il jeta à coup d'œil à Tupa qui s'était discrètement retiré dans un bureau, hors de portée d'oreille.

— Je me demandais, euh… si vous auriez du temps à l'heure du déjeuner pour que nous puissions parler.

Hector le dévisagea.

— J'aimerais vous raconter d'où je viens…

Il s'éclaircit la gorge.

— … et pourquoi je me fais du souci pour Tito.

Il n'aurait pas été surpris d'essuyer une rebuffade mais, après un instant, Hector acquiesça.

— J'ai une demi-heure. Je peux la prendre tout de suite.

Il suggéra d'acheter des burritos à une camionnette qui vendait de la nourriture mexicaine près de la station-service, et Duncan approuva. Il y mangeait souvent lui-même.

Une fois servis, ils s'assirent à l'une des tables en plastique disposées sous l'auvent de la camionnette.

Duncan ouvrit sa bouteille de limonade, prit une longue gorgée et se mit à parler de son père, de ses frères, de la situation à l'époque. Tito lui rappelait son petit frère, avec sa petite taille et son besoin d'attention, confia-t-il à Hector. Puis il lui parla des problèmes de Jane.

— Vous aviez l'air tellement en colère contre elle, je me posais des questions, dit-il tout de go.

— Je suis en colère à cause de ce qui m'est arrivé. Je me défendais et pourtant je suis allé en prison. On m'a tout pris. Je croyais au moins avoir ma famille, mes enfants. Je ne comprends pas pourquoi ce juge veut aussi me les prendre.

— Je suis sûr qu'il ne veut pas vous les prendre. J'ai dit la vérité hier : je pense que vous aimez Tito et que vous pouvez être un bon père pour lui. Aucun de nous ne veut vous enlever Tito. J'ai seulement peur de votre colère.

Il hésita. C'était ce qu'il était venu lui dire.

— Je pense que Tito en a peur aussi.

Hector se redressa, visiblement offensé.

— Je vous demande seulement d'y penser, reprit Duncan d'un ton tranquille. Jane a eu raison de nous interpeller. Nous faisions peur à Tito et à Lupe aussi. Je suis sûr que vous ne voulez pas que votre fils ou votre fille ait peur de vous.

Hector resta silencieux, et Duncan laissa ce silence durer tandis qu'il déballait son burrito. Finalement, il s'aventura à dire :

— Ses notes ont l'air de s'améliorer.

— Il m'a dit que les maths lui semblent faciles maintenant.

Hector secoua la tête.

— Cela ne l'était pas pour moi.

Duncan se mit à rire.

— Je crois que Tito est un gamin intelligent. Le convaincre de faire attention, c'est le plus important.

La conversation fut plus facile à partir de là. Hector lui confia ses soucis au sujet de Lupe et des enfants. Duncan lui dit avec quelle férocité Tito parlait de son ex-beau-frère. Hector demanda même ce que faisaient les frères de Duncan à présent. Quand il lui dit qu'ils étaient flics, il hocha la tête.

— Ils font la même chose que vous parce qu'ils vous admirent, dit-il comme s'il s'agissait d'un fait.

— Ou parce que nous voulons tous expier les crimes de notre père.

— Mais vous avez dit que Conall avait seulement douze ans la dernière fois qu'il a vu son père. C'était un enfant. Non, je pense que c'est vous, son père. Vous devriez être fier de lui et de vous.

Abasourdi, Duncan n'essaya pas de discuter. Quelques minutes plus tard, ils jetèrent leurs déchets dans la poubelle et retournèrent ensemble à Stan's Auto Repair. Duncan ne répéta pas « pensez-y », et ils se séparèrent en bons termes.

Il retourna en voiture à son bureau, conscient d'une sensation spéciale logée sous son sternum. Hector, devait-il admettre, l'avait surpris.

Il était fier de Niall et de Conall. Il avait eu un profond sentiment de satisfaction quand ils avaient tous deux bien tourné. Mais il ne lui était jamais venu à l'esprit de se sentir fier parce qu'ils avaient choisi d'être policiers. Même dans ses rêves les plus audacieux, il n'avait jamais cru que ses frères l'admiraient.

Était-ce le cas ?

« Je pense que c'est vous, son père. » Il lui vint à l'esprit combien il avait envie de parler à Conall à propos de tout ça. Peut-être boire une bière avec ses deux frères. Comme une famille.

Tito fut surpris de trouver son père à la maison, assis sur le canapé, le bébé sur les genoux, tandis que Yolanda et Mateo, les deux autres enfants de Lupe, s'accrochaient à lui. De bonnes odeurs venaient de la cuisine.

Tito hésita, et ses yeux firent des allers et retours. Si Jane était là, elle devait être dans la cuisine. Ou bien papa avait décidé de ne plus suivre ses consignes ?

Mais son père sourit et lui dit :

— Ne prends pas cet air inquiet. J'ai appelé Jane aujourd'hui et je lui ai demandé si je pouvais venir te voir, à condition d'être là quand Lupe serait là aussi.

Surpris, Tito hocha la tête. Il rangea silencieusement son ballon de basket dans un petit placard et se dirigea vers la salle de bains.

Papa ne lui mentirait pas, *sí* ? L'estomac noué, il s'interrogeait. Il ne pouvait pas trahir son père, il le savait. La famille, c'était la famille. Et Duncan ne voudrait probablement pas le revoir. Et cela lui faisait mal.

À travers la porte, il entendit Lupe l'appeler en criant. Il n'avait pas envie de manger avec eux mais il rejoignit son père et les autres à table. D'habitude, Felicia pleurait pendant le dîner, mais les genoux de son grand-père devaient l'avoir mise de bonne humeur parce qu'elle avait l'air contente, couchée dans son parc, en train de mordiller une poupée en chiffon. Tito tira sa chaise et s'assit, tête baissée, tandis que Lupe récitait les grâces.

Elle avait fait du *chili verde*. Il y avait aussi des tortillas faites maison, toutes chaudes. Il mangea avec appétit, en surveillant son père du coin de l'œil.

Papa avait ouvert une bière mexicaine, mais il la buvait à petites gorgées. Quand Mateo renversa son lait, il fit signe à Lupe de ne pas bouger et épongea avant d'en reverser un demi-verre à son petit-fils. Il l'aida même à boire en guidant sa main.

Ce ne fut pas avant que les petits aient fini de manger et aient quitté la table avec la permission de Lupe qu'il dit :

— J'ai réfléchi à quelque chose.

Lupe et Tito le regardèrent.

— Lupe, ça ne fait rien si tu dis non et que tu préfères vivre ici. Mais j'ai pensé que ça doit être difficile pour toi, avec si peu d'aide de Raul. Ce que je me suis dit…

Il prit une grande inspiration pour se donner du courage.

— … c'est que nous pourrions louer une maison assez grande pour nous tous. Une maison avec un jardin pour les enfants. Le soir, tu n'aurais pas à payer une garde d'enfants parce que je serais là. Et peut-être que Tito pourrait m'aider aussi.

Tito eut une chaude bouffée d'émotion. Il rêvait de rester avec Lupe et les petits. Mateo et lui… ils s'entendaient bien. Les garçons avaient besoin d'un grand frère, pas vrai ? Et papa voulait les aider, eux tous… !

— Je veux vous dire aussi que je suis désolé d'avoir crié hier matin au tribunal. Je vous ai fait peur. J'ai eu tort. C'est vrai que je devrais être content que d'autres gens s'occupent de toi, Tito. Je crois que j'étais jaloux parce que Duncan…

Il prononça le nom maladroitement.

— … a été beaucoup plus longtemps à l'école que moi. Mais… il pourrait être un bon ami pour toi, et je devrais m'en réjouir.

« Devrais » ? Le mot attira l'attention de Tito. Ça voulait dire qu'il ne s'en réjouissait pas vraiment ?

Au moins, il avait avoué qu'il était jaloux. Il fallait être courageux pour l'admettre. Tito sentit ses yeux le piquer. Il baissa la tête. Les hommes ne pleuraient pas.

Lupe parlait avec excitation. Une vraie maison ? Avec un jardin ? Peut-être que la voisine pourrait venir faire la baby-sitter quand papa ne pourrait pas.

— Qu'est-ce que tu en penses, Tito ? demanda-t-elle finalement.

Il avait surmonté l'envie de pleurer. Il redressa les épaules avec fierté.

— Je crois que ce serait génial si on pouvait vivre tous ensemble. Une famille, j'aimerais bien ça.

Son père sourit, un si grand sourire que Tito se souvint brusquement du père qu'il aimait quand il était encore un petit garçon et que la vie était moins compliquée.

— Duncan dit qu'il aimerait continuer à te voir, si tu es d'accord, dit papa. Tu l'aimes bien, n'est-ce pas ?

Tito déglutit.

— Il a été gentil avec moi. Et je suis devenu vraiment bon au basket !

Il regarda nerveusement son père.

— Il m'a aidé pour mes devoirs, aussi. Surtout les maths.

— Ah.

Quelque chose traversa le visage de son père. De la tristesse, peut-être, mais aussi de l'acceptation.

— C'est ce que j'ai pensé.

Il regarda de nouveau Lupe, puis Tito.

— Eh bien, alors, plus de films, de pizzas ou de hamburgers ce mois-ci, Tito. Je dois faire des économies pour la maison, d'accord ?

Lupe rayonnait, l'air plus jeune. Tito lui sourit, tout joyeux.

— D'accord !

Papa était peut-être petit et pas très bon au basket, mais il se sentait soudain fier de lui. Son père avait montré qu'il était un homme solide. Un grand homme, pas un petit homme.

Et je peux rester ami avec Duncan.

Il était assez grand pour savoir que la vie ne serait pas toujours aussi parfaite. Assez grand pour savoir que son père le décevrait de nouveau dans le futur et qu'il le décevrait aussi, sans doute. Toujours avec cette sensation de chaleur, il réfléchit à cette idée, tout en aidant Lupe à débarrasser.

Les erreurs étaient permises, pensa-t-il finalement avec étonnement. C'était de les admettre et de s'efforcer de faire mieux qui faisait de vous un homme. Le genre d'homme que lui, Tito, voulait être.

Vers midi, Jane reçut un appel de Niall l'informant qu'Hector était définitivement hors de soupçon. Elle le remercia et laissa un message au juge Lehman : elle souhaitait continuer à superviser les visites du père de Tito.

Hector l'appela en milieu d'après-midi pour lui demander la permission de dîner en famille. Il avait l'air… humble, réalisa-t-elle.

— J'ai honte de la manière dont je me suis comporté hier, dit-il. J'ai bouleversé tout le monde. Tito ne me regarde plus.

Il hésita.

— Avant, je n'étais pas tout le temps en colère. Je n'aime pas ça.

— Tout le monde comprend pourquoi vous êtes en colère, lui répondit-elle. Je ne vous l'ai jamais dit, mais j'ai lu les minutes de votre procès. Je pense que vous n'auriez pas dû être condamné. Je suis persuadée que vous ne faisiez que vous défendre.

— J'étais soûl, dit-il avec simplicité. Soûl comme un âne. C'était stupide d'entamer une dispute avec quelqu'un. Je n'avais pas l'intention de le tuer.

— Je crois que Tito le comprendra.

— Je ne veux pas qu'il pense que c'est comme ça que les hommes agissent.

— Allez dîner avec votre famille ce soir.

Elle souriait en dépit de son humeur sombre.

— En fait, pourquoi ne reprenons-nous pas le plan d'origine ? Vous pouvez dîner là-bas chaque fois que Lupe est là.

— Merci, dit-il d'une voix rauque.

Ce fut seulement après avoir raccroché qu'elle se demanda ce qui l'avait fait changer à ce point. Et s'il se jouait d'elle ? Jubilait-il en pensant « idiote » ? Non, il était sincère.

Enlevez vos lunettes roses, aurait dit Duncan. Mais elle refusait de renoncer à croire aux gens.

Il faisait noir quand elle revint à la maison. Elle s'arrêta dans l'allée et regarda sa maison avec malaise en attendant que la porte du garage s'ouvre. Elle se serait sentie mieux si elle avait laissé davantage de lumières. Surtout les lumières extérieures. Elle prit son portable dans son sac et le garda à la main.

Elle fit rentrer la voiture avant même que la porte soit tout à fait relevée, puis la regarda descendre dans le rétroviseur et se mettre en place avec un bruit métallique.

D'accord. La tension s'écoula lentement hors d'elle, et elle s'adossa à son siège en fermant les yeux. Elle était de nouveau en sécurité, il était temps de se reprendre. Elle actionna la manette du coffre, prit ses clés et son sac, et sortit de voiture.

Elle était penchée sur le coffre, attrapant les sacs de courses, quand elle entendit un murmure derrière elle. Un pas ? Une boule de peur s'insinua en elle et elle se retourna à demi. Elle se cogna la tête au capot, vit des étoiles… et des bras se refermèrent sur elle par-derrière. Quelque chose de coupant se pressa sur sa gorge. La lame d'un couteau.

— Tu m'attendais, salope ? murmura une voix à son oreille.

Les sacs de courses lui tombèrent des mains.

Duncan ne manifestait son impatience par aucun signe physique, bien qu'il en ait par-dessus la tête. Une réunion du détachement spécial de lutte antidrogue, qui aurait dû prendre une heure, durait depuis deux heures. L'objectif principal du shérif du comté semblait être de s'assurer que ses services bénéficieraient du crédit de toutes les arrestations, même si le comté de Whatcom était une agence bien plus importante.

Duncan aperçut une grimace sur le visage de l'un des chefs de police, et celui-ci parut embarrassé d'avoir été surpris. Bon sang, quelqu'un n'allait-il pas faire taire ce type ? Le shérif du comté de Whatcom lui fit ce cadeau en se remettant debout.

— Lowell, désolé de t'interrompre, mais j'ai des affaires à traiter ce soir. Nous avons couvert les points principaux, n'est-ce pas ?

Son regard survola la pièce. Il y eut une étincelle dans son regard devant la multitude de hochements de tête vigoureux.

— Bon, dit-il. Je suis sûr que nous pouvons éclaircir les derniers détails par e-mail. Content de vous avoir tous vus.

Des chaises remuèrent. Des tasses de café en polystyrène

heurtèrent le fond de la poubelle métallique près de la porte. Il n'y eut pas de bousculade pour quitter la pièce, mais presque.

Duncan ne se précipita pas vers son 4x4. Sa maison serait vide et obscure. Celle de Jane, pensa-t-il, était sûrement assez illuminée pour être vue par un satellite. Il ne cessait d'espérer, sans raison, se disait-il, qu'elle l'appellerait. Qu'elle dirait : « Ce n'était pas ce que je voulais dire. » Ou bien était-ce lui qui était censé s'excuser ?

Mais il était conscient qu'un appel de sa part pouvait être considéré comme du harcèlement, vu la manière catégorique dont elle lui avait parlé. Oh oui, elle n'aurait pas pu être plus claire.

Il regarda son portable, même s'il aurait senti le vibreur. Aucun appel manqué. Avec un soupir, il déverrouilla sa voiture et monta dedans. Il y avait sans doute quelques collègues qui auraient aimé se joindre à lui pour le dîner, mais il n'était pas d'humeur. Il trouverait quelque chose au congélateur à la maison.

Elle connaissait cette voix. Richard Hopkins. De toutes les personnes dont elle s'était occupée, c'était lui qui l'avait mise le plus mal à l'aise.

— Lâchez votre sac, ordonna-t-il.

Parce qu'elle n'obéissait pas assez vite, le couteau mordit sa chair et elle sentit un filet de sang courir le long de son cou comme des perles de sueur.

— Tout de suite.

Son sac tomba avec un bruit sourd. Et avec lui, l'espoir de glisser la main dedans pour prendre sa bombe au poivre.

Elle s'efforça de réfléchir avec frénésie. L'alarme se mettrait bientôt en marche si elle ne l'éteignait pas. Le savait-il ? Cela avait-il de l'importance ? Il avait peut-être l'intention de la tuer tout de suite.

Non. Il la poussa vers le panneau de contrôle.

— Faites ce que vous avez à faire, lui dit-il. Je vous coupe la gorge si ce truc se met en route.

Il vaudrait peut-être mieux qu'il le fasse tout de suite plutôt que de prendre son temps. Elle frémit. *Non.*

Elle sentit la bosse de son portable dans sa poche quand il

la fit pivoter, et une bouffée d'adrénaline inonda ses veines. Le numéro de Duncan était enregistré, elle n'avait qu'à presser deux touches… Mais Richard entendrait la sonnerie. Elle l'imagina écrasant le portable sur le sol en béton.

Oh, mon Dieu, je vous en prie, au secours !

Un SMS. Pourrait-elle écrire un SMS à tâtons ? Le portable de Duncan sonnait-il quand il recevait un SMS ? Elle aurait parié que non. Elle eut un hoquet qui ressemblait à un sanglot. Elle n'osait pas avaler sa salive. Pas à pas, il la poussait vers le panneau de contrôle de l'alarme près de la porte.

Et si elle pressait les mauvaises touches et qu'il recevait un SMS incohérent ? Il comprendrait peut-être. Elle devait faire une tentative.

Elle tapa d'abord le code de l'alarme et vit le voyant s'allumer indiquant qu'ils pouvaient entrer.

Elle trébucha sur la marche, et le couteau mordit plus profondément sa chair. Elle était tellement effrayée qu'elle ne sentit rien de plus qu'une piqûre. Elle avait la main dans sa poche. Oh, mon Dieu, elle avait oublié les petits bips quand on appuie sur les touches…

— Que me reprochez-vous ? dit-elle très fort. Je ne comprends pas. Je ne suis pas intervenue depuis des années.

Concentre-toi. Rappelle-toi à quoi ressemble l'écran. Elle pensa avoir pressé « nouveau message ».

Elle continua à parler à très haute voix.

— Vous auriez pu bâtir une relation avec votre fille.

Son pouce continuait à bouger. Elle remua les pieds par terre pour couvrir le bruit des touches.

Secours maison.

C'était sûrement assez. Espérons que c'était ce qu'elle avait tapé. Envoyer. Un dernier petit bip.

— Qu'est-ce que c'était que ça ? lança Richard Hopkins. C'est ce fichu système d'alarme ? Vous essayez de me doubler ?

— Non.

La terreur lui faisait la voix rauque.

— C'est éteint. Je vous jure. Je n'ai rien entendu.

— Où est votre téléphone ? demanda-t-il soudain.

— Je n'en ai pas à la maison.

— Je sais ! hurla-t-il. Votre portable.

— Dans… dans mon sac, bafouilla-t-elle. Je crois. Peut-être dans la voiture. Ou bien… il est tombé dans le coffre.

Elle avait une autre peur à présent. S'il sonnait ? *Fais semblant que tu ne savais pas qu'il était dans ta poche.* Que pouvait-elle faire d'autre ? Le cacher quelque part si elle en avait l'occasion ? Non, elle pouvait en avoir besoin.

Ses yeux brûlaient de larmes contenues. *Duncan, regarde ton téléphone. J'ai besoin de toi.*

16

Duncan pensait se faire un sandwich mais, en survolant les plats congelés, il en vit un qui attira son attention. Poulet créole. Après un instant, il le sortit et le mit au micro-ondes. Il venait de l'allumer quand son portable eut un petit sursaut sur le comptoir carrelé et ronronna.

Un SMS.

Jane ne lui avait jamais envoyé de SMS. Niall, peut-être ? Fronçant les sourcils, il tendit la main vers son téléphone. Son cœur bondit quand il vit que le message était bien de Jane. Il l'ouvrit.

Secpurs maispn.

Qu'est-ce que… ? Il le fixa une minute sans comprendre. Puis…

Secours. Oh, bon sang, elle avait essayé de taper « au secours ». Dans le noir ? En jurant, il composa le numéro de son frère. Niall répondit à la première sonnerie.

— Où es-tu ? demanda Duncan.

Il se souvint de la manière dont Jane l'avait taquiné sur la façon dont il entamait une conversation. Il entendit son rire. Sa peur se démultiplia et se transforma en angoisse.

— Je suis en train de rentrer chez moi, dit Niall. Pourquoi ?

— J'ai reçu un message de Jane. Ça disait « secours maison ». Je suis à plus de quinze minutes de chez elle.

Il avait pris ses clés et avançait dans le garage à tâtons. La porte se releva.

La voix de Niall était dure et nette. Celle d'un flic.

— Je suis à deux minutes.

— Pas de sirène.
— Pas de sirène.
— Si le système d'alarme est allumé…
— De toute manière, je briserai une fenêtre.
Il recula hors du garage en obliquant dans la rue.
— Je l'aime, dit-il d'une voix rauque.
— Oui.
Duncan n'avait jamais entendu ce ton dans la bouche de son frère. C'était un ton… gentil.
— Tu me l'as dit.
La gorge serrée, Duncan émit un merci.
— À tout de suite.
Niall raccrocha.
Duncan conduisit plus vite qu'il ne l'avait jamais fait, l'esprit consumé par la peur et l'idée qu'il ne pouvait pas la sauver. Seul Niall le pouvait, s'il n'était pas déjà trop tard.

Le silence, tandis que Richard la poussait vers l'escalier, était insupportable.
— Qu'allez-vous me faire ? demanda-t-elle d'une voix tremblante.
Mieux valait le savoir, non ? Elle ne l'avait pas encore vu. Il était resté tout le temps derrière elle, le couteau sur sa gorge. Son souffle était brûlant sur sa nuque, et il avait l'odeur fétide de quelqu'un qui ne s'est pas douché depuis longtemps.
— Ce que je vais faire, c'est tout vous prendre, comme vous me l'avez fait.
La manière dont il parlait était bizarre. Un peu chantonnée. Ou bien c'était elle qui délirait.
Elle monta la première marche à contrecœur. L'angle du couteau changea. Richard n'était pas très grand, se souvint-elle. Il devait se hausser sur la pointe des pieds quand elle était une marche au-dessus de lui. Pourrait-elle en profiter ?
— Mais vous n'avez personne que je puisse vous prendre, poursuivit-il, l'air très en colère. Allez !
Il la poussa.

— Pas d'enfants. J'aurais aimé tuer votre enfant, pour que vous sachiez ce que ça fait.

— Votre fille… Susie n'est pas morte.

N'avale pas ta salive… pas avec ce couteau sur la gorge.

— Elle est morte pour moi. Elle m'a hurlé : je ne veux plus jamais te voir ! À moi, son père !

Ça alors. Imaginez un peu. Duncan, s'il te plaît.

— Aussi longtemps qu'elle est en vie, il y a de l'espoir, reprit-elle.

Elle battit des paupières devant sa propre platitude. C'était vrai, oh oui, mais ça ressemblait quand même à une carte de vœux.

— Elle est tout pour moi. Tout !

Sa gorge lui faisait mal. La coupure était-elle profonde ?

— Les enfants, haleta-t-elle, ne sont pas censés être tout pour nous.

— Je l'aimais ! Vous l'avez retournée contre moi. Vous et cette salope de Joan.

Son rugissement la fit sursauter.

Joan. Sa femme. Une petite femme qui, se rappela-t-elle, avait été tranquille et effacée jusqu'à ce qu'elle réalise que son mari regardait et touchait leur fille de la mauvaise manière. Elle s'était alors transformée en tigresse. Tellement différente des femmes qui refusaient de voir.

— Pourquoi allons-nous en haut ? demanda-t-elle.

— Je veux vous tuer dans votre chambre.

— Je l'ai fait nettoyer.

— Ça vous a fait peur ? demanda-t-il d'un ton horriblement intéressé.

— Oui.

Et si elle tombait sur lui ? Son poids suffirait-il à les envoyer rouler au bas de l'escalier ? Mais, avec la lame sur sa gorge, tout ce qu'il aurait à faire serait de resserrer un peu le bras.

Lever la main et lui attraper le poignet ? Elle essaya de se souvenir de sa carrure. Il était à peu près de la taille d'Hector. Mais Hector était musclé et massif. Richard Hopkins était plutôt mince. Il lui avait dit une fois qu'il avait participé au marathon de Boston. Mince et fort, donc.

Il se pencha pour gronder à son oreille :

— Arrêtez de traîner les pieds.

Elle sentit sa mâchoire non rasée la râper. Niall n'avait pas pu le retrouver. Qu'avait-il fait, s'était-il caché dans les bois au-dessus de sa rue ?

Elle commençait à avoir la tête qui tournait. Elle était en hyperventilation. Combien de temps s'était passé ? Cinq minutes ? Vingt ? Elle n'en avait aucune idée.

Elle envoya une supplication dans l'éther. *Duncan.*

Encore quelques marches. Puis l'étendue du couloir. Même si quelqu'un arrivait, Richard pouvait facilement lui couper la gorge avant que quiconque ne puisse intervenir.

Je suis forte. La danse l'avait rendue forte. Si personne ne venait, elle se battrait. Prendre son poignet et le tordre. Lui donner des coups de pied. Elle avait des jambes très longues. Elle aurait peut-être dû se débattre plus tôt.

Non… Les secours étaient peut-être en route, ils étaient peut-être là. Tant qu'il y avait de la vie, il y avait de l'espoir. Un rire hystérique monta dans sa poitrine.

Ils s'engagèrent dans le couloir, traînant les pieds en tandem. Il ne laissait aucune distance entre eux. Elle avait mal au cœur, à présent. C'était son odeur repoussante, son haleine chargée. Si elle commençait à avoir des haut-le-cœur, reculerait-il ? Ce ne serait pas difficile à simuler.

Duncan, où es-tu ?

Duncan prit le virage pratiquement sur deux roues.

Niall devait déjà être là-bas. Trois ou quatre minutes s'étaient passées au moins. Était-il entré dans la maison ? Si elle avait été vide, il l'aurait appelé. Que faisait-il, bon sang ?

Le feu passa à l'orange devant lui. Il écrasa la pédale d'accélérateur et traversa le carrefour à toute allure.

Jane sursauta devant leur reflet dans la vitre obscure. Ce n'était pas net comme dans un miroir. Non, ce qu'elle voyait était fantomatique, immatériel.

Mais… il semblait y avoir quelque chose d'autre bougeant

là, au-dehors. Pas une branche d'arbre ; le vieil érable dans le jardin n'était pas assez près de la maison. Était-ce quelqu'un qui s'était glissé derrière eux dans la pièce ?

Comme si elle avait entendu une voix, elle pensa : *ne le laisse pas remarquer ça.*

— S'il vous plaît, murmura-t-elle. Si vous aimez Susie, vous comprendrez que j'essayais de l'aider. Peut-être ai-je eu tort, mais… mais je m'efforçais de bien faire.

— Bien faire ?

Ses postillons mouillèrent son cou.

— L'éloigner de son père qui l'aimait ?

Sa main s'était-elle desserrée un tout petit peu ?

— Je ne savais pas, marmonna-t-elle.

Oh mais si, elle savait. L'amour ne devait pas être tordu et pervers. Sa propre fille.

Elle fixa le reflet dans la vitre. Et elle le vit… un visage. Un mouvement soudain. Dehors ? Non ! Comment quelqu'un aurait-il pu regarder par la fenêtre du premier ? Mais quelqu'un le faisait. Ce qui voulait dire que c'était… maintenant.

Elle leva la main et attrapa le poignet et l'avant-bras de Richard. Simultanément, la fenêtre explosa. Elle n'arrivait pas à avoir une bonne prise. Sa main était glissante. Sa vision devint floue. Elle hurla et repoussa son bras de toutes ses forces. Mais ses jambes ne la supportaient plus.

— Police ! Lâchez-la ! aboya une voix.

Comme dans une horrible danse, Jane et Richard se déhanchèrent. Avait-elle gagné ? Ils tourbillonnèrent, puis un bruit de tonnerre résonna et elle se sentit entraînée vers le sol. Le plancher monta vers elle ou bien elle descendit, elle n'en avait aucune idée. C'était comme un kaléidoscope, un tourbillon, et pourquoi avait-elle le visage humide ?

Le trajet qui aurait dû lui prendre quinze minutes lui en prit neuf. Duncan s'arrêta le long du trottoir au croisement précédent et se mit à courir. Il avait presque atteint la maison de Jane quand son portable sonna.

— Je l'ai abattu, dit Niall avec assurance. Il est mort. Jane… saigne. Elle est tombée et s'est fait mal à la tête.

Il fit une pause.

— Où es-tu ?

— Dehors.

La tension de Niall le terrifia. Elle saignait. Il avait cessé de prier depuis une éternité mais il le faisait maintenant.

— Bon, dit Niall. Je ne veux pas cesser de presser sa blessure. Tu n'as pas la clé, si ?

— Non. Je vais entrer par une fenêtre.

— Et ouvre la porte pour les ambulanciers.

Le gosse du voisin avait laissé un tricycle dans le jardin. Duncan l'attrapa au passage, escalada le porche et projeta l'engin dans la fenêtre. Aucun bruit strident d'alarme ; elle avait été neutralisée. Niall ? Non. Il avait dû casser une fenêtre aussi.

Duncan s'en fichait. D'une certaine manière il se distrayait. Il n'avait jamais eu aussi peur de sa vie.

Il déverrouilla et ouvrit la porte en grand. Il entendait déjà une sirène au loin. Pas de lumière dans la cuisine. Il grimpa les marches trois par trois.

La lumière venait de la chambre du bout du couloir. Il entendit le murmure de la voix de Niall. Il ralentit le pas tandis que la peur l'envahissait comme jamais auparavant.

— Hé, ça va, disait Niall. Vous allez vous en sortir. Tenez bon, chérie. Duncan a besoin de vous.

Puis, d'un ton plus entrecoupé :

— Bon sang, j'aimerais bien que vous ouvriez les yeux. Ne croyez pas que vous allez mourir comme ça. Non, la coupure n'est pas profonde.

Quand Duncan pénétra dans la chambre, le sang fut ce qui domina sa vision. Elle baignait dans son sang. Horrifié, il n'accorda pas un regard au corps allongé à quelques pas d'eux. Il vit à peine son frère, agenouillé à côté d'elle, la main pressée sur sa gorge. C'était Jane, uniquement Jane. Tout à fait immobile.

Niall semblait avoir essayé de lui essuyer le visage. Mais

ses cheveux brillaient de sang. Il s'entendit grogner tandis qu'il tombait, lui aussi, à genoux à côté d'elle.

— Le sang n'est pas seulement à elle, dit son frère. Seigneur, j'ai dû attendre qu'ils se retournent. Tu sais comment c'est, une balle dans la tête. J'avais tellement peur que la balle ne ricoche sur son crâne. Je l'ai eu dans la tempe. Sa tête a tout simplement… euh…

— D'où est-ce qu'elle saigne ? demanda Duncan d'une voix qu'il ne reconnut pas.

— Le cou. Il avait un couteau sur sa gorge. Il y avait… du sang qui coulait sur son cou.

La sirène s'arrêta dehors. Des portières claquèrent. Des voix et du bruit dans l'escalier. Niall hurla :

— En haut !

Ils arrivèrent, deux ambulanciers avec une civière et une trousse. Duncan et Niall durent s'écarter. L'homme et la femme vérifièrent ses voies respiratoires, leur posèrent des questions sur une blessure potentielle à la tête, nettoyèrent le sang avec des lingettes afin de mieux y voir et appliquèrent un épais pansement blanc sur sa gorge. Puis ils la soulevèrent et la transportèrent en bas en toute hâte.

Duncan se remit sur ses pieds et les suivit.

— Laisse-moi conduire, dit Niall. Tu n'es pas en état.

Duncan secoua la tête.

— Tu as tué un homme. Il faut que tu restes ici, pour contrôler la scène.

Son frère eut l'air désorienté.

— Oui. D'accord.

Ils étaient sur le porche. D'autres sirènes se rapprochaient maintenant. L'un des ambulanciers refermait la portière arrière ; l'autre, la femme, était dans l'ambulance avec Jane.

— Vas-y, dit Niall d'un ton bourru, mais Duncan se retourna.

Il lui tendit la main. Celle de Niall était collante de sang mais il la serra avec force.

— Merci, dit-il d'un ton brusque.

Ce fut à ce moment-là qu'il comprit qu'il pleurait. Il n'y prêta pas attention, lâcha la main de son frère et courut à son 4x4 pour suivre Jane à l'hôpital.

Jane ouvrit les yeux sur la vue inattendue de rideaux blancs autour de son lit.

L'hôpital. Pourquoi… ?

Puis elle se souvint. Elle devait avoir émis un son car, soudain, Duncan fut devant le lit. Il avait mauvaise mine. Ses rides étaient creusées, ses yeux injectés de sang et sa mâchoire noire de barbe.

— Tu es réveillée.

Elle battit des paupières.

— Je suis vivante.

Un rire entrecoupé lui échappa.

— Oui. Seigneur !

C'était grâce à Niall, comprit-elle.

Elle avait mal au cou. Elle leva la main et trouva un épais pansement autour. Elle sentit un tube… une perfusion. Son front se plissa de perplexité.

— Comment… a-t-il fait pour entrer par la fenêtre du premier ?

Duncan laissa échapper un grand soupir.

— Il a escaladé la maison. Je suppose qu'il a vu par la fenêtre de devant que vous montiez les escaliers. Avec le cadre des fenêtres du bas, les bardeaux et l'auvent du porche, il avait assez de points d'appui.

Il tendit la main et lissa ses cheveux sur son front. Sa main tremblait.

— J'aurais voulu que tu ne voies pas…

Il s'arrêta. Des muscles saillirent sur sa mâchoire.

— Voir… ?

Elle réfléchit à cela. Avec une bouffée de peur, elle dit :

— En fait, je n'ai pas vu grand-chose. Je n'ai même pas vu son visage. Où est-il ?

— Il est mort. Niall lui a tiré dessus. C'est ce que j'aurais préféré que tu ne voies pas.

Sa main continuait à la caresser du bout des doigts. Ses yeux se refermèrent. Ce terrible bruit d'explosion. La pluie qui avait suivi. Cette descente irréelle vers le sol.

— C'était du sang, murmura-t-elle en rouvrant les yeux.

— Oui.

Elle frémit de tout son corps, et ses dents claquèrent rapidement.

— Tu n'aurais pas dû être seule.

Le tourment lui faisait la voix grave, assombrissait ses yeux.

— C'est ma faute. Tu ne serais pas partie si je n'avais pas été aussi idiot. Je suis tellement navré.

— Non.

Dis-lui. Maintenant.

— C'est moi. Depuis que je suis partie, j'essaie de trouver comment t'expliquer. Et… et d'espérer que tu m'écoutes.

Il serra les dents.

— Laisse-moi baisser le montant du lit.

Sa main cessa brièvement de la caresser. Il abaissa le montant qui grinça et tira une chaise.

— Pourquoi tu ne t'assois pas là ?

Elle essaya de sourire en tapotant le lit à côté d'elle.

— Sur le lit ?

Son sourire n'était pas meilleur que le sien.

Sa hanche vint presser sa hanche. Le tissu de son pantalon noir s'étira sur les muscles de ses cuisses. Sa main trouva la sienne et la serra avec force.

— Est-ce que je vais bien ?

Elle ne comprenait pas pourquoi elle ne se sentait pas plus mal et émit un autre rire tremblé.

— Oui. Tu as pas mal saigné. Il t'a fait une coupure.

De son autre main, il toucha doucement le pansement sur sa gorge.

— Tu t'es heurté la tête en tombant. Une petite commotion. Mais tu sortiras demain matin, si tu te sens prête.

Pas pour aller chez elle. Se sentirait-elle de nouveau en sécurité dans cette maison ? C'était déjà terrible après la dévastation de sa chambre, mais maintenant…

Elle fit un léger signe de tête.

— Bien sûr que oui.

— Je vais appeler l'infirmière. Ils voulaient savoir quand tu reprendrais conscience.

— Je… D'accord.

On lui prit la température, on lui braqua une lampe sur les

yeux, on vérifia ses réflexes en tapant sur ses coudes et ses genoux. Enfin, le médecin s'en alla.

Duncan tira le rideau afin que personne dans le couloir ne puisse les voir. Puis il redescendit le montant et s'assit près d'elle. Sa main retrouva la sienne comme si c'était la chose la plus naturelle du monde.

— Est-ce que je dois m'excuser maintenant ? dit-il.

— Non. Laisse-moi le faire.

Cela lui prit du temps. Sa voix devint rauque tandis qu'elle parlait de sa famille. Sa mère sans personnalité propre, l'insistance ombrageuse de son père pour qu'on obéisse instantanément à ses diktats. Sa propre rébellion, commencée si jeune qu'elle se souvenait à peine de ce qui l'avait motivée.

— Je… J'ai cru que tu étais comme lui, dit-elle.

— Peut-être que je suis comme lui.

Ses épaules étaient raides. Sa main avait lâché la sienne, et il s'était débrouillé pour effacer toute expression de son visage.

— Non.

C'était la chose la plus importante qu'elle avait à lui dire.

— Il m'a fallu une nuit entière pour comprendre que tu n'es pas du tout comme mon père. C'est ce qu'Hector a dit à propos d'un homme qui ne se sent fort que quand il rabaisse les autres qui me l'a fait comprendre. Ça, c'est mon père. Toi, il fallait que tu sois fort parce qu'on avait besoin de toi. Tes frères avaient besoin d'un roc, et c'est ce que tu as été pour eux.

Ses lèvres s'arquèrent. Ce n'était peut-être pas le bon moment pour le taquiner, mais elle ne put s'en empêcher.

— C'est un peu trop devenu une habitude chez toi.

La tension quitta ses épaules, et il sourit avec ironie.

— C'est ce que mon frère a l'air de suggérer aussi.

— Niall et toi, vous semblez si proches l'un de l'autre d'une certaine manière.

Il fit la grimace.

— Et d'une autre, nous sommes de parfaits étrangers l'un pour l'autre. Il y a quelques semaines, je t'ai dit que nous nous connaissions à peine.

— Et maintenant ?

Il pencha la tête. Elle le vit lutter pour formuler ses pensées.

— Je suppose que nous sommes des frères.

Il avait l'air surpris.

— Je n'avais pas compris à quel point je lui faisais confiance. Ce soir… j'ai dû lui faire confiance. Je ne pouvais pas arriver à temps chez toi.

Elle tendit la main vers lui, et leurs doigts s'entremêlèrent.

— Tu l'as fait, murmura-t-elle. Tu m'as sauvée parce que tu as sauvé Niall. C'est grâce à toi qu'il est devenu ce qu'il est.

— Hector m'a dit quelque chose comme ça. Je ne suis toujours pas sûr d'y croire, mais… je pense que nous avons un peu arrangé les choses entre nous.

Elle lui pressa la main.

— J'en suis heureuse.

— Je devrais te laisser dormir. Tu dois être fatiguée.

Mais il ne bougea pas.

Il ne dit rien pendant un long moment. Quand il reprit la parole, ce fut en passant du coq à l'âne.

— Je ne suis pas facile à vivre.

Le cœur de Jane se mit à battre sourdement.

— Je ne suis pas facile non plus.

Il ne parut pas l'avoir entendue.

— Je ne sais pas comment être différent, Jane.

Était-il en train de dire qu'il voulait être différent ? Pour l'aimer, elle ?

D'une voix épaissie par l'espoir, elle dit :

— Tout ce que tu as à faire, c'est de m'écouter.

Son regard croisa le sien.

— Et si je ne t'écoute pas ? Et si j'ai peur pour toi et que je pense savoir ce qu'il faut faire ?

— Alors… alors il faudra que je te crie dessus et que je t'oblige à m'écouter. Au lieu de partir.

— Je t'aime, dit-il d'une voix enrouée.

L'émotion l'envahit. Elle était périlleusement proche des larmes.

— Je n'aurais jamais cru…

Il prit l'air méfiant.

— Que je serais assez idiot pour te dire ça ?

Elle s'efforça de s'asseoir. Instinctivement, il tendit la main pour l'aider.

— Que je pourrais aimer quelqu'un, dit-elle. Je crois que j'avais peur de devenir comme ma mère. De me montrer tolérante et conciliante et… me perdre moi-même.

Il fit entendre un aboiement de rire.

— Toi ?

Toi ? Comme si cette idée était ridicule. Et c'était ridicule, réalisa-t-elle. Ce soir, elle avait compris qu'elle n'était pas une faible femme. Elle avait lutté pour vivre et elle avait gagné. Pas seule ; elle aurait peut-être perdu si elle avait été seule. Mais elle avait fait sa part. Si Duncan pensait ce qu'il disait, elle n'avait plus besoin d'être seule. Ce n'était pas tant de lui qu'elle se méfiait, c'était d'elle-même.

Mais je peux me faire confiance dorénavant.

Elle était assise, à présent, les bras passés autour du torse de Duncan, la joue pressée sur son cou. Elle sentit sa bouche sur ses cheveux. Il l'embrassait.

— Je t'aime, dit-elle. Tellement.

La force et la férocité de son étreinte lui ressemblaient,mais pas sa voix. Elle tremblait, comme ses mains plus tôt. Elle y perçut une vulnérabilité nue.

— Ne me demande pas de te reconduire chez toi. Viens chez moi, je t'en prie, Jane.

Elle sourit tout en commençant à pleurer.

— Oui. J'en ai envie.

— Nous pourrons arracher la moquette dans une des chambres et mettre des miroirs et des barres, tout ce dont tu as besoin pour danser.

Elle ravala ses larmes et renversa la tête. Il frottait sa joue contre elle, la berçait légèrement.

— Jane ?

Elle renifla et essuya ses larmes sur son T-shirt.

— Oui ?

— Tu voudrais des enfants ?

Elle se redressa et le regarda.

— Tu en veux ?

Les rides sur son front s'étaient creusées.

— Ça ne m'a jamais traversé l'esprit. Je ne m'attendais pas à…

Il était visiblement déconcerté.

— Je n'ai jamais pensé que je me marierais. Et je… je suis sûr que je ferais un très mauvais père.

Elle se sentit remplie de tendresse.

— Je suis sûre du contraire. Regarde Tito.

Il ne parut pas convaincu.

— Mais il faudra peut-être que tu corriges un peu ta tendance à donner des ordres.

C'était la chose à dire. Il se mit à rire. Mais un instant plus tard, il redevint solennel.

— Je veux bien essayer… Mais je ne sais pas si je peux vraiment changer.

— Oh ! Duncan.

En renversant la tête pour l'embrasser, sa blessure au cou et celle à la tête lui firent mal.

— Tu n'as pas besoin de changer, murmura-t-elle contre sa bouche.

Il prit son visage entre ses mains et l'embrassa avec douceur et lenteur. Avec amour. Il souriait quand il releva la tête.

— C'est facile à dire maintenant.

Il y avait de nouveau cette fichue brûlure dans ses yeux.

— Continue à m'aimer… C'est tout.

Elle sentit son soupir. Sa poitrine qui montait et descendait, le souffle contre sa peau. Il dit :

— S'il y a quelque chose que je suis, c'est entêté. Je m'accroche à une idée et je ne la laisse pas tomber.

— Et tu t'es définitivement accroché à moi.

Un autre rire rauque. *Il sait de mieux en mieux rire*, pensa-t-elle. *Il le fait plus souvent.*

— Oh ! Duncan, qui dit que tu ne peux pas changer ?

Il s'approcha un peu plus. Sa bouche trouva de nouveau la sienne et se posa sur ses lèvres avec tendresse, pour les mordiller et les savourer. Puis il la repoussa gentiment contre l'oreiller. L'expression de son visage était suffisante pour que son cœur cesse de battre. Quand elle l'avait rencontré pour la première fois, elle n'aurait jamais cru qu'il pouvait avoir cet air : ouvert, chaleureux, affectueux. Sans défense, même s'il maîtrisait sa passion.

— Je ne te lâcherai pas, dit-il. Sauf temporairement. Tu as mauvaise mine, mon amour. Je vais te laisser dormir.

La panique monta en elle. Mais elle refusa de s'y abandonner.

— Tu devrais rentrer et dormir un peu aussi, dit-elle avec un sourire.

— Je vais peut-être dormir mais je vais le faire ici même.

Il l'embrassa encore, avec douceur.

— Je ne veux pas te quitter des yeux. Il faudra que je te conduise et que j'aille te chercher au travail pendant longtemps.

— Tu veux dire que tu vas me rendre dingue.

— Oui. Je suis doué pour ça.

Il y avait une nuance de tristesse, un ton presque amusé dans sa voix. Une touche de timidité dans ses yeux pas si froids que ça.

L'analgésique qu'ils lui avaient donné un peu plus tôt commençait à faire effet. Elle se sentait somnolente et incroyablement en paix.

— Je te crierai dessus, dit-elle, en bredouillant un peu.

— Et je t'écouterai, répondit-il d'une voix caressante.

En souriant, Jane ferma les yeux. Ils se tenaient toujours la main quand elle s'endormit.

Retrouvez en septembre 2020,
dans votre collection

BLACK ROSE

Une femme sous tension, de Janie Crouch - N°601

SÉRIE DEUX FACE AU RISQUE 3/4

Vingt-quatre heures ! C'est le délai qu'un fou dangereux a donné à la police avant d'exécuter sa prochaine victime… Appelée à la rescousse en raison de ses talents d'informaticienne, Bree doit localiser l'assassin. Une course contre la montre dont elle ne sait si elle sortira indemne, car c'est elle désormais qui risque d'être la cible du tueur…

La peur dans tes yeux, de Cindi Myers

À Eagle Mountain, un nouveau meurtre est commis. Appelé sur la scène de crime, Nate Hall découvre avec surprise que c'est Jamie Douglas qui mène l'enquête. Jamie qu'il a quittée sept ans plus tôt et qui, de toute évidence, ne le lui a jamais pardonné. Jamie qui, d'un ton bravache – démenti par son regard terrifié –, lui annonce qu'elle a l'intention de servir d'appât au meurtrier…

La menace du bayou, de Joanna Wayne - N°602

Dans les marais du bayou, un corps de femme vient d'être retrouvé. Pour le détective Hunter Bergeron, une double mission commence : traquer le *French Kiss Killer* qui terrorise les femmes de La Nouvelle-Orléans, et protéger celle qu'il n'a jamais cessé d'aimer : Helena, son ex-fiancée qui, bien qu'elle corresponde en tous points aux précédentes victimes du tueur, feint d'ignorer le danger…

Retrouvailles clandestines, de Barb Han

Le visage fermé, Mitch écoute Kimberley lui expliquer pourquoi, un an plus tôt, elle s'est fait passer pour morte… Quelle est donc cette menace qui pèse sur elle ? Et comment imaginer que c'est pour son bien et celui de leurs deux bébés qu'elle les a abandonnés ? Et brusquement une sourde angoisse étreint Mitch car, en cédant au besoin de les revoir, Kimberley a forcément attiré sur eux l'attention de ceux qui la pourchassent…

HARLEQUIN BLACK ROSE

Retrouvez en septembre 2020,
dans votre collection

BLACK ROSE

Une famille aux abois, de Beverly Long - N°603

L'inconnu qui parle avec Josh se retourne, et Matilda sent son cœur s'emballer : Blaine Colton est revenu au pays ! Leurs regards se croisent alors et elle se trouble : comment révéler à Blaine que Josh est son fils, né de leur unique nuit d'amour, treize ans plus tôt ? Une question qui en amène une autre : doit-elle lui parler des menaces anonymes dont elle et Josh sont victimes depuis quelques jours ?

La forêt des mystères, de Michele Hauf

En entrant sur les terres de Skylar Davis, Joe hésite sur la conduite à tenir. Certes, il soupçonne la famille Davis d'être liée au réseau de braconnage qui sévit dans la forêt. Mais attaquer Skylar de front est une mauvaise idée : d'abord parce qu'elle est la femme la plus fière qu'il connaisse. Ensuite et surtout parce qu'il est amoureux d'elle depuis toujours et qu'il risque bien de se troubler en sa présence…

Un étranger dans la nuit, de Carla Cassidy - N°604

Insomniaque, Jewel Mayfair a l'habitude de se promener en forêt, la nuit. Mais ce soir-là les craquements sinistres des arbres font monter en elle une angoisse irrépressible. Soudain, elle pousse un cri : Quinn Logan vient de surgir devant elle. Que fait ici cet homme qui, inexplicablement, l'a toujours attirée mais dont le passé semble si trouble ?

Un privé trop désirable, de Justine Davis

Vengeance ? Rivalité ? Victoria ne comprend pas qui s'en prend à ses chevaux, ni pourquoi. Elle fait alors appel à Cole Bannister, un enquêteur privé, qui considère avec une déplaisante arrogance l'affaire qu'elle lui soumet. Piquée au vif, Victoria n'en est que plus déterminée à percer le mystère qui compromet sa réputation et celle de son ranch…

Composé et édité par HarperCollins France.

Achevé d'imprimer en juillet 2020.

CPI
BLACK PRINT

Barcelone

Dépôt légal : août 2020.

FSC
www.fsc.org
MIXTE
Papier issu de sources responsables
FSC® C108412

Pour limiter l'empreinte environnementale de ses livres, HarperCollins France s'engage à n'utiliser que du papier fabriqué à partir de bois provenant de forêts gérées durablement et de manière responsable.

Imprimé en Espagne.